HAYMON taschenbuch 204

MIX
Papier aus verantwortungsvollen Quellen
FSC® C083411

Auflage:
4 3 2 1
2018 2017 2016 2015

**HAYMON** tb **204**

Überarbeitete Ausgabe der 2010, 2011 und 2012
im Bucher Verlag erschienenen Originalausgaben.



**ISBN 978-3-7099-7836-8**

Umschlag- und Buchgestaltung nach Entwürfen von
hœretzeder grafische gestaltung, Scheffau/Tirol
Umschlag: Eisele Grafik · Design, München
Satz: Da-TeX Gerd Blumenstein, Leipzig
Coverfoto: dreamstime.com/RTbilder; Holzschindeln:
bigstock.com/PiLens; Blumentopf: bigstock.com/Neftali
Autorenfoto: privat

Gedruckt auf umweltfreundlichem,
chlor- und säurefrei gebleichtem Papier.

# Peter Natter

# Inspektor Ibele

*Die ersten drei Fälle*

Die Axt im Wald

Ibeles Feuer

In Grund und Boden

Peter Natter

**Inspektor Ibele**

# Die Axt im Wald

## Eine Erzählung aus dem Bregenzerwald

Ich widme diese Erzählung in Verehrung und Dankbarkeit Frau Univ.-Prof. Dr. Erika Kanduth. Sie hat mich das Handwerk des Lesens und Sehens gelehrt und eine überreiche Saat an Reflexionen ausgebracht, nicht zuletzt jene *Einstellung Piovenes, dass das Gute nur aus dem Bösen hervorgeht.*

*... ein Buch muss die Axt sein für*
*das gefrorene Meer in uns.*

Franz Kafka, Briefe

Sämtliche Personen der Handlung sind frei erfunden und lediglich der Fantasie des Autors entsprungen. Ähnlichkeiten mit Lebenden und Toten sind rein zufällig und nicht beabsichtigt.

# Älplerleben und Bauernsterben

*Ich bin meinem Selbstverständnis und Anspruch nach die Axt und nicht die Salbe.*

Robert Menasse, Permanente Revolution der Begriffe

Tief hängt mit schwarzem Gewölk und voll mit grauen Nebelschwaden der Himmel über dem Land. Seit fast einer Woche haben wir schlechtes Wetter. Dauerregen Tag und Nacht. Man schreibt den 12. Juni 2009, ein Freitag. Sollte etwa die Regenzeit angebrochen sein? Aber wir sind ja nicht in irgendeinem Monsunland. Wir sind im Bregenzerwald, da müsste man sich doch wenigstens auf den Himmel verlassen können, oder? Dass es aber auch gar nicht mehr aufhören will zu regnen! Wie kalt es überdies geworden ist, mitten im Juni! *Schafskälte* nennt man's zu Recht! Wer will schon solche Temperaturen um diese Jahreszeit? Kein Mensch! Die Hochzeit der *Nassen Sophie*, auf die ja auch niemand wirklich scharf ist, liegt schon ein paar Wochen zurück. Dieser verspätete Auftritt kann ihr kaum etwas anderes eintragen als eine schwere Rufschädigung. Was für Wetterheilige jedoch kein allzu großes Problem darstellen dürfte. Außerdem haust ein frommes Volk in diesem Tal und zwischen diesen Bergen. Man gibt den Heiligen und anderen angehimmelten Autoritäten bereitwillig, was ihnen zusteht; untereinander ist man dann dafür ein wenig heikler. Jetzt aber ist es eindeutig genug: Der Regen fällt monoton und gleichmäßig auf die Wiesen, Wälder und Bergzüge, die sich links und rechts der Bregenzerach ausbreiten. Die Flüsse und Bäche schwellen bedenklich an, das Gras klebt nass am aufgeweichten Boden. Unwillig heizen die Menschen die Öfen in ihren holzgetäfelten Stuben und Wohnküchen ein und werden grantiger und grantiger. Noch dazu tauchen aus den schlammigen, braunen Fluten unschöne Erinnerungen auf an das verheerende Hochwasser vor vier Jahren. Damals standen nicht wenige mit ihren kleinen Betrieben am Rande des Ruins, ganz zu schweigen von dem Dreck und den Schäden in den überfluteten Häusern. Zwar floss das Wasser bald wieder ab und dann einiges an öffentlichem Geld nach; zudem konnte dank großzügiger privater Hilfsbereitschaft das Ärgste verhindert werden. Der nachträgliche und nachtragende Streit um Bebauungspläne und Unterstützungen hat später dennoch tiefe und bleibende Gräben in den betroffenen Gemeinden aufgetan.

Dabei hat das Jahr heuer so schön angefangen. Ein langer schneereicher Winter mit Neuschnee bis in den März hinein. Es war fast schon ein richtiger Winter, so wie früher. Das ließ die Gastronomen, Hoteliers und Tourismusmanager weit über Weihnachten hinaus jubilieren und frohlocken. Sie sind unbestritten die tonangebenden Meinungsmacher der Region und ein verlässliches Stimmungsbarometer, wenn es Krisen anzuzeigen gilt. Nach Ostern folgte dann eine über Wochen andauernde warme und trockene Zeit, sodass rechtzeitig zum Frühlingsbeginn der Schnee auf den Feldern schmolz wie die frische Maiwiesenbutter in der gusseisernen Pfanne auf dem Herdfeuer. Ende April leuchteten die Wiesen bereits in saftigem Grün und die Bauern machten sich nach einem langen Dornröschenschlaf mit neuen Kräften an die Arbeit. So bald wie lange nicht mehr ist man mit dem Vieh auf die Sommerweiden, die Alpen, gezogen.

Heute ist das schon wieder so gut wie vergessen, zumindest hier heroben auf Pfingstgunten, gut 1000 Meter über dem Meer. Schwerfällig kriechen seit Tagen die regenschweren Wolken über die steilen Hänge und dicke Nebelfetzen hängen in den Wipfeln der zerfledderten Tannen. Krähen segeln rastlos mit zornigem Geschrei durch die Luft. Die Kühe stehen triefend vor Nässe in den zermatschten Feldern, sie waten im knöcheltiefen Morast und glotzen noch verständnisloser als sonst gen Himmel. Mit heiserem Brüllen muhen sie sich weiß der Teufel was aus den dicken Leibern. Menschen sind keine zu sehen. Die Wanderer in ihren rotkarierten Hemden bleiben heute im Tal.

Für den Senn auf Pfingstgunten ist es dennoch beinahe ein Tag wie jeder andere. Nur eben das viele Wasser nervt ihn mehr und mehr, es versaut ihm die Quellen und das Vieh mag bald die trübe Brühe nicht mehr saufen. Aber da ist nichts zu machen. In der für die Bewohner der Region typischen Art verrichtet Lässer sein Tagewerk. Eine Mischung aus unerschütterlicher Ruhe, Fatalismus und im fruchtbaren Boden verankerter Gläubigkeit beherrscht die Menschen seit Jahrhunderten. Fest verharren sie im Althergebrachten, Gewohnten, Übernommenen. An der Oberfläche ergibt das einen ausgeglichenen, festen Charakter; darunter aber kann es ganz schön brodeln und unruhig werden, was nicht zuletzt die lange Reihe jener belegt, die ihr Glück in der Ferne gesucht und wohl nur allzu selten gefunden haben.

Auch das Feuer unter dem kupfernen Sennkessel scheint gegen die Feuchtigkeit zu rebellieren. Oder hat Lässer wieder ein paar nasse Prügel erwischt? Es ist schon neun Uhr, langsam sollte die Milch auf ihre Temperatur kommen. Um halb zwölf möchte er den Käse in der Presse und die Sennsuppe auf dem Tisch haben. Der Sägewerksbesitzer Fetz vom Bodensee hat sich wieder einmal angesagt. Er ist ein schrulliger Kerl, ganz versessen auf dieses Molkezeug, Stammgast seit Jahren. Für ein paar Teller Suppe und ein ordentliches Stück vom alten Käse nimmt er den beschwerlichen Weg hierher auf sich, lässt auch immer ein schönes Trinkgeld liegen, da kann man sich schon ein wenig nach ihm richten.

Pfingstgunten ist eine der letzten Alpen, auf die kein Güterweg führt, die also nicht per Geländefahrzeug für Hinz und Kunz erreichbar sind. Die wackelige Materialseilbahn mag der Senn nicht einmal seinen kostbaren Käselaiben oder im Frühsommer den Ferkeln und noch weniger im Herbst den fett und fleischig gewordenen Alpsauen gerne zumuten.

Die Arbeitsweise auf Pfingstgunten hat sich im Lauf der Zeiten kaum geändert. Strom gibt es keinen; das hinter der Hütte installierte Dieselaggregat hat Kurt Lässer nach zwei Sommern wieder abtransportieren lassen. Krawall und Gestank braucht er auf seiner Alpe sicher nicht! Nicht einmal die so pingeligen wie hirnrissigen Vorschriften der Brüsseler EU-Behörden konnten den Alltag auf Pfingstgunten verändern. Ein paar Quadratmeter weiße Kacheln im sogenannten Milchraum, einem winzigen Verschlag neben dem Stall, hat sich Lässer von seinem alten Kumpel Paul verlegen lassen. Das ist bis heute das einzige Zugeständnis an das vereinte Europa. Mit der Forderung nach Ersatz der alten hölzernen Arbeitsgeräte und Gefäße durch Kunststoff-

und Edelmetallzeug konnten sich die EU-Bürokraten hier nicht durchsetzen. Nicht von ungefähr haben sich schon andere die Zähne ausgebissen an der Sturheit der Wälder, an ihrem dickschädeligen und querköpfigen Selbstbewusstsein, das man heute zeit- und marktgemäßer lieber *Qualitätsbewusstsein* nennt.

Haben nicht die Krumbacher Weiber, furchterregende Furien, deren Frömmigkeit es spielend mit der moslemischer Mujaheddin aufnehmen kann, vor zweihundert Jahren Napoleons bayrische Söldner und den königlichen Abgesandten an ihrer Spitze mit Schimpf und Schande aus dem Land gejagt? Hat nicht im Dreißigjährigen Krieg ein Trupp wildgewordener Eggerinnen in weißen Kutten mit Sensen und Gabeln einer Truppe marodierender Schweden den Garaus gemacht, drunten an der Roten Egg, anno 1647? Ist die Rote-Egg-Geschichte auch kaum mehr als eine unbewiesene Sage und sind die Vorderwälder Weiber, von den meisten Geschlechtsgenossinnen, von ihren Männern sowieso und von der Obrigkeit schmählich im Stich gelassen, schließlich um Begnadigung winselnd vor dem bayrischen König und seinen subalternen Statthaltern zu Kreuze gekrochen: Man hält sich hier gerne an diese Geschichte. Treu und auch ein klein wenig narzisstisch hegt und pflegt man den Mythos von der autonomen, selbstbestimmten Wälderrepublik, als handle es sich um ein freies gallisches Dorf inmitten der bösen römischen Provinzen. Nur (fast) ohne Zaubertrank. Und einen wahren Kern werden die Erzählungen ja wohl haben. Dafür sprechen nicht zuletzt die bodenständigen Typen wie Lässer, oder?!

Kurt Lässer wirft einen Blick aufs Thermometer; die Temperatur passt endlich, er schneidet mit dem schartigen Taschenmesser, ein Erbstück vom Vater, das getrocknete Kälberlab in feine Scheibchen. Die lässt er behutsam in die Milch gleiten. Nach fünfzehn Alpsommern hat er die richtige Menge genau im Gefühl. Ja, fünfzehn Sommer sind es. Damals, im 1994er Jahr, als sein bis dahin so fraglos funktionierendes Leben völlig aus dem Ruder zu laufen begann, hat er seinen Dienst als Leiter des Käselagers in der Alma, der großen Käsereigenossenschaft, aufgegeben. Kurz zuvor war die Scheidung von seiner Frau über die Bühne – die Schmierenkomödienbühne! – gegangen. Die Ingeborg hatte ihn über Monate hinweg regelrecht zum Haus hinausgeekelt. Da könne sie sich ja gleich einen Bergkäse ins Bett legen, der habe mindestens so viel Sex-Appeal wie er und der Geruch wäre auch nicht viel anders, hat sie gelästert. Dafür könne man wenigstens hineinbeißen, ohne eine Blut- und Alkoholvergiftung zu riskieren! Sex-Appeal!? Lässer brauchte das Wort nicht zu verstehen, um zu wissen, dass er damit nie punkten würde oder auch nur punkten wollte.

Dabei war der Lässer Kurt einmal eine Institution gewesen und von vielen beneidet. Seinen Job hätte so mancher gerne übernommen. Aber nicht nur beneidet wurde er. Unbestritten blieben stets seine fachlichen Qualitäten. Im Sommer war er ständig unterwegs auf den Alpen, kannte Gott und die Welt, sein Wort hatte Gewicht, er bestimmte die Qualitätsstufe und damit den Preis des Alpkäses. Natürlich fehlte es dem Kurt nie an einem kleinen Kniff, wenn es galt, auf den Alpen ein Zubrot zu verdienen: da ein paar Kilo mehr anzuschreiben, dort die Qualität ein wenig auf- oder abzuwerten. Am liebsten aber begleitete er Exportlieferungen nach Italien hinunter oder hinauf an die Nordsee; mit dem

Lkw nach Mailand, Genua, Hamburg. Das war doch immer ein Spaß gewesen, unter Männern, versteht sich! Es ist lange her. Der Umzug aus dem schönen, in ungezählten Stunden erbauten Heim in den verlassenen Hof seiner längst verstorbenen Eltern war dann nur mehr eine Formsache, aber eigentlich nicht einmal das. Bei Nacht und Nebel packte er seine Siebensachen und räumte das Feld. Soll sie glücklich werden mit dem Hosensch…, den sie sich da angelacht hat im Rheintal draußen, hoffentlich riecht der wenigstens besser! Viel Gutes hat er ja inzwischen nicht gehört von den beiden! Aber wenn der Ingeborg blaue Flecken lieber sind als ein bisschen Käsemief, na bitte!

Gedankenverloren schaut Lässer in den Kessel, in dem das Lab seine wohl abgewogene Wirkung tut. Da kann er sich für ein paar Minuten verabschieden und steigt in den Keller hinunter. Auch hier hat sich wenig geändert in den vergangenen Jahrzehnten. Die Falltür im Küchenboden ist noch das Stabilste an der ganzen Geschichte. Die schiefen, abgetretenen Tritte der Holzstiege, die in den niedrigen, dumpfen Keller hinunterführen, sind wenig vertrauenerweckend. Aber auch heute schafft es Lässer wieder nach unten und steht auf dem plattgetretenen nackten Erdboden. Die Petroleumlampe hängt er an den Deckenhaken, ihr mattes Licht flackert unruhig. Der modrige, leicht stechende Geruch steigt Lässer heftig in die Nase. Er geht den schmalen Gang zwischen den Regalen mit den frischen Käselaiben bis ganz nach hinten. Dort liegt ein guter halber Laib. Davon schneidet Lässer ein ordentliches Stück ab, für seine Käsnudeln am Mittag. Der Käse ist vom vergangenen Jahr, scharf und würzig. So einen bekommst du nirgends zu kaufen, und, wie der Vater immer zu sagen pflegte, *gehen kann er auch schon bald.* Zwei oder drei Laibe bleiben über den Winter immer hier heroben auf Pfingstgunten; Lässer steigt dann regelmäßig herauf und pflegt sie sorgfältig. Die Mäuse vertreibt die Winterkälte oder sie enden in den Mausefallen. Bevor er die Stiege wieder hinaufklettert, angelt sich Lässer aus einer wurmstichigen Kommode eine grüne Zweiliterflasche hervor. Die Geheimreserve. Er nimmt einen langen Schluck. Der Obstbrand strömt wild brennend die Gurgel hinunter. Was will man sonst tun bei der Kälte, um die Grippeviren in Schach zu halten! Oder gilt es die Einsamkeit abzuwehren?

Droben knallt er den Käse auf den Küchentisch. Dann wirft er einen langen Blick aus dem Fenster in die graue Suppe draußen. Kein Mensch weit und breit. Nur Nebel kriecht aus dem Tal herauf. Das Vieh hat sich auf der Bergseite unter ein paar vereinzelte Bäume verzogen. An solchen Tagen könnte ihn das Leben hier heroben fast verelenden. Warum kann er nicht unten im Tal bei den andern sein? In einem warmen Büro sitzen und ein regelmäßiges Leben führen? Am Abend ein wenig fernsehen, mit seiner Lilli schmusen – einem echten Milchmädchen übrigens, da geht sogar Lässers simple Rechnung auf – und später im weichen Bett friedlich einschlafen?

Bis vor zwei Jahren blieb er über die Wintermonate als Milchwagenfahrer und Hausmeister zeitweise im Dienst der Alma. Als die Alma schließlich vor zwei Jahren das Handtuch warf und sich von der übermächtigen Privatkäserei Rapp aufkaufen ließ, hat er sich verabschiedet. Das berühmte *Beschte Eck vom Käs* fiel bei der Übernahme zwar nicht für alle gleich fett aus.

Auch Kurt Lässer musste zu einem nicht ganz sauberen Deal greifen, um doch noch kräftig mitzunaschen. Dazu hat er den Bechter, diesen komischen Deppen aus dem Vorderwald, so richtig übers Ohr gehauen. Der Bechter ist eine auf den ersten Blick schräge, an sich aber völlig harmlose Gestalt, ein Maurer, Hilfsarbeiter in einer Bregenzer Baufirma. Beim Militärdienst haben sie sich kennengelernt. Eine windige Clique, eine Zufallsseilschaft ist es schließlich gewesen, die den Bechter mächtig zahlen hat lassen. Der war, was sich in den klatschsüchtigen und hellhörigen Dörfern des Bregenzerwaldes schnell herumgesprochen hatte, durch eine Erbschaft zu einem kleinen Vermögen gekommen. Wozu braucht einer aber auch dermaßen viel Geld, wenn er so saublöd ist! Zum Versaufen sicher nicht! Lässers Anteil ruht seitdem auf einem wohl gehüteten Raiffeisen-Sparbüchlein zuunterst im Stubenkasten. Daran wird sich weder seine Alte, also die Ex-Alte, noch der Herr Sohn vergreifen, dafür ist per Losungswort gesorgt! *Kaspanaze*, so lautet es, denn der Typ hatte es ihm damals angetan: ist mit Stricksocken, Stallkleidung und einem Stück Bergkäse in den Landtag eingezogen! Das waren noch Zeiten! Wo sind sie geblieben? Lässers Sohn, das Nebenprodukt einer feuchtfröhlichen und allzu freizügig interpretierten Betriebsbesichtigung bei der schönen Annabell auf ihrer Ziegenalpe, sein Sohn bekommt das Sparbuch sicher nicht. Er hat ihn seit zehn Jahren nicht mehr gesehen. Der feine Pinkel, der Herr Uhrmacher in Paris, schämt sich wohl für seinen Vater!

Nur, im Moment und gegen diesen Regen bringen ihm alle Sparbücher der Welt nichts. Denn jetzt heißt es rühren. Tief über den kupfernen Kessel gebeugt rührt

Lässer mit der Harfe die dickgelegte Milch. Der Regen trommelt gleichmäßig auf das dünne Blechdach, ein loser Fensterladen klappert im böigen Wind, das Feuer prasselt endlich munter unter dem Kessel, ein wenig wohlige Wärme streicht um Lässers Beine. Aus dem kleinen Transistorradio auf dem hölzernen Bord über dem Tisch mit der mächtigen Eichenplatte plärren alte Schlager. Sentimentalität macht sich breit: „Griechischer Wein“, „Mamma mia“, „Er hat ein knallgelbes Gummiboot“. Das bringt Lässer wieder zurück in die Gegenwart. Das werde ich auch bald brauchen, wenn es noch lange so weiterregnet, denkt er sich. Geistesabwesend stiert er in die weißlich-gelbe feinkörnige Flüssigkeit vor sich, den Bruch. Ein paar Grad fehlen immer noch bis zur richtigen Temperatur. Also noch ein paar Prügel nachwerfen und weiterrühren. Es fühlt sich an für Lässer, als rühre er sein Leben um und um und um ...

Zur gleichen Zeit tritt ein kleines Männlein aus dem dichten Tannenwald unterhalb der Hütte heraus, späht über die letzte Geländekante, wittert nach links und rechts. Da ist niemand. Wer sollte auch? Und wenn schon! Jetzt ist es zu spät. Zurück geht er sicher nicht mehr!

Gestern spätabends ist er in Hittisau als einziger Fahrgast aus dem letzten von Bregenz kommenden Postbus gestiegen. Das ist nicht weiter auffällig. Er wohnt zwar weiter draußen im Tal, fährt aber immer wieder auf dieser Strecke. Viel weiß niemand von dem Kauz. Ein Einzelgänger, abweisend und wortkarg, doch nicht einmal die Kinder fürchten sich vor ihm. Auf seinem mächtigen kantigen Kopf sitzt der scheinbar unverrückbare, einst grüne, jetzt völlig verwitterte Sepplhut, ein kohlschwarzer, wilder, unbezähmbarer Bart verschattet das Gesicht, buschige Brauen wuchern über den vermoosten Augen, verfilzte Haarsträhnen stechen in die knochengelbe niedrige Stirn, ein breiter verkniffener Mund und blutleere Lippen erzählen mehr, als sie je mit Worten zu sagen vermöchten. Wie immer hängt die abgewetzte Tasche mit dem verblichenen Namen einer bekannten Baufirma um seine Schultern. Die dünnen Beine stecken in schweren ledernen Bergschuhen. Ein viel zu weiter grauer Lodenumhang verleiht ihm zusätzlich ein gnomenhaftes Aussehen. Schwerfällig und grußlos stolpert er ungeschickt aus dem Bus und verschwindet im Handumdrehen hinter dem Postamt in der stockdunklen Nacht. Auf dem Weg, den er dann einschlägt, um den Hittisberg herum, in weitem Bogen an Sibratsgfäll vorbei und dann der wild tosenden Subersach entlang, begegnet ihm in dieser Nacht und bei dem Wetter garantiert kein Mensch. Weit nach Mitternacht legt sich das Männlein in das halb verschimmelte alte Heu in einer der primitiven Holzhütten zwischen Fluss und Wald. Aus seiner Tasche holt er ein großes Stück dunkles Brot, zerpflückt es in kleine Bissen und kaut lange darauf herum. Danach nimmt er eine Flasche Bier aus der Tasche, öffnet sie mit den Zähnen, trinkt sie ohne abzusetzen halb leer. Vorsichtig tastend überprüft er den Inhalt der Tasche, nickt zufrieden, legt sie sich als Kissen unter den Kopf und schläft bald ein.

Als die grautrübe Morgendämmerung unmerklich in den Tag übergeht, erhebt sich das Männchen von seinem Lager. Er trinkt die angebrochene Flasche leer, wieder in einem langen Zug, stopft sich ungeduldig das restliche Brot in den Mund, hängt sich die Tasche um. Er tut das nicht, ohne noch einmal mit den Fingerspitzen ihren Inhalt geprüft zu haben. Das geschieht mit einer Behutsamkeit, fast Zärtlichkeit, die seltsam von seinem rohen, verwilderten Äußeren absticht. Dann macht er sich auf den Weg nach Pfingstgunten. Allzu weit ist es nicht mehr. Es regnet und regnet.

Das letzte Stück, kaum hundert Meter über zertrampelte Wiesen, steigt er nun bedächtig Schritt für Schritt setzend auf die kleine, windschiefe und altersschwache, in den steilen Hang hinein gebaute Hütte zu. Aus dem schmalen Kamin quillt dunkler Rauch, den die grauen Nebelschwaden vor sich hertreiben und bald aufgesaugt haben. Die Gestalt mit dem Sepplhut erreicht unbemerkt den seitlich gelegenen Eingang, schlüpft vorsichtig aus den schweren Schuhen, steht mit bloßen, löchrigen Wollsocken auf den rohen Brettern des kleinen Schopfs. Linkerhand ist die Tür in den niedrigen Stall weit offen, ein paar Schweine grunzen im Traum, der schwere Ackergaul stampft in seiner engen Box. Die Tür in die verrußte Küche ist angelehnt, der Senn steht im Halbdunkel mit dem Rücken zu ihr. Aus dem Radio trällern noch immer die alten abgedroschenen Schlager. Von einer Träne, die auf Reisen geht, singt eine schmalzig-ölige, hohe Männerstimme. „So ein Blödsinn!", murmelt Lässer empört in seinen stoppligen Älplerbart hinein. Und das ist dann auch schon sein letzter Gedanke und der letzte Kommentar, den er in diesem Leben abgibt, bevor ihn mit wahnsinniger Wucht ein grauenhafter Schlag trifft. Mit gespaltenem Schädel scheidet er aus dem Dasein. Nichts als ein satter Plumpser ist zu hören, als er kopfüber in den halbvollen Kessel kippt.

—

So hat sich Albert Fetz sein Sennsuppen-Mittagsmahl sicher nicht vorgestellt. Ein paar Minuten vor seiner Frau erreicht er die Alphütte und tritt forsch grüßend in die Küche ein. Keine Antwort. Verblüfft schaut er sich um. Zuerst sieht er im verrauchten Halbdunkel fast gar nichts. Dann den umgestürzten Tisch und links davon über der gemauerten Feuerstelle den randvollen Kessel. Ist das wirklich eine Hand, die da über den Kesselrand hinausragt? Jetzt nimmt Fetz auch den infernalischen und augenblicklich heftige Übelkeit erzeugenden Gestank wahr, der vom Kessel ausgeht und längst in alle Ritzen der Hütte dringt. Es ist eine Mischung aus feuchtem, versengtem Holz, angebrannter Milch, nassem Leder, saurer Rindssuppe und – verschmortem Fleisch. Er mag seinen Augen nicht trauen: Im Sennkessel schwimmt in einer roten Brühe eine Gestalt. Es ist Lässer, der Senn. Gerade noch rechtzeitig kann der Feinschmecker die nachkommende Gattin aus der Hütte drängen. Er stolpert hinter ihr ins Freie und ringt im nach wie vor strömenden Regen nach frischer Luft. Schwer lässt er sich auf das halbwegs trockene Bänklein an der Hauswand fallen. Das war dann vorgestern, soviel ist ihm augenblicklich klar, definitiv seine letzte Sennsuppe. Käseweiß und fassungslos lehnt er an der silbergrau verwitterten Wand und atmet heftig. Daran ist heute ausnahmsweise nicht der steile Aufstieg schuld.

„Was ist denn los da drin?“, will das Marile wissen. Das Aussehen ihres Gatten verheißt allerdings nichts Gutes. Er winkt einstweilen wortlos ab, ringt weiterhin mühsam nach Luft und wohl auch nach einer Erklärung für das grausliche Bild. Wenig später zieht er sein Telefon aus dem Rucksack und wählt den Polizeinotruf. Der kleine, wildlederüberzogene Flachmann mit dem teuren Cognac, der eigentlich für erfreulichere Anlässe vorgesehen war, muss zur Erstversorgung herhalten.

„Isidor! Isidooor! Isidörle!!“ Eine warme, angenehme Altstimme ruft aus dem offenen Küchenfenster eines gepflegten, im nüchtern-schmucklosen Stil der 1960er Jahre erbauten Bürgerhauses quer über den kleinen Hof.

„Himmelfix, Rösle, was ist denn los?!“ Das Fluchen ist nämlich eine Schwäche von Inspektor Isidor Ibele, keinesfalls jedoch ein Indiz schlechter Laune, da gibt es anderes.

„Telefon, Isidor, der General!“ Telefon! Und dann auch noch der General! Der Ruf zum Mittagessen wäre Isidor lieber gewesen, läutet es ja soeben halb zwölf von der nahen Pfarrkirche herüber. Mittagessen! Wo es doch heute eine Lammkeule gibt, aus der Zucht seines Bruders, eigene Schlachtung, versteht sich! Sechseinhalb Stunden gegart im Holdomat bei sanften 81 Grad, mit viel Knoblauch und noch mehr Ingwer! Ja, Ingwer: Man pflegt eine bodenständige und raffinierte, vor allem eine engagierte Küche im Hause Ibele. (Aber dazu später mehr.) Ibele überprüft nochmals die Temperaturanzeige an seiner vor dem großen hölzernen Stadel aufgebauten fahrbaren Brennanlage, Schnapsbrennanlage, was sonst! In seinen hohen schwarzen Gummistiefeln trabt er über den Hof auf das Fenster zu, an dem sein Rösle steht. Sein Rösle, eigentlich Rosalia Katharina Velma Ibele, geb. Meusburger. Bauernkinder sie beide: eine begnadete Köchin und ein begnadeter Esser. Seit nunmehr einem guten, einem sehr guten, Vierteljahrhundert geht ihre Liebe durch den Magen. Sie scheint beträchtlich gewachsen zu sein in dieser Zeit. Das Rösle, eine Schwarzacher Land- und Gastwirtstochter, ist Köchin mit Leib und Seele. Mit den geckenhaften Schnöseln und Wichtigtuern aus den Fernsehküchen hat sie nichts, aber schon gar nichts am Hut. Das Rösle verkörpert auch nicht nur eine kulinarisch-gastronomisch fast schon untergegangene Zeit. Das Rösle ist zum einen die Güte in Person und zum andern jemand, der genau weiß, was er, d.h. sie will. Auch in der Küche. Für Isidor Ibele ein absoluter Glücksfall.

Als Spross einer alteingesessenen Bregenzer Bauerndynastie, und nunmehr Hobbylandwirt, konzentriert er sich auf die ausgedehnten Mostobstkulturen und hilft seinem Bruder bei der Schafzucht auf den Thalbachwiesen. Die Kriminalistik hat Ibele früh für sich entdeckt. Vielleicht war seine Berufswahl eine Nachwirkung der inbrünstig betriebenen Kindheits- und Jugendlektüren: angefangen bei Bärli Hupf über den Räuber Hotzenplotz und weiter zu Karl May und Jerry Cotton, später, am Gymnasium, hat ihm der Französischlehrer Georges Simenon und seinen *Maigret* nahegebracht. In Ibeles Brust schlagen spürbar zwei Herzen. Ein Bauern- und ein Kriminalistenherz, genährt von ein und derselben Quelle: Wahrheitsliebe und Gerechtigkeitssinn. So gilt Ibele als der Philosoph im Kommando, als der leidenschaftliche Denker im Kreis der kühlen Rechner und trägen Beamten, denn: „A priori ist alles Mögliche möglich", wie ihn seine Kollegen gerne ironisch und doch mit Respekt zitieren.

„Ja, Herr General?" Der General ist zwar kein General, er ist ein Oberst, aber seit er ein paar Monate hindurch als Stellvertreter eines frühpensionierten Spitzenbeamten drunten in Wien fungiert hat, pocht er auf den General. Man könnte ihn wahrscheinlich auch Napoleon oder Metternich, Exzellenz oder Fürst nennen, ohne auf ernsthaften Widerspruch zu stoßen.

„Ibele, wir brauchen dich dringend!“

„Herr General wissen, dass ich bis Montag im Urlaub bin und Herr General wissen warum!“ Diese leicht höfisch angehauchte Ausdrucksweise erlaubt sich Ibele von Zeit zu Zeit, hauptsächlich um dem General zu demonstrieren, wie weit sie letztlich voneinander entfernt sind: der Bauer und der General.

„Ja, Ibele, und ich würde den besten Schnapsbrenner des Landes nicht anrufen, wenn es nicht dringend wäre. Wir haben einen Mord, Ibele!“

„Einen Mord, Herr General?“

„Jawohl, einen Mord, mein Ibele, ein Senn wurde erschlagen und liegt tot im Sennkessel! Auf irgendeiner gottverlassenen Alp im ach so schönen Bregenzerwald.“

Na so was! Sapperlot! Dass die hitzköpfigen Wälder sich die Nasen blutig schlagen und die Zahn- oder Notärzte mit Extra-Arbeit versorgen, das ist man gewohnt. Wozu sonst, als um möglichst grundlos aufeinander einzudreschen, gibt es sommerliche Feuerwehr- und Musikfeste oder winterliche Hornerschlittenrennen? Obwohl auch wesentlich schlichtere Anlässe genügen, um mit Fäusten oder Prügeln aufeinander loszugehen, wenn erst einmal das nötige Quantum an Bier oder billigem Fusel geflossen ist. Aber Mord ist denn doch etwas anderes! Und bei dem Sauwetter auf eine Alp hinauf kraxeln, um einander umzubringen, dann das Opfer auch noch sieden! Das geht zu weit, oder? Heilandderwelt!

„Ich bin in einer Viertelstunde im Kommando, Habedie-Ehre“, versichert Ibele dem General und reicht seiner Frau energisch das Telefon durchs Fenster. Und die Lammkeule? Die muss warten bis zum Abend. Ibele drückt dem Rösle einen festen, nein, einen wahrhaft schmatzenden Kuss auf die lammfettverschmierten Lippen und gleich noch einen eleganten, um Verständnis heischenden auf Rösles noch immer glatte, faltenfreie Stirn. Die Lammkeule, das muss der Fairness halber erwähnt werden, verdankt Ibele übrigens zumindest indirekt seiner Lieblingsfeindin Mathilde, einer mütterlichen Freundin seiner Frau. Mathilde Hutter, Tochter eines stadtbekannten, sagenumwobenen Metzgermeisters, verheiratet mit Oswald, der durch ein paar Immobiliengeschäfte zu einigem Geld gekommen ist. Man wohnt droben am Pfänderhang in einer protzigen Villa mit Seeblick und Terrassenpool. Mathilde ist 68, todunglücklich und bei Weitem nicht mehr die Schönheit, die sie, zumindest in den eigenen Augen, einmal war. Ersteres weiß sie nur zu genau und Letzteres will sie naturgemäß nicht wissen. Vor Kurzem bekam das Rösle bei Mathilde einen Kalbsbraten vorgesetzt, den sie im Holdomat zubereitet hat. Im feinleinenen Ehebett öffnete das Rösle ihrem Isischatz am selben Abend zur Einschlafstunde ihr Herz: So einen Holdomaten braucht das Rösle auch. Sie kann ja nicht die Sauna auf 81 Grad heizen, um ihrerseits eine in den vornehmen Hutterer-Kreisen, wie Isidor sie scherzhaft nennt, vorzeigbare Lammkeule zu schmoren?

Die Lammkeule muss jetzt warten. Dienst ist Dienst und Mord ist Mord. Ibele spurtet in die Garage und startet sein Motorrad, eine wohl gehütete BMW R35-3, Baujahr 1958, des Inspektors Jahrgängerin also, ein wunderschönes, schwarzes Exemplar, die Wespe unter den Motorrädern, wie er sie ob ihrer filigranen Gestalt nennt, ein unverwüstliches Einzylindermodell mit smarten zwölf PS und den beiden klassischen Einzelsitzen, über den chromblitzenden Speichenrädern herrlich geschwungene, weiß eingerahmte Kotflügel (von wegen Schutzbleche!) und der legendäre, gut und gern kinderkopfgroße, schwarze Scheinwerfer. Einmal kicken (darauf besteht Ibele) und die Maschine läuft. Ibele hält sie tadellos in Schuss. Nicht dass er ein Pedant wäre, er ist ein Tüftler, und er ist ein Mensch mit stillen, aber beständigen Leidenschaften. *Nicht auf dem Feuer grillt man die besten Steaks, sondern auf der Glut*, pflegt er zu sagen, der Philosoph. Er rast die schmale Thalbachgasse hinunter, dass die Schülerinnen aus dem nahen Mädchenstift auf dem Weg in die Mittagspause in ihren himmelblauen Jacken und Faltenröcken gackernd und quieckend scharenweise zur Seite hüpfen. Ibele donnert über das bucklige Pflaster der Kirchstraße weiter Richtung Kommando. Knatternd schießen dunkle Fahnen aus dem chromblitzenden Auspuff. Es ist keine Zeit zu verlieren, denn jetzt riecht nicht mehr Isidor den Braten, jetzt riecht der Inspektor Blut!

Eine gute Stunde später parkt Kriminal-Aspirant Albrecht aus Schoppernau am Fuß eines steilen Hanges neben einer winzigen Hütte. Die beiden Männer steigen in die wacklige Seilbahnkiste. Dabei zittern zumindest Ibeles Knie eh noch von der Fahrt durch den halben Bregenzerwald und Albrechts wildem Ritt über grobe Schotterpisten und Güterwege. Aspirant Cäsar Albrecht, 22, frisch ausgemusterter Polizeischüler, ebenso unverdorben wie unbedarft, Fettnäpfchenspezialist und trotz seiner Jugend chronisch von unglücklicher Liebe heimgesucht. Um genau zu sein, ist er in einer tragikomischen Liebesdialektik gefangen. Entweder ist er nämlich unglücklich, weil nicht verliebt, oder aber er ist unglücklich verliebt. Derzeit übrigens ersteres, was sich aber bald und auf überraschende Weise ändern wird. Oben auf Pfingstgunten warten bereits die beiden Kollegen vom Egger Polizeiposten. Außerdem zur Stelle ist der zuständige Gemeindearzt. Das ist ein distinguierter älterer Herr mit markant geschnittenem Gesicht und auffallend gepflegten, aber rastlosen Händen. Aus den Ärmeln eines karierten Tweed-Sakkos ragen blütenweiße Hemdsärmel mit schwarzglänzenden Manschettenknöpfen. Ein Landarzt wie aus dem Bilderbuch. Eine Erscheinung zwischen englischem Lord und hintergründigem Schalk. Er sitzt neben dem Sägewerksbesitzer und dessen Frau vor der Hütte und redet wort- und gestenreich auf die beiden ein. Ibele atmet ein paar Mal tief durch. Was für eine wunderbare Luft haben die hier! Betreten und wortkarg sieht sein kleines Publikum den ersten Maßnahmen entgegen.

„Was also ist los da heroben? Was ist passiert mit dem armen Senn?“, wendet sich Ibele nach einer knappen allgemeinen Begrüßung und einer kurzen Instruktion seitens seiner Kollegen zuerst an den Arzt.

„Jo do ischt alls boda gnot umme gsin“, antwortet der gepflegte Herr ohne erkennbare Emotion, lediglich begleitet von einer undefinierbaren, einen jähen Absturz oder schnellen Exitus andeutenden Handbewegung.

„Wie bitte?“ Ibele war auf diesen Mundartschwall nicht gefasst.

„Da war leider nicht mehr viel zu machen!“ Ein mildes, mit einer winzigen Spur von Sarkasmus unterlegtes Lächeln begleitet die in fast akzentfreiem und tadellosem Schriftdeutsch gesetzten Worte. Immerhin ist der Mann ein Urur- oder so Enkel des vermutlich bedeutendsten Schriftstellers der Region. „Wie es ausschaut ein glatter Hieb durch den Schädel mit einem sauscharfen Beil, und dann noch gesotten, aber das eher post mortem." Hat der Doktor jetzt gegrinst? Findet er *das* lustig? *Den* Humor müsste man haben!

Ibele durchquert mit eingezogenem Kopf den kleinen Schopf und steht in der dämmrigen Sennküche. Auf dem Boden liegt von einer gräulich-beigen, feinkörnigen Schicht überzogen der Tote, auf eine zerschlissene Decke gebettet. Ziemlich entspannt, könnte man meinen, nur vom Gesicht ist nicht mehr viel übrig. Und die Spurensicherung wird keine Freude haben mit all dem verschütteten Zeug. Wer den Toten denn aus dem Kessel geholt hat, will Ibele wissen. Der Sägewerksbesitzer war es. Immer dieselben Gschaftlhuber: Sind stets dort, wo man sie nicht braucht, und wo man sie braucht, sind sie garantiert nicht! Jeder Windstoß, der durch die offene Tür von draußen in die Hütte hereinweht, treibt höllisch stinkende Duftschwaden von einer Ecke in die andere.

„Gibt's denn hier keinen Schnaps, das dreht einem ja den Magen um!", knurrt Ibele, dem selbst sein Schwager, seines Zeichens Gerichtsmediziner, eine beinahe unglaubliche Vomitätsresistenz attestiert, was nichts anderes heißt, als dass seine Magennerven normalerweise jede Ekel-Attacke überstehen. Ibele will dennoch keine Gelegenheit versäumen, die erfahrungsgemäß hochwertigen Destillate der als ausgezeichnete Brenner bekannten Einheimischen zu verkosten.

„Da sollte schon etwas zu finden sein", meint Kollege Eugster und öffnet den wackligen Wandkasten.

„Bring die Flasche vors Haus!", kommandiert Ibele und geht nach draußen. Dort zündet er sich eine filterlose Gauloise an. Die holt er regelmäßig drüben in der

Schweiz, Gauloises brunes, wie Jean-Paul Belmondo. Drei bis vier davon pro Tag genehmigt er sich. Das ist Kult. Bezirksinspektor Eugster lässt die Schnapsflasche kreisen: ein Enzian-Brand, nach alter Tradition hergestellt aus den Wurzeln, nicht ganz erlaubt, aber so was von gut! Ibele schnalzt genießerisch mit der Zunge.

„Wer war der Mann?“

„Lässer Kurt, der Pfingstgunten-Senn seit fünfzehn Jahren; eher ein Eigenbrötler, aber kein unguter Typ; ein bisschen verschroben vielleicht. Man kennt ihn überall im Wald, ein ehemaliger Alma-Einkäufer. Wirklich viel zu sagen gibt es nicht über ihn. Die letzten paar Jahre lebte er sehr zurückgezogen. Seit etlichen Jahren allein. Sicher keiner, der uns bisher viel Arbeit gemacht hat, und keiner, dem man einen solchen Tod wünscht!“

„Sind in der Hütte besondere Spuren zu sehen, ein Kampf oder so? Was ist mit dem Tisch los?“

„Viel ist nicht zu sehen da drin. Ja, der Esstisch ist der Länge nach auseinandergehauen, gespalten wie Lässers Grind, dem frischen Schnitt nach heute Vormittag und wie es ausschaut mit einem einzigen Schlag. Da scheint ein Riese am Werk gewesen zu sein, und ein zorniger noch dazu.“ Bezirksinspektor Eugster braucht noch einen Schluck.

„Wer hat den Toten gefunden?“, will Ibele wissen.

„Ich, Herr Inspektor!“, meldet sich der Sägewerksbesitzer blass. „Wir sind gegen elf Uhr heraufgekommen, meine Frau und ich, das war so abgemacht, zur Sennsuppe ...“

„Sie haben ihn aus dem Kessel geholt? Wozu denn? Hat er vielleicht gejammert? War ihm zu heiß in seinem Bad?“ Ibele erstickt seinen Ärger in Zynismus.

„Das nicht gerade, das heißt, ich weiß nicht, aber ich habe gedacht ...“ Erstes Gebot: Du sollst nicht denken!, hätte ihm Ibele gerne zugerufen, doch er beherrscht sich. Es ist, wie es ist. Der Mann hat es ja gut gemeint. Das ist erfahrungsgemäß meistens das Schlimmste, was einer tun kann.

„Sie sind doch zu Fuß herauf gekommen. Ist Ihnen etwas aufgefallen auf dem Weg, jemand begegnet oder so?“

„Nein, niemand, es war auch ganz neblig und da sieht man ja sowieso keine paar Schritte weit ...“

„Aber Albert, ich habe es dir gesagt, Albert, drunten, bei der Seilbahnhütte, Albert, da war doch dieser Hut im Wald ...“, meldet sich schüchtern die Frau.

„Ein Hut?“, fährt Ibele herum.

„Ja, so ein Tirolerhut, also ein Bub, oder ein Mann mit einem Hut ist im Wald gesessen. Eher ein Mann, ein kleiner, ich glaube, er hat geschlafen. Als wir dann auf die Seilbahnhütte zugegangen sind, ist er schnell zwischen den Bäumen verschwunden, ich habe es dem Albert gezeigt, aber der war mit dem Rucksack beschäftigt und hat nur gesagt ‚Mein Weib, es ist ein Nadelstreif‘ und ich soll nicht fantasieren, sonst holt mich noch der Erlkönig.“ Mit der in etlichen Ehejahrzehnten zur Maske gewordenen Ich-hab’s-dir-ja-gesagt-Miene wirft sie ihrem Albert einen trotzigen Blick zu.

„*Nebelstreif* habe ich gesagt, Marile, *Nebelstreif*!“ Fetz blinzelt dem Inspektor kumpelhaft zu, sichtlich angetan von seinem klassischen Zitatenschatz. Ibele aber wäre es lieber gewesen, der Mann hätte besser aufgepasst, als mit seiner sinnlosen Halbbildung zu prahlen.

„Wo ist eigentlich der Albrecht? Hat jemand den Albrecht gesehen? Albrecht!“, brüllt Ibele.

„Hier!“, ruft der Aspirant ungewohnt kleinlaut um die Ecke. Ibele und Eugster schauen nach. Da steht Albrecht bis zu den Waden versunken auf dem riesigen Misthaufen und kommt weder vor noch zurück.

„Was tust denn du da?“, erkundigt sich Ibele lachend.

„Man kann ja nie wissen, Inspektor, ich habe gedacht, ich schau mal hier ... und dann, so ein Mist ...“, versucht Albrecht eine Erklärung.

„Bei dir kann man wirklich nie wissen!“, gibt ihm Ibele recht und wirft ihm eine Mistgabel zu. „Komm jetzt herunter! Genug gemistet!“

„Lass bitte die Seilbahn-Kiste hinunter“, sagt er zu Eugster, „und hol die Spurensicherung herauf, die müssten jetzt unten sein. Den Lässer schickst du eh in die Pathologie, gell, meinetwegen kannst den Hubschrauber anfordern, wenn der fliegt bei dem Wetter. Ich möchte doch wissen, ob sich der Senn gewehrt hat gegen seinen Mörder. Und du organisierst das mit dem Vieh, nicht wahr, Eugster, die armen Viecher!“ Ibele saugt die allerletzte winzige Dosis Nikotin aus der zwischen Daumen und Zeigefinger eingeklemmten Gauloise und schnippt den Rest weit hinaus in das zertrampelte nasse Gras vor der Hütte. Wie in Erwartung tosenden Beifalls verharrt er mit hoch erhobener Hand theatralisch in dieser Pose, als hätte er soeben eine Klaviersonate zu Ende gespielt. Nein, Ibele braucht keinen Beifall, Ibele denkt. „Los, Albrecht, wir machen uns aus dem Staub, äh Dreck. Ja, natürlich zu Fuß: *Über Stock und Stein zu Tal*, Albrecht, da kannst du dir im Gras den Mist von den Schuhen und Hosenbeinen wischen. Und fahren tu dann sowieso ich. Man will ja noch ein paar Jahre leben!“ Der Regen hat inzwischen nach und nach aufgehört, im Westen reißt die dicke Wolkendecke da und dort auf. „Es wird einen schönen Sonnenuntergang geben heute, über dem See“, verkündet der Inspektor, und eine prima Lammkeule im Thalbach!, aber das behält er für sich. Mit einem jovial-förmlichen „Herr Medizinalrat!“ und einem kräftigen Händedruck verabschiedet er sich von Dr. Felder, der ihm freundlich und geheimnisvoll zuzwinkert. Den Sägewerksbesitzer Fetz entlässt er nach Aufnahme der Personalien und einer strengen Ermahnung in puncto Leichenbehandlung in den freien Zeugenstand. Für das Marile hat er ein aufmunterndes Lächeln parat und einen speziellen Dank für den Hinweis auf den Hut.

Der Nachmittag ist weit fortgeschritten, als Ibele im Kommando dem General Bericht erstattet. Der kann sich im Moment keinen Reim auf die Geschichte machen und nestelt nervös an seiner Uniform herum. Was soll er denn nun ins Pressecommuniqué schreiben? Dass es keines gibt, wie Ibele vorschlägt, ist für ihn unvorstellbar. Ibele bietet dem General an, selbst den zuständigen Redakteur des Vorarlbergboten telefonisch zu benachrichtigen, sozusagen *his master’s voice* sprechen zu lassen. Aber der General beharrt darauf, das zur Chefsache zu machen, worauf ihn Ibele leicht patzig mit den dürren Fakten füttert und sich in den Feierabend verabschiedet.

Wie Ibele es vorausgesagt hat, reißt die Sonne jetzt große Löcher in die Wolkendecke und über dem See gleißt und glitzert und funkelt es in hellen Farben. So unbarmherzig Isidor seine alte BMW am Nachmittag ins Kommando gejagt hat, so liebevoll und sanftmütig geht es nunmehr nach Hause. Der Motor schnurrt wie ein alter Kater am Kachelofen. Der Inspektor summt zu seiner eigenen Überraschung ein Liedchen vor sich hin. Es ist Alfred Jodokus Kwak, mit dem er singt: „Warum bin ich so fröhlich? ... So fröhlich war ich nie!" Woher stammt diese Fröhlichkeit? Woher das Gefühl von Leichtigkeit? Dabei hat Ibele jetzt Hunger wie ein Wolf. Da kommt eine Lammkeule gerade recht. Das Rösle hat sie tatsächlich über den Nachmittag gerettet. Dazu reicht Ibeles beste Köchin der Welt ein klassisches goldbraunes *Gratin dauphinois,* mit reichlich Käse überbacken. Das ist ganz nach Ibeles Geschmack und der Genuss durch nichts zu beeinträchtigen; auch nicht durch die nachmittäglichen Alp-Erlebnisse. Verfeinert ist das Gratin mit eigenen, im vergangenen Herbst eingelegten und nun zwischen die Kartoffeln geschichteten Birnen: Faaaabelhaft! Ibele persönlich serviert dazu eine Flasche echten Landwein von der Loire, Jahrgang 1995, eine sentimentale Reserve. Ein Wein, der in keinem einzigen Weinführer der Welt aufscheint und umso köstlicher schmeckt!

Das Frühstück des Inspektors ist so schlicht wie erlesen. Wie jeden Samstag: frische Handsemmel vom Vochazer, die sensationelle Sennereibutter aus Langenegg und Rösles unübertreffliche heurige Erdbeer-Rhabarbermarmelade. Mehr braucht er nicht, der Isidor. Sonntags ein weichgekochtes Ei, wozu lässt man die Hühner herumlaufen hinter dem Haus! Doch, etwas fehlt natürlich noch: der schwarze, starke, heiße Kaffee, den das Rösle, in ihr neckisches altrosa Negligé gehüllt, jetzt in Ibeles Lieblingstasse gießt. Der Morgenkaffee wird bei Ibeles noch händisch gefiltert, denn allein schon gegen den Duft, der dabei das Haus von unten bis oben durchzieht, kommt keine Espressomaschine an. „Keine!“, lautet Ibeles kategorisches Urteil. Diesmal a posteriori, weil auf vielen Erfahrungen beruhend. Das Rösle erntet einen festen Kuss auf die Wange und Ibeles Hand schafft es auf verschlungenen und kurvenreichen Wegen zur nackten Haut von Rösles Taille. Mit einem so sanften wie entschiedenen „Oh, Isidor! Iss jetzt endlich! Und schau lieber in die Zeitung!“, verweist das Rösle den Inspektor auf seine wahren oder zumindest im Augenblick vorrangigen Pflichten.

Heute kommt Isidor wirklich nicht umhin, die aufgeblasene Samstagsausgabe des Vorarlbergboten aufzuschlagen. Der Lässer-Mord ist bereits ein Thema, der General hat gestern noch ganze Arbeit geleistet. Auf der ersten Seite wird, wie üblich wenig originell, getitelt: *Schmorfleisch auf der Käsestraße*. Der Regionalteil breitet die Geschichte seitenfüllend reißerisch aus. Unterlegt mit jeder Menge im Archiv ausgegrabener Fotos, die mit den tatsächlichen Ereignissen ungefähr so viel zu tun haben wie Maggis Suppenwürfelbrühe mit Rösles Consommé. Also null und nichts. Immerhin ist die Rede von einer ganz speziellen Mordwaffe, einer Axt vermutlich, und vom Tirolerhut des möglichen Mörders. Da werden in den kommenden Tagen Dutzende der sogenannten *Hinweise aus der Bevölkerung* eingehen. Aus einer Bevölkerung, die, wenn man sich die Hinweise und vor allem die Hinweisenden selbst genauer anschaut, zu vier Fünfteln aus zerstrittenen Nachbarn, verfeindeten Sippen oder unbelehrbaren Ignoranten besteht. Oder einfach aus wichtigtuerischen Faulpelzen, die ihr ödes Dasein fristen, indem sie Tag und Nacht am Fenster sitzen und in ihrem armseligen Hirn unsinnige Fantasien wälzen. Aber wer weiß, vielleicht ist ausnahmsweise etwas Brauchbares dabei.

Gleich nach dem Frühstück macht sich Ibele zu Fuß auf den Weg ins Kommando. Das Rösle hat um pünktliches Erscheinen zum Mittagessen gebeten, denn heute folgt der zweite Teil des Lamm-Festes: die Leber. Strahlender Sonnenschein lockt die Bregenzerinnen und Bregenzer in bunten Scharen auf den Samstags-Bauernmarkt im Stadtzentrum. Da gibt es zwar keine Bauern, aber dafür italienische Salami und griechische Anti-Paste. Der Sommer ist nach den Regentagen reuig und in aller Pracht zurückgekehrt. Da könnte sich am Nachmittag ein kleiner Segeltörn mit des Schwagers neuer Yacht ausgehen. Wie alle richtigen Bregenzer ist Ibele ein Bodensee-Fan.

Doch vorerst wartet staubtrockene Arbeit. Das Protokoll der Egger Kollegen sollte eingetroffen sein, und dann hat Ibele gestern noch per E-Mail ein vorläufiges

Täter-Profil-Gutachten vom fast schon weltberühmten Haupt-Kriminal-Gutachter Dr. Hallmüller erbeten, im Auftrag des Generals, versteht sich. So wirklich sympathisch ist ihm der Professor zwar nicht, besonders seit er sich vor den allzu bunten Karren des *Boten* hat spannen lassen, um den Gerichtsprozess gegen einen besonders widerlichen Kerl zu analysieren. Es war einer jener Fälle, die hierzulande immer wieder für großes Aufsehen sorgen. Vielleicht wird man ja doch bald die Bundeshymne umdichten müssen: „Land der Quäler, Land der Schnitzl / Land der Priklopil und Fritzl / Heimat bist du rechter Recken / In den Kellern herrscht der Schrecken ..." In seinen Kommentaren hat der Professor allerdings für Ibele eindeutig zu sehr nach dem Geschmack der sensationsgierigen, voyeuristischen Leserschaft geschielt und geschrieben. Aber er ist halt die erste Adresse und oberste Autorität im Lande in Fragen krimineller Perversion. Auf so was steht der General total. Nicht auf kriminelle Perversion natürlich, sondern auf Kapazunder wie den Dr. Hallmüller, dem die Medien jedes Wort aus der Hand fressen. Mal sehen, was er zu sagen weiß in der Sache, der wortgewaltige Experte für das ganz normale Böse! Und ob die Kollegen von der Gerichtsmedizin etwas Brauchbares herausgefunden haben?

Das Protokoll aus Egg steckt im Faxgerät, eine knappe Viertelseite kurz. Das Opfer: Kurt Lässer, 61, wohnhaft in Egg, geschieden vor fünfzehn Jahren, sommers Senn und winters Skiliftangestellter in Schetteregg, ein erwachsener Sohn, der seit Langem in Paris lebt. Der ist übrigens bereits verständigt worden, per E-Mail, telefonisch war kein Durchkommen möglich zu dem Herrn. Todesursache ist der Axthieb längs durch den

Schädel des Senners, geführt mit einer ungewöhnlich scharfen und besonders breiten Klinge, keine der üblichen Äxte, mit denen auf den Alpen das Brennholz gespaltet wird. Am Tatort keine Spur einer solchen Waffe, nur ein rostiges Beil mit wackligem Stiel. Im Kessel mag Lässer knapp zwei Stunden gelegen sein, aber, wie Dr. Felder bereits richtig diagnostiziert hat, da ist er schon als Toter hineingekommen. Keine Spuren eines Kampfes. Der Tisch wurde mit derselben Waffe bearbeitet wie der Schädel des Toten. Und, wie die Blutspuren auf ihm belegen, nach dem Toten. Als wäre die Aggression noch nicht ganz heraußen gewesen aus dem Mörder. Der Täter trug offenbar rote Wollsocken, ein paar Fäden davon fanden sich auf den rauen Brettern in der Sennküche wie im Vorraum. Der Senn nämlich war barfuss in alten Gummigaloschen und ähnliche Wolle in der ganzen Hütte nicht zu finden gewesen. Immerhin.

Was lässt sich damit anfangen? Ibele lässt fürs Erste einmal die Frage nach dem Motiv beiseite, dafür braucht er mehr Zeit. Bleiben das Opfer und die Tatwaffe. Eine Axt. Er erinnert sich spontan an eine jener Fernsehsendungen, die Abend für Abend kindische Pseudobildung verbreiten. Die Enkelkinder waren kürzlich zu Besuch und wollten das Zeug unbedingt sehen. Da ging es unter anderem um die schärfste Klinge der Welt. Auf dem zweiten Platz landete, daran erinnert sich Ibele jetzt, eine schwedische Axt, deren Herstellung in einem dilettantischen Filmchen dokumentiert wurde. Wer weiß? Ibele klickt sich in die große Google-Welt ein und bald fällt ihm tatsächlich die Modellpalette einer schwedischen Axtschmiede mit folgendem Spitzenprodukt auf: *Zimmermannsaxt Mod. 1700 mit angeschmiedeter*

*Tülle. Gewicht 2 kg, Stiellänge 50 cm, Gesamtlänge 59 cm, Schneide 19 cm. Preis € 449,–.* Das wäre ja eine Möglichkeit. Kein ganz billiger Spaß allerdings. Doch um Spaß dürfte es gestern auf Pfingstgunten prinzipiell nicht gegangen sein! Nur wie und warum sollte so etwas in die Hände eines Sepplhutträgers im Bregenzerwald kommen? Das Wie müsste ja recht einfach zu eruieren sein, oder? Kollege Albrecht weiß sicher eine Antwort. Er weiß nicht nur bestens, wo seine Landsleute die Mopeds und Autos aufmotzen, er kennt doch bestimmt auch die angesagtesten Adressen für scharfe Sensen, Messer und Äxte ...

Aufgepasst! Ibele spitzt die Ohren. Diese Schritte kennt er. Der bemüht jugendliche Elan, mit dem da jemand die Treppe aufwärts stürmt und dann das hektische Trippel-Trappel den langen Gang herunter. Verdammt, da steht er schon – der General. Im Samstagvormittags-Markt-Outfit: ein hellbeiger Leinenanzug, weiße Socken und dazu hellbraune italienische Schühchen, auf dem fast kahlen Schädel ein Stroh-Borsalino, wirklich elegant! Dabei hat Ibele keine Ahnung, wie viel Mühe es die Frau General kostet, ihrem Gemahl wenigstens für den Marktgang das Tragen der Uniform auszureden, ja zu verbieten. Den Jogging-Anzug im Uniformdesign hat sie gerade noch akzeptiert, aber beim Pyjama war Schluss: Keine Uniform im Schlafzimmer! Sonst kommen als nächstes womöglich die Handschellen! Und dann Gute Nacht! In Uniform auf den Markt, zwischen all den bemüht salopp, leger und topmodisch gekleideten Kleinstadtgrößen! Nein, danke! Der General fügt sich nur zähneknirschend dem ehelichen Diktat. Ist er etwa nicht im Recht? Nicht nur erheischt seine hehre Aufgabe eine quasi ständige Dienstbereitschaft, es könnte ja außerdem jederzeit ein Pressefotograf zur Stelle sein, der ihn beim Kohlrabi-, Kartoffel- oder Karottenkauf ablichtet! Von dem der General, nebenbei erwähnt, ungefähr so viel versteht wie die sprichwörtliche Kuh vom Tanzen.

„Guten Morgen, Ibele, wie geht's, wie steht's?"

„Guten Tag, Herr General. Es kommt drauf an."

„Ja, stimmt. Und, Ibele?"

„Und gar nichts, Herr General."

„Aber ich habe für Montag eine Pressekonferenz angekündigt, im Käsekeller!" Ibele verflucht zum x-ten Mal das Public-relation-Diplom, das der General in einem mehrsemestrigen berufsbegleitenden Lehrgang an der Polizei-Akademie erworben hat.

„Da können Herr General ruhig eine Käse-Degustation daraus machen, vielleicht kann man das den Pressefritzen, äh, den Damen und Herren Journalisten eh schmackhafter machen als eine grausliche Mordgeschichte. Obwohl das wahrscheinlich schwer sein wird: Geht doch kaum etwas über einen schönen Mord auf der Titelseite! Wir brauchen aber den Montag für die ersten Abklärungen und überhaupt: weit und breit ist kein Motiv in Sicht, ein Täter übrigens genauso wenig. Noch ist ja nicht einmal der Sohn des Toten im Land, und der Herr Psychologe hat auch noch nichts hören lassen: Wochenende, Herr General ... Warten Sie doch einfach noch bis am Dienstag."

Das ist nun ein Argument, das dem General einleuchtet. Vielleicht könnte man den großen Psychologen für Dienstag noch ins Boot holen? Dann kommt bestimmt auch das Fernsehen: General, Professor und Wälder-Käse. Das wäre doch unschlagbar, oder? Der General macht mit sehr beschäftigter Miene kehrt und sein „Schönes Wochenende weiterhin, Ibele“ geht in ein Gemurmel über, das ein erster mündlicher Entwurf für die nächste Presseerklärung sein könnte.

Von der Stadt herüber kommt Sirenengeheul, es ist zwölf Uhr mittags. Höchste Zeit für die Leber! Inspektor Ibele nimmt den Weg durch den Thurn-und-Taxis-Park mit den uralten Bäumen und der schönen Villa darin, der passt im Moment besser zu seiner Stimmung als das affektierte Marktgewimmel, in dem die biederen Bregenzer sich ein wenig weltmännisches Flair zu geben versuchen. Unter den haushohen Bäumen im Park zieht Ibele kurz Bilanz: ein toter Älpler, ein besonders effektives Mordwerkzeug, ein nebuloser Sepplhut, rote Wollsocken. Das ist alles bisher, nicht wirklich viel, aber bei aller Dürftigkeit nicht dazu angetan, ihm den Appetit auf die Leber zu nehmen oder die Vorfreude auf den Segelausflug am Nachmittag! Freundlich grüßt Isidor seine Schwester, die wie jeden Samstag ausgiebig den geräumigen Garagenvorplatz ihrer eleganten Stadtvilla kehrt. Kehrt? Kehrt! Ibele zuckt zusammen und ist wie gebannt durch etwas Ungewöhnliches, das sich in ihm vollzieht. Irgendetwas hat in seiner Erinnerung Alarm ausgelöst, die kehrende Schwester kann es nicht sein, die ist harmlos. Aber woran erinnern ihn diese halbkreisförmigen Bewegungen, mit denen sie den alten Reisigbesen schwingt, dieses kratzende Geräusch der dürren Äste auf dem Asphalt? Das Bild, nach dem Ibele mit größter Konzentration sucht, ist nicht in der Schwester, es ist in ihm selbst, das weiß er. Aber was ist es? Sein Blick wandert wie von selbst nach links hinüber, zu den hohen, uralten Kastanien auf dem kleinen Parkplatz unter dem Schlössle, das schattige Grün der weit ausladenden Baumkronen führt ihn noch einmal zurück in den Park und zu seinen Gedanken – und mit einem Schlag ist das Bild da.

Es ist der Seppl, der Straßenkehrer-Seppl! Als Volksschulkinder haben sie den alten Mann auf ihrem Schulweg häufig verspottet. Die unvermeidliche Pfeife im rechten Mundwinkel und den ebenso unvermeidlichen Speichelfaden im linken, einen Hut schief auf dem wackligen Kopf, hat er ihre frechen Zudringlichkeiten mit wildem Besengefuchtel abgewehrt. Ein armer Teufel ist er gewesen, ein vertrottelter Alter in ihren unwissenden Kinderaugen. In Wirklichkeit, wie Ibele viele Jahre später zu seiner Beschämung von der Enkelin des Mannes erfuhr, ein äußerst milder und umgänglicher Mensch, sogar einer mit Humor. Jahre-, nein jahrzehntelang ist dieser Seppl nicht mehr in sein Denken getreten. Woher kommt er jetzt plötzlich? Was will ihm diese aus so großer Tiefe und so unwiderstehlich aufgestiegene Erinnerung sagen?

Die Leber hält, was das Rösle verspricht. Dazu gibt es ein Rösti, das jedem Schweizer Gourmettempel inklusive Zürcher Kronenhalle zur Ehre gereichen würde. Und der Segeltörn am Nachmittag, ein paar flotte Schläge hinüber nach Lindau und im auffrischenden Ostner durch die Fußacher Bucht zurück. Eine runde Sache! Im Clubrestaurant ein Glas Neuburger aus der Südbahn-Gegend. Das ist noch ein Weißwein! Der Älplermord gibt auch den versammelten Hobbykapitänen Gesprächsstoff, aber ihr hanebüchenes Psychologisieren und radikales Urteilen will Ibele nicht gefallen. Sollen sie ihr Seemannsgarn ohne ihn spinnen! Er zieht dem vorlauten Gerede den ungefilterten Gauloise-Genuss, das stille Sinnieren und, warum soll man's nicht sagen: die eine oder andere Bachsche Cello-Solosuite im heimischen Wintergarten vor, lediglich unterbrochen von den wuchtigen Glockenschlägen der Pfarrkirche und untermalt vom bläulich-matten Licht aus dem Wohnzimmer, wo das Rösle gebannt einem extrem schneidigen Kerl über *die Dächer von Nizza* folgt ...

Kaum sitzt der Inspektor am Montag wie gewohnt überpünktlich kurz vor acht Uhr an seinem Schreibtisch, betritt Aspirant Cäsar Albrecht forsch das Büro. In der Hand hält er ein dickleibiges, großformatiges Buch, auf dessen Umschlag eine Burgruine im Mondschein abgebildet ist. Er setzt eine feierliche Miene auf, als stünde mindestens die Verkündigung der österlichen Frohbotschaft durch den Erzbischof unmittelbar bevor.

„Guten Morgen, Chef. Sie werden es nicht glauben, aber ich weiß, wer den Lässer umgebracht hat! Hören Sie sich bitte an, was ich gefunden habe." Albrecht glüht vor Eifer, was um diese Tageszeit sonst eher selten der Fall ist. Ibele schwant Arges.

„Ja, Albrecht, was gibt's denn, wer also, warum, wozu und wie?" Albrecht überhört geflissentlich und souverän den kaum verhohlenen Spott des Inspektors.

„Hören Sie gut zu", fordert ihn der Aspirant, zum Frontalangriff übergehend, auf. Nun liest er so theatralisch gestikulierend wie mühsam artikulierend die Sage vom gesottenen Senn auf der Alpe Wöster vor. Er liest in der für seinesgleichen typischen Intonation, also in einer Art abgehacktem Sprechgesang mit einer besonderen Akzentuierung der Endsilben, als wäre er froh um jedes gemeisterte Wort. Das erzählt die Sage: Faule – und folglich böse – Älpler aus der Nachbarschaft suchen in übler Absicht die Alpe Wöster heim, die dank des Fleißes und der Meisterschaft des dortigen Senns wohl bestallt ist und als eine der reichsten Alpen weitum gilt. Sie raffen Butter und Käse zusammen und treiben das Vieh fort. Was sie von den reichen Vorräten nicht mitnehmen können, zerstampfen sie im Dreck. Dann fachen sie ein mächtiges Feuer unter dem Kessel an, überwältigen den sich heftig wehrenden Senn und sieden ihn in dem brodelnden Wasser zu Tode.

„Warten Sie!“, erstickt Albrecht den Kommentar, zu dem Ibele ansetzt, im Keim. „Es kommt noch mehr!“ Albrecht blättert ein paar Seiten weiter. Was folgt, ist die Geschichte eines Hirten auf einer großen Montafoner Alpe, der eines Nachts, der ewigen Hänselei und Nörgelei durch seine Kollegen überdrüssig, durchdreht. Er hackt mit einem Beil dem Obersenn den Kopf ab – hier wirft Albrecht dem Chef einen bedeutungsvollen Blick zu – und kann vom restlichen Alppersonal nur in die Flucht geschlagen werden, weil ein Windstoß seine Kerze auslöscht. Am Ende einer wilden Hetzjagd von Hütte zu Hütte zündet der Mörder eine leerstehende Hütte an und entzieht sich der Verhaftung unter wüsten Verwünschungen und Flüchen durch einen Sprung in die Flammen.

„Und was schließt der Herr Albrecht daraus?“, fragt Ibele so interessiert wie möglich, übergroße Anteilnahme an Albrechts Theorie heuchelnd.

„Dass der Knecht der Täter war!“, triumphiert der Aspirant.

„Sehr schön, lieber Albrecht! Nur leider gibt es keinen Knecht auf Pfingstgunten.“ Ibele freut sich zu früh, wie sich gleich herausstellen soll.

„Aber es gab einen, Inspektor, ich habe das schon untersucht“, Albrecht ist mit seinem Latein noch lange nicht am Ende.

„Wann war das?“, forscht Ibele.

„Vor zehn Jahren, ich weiß auch, wer es war und ich weiß auch, dass der Betreffende elf Mal vorbestraft ist wegen Körperverletzung und Zechprellerei, und ...“,

Albrecht hebt erneut die Stimme zum Fanal, „... er ist seit fünf Tagen verschwunden!“

„Erzähl, Albrecht, was ist das für eine Geschichte? Steht die auch in deinem Buch?“ Nun ist der Inspektor doch neugierig geworden.

„Nein, Inspektor, das habe ich alles gestern beim Frühschoppen im Schnepfauer Adler erfahren, dafür hat’s dann bis am Abend gedauert und mein Kopf brummt heute noch. Der Knecht, ein gewisser Gottlieb Hammerer, ist vor zehn Jahren im Streit von Pfingstgunten weggegangen. Man erzählt sich, der Lässer, der ja ein ganz ein lästiger Hund sein kann oder sein hat können, habe ihn ständig wegen einer missglückten Weibergeschichte verlacht, bei der der Hammerer allerdings ganz schlecht ausgeschaut hat. Er ist einer schneidigen Touristin, einer feschen deutschen Ärztin, die ihm schöne Augen gemacht hat, zumindest ist das für den Hammerer ganz klar der Fall gewesen, bis nach Bielefeld nachgefahren und hat sich dort eine wahnsinnige Abfuhr geholt, sagt man. Außerdem habe ihm der Lässer einen Teil des Lohns vorenthalten. Seitdem verdingt sich der Hammerer als Holzer, aber sein Ruf ist schlecht und die Vorstrafenliste lang. Ich habe das alles von dem Alpbesitzer, einem gewissen Moosbrugger aus Hirschau, erfahren. Bei seiner Mutter, wo der Hammerer wohnt, ist er seit über einer Woche nicht mehr aufgetaucht. Zuletzt soll er am vergangenen Sonntag beim Bauderschwanger Musikfest gesehen worden sein, sternhagelvoll natürlich.“ Albrecht klappt geräuschvoll das Sagenbuch zu und verharrt reglos vor Ibeles Schreibtisch. Antoinette Hagen, Kriminal-Chefinspektor Ibeles blutjunge Sekretärin, und, mit Verlaub gesagt, ein selten krasser Fall von schlichtem Gemüt, schwachem Geist und willigem Fleisch, späht keck um die Ecke ins Chefzimmer herein. Als sie Ibeles funkelnder Blick trifft, macht sie sich errötend und hektisch über ihre Computertastatur her. Antoinette ist ein recht bedürftiges Pflänzchen. *Antoinette*, wie sie eigentlich zu ihrem Namen komme, hat Ibele die Hagen einmal gefragt, man lebe ja nicht in Versailles. „Wer sucht ein Ei?“, erwiderte die so Befragte verständnislos. Ihren Vornamen habe sie, da brauche der Herr Inspektor gar nicht blöd reden, vom Großvater mütterlicherseits, einem Anton eben, Scheffknecht übrigens. Das sei der bekannte, später in Nigeria verschollene Sticker, hakte sie nach, ob Ibeles Unwissenheit verächtlich schnaubend und ihre toupierte Mähne schüttelnd.

„Soso ...“, Ibele resümiert Albrechts Erkenntnisse und überlegt. Das ist ja zumindest etwas, das den General interessieren wird, und von irgendwoher drängt sich plötzlich wieder das Bild des Straßenkehrer-Seppl in seine Gedanken, aber so ganz wird es diesmal nicht heimisch darin. Dieser Seppl war gewissermaßen Pazifist, vielleicht unfreiwillig, aber trotzdem. Der Hammerer scheint ja eher ein forscher Typ zu sein. „Lass dir einen Haftbefehl ausstellen und schreib den Kerl landesweit zur Verhaftung aus.“ So richtig überzeugt scheint der Inspektor von der Sache nicht zu sein, aber wer weiß: A priori wollen wir nichts ausschließen. Albrecht zieht stolz ab, an der Hagen eigenartig schnell vorbei. Als würde er sich ausgerechnet vor der fürchten.

„Übrigens, Albrecht, kennst du eine gute Adresse für scharfes Werkzeug?“, ruft ihm Ibele hinterher.

„Scharfes Werkzeug? Sie meinen Sensen und Äxte, Messer und so? Und echt scharf?“ Albrecht macht nicht ohne einen vielsagenden Seitenblick auf die Hagen kehrt. „Ja, das sind die Brüder Wohlgenannt in Dornbirn, die sind voll auf Zack! Total scharfes Zeug haben die! Da kriegst du alles, was schneidet, haut und scharf ist, sogar die schwedischen Äxte von Gänsfür bruk oder so, die sind echt geil! Mit denen ist auch ein Älplerschädel leicht zu knacken." Aspirant Albrecht befindet sich sozusagen noch im paradiesischen Zustand techno-erotischer Unschuld: Scharf ist scharf und geil ist geil, ob Axt oder Weib – was soll's! Möge er diesen Zustand ohne allzu viel Blutvergießen überwinden, denkt sich Ibele in einer gleichermaßen spontanen wie tiefschürfenden Anwandlung philosophischer Weitsicht. Seinen deutlich vernehmbaren Seufzer hört Albrecht nicht.

„So, sind die", murmelt Ibele still in seinen ergrauenden Drei- oder eigentlich Sechstagebart.

„Hagen!", ruft er laut, und weiß wohl, dass das nicht sehr charmant ist. Aber er will jetzt nicht charmant sein. „Ist denn immer noch kein E-Mail gekommen vom Dr. Hallmüller?"

„Moment, Herr Inspektor", flötet es geschäftig herein, „ich schau gleich nach." Trotzdem dauert es eine Weile, bis sich wieder etwas rührt bei der jungen Dame.

„Nein, ein Mail ist nicht gekommen, aber ein Fax", tönt es jetzt und schon stelzt die Hagen steif wie ein Stock mit seltsam maskenhaftem Lächeln im Gesicht auf den Inspektor zu. Sie erinnert ihn fatal an die Synchronschwimmerinnen und die absurden Fratzen, mit denen sie jeweils halberstickt, ein Lächeln vortäuschend und grimassierend aus dem Wasser auftauchen. Keinen Schritt kann Antoinette heute wieder tun, ohne an ihrem eh kaum vorhandenen Röcklein oder dem knappen Topp herumzuzupfen, unter dem es eindrucksvoll wippt und wogt: *Weia! Woge du Welle*, tönt es durch Ibeles Kopf. Die Sekretärin legt ein Blatt

Papier vor Ibele, dreht sich wortlos nickend um und geht aus dem Raum, wobei sie den hoch erhobenen Kopf ständig, als würde sie eine imaginäre Menge grüßen, nach links und rechts dreht. Dass sie keine Kusshändchen wirft, ist alles. Man wird sie einmal fragen müssen, ob die letztlich erfolglose Teilnahme an der vorjährigen Misswahl nicht doch bleibende Schäden hinterlassen haben könnte. Es ist Ibele ja im Grunde peinlich, dass ausgerechnet seine Vorzimmerdame alle negativen Klischees dieses Standes und auch die meisten ihres Geschlechts so uneingeschränkt erfüllt. Hereingesetzt hat sie ihm natürlich der General, dem ist sie beim Schulabschlussball seiner Tochter in die Augen gestochen. *Ist* gestochen oder *hat* gestochen? Ist ja egal: auf jeden Fall gestochen, und zwar scharf!

Da war ihre Vorgängerin Eva schon ein anderes Kaliber: ein kluges, hellhöriges, fest geerdetes Wesen, dabei bildhübsch, die dunklen Haare zu einem armdicken hüftlangen Zopf geflochten und mit unerschütterlichem Selbstbewusstsein ausgestattet! Mit der hat man von Kant sprechen können, ohne dass sie gleich an Wurst: Kantwurst nämlich, gedacht hätte. Ibeles einziger Trost besteht darin, dass Eva in die Polizeischule abgewandert ist und somit eines nicht allzu fernen Tages als Kollegin zurückkehren wird.

Der Herr Chefpsychologe hat unsere Anfrage gnädig beantwortet, denkt Ibele. Er verneigt sich innerlich und beginnt interessiert und skeptisch zu lesen. Der Professor schließt also aus den vorhandenen Indizien auf einen sehr kräftigen männlichen Mörder. Warum *kräftig* und dann gleich noch *männlich*? Dass immer ausgerechnet die kraftlosesten Männchen dem eigenen Geschlecht so selbstverständlich die überlegenen Kräfte zuschreiben! Der weite Weg auf die Alp, den der Täter nicht gescheut hat, soll ein Hinweis auf hohes, vielleicht über längere Zeit angestautes Triebpotenzial sein, und auf das dringende und unbezwingbare Bedürfnis, irgendein frühes oder rezentes Trauma zu überwinden. Rechtfertigt die Unfähigkeit zur Sublimierung wirklich die Annahme einer verminderten intellektuellen Reife, wie sie der Fachmann kühn diagnostiziert? Vielleicht könnte er zwar, will aber nicht sublimieren? Vielleicht weiß und will er sogar, was er tut? Das soll ja auch noch vorkommen! Selbst in diesen Zeiten, in denen jeder tausend Ausreden hat, um nur ja nicht verantwortlich zu sein für sich selbst! War die Tötung mit der Axt offenbar eine geplante Tat, so könnte das Versenken des Toten im Kessel auf einen impulsiv-spontanen Typ schließen lassen, meint der Herr Doktor. Das Böse ist eben in uns allen! Vielleicht eine lange aufgeschobene Rachetat? Und das Trauma ist dann eben aus einer sozialen Benachteiligung entstanden. Wer aber hat die übrigens nicht? Außer Kristall- oder Hotelkettenerbinnen und Großbaumeistern? Und die haben sie, wenn man genauer hinschaut, ja erst recht, oder? So ist der Pfingstguntenmord zuletzt die Rache eines Zukurzgekommenen? Man dürfe den Täter mit Fug und Recht im Kreis der Bekannten oder des beruflichen Umfelds des Opfers suchen. Da darf man gespannt sein, was dem Professor am dingfest gemachten Täter zur Frage der Zurechnungsfähigkeit einfallen wird! ... Kurz auflachend schnellt Ibele aus seinem Sessel hoch. Auch ein Philosoph freut sich, wenn seine Ansichten so frappant bestätigt werden! Er knallt den Wisch auf Albrechts Schreibtisch. Er solle nur sein Sagenbuch gründlich studieren und sich dann als beeideter Gerichtsgutachter einschreiben lassen! Viel mehr haben die Herren Oberkapazunder nämlich auch nicht auf dem Kasten als sagenhafte Schauermärchen und ein paar Schubladen voller abgedroschener Denkschablonen. Heilandzack, weil's doch wahr ist!

Für Albrecht ist das Öl ins schwelende Aspiranten-Feuer:

„Herr Inspektor, am Nachmittag werde ich mir die Ex-Frau des Lässer vorknöpfen, wenn's recht ist, eine Frau Rafreider, sie hat nämlich wieder geheiratet vor drei Jahren, einen Dr. Rafreider aus Dornbirn oder so. Einen ziemlichen Angeber offenbar. Sie wohnt immer noch im Haus vom Lässer, und zwar mietfrei, erzählt man sich", verkündet er, „das habe ich auch beim Frühschoppen erfahren, interessant, nicht wahr?" So ganz mag es Ibele nicht einleuchten, was daran interessant sein könnte oder wie sich daraus ein Mordm-Motiv für die Frau ergeben sollte.

„Du bist ein Spinner, Albrecht! Außerdem wirst du dir erstens gar nichts vorknöpfen, und zweitens erst recht keine Ex-Frau", korrigiert ihn Ibele kühl, „du wirst nach Dornbirn fahren, zum Wohlgenannt, und dieser Axtgeschichte nachforschen! Und dann fährst du zum Rapp und holst die Lässer-Papiere. Die werden hoffentlich irgendwelche Personalakten haben. Ich will wissen, was der dort oder in der Alma für einen Abgang gehabt hat."

Bevor er noch dem General in die Hände rennt, verabschiedet sich Ibele lieber rasch in die Mittagspause. Es steht nämlich ein Ossobuco auf dem häuslichen Speiseplan, nach des Hubers Kleinem Kochbuch zubereitet. Einziger Wermutstropfen: Die Hutterer sind eingeladen. Rösle kann es nicht lassen, mindestens einmal pro Monat die beiden alten Jammergestalten zum Essen zu bitten. In dem Punkt ist sie eindeutig zu weichherzig. Nun, ein kleines Mittagessen an einem harmlosen Wochentag ist doch zu überstehen. Ibele bleibt noch Zeit für einen Pernod auf der im Schatten des alten Kapuzinerklosters liegenden Terrasse. Kaum etwas, das so schnell Ruhe in den Magen bringt wie dieser Wundertrank – in den Magen und ins Denken.

Isidor schlürft, ja schlürft, gerade den letzten Schluck seines wie immer unverdünnt und ohne Eis genossenen Aperitifs, als die Hutterer im silbernen Coupé vorfahren, einem Jaguar XK. Da ist sich Isidor für einen Moment nicht mehr ganz so sicher, ob er den guten Oswald nicht doch beneiden soll, denn, Himmelfix, wenn Isidor einem Auto verfallen könnte, dann diesem Jaguar! Jaguar! Angefangen beim legendären E-type, mit dem schon George Best die Weiber reihenweise abgeschleppt hat, Weiber oder Whiskyflaschen. Der George Best von Manchester United natürlich, 1960er Jahre, gegen den selbst Beckham ein blasser Regionalligakicker ist. Aber was soll's. Der Oswald ist und bleibt ein armes Schwein (*Was gesagt werden kann, kann klar gesagt werden*: Der Pernodtrinker weiß es!). Oswalds resigniertes Schweigen ist, zumindest für Isidor, an und für sich kein Problem. Es fällt nur auf und ins Gewicht, weil es den grenzenlosen Raum für Mathildes Geplapper öffnet. Munter und erwartungsvoll setzt man sich zu Tisch. Es hätte der im Nachhinein betrachtet grob fahrlässigen, nur allzu höflichen Isidorschen Frage nach der Herkunft von Mathildes satter Bräune im Gesicht und auf den generös präsentierten Armen und Schultern, das allen Anti-Aging-Treatments trotzende Dekolleté nicht zu vergessen, nicht bedurft, um ihren Bericht von der jüngst absolvierten Mittelmeer-Schnupperkreuzfahrt zwischen Venedig und Mallorca zu starten. Jetzt aber legt sie gänzlich enthemmt los und im wahrlich ozeanischen Gewoge ihrer Worte geht nicht nur Rösles deliziöses Ossobuco samt köstlich-crèmiger Rosmarinpolenta beinahe sang- und klanglos unter. Der einzige Vorteil von Mathildes Redefluss besteht darin, dass er, einmal in Fahrt gebracht, keinerlei externer Stimuli mehr bedarf. Mathilde funktioniert bzw. monologisiert, agiert sozusagen als Konversations-perpetuum-mobile. Kein Vorteil ohne Nachteil: in diesem Fall ohne viele Nachteile.

Allein schon die Schilderung der fünf täglichen Mahlzeiten multipliziert mit den fünf Tagen auf hoher See samt dazugehörigem Aufwand an Gucci-, Armani- und Vuitton-Krimskrams trägt die kleine Gesellschaft weit über den Hauptgang hinaus. Zwischen zwei Bissen setzt Mathilde zur inbrünstigen Beschreibung der vielköpfigen Brigade der George-Clooney-Klons von Kellnern, Barkeepern und Etagenboys bzw. Robert-Redford-Remakes an bordeigenen Fitness-, Mental- und Personality-Trainern an. Wenigstens ihr Männerideal schlägt mühelos die Brücke zwischen den Jahrzehnten, resümiert Ibele mit einer gewissen Anerkennung. Oswald lässt sich inzwischen widerspruchslos eine zweite Portion Fleisch nachlegen sowie ein drittes Glas vom kräftigen (selbst mitgebrachten) Brunello einschenken. Nach einem langen Schluck widmet er sich dem Fleisch- und Knochenstück mit der Konzentration und Präsizion eines Herzchirurgen. Oder sind es doch eher die blitzschnellen Handgriffe, mit denen ein Metzger das eben geschlachtete Schwein zerlegt?

Ibele ergreift beherzt die erste nennenswerte Atempause Mathildes, um sich unmittelbar nach dem Kaffee – rein dienstlich natürlich – in sein kleines, schattiges, dezent nach Lavendel duftendes Kabinett zurückzuziehen, wo er ein viertelstündiges Nickerchen absolviert. Aus dem bunten Gewirr von Traumbildern, die bald sein Denken überlagern, steht neben all den goldbetressten Hochseekapitänen, Luxuslimousinen, einer rätselhaften Dame in Rosa und Haute-cuisine-Gerichten nach dem jähen Erwachen nur eines klar vor ihm. Das ist der Seppl mit der auf der Unterlippe klebenden Tabakpfeife, dem groben Besen in der Hand und einem abgewetzten Hut auf dem Kopf.

Mit der Bitte, abends nicht mit dem Essen auf ihn zu warten – es ist ja noch von der hausgemachten Schweinshaxensulz im Kühlschrank, die wird er dann zum Nachtmahl verspeisen –, verabschiedet sich Isidor mit derselben Zärtlichkeit wie vor fünfundzwanzig Jahren von seinem Rösle. Dass sich Oswald ob so viel ehelicher Harmonie fast in seinem Fruchtsalat verkriecht, ist nicht sein Problem, sagt sich Isidor. Dann nimmt er wieder den Weg an seinem ehemaligen Gymnasium vorbei durch den schattigen Park hinunter ins Kommando. Dort versorgt er erst einmal das Fräulein Hagen mit reichlich Recherchearbeit im Archiv: Zeitungsberichte zum Alma-Rapp-Transfer, Strafregisterauszüge, Täterprofile, Protokolle ähnlich gelagerter Gewalttaten. Möge die miefige Kellerluft der schönen Antoinette eine ordentliche Prise heilsamen Reizentzugs verschaffen! Inzwischen holt sich Ibele bei seinem Polizeischulbusenfreund Tschirf von der Verkehrsabteilung einen Marschbefehl für eines der großen neuen BMW-Motorräder. Eine 1200er Tourenmaschine mit fulminanten 110 PS, ein ziviles Modell in unauffällig-eleganter dunkelblauer Lackierung, ein, nein, *das* Traum-Motorrad. Er schlüpft in Harry Tschirfs Lederklamotten, auch wenn die um die Hüfte herum schon da und dort ein wenig spannen und zwicken, und düst los.

Rein ermittlungstechnisch wäre der Umweg über den Vorderwald inklusive Sulzberger Sonnenbalkon vielleicht nicht zu rechtfertigen, aber in Inspektor Ibeles um eine psychologische, sozusagen holistische Dimension erweiterten Dienstauffassung ist er an einem Tag wie dem heutigen praktisch Pflicht. Die Heuernte ist nach den vergangenen Regentagen und dem für die Bauern noch immer mehr oder weniger sakrosankten Wochenende nun in vollem Gang. Überall sausen sie mit ihren riesigen Traktoren über die Felder, um das Gras ein letztes Mal zu wenden oder da und dort schon das trockene Heu in die gewaltigen Ladewagen zu pressen. Ibele schwebt wie durch ein Heuluftduftbad und ganz von selbst legen sich seine Gedanken fein säuberlich nebeneinander wie die Heumahden auf den Wiesen. Nur die schneidigen Jungbäuerinnen, die im luftigen Sommerkleidchen oder im kessen Bikini wie eh und je die schweren Rechen über die Wiesen ziehen und so Ordnung machen zwischen den Mahden, die fehlen vorläufig in Ibeles Denkwelt. Allerdings ist allein schon das Gefühl der Schwerelosigkeit und Entrücktheit, das sich im Inspektor auf dem leise und gemütlich vor sich hinbrummelnden Motorrad wohlig ausbreitet, reichliche Labung für sein Gemüt. Ja, die Käserebellen, so nennt sich der Verbund der hiesigen Landwirte, die Käserebellen leisten ganze Arbeit. Ibele weiß, wovon er spricht, ist er doch regelmäßiger Gast bei Fredi, dem selbsternannten Käsepapst unten in der Stadt, der nicht nur französischen Bleu d'Auvergne, Saint-Nectaire oder Fourme d'Ambert, sondern auch den einheimischen Käse aus den verschiedenen Talschaften des Ländles kenntnisreich lagert und wortgewaltig an die betuchte Kundschaft bringt.

Tobelab und tobelauf swingt Ibele auf seinem Tourentraum am Riefensberger Golfpark vorbei auf die erhaben am Horizont thronende Mittagsspitze zu. Eigentlich kaum zu glauben, dass sich in dieser lieblich geschwungenen, beinahe schon toskanisch angehauchten Landschaft noch ganz andere, tiefe und grausig-menschliche Abgründe auftun sollen. Solche, die sich durch keine noch so kühnen Betonkonstruktionen oder altehrwürdigen Holzbrücken überwinden lassen. Als der Hittisauer Kirchturm von Weitem ins Blickfeld rückt, verspürt Ibele deutlich und unwiderstehlich die Signale des gastronomischen Imperativs in seinem Magen. Zwei Mal links abbiegen und schon glänzt vor dem Hintergrund des hellblauen Himmels die am sonnenverbrannten Schindelkleid eines imposanten Gebäudes befestigte goldene Krone. Ibele parkt sein Motorrad vor einer der bunten Blumenkisten am Dorfbrunnen und betritt durch zwei lautlos sich öffnende Glastüren den hellen Stiegenaufgang der *Krone*, einer seiner erklärten Lieblingsgasthöfe. Das Mittagsgeschäft scheint gelaufen zu sein, vereinzelt sitzen kleine Gesellschaften oder Paare bei Dessert und Kaffee. Ibele steuert auf die geräumige Terrasse zu. Ein anerkennender Genießerblick gilt dem kunstvoll in die Wand eingelassenen Weinschrank aus Glas und Metall und seinem erlesenen Sortiment. In vino veritas. Des Handwerks goldener Boden leuchtet hier gänzlich unverfälscht. Die Zeit, sieht Ibele auf seiner alten Armbanduhr, eines der ersten Geschenke von Rösle, reicht noch leicht für einen Espresso, um diese Tageszeit des Inspektors absolutes Lieblingsgetränk.

Die Terrasse, eigentlich ein Balkon, ist bis auf einen Tisch leer. Das freut ihn, denn dies ist an solchen Tagen ein magisch verzauberter Ort. Das Dorf liegt in der flimmernden Mittagshitze still und wie menschenleer, nur dann und wann rauscht ein Traktor vorbei. Der Dorfbrunnen plätschert vierstrahlig munter in seinen denkmalgeschützten runden eisernen Trog. Ein einzelner verspäteter Gourmet, unter dessen Tisch sich träge ein großer schwarzer Hund räkelt, filetiert konzentriert eine gebratene Forelle. Ibele setzt sich ans schattige Ost-Ende der Terrasse; vor ihm liegt der sauber aufgeräumte Dorfplatz, die große Kirche mit dem in der Sonne blitzenden frisch verkupferten Zwiebelturm, dahinter die behäbige Pyramide der Winterstaude, linkerhand der langgezogene und dunkelgrün bewaldete Rücken des Hittisbergs. Der Inspektor schließt die Augen und überlässt sich für einen Moment der paradiesischen Ruhe um ihn herum. Eine sonore Bassstimme fügt sich diskret und harmonisch in Ibeles meditative Versenkung.

„Womit kann ich dem Herrn dienen?"

Vor Ibele steht wider Erwarten nicht eine der so überaus kompetenten hübschen Damen, die er von seinen Besuchen in dem gastlichen Haus kennt. Es ist ein jüngerer Mann, es muss wohl der Kellner sein oder das Hausfaktotum vielleicht. Seine bloße Erscheinung, sein saloppes und zugleich dezentes Auftreten tragen nicht wenig dazu bei, den Eindruck der stillstehenden Zeit, wie er sich in Ibele breit macht, zu verstärken. Auf dem sorgfältig rasierten Gesicht liegt ein Ausdruck spürbaren Wohlwollens sich selbst und seiner Umgebung gegenüber. Von Selbstgefälligkeit ist das ebenso weit entfernt wie von jeder allzu leicht durchschaubaren falschen Unterwürfigkeit. Eine frappierende

Ähnlichkeit mit dem jungen monegassischen Fürsten stellt Ibele fest, nur deutlich frischer ist der hier, oder, um Ibeles lebhafte Empfindung aufzugreifen: sympathischer.

„Einen Espresso bitte, einen doppelten“, bestellt Ibele und blickt dabei in ein paar helle Augen.

„Sehr schön, bitte gern!“ Der junge Mann scheint sich über die Bestellung zu freuen.

Inspektor Ibele hat bis heute nicht gewusst, dass man ein kleines Tablett mit einem Tässchen Kaffee und einem Glas Wasser darauf mit so viel Eleganz, Bestimmtheit und Demut gleichzeitig auf einem Tisch abstellen kann.

„Bitte schön, ein doppelter Mokka“, intoniert der Bass.

Ibele dankt, bittet gleich um die Rechnung und nimmt einen Schluck des heißen, starken Getränks.

„Das macht 3 Euro 20, der Herr“, lässt sich der freundliche Ober vernehmen und die Aufforderung, auf den gereichten Fünfer noch einen Euro zu retournieren, quittiert er mit einem „Vielen Dank, der Herr, sehr freundlich, und eine schöne Fahrt wünsche ich noch: Sie haben da unten ja ein schönes Motorrad!“ Ibele vermöchte nicht genau zu sagen, woher das kommt, aber er trinkt den letzten Schluck seines Kaffees mit einem tiefen Gefühl des Glaubens an das Schöne im Leben und das Gute im Menschen. Wie macht das der Kerl? Oder hat Ibele einen Hauch von Ironie übersehen? Jene fast unmerkliche Distanz zur Realität, die das wahre Spiel auszeichnet?

Noch einen letzten Zwischenstopp legt Ibele ein. Das winzige Kirchlein in Reuthe hat es ihm seit Langem angetan. Ein idyllischer Ort, umgeben von dichtem Tannenwald, davor ein stiller kleiner Friedhof, kunstvoll geschmiedete Kreuze, frische Blumen, mittendrin das unvermeidliche Kriegerdenkmal. „Den gefallenen Söhnen der Gemeinde". Wenigstens für einmal nicht „den Helden". Ibele liest nachdenklich die lange Reihe der eingemeißelten Namen, die Geburts- und Sterbedaten. Diese Zeile lässt ihn die Fäuste ballen vor Zorn: „Ehrenfried Greußing, 10.2.1923 – 10.2.1943. Russland". Der war gerade einmal zwanzig Jahre jung! Und exakt an seinem 20. Geburtstag ist der arme Tropf gefallen. In Russland: Bei dem Datum heißt das wahrscheinlich nichts anderes als: Stalingrad. *Die Hölle von Stalingrad.* Am 20. Geburtstag gestorben, eingekesselt, verraten und verkauft, erfroren oder verhungert. Verreckt. Was für ein Geburtstag! Schrecklich! Noch eine Eintragung fällt ihm auf, als Todesdatum wird der 8. Juni 1944 angeführt, und: Frankreich. Das war dann also die nächste Wahnsinnsschlacht in diesem sinnlosen Krieg, die Schlacht in der Normandie. Ibele kennt die riesigen Soldatenfriedhöfe am Meer, Zehntausende weiße Kreuze in Reih und Glied auf bestens gepflegtem grünem Rasen; er kennt die endlosen Landungsstrände der Alliierten am Ärmelkanal: Utah-, Omaha- oder Gold-Beach, klangvolle Namen für ein unmenschliches Gemetzel. Niemand wird ihm je begreiflich machen können, was ein Reuthener Bursch dort verloren gehabt hat. Ob Stalingrad oder Normandie spielt keine Rolle. Ibele kann und will diesen Irrsinn einfach nicht verstehen. Er zündet eine Kerze an in der Kirche, sitzt ein paar Minuten im kühlen Halbdunkel, um sich wieder zu beruhigen. Gegen die Wunden, die dieser Krieg für immer geschlagen hat, ist das, was ihn hierher geführt hat, schon wieder fast eine Kinderei. Und doch ernst genug.

Der einige Hundert Meter senkrecht aufragenden Kanisfluh entlang legt er gemächlich die letzten zwei, drei Kilometer zum Kurhotel zurück. Die groß gewachsene, dralle und rotbackige, sehr junge Rezeptionistin in der leicht überdimensionierten und zu dieser Stunde menschenleeren Halle im Kurbad mustert den forsch auftretenden Ankömmling vorerst etwas ratlos. Hierher kommen normalerweise Kurgäste zur Erholung, die erkennt man auf den ersten Blick. Meist sind sie alt, gebrechlich und sichtbar krank; oder sie sind jung und schön und buchen ein Merry-Moor-Package für Jungvermählte zur Behandlung unerfüllter Kinderwünsche oder, wenn's dann funktioniert hat, ein Pre-Birth-Wellness-Package; oder es geht um das beliebte Rücken- und Venen-Paket. All das scheint auf den noch ganz rüstigen und zielstrebig auf sie zusteuernden Brummbär in seiner schneidigen schwarzen Lederkluft nicht so richtig zuzutreffen.

„Guten Tag! Was können wir für Sie tun?“, lächelt ihn die Dame freundlich an.

„Ich bin Inspektor Ibele von der Kripo Bregenz, Fräulein, ... Fräulein Melanie.“ Den Namen liest Ibele von dem kleinen, am leuchtend hellblau-gelben Dirndl befestigten Kärtchen ab. Es ist ein Grund mehr, etwas länger als vorgesehen oder schicklich bei der Musterung des ausgesprochen einladenden Dekolletés zu verweilen. Was Ibele fasziniert, ist nicht allein der zugegebenermaßen bestens in Form und zur Wirkung gebrachte reichliche Inhalt, ihn fasziniert außerdem die Faszination, die dieser so verheißungsvolle und andererseits so profane Anblick immer wieder auf seinesgleichen ausübt. Nicht so sehr die banale Wirklichkeit der Materie hat es ihm angetan, als vielmehr ihre Möglichkeiten. Denn was ist Schönheit anderes als ein Versprechen von Glück? Man nennt ihn nicht von ungefähr den Philosophen: kommandierender Philosoph, denkt Ibele und schmunzelt dem Fräulein einladend zu, was dieses wiederum voreilig als Lohn der eigenen wohldosierten Freundlichkeit interpretiert.

„Ah, Herr Inspektor, Sie haben angerufen wegen der Ingeborg, ich hole sie gleich."

„Ja, die Frau Rafreider, Frau Dr. Rafreider", erwidert Ibele. Der „Doktor" trägt ihm über Fräulein Melanies Schulter hinweg einen ungläubig-spöttischen Blick ein.

Ob er sich die Zeit, eine knappe Viertelstunde würde es noch dauern, mit einer Tasse Kaffee vertreiben möchte? Das möchte er gern und ein Stück von der hausgemachten Erdbeertorte darf es bitte auch sein. Köstlich schmeckt das alles! Ibele sinkt weit in den tiefen Lederfauteuil und überlässt sich der Noblesse und Weltentrücktheit der riesigen Halle. Plötzlich reißt ihn eine schrille Stimme aus seinen Träumereien.

„Herr Inspektor?" Vor Ibele steht eine Erscheinung, die auf den ersten Blick kaum zu taxieren ist. Ärztin? Bademeisterin? Masseurin?

„Frau Rafreider?" Ibele erhebt sich umständlich aus dem Fauteuil. „Inspektor Ibele, Kripo Bregenz. Ich darf Ihnen ein paar Fragen zu Ihrem Ex-Mann stellen?"

„Schießen Sie los, Inspektor, und hurtig, wenn ich bitten darf! Ich muss nämlich gleich wieder hinunter, sonst wird mir die werdende Mutti in ihrer Moorpackung noch zur Mumie, hahaha!“ Frau Rafreider scheint von unverwüstlichem Humor zu sein. Die Trauerarbeit nach dem Tod ihres Ex-Gatten hat sie offenbar rasch und erfolgreich absolviert.

„Haben Sie noch Kontakt zu Ihrem Mann, Ex-Mann, gehabt?“

„Nur sehr selten. Vor drei Jahren war ich zum letzten Mal bei ihm, es ging um irgendwelche Papiere. Danach bin ich ihm höchstens zufällig begegnet, beim Einkaufen vielleicht ein paar Mal. Sie wissen ja, die Welt ist klein.“

„Das Haus, in dem Sie wohnen, gehörte nach wie vor ihm? Und wem gehört es jetzt, da er tot ist? Seinem Sohn vielleicht? Müssen Sie womöglich ausziehen?“

„Das will ich nicht hoffen! Und der Herr Pariser soll sich schleichen. Er hat sich noch nie um die Angelegenheiten seines Vaters gekümmert! Das Haus geht ihn nichts an!“

„Frau Rafreider, wo waren Sie und Ihr Mann denn am letzten Freitag?“

„Warum am Freitag ...? Ach so! Aber Herr Inspektor! Wir waren ..., wir waren am Gardasee zum Surfen, mein Jonny und ich.“

„Am Gardasee! Sie können mir da sicher eine Hotelquittung oder ähnliches zufaxen, aber bitte heute noch!“ Ibele mustert die lasziv im schwarzen Lederfauteuil sich räkelnde Dame genauer: die eng anliegende, strahlend weiße Arbeitskluft, die sie trägt, eine knielange Hose und eine ärmellose Tunika, konkurriert mehr mit den feuerrot bemalten Finger- und Zehennägeln, als dass sie mit ihnen harmonieren würde. Er schätzt die Dame auf knapp Mitte vierzig, gut erhalten, wie Albrecht sagen würde. Für Ibeles Geschmack mindestens eine Spur zu sehr aufgedonnert und um Wirkung bedacht, erotisierende Wirkung natürlich. Viel versteht er ja nicht von der Schminkerei und so, zugegeben, aber dass sein Rösle eine Augenweide ist, ohne dass ihr Gesicht an einen grellbunten Lampion erinnert und sie sich benimmt wie eine von diesen Jetset-Party-Zicken, das weiß er!

„Eine Frage, Frau Rafreider, Ihr Mann und Ihr Ex-Mann, haben sich die gekannt?"

„Also gekannt, nein, gekannt haben sie sich nicht, nicht direkt."

„Haben sie sich gekannt oder nicht gekannt? Oder vielleicht nur nicht gemocht?" Diese Frau macht Ibele nervös.

„Sie haben sich nicht gekannt, und, ehrlich, wenn sie sich gekannt hätten, hätten sie sich nicht gemocht! Mein Jonny mag keine anderen Männer. Er ist ein bisschen ..."

„Ein bisschen eifersüchtig? Ja? Und ein bisschen cholerisch vielleicht?"

„Es ist halb vier, Inspektor, kann ich gehen? Sie wissen: die Mumie wartet!"

„Gehen Sie, und vergessen Sie die Quittung nicht."

Die Rafreider schält sich umständlich aus dem Sessel und zieht wiegenden Schrittes ab. Ibele schaut ihr lange nach. Keine Sorge, die erweckt jede Mumie zum Leben!, denkt er sich kopfschüttelnd und unterdrückt ein Gähnen. Ibele bezahlt bei Melanie seine kleine Rechnung. Auf ihrem Gesicht erscheint wieder dieses nicht unsympathische Lächeln, von dem aber kaum zu sagen ist, ob es Ibele gilt oder irgendeinem der mächtigen, dunkel gebeizten Holzbalken an der eher niedrigen Decke der Halle. Allerdings ist sich Melanie ihrerseits auch nicht wirklich sicher, ob sich der Herr nun von ihr verabschiedet hat, oder von ihrem Namensschildchen ...

In Bersbuch überquert ein Museumszug des Wälderbähnles die Straße und zwingt Ibele zu einem kurzen Stopp. Dann biegt der Inspektor nach links ab und nimmt den Weg über den Losenpass. Nicht zuletzt dem malerischen Ortskern von Schwarzenberg und einigen sentimentalen Erinnerungen zuliebe. Das alte hölzerne Tanzhaus, der Brunnen mit dem glasklaren Wasser vor der berühmten Kirche und besonders die beiden prachtvollen Gasthöfe haben es ihm angetan. Der reich verzierte barocke Holzbau des *Hirschen* mit dem überreichen Blumenschmuck und nebenan der *Adler* mit seiner ochsenblutgefärbten Fassade. Nicht ohne Herzklopfen erinnert sich Ibele immer wieder an das einst dort abgehaltene Hochzeitsmahl. Wenn außer seinem Rösle jemand weiß, wie man Innereien zubereitet, wie man eine Leber röstet, wie man fachmännisch einem Fisch zu Leibe rückt oder dass Ravioli, vor allem gefüllt mit Kalbskopf, Kürbis oder Alpenlachs, alles andere sind als ein Arme-Leute-Essen, dann ist es dieser Engelbert im Adler! Das ist der wahre Meister der viel beschworenen regionalen Küche!

Fast schon eine Spur zu übermütig zieht Ibele mit dem wie auf unsichtbaren Schienen gleitenden Motorrad zügig die langgezogenen Kehren zum Bödele hinauf, gleichzeitig fasziniert von der überwältigenden Kraft der Maschine und von der endlosen Aussicht auf die in der grünen Hügellandschaft wie Spielzeug verstreuten Dörfer des Vorder- und Mittelwalds. Auf der Passhöhe angelangt, hält Ibele an und genehmigt sich eine Gauloise. Sein Blick schweift weit in die Bergwelt und verliert sich unversehens in den Untiefen der menschlichen Seele. Trotz des fantastischen Panoramas verlassen seine Gedanken die dienstlichen Pfade nicht ganz. Auch wenn ihr Alibi wahrscheinlich nichts wert ist, die Rafreiderin gibt kaum etwas her. Zumindest kriminalistisch nicht. Einem Grünschnabel wie dem Albrecht könnte sie vielleicht ein kleines hormonell-libidinöses Zwischenhoch bescheren. Die Fahrt hinunter nach Dornbirn öffnet den großartigen Blick über den glitzernden Bodensee nach Westen. Routiniert treibt Ibele die schwere BMW in kühner Schräglage durch die Kurven und lässt die schneebedeckten Schweizer Berge Karussell fahren.

Zurück in Bregenz setzt er sich an seinen Schreibtisch, holt ein Mineralwasser aus dem Kühlschrank, Kaffee trinkt er im Büro nie. Dann versucht er, wieder Ordnung in seine Gedanken zu bringen. Die Rafreider ist also zwar eine ziemlich ordinäre Person, aber Mörderin eher nicht. Und ihr Jonny? Auch er, was man so hört, eher ein Krachmacher, Wichtigtuer und Hinterhofcasanova als ein Gewalttäter. Mal sehen, was da für ein Alibi kommt, und was für ein Doktor das sein soll! Warum bewegt sich der Albrecht eigentlich nicht aus seinem Büro heraus? Ein gelbes Notizzettelchen, vollgekritzelt mit Hagens krakeliger Schülerschrift, klebt an Ibeles Telefonapparat: „Anruf Lässer junior. Er sitzt noch in Ohrli fest wegen Terohralarm, kommt morgen früh nach Friedrichshafen und dann gleich ins Kommando." Die Hagen! Man sieht's an der Orthografie. Und wo ist sie überhaupt? Schon weg? Es ist kurz vor fünf Uhr nachmittags, der pressiert es aber heute! Ibele geht zum Fenster, da sieht er sie eben unten über den Hof stelzen. Sie bezieht trippelnd wie ein auf den Auftritt wartendes Zirkuspferdchen Stellung an der Einfahrt, scheint nach jemandem Ausschau zu halten. Da fährt auch schon laut röhrend ein weißes Cabrio heran. Am Steuer sitzt ein auf Latin Lover gestylter Jüngling in weißem Hemd und weißer Hose, dazu eine verkehrt aufgesetzte Baseballmütze und eine Sonnenbrille à la Robert de Niro in *Taxi Driver*. Antoinette klettert unter heftigem Gezupfe in den Wagen, aber es ist alles umsonst, noch bevor sie in den roten Ledersitz sinkt, verrutscht das knappe Röckchen hoffnungslos und reicht hinten und vorne nicht mehr. Der Kerl nimmt's extrem gelassen, ja man fragt sich, ob er es überhaupt merkt, ob es ihn interessiert! Ein flüchtiger spitzlippiger Kuss wird gewechselt – einer, mit dem sich sein Rösle nie im Leben und bei keiner noch so beiläufigen Gelegenheit zufriedengeben würde, Ibele genauso wenig. Mit quietschenden Reifen braust man davon. Das können sie, die Büblein. Soll das vielleicht Liebe sein?! Oh Antoinette! Es gibt tausend Arten, den Kopf zu verlieren!

Ibele geht hinüber zu Albrecht. Der sitzt tief über ein paar Bogen Papier gebeugt, schaut kaum auf, murmelt ein fast unhörbares „Inspektor?" in sein modisches blondes Kinnbärtchen.

„Was gibt es Neues, Herr Aspirant?"

„Wenig Neues gibt es, Herr Chef, aber das Alte ist dafür sehr interessant!" Albrecht hat offensichtlich nebst einem dezenten Hang zu einem etwas hölzernen Zynismus eine gewisse Affinität zu Ibeles philosophischer Ader. „Ich habe mir zuerst beim Wohlgenannt in Dornbirn die schwedischen Äxte zeigen lassen: Wenn du so eine Axt in der Hand hast, Inspektor, dann bist du ein anderer Mensch! Das ist ein irres Feeling, ein echtes Killerfeeling. Wie Bruce Willis in *Stirb lang-*

*sam 4.0* bin ich mir vorgekommen mit dem Ding." Ob er den Film gesehen habe, fragt Albrecht seinen Chef zweifelnd und schaut ihn auf eine etwas überhebliche Art mitleidig an.

Ibele kennt den Film erwartungs- und naturgemäß nicht, und er kennt auch keinen Bruce Willis. Nach Albrechts Schilderung stellt er ihn sich allerdings als eine Art Old Shatterhand auf Kriegspfad vor. Oder gleich als Marlon Brando, denn für Ibele ist die Kinogeschichte vor gut zwei Jahrzehnten stehengeblieben, oder wahrscheinlich schon vor drei, so um das Jahr 1979 herum, genauer gesagt bei *Apocalypse now*. Was danach auf die Leinwand kam, ist für Ibele kaum mehr der Rede wert. James Bond? Ein matter Abglanz! Die Hysterie um die paar Sekunden im neuesten James-Bond-Streifen, die auf der Bregenzer Seebühne gedreht wurden, hat Ibele nie verstanden. Aber wie sie alle hingerannt sind! Und wem hat der Film wirklich gefallen!? Außerdem, seit das Forster-Kino (*Tonfilm Theater* hat es sich selbstbewusst genannt!) abgerissen wurde vor etlichen Jahren, ist der Kinostern für Ibele arg verblasst. Keine dreihundert Meter von Ibeles Haus entfernt gelegen, ersetzte es ihm praktisch den Fernsehapparat! Einem Cineplexx kommt er nicht ins Haus! Game over.

„Kauft denn jemand die Dinger?" Der kleine gedankliche Ausflug zu Marlon Brando versetzt den Inspektor in eine sentimentale Stimmung, aus der er nur ungern in die öde Gegenwart zurückkehrt.

„Nicht wirklich viele, denn die Topmodelle sind echt teuer. Im vergangenen Herbst waren ein paar Appenzeller Holzknechte da und haben drei oder vier Stück erworben, im März ein junger Zimmermann aus

Warth. Den letzten Kauf gab es vor einem knappen Vierteljahr, kurz nach Ostern ist es gewesen, im April." Als hätte das nichts zu bedeuten, vertieft sich Albrecht wieder in seine Unterlagen.

„Darf man vielleicht erfahren, wer der Käufer war, Kruzifix Albrecht, ich red mit Dir!", faucht Ibele ungeduldig.

„Der Käufer, Herr Chefinspektor, der Käufer war ein gewisser Herr Hammerer!" Albrecht schaut den Inspektor nichtssagend an, als hätte er ihm gerade die Uhrzeit gesagt. Entweder blufft Albrecht, oder er hat total keinen Durchblick. Kann er denn so bescheuert sein? Ibele traut seinen Ohren nicht.

„Der, den wir suchen, der ehemalige Alpknecht von Pfingstgunten?"

„Ja", fährt es jetzt aus Albrecht heraus wie der Korken aus einer Champagnerflasche, „genau der, auch die Adresse auf der Rechnung stimmt mit der seinen überein: Argenzipfel 389 in Au." Die Welle von Albrechts Triumph bricht über Ibele zusammen und lässt den Inspektor dastehen wie einen begossenen Pudel.

„Na, bravo, gratuliere! Dann klemm dich nur schön hinter die Fahndung, Albrecht, schau dass das weitergeht! Man soll das verfluchte Bauderschwanger Tal absuchen, alle Alp- und Vorsäßhütten auf den Kopf stellen, irgendwo muss der Mensch doch stecken! Und sorg dafür, dass ein Foto in die Abendnachrichten im Fernsehen kommt und morgen in den *Boten*! Weiß der General Bescheid?"

„Ja, er hat mich grad erwischt, als ich zurückgekommen bin."

„Na super, Herrgottzack. Dass der immer da sein muss, wo man ihn nicht braucht. Und was gibt es Neues von der Lässer-und-Alma-Geschichte?"

„Das schaue ich mir da gerade an.“ Albrecht hebt wichtigtuerisch einen dünnen Stapel gelblicher Blätter in die Höhe. Er sieht seine Stunde gekommen. „Das ist Lässers Personalakte. Was denen aufgefallen ist: Der Lässer hat sich bei der Rapp-Übernahme nicht einmal ein Viertel seiner ursprünglichen Alma-Anteile auszahlen lassen. Den Rest will er an seine Neffen und Nichten verschenkt haben. Da geht es um eine ganz schöne Summe, fast vierzigtausend Euro.“

„Also müssten da noch etliche solcher Alma-Anteile irgendwo herumliegen? Vielleicht bei der Ex-Frau? Himmelfix, geht mir die auf die Nerven! Los, Albrecht, nimm einen Kollegen vom Egger Posten mit, fahr zu der nach Hause und lass dir das alles erklären. Auch das Alibi für den Freitag: Sie will da am Gardasee gewesen sein. Wenn sie Quatsch erzählt, bringst du sie hierher, und zwar samt ihrem Herrn Doktor. Jetzt kannst du sie dir ja doch noch vorknöpfen!“ Auf Albrechts Gesicht zeichnet sich ein Lächeln ab, das für Ibele ein gutes Stück jenseits rein dienstlicher Befriedigung zu liegen scheint. Was hat der dumme Bub nur mit dieser Rafreiderin? Einen Obelixkomplex vielleicht? Echt aber auch! Ibele weiß natürlich, dass es Ödipuskomplex heißen muss, aber mit ein wenig Spaß ist das psychologische Zeug weit besser zu ertragen: Grad weil's so verdammt wahr ist! Sollte man etwa den Herrn Hallmüller auf Albrecht ansetzen? Na, so bös wird es nicht sein!

Das anschließende Gespräch mit dem General gestaltet sich für Ibele wie befürchtet wenig erquicklich. Der hohe Herr sitzt in seinem riesigen schwarzledernen Bürosessel. Der annähernd doppelbettgroße Mahagonischreibtisch ist leergeräumt bis auf ein goldgerahmtes Foto und eine teure Füllfeder samt dekorativem Tintenfass. Der General trägt ein schwarzes Uniformhemd, die leichte Sommervariante mit vier Reihen bunter Ordensspangen auf der Brust, dazu eine schwarze Krawatte. Ibele mag die Schwarzhemderei nicht. Überhaupt erinnert ihn die ganze Szene unangenehm an Charlie Chaplins *Großen Diktator* und an dessen reale Vorbilder in der jüngeren Geschichte, allesamt leider weit mehr als bloße Witzfiguren.

Für den General ist der Fall sonnenklar. Ein Mord, ein Verdächtiger samt Motiv, eine Waffe und ein passendes Gutachten vom Doktor Hallmüller. Man braucht nur noch diesen Hammerer zu finden, was doch nicht so schwer sein kann, wie der General süffisant anmerkt, und dann soll die Presse kommen. Beim Stichwort Presse springt der General wie von der Tarantel gestochen auf, um seine Uniformjacke von der in der Zimmerecke stehenden Kleiderpuppe herunterzunehmen. Ibele darf ihm beim Anziehen helfen, welch eine Ehre. Feines Tuch, ein dunkles Ultramarinblau, der weit übers Gesäß gezogene Schnitt ist ähnlich der einer k.u.k. Bahnhofvorstandsuniform, selbstverständlich wieder ordensgeschmückt, große goldene Kragenbesätze. Wumm, knallt sich der General die Mütze auf den Kopf, die ihn noch einmal gut zehn Zentimeter größer macht. Im Verband mit dem grauen Stoppelbart, der Backen und Kinn bedeckt, glaubt Ibele definitiv einen verschlafenen Eisenbahnbeamten aus der hintersten Provinz der längst untergegangenen Donau-Monarchie vor sich zu sehen. Fehlt nur noch das von Fliegenschissen übersäte Kaiser-Porträt an der Wand und die rot-grüne oder schwarz-gelbe Kelle.

Der General telefoniert nervös nach seinem Chauffeur und drängt Ibele sanft zum Ausgang. Der Inspektor versucht vergeblich, seinen Einwänden Gehör zu verschaffen. Warum soll sich der Hammerer nach zehn Jahren rächen? Ja, die Axt. Aber weder ist sie das einzig mögliche Tatwerkzeug, jedes bessere Buschmesser hätte diesen Dienst auch erfüllt; noch ist, wenn schon, denn schon, der Hammerer alleiniger Besitzer eines solchen Geräts. Dem Rachemotiv traut Ibele sowieso nicht ohne Weiteres. Vor allem bei einem wie dem Hammerer nicht. Der wartet doch nicht eine halbe Ewigkeit, bis er zuschlägt! Da mag der Herr Obergutachter noch so klug daherreden. Dann stinkt schon eher die Sache mit den verschwundenen und nicht eingelösten Anteilen. Wer hat die? Warum verschenkt der Lässer so viel Geld? Warum überlässt er seiner Exfrau und deren Neo-Gemahl das Haus ohne Miete? Hat er das freiwillig getan? Da steht Ibele aber schon auf dem Gang vor dem Generalsbüro, vom General ist weit und breit keine Spur mehr zu sehen. Die Industriellenvereinigung ruft zu ihrem jährlichen Sommerfest; natürlich darf dabei der Herr General, immer besorgt um die öffentliche Sicherheit, keine Minute verpassen. Klar, oder?

Das Telefon läutet. Albrecht berichtet aus dem fahrenden Auto wirr und hektisch von einem hysterischen Auftritt des Herrn Rafreider. Sie fahren schon durch den Citytunnel, sind in wenigen Minuten im Bregenzer Kommando. Im Hintergrund hört Ibele eine zeternde Frauenstimme.

Er erwartet das Trio in einem kahlen Raum im Erdgeschoß. Das einzige Fenster bietet einen trostlosen Ausblick auf eine heruntergekommene Mietskaserne aus der Zwischenkriegszeit. Daneben ein halb abgerissenes Wohnhaus aus roten Ziegeln. Im Raum selbst ein Holztisch und sechs Stühle. Schmutzig-beiger Anstrich an den schmucklosen Wänden. Über der Tür ein Foto im hellen Holzrahmen, das übliche Bild des Bundespräsidenten. Es ist der vorige, kurz vor der Amtsübergabe an seinen Nachfolger plötzlich verstorbene. Nie sieht Ibele dieses Bild, ohne einen heftigen Anflug von Mitgefühl für den darauf abgelichteten älteren onkelhaften Herrn zu verspüren.

Da führt Albrecht auch schon Lässers Ex-Frau und ihren Mann herein. Er selbst bleibt neben der Tür stehen, lehnt mit verschränkten Händen lässig an der Wand, den so gar nicht kriminalistischen Blick, wie Ibele missbilligend feststellt, fast unverwandt auf die Rafreider gerichtet. Sie trägt ein knallrotes und hautenges Minikleid, das sie wahrscheinlich für ein Designermodell hält. Dass es bei jeder gröberen Bewegung die Abwesenheit eines BHs verrät, verleiht Albrechts Wahrnehmung zusätzlich eine verhängnisvolle Richtung. Der recht massige Gatte stakst auf ausgetretenen Cowboystiefeln mit einem Rest von Fransenbehang einher, angetan mit einer wahrlich ausgebeulten Jeanshose und einem einst eleganten, nunmehr reichlich mürbe über den breiten Schultern hängenden dunklen Leinensakko. Mürrisch weist Ibele dem Pärchen einen Platz an der Längsseite des Tisches zu, lässt sich die Ausweise geben. Sie zieht einen neuen Reisepass aus den Tiefen der Handtasche, er fingert einen zerfledderten Führerschein aus dem verschwitzten Hemd.

Ingeborg Rafreider, geschiedene Lässer, geborene Hirschbühl, geb. am 22. 12. 1967 in Schwarzenberg, Physiotherapeutin.

Johann Rafreider, geb. am 1. 8. 1969 in Dornbirn. Von einem Doktor weit und breit keine Spur. Übrigens ein Führerschein der Klassen A, B, C, D, E und F!

„Also, Frau Rafreider, wie war das mit dem Gardasee?" Ibele geht sofort zur Sache. Wenn schon nicht viel zu holen ist bei den beiden, soll es wenigstens nicht viel Zeit kosten.

„Wissen Sie, Herr Inspektor, das Hotel hat, das heißt, ich ... weil am Freitag, und dann ... Am See war ..."

„Was jetzt? Brauchen Sie ein wenig Hilfe, gnädige Frau?" Der Inspektor mimt den Freundlichen, das ist kein gutes Omen. „Wie hat es denn geheißen, Ihr schönes Hotel, Frau Rafreider?"

„Das war italienisch, glaube ich ... So etwas mit ..." Sie stockt, tupft mit Schweiß und Tränen vermischte Schminke von den Wangen und stopft das schon ganz zerknüllte Spitzentaschentüchlein zurück in ihre goldfarbene Handtasche, die leicht eine mittlere Expeditionsausrüstung aufnehmen könnte. Heftig atmend lehnt sie sich weit über den Tisch, was für Albrecht, der ihren hilfeheischenden Blick mit einem verlegenen Schulterzucken quittiert, einiges an Einblick zutage fördert. „Wir waren nicht am Gardasee, Herr Inspektor. Ich habe am Wochenende gearbeitet."

„Gearbeitet! Na gut, und was ist daran so schlimm, dass man zuerst Märchen erzählen muss?", wundert sich Ibele laut. „Das heißt, Sie waren die ganze Zeit im Kurbad?"

„Nein, nicht direkt im Kurbad. Ich habe nämlich ... Ich war ... zu Hause." Rafreider verliert plötzlich seine Lässigkeit und starrt seine Frau mit weit offenem Mund an. Seine schrundigen Hände ballen sich zu Fäusten, die Haut spannt sich weiß über den groben Knöcheln.

„Was tust du daheim?“, zischt er sie an. „Was soll das?“

„Ich stelle die Fragen, Herr Rafreider“, fährt ihm Ibele in die Parade.

„Sie waren also zu Hause“, wendet er sich an die plötzlich gar nicht mehr kesse Blondine. „Da gibt es doch sicher Zeugen?“

„Zeugen? Nein, ... nur ... ja, eigentlich schon“, murmelt sie und kramt das Taschentuch wieder hervor.

„Auf die bin ich aber gespannt!“, poltert der falsche Doktor.

„Gespannt bin ich, nämlich darauf, wo Sie am Freitag waren!“ Ibeles Zeigefinger fährt wie ein Dart-Pfeil auf Rafreider zu. Der Polterer geht auch sogleich feige in Deckung.

„Ich war unterwegs am Wochenende“, lautet seine wenig präzise Rechtfertigung.

„Unterwegs! Und wo, wenn man den Herrn fragen darf?“, da ist wieder Ibeles Unheil verkündende Freundlichkeit.

„Unterwegs war ich ... Mit dem ... Was soll schon gewesen sein? Ich war unterwegs, weil ich ...“

„Rafreider, das Spiel ist aus, machen Sie Schluss mit dem Quatsch, oder ich lass dich ein paar Nächte im Keller schmoren!“ Das *Du* ist Ibele herausgerutscht und in solchen Fällen eine eindeutige Warnung an den so Angesprochenen. Denn Ibeles echtes *du* will erarbeitet werden. Und das mit dem Schmoren hätte er auch lieber nicht gesagt. Aber war da nicht für Sekundenbruchteile ein winziges nervöses Zucken in Rafreiders zerfurchtem Charles-Bronson-Gesicht mit der verdammt lächerlichen Frisur eines längst aus der Mode gekommenen Möchtegern-Rockmusikers. Vielleicht die verzweifelte Erinnerung an ein ganz persönliches Waterloo?

„Ich war in Ungarn."

„Und was hat der Herr Doktor in Ungarn zu tun?" Ibele kocht.

„Ich habe ... Ich bin ... Ich war ... Ich wollte ..."

„Red! Heilandzack! Red endlich! Das ist ja keine Deutschprüfung hier!" Diesen Satz baut Ibele nach Möglichkeit in jedes Verhör ein, ein kleiner privater Spleen. Der Satz war eine Standardfloskel seines ersten Lehroffiziers an der Polizeischule gewesen. Ibele bleibt dem Andenken des kleinen, kugelbäuchigen Herrn mit den zynischen Sprüchen treu, auch wenn der Major später wegen unsauberer Privat- und Geldgeschichten ruhmlos von der Bildfläche verschwunden und vor wenigen Monaten verarmt und verfemt gestorben ist.

„Ich war mit dem Lkw in Ungarn, habe dort Käse abgeladen für den Rapp und bin am Samstag mit Debrezinern, Stierblut und Paprika für die Sparzentrale zurückgefahren, das ist alles in meinen Frachtpapieren nachzulesen, Fahrzeiten inklusive."

„Dann ist der Herr kein Doktor, sondern ein Kraftfahrer, und das beim Rapp!?" Ibele findet nun doch ein wenig Interesse an der Geschichte.

„Der Doktor war die Idee von der Ingeborg. Sie hätt's halt gern." Wirklich näher kommen sich die beiden durch diese Erklärung augenscheinlich nicht, wenn man dem Blickblitzgewitter glauben will, das mit einem Schlag über die beiden hereinbricht. Nur der Albrecht schaut noch eine Spur schafsmäßiger zur blonden Puppe hinüber. „Und ich arbeite nicht beim Rapp, ich habe selber einen Lkw-Zug, bin Spediteur." In seiner Stimme liegt genau die richtige Menge Trotz und Eitelkeit, um den Inspektor von seiner Ehrlichkeit zu überzeugen.

Ibele geht zwei Mal langsam um den Tisch herum, die Hände auf dem Rücken ineinandergelegt, halblaut ein paar undeutliche Worte murmelnd. Er bleibt hinter dem Pärchen stehen. Draußen rast mit Folgetonhorngeheul ein Einsatzwagen aus der Tiefgarage, gleich darauf folgt ein zweiter. Dann ist es wieder ganz still. In den Fenstern der Mietskaserne spiegelt sich leuchtend rot die Abendsonne. Es müsste schön sein, jetzt am See zu sitzen. Man könnte wieder einmal im Seehof ein Glas Bergwein, wie Philipp, der Wirt, seinen feinen Roten nennt, zu sich nehmen, seine großzügig offerierten Erdnüsse knabbern und mit dem nie um ein mehr oder weniger pikantes Histörchen verlegenen Patron humorvolle Belanglosigkeiten austauschen. Man könnte einiges, wenn man die beiden Kasperle da nicht am Hals hätte. Wenigstens scheinen die Alibis hieb- und stichfest zu sein. Inspektor Ibele ist froh, denn die beiden ist er gerne so bald wie möglich los: Diese Möchtegerne sind nicht seine Wellenlänge!

„Du lässt dir die Namen von Frau Rafreiders Kundschaft geben", weist er Albrecht an, der beim Wort Kundschaft mindestens so verlegen wird wie der Ehemann zappelig, „und überprüfst die Angaben dieses Herrn." Ibele zeigt auf Rafreider und geht um den Tisch herum, pflanzt sich vor den beiden auf.

„Sie wohnen wirklich ohne Miete in dem Haus von Ihrem Ex-Mann?", fragt er die Frau.

„Ja, das war bei der Scheidung so abgemacht. Dafür zahlt er uns, äh mir, weniger Unterhalt."

„Haben Sie eine Ahnung, was aus seinen Alma-Anteilen geworden ist?"

„Alma-Anteile, nein, da habe ich wirklich keine Ahnung, die wird er doch bei der Rapp-Übernahme eingelöst haben wie alle, oder?"

„Und wenn er das nicht hat, wo sind sie dann?“

„Dann kann sie nur sein Sohn haben. Der hat den Vater immer ausgenommen wie eine Weihnachtsgans. Ohne Grund ist der nicht in dieses komische Frankreich gegangen!“

„Wann war das?“ Obwohl Lässers Sohn für Ibele in dieser Geschichte gar keinen Platz hat, und ihm Rafreiders abfälliger Ton Frankreich gegenüber nicht gefällt – unwillkürlich tastet er nach seinen Gauloises in der Rocktasche – hat er das Gefühl, hier noch etwas klären zu müssen.

„Das war 1991, zwei Jahre nach unserer Hochzeit. Vater und Sohn haben sich schon damals kaum mehr gesehen. Der Bub war ständig bei einer Ziehmutter irgendwo im Oberland, die hat ihn nach Strich und Faden verwöhnt.“

„Gibt es ein Testament von Lässer?“, wendet sich Ibele an seinen Aspiranten. Der ist so in die Betrachtung des freizügigen Zuschnitts von Rafreiders Kleidchen vertieft, dass Ibele seine Frage wiederholen muss.

„Ob es ein Testament vom Lässer gibt, habe ich gefragt, Herrgottzack, Albrecht, reiß dich zusammen!“

„Von einem Testament habe ich nichts gehört. Ich bin ja nicht der Notar“, erwidert Albrecht beleidigt.

„Wenn du die Angaben der Herrschaften überprüft hast, können sie gehen“, mit diesen Worten öffnet Ibele brüsk die Tür.

„Wie kommen wir jetzt bitte nach Hause?“, fragt Frau Rafreider.

„Ich bringe die Inge ... die Frau Rafreider ...“, versucht es Albrecht.

„Niemand bringt!“ Ibele zeigt zum nahen Bahnhof hinüber: „Es geht jede halbe Stunde ein Bus, und das auch noch um diese Zeit! Noch nichts vom neuen

Fahrplan gehört? *Der Wald rückt näher!* Und was du bringen kannst, mein lieber Albrecht, ist ein schöner Nachtdienst, der Kuster ist ausgefallen!“ Ibele lässt die verdatterte Gesellschaft grußlos sitzen. Zum Glück sieht er die Geste nicht mehr, die ihm der Aspirant nachschickt.

*In wessen Nähe einmal ein Mord geschah, der sollte beständig auf den zweiten vorbereitet sein.*
Hans Henny Jahnn, Fluss ohne Ufer

Ibele geht nachdenklich hinauf in sein Büro. Er steht am Fenster und schaut über den hässlichen Bahnhof hinweg auf den See hinaus. Eben versinkt rubinrot die Sonne im orange aufleuchtenden Wasser. Schwarz hebt sich das Dreieck eines Segels vom roten Hintergrund ab. Tief in sich verspürt Ibele das erhebende Gefühl, die Welt gehe ihren gerechten Gang, wenigstens im Kleinen, also dort, wo er mit seinen bescheidenen Mitteln und nur allzu begrenzten Fähigkeiten bei halbwegs gutem Willen in den immer rätselhaft bleibenden Weltenlauf einzugreifen vermag. Eine dreiviertel Stunde später sitzt Ibele zu Hause und gabelt den ersten Bissen von Rösles köstlicher Schweinshaxensulz aus der Essigmarinade, auf der dunkelgrüne Flecken von Kernöl schwimmen und ein Berg scharfer roter Zwiebeln verstreut ist. Ein Schluck eiskaltes Bier schwemmt die Gedanken von vorhin erneut in seine Gegenwart. Auch wenn wir nicht in der besten aller möglichen Welten leben: Das Gute existiert doch! Und überhaupt: A priori weißt du nichts, aber alles ist da! Aus dem Küchenradio ertönt etwas Symphonisches, eine von der Sologeige gespielte Melodie trägt Ibele weit fort. Wie klug diese Musik doch ist in ihrer schieren Schönheit! Es handelt sich um Antonin Dvoraks Konzert für Violine und Orchester, op. 53, liest Ibele in der neben dem Radio liegenden Programmzeitung; er wird sich dieses Stück merken müssen. Mit einem Glas vom Selbstgebrannten spült der Inspektor schließlich die letzten Zwiebelringe und kernölgetränkten Brotkrumen hinunter, fährt sich mit der Zunge genüsslich über die fleischigen Lippen, lehnt sich zufrieden zurück.

Da durchkreuzt eine beunruhigende Idee Ibeles satte Zufriedenheit: Was aber wäre, wenn Lässers Ex-Frau mit ihrem Jonny wirklich und wider allen Anschein ... Sie könnten doch ... Diese verflixten Anteile scheinen ein allseits begehrtes Objekt und einiges wert gewesen zu sein. „Isidooor“, Rösles lockende Stimme gurrt aus dem oberen Stock herab und will wissen, wie lange er denn noch zu tafeln gedenke, und ob er denn seine Frau überhaupt nicht mehr liebe? Sie habe gerade im *Kleinen Huber* etwas gefunden, das müsse sie ihm unbedingt sofort zeigen, man könnte doch morgen Mittag ... Ibele trompetet ein tenorales „sohofohort“ in Richtung Schlafzimmer, räumt säuberlich die Spuren seines rustikalen Soupers vom Küchentisch und löscht das Licht in der blitzblanken Küche. Die hölzerne Treppe knarrt laut unter seinen schweren Schritten. Die Küchenuhr zeigt 23.03 Uhr. Das Nachdenken vertagt Ibele getrost auf morgen.

—

Zur selben Stunde springt Mag. (FH) Franz Ignaz Jäger leichten Fußes über die paar Stufen hinab, die von seinem Geschäftsführerbüro in das Erdgeschoß des großen neuen Käsekellers in Lingenau führen. Es hat viel Arbeit gegeben in den letzten Tagen. Übermorgen beginnt das lange erwartete Käse-Genuss-Festival, zu dessen Symposien, Konzerten und Galadiners sich viel Prominenz angesagt hat: Trendige TV-Köche und Gastrokritiker aus aller Herren Länder, sogar das Non-plus-ultra der Branche, der große Bertram Seebock, der ihm allerdings in den telefonischen Vorgesprächen einen reichlich schlichten Eindruck gemacht hat, den eines völlig überfressenen Quasselonkels nämlich. Doch was will man machen, Autorität ist Autorität, und die seine ist unbestritten. Dazu kommen ein paar nicht mehr ganz knackfrische, aber dafür bezahlbare Showgrößen und zu guter Letzt die unvermeidlichen lokalen Politik-Adabeis, die hofiert werden wollen. Für den gerade einmal achtundzwanzigjährigen Jäger eine perfekte Gelegenheit, sich ins Rampenlicht zu stellen. Lange genug musste er im Schatten ausharren. Als Käse-Urgestein und echter Self-made-man hat er sich als Bauernsohn vom Hütebuben zum Marken-Manager beim Rapp emporgearbeitet. Das Studium der Betriebswirtschaft, das ihn so viele Nächte und Wochenenden gekostet und ihm jede Menge Hohn und Unverständnis seitens der sogenannten Freunde eingebracht hat, lohnt und rechnet sich endlich! Jetzt können sie blöd schauen, die Spötter! Der Rapp persönlich hat ihm schließlich gegen einige Konkurrenz den lukrativen Geschäftsführerjob zugeschanzt. Ein paar Mitbewerber und sogar der Favorit des Landesrats blieben mit langen Gesichtern zurück. Im Käsekeller selbst gibt es böse Stimmen, die ihm vorwerfen, sich mehr um die Qualität der eigenen Karriere als um die des Käses zu kümmern. Jäger ist das egal.

Auch von dem schrägen Vogel, dem sie damals vor zwei Jahren kurz vor der Rapp-Übernahme ihre überzähligen Alma-Anteile angedreht haben, wird er sich nicht ins Handwerk pfuschen lassen. Nur die Sache mit dem Lässer gefällt ihm gar nicht. Obwohl, diesen Mord traut er dem Vorderwälder Kauz nicht zu; und man sagt ja, es müsse ein Goliath gewesen sein, der den Lässer so zugerichtet hat. Wie es auch sei: Ihm wird so etwas nicht passieren! Die peinlichen Auftritte, für die der Typ in der letzten Zeit gesorgt hat, wird er ihm bald einmal für immer abgewöhnen. Er kennt die Schwachstelle dieses Männleins, hat ihm auch schon angedeutet, was passieren könnte, wenn er keine Ruhe gibt. Und wie es ausschaut, wirkt es schon.

Also: Kein Blick zurück! Hinein ins Leben! Außerdem ist das schnittige Cabrio, das ihm der Deal eingebracht hat, nicht mehr wegzudenken. Erst recht jetzt, wo ihn endlich die jahrelang vergeblich umworbene Yvette plötzlich mit ihrer feurigen Gunst beschenkt! Wie hat er sie doch mit zahllosen Rosensträußen, exklusiven Skiausflügen, opulenten Abendessen und sogar einem unsäglich teuren Perlencollier von seiner Liebe zu überzeugen versucht! Immer noch labt er sich an dem kuhmäßig doofen Geglotze seiner Freunde, wenn er ihnen diese Wahnsinnsfrau als seine Freundin – und bald als seine Frau! – vorstellt. Zwar kann er sich Yvettes Gesinnungswandel nicht erklären, doch die vertiefte Reflexion, das gründliche Analysieren der menschlichen Psyche ist Franz Ignaz Jägers Stärke nicht. Übermorgen kann es losgehen mit dem Genussbrimborium! Jäger fühlt sich gerüstet.

Ein letzter – ja, ein letzter! – stolzer Blick schweift über die mit mehr als 30.000 Käselaiben gefüllten sieben Meter hohen Regalreihen, bevor sich Jäger anschickt, durch eine schmale Tür neben den großen Lkw-Rampen in die Vollmondnacht hinauszutreten. Nur noch ein paar Minuten bis zu Yvettes stürmisch-leidenschaftlicher häuslicher Umarmung! Mittels Funksignal lässt er das Dach seines auf dem Parkplatz stehenden Cabrios sich öffnen und wie von Geisterhand gesteuert in der Karosserie verschwinden. Leuchtend hell steht der Vollmond über dem Massiv der Winterstaude am wolkenlosen Sternenhimmel. Die laue Sommerluft ist erfüllt von Gezirpe und dem Duft des auf den Feldern liegenden, am Abend frisch gemähten Grases. Jäger ist so entspannt wie schon lange nicht mehr. Er löscht die Lichter aus und will gerade die massive Tür hinter sich zuziehen. Da packt ihn von wer weiß woher eine eiserne Faust am Kragen und schmettert ihn mit unmenschlicher Kraft und Wucht in die Halle zurück. Taumelnd stößt der smarte Herr Geschäftsführer gegen das vorderste Regal und reißt im Fallen einen der schweren Laibe mit sich zu Boden. Kaum hat er sich röchelnd, noch immer mit verkrampfter Hand den Käselaib an sich pressend, in eine kauernde Position aufgerappelt, macht schon ein einziger gnadenloser Hieb seiner Karriere, seinen Ambitionen und seinem Leben schlagartig ein Ende. Ebenso schlagartig verschwindet das aus dem molligen Käselaib aufsteigende Phantom Yvettes, dem Jägers brechendes Auge vergeblich ein allerletztes Mal zuzuzwinkern versucht. Kein Wort ist gefallen, nicht einmal einen Blick tauschen der Mörder und sein Opfer. Jäger liegt gefällt gleich einem morschen Baum im Sturm. Sein Schicksal war längst besiegelt. Jetzt hat es zugeschlagen. Und wie!

Gegen Morgen stapft in dem vom ersten Vogelgezwitscher erfüllten Licht des anbrechenden Tages eine gnomenhafte Gestalt auf der verfallenden Trasse der längst aufgelassenen Schmalspurbahn dem langsam erwachenden Achtal entlang Bregenz zu. Ein Sepplhut sitzt ihr schräg auf dem Kopf, der beim Gehen unbeweglich auf den auffällig breiten Schultern klebt und wie die langen Arme so gar nicht zu dem schmächtigen Körperchen passt. Auf dem Rücken baumelt eine schmutzige Umhängetasche. Über dem Pfänder geht schon die Sonne auf, als der Wanderer über den Hof einer alteingesessenen Bregenzer Baufirma geht, im Mannschaftsraum sorgfältig seine Tasche im Spind versperrt und sich nach einem hastig im Stehen getrunkenen Becher Kaffee an sein freudloses Tagwerk macht. Dass seine Lippen noch eine Spur verkniffener sind als sonst, sein Bart noch struppiger und das Männlein noch wortkarger, das fällt hier niemandem auf. Hier nicht.

—

Mitten in der Nacht, lange nachdem Jäger so unsanft sein Leben ausgehaucht hat, läutet bei Albrecht das Diensttelefon.

„Hier spricht Rafreider! Ist da die Polizei?“ Das klingt ziemlich aufgeregt und hilflos.

„Oh, Ingeb ..., Frau Rafreider? Albrecht am Apparat. Was ist denn los?“ Albrecht zwickt sich in den Arm. Träumt er?

„Herr Inspektor: Helfen Sie mir! Mein Mann stellt das ganze Haus auf den Kopf. Er behauptet, ich verstecke die Anteile vom Alten, halt vom Kurt, vor ihm! Ich habe mich im Bad eingesperrt. Ich fürchte mich so!“

„Keine Angst, Frau Rafreider, ich rufe sofort beim Posten in Egg an. Gleich ist jemand bei Ihnen!“

„Können Sie nicht ...“

„Nein, ich kann hier leider nicht weg! ... Hallo? Hallo!“ Aufgelegt. Jetzt hat sie einfach aufgelegt. Albrecht alarmiert die Kollegen in Egg. Kaffee braucht er keinen heute Nacht: An Schlaf ist nicht mehr zu denken! Das „Können Sie nicht?“ geht ihm mantraartig durch den Kopf, nein: durch Mark und Bein.

Magdalena betritt wie jeden Morgen kurz nach sechs Uhr das Käselager, verschlafen tappt sie durch die Halle, knipst das Licht an, entriegelt die großen Rolltore an der Lkw-Rampe. Dann geht sie ein paar Schritte zurück bis zu den ersten Käseregalen, in der Hand ihr Frühstückscroissant. Sie hat, obwohl erst im zweiten Lehrjahr, mit ihrem Chef für die Sommermonate diesen frühen Arbeitsbeginn ausgehandelt, um an den heißen Nachmittagen ihrer großen Leidenschaft nachgehen zu können: die Freibäder der Umgebung und die mehr oder weniger geheimen romantischen Badeplätze an der Subersach mit ihren Freundinnen unsicher zu machen. Die kleine Schar ist weitum bekannt und für manchen Wälder Jüngling in etwa das, was die mittelalterlichen Schlossfräuleins für die Minnesänger waren: nämlich heiß begehrt und schwer zu erobern. Als Ausgleich zum frühen Arbeitsbeginn darf sie morgens im Büro ihr Frühstück einnehmen, meist ein, zwei Tassen Kaffee und ein Croissant, das sie auf dem Weg zur Arbeit noch backstubenwarm in der dörflichen Bäckerei erwirbt. Jetzt also lehnt sie sich, erst langsam munter werdend, an das Regal. Das mit Butter bestrichene Croissant hält sie geistesabwesend in der Hand. Probeweise lässt sie die automatischen Rolltore hochfahren. Alles läuft wie geschmiert. Langsam gehen die Tore in die Höhe und geben den Blick auf die von der Morgensonne beschienenen grünen Hänge jenseits des Achtals frei. Ein wundervoller Geruch nach Gras und Wald strömt in die große Halle.

Da macht es unmittelbar vor Magdalenas Nase *plopp*. Und noch einmal *plopp*. Die dicke Butterschicht auf dem Croissant weist zwei dunkelrote Flecken auf. Sie hat doch keine Marmelade auf das Kipferl gegeben?! Noch einmal *plopp*. Magdalenas Blick wandert in schläfriger Langsamkeit der metallenen Verstrebung entlang nach oben. Und dann sackt sie mit einem gellenden Schrei am Fuß des Regals zusammen, in den Fleck gestockten Bluts, in dem sie, ohne es bemerkt zu haben, steht. Unwiderstehlich zieht es ihren Blick nochmals hinauf: Da steht ein Käselaib ein Stück weit aus dem Regal hervor und aus dem Laib ragt – eine Hand! Fünf tief in den Laib hinein gegrabene verkrampfte Finger mitsamt dem halben Unterarm, der ein Stück unter dem Ellbogen in einem glatten Schnitt endet. Am Handgelenk sitzt noch eine goldene Uhr, am kleinen Finger ein Siegelring mit schwarzem Stein. Kein Zweifel ist möglich: Es ist die Hand des Geschäftsführers. Eine tiefe Ohnmacht erspart Magdalena den weiteren Anblick.

Aber nur bis eine halbe Stunde später der erste Lkw an die Rampe fährt, ein knallig lackierter Fernlastzug eines der zahlreichen örtlichen Speditionsunternehmen. Eigentlich sollten jetzt schon die Exportpapiere für England fertig sein. Neuerdings stehen die Engländer auf Käse aus Bergbauernmilch. Obwohl die gar keine Milch geben, die Bergbauern. Aber wer nimmt das schon so genau? Die Papiere sind Magdalenas Job. Der Fahrer wundert sich über das offene Rampentor, freut sich aber, erspart es ihm doch den Umweg über die Verkaufsräume ins Büro. Als er jedoch die in der Lache getrockneten Blutes liegende Magdalena sieht, ist es mit der Freude schnell vorbei. Mit zwei Sprüngen ist er bei ihr, steht dann allerdings ziemlich belämmert vor der Leblosen. Er ist Lkw-Fahrer, kein Samariter, und bei Weitem nicht so abgebrüht, wie das am Stammtisch klingt! Dass Magdalena jetzt auch noch die Augen aufschlägt, sie weit aufreißt, macht nichts einfacher. Aber warum zeigt sie so hektisch nach oben? Und wie sie nach Luft schnappt! Immerhin: Sie lebt! Der Fahrer bückt sich nieder, um besser zu verstehen, was ihm die nach Worten Ringende sagen will. Er greift mit einem Arm um ihre Schultern und hebt Kopf und Oberkörper ein wenig an, das arme Kind erstickt ja fast. Was allerdings unter dem Regal in sein Blickfeld gerät, raubt selbst dem von Haus aus nicht gerade zart besaiteten Burschen die Fassung. Magdalenas Körper entgleitet ihm, ihr Kopf schlägt hart auf den Betonboden und wieder ist sie für eine halbe Stunde der grausamen Realität entrückt. Unter dem Regal liegt ein Toter. Toter geht es nicht. Das Gesicht ist von der Stirn bis zur Oberlippe gespalten und klafft weit auseinander, so dass der Fahrer zuerst glaubt, zwei Gesichter zu sehen ... Wenig später stehen die Einsatzfahrzeuge der Rettung und der Polizei vor der Tür, und dann dauert es nicht mehr lange, bis Aspirant Albrechts Anruf dem Ibeleschen Wecker noch um einige Minuten zuvorkommt. Wie es dem Rösle gelingt, ihrem Isidor trotz der Eile den gewohnten Filterkaffee zu servieren, bevor er zwanzig Minuten später in den sonnigen Morgen hinaustritt, bleibt ein Geheimnis. Ibele kann sich so manches nicht erklären an diesem frühen Morgen. Trotz der eher unappetitlichen Nachrichten, mit denen ihn Albrecht aus dem Schlaf geholt hat, empfindet er die sonnige Frische des jungen Tages überraschend ungetrübt. Mit Routine hat das nichts zu tun. Zwei Morde in drei Tagen, das ist noch keine Serie, aber für hiesige Verhältnisse verdammt ungewöhnlich. Ganz wie von selbst versuchen die Gedanken des Inspektors, die Ereignisse miteinander zu verbinden. So wundern Ibele die ersten, vom hörbar schläfrigen Albrecht rapportierten Details nicht. Der eingehauene Schädel passt natürlich ebenso in das Schlamassel wie die sauber abgetrennte, im Käselaib verkrampfte Hand. Während Albrecht müde und unwillig im Kommando seinen Nachtdienst zu Ende bringt, fährt Ibele die kurvenreiche Straße in Richtung Lingenau. Wieder packt ihn ein innerer Taumel, eine Art Euphorie, die die unerfreulichen Ereignisse der sogenannten Realität weit hinter sich lässt. Sein Blick, seine Sinne erfassen einfach nur das, was schon vor zehntausend, vor tausend oder auch nur vor hundert Jahren so war, wie es heute ist. Die Landschaft, das Licht, die kühle klare Luft, ein paar archaische Geräusche: das Rauschen der Ache, ein bellender Hund irgendwo. Was für ein Morgen! Was für ein Land! Was für eine Welt! Im tief eingeschnittenen Tal, das er soeben auf einer weit gespannten Brücke überquert, lösen sich langsam die Morgennebel auf, während die höher steigende Sonne das Grün der Wiesen zum Leuchten bringt und sich tausendfach in den zahllosen blankgeputzten Fensterscheiben der schmucken Bauernhäuser spiegelt.

Solcherart mit einer ordentlichen Portion philosophischer Distanz gegen die triste Aktualität geimpft und immunisiert gegen die hässliche und vulgäre Seite der Wirklichkeit, steigt Ibele vor dem Käsekeller aus dem Wagen. Dennoch hat er erst einmal einige Mühe, zur Sache zu kommen. Dieser Mord will ihm so gar nicht passen und schon gar nicht hierher. Der Tote liegt noch immer unter dem Regal, in Kopfhöhe über ihm der Käselaib mit der abgehackten Hand darin. Offenbar wollte der Täter die Leiche beseitigen, konnte aber die im Todeskampf völlig verkrampfte Hand nicht vom

Käse lösen. Sie abzuhacken war für ihn einfacher, als den schweren Laib verschwinden zu lassen. Die Hand ist mit einem so sauberen Schnitt vom restlichen Arm gelöst, dass Ibele gar nicht anders kann, als sofort an den gespaltenen Tisch auf Pfingstgunten zu denken und an die schwedische Axt. Überhaupt scheint es nicht das vorrangige Interesse des Mörders gewesen zu sein, seine Tat unsichtbar zu machen. Im Gegenteil. Der Gemeindearzt schätzt den Todeszeitpunkt schüchtern und vorsichtig auf irgendwann in der Nacht. Na ja, darauf hätte Ibele auch getippt. Nach den üblichen Formalitäten macht sich das bleiche Kerlchen samt seiner großen Tasche voller homöopathischer Kügelchen, Tröpfchen und Pülverchen schnell davon. Er scheint aus beträchtlich weicherem Holz geschnitzt zu sein als sein Egger Kollege, der Dichternachkomme. Ibele weist die in weißen Overalls herumwuselnden Männer von der Spurensicherung darauf hin, doch bitte alles noch genauer zu untersuchen als gewöhnlich und alles sorgfältig unter die Lupe zu nehmen, was einen Zusammenhang mit der Pfingstguntengeschichte haben könnte. Das bringt ihm die etwas patzige Frage ein, ob er glaube, es mit Lehrbuben zu tun zu haben, doch das nimmt Ibele locker in Kauf.

Die Einvernahme der schockierten Magdalena bringt erwartungsgemäß nicht viel, sie ist ein Fall für die psychologische Krisenintervention. Sie kann es einfach nicht glauben, dass der Ignaz tot sein soll. Ist er aber. Ganz und gar tot. Tot für immer? Na ja, sagt sich Ibele: Das sollen andere herausfinden! So schnell wie möglich nach Feldkirch in die Pathologie mit der Leich'! Ibele brennt darauf, zu erfahren, was die beiden Morde eventuell miteinander zu tun haben. Eine ganze Menge, wenn es nach seiner Intuition geht. Eher halbherzig widmet sich Ibele der Befragung der nach und nach eintreffenden Mitarbeiter im Käsekeller: Verkaufs- und Büropersonal, Lagerarbeiter, ein Käsemeister. Der kommt zuletzt und lässt Ibele erst einmal einfach sitzen. Um keine Minute darf der Dienstplan verrückt werden, wo es um die Pflege des gelagerten Käses geht! Nach einer Stunde ist Ibeles Bild vom Toten doch um einiges anschaulicher geworden. Warum sich immer wieder der Lässer dazwischenschiebt? Ein wirklich gemütlicher Typ schien er nicht gewesen zu sein, der Herr Geschäftsführer. Ehrgeizig und unberechenbar. Ein Arbeitstier und Zahlenmensch: *geldsüchtig* nannte ihn einer, und *unheimlich* ein anderer. Nur bei den jungen Mädchen hat er mächtig Eindruck hinterlassen, lässig halt, und der tolle Wagen, in dem er immer wieder mal eine von ihnen mitfahren hat lassen! Ein Porsche! Dass die aber auch immer denen am hemmungs- und hirnlosesten hinterherlaufen, die sich am wenigsten aus ihnen machen!

Die Sonne steht hoch am Himmel, auf den Feldern wird das gestern gemähte Gras mit riesigen Maschinen gleichmäßig verworfen, was einen betörenden Duft verbreitet. Ibele schlägt das Angebot eines starken Kaffees und einer Käsesemmel nicht aus. Endlich hat auch der Herr Meisterkäser Zeit für ihn. Er ist vielleicht knapp fünfzig Jahre alt, ein Mannsbild wie aus einem Fremdenverkehrsprospekt, frisch wie soeben einem klaren Gebirgsbach entstiegen. Und jetzt gönnt er dem Inspektor sogar ein Lächeln.

„Verzeihung, Herr Inspektor, wenn ich Sie habe warten lassen, aber was sein muss, muss sein. Und da unten in meinem Keller reifen sehr sensible Pflänzchen oder besser: Tierchen. Die wollen pünktlich gefüttert und gestreichelt werden. Mord hin, Mord her." Seine tiefe Stimme hat einen ruhigen Rhythmus und einen angenehmen Klang. Sie erinnert Ibele an seine geliebten Cellosuiten. Der Mann scheint seiner Sache sicher zu sein.

„Tierchen?" Ibele hat nur mit einem Ohr hingehört.

„Ja, halt so Schimmeltierchen. Wir haben seit Neuestem ein paar Rotschimmelkreationen im Programm, erste Sahne, sage ich Ihnen! Da können sich die Franzosen anstrengen mit ihrem Camembert!" Der Camembert wird bei ihm zum Kammembärt und das kleine Wortspiel mit der „ersten Sahne" macht ihm offenbar Spaß, auch wenn es nicht mehr ganz frisch ist und erst recht nicht in die Gegend passt. Der Käser wirkt jetzt viel zugänglicher als vor einer halben Stunde.

„Sie sind dann also der Lorenz Metzler, stimmt's? Käsemeister und Käsekeller-Mitarbeiter der ersten Stunde." Wie immer versucht Ibele, seinem Gegenüber fürs Erste einen kleinen Vorsprung abzugewinnen. Er wittert seine letzte Möglichkeit, mehr über den Toten zu erfahren, nachdem bisher zwar ein paar interessante, aber insgesamt nur wenig hilfreiche Details aus dem durchwegs jungen Personal herauszubekommen waren. Bis auf den Hinweis auf die Konkurrenz zwischen Jäger und eben diesem Metzler, den er dem Lkw-Fahrer verdankt. Der hat seinem Frust angesichts der verlorenen Zeit Luft gemacht und einiges ausgeplaudert, was Jägers Kollegen und vor allem die Kolleginnen lieber für sich behalten haben dürften.

„Stimmt. Seit der Laden hier steht, bin ich dabei, grad genauso lang wie der Jäger." Der eben noch warme Ton in Metzlers Stimme wird von einer kräftigen Prise Trotz aufgeraut.

„Er war sozusagen Ihr Chef?“

„Chef! Was heißt schon Chef, Herr Inspektor! Ich bin schon fast mehr Jahre im Geschäft, als das Bübchen alt ist, äh war! Wichtiger war er halt als ich! Und studiert! Und das Schätzle vom Herr Rapp. Wer zahlt, schafft an. So ist es, oder?“ Der verhaltene Trotz in Metzlers Stimme weicht mehr und mehr einer bösartigen, lauernden Wut.

„Noch etwas?“ Ibele bläst ins auflodernde Feuer von Metzlers Zorn.

„Ja, noch etwas, wenn Sie es wissen wollen, Herrrrr Inspektor! Ein frecher Hund war er! Ein Angeber und ein erstklassiger Spitzbub, ein Obergauner.“ Das musste noch heraus. Jetzt hat Metzlers Seele ihren Frieden. Er rutscht von der Vorderkante weit zurück in den bequemen Fauteuil der Besucher-Ecke und zieht eine Virginia aus der länglichen gelben, früher einmal schönen, jetzt von einem hässlichen Warnung-vor-dem-Tod-Aufdruck entstellten Packung. Dafür ist Ibeles Neugier vollends erwacht.

„Ein frecher Hund: Wie darf ich das verstehen?“

„Da gibt es nichts zu verstehen.“

„Aber vielleicht zu erklären, Herr Metzler?“

„Was glauben Sie, Herr Inspektor, von welchem Geld sich das Bürschlein den Porsche gekauft hat? *Den* hat ihm der Rapp nicht geschenkt!“ Schon sitzt Metzler wieder auf der Kante seines Fauteuils, kippt beinahe vornüber, die Virginia bleibt kalt, kann von Glück reden, wenn sie nicht zerbröselt in der Eisenfaust des Senns. Abgesehen davon ist eh Rauchverbot überall. Dabei greift sogar Ibele schon instinktiv nach einer Gauloise, nach einer Verhör-Gauloise. Das sind nämlich die, deren bitterer Rauch dem Gegenüber dermaßen penetrant in die Nase geblasen wird, dass noch jedem nicht völlig verstockten Menschen klar geworden ist, worum es jetzt geht. Aber erstens ist Metzler nicht völlig verstockt, oder? Und zweitens ist, wie gesagt, Rauchverbot im Käsekeller.

„Von welchem Geld hat er ihn denn Ihrer Ansicht nach gekauft?“ Ibele spielt den Zerstreuten. Ob das den Metzler zum Reden bringt? Aber vorläufig versinkt der in tiefes Schweigen: in vielsagendes Schweigen!

„Na gut, dann lassen wir das, ist ja auch egal.“ Ibele sagt das mehr zu sich selbst und schnellt mit bemerkenswerter Leichtigkeit aus seinem Sessel auf. Als er Metzler die Hand zum Abschied entgegenstreckt, scheint dieser nichts zu bemerken. Er stiert vor sich hin, die Augen starr auf einen weit entfernten Punkt gerichtet.

„Der Jäger war ein Gauner, wie der Lässer“, murmelt er. Ibele hat ihn, wo er ihn haben will. Schon sitzt er dem kräftigen Mann wieder gegenüber, fixiert ihn mit einem Schlangenblick. Zwischen Metzlers Holzschuhen sammelt sich ein Häufchen brauner Tabakkrümel. Ibele fährt es urplötzlich eiskalt über den Rücken: Aus den Holzschuhen leuchten ihm rote Socken entgegen. Wollsocken.

„Er hat alle hereingelegt. Für Geld wäre er über Leichen gegangen.“ Das Krümelhäufchen wird größer. Metzlers Kopf mit den widerspenstigen blonden Haaren hängt schwer zwischen den breiten Schultern.

„Über Leichen? Auch über Ihre?“ Ibeles Stimme kommt wie von weit her. Für Metzler klingt sie wie seine eigene.

„Ja, auch über meine. Wie oft hat er mir gesagt, dass ich mich schleichen kann, wenn mir etwas nicht passt! *Senner gibt es genug* war sein Motto. Ja, und Gauner gibt es noch mehr!“

„Was hat der Jäger mit dem Lässer zu tun gehabt, der war doch auch ein Senn, so wie Sie?“

„Aber interessiert hat den nur das Geld, da war er gleich wie der Jäger.“

„Und deshalb ist man schon ein Spitzbub? Da gäbe es dann wirklich viele!“

„Natürlich nicht. Nur wenn einer so ein fauler Hund ist, wird es halt schwierig, zu Geld zu kommen. Dann muss man sich das der andern ergaunern.“

„So wie der Jäger?“

„So wie der Jäger, genau.“

„Und von wem hat er es sich ergaunert? Von Ihnen vielleicht?“

„Das wäre ja noch schöner! Ich bin nicht so blöd! Von mir sicher nicht. Die haben sich schon einen Dümmeren gesucht. Außerdem habe ich keins, ich habe immer fleißig gearbeitet. Da wird man nicht reich.“

„Haben sie einen gefunden, einen Dummen?“

Metzler schweigt. Etwas kämpft in ihm. Er setzt zu einem Wort an, macht den Mund wieder zu. Krampfhaft presst er die Zähne aufeinander, die Backenknochen treten hervor, die Kiefer malmen, dass es knirscht. Jetzt zappelt der Fisch an der Leine. Was weiß dieser Metzler? Ganz langsam beginnt Ibele, die Leine einzuholen. Unmerklich langsam.

„Dumme gibt es doch wie Sand am Meer, nicht wahr? Hier geht es aber um einen Mörder, Herr Metzler, und die sind zum Glück ein bisschen seltener!“ Der Fisch folgt willig dem Köder. Was soll er auch machen: er hängt an ihm.

„Das hätten sich die Herren auch nicht gedacht, dass ihnen der den Schädel ...“ Jetzt zieht Ibele ruckartig an der Leine, das Fischlein bäumt sich wild auf.

„Dass ihnen wer den Schädel einhaut, Herr Metzler?“ Schon überlässt Ibele die Leine wieder sanft der leichten Strömung. *Gebraten wird der Fisch erst in der Pfanne* – eine alte Kriminalistenweisheit.

„Woher soll ich das denn wissen?“ Metzler erwacht aus seiner Versenkung und aus dem gefangenen Fischlein wird wieder ein Mensch. Ein Mensch und folglich ein zerrissenes, ein zwischen Allmachtsfantasie und Verzweiflung hin- und hergerissenes Wesen; sein äußeres, sichtbares Handeln ist immer nur die Spitze eines Eisbergs von tief in seinem Innern verborgenen Wünschen, Begierden und Zweifeln. Ein Tiger auf dem Sprung. Ein Kaninchen vor der Schlange.

„Wo waren Sie denn heute Nacht, Herr Metzler, so zwischen zehn und eins?“ Ibele hat keine Angst vor dem Tiger. Er weiß zu gut, wie schnell er zum Hasen werden kann.

„Heute Nacht? Wie meinen Sie das?“

„Wie ich es sage. Wo waren Sie heute Nacht zwischen zehn und eins, und wer kann das bezeugen?“ Ibele ist der Dompteur. Aber der Reifen in seiner Hand brennt und der Tiger mag diese Übung eigentlich gar nicht.

„Ich war zu Hause und habe ferngesehen. Meine Frau hat geschlafen.“

„Wo wohnen Sie denn, Herr Metzler?“ Ibele legt den brennenden Reifen beiseite und wirft dem Tiger einen kleinen Leckerbissen zu.

„Da drüben, in dem neuen Haus.“ Metzler zeigt durch die breite Glasfront auf ein schmuckes Holzhaus jenseits der Straße, Weißtanne offensichtlich, der letzte Schrei in der heimischen Architektur. Es steht keine dreihundert Meter Luftlinie vom Käsekeller entfernt. Dazwischen nur frisch abgeerntete Wiesen. *Gemähte*

*Wiesen* denkt es in Ibele und er übersetzt sich das fast automatisch in die sprichwörtliche Bedeutung: Kein Problem ... für einen kleinen nächtlichen Ausflug.

„Wenn Ihre Frau geschlafen hat, kann sie dann bezeugen, dass Sie zu Hause waren?"

„Herr Inspektor, was wollen Sie denn eigentlich? Sie glauben doch nicht, dass ich den Jäger ...?" Wieder sieht sich der Tiger mit dem brennenden Reifen konfrontiert. Das macht ihn nervös. „Das ist ein schöner Quatsch! Fragen Sie doch meine Frau!"

„Genau, das mache ich. Wo finde ich sie denn, Ihre Frau?"

„Meine Frau? Die finden Sie jetzt im Hotel Quellenpark droben."

„Gut, ich bin in einer halben Stunde wieder da. Sie warten hier auf mich. Alles klar?"

„Alles klar, Herr Kommissar!" Nicht einmal Metzler selbst kann in dieser Situation über den alten Kalauer lachen.

Ibele tritt ins Freie und merkt erst jetzt, wie dick die Luft im Käsekeller war. Haben die ein Lüftungsproblem? Oder ist es nur die vom grauenhaften Mord in den Keller gedrückte Stimmung? Ein paar Züge aus der Gauloise machen zwar die Luft nicht unbedingt besser, aber das Denken etwas klarer. Das prickelnde Belmondo-Gefühl, das sie Ibele verschaffen, tut ihm nach dem atemlosen Tagesbeginn gut. Er steigt in den Wagen und fährt die paar Hundert Meter zum Quellenpark-Hotel hinauf. Frau Metzler findet er nach einem kleinen Irrweg über die noblen, um diese Tageszeit kaum frequentierten Fitnessräume im Frühstücksraum des Hotels. Sein kühler Belmondo-Blick perlt von der etwas sterilen, aber gediegenen Einrichtung und den wenigen verspäteten Frühstücksgästen ab, sucht zielstrebig nach Metzlers Frau. Ohne sie je gesehen zu haben, steht ihr Bild klar vor seinem inneren Auge: dem unbestechlichen Belmondo-Auge. Da ist sie schon. Mitte vierzig, recht groß, lange, volle, dunkle Haare, schlank. Eine schöne Frau!, sagt eine rauchige Stimme in Ibele. Es wird Zeit, Belmondo wieder nach Hause zu schicken, denkt er sich.

„Frau Metzler?“

„Ja?“ So wie die tatsächlich sehr attraktive Frau ihn aus großen rehbraunen Augen mit einem fragenden, ja fordernden Blick ansieht, muss wohl noch etwas von der Belmondo-Lässigkeit in Ibeles Stimme geblieben sein. Jetzt aber Schluss damit!

„Ich bin Inspektor Ibele von der Kripo Bregenz. Sie haben wahrscheinlich schon von dem Mord unten im Käsekeller gehört? Darf ich Ihnen schnell ein paar Fragen stellen?“

„Mein Mann hat mich angerufen, ja. Aber was kann ich Ihnen schon erzählen?“ Sie weist Ibele auf einen kleinen Tisch in einem Erkerchen hin und sie setzen sich.

„Ihr Mann hat Sie also angerufen? Was hat er denn gesagt?“ Etwas an dieser Frau passt so gar nicht zu ihrem Mann, sagt sich Ibele. Was kann es sein?

„Er hat gesagt, dass der Jäger endlich ... dass der Jäger umgebracht worden ist. Und dass er nicht zum Essen kommt mittags. Er isst nämlich an den Tagen, an denen ich arbeite, hier heroben im Quellenpark.“

„Wie hat er denn geklungen, Ihr Mann?“

„Geklungen? Nun, wissen Sie, mein Mann und der Jäger ... das hat leider nicht gut funktioniert. Mein Mann hat sich damals schon als Chef des Käsekellers gesehen, der Landesrat Schwarz, der ist aus dem Dorf hier, hat ihm den Job so gut wie sicher zugesagt. Dann kommt der Rapp daher und setzt ihm den Jäger vor die Nase. Dieses Kerlchen, der könnte ja leicht sein Sohn sein. Und nur weil er ein Studierter war, hat er geglaubt, allen überall dreinreden zu müssen." Frau Metzler erzählt das mit einem Anteil spürbarer Empörung; der andere Teil aber wirkt wie einstudiert, als wäre sie es als Ehefrau ihrem Mann einfach schuldig.

„Wo war denn Ihr Mann gestern Nacht zwischen zehn und ein Uhr, Frau Metzler?" Ibele nimmt einen Schluck aus dem Wasserglas, das Frau Metzler zu Beginn des Gesprächs vor ihn hingestellt hat. Über den Rand des Glases beobachtet er genau ihr Gesicht. Es tut sich nichts.

„Also ich bin um halb zehn ins Bett und habe noch eine gute Stunde gelesen. Mein Mann hat ferngesehen."

„Und wann hat er sich schlafen gelegt?"

„Das dürfte gegen halb zwei gewesen sein. Er schaut oft so lange, meist schläft er auch vor dem Fernseher ein." Ibele fällt auf, wie neutral ihr Ton bei dieser Erzählung ist. Als schriebe sie ein Protokoll über einen Fremden.

„Wenn er nun in dieser Zeit das Haus nochmals verlassen hätte, wäre Ihnen das aufgefallen?"

„Das Haus verlassen? Warum soll er das Haus verlassen? Weil Vollmond war?"

„Warum auch immer, Frau Metzler. Würden Sie es hören in Ihrem Schlafzimmer?"

„Nein, das würde ich nicht hören. Er macht auch tatsächlich gerne einen kleinen Spaziergang, bevor er sich zu Bett legt, schaut zu seinen Hühnern und holt die Katze ins Haus. Nein, hören tu ich dann nichts mehr. Mein Schlaf ist fest."

„Und gestern ist Ihnen nichts aufgefallen? Auch nicht, als Ihr Mann ins Bett kam?"

„Nein, nichts. Außer vielleicht, dass er im Bad ein wenig länger rumort hat als gewöhnlich, davon bin ich aufgewacht, irgendwas Schweres ist da zu Boden gefallen. Ich glaube, er hat auch noch geduscht, aber wahrscheinlich, um am Morgen ein paar Minuten länger liegenbleiben zu können."

„Vielen Dank, Frau Metzler, das war's. Ich glaube, man sucht bereits nach Ihnen." Eine ältere Dame schwenkt sichtlich ungeduldig ihr Kaffeekännchen als wär's ein Weihrauchfass. Ibele verabschiedet sich von der eleganten Frau Metzler. Dieses Gespräch scheint ihn selbst wesentlich nervöser gemacht zu haben als sie.

Wenn nur die Auswertung der Spuren schon da wäre. Aber das dauert mindestens bis morgen früh!, überlegt Ibele, während er mit dem Lift in den Reifungskeller hinunterfährt, wo er, wie man ihm gesagt hat, den Käsemeister finden wird. Der steht in einer bodenlangen weißen Schürze in einem empfindlich kühlen, in ein gelbliches Halbdunkel getauchten Raum. „Halb Veterinär, halb Vegetarier", wie er sich in einem Anflug von Humor dem Inspektor vorstellt. Ist es Galgenhumor?

„Haben Sie meine Frau gefunden? Und? Was hat sie Ihnen erzählt?" Das klingt nach Schadenfreude und gefällt Ibele gar nicht. Nicht nur, weil er langsam hungrig wird und sein Mittagessen in Gefahr sieht.

„Sie haben also ferngesehen. Vielleicht aber haben Sie auch einen Spaziergang gemacht. Ein Alibi ergibt sich aus dem jedenfalls nicht." Muss der den Käse so auf das Brett klatschen? wundert sich Ibele, oder zappelt das Fischchen schon wieder?

„Brauche ich denn ein Alibi?"

„Wir brauchen alle ein Alibi, immer!“ Ibeles Antwort fällt so trocken aus wie alter Parmesan. „Um Ihres kümmern wir uns noch, Herr Metzler. Ich muss Sie bitten, heute und morgen den ganzen Tag telefonisch für uns erreichbar zu bleiben! Auf Wiedersehen.“ Den Blick, den Ibele statt einer Antwort oder eines Grußes einfängt, vergisst er nicht so schnell: So schaut der Fisch, der an der Angel zappelt, so schaut das Kaninchen vor der Schlange, so schaut aber auch der Tiger, bevor er dich anspringt.

Mittlerweile ist der Vormittag weit vorgerückt, Ibeles Magen knurrt, er spürt auch ohne Uhr die Mittagszeit nahen, und hat wieder einmal recht. Die unmittelbaren Spuren des Verbrechens sind verschwunden, die kriminalistischen Kräfte abgezogen, der Tote abtransportiert, das Blut aufgewischt, der Käselaib mit der Hand, das heißt natürlich ohne Hand, entfernt. Die mittelbaren Folgen der Tat aber machen sich noch bemerkbar durch die Anwesenheit der Presse, vor allem jedoch durch das Erscheinen der Herren Rapp und Schwarz, Eigentümer und Landesrat, Kapital und Politik. Hoppla, sagt sich Ibele belustigt und wundert sich über die illustre Gesellschaft. Was hat denn die so schnell hierher gebracht? Wie er durch die große Glasscheibe des Büros beobachten kann, verläuft die Unterhaltung der beiden recht angeregt. Man gestikuliert, springt auf, setzt sich wieder nieder, rauft sich den Bart, geht mit ausgestrecktem Zeigefinger aufeinander los, schweigt schließlich. Wird hier bereits Jägers Nachfolger gekürt? Werden Pfründe verteidigt? Die Jagdgesellschaft bläst zum Halali! spöttelt Ibele in sich hinein. *In hora mortis* murmelt er vor sich hin und *Schrecklich, nicht?* Dann verlässt Ibele den Ort der Untat und fährt Bregenz zu.

Der mögliche nächtliche Ausflug des Senns wird ihm noch Arbeit machen, das sieht Ibele kommen. Ist es dem Metzler zuzutrauen, dass er den Konkurrenten so brachial aus dem Weg räumt?

Im Kommando gilt es zuerst, den General zu besänftigen, der sich mit der neuen Situation, also mit dem zweiten Mord, nur schwer anfreunden kann. Hier hilft ihm auch kein Adjustierungswechsel weiter. Ohne Ibele eine Atempause zu gönnen, erscheint schon die Hagen hoch erhobenen Hauptes und kündigt den Herrn Baptiste Lässer an, der seit einer Stunde wartet, direkt aus Paris kommt der Herr. *Baptiste,* das ist ein schöner Name, eher selten in der Region, und außerdem erinnert er Ibele an seinen – wiederum französischen – Lieblingsfilm und klingt im Mund der offensichtlich hingerissenen Hagen wie der Name eines überirdischen Parfums. Auch wenn ihm allein schon seine Pariser Adresse in Antoinettes Augen das Prestige eines Halbgottes verleiht (Oh Antoinette!): Dem Inspektor könnte Monsieur Baptiste im Moment gestohlen bleiben. Noch dazu möchte ihm Albrecht genau jetzt von seinem Nachtdienst berichten. Hat er vielleicht von der Ingeborg geträumt? Geträumt nicht, aber telefoniert mit ihr. Gut, das kann aber wirklich warten, zuerst kommt der junge Lässer dran. Die Hagen führt einen Herrn in einem modischen anthrazitgrauen Anzug in Ibeles Büro, ein blasslilafarbenes Hemd unterstreicht allerdings wenig vorteilhaft das an grünlicher Blässe und dunklen Augenringen ablesbare Schlafdefizit. Aber schöne Schuhe hat der Mann! Schwarzes poliertes, handgenähtes Leder, elegant und klack-klack-klack machen sie beim Gehen. Ein feiner Herr! Lässer bemerkt Ibeles Blick und prahlt:

„Die sind aus der Manufacture Massaro, Monsieur l'Inspecteur, erstklassige Maßschuhe aus Paris, magnifique, nicht wahr?“

„Sehr magnifique und mein Beileid, Herr Lässer! Wir haben Sie früher erwartet."

„Noch früher? Es ist nicht einmal elf Uhr, Inspecteur, in Paris sitzt man noch beim Frühstück."

„Herr Lässer, es ist Ihnen vielleicht noch nicht aufgefallen: Erstens sind wir hier nicht in Paris. Und zweitens habe ich gemeint: Wir haben sie zwei Tage früher erwartet."

„Ich bitte Sie, Monsieur", säuselt der Exil-Egger, „ich habe das Wochenende in Cabourg am Meer verbracht, wir Pariser lieben die Seeluft eben sehr."

Muss der Typ so gestelzt daherreden? Ibele tut sich schwer mit dem affektierten Gehabe. Will ihm der etwas vorspielen?

„Seit wann sind Sie denn in Frankreich, Monsieur l'horloger?", so viel Französisch kann Ibele schon lange! Ist er doch über seine Gauloises hinaus eklatant frankophil, seit seine Eltern in den 1970ern mit dem Halbwüchsigen eine Frankreichreise unternommen haben! Frankreich! Das sind endlose schnurgerade Pappelalleen, kleine verträumte Dörfer mit romanischen Kirchen in der tiefen Provinz, duftende Baguettes, gotische Kathedralen zum Niederknien, Käse in allen Variationen, schrumpelige schwarze Oliven, mehrstündige Diners bei Freunden, auf die Hauswände gemalte riesige Aperitif-Werbung, unvorstellbar weitläufige Eichenwälder, ein Märchenschloss an jeder Ecke. Dann die Tour de France in einem staubigen Nest: Zwei Stunden Warten in der brütenden Sommerhitze, zwanzig Sekunden surrendes Hauptfeld und abruptes Ende des Spuks.

„Ich bin 1991 mit sechzehn nach Paris gegangen. Ein Pariser Feriengast, dem ich seine teure Taschenuhr repariert habe, hat mir spontan eine Uhrmacherstelle in seiner vornehmen Werkstatt angeboten. Seit dem Kindergarten habe ich jede erreichbare montre, äh Uhr, zerlegt und schon als Volksschüler begonnen, sie auch wieder richtig zusammenzubauen. C'est la vie, Inspecteur. Nach einer kurzen Probezeit bin ich dort geblieben, war schon bald die rechte Hand des Chefs und ..."

„... und Sie haben seine jüngste Tochter geheiratet, stimmt's?"

„Stimmt, Monsieur! Oh wie liebe ich meine Georgette! Aber woher wissen Sie das, Inspecteur?"

„C'est la vie, Herr Lässer, oder l'amour. Eins wie das andere. Ein Märchen eben! Und jetzt erzählen Sie mir bitte alles über Ihren Vater und Sie!" Ibeles Ton lässt mit einem Mal alle Noblesse fahren und auch Lässers Gesichtsausdruck erfährt augenblicklich eine merkliche Abkühlung.

„Oh, das ist leider keine sehr lustige Geschichte. Ich bin, wie Sie sicher schon wissen, ein lediges Kind meines Vaters, der mit mir nie viel anfangen konnte. Er konnte mit niemandem viel anfangen: nicht einmal mit sich selbst. Meine Mutter war, man kann das leider nicht anders sagen, eine ziemliche Exzentrikerin, eine verkrachte Künstlerin. Von ihr habe ich kaum mehr als meinen schönen Vornamen: Baptiste! Sie hat nach Wien geheiratet, als ich gerade einmal drei Jahre alt war, da gab es dann auch keinen Platz mehr für mich. Aufgewachsen bin ich bei einer Stiefschwester meines Vaters, einer Gastwirtin im hintersten Laternsertal, im Bädle. Die war herzensgut, aber complètement folle, wie sagt man? völlig verrückt, weltfremd. Sie hat gekocht und gebetet von morgens bis abends und hätte am liebsten einen Kapuziner aus mir gemacht. Seit dem Umzug nach Paris ist der Kontakt nach Vorarlberg fast ganz abgerissen, den Vater habe ich vor zehn Jahren zum letzten Mal gesehen, die Antonia, also meine Ziehmutter, ist vor etlichen Jahren gestorben." Im Verlauf der kleinen Erzählung hat sich Lässers Miene mehr und mehr verfinstert, wenig ist geblieben von der Nonchalance des Weltmannes.

„Café, Monsieur?" Die liebevolle Erwähnung der betenden und kochenden Ziehmutter hat Ibele wieder versöhnlich gestimmt.

„Ah, volontiers, Monsieur, et si vous aviez des croissants? J'ai ni mangé ni bu depuis hier soir." Croissants wünscht der Herr, hat nichts gegessen und nichts getrunken seit gestern Abend? Ist wohl per Billigfluglinie gereist! Selber schuld! Der Wohltäter in Ibele erwacht. Er sieht seine tristen Ahnungen bestätigt. Dieser Lässer Kurt war kein besonders netter Mensch, war ein miserabler Vater, das passt nur zu gut zum Bild, das sich der Inspektor bisher von ihm gemacht hat. Das soziale Gewissen des Herrn Senn scheint nicht wirklich großartig entwickelt gewesen zu sein. Das ist natürlich – a priori – kein Grund, ihm eine Axt in den Schädel zu hauen. Nur fügt es sich leider verdammt gut in das Puzzle, an dem Ibele arbeitet.

„Haben Sie eine Ahnung, wie der Nachlass Ihres Vaters ausschaut?"

„Noch nicht. Ich weiß im Augenblick nicht einmal, ob es ein Testament gibt. So viel ich mitbekommen habe, gehört ihm noch das Haus, in dem die Rafreider wohnt, aber ich muss jetzt zuerst nach Egg fahren und schauen ..."

„Sobald Sie etwas herausfinden, rufen Sie mich bitte an!"

„D'accord, et merci Monsieur, votre café est impeccable!" *Impeccable,* das heißt doch *tadellos*, oder? Was trinken denn die in Paris, wenn dieses Automatenzeug schon *tadellos* für sie ist?

Ibele ist versucht, selbst so einen Kaffee zu trinken, bleibt aber schließlich standhaft beim Mineralwasser.

„Darf ich endlich?“ Aspirant Albrecht nimmt dem Uhrmacher die Türklinke aus der Hand. „Also die Inge … die Frau Rafreider hat mich …“ Weiter kommt Albrecht nicht.

„Ich weiß, dass sie dich hat, du Tropf, und ich kann mir auch denken, was. Aber das ist mir jetzt völlig egal, und unseren Toten auch, das kannst du mir glauben. Wir haben momentan ein anderes Problem.“ Ibele schildert dem Aspiranten die Vernehmung des Metzler und die mögliche Lücke in seinem Alibi, inklusive Tatmotiv.

„Du fährst jetzt nach Lingenau und fragst bei den Nachbarn des Metzler, ob jemand zwischen zehn und ein Uhr nachts etwas Auffälliges beobachtet hat. Und dann gehst du noch in den Käsekeller und überprüfst so unauffällig wie möglich, was die dort für scharfe Werkzeuge in Verwendung haben, irgendwas, mit dem man Schädel spalten könnte; frag am besten eins von den jungen Mädels im Verkauf oder im Büro. Und in zwei Stunden bist du wieder da!“

Inspektor Ibele sitzt mit dem General in der Kommando-Kantine, es ist 14.00 Uhr. Die eilig einberufene Pressekonferenz ist soeben vorüber. Der General, wie immer nach solchen Ereignissen aufgekratzt und gleichzeitig entspannt, das Barett so keck auf dem Kopf als wären's die aufgesetzten Ohren eines Playboy-bunnies, macht sich beschwingt über seine doppelte Portion Tiramisu her. Ibele begnügt sich mit einer Minestrone, die ist allerdings vorzüglich, mit Schmetterlingsnudeln, das mag er, und der Parmesan ist ein echter Parmigiano. Es hat sich wirklich gelohnt, die Kantine an den italienischen Slow-food-Guru zu verpachten! Nach dem Essen wird sich Ibele noch eine Fenchelsalami vom Wildschwein einpacken lassen, die verkauft der Giuseppe in seiner kleinen Osteria, wie die Kantine seit Neuestem heißt, nebenbei. So was muss man einfach immer zu Hause haben!

„Jetzt tust mir halt schauen, dass ihr den Kerl erwischt, gelt Ibele. Das ist ja grauenhaft, was der anrichtet. Hast eh gehört, was die Reporter für Fragen stellen! Ob das jetzt das neue Bauernsterben ist! Und mein rotarischer Freund, der Käsestraßen-Obmann, hat mich auch schon angerufen: Wie soll man da Genusstage verkaufen, fragt er sich, wenn einem das Personal abgeschlachtet wird? Er hat eh recht, der Hans-Peter!"

Ibeles Handy läutet. Das Fräulein Hagen, sie hat einen externen Anruf für den Herrn Inspektor, ein Herr Casapiccola, nein, keine Pizzeria, ein Herr, Bert Casapiccola aus Hard. Sie solle durchstellen. Ibele liebt es ganz und gar nicht, beim Essen gestört zu werden.

„Hallo, Inspektor Ibele."

„Grüß Gott, Herr Inspektor, Casapiccola am Apparat, ich rufe an wegen der Mordgeschichte im Wald. Ich habe vorhin die Mittags-Landesrundschau im Radio gehört. Bis vor einem Jahr war ich bei der Alma als Quality-Manager tätig. Ich kenne den Lässer Kurt seit Langem und der Jäger Ignaz war für ein paar Monate sogar mein Assistent. Ich habe das Gefühl, es könnte da möglicherweise einen Zusammenhang zwischen den beiden Mordopfern geben."

„Würden Sie mir das bitte etwas genauer erklären, Herr Casapiccola." Ibele hat seine Minestrone schon vergessen. Das ist doch genau die Richtung, in die seine Vermutungen gelaufen sind!

„Da tu ich mir im Moment ein bisschen schwer, ich bin eben in einer Besprechung und wollte es nur nicht versäumen, mich bei Ihnen zu melden. Die Geschichte scheint ja ziemlich heiß zu sein."

„Herr Casapiccola, können Sie nicht vielleicht bei uns vorbeikommen? Was sie andeuten, kann unter Umständen sehr wichtig für die Ermittlungen sein. Ich würde Ihnen gerne ein paar Fragen dazu stellen. Wenn es nämlich so ist, wie Sie vermuten, müssen wir unbedingt wissen, was es zwischen den beiden Verbindendes gibt, bevor der Mörder womöglich noch einem dritten Opfer den Schädel auseinanderhaut!"

„Ich bin derzeit im Oberland unterwegs, aber so gegen 16.00 Uhr könnte ich bei Ihnen sein."

„O. k., das geht in Ordnung. Ich erwarte Sie! Und vielen Dank für Ihren Anruf!"

Casapiccola? Da war doch einmal etwas? Ibele grübelt und grübelt, aber vorerst ohne Erfolg.

In wenigen Worten schildert er dem General die Neuigkeiten. Die Minestrone ist mittlerweile wirklich kalt geworden, aber immer noch verdammt gut. Sie erinnert ihn außerdem an die Gurkenkaltschale, die er dem Rösle schon lange versprochen hat. Ibele bestellt einen Espresso, da taucht Albrecht in der Kantine auf, mit auffällig fahrigen Bewegungen und hochrotem Kopf.

„Herr Inspektor, ich muss Ihnen etwas erzählen."

„Setz dich daher und schieß los!" Ibele weist ihm den Stuhl des Generals zu, der soeben hektisch zum nächsten Termin geeilt ist.

„Die scheinen ja alle nach dem Sandmännchen ins Bett zu gehen, die Vorderwälder. Tote Hose rundum. Aber dann: Ein gewisser Lipburger, der direkte Nachbar des Metzler, also in dem Haus vor seinem, näher der Straße zu, hat ihn gestern Nacht gesehen. Es muss kurz vor Mitternacht gewesen sein, sagt er, vielleicht eine Viertelstunde oder zehn Minuten. Übrigens ist er ein Onkel des ermordeten Jäger und auf den Metzler nicht gut zu sprechen. Der Metzler also ist kurz vor zwölf quer über die frisch gemähte Wiese zum Käsekeller hinuntergegangen. Barfuß. Obwohl dort alles dunkel war und auch die ganze Zeit über geblieben ist, war er gut eine Viertelstunde drin. Dann ist er über die Wiese wieder zurück gegangen. Da hat seine Stubenuhr, die des Nachbarn, viertel nach zwölf geschlagen. Beim Metzler, hat er mir erzählt, hat dann noch eine Weile Licht gebrannt, bis gegen halb zwei, im Wohnzimmer und im Bad. Und der Metzler hat einen Rucksack umhängen gehabt bei seinem nächtlichen Spaziergang, sagt der Lipburger. Was da wohl drin war? Käse vielleicht? Oder eine Axt? Im Käsekeller selbst gibt es nichts wirklich Mordtaugliches. Die haben nur die großen Messer, mit denen sie den Käse schneiden. Die sind zwar scharf und die Klinge breit, aber zuhauen kannst du mit denen nicht. Der Mörder hat sein Instrument wohl mitgebracht. Vielleicht in einem Rucksack?“ Albrecht ist zufrieden mit seiner Recherche. Ibele bestellt ihm eine Tasse Kaffee und ordert noch einen Mokka, den er dem Fräulein Hagen mitbringt: Man meint's ja gut, oder?

Wenn jetzt nicht bald der Bericht der Spurensicherer mit eindeutigen Ergebnissen eintrifft, ist der Metzler fällig. Bleibt noch die Frage, wo er beim Lässer-Mord war und was er dort verloren gehabt haben könnte.

Ibele überreicht dem Fräulein Hagen ihren Espresso, was sie mit ungläubigem Staunen, einem leichten Anflug zarter Röte auf den Wangen und einem filmreif gehauchten Dankeschön quittiert. Im Gegenzug händigt sie ihm den Jäger-Autopsiebericht aus. Die Tatwaffe ist mit 99-prozentiger Sicherheit identisch mit der beim Lässer-Mord. Wie sonst wäre es zu erklären, dass sich am Kopf des Jäger Spuren von Lässers Blut befinden? Das heißt mit ebenso großer Wahrscheinlichkeit, dass wir es mit demselben Täter zu tun haben. Schuhabdrücke bestätigen das zusätzlich. Und niemand war barfuss am Tatort, auch nicht in Hölzlern. Niemand. Der Metzler kann also wohl weiterhin seine Schimmeltierchen züchten. Was aber hat dann sein nächtlicher Spaziergang zu bedeuten? Die Beantwortung dieser Frage überlässt Ibele anderen.

„Der Herr Lässer junior hat übrigens vor einer Stunde angerufen.“ Als wäre der irgendein beliebiger Bodenwachslieferant erwähnt die Hagen das ganz nebenher, als sie, sich mit einer Art Hofknicks bedankend, Ibele das leere Mokkatässchen auf den Schreibtisch stellt. Ja, und? Mein Gott, warum muss man diesem Kind immer jedes Wort einzeln aus dem Näslein ziehen? Was ist das nur für ein kopfloses Ding! Sein ungewollter, feinsinniger Scherz heitert Ibele etwas auf. Antoinette Hagen buchstabiert mühsam ihre fast unleserlichen Notizen von einem kleinen Zettelchen ab. Wie hat doch ihre Vorgängerin dem Inspektor immer wieder fein säuberlich stenografierte Gesprächsprotokolle vorgelegt! Die beiden letzten Stenografiekundigen im Kommando! Ibele ist das Gestammel jetzt zu blöd, er lässt sich mit Lässer junior verbinden. Der erzählt bereitwillig: Es gibt kein Testament, aber ein Sparbuch über fünfzigtausend Euro, ein Einmalerlag vom 12. September 2007. Sonst nichts. Fast nichts: Nur 25 vollständige und in käserindenbraunes Leinen gebundene Jahrgänge der Monats-Zeitschrift „Der Käsefreund", eine Franz-Michael-Felder-Ausgabe in vier Bänden (Max Hesses Verlag, Leipzig 1910, die werde er einem Bouquiniste au bord de la Seine andrehen, sagt er und freut sich schon im voraus über das Geschäft) und eine Kiste mit einer Jasskartensammlung, mehr als fünfhundert verschiedene Spiele. Das Sparbuch liegt inzwischen beim Notar Dr. Sutterlüty, das Begräbnis findet morgen statt und ob man ihn noch brauche? Nein, sagt Ibele, au revoir Monsieur, bonjour à Georgette und bon voyage.

Kurz vor 16.30 Uhr biegt eine große wimpelgeschmückte Harley-Davidson in den Hof des Kommandos ein. Ein tolles Gerät, chromblitzend, weiß bereift, wie in den amerikanischen Filmen, in denen aus dem Ei gepellte Polizisten mit Sonnenbrillen und großkalibrigen Colts am Gürtel damit herumkurven. Der Typ, der sich mit jugendlichem Elan vom Sattel schwingt, kommt Ibele sofort bekannt vor. Warum nur? Woher? Als er den Helm abnimmt, kommt ein freundliches Gesicht zum Vorschein und ein rundlicher Kopf mit dichtem schwarzem Haar. Casapiccola? Bert Casapiccola ... Aber ja, das muss er sein, der Bert aus der Hauptschule! Sein Vater war doch schon in der Alma gewesen und der Bert hatte dort immer seine Ferialjobs bekommen. Einmal tauchte er dann nach den Sommerferien mit ganz kurz geschorenen Haaren, mit einer Mecki-Frisur, auf, damals, im anbrechenden Wassermann- und *Hair*-Zeitalter, ein Stigma erster Kategorie, Hippies waren in und jeder wäre gern ein *Beatle* gewesen. Er sei in den Käse gefallen, hatte Bert behauptet. Der Witz des Jahres: In den Käse gefallen! Das war die schrägste Ausrede, die man je gehört hatte und natürlich hat ihm niemand geglaubt. Er hat halt die Haare schneiden lassen müssen, weil's der autoritäre Vater so wollte! Der Casapiccola! Ibele geht ihm entgegen und wird zu seinem eigenen Erstaunen ebenfalls sofort wiedererkannt: Ja Ibele! Isidor! Du! Ein Kriminaler! Nach fast vierzig Jahren! Spontan umarmen sich die beiden. Spüren sie, dass sie von je her mehr verbindet, als sie wissen? In Ibeles Büro trinken sie Kaffee – aus der Osteria – und Mineralwasser, nein, einen Gspritzten kann er ihm leider nicht anbieten, bedauert Ibele, Alkohol im Dienst usw., aber man müsse sich bald einmal daheim auf eine gute Flasche treffen.

Dann erzählt Casapiccola detailreich und mit zahllosen Abschweifungen in die gemeinsame Schulzeit die Geschichte der Lässer-Jäger-Verschwörung.

„Vor ungefähr zwei Jahren, es muss im Frühling 2007 gewesen sein, haben sich meine Beziehungen zu Jäger definitiv verschlechtert. Er war damals noch mein Assistent, hat grad sein Studium abgeschlossen gehabt. Das ist ihm leider ein wenig in den Kopf gestiegen. Es war kurz bevor er ganz zum Rapp gewechselt ist. Es gab da ein paar unfeine Geschichten und ich habe mir angewöhnt, dem Bürschchen ein bisschen genauer auf die Finger zu schauen. Eines Tages bin ich im Keller der Alma zufällig Zeuge eines Gesprächs zwischen Jäger und Lässer geworden. Es war ein Dritter bei ihnen, aber den habe ich nicht gesehen und auch an der Stimme nicht erkannt. Vom Dialekt her war es aber, soweit ich das beurteilen kann, eindeutig ein Bregenzerwälder, ein Vorderwälder. Es ist da um Alma-Anteile gegangen. Die wollten sie am Rapp vorbei jemandem andrehen. Es war von einem Depp die Rede, oder auch von einem Sepp, oder beides, dem sie sein überflüssiges Geld abnehmen wollten. Ich habe die Sache dann aus den Augen verloren und der Jäger war dann ja gleich einmal weg. Es ist leider ein bisschen drunter und drüber gegangen bei uns mit dieser Rapp-Übernahme. Jetzt frage ich mich, ob sich der Geprellte vielleicht das Geld zurückgeholt hat? Ich sag' es ja immer: Du triffst jeden Menschen ein zweites Mal im Leben!“ Der Casapiccola, ein Philosoph?, fragt sich Ibele belustigt.

„Wie kann ich mir das mit diesen Anteilen vorstellen?“ Wenn es um Geld geht, hört der Inspektor genau hin. Nicht weil er viel Wert drauf legt. Aber er weiß, wie sehr es imstande ist, den Menschen etwas vorzugaukeln, Illusionen zu erzeugen, sie an der Nase herumzuführen und die Bestie in ihnen zu wecken. Das Geld ist wie das Auto und das Militär, hat er einmal einen sagen hören: Es macht die Guten nicht besser und die Dummen noch dümmer.

„Die Alma als Genossenschaft hat ja großteils den Mitarbeitern gehört. Die haben sich ursprünglich eingekauft und wurden später auch im Rahmen ihrer Verträge beteiligt. So ähnlich wie es da und dort mit Aktien geschieht. Der Rapp hat dann alle diese Anteile gekauft. Allerdings war es bis zuletzt nicht klar, zu welchem Preis das geschehen wird. Das heißt, es war schon klar, aber nur für eine Handvoll von Alma-Funktionären und für das Rapp-Management. Zu diesen wenigen haben sicher der Lässer und der Jäger gehört. Für sie war es nicht schwer, ihre Anteile vor dem Verkauf noch schnell zu überhöhten Preisen abzustoßen. Zutrauen tu ich es ihnen. Wenn sie nur einen Dummen gefunden haben. Dabei kann es leicht um ein paar Zehntausend Euro für jeden gegangen sein."

„Du hast keine Ahnung, wer der Dritte gewesen sein könnte, oder dieser Sepp?"

„Nein, es gab viele, die beispielsweise über den Alpbesitz der Eltern Anteile besessen haben und mit der Alma selbst so gut wie nichts zu tun hatten. Ich kann mir gut vorstellen, dass es jemand war, der nicht im Haus gearbeitet hat. Es ist sogar wahrscheinlich, sonst hätte ich ihn an der Stimme erkannt. Und der Sepp? Für den gilt wohl dasselbe. Irgendein armer Teufel, der noch immer geglaubt hat, die Alma sei so etwas wie der gute und sagenhaft reiche Onkel des Bregenzerwaldes, dem man alles anvertrauen kann, nicht nur die Milch der Kühe. Sie ist ihm ordentlich sauer geworden, die Milch der frommen Denkungsart. Und wenn einem das geschieht, dann wird mancher schnell zum ungeselligsten, unangenehmsten und gehässigsten Köter, der je über die Almweiden gewandelt ist."

„Du bist ja ein Poet, Bert!", wundert sich Ibele.

„Nein, aber in manchem ein Marxist." Ibele wundert sich noch mehr.

Als sie sich nach mehr als einer Stunde mit vielen Versprechungen und endlosem Händeschütteln und Schulterklopfen trennen, hat Ibele ein euphorisches Gefühl und zugleich ein mulmiges. Er verabschiedet sich von einem Freund und ist einem Mörder dicht auf den Fersen! Was für ein Nachmittag! Wir suchen also jetzt einen dritten Todeskandidaten und einen Mörder, oder? Na bravo!

Wie soll er den Dritten finden? Seine beiden Spießgesellen sind tot, die erzählen nichts mehr. Man wird sich morgen früh die Entourage des Jäger genauer anschauen müssen, allerdings ohne Metzler. Da könnte es Freunde geben, auch solche, die zu Feinden geworden sind! Ist der fehlende Dritte vielleicht gar der Mörder? Was er bis jetzt von diesem Jäger weiß, gefällt Ibele gar nicht. Der Cabrio-Kauf vor zwei Jahren: Wer kauft schon ein Cabrio im Herbst? Und der Preis für das Boxter-Modell entspricht ziemlich genau der Sparbucheinlage des Lässer, wenn sich Ibele richtig an die Angaben seines Schwagers erinnert, der sich vor Jahren auch so ein Gefährt geleistet hat. 17.50 Uhr, es müsste sich noch ausgehen: Ibele wählt die Nummer der Porsche-Landesvertretung. Einen Boxter? Im Herbst nullsieben? Ja, richtig: Franz Ignaz Lässer, ein Boxter S Vorführmodell, für etwas über 60.000 Euro. Gut 5000 Euro hat man ihm für seinen eh schon fast schrottreifen gebrauchten Golf abgezogen, aber wenn einer bar bezahlt? Danke, mehr muss der Inspektor nicht wissen. Es gelingt Ibele einfach nicht, eine besonders positive Beziehung zu den beiden Getöteten aufzubauen. Außerdem war Jäger ein Alma-Rapp-Insider wie kaum ein anderer: Der wird schon gewusst haben, wie man die Alma-Anteile gewinnbringend versilbert, oder?

Wenn in den nächsten fünf Minuten, sagt sich Ibele, während ich den Schreibtisch aufräume und mir ein paar Notizen für den Mittwoch mache, das Telefon nicht läutet, dann ist Feierabend. Die fünf Minuten sind allerdings eine zu viel: Der Hammerer wurde festgenommen! Oh, der Hammerer, der Pfingstguntenknecht! Den hat Ibele beinahe vergessen, oder doch schon gestrichen aus seiner Liste. So einer wie der wartet einfach nicht zehn Jahre mit seiner Rache, und er versteckt sich danach nicht tagelang! Ausgerechnet einer Streife der Militärpolizei ist er in die Hände gelaufen. Eine große Bundesheerübung im Bregenzerwald ist ihm zum Verhängnis geworden. Man übt zwar nur Kommando- und Versorgungsabläufe. Typisch, sagt sich Ibele, kommandieren und in der Gegend herumspazieren, nur nicht kämpfen! Aber gegen wen auch! ... Typen, die Offiziere anstänkern und besoffen um die Zelte und (leeren!) Munitionskisten herumschleichen, sind trotzdem überflüssig. Der Hammerer! Bis vor Kurzem noch ein brauchbarer Hauptverdächtiger, zumindest nach der buchstäblich sagenumwobenen Albrechtschen Kriminalpsychologie. Für Ibele war Hammerer von vornherein kein wirklich ernst zu nehmender Kandidat. Jetzt ist er gerade gut genug, um ihm seinen Feierabend zu versauen. Den Dienstag noch dazu: Das ist der einzige Abend der Woche, den Ibele seit Jahren fix vergeben hat. Da spielt er nämlich im Polizeisportverein Badminton. Seit sie vor ein paar Monaten angefangen haben, auch ihre Frauen mitspielen zu lassen, ist es erst richtig spannend geworden! Heute also nicht. Der Hammerer ist schon unterwegs ins Kommando.

Die Zeit bis zu seiner Ankunft verbringt Ibele in der Osteria. Da gönnt er sich zwei Portionen von Giuseppes Suspirelli und dazu zwei Espressi, dienstliche sozusagen. Deswegen jedoch nicht weniger köstlich. Als er dann dem Hammerer gegenübersitzt, reut es ihn doppelt, keinen Grappa getrunken zu haben. Was ist das für ein unappetitlicher Kerl! Und das durch und durch: Ungewaschen, ungepflegt, unrasiert, ungekämmt, unleidlich – unmöglich. Herauszubringen ist aus dem verstockten Menschen auch rein gar nichts. Ibele hätte gerne etwas über sein Werkzeug erfahren, über seine Äxte. Er muss sich bis morgen früh gedulden. Dafür nun lässt man seinen Sportabend sausen! Ibele schickt ihn für eine Nacht in die Zelle. Morgen kann sich vielleicht der Albrecht um ihn und seine Geschichten kümmern.

Isidor Ibele spaziert nachdenklich durch die laue Sommernacht heimwärts. Im Haus ist alles ruhig, sämtliche Räume erstrahlen in festlicher Beleuchtung. Das ist eine von Rösles Eigenheiten: aber nicht etwa um gefährliche Einbrecher abzuschrecken. Wozu hat man einen Inspektor im Haus! Nein, es schaut einfach besser aus, falls jemand vorbeispaziert oder so, findet sie. Sei's drum! Das Rösle ist noch nicht zurück vom Badminton-Spiel. Ibele duscht kalt und setzt sich in die wie immer picobello aufgeräumte Küche. Ein paar Scheiben von der Fenchelsalami, ein Stück Ziegenkäse aus Schwarzenberg, Brot vom Stübe, eiskaltes Bier, der nachgeholte Grappa. Mit roten Backen stürmt bald darauf das Rösle zur Tür herein und erzählt begeistert von Harrys Wahnsinnsspiel. Ausgerechnet Harry! Der war schon früher ein Streber. Und jetzt muss sich Isidor unbedingt vorstellen, was der Harry für Shuttles schlägt:

„Und seine Smashs, Drops, Kills! Sogar der China-Sprung funktioniert jetzt endlich! Und Shuttles, sage ich Dir!“

„Shuttles?“

„Ja Schatz, die Bälle, Shuttles eben!“

Das hat dem Inspektor gerade noch gefehlt: Hinter dem Harry herzuhinken! Übergangslos jedoch schwenkt das Rösle vom sportlichen Spiel zurück in ihre ureigene Domäne, zum morgigen Speiseplan, und der versöhnt ihren Isidor augenblicklich mit sich und der Welt: Ein Beuschel kommt morgen auf den Tisch, dann ist dem armen Lämmlein endlich alle Ehre widerfahren, die ihm gebührt.

Fast schon selig entschlummert Ibele bald darauf eng an seine Frau geschmiegt und segelt sanft hinüber in eine Traumwelt aus Käselaiben, Äxten, italienischen Desserts, einer k.u.k. Uniformmodenschau, sattgrünen Wiesen und französischen Provinzstädtchen samt ihrem Duft von frischem Brot. Zu guter Letzt verschwinden gegen Morgen alle diese Bilder in einem dichten Nebel und ein stummes, regloses, graues Meer, an der Oberfläche glatt wie gewelltes Blei, breitet sich aus. Schwärme rastloser grauer Vögel flitzen unstet und flach übers Wasser. Ein Schiff ohne Flagge treibt auf einen kleinen abgelegenen Hafen am Ende der Welt zu. Bei näherer Betrachtung ist es ein sehr großes und einst sehr schönes Schiff. In vom herabrinnenden Rost zerfressenen Buchstaben ist der Name zu lesen: SAN DOMINICK. Ibele sieht sich, in eine fremdartige Kapitänsuniform gekleidet, über die Schiffsflanke hinaufsteigen. An Bord aber herrscht gähnende Leere. Oder fast. Ein paar zerlumpte schwarze Gestalten schleppen sich mit letzter Kraft auf den Fremden zu. Weit und breit kein Kapitän, keine Offiziere, die Segel hängen in Fetzen an den Masten. Schwach zeichnet sich hinter den Nebelschwaden der Umriss der Sonne ab. Ibele erwacht und blinzelt in einen hellen Morgen. Die Segel in Fetzen? Dieses Bild nimmt er aus dem Traum mit ins Wachsein und es lässt ihn wie elektrisiert aus dem Bett springen. In Fetzen? In Fetzen?? Der Fetz! Den Fetz muss er fragen!

Der Fetz! Ob er etwa mehr zu bieten hat als seine untergegangene Liebe zur Älplerkost und deplatzierte Klassikerzitate? Ibeles erste Amtshandlung an diesem Tag gilt einem Anruf auf Fetz' Mobiltelefon. Es ist 8.05 Uhr.

„Hier Albert Fetz, guten Morgen?"

„Guten Morgen, Herr Fetz, Inspektor Ibele, wir sind uns auf Pfingstgunten begegnet, Sie erinnern sich?"

„Und ob ich mich erinnere ... Gut, dass ich schon gefrühstückt habe!"

„Herr Fetz, es ist noch früh am Tag, ich weiß, aber kann ich Ihnen ein paar Fragen stellen?"

„Oh, bei uns im Lecknertal geht die Sonne früh auf, schießen Sie los, Herr Inspektor!"

Lecknertal?, wundert sich Ibele, haust der Herr denn nicht am Bodensee?

„Herr Fetz, Sie waren doch öfter auf Pfingstgunten zum Essen. Ist Ihnen da vielleicht irgendwann etwas aufgefallen? Es geht besonders um den Sommer vor zwei Jahren."

„Vor zwei Jahren! Also 2007. Moment mal, Inspektor. Das war ein heißer Sommer. Ich habe damals viel Zeit auf meiner eigenen Alpe verbracht, im Lecknertal, so eine Art Alterssitz, wissen Sie, ein Steckenpferd. Eine halb verfallene Hütte, die ich mit meinem Bruder instand setze, das ist verdammt viel Arbeit. Ich war also nicht oft unterwegs. Aber lassen Sie mich nachdenken."

„Sind Sie denn immer mit Ihrer Frau zu ihm hinauf? Vielleicht erinnert sie sich. Sie scheint ja eine gute Beobachterin zu sein. Oder sind Sie auf andere Besucher getroffen auf Pfingstgunten?"

„Der Lässer war meist allein, wenn ich zu ihm gekommen bin; die Knechte und Pfister haben's nie lange ausgehalten auf Pfingstgunten. Besuch? Gar so gastfreundlich war der Kerl im Allgemeinen nicht. Mmh ..."

„Überlegen Sie, Herr Fetz. Es müssten nach unseren Ermittlungen mindestens zwei Männer bei ihm gewesen sein, vielleicht sogar drei. Die Alpe wäre ja doch ein idealer Ort gewesen für ein geheimes Treffen von ein paar Gaunern. Und darum geht es leider."

„Ja, Herr Inspektor, da war etwas Eigenartiges, eher früh im 2007er Alpsommer, vielleicht Ende Juni, Anfang Juli? Da saß eines Tages eine Viererrunde beisammen auf Pfingstgunten am Tisch, ja genau an dem, den der Mörder auseinandergeschlagen hat: Der Lässer, dann so ein junger Schnösel, ein ziemlicher Wichtigtuer, dazu ein Dritter, seinen Namen kenne ich nicht, soweit ich mich erinnere ist er Postchauffeur aus Hittisau, und am Tischende dann noch so ein Gnom, ein kleines Männlein mit einem Tirolerhut. Als ich dazugekommen bin, haben sie sich irgendwie seltsam benommen, alle vier, als hätten sie mich am liebsten weggeschickt ... Keine Ahnung, was da gelaufen ist. Aber es geht mich ja auch nichts an."

„Herr Fetz, einen Tirolerhut sagen Sie? So einen wie ihn Ihre Frau gesehen hat an der Seilbahnstation? Und haben Sie gestern nicht in die Zeitung geschaut: Da finden Sie ein Foto vom Mordopfer aus Lingenau, dem Jäger ..."

„Moment, ich schaue gleich nach, die Zeitung liegt im Auto, ungelesen, man kommt ja zu nichts in der Pension, wissen S' eh!" Woher bitte soll Ibele das wissen?

„Ja, Herr Inspektor, das ist der junge Angeber. Oh, ist der jetzt auch tot? Na so was!"

Das heißt, resümiert Ibele, wir brauchen einen Postchauffeur mit Alma-Vergangenheit. Ibele schwört sich, einen Besen zu verspeisen, wenn der nicht eine ganze Stange von verschollenen Alma-Anteilen sein eigen genannt hat. Ibele verabschiedet sich höflich von Fetz. Sein Traum von der SAN DOMINICK hat ihn auf eine gute Fährte gebracht, denkt er sich. Ja, die Träume der Menschen sind wesentlich aufschlussreicher als ihre Geheimnisse, je absurder, desto aufschlussreicher, das hat ihn ein echter Philosoph gelehrt, ein Moralist alter Schule.

„Albrecht!"

„Guten Morgen, Herr Chefinspektor!" *Chefinspektor*? Wenn Albrecht so anfängt, drückt ihn meist der Schuh. Er soll jetzt ja nicht mit dieser Rafreider daherkommen!

„Guten Morgen, Albrecht, was gibt's denn?"

„Herr Chef, ich weiß, es ist nicht ganz so günstig, aber ich ... könnte ich am Freitag ein bisschen Zeitausgleich nehmen? Ich kann meinen neuen Golf, den Fünfer GTI, abholen!"

„Den mit 240 PS?"

„255, Chef, 255, und ich kenn da einen, der ...!"

„Ist schon recht, so genau will ich das gar nicht wissen. Wenn wir bis Freitag den Killer mit der Axt finden, geht der Zeitausgleich in Ordnung, Albrecht!" Der Aspirant strahlt. „Wenn nur alles so leicht auszugleichen wäre bei Dir, Albrecht, wie die Überstunden! Aber jetzt an die Arbeit. Du fährst nach Hörbranz zum Rapp, gehst nochmals ins Personalbüro. Da muss es jemanden geben, einen Hittisauer vermutlich, der ist Postchauffeur und dürfte sich in den Listen mit den

Alma-Genossenschaftern finden. Schau, ob du herausfindest, wer das ist, und versuch gleich etwas zu erfahren über seine Geschichte rund um die Rapp-Übernahme! Wenn du mich fragst, fehlen da wieder jede Menge Anteile!“

Albrecht saust davon, Ibele macht sich auf den Weg zum morgendlichen Generalsrapport. Im Vorzimmer sitzt Fräulein Hagen. Wenn es nach ihrem Outfit geht, steigt die Temperatur heute auf mindestens 45° Grad Celsius im Schatten. Sie nippt an einem Plastikbecher mit Kaffee: ihr Frühstück. Man wird den armen Tropf nächstens in die Osteria-Kantine einladen müssen und ihr nochmals einen richtigen italienischen Espresso spendieren!

Es vergeht keine Stunde und Ibeles Telefon läutet: Albrecht meldet sich diensteifrig. Der Mann heißt Eugen Fink und wie bei Lässer und Jäger fehlen Genossenschaftsanteile im Wert von mindestens vierzigtausend Euro, die er nicht eingelöst hat. Dafür sind sie auf einen anonymen Gesellschafter gestoßen, der in etwa so viele Anteile zurückgegeben, also eingelöst hat, wie bei Lässer, Jäger und Fink zusammen fehlen. Allerdings hat er dafür wesentlich weniger bekommen als sie ursprünglich einmal wert waren, vielleicht ein Viertel ...

Um sicherzugehen, dass Fink der Dritte im Bunde ist, besorgt sich Ibele ein Foto des Burschen, auch wenn das nicht so einfach ist. Ein Anruf unter seiner Heimatadresse bleibt erfolglos. Der Anruf bei seiner Frau bringt zutage, dass sie erstens seit Längerem seine Ex-Frau ist und zweitens trotzdem weiß, dass er verreist ist, Urlaub genommen hat ein paar Tage, sie darf seine

Katzen füttern einstweilen. Ein Foto hätte sie schon, aber kein Faxgerät und einscannen? Nein, leider, kein Scanner im Haus. Finks Dienststelle liefert schließlich das gewünschte Bild. Ibele muss es jetzt nur noch an Casapiccola weitermailen, der unverzüglich und mit großer Wahrscheinlichkeit in Fink wenn schon nicht den dritten Verschwörer, so doch eine markante und leicht anrüchige Gestalt aus der letzten Alma-Zeit erkennt. Fetz soll die Wahrscheinlichkeit zur Sicherheit machen. Wie kann Ibele dem Einsiedler in der wunderbaren Weltabgewandtheit des Lecknertals ein Mail zukommen lassen? Nach einigem telefonischem Hin und Her einigen sie sich darauf, dass das Mail mit Finks Foto in die *Alpenrose* am Taleingang geschickt wird, das ist für Fetz kein allzu weiter Weg und ein guter Ort für einen gepflegten kleinen Frühschoppen in garantiert autochthoner Gesellschaft. Es ist zehn Uhr vormittags und exakt die Zeit für des Generals monatliches Pressefrühstück, als Fetz via Telefon die Übereinstimmung bestätigt: Fink war der dritte Mann auf Pfingstgunten. Dann fehlt nur noch der vierte, der mit dem Sepplhut! Fink zu finden ist jetzt eine doppelte Notwendigkeit: Es gilt, den dritten Mord zu verhindern und von Fink die Identität des Mörders von Lässer und Jäger zu erfahren, um ihn der weltlichen Gerechtigkeit zuführen zu können.

Fink ist verreist. Aber wohin? Sein Mobiltelefon – die Nummer war das Äußerste, was die Exfrau hergeben durfte – bleibt stumm. Ein Anruf auf dem Gemeindeamt in Hittisau hilft weiter. Das Fräulein Pichler am Telefon, sehr freundlich und zuvorkommend! Zwar kennt Ibele vorerst nur ihre Stimme, aber so stellt er sich eine Sekretärin vor! Sie rät, es bei der Schwester des Fink zu versuchen, die führt eine kleine Modeboutique im Dorf. Eine Modeboutique auf dem Lande, auch kurios, aber warum nicht? Die Schwester wundert sich nicht spürbar über die kriminalpolizeiliche Nachfrage. Der Bruder? Keine Ahnung! Wenn er nicht zu Hause ist und sein Telefon nicht abnimmt, dann ist er höchstwahrscheinlich in Schönenbach, er hat sich eine Vorsäßhütte gekauft. Ibele hakt fast schon instinktiv nach: Vor zwei Jahren? Ja genau, vor zwei Jahren. Dort verbringt er seitdem jede freie Minute, geht ins Holz oder sitzt beim *Zwölfender*, säuft und nervt alle mit seinem Geplapper, das von Glas zu Glas hirnrissiger und lauter wird.

Ibele beordert eine Streife nach Schönenbach. Ausgerechnet in dieser bilderbuchmäßigen Idylle soll die Geschichte, die so grausig angefangen hat, womöglich enden? Schönenbach ist eines der letzten Paradiese des Bregenzerwaldes, ein Residuum fast unverfälschter bäuerlicher Lebensart. Nicht umsonst klingt tiefe Wehmut und Heimatverbundenheit durch, wenn in einem beliebten Volkslied gesungen wird: „Dort träumte ich vom Schindeldach, zur Maienzeit in Schönenbach." Mit wehmütigem Singen allerdings hat Ibele gegenwärtig nichts am Hut.

Eher könnte er wieder ins Grübeln kommen, denn es dauert lange, bis Nachrichten aus Schönenbach eintreffen: In seinem Haus ist Fink nicht, obwohl das Auto in der Garage parkiert, die Eingangstür offen steht und eine Kanne Kaffee warmgestellt ist. Gegen 22.00 Uhr finden die Kollegen den Fink endlich hinter einem Heustadel. Er hat also heute den Zwölfender gar nicht gebraucht, um sich zuzuschütten, und keine fünfhundert Meter vor seiner Hütte hat den Sturzbetrunkenen der Schlaf übermannt. Zu erfahren ist von dem heute nichts mehr! Wenigstens braucht man um das Leben des Herrn nicht zu fürchten, schon eher um seinen Verstand, obwohl ...! Zur Sicherheit bringt ihn die Streife nach Bregenz ins Kommando. Soll er bis morgen seinen Rausch ausschlafen. Dann wird ihm Ibele gehörig den Kopf waschen!

*Scheint alles verloren,*
*bleibt uns noch die Rettung des Bösen.*
Joë Bousquet, Journal

8.00 Uhr morgens. Fink wird aus der Haft, besser gesagt der Ausnüchterung, vorgeführt. Ibele empfängt ihn in seinem Büro, schwer lässt er die Tür hinter sich ins Schloss fallen. Er braucht jetzt keine Kiebitze. Fräulein Hagen goutiert das zwar nicht, es läuft ihrem leider etwas einseitigen Wissensdrang zuwider, aber damit wird sie leben müssen. Fink macht einen desolaten Eindruck, das heißt er befindet sich in einem fast schon bemitleidenswerten Zustand. Die angebotene Dusche hat er abgelehnt, ist wohl nicht gewohnt an solchen Luxus. Ibele sitzt an seinem Schreibtisch, Fink ihm gegenüber auf einem hölzernen Sessel, 1960er-Jahre-Inventar. Man hat das Kommando zwar neu gebaut vor ein paar Jahren, aber wer wird denn gleich die alten Möbel wegschmeißen? Der Staat spart vorbildlich. Zumindest dort, wo keine Medienleute hinkommen oder keine Politiker. Lange mustert der Inspektor die unansehnliche, vierschrötige Gestalt vor ihm.

„So, Herr Fink, wie geht's uns heute?" Mit dem pseudojovialen *uns* täuscht Ibele eine keineswegs gegebene Gemeinsamkeit vor. Auch wenn Fink sich noch nicht im Klaren darüber ist, wie radikal es ihm wirklich an den Kragen geht.

„Der Kopf tut halt ein bisschen weh und geschlafen habe ich hundsmiserabel in dem zugigen Loch da unten. Aber warum bin ich eigentlich hier? Wird man jetzt wegen jedem kleinen Rausch verhaftet? Und noch dazu von der Kripo? Da werdet ihr viel zu tun haben, hohoho!“ Der lacht so grauenhaft wie Kater Carlo, und so humorlos!

„Nicht frech werden, Herr Fink! Soll ich Ihnen sagen, warum Sie hier sind?“

„Bitte gern, und gibt’s da vielleicht einen Kaffee?“

„Kaffee gibt’s dann bei der Mama, wenn der Bub brav war, hahahah!“ Inspektor Ibele macht auf Kumpel, auf Witzbold. *Paradoxe Intervention* nennen das die Psychologen, ein Ausdruck, der Ibele gefällt.

„Herr Fink, was verbindet Sie mit Kurt Lässer und Ignaz Jäger?“

„Lässer und Jäger? Die beiden Ermordeten? Die kenne ich nicht einmal!“

„Herr Fink, wir wissen genau, dass Sie die beiden kennen, und nicht nur kennen: Sie haben mit den beiden eine ganz krumme Geschichte mit Alma-Anteilen organisiert, bei der irgendjemand gewaltig übers Ohr gehauen worden ist. Das ist noch keine zwei Jahre her. Oder haben Sie Ihre Vorsäß-Hütte mit dem Bausparvertrag gekauft? Das haben Sie nämlich nicht! Wir interessieren uns verdammt nochmal dafür, wo das Geld hergekommen ist! Und Sie wissen auch nicht, warum wir Sie in Schönenbach abgeholt haben?“

„Keine Ahnung!“

„Weil wir nicht wollten, dass noch ein Gauner mit gespaltenem Schädel aufwacht.“

„Was für ein Gauner? Was geht das mich an?“

„Kruzifix Fink, du weißt haargenau, dass du der Gauner bist und warum du solltest. Und ich glaube, du solltest wirklich! Heilandderwelt Mann, sag uns, wen ihr da hereingelegt habt mit euren Alma-Anteilen!“

„Alma-Anteile? Die habe ich eingelöst, kannst nachfragen!“

„Wir haben nachgefragt, mein Herr, und es fehlen mehr als zwei Drittel. Wo sind die?“

„Mehr als zwei Drittel? Die muss ich verloren haben.“ Fink macht ein derart schafsmäßig dummes Gesicht, dass Ibele der Geduldsfaden reißt. Er drückt einen kleinen Knopf unter dem Tisch und schon stehen zwei kräftige Beamte im Raum. „Abmarsch, der Herr möchte ein Weilchen nachdenken!“ In zwei Stunden ist der Typ streichfähig wie der Schmelzkäse vom Rapp, Ibele kennt seine Pappenheimer.

Inspektor Ibele selbst bräuchte jetzt erst einmal Ruhe. Oder vielleicht eine Cellosuite, oder, weil ein Mittagessen weit und breit nicht in Sicht ist heute – dafür allerdings ein Rindsgulasch abends, eine von Rösles Spitzen-Kreationen! – wenigstens eine Leberkässemmel vom Rimmele, der letzten Metzgerei in der Stadt, die allerdings nicht nur deshalb die beste ist. Aber da kommt der General ins Büro, die neueste Ausgabe des Vorarlbergboten aufgeschlagen in der Hand vor sich hertragend. Der hat ja schon wieder eine andere Uniform an! Das ist nun zum dritten Mal an diesem noch jungen Vormittag, dass er sich umzieht. Der Mann tickt seltsam! Offensichtlich ist Kampf angesagt, denn er hat sich in eine Art Tarnanzug gekleidet, sehr sinnvoll, wenn der Kragen so von Gold glänzt, dass er auf zehn Kilometer leuchtet! Der General nickt irgendetwas oder irgendjemandem in der Zeitung heftig zu, holt soeben tief Luft und setzt zu einem gewichtigen Wort an. Oje, denkt es in Ibele, der hat mir noch gefehlt, was hat er nun schon wieder gefunden?! Das Klingeln des Telefons bewahrt ihn fürs Erste vor der Ansprache. Ibele macht eine um Geduld bittende Geste in Richtung seines Chefs und nimmt erleichtert den Hörer ab.

„Hallo? Hallo! Polizei? Hier ist der Gansl-Wirt in Bizau. Hallo! Hören Sie mich?“ Mann, was hat denn der für einen Stress! „Ich rufe an wegen dem Axtmörder, das ist ja in der Zeitung heute, oder? Und man soll anrufen, wenn man etwas Auffälliges ... Also da sitzt so ein Typ bei mir, mit einem Sepplhut auf dem Grind, ein kleiner Stinker, schaut ziemlich ungeheuer aus. Ich hab' ihn aus der feinen Stube hinausgeschickt, weil wir grad alles herrichten fürs Mittagessen, und da sagt er zu mir, ich soll auf meinen Schädel aufpassen, den könnt' er mir sonst leicht einschlagen, das Werkzeug habe er schon dabei! Jetzt macht er sich grad davon, trampelt quer durch den Friedhof dorfauswärts ...“

Ibele weiß augenblicklich, was es geschlagen hat: dorfauswärts, das heißt Richtung Schönenbach. Das ist Ibeles Mann! Den General lässt er wortlos stehen, dem Fräulein Hagen, das sich soeben mit geschlossenen Augen eine walnussgroße schwarzrote Kirsche in den himbeerfarben geschminkten Mund schiebt, zischt er ein „Sie bleiben hier, bis ich wieder da bin!“ zu, worauf sich die Kirsche unzerkaut den Weg in Antoinettes Magen bahnt und mit dem gezierten Getue der Dame für die nächste Viertelstunde gründlich aufräumt. Das Husten, Hecheln und Hilferufen aber hört Ibele nicht mehr. Der General hebt schüchtern den Zeigefinger in die Höhe, als säße er in der Schulbank. „Sie bleiben besser im Büro, Herr General, machen S' Ihnen gleich schön für die Pressekonferenz!“ Viel Zeit, über seinen eventuell etwas zu respektlosen Ton dem hohen Herrn gegenüber zu sinnieren, bleibt Ibele nicht, er stürmt in Albrechts Büro:

„Wir schnappen uns den Seppl! Alarm, Albrecht, los, hol das Auto!“ Dass er den Mörder Seppl nennt, fällt

Ibele im Moment nicht einmal auf. Er nimmt den letzten Zug aus der Vormittags-Gauloise, schnappt sich seine Dienstwaffe und trifft in der Garage wieder auf Albrecht:

„Auf geht's nach Schönenbach, aber flott!" Es ist vielleicht ein Fehler, das so ausdrücklich zu betonen, aber Kruzifix und Herrgottzack: jetzt pressiert's. Albrecht montiert in bester Kojak-Manier das mobile Blaulicht auf das Wagendach und ab geht die Post. Ibele alarmiert die Kollegen aus Bezau, die in Finks Schönenbacher Hütte Stellung bezogen haben. Dann bleibt ihm auf seinem Beifahrersitz genug Zeit, um die Gedanken schweifen zu lassen. Er wird das bedrückende Gefühl nicht los, der ganze Aufwand hier werde zwar unzweifelhaft dazu führen, den gesuchten Mörder hinter Schloss und Riegel zu bringen, er gelte aber doch dem Falschen. Denn wer da mehr Dreck am Stecken hat, wie man hier so treffend sagt, Lässer, Jäger und Fink oder der von ihnen Geprellte, das ist für Ibele eine klare Sache. Als sich kurz nach Alberschwende in einer langgezogenen Rechtskurve das weite und in allen Grüntönen prangende famose Landschaftspanorama des Bregenzerwaldes unter dem strahlend blauen Sommerhimmel entfaltet, ist es nicht so sehr Albrechts letztlich erfolgreicher Versuch, den schleudernden Wagen unter Kontrolle zu halten, der Ibele zu einem jähen und selbst für seine Begriffe deftigen „Kruzifix und Heilandderwelt, verdammte Scheiße, pass doch auf!" provoziert, als vielmehr eine Erkenntnis, die sich angesichts der zeitlosen Schönheit der Landschaft endlich zu fassbarer Klarheit formt. Sie werden sich jetzt gleich dieses schreckliche Männlein mitsamt seiner Axt schnappen, keine Frage, und der Gockel von General wird noch heute Nachmittag eine glanzvolle Pressekonferenz abhalten. Damit wird aber nicht die Welt von einem Monster befreit, wie es im reißerischen Jargon der Medien und des Generals heißen wird, vielmehr und im Gegenteil wird ein armer Teufel von der Welt erlöst!

Was für ein Segen, dass die Wälder überall ihre Ortsdurchfahrten zu halben Autobahnen ausgebaut haben! Wo das noch nicht geschehen ist, gibt es dafür die Möglichkeit, auf schneidigen Umfahrungen die vorgeschriebenen Höchstgeschwindigkeiten zu pulverisieren. Schon nähert man sich in halsbrecherischer Fahrt Bezau, gleich tauchen drüben die Baukräne auf. Wie Ibele von seinem Rösle weiß, wird dort das berühmte *Blütenschloss*, die gute alte Gams, in großem Stil zum Wellnesstempel umgebaut. Natürlich kommt der Hinweis auf den feschen Schuppen von Mathilde, die nach immer neuen Wegen sucht, mittels der ultimativen Tricks ihre gnadenlos verblassende Schönheit vor dem endgültigen Niedergang zu retten. Ibele will sein Rösle zum Hochzeitstag auf ein exklusives Wellnesswochenende einladen, ein richtiges Kuschelwochenende in einer der neuen Top-Penthouse-Suiten, sündteuer natürlich, aber wahnsinnig aufregend! Mathilde in ihrer komischen Pfänder-Villa soll vor Neid so gelb werden wie Schneewittchens und Aschenputtels Stiefmütter samt Rumpelstilzchen & Co zusammen!

Schon treibt Albrecht den Dienstwagen gnadenlos an der Bizauer *Gans* vorbei, wo der Wirt mit hängenden Schultern vor der Tür steht, den Kopf schüttelt, dass ihm die Seehundschnurrbartenden um die Ohren fliegen und dem um die Schikane vor der Kirche driftenden Auto irgendetwas Unverständliches nachruft.

Am Ortsende eine haarnadelige Links-Rechts-Kurven-Kombination hinein ins enge Schönenbachertal. Dem auf einem dreibeinigen Schemel dösenden Alten an der Mautstelle fällt vor Schreck die erkaltete Pfeife aus dem Mund. Bevor er sich noch aufgerappelt hat, pfeift Albrecht schon um die übernächste Kurve, die enge Straße bergauf, hinein in den lichten Buchenwald, in dem verstreut da und dort riesige Findlinge liegen. Kurz bevor der Wald in die Schönenbacher Ebene übergeht, packt Ibele seinen Chauffeur plötzlich am Arm. Albrecht schreit laut auf vor Schmerz:

„Brems!", befiehlt Ibele brüsk.

Albrecht bremst jäh ab und verlangsamt auf Schritttempo. Ibele starrt in den hellen Wald, als gälte es mit Laserblick die mächtigen, kerzengerade aufragenden alten Buchen zu fällen.

„Bleib stehen! Da ist er! Ich hol' ihn mir, schneid du ihm da vorne den Weg ab!"

In Sekundenschnelle stürmt er mit gezogener Pistole aus dem Wagen und springt mit drei weiten Sätzen durch das Bachbett des Bizauer Bachs. Jetzt erkennt auch Albrecht das in wildem Zickzack zwischen den Bäumen rennende Männlein, das heißt er sieht nichts als den steil aufragenden Sepplhut, der wie angewachsen auf dem kantigen Schädel sitzt. Ein paar Hundert Meter weiter stellt Albrecht den Wagen hinter einer kleinen Brücke quer über den Forstweg, der in die Straße einmündet. Aus dem Wald ertönt Ibeles Geschrei, dann zerreißt ein Schuss die mittägliche Stille. Albrecht zieht seine Pistole aus dem Halfter und geht hinter dem

Auto in Stellung: So hat er es in den *Straßen von San Francisco* gesehen und so machen sie's in Wien, schade nur, dass ihm hier kein alles verstehender Rex zur Seite steht. Noch ein Schuss, dessen Echo lange drüben in der Kanisfluhwand widerhallt. Dann nichts mehr. Nichts als Stille. Der Aspirant nimmt seinen zitternden Finger vom Abzug. Da kommt Ibele aus dem Wald heraus. Vor ihm trottet wie ein verirrtes Lämmlein das Männchen mit dem Sepplhut. Über Ibeles Schulter hängt eine abgewetzte alte Tasche.

„Los, Albrecht, fahr nach Schönenbach, hol die Bezauer Kollegen. Das Spiel ist aus. Um den da kümmere ich mich", sagt Ibele fast liebevoll und zeigt auf den Gefangenen.

Wichtigtuerisch steckt Albrecht seine Pistole ein, mustert die Beute mit einem Gemisch aus Triumph und Staunen. Als gälte es, eine Rally-Sonderprüfung zu gewinnen, braust er los. Ibele deutet mit einer knappen Kopfbewegung auf einen mit Moos überwachsenen Stein, das Männlein setzt sich, Ibele lässt sich nicht weit von ihm auf einem gefällten Baumstamm nieder. Er öffnet den Reißverschluss der Tasche und schaut kurz hinein: Neben einer leeren Flasche Bier liegt wie erwartet die Axt. Die mächtige Klinge ist verschmiert von einer rötlich-gelben Kruste, an der Haarbüschel kleben.

„Hast du das nicht anders regeln können?" Keine Antwort. „Wie heißt du eigentlich?" Ibeles Tonfall ist eines Beichtvaters würdig.

„Bechter", krächzt es, ohne dass sich die blutleeren Lippen wahrnehmbar öffnen würden.

„Also, Bechter, was haben dir denn die drei getan, dass du so mit ihnen hast abfahren müssen?“ Das ist das *du* des Menschenfreunds Ibele, das *du*, das man sich erarbeiten muss.

„Die haben mich zum Narren gehalten, die Sauhund, die gemeinen.“

„Das war vor zwei Jahren, stimmt's? Du hast ihnen ihre Alma-Anteile abgekauft und dann vom Rapp einen Pappenstiel dafür bekommen, oder?“

Das Männlein schaut verwundert auf. Bechter schaut Ibele direkt in die Augen. In seinen unbeseelten Blick kommt für einen Augenblick Leben.

„Ja, so war es. Ich habe sogar die Alpe meiner Eltern im Mellental verkauft. Das hat meiner alten Mutter das Herz gebrochen. Mit dem, was mir der Rapp dann für die Anteile gegeben hat, hab ich sie grad beerdigen können. Diese Alpe war unser Paradies. Jetzt ist sie weg. Alles ist weg.“

„Und deshalb haben die beiden sterben müssen?“

„Nein, nicht darum. Ich hätte ihnen ja den Quatsch nicht glauben müssen, hab mich halt von dem vielen Geld verführen lassen. Aber dann, vor einem halben Jahr ungefähr, haben sie es mit der Angst zu tun bekommen, ich könnte sie anzeigen. Da haben sie mir damit gedroht, mich beim Chef zu verpfeifen, mich um den Job und ins Armenhaus zu bringen.“

„Jetzt wäre noch der Fink drangekommen, oder?“ Diese Frage stellt der Psychotherapeut in Ibele. Der

Bechter soll sich das Herz erleichtern. Denn dass dieses Männlein den Herren Psychologen kein Sterbenswörtchen gönnen wird, ist für Ibele nur zu klar und verständlich.

„Ja, der Fink, das ist das ärgste Schwein!"

Ibele zieht seine Gauloises aus der Jacke, reicht eine dem Bechter, hält ihm das brennende Feuerzeug hin, zündet sich selbst eine an, nimmt einen tiefen Zug. Bechter, wie erschöpft von dem ungewohnt langen Gespräch, sitzt in sich zusammengesunken auf dem Stein, schlägt seine dünnen Beinchen übereinander, stützt seine Ellbogen auf die Knie, legt den schweren Kopf in die viel zu großen Hände, fixiert das glimmende Ende der Zigarette. Wieder treffen sich die Blicke der beiden Männer und über ihre Gesichter huscht für die Länge eines Wimpernschlags ein helles Lächeln. In der Mittagssonne leuchten goldene Harztropfen wie perlende Tränen an den altenen Baumstämmen. Vögel zwitschern im dichten Geäst, der Bizauer Bach sprudelt glasklar und munter in seinem steinigen Bett. Nichts trübt die Idylle. Ibele sitzt reglos, die Zeit steht still, nur Bechter fährt sich ab und zu mit dem Ärmel seines löchrigen Pullovers über die Augen und schnieft. Selten hat Ibele in seiner langen Kriminalistenlaufbahn jemanden gesehen, der so mit sich im Reinen und zugleich so verloren in der Welt war.

Als gälte es, James Bond aus den Fängen einer so schönen wie falschen Geliebten zu retten, rast Albrecht um die Kurve und bremst das Auto mit quietschenden Reifen ab. Hinter ihm kommt der Bezauer Streifenwagen mit wenigen Zentimetern Abstand gerade noch zum Stehen, die beiden Polizisten – soll man sie Landjäger nennen? – springen mit gezogener Waffe heraus. Ob des Anblicks, der sich ihnen bietet – zwei friedlich rauchende Männer – sinken ihre Arme wie Wünschelruten zu Boden. Ratlos stehen sie mit lächerlich weit gegrätschten Beinen da, den Lauf der beidhändig gehaltenen Pistolen sinnlos auf den Waldboden gerichtet.

„Ist schon gut!", ruft ihnen Ibele zu. „Ihr könnt nach Hause fahren. Mission beendet."

Die Männer stecken ihre Waffen ein, klopfen sich wichtigtuerisch imaginären Staub von den Ärmeln der Uniform, salutieren schlampig und verlassen die Lichtung kopfschüttelnd.

„Einsteigen, Herr Cäsar", kommandiert Ibele. Er nimmt Bechter am Arm als wäre es sein alter Vater, bugsiert ihn sanft auf den Rücksitz, schließt vorsichtig die Tür, legt die Tasche mit der Axt behutsam in den Kofferraum, nimmt auf dem Beifahrersitz Platz. „Los, nach Hause jetzt, Albrecht, Feierabend. Und in Bizau bei der *Gans* bleibst du stehen."

—

Der Parkplatz bei der Bizauer *Gans* ist gut gefüllt, noble Limousinen mit deutschen, englischen und helvetischen Kennzeichen parken im Schatten der Kastanien. Es ist ja Schubertiade-Zeit, ein internationales Publikum bevölkert wie jedes Jahr die Region. Ibele sprintet die Stufen zum Eingang hinauf, betritt das Restaurant. Fast alle Tische sind besetzt, draußen im Gastgarten ist kein Platz mehr frei. Gegenüber der Theke lehnt ein dickbäuchiger Kerl mit Zeus-Bart an der Wand, hält ein dreiviertel volles Glas Bier in der Hand. Soeben rauscht der Wirt mit einem hohen Stapel abgeräumter Teller um die Ecke.

„Wir haben nichts mehr frei, wie man sieht!“, raunt er dem Inspektor zu.

„Ich will auch keinen Platz, ich will mich nur bedanken“, versucht es Ibele höflich.

„Das ist schon besser“, mault der Lange, stellt seine Last ein paar Meter weiter laut klappernd ab und kommt mit weit in die Stirn hinauf gezogenen Brauen auf Ibele zu. „Und worum geht's, mein Herr?“ Immer noch klingt das eher nach einer Drohung als nach einer Einladung.

„Inspektor Ibele von der Kripo Bregenz. Sie haben uns heute angerufen wegen ...“

„Oha, die Kriminalpolizei, jetzt aber aufpassen!“, witzelt der Dicke vorlaut und trinkt Ibele augenzwinkernd zuprostend einen ordentlichen Schluck aus seinem Glas. Es scheint nicht das erste zu sein heute.

„Wir haben dank Ihres Anrufs den gesuchten Axt-Mörder erwischt, Herr Winkel.“

Der Wirt zieht um eine minimale Spur seinen schmallippigen Mund in die Breite, als wollte er sagen „Ich habe es eh gewusst“, bleibt aber stumm. Mit den Worten scheint er sich generell schwer zu tun; und vielleicht nicht einmal so sehr mit den Worten, als vielmehr überhaupt mit dem Reden. Wozu reden, wenn eh alles so kommt, wie es kommen muss, also wie's die Gnädige anschafft?

„Holt jetzt bald jemand das blöde Filet, oder soll ich es selber servieren!“, keift es in diesem Augenblick wie zur Bestätigung der wahrhaft verwinkelten Winkelschen Mimik aus der schmalen Luke, die als Durchreiche in die Küche dient. Der Wirt hebt theatralisch übertreibend die Schultern, lässt sie gleich darauf betont resigniert noch tiefer fallen als sie für gewöhnlich schon hängen, verdreht die Augen in Richtung Küche, schnappt sich die Teller von der Theke, mustert seine Fracht leicht geringschätzig und verschwindet schlurfend wieder im Garten. Was da angerichtet ist, schaut allerdings sehr lecker aus, findet Ibele, das Rösle hätte seine Freude an dem feschen und farbenfrohen Gemüsebouquet und sonstigen Gourmetschnickschnack rund um das knusprig gebratene Stück Fleisch!

„Komm lieber am Sonntagabend wieder, da ist er besser drauf!“, rät kumpelhaft der gesellige Bierfreund am Buffet. Das unverschämt knackige, rotbackige junge Ding hinter der Theke stimmt ihm mit einem etwas zu vorlauten kehligen Lachen zu, wobei ihre glockenapfelförmigen Brüste beinahe das schneeweiße Blüschen aus feinstem Leinen sprengen, in dem sie sich eher notdürftig, wie provisorisch und offensichtlich widerwillig haben unterbringen lassen.

„Ja, das ist eine gute Idee“, erwidert Ibele dankbar und ist fest entschlossen, am Sonntag wiederzukommen. Ist es nun der kulinarische Instinkt, verbunden mit Ibeles Liebe für sein Rösle, oder spielt etwa doch so nebenbei der tiefe Eindruck eine gewisse Rolle, den die herzliche Maid auf ihn macht? Worauf die Festigkeit des Entschlusses zur Sonntagseinkehr tatsächlich beruht, geht in der unfreiwilligen Akrobatikeinlage unter, mit der Ibele den Sturz über die etwas unmotiviert mitten im Lokal eingebaute Stufe gerade noch vermeidet.

Ibele steigt in den Dienstwagen, nicht ohne Albrecht vorher die noch immer montierte Blaulichtleuchte achselzuckend durchs offene Fenster zu reichen.

„Steck das ein und fahr los!“ Im Rückspiegel sieht er Bechters zerfurchtes, schwarzblau verstoppeltes, gelbliches Gesicht unter dem verfilzten Hut. Bechter lehnt sich für einen Augenblick nach vorn, legt eine Hand auf die Lehne von Ibeles Sitz. Will er ihm etwas sagen? Doch gleich darauf sinkt er schweigend zurück und bleibt für den Rest der Fahrt stumm, schaut nur ständig zum Fenster hinaus, als sähe er alles zum ersten Mal. Oder zum letzten Mal. Was, wenn man's genau nimmt, auf dasselbe hinausläuft. Weder Richter noch Anwalt noch sonst jemand, das ahnt Ibele und es freut ihn, wird aus diesem Männlein schlau werden, denn seine Schlauheit ist fast schon nicht mehr von dieser Welt. Jetzt weiß er auch, warum in den letzten Tagen immer wieder das Bild des alten Straßenkehrers aufgetaucht ist. Der war, wie Bechter, fertig mit der Welt: Nichts in ihr und fast alles ohne sie. Und wenn er an den Fink denkt, der ihn im Bregenzer Kommando erwartet, wird ihm heiß vor Zorn. Diesen Vogel werde ich verflucht nochmal zum Singen bringen, schwört er sich im Stillen und ballt unwillkürlich seine starke Bauernfaust. Heilandzack, Ibele, zeig's ihnen!

# Ibeles Feuer

## Eine Geschichte vom Erben

Diese Geschichte widme ich Reiner Speck, dem großen Proustianer
und Förderer der deutschsprachigen Proust-Rezeption.
Ihm verdanke ich wesentliche Erfahrungen tout autour de Proust,
nicht zuletzt als Leser meiner selbst.

*Mihi ipsi scripsi.*

Friedrich Wilhelm Nietzsche

*Das Bewußtsein zu brennen bedeutet schon Abkühlung.*

Gaston Bachelard

Personen und Handlung der folgenden Geschichte sind frei erfunden.
Jede Ähnlichkeit mit realen Personen oder Begebenheiten ist rein zufällig.

## Hexenwahn und Feuerzauber

Funkensonntag, 13. März 2011

*Danach, wenn es erloschen ist,*
*Wenn der Hügel kalt ist,/Kommen die Gaffer.*
Jean Tortel

Lange Zeit ist immer alles gut gegangen. Kaum wird im November mit einem Mords-Trari-Trara der Fasching eingeläutet, machen sich die Männer an die Arbeit. Monate hindurch sammeln die Mitglieder der Funkenzunft brennbares Material: Holzpaletten, Harrasse, Kisten, ausrangierte Christbäume, Abrissholz. Sie stapeln es sorgsam in einem Schuppen auf dem Bauhof des Funkenmeisters. Seit Tagen beschäftigen sie sich damit, den Krempel zu ordnen, herzurichten, zu vervollständigen, letzte Fuhren Brennholz heranzukarren und mit Hilfe von Lkw-Kränen und Traktoren den turmartigen Funken aufzubauen. In der letzten Nacht vor dem Abbrennen wachen sie, angetrieben von reichlich Schnaps und Bier, über den Scheiterhaufen, während auf der Wiese daneben ein kleiner Jahrmarkt aus provisorischen Buden, primitiven Tischen und Bänken errichtet wird. Seit wenigen Minuten endlich tanzen ein paar auserwählte Oberzünftler mit langen, brennenden Fackeln um das Brandwerk herum. Es sind selbstverständlich lauter Männer, wackere Kerle, das Beste, was das Oberdorf zu bieten hat, die Crème de la Crème von Zunft, Freiwilliger Feuerwehr, Faschingsgilde, Bürgermusik und Pfarrgemeinde.

Der sogenannte Kieskurvenfunken im Dornbirner Oberdorf ist einer der bekanntesten im Land. Das verdankt er nicht zuletzt seiner exponierten Lage auf einer Anhöhe über der Stadt. Von fast überall im Tal ist er bestens zu sehen. Selbst im Schweizerischen jenseits des Rheins hat er viele Bewunderer. Somit ist er natürlich immer mittendrin im jährlichen Wettbewerb um den allerhöchsten Scheiterhaufen, um die schreckenerregendste und am spektakulärsten explodierende Funkenhexe. Dass der Festrummel rund um das makabre Schauspiel Jahr für Jahr größer werden muss, versteht sich von selbst. Leider ist der Platz zwischen der Straße und den steilen Hängen allzu begrenzt, sonst wüsste man schon, wie man mit dem alten Brauch die Kassen ordentlich zum Klingeln bringen könnte!

Ganz oben auf dem Scheiterhaufen thront wie jedes Jahr die lebensgroße Funkenhexe. Sie stellt nach alter Überlieferung den Winter dar. Ihn gilt es heute, am ersten Sonntag der Fastenzeit, auszutreiben. Warum der Winter eine Hexe sein muss, ist auch den Oberbrauchtümlern nicht wirklich bewusst. Aber wenn es nur laut und besoffen genug zugeht, erspart man sich das Nachdenken, das ist die Hauptsache. Was die nach allen Regeln der Kunst hergerichtete Hexe für die Männer, die grölend um das gut fünfzehn Meter hohe, kunstvoll aufgeschichtete Brandwerk herumwirbeln, außer dem Winter noch verkörpert, sei hier nicht unser Thema. Das traurige Kapitel der mittelalterlichen und neuzeitlichen Hexenverbrennungen ist zwar längst abgeschlossen, allerdings nur in den Theorien der Historiker. Hier und heute wirkt noch vieles und lebt vieles wieder auf, das eigentlich schon längst überwunden geglaubt war! Es ist nämlich eine große Unaufrichtigkeit um das Gerede vom Zeitgemäßen und Modernen. Handelt es sich doch bei seiner Beschwörung meist um nichts anderes als Faulheit im Geiste. So lebt in mancherlei auf das Billigste aktualisierter Gestalt lediglich uralter Aberglaube fort!

Kurz nach Einbruch der Dunkelheit treten die auserwählten Zunftmitglieder mit den brennenden Fackeln an den mächtigen Holzstoß heran und entzünden ihn unter den martialischen Klängen der Blasmusikkapelle. Morgen früh werden sie wieder brav in Büros und Werkstätten ihren mehr oder weniger biederen Dienst antreten. Hier heroben jedoch sind sie die großen Herren: mit ihren eigenen Ritualen, ihrer eigenen Ordnung, ihren eigenen Gesetzen. Gierig springt das Feuer von den Fackeln auf den strohdürren Funken über. Für wenige Augenblicke setzt sich im enger und enger um den Funken gezogenen Ring der vielen Schaulustigen so etwas wie Ehrfurcht oder Andacht durch. Bald aber zerreißt eine Reihe von *Ahs* und *Ohs* die kurze Stille. Das Geschrei vor Angst und Entsetzen plärrender Kinder macht sich breit. Schon wenige Sekunden später prasseln die Flammen meterhoch zum Himmel. Riesige Funkenbälle zerstieben in alle Richtungen. Das trockene Zeug brennt lichterloh. Wildes Gebrülle und übermütige, an die Hexe adressierte Rufe begleiten das Knistern und Knallen des gespenstischen Feuers. „Herunter mit der Hexe!", „Brenn, du Luder!", „Dass dich der Teufel hol'!" und ähnliches dringt aus bestens geölten Kehlen. Die vom Alkohol diktierten Parolen geben ganz nebenbei so manchen Hinweis darauf, wes Ungeistes Kind die Menge noch immer ist, immer war und immer sein wird.

Rund um den flackernden Holzstoß nimmt das Volksfest seinen Lauf. Bier, Schnaps und Glühwein werden ausgeschenkt. Zunehmend übermütige Verkäuferinnen reichen Becher, Gebäck und Bratwürste über die Tische. Nicht minder ausgelassen und närrisch nimmt das Publikum das eine so gierig und lüstern wie das andere in Augenschein. Das kalte trockene Wetter gibt den Blick frei bis weit hinunter ins Rheintal. Überall in den Dörfern leuchten zur Stunde die Funken auf: Schwarzach, Wolfurt, Hohenems, Lustenau, Hard. In manchen Gemeinden sind es gleich mehrere. Jeder hat seinen Winter auszutreiben. Jeder hat seine eigene Dunkelheit, die er nur allzu gerne mit ein wenig Feuerzauber und Fusel vertreiben möchte. Mit reichlich Alkohol und einer kurzlebigen Ekstase lässt sich das Vergessen wahrhaft preiswert erkaufen. Es herrscht eine Stimmung, wie sie kein anderes Fest im Jahreskreis aufweist. Ob es nun in den Köpfen präsent ist heute Abend oder nicht: Die letzten echten Hexenverbrennungen sind hierzulande noch nicht so lange her. Vieles von der Grausamkeit, Barbarei und Obszönität, von der Gewalttätigkeit der historischen Hexenverfolgung schwingt mit.

Unaufhaltsam treibt das Fest dem makabren Höhepunkt zu. Die Flammen züngeln orangerot in den schwarzen Nachthimmel und lecken bereits an den Röcken der Hexe. Glutbälle fahren wie Kometen fauchend aus dem Funken. Das Prasseln übertönt alles Lärmen und die Schlagermusik aus den riesigen Lautsprechern. Keine zehn Minuten sind vergangen seit dem Anzünden. Gebannt verfolgen die Zuschauer das Spektakel. Im Moment geht es hier um nichts anderes als dieses Feuer, dessen Kraft und Furor die Menschen völlig verzaubern. Seit Jahrhunderten, seit Jahrtausenden ist das so. Da geschieht, in der allgemeinen Ausgelassenheit und Faszination zuerst von niemandem bemerkt, das Unfassbare. In einer kaum wahrnehmbaren Bewegung beginnt sich der glühende Feuerturm langsam zu neigen. Womit erst recht keiner gerechnet hat: Er neigt sich der Bergseite zu. Dorthin, wo Jung und Alt besonders dicht um ihn gedrängt stehen. Dann plötzlich geht es rasend schnell. Mitten in die panisch aufschreienden und chaotisch kreuz und quer auseinanderstiebenden Menschen hinein birst der Funken. Sich aufbäumend, qualmend, fauchend und Feuer speiend bricht er in sich zusammen, als wär's ein tödlich getroffenes Ungeheuer. Es ist ein Wunder, dass es keine Toten und nicht einmal nennenswert Verletzte gibt.

Keine Toten, außer einem.

Die Hexe wird in hohem Bogen von ihrem Juche herabgeschleudert. Mit einem eigenartig dumpfen Knall kommt sie auf der asphaltierten Straße zu liegen. Ihre versengten Kleider rauchen, der spitze Hut liegt ein paar Meter weiter und beginnt eben zu brennen. Gleich wird sie in die Luft gehen. Sofort sind die ersten Zünftler zur Stelle. Die Hexe muss ja gerettet und – wie es der Brauch verlangt – am kommenden Sonntag feierlich beerdigt werden. Diesen Spaß will man sich ob des damit einhergehenden Festes nicht entgehen lassen. Als die Männer mit nassen Tüchern auf die glimmende Hexe einschlagen und sie packen, um sie wegzuschleifen, geht ihre grölende Geschäftigkeit blitzschnell in schieres Grauen über.

„Hände weg!", schreit Funkenmeister Häfele, der dem Hexenkopf am nächsten steht, außer sich und verscheucht seine Kumpane mit Tritten und Hieben. So hysterisch hat ihn noch niemand gesehen.

Es ist sein fünfundzwanzigster Funken, der erste, der nicht hält und die zweite Hexe, die nicht wie es sich gehört in den Flammen verbrennt. „Hände weg, ihr Vollidioten!", brüllt er wie ein auf den Tod gereizter Stier in den unbeschreiblichen Tumult hinein, „und ein Telefon her, aber dalli-dalli! Ein Telefon, verflucht nochmal!"

*Licht wird alles, was ich fasse,*
*Kohle alles, was ich lasse,*
*Flamme bin ich sicherlich.*
Friedrich Wilhelm Nietzsche

Rosalia, genannt Rösle, Inspektor Isidor Ibeles Ehefrau, betritt stolz lächelnd, empfangen von bewundernden Ausrufen, das behagliche Esszimmer. Vor sich her trägt sie eine große silberne Platte. Darauf häuft sich goldgelbes Backwerk: die Funkenküchle. Das ist der traditionelle jährliche Funkensonntagabendschmaus im Haus Ibele. Genauer: sein krönender Abschluss nach einem reichhaltigen, aus Gerstensuppe, Schweinsbraten, Kesselfleisch, Knödeln und Sauerkraut bestehenden Mahl. Die private, familiäre Funkenfeier, selbstverständlich ohne Hexe, hat eine lange Tradition in der Familie Ibele. Tief ist sie im bäuerlichen Milieu mit seinem naturnahen und an den Jahreszeiten orientierten, gleichwohl aber der Aufklärung verpflichteten Denken verwurzelt. Folglich hat man mit Hexen, Scheiterhaufen und ähnlichem Brimborium nichts am Hut, noch weniger mit einem längst überholten, in seiner Einseitigkeit meist gröblichst vereinfachenden Frauenbild. So versteht sich Rosalias Kochleidenschaft, das sei ihren gestrengen Kritikerinnen ins Stammbuch geschrieben, nicht als Indiz einer biederen Hausfrauenexistenz, wie man bei oberflächlicher Betrachtung vermuten möchte. Rösles Leidenschaft ist vielmehr ein Hinweis auf ihr über viele Generationen hinweg quasi säkularisiertes, intellektualisiertes Dasein. Harmonisch werden Geist, Sinne und Seele zur Einheit gebracht. Genuss und Kunst, Arbeit und Spiel sind eines. In dem Moment, da die ersten Gäste nach dem begehrten Gebäck greifen, ertönt ein Folgetonhorn, scheinbar genau unter dem großen, massivhölzernen Tisch. Was ist das? Ein auf der Strecke gebliebener Faschingsscherz? Nein, es ist das Mobiltelefon des Hausherrn. Kaum ist der Inspektor mit dem Apparat diskret in sein Arbeitskabinett ausgewichen, brandet das Gespräch der kleinen Gesellschaft erneut auf. Unbekümmert macht man sich über die Küchlein her.

Wenige Minuten später ist Ibele wieder zurück. Er trägt jetzt nicht mehr seine gestrickte Hausjacke, sondern ein recht modisches knappes Mäntelchen, die Füße stecken in auf Hochglanz polierten Schuhen, in der Hand hält er seine karierte englische Schirmmütze.

„Gottverdammte Funkerei!", knurrt er als Antwort auf das vielstimmige „Hoppla!", „Hoi!" und „Was ist passiert?" in die Runde und schickt noch ein kräftiges „Heilandzack" hinterher. Letzteres trägt ihm einen tadelnden Blick seiner Frau ein. Hat sie ihm doch als Fastenübung eine Fluchabstinenz auferlegt. Denn das Fluchen ist bekanntlich eine Schwäche von Inspektor Isidor Ibele. Allerdings, auch das weiß man, es ist kein Indiz schlechter Laune, da gibt es anderes. Achselzuckend und knapp informiert er die Tischgesellschaft:

„Ich muss gleich ausrücken, in Dornbirn hat's offenbar ein ärgeres Malheur gegeben." Er angelt sich zwei, drei heiße Funkenküchlein von der Platte und balanciert sie in der freien Hand. Innig küsst er seine Frau, was die alte Hutterer-Freundin mit einem scheelen Blick auf ihren kümmerlichen Gatten zur Kenntnis nimmt. Ibele winkt den Gästen bedauernd zu und ist weg.

Durch die noch junge, frostige und somit, wie es in der Sprache der Wetterredaktionen heißt: „für die

Jahreszeit viel zu kalte“ Nacht fährt Ibele dem gut zehn Kilometer entfernten Dornbirn zu. Der Inspektor ist ein betulicher Autofahrer, ein echter Gleiter, kein Vollgastyp, nicht einmal wenn's pressiert, was jetzt aber eh nicht der Fall ist. Tot ist tot, wenigstens für ziemlich lange Zeit. Der kürzeste Weg ist selten Ibeles Ziel. Geschwindigkeit ist für ihn ein absolut relativer Begriff und sicher nichts, was irgendwie einen eigenständigen Wert verkörpern könnte. Nur ein Mal kam er nicht drum herum, das Gaspedal voll durchzudrücken. Ein einziges Mal, vor bald fünfunddreißig Jahren im voll besetzten VW-Variant. Da hat er den 45 Pferdestärken die Sporen gegeben, als gälte es das Leben. Galt es auch. Aber das ist eindeutig eine andere Geschichte.

In Dornbirn-Süd verlässt Isidor die Autobahn und fährt dann direkt auf das Oberdorf zu. Was sich an dieser Stelle weitaus eindringlicher in sein Denken und Empfinden drängt als das ominöse Funkenunglück, ist die Hintere Achmühle. Das ist eine heute noch – die Betonung liegt allerdings auf dem *noch* – überwiegend bäuerliche Straße im Dornbirner Hatlerdorf. Dort hat er als kleiner Bub, wenn seine Eltern ihre obligaten Ferienreisen absolvierten, einige Jahre hindurch unvergessliche Urlaubswochen verbracht. Der kleine Sommerfrischler war dann jeweils bei einer älteren Schwester seiner Mutter, der verwitweten Hilda, zu Gast. Dort hat er weit mehr für seine Entwicklung und sein Leben mitbekommen als später in vielen Schul- und Lehrjahren. Mehr Erfahrung und mehr Wissen, mehr Ahnung und mehr Achtung, vor allem mehr, viel mehr Liebe. Da steht schon das Haus der Tante. Ein altes, großes Rheintal-Bauernhaus mit schönem Garten, Gemüsebeeten, Quitten- und Zwetschkenbäumen. Ein stolzes Haus, auch wenn es sich in Ibeles Erinnerung noch weitaus prächtiger darstellt. Stolz war auch die Tante, so stolz und schön wie weichherzig und – wer weiß? – einsam ... Nicht einmal Ibele kann so langsam fahren, dass ihn nicht im Handumdrehen die Gegenwart einholen würde. Zum Beispiel in Gestalt der neu errichteten Wohnanlagen links und rechts der Straße. Sie bedecken jene Felder, auf denen der kleine Urlauber als tapferer Indianer mit Pfeil, Bogen und Steckenpferd auf Kriegspfad gegangen ist. Die Gegenwart zeigt sich auch im grellen Feuerschein des Achmühler Funkens, den Ibele soeben passiert. Hier nimmt alles seinen vorgesehenen Lauf. Die Hexe brennt lichterloh, gleich wird sie explodieren und in tausend Stücke zerrissen durch die Luft sausen. Das den Festplatz zahlreich belebende Volk johlt und säuft, säuft und johlt. Es hat seinen Spaß. Eigenartiger Spaß, denkt sich Ibele mit einer deutlichen Spur von Missmut. Bevor er ins Grübeln kommt, nimmt der Inspektor bereits die ersten paar Kehren hinauf zur Kieskurve. Eine seltsame Prozession begegnet ihm. Es muss sich um die abziehenden Funkenbesucher handeln. Geknickte, zerknirschte, frustierte Gestalten. Die Frauen tragen schlafende Kinder auf dem Arm. Die Männer, soweit sie nicht ebenfalls mit Kindern oder Bierkisten beladen sind, diskutieren aufgeregt und gestikulieren ratlos. Eine Autokolonne schiebt sich im Schritttempo der Stadt zu.

Wenige Minuten später ist Ibele am Ziel, steht vor einem qualmenden Haufen, einem wirren Durcheinander von verkohltem Gebälk inmitten einer gespenstischen Leere. Erhellt wird das ganze lediglich vom zunehmenden Mond am sternklaren Nachthimmel und von den kreisenden Blaulichtern der Rettungs- und Feuerwehrfahrzeuge. Der Geruch von verschüttetem

Bier, Bratfett und verbranntem, nassem Holz liegt in der Luft. Verlassene Verkaufsstände, umgeworfene Tische und Bänke. Ein Szenario wie in einem schlechten Katastrophenfilm. Es stinkt gewaltig zum Himmel. Ibele schickt einen langen Blick hinunter ins Tal, wo allenthalben die großen Feuer lodern. Eine Gauloise soll seine Wahrnehmung schärfen. Fetzen von Blasmusik dringen aus der Stadt herauf. Ein Stadtpolizist begrüßt den Inspektor höflich, erstattet knapp Bericht und weist auf Rettungskräfte und Spurensicherung. Dann winkt er einen Mann herbei und stellt ihn als Wolfram Häfele vor. Seines Zeichens Funken- und Baumeister, ein Ur-Dornbirner. Ein *Süoßlar* wie aus dem Bilderbuch, mit aufwendig gezwirbeltem Schnurrbart, bekleidet mit Zipfelkappe und einem modisch aufgepeppten Jägerdress. Es ist eine auf den ersten Blick imponierende Erscheinung, aber von auffälliger Blassheit des Gesichts und fahrig in den Bewegungen. Was hat den so aus der Fassung gebracht? Ungefragt beginnt er auf Ibele einzureden.

„Heiliger Florian! Das gibt's normal nicht, Herr Inspektor! Das war noch nie da, noch gar nie!" Der große kräftige Mann jammert haltlos vor sich hin. Wüsste Ibele nicht vom Alarmanruf der Dornbirner Kollegen her, worum es geht, der da wäre wohl kaum imstande, es ihm zu erklären!

„Also der Reihe nach, guter Mann. Wo ist das corpus delicti?" Ibele versucht Ruhe in das aufgewühlte Gemüt zu bringen. Mit zittriger Hand weist der Funkenmeister ein paar Meter auf der Straße bergwärts. Über Glutnester hinweg und um schwelende Balken herum erreicht Ibele den Leichnam. Der Tote, der einzige Tote des mißglückten Funkensonntags, befindet sich mitten auf der Bödelestraße. Mit signalrot leuchtender Farbe sind auf dem Asphalt die Umrisse des mit verrenkten Gliedmaßen bäuchlings liegenden Leichnams nachgezeichnet. Was den Funkenmeister so nachhaltig verwirrt, ist schnell erzählt. Der Tote ist niemand anderer als die Funkenhexe! Die Funkenhexe aber ist ein Mensch, ein Mann aus Fleisch und Blut! Das Fleisch ist leicht angeröstet und das Blut verkocht. Offenbar ein mittelgroßer, eher schmächtiger Mann, in mehrere lange, zerschlissene Röcke und ein buntes Gemisch von Blusen, Jacken und weiten Umhängen gekleidet. Auf dem Kopf sitzt schief eine rußige blonde Perücke, an den Füßen trägt er ein Paar spitze Stiefeletten. Alles miteinander mausetot.

Die Kollegen von der Spurensicherung können sich über Arbeit nicht beklagen. Sie wissen kaum, wo sie anfangen, und noch weniger, wo sie aufhören sollen. Eine hagere, hoch aufgeschossene Gestalt, es ist der diensthabende Notarzt, schleicht sich von hinten an Ibele heran und bellt ihm ungefragt seinen launigen Kommentar ins Genick. Man scheint eher redselig zu sein hier in Dornbirn, bei den *Braschlarn*.

„Herr Inspektor", legt er in einem melodiösen Singsang los, „ich sage Ihnen eins: Der Mann da ist so tot, toter geht's nicht. Der ist tot und bleibt tot. Mein Gott, ist der tot! Do gang i glei wiid'r huam!" Ibele fährt herum und mustert die drahtige Figur. „Gestatten, ich bin der Doktor Bertolino. Ich habe leider Dienst heute Abend. Das blöde Funkenzeug ergibt doch nie etwas Gescheites, das sage ich Ihnen!"

Unter Ibeles wortlos-kritischer Musterung bedient sich der Arzt, eine kleine Verbeugung andeutend, einer etwas sachlicheren Ausdrucksweise:

„Der Tote da dürfte unter anderem erwürgt worden sein. Aber nicht mit den Händen, eher mit einer riesigen

Zange! Und zwar schon vor mindestens einem, eher vor zwei Tagen! Schauen Sie sich einmal seine Augen an! Zudem, was mir mehr als spanisch vorkommt, es fehlen ihm an jeder Hand zwei Finger. Das schaut wie abgebissen aus, wenn ich das so sagen darf, Herr Inspektor." Statt einer Antwort runzelt Ibele die Stirn, nimmt seine englische Mütze ab und streicht sich mit der Hand ein paar Mal über die Glatze. Den Mund verzieht er unwillkürlich zu einer kleinen Schnute, die Nachdenklichkeit, Erstaunen und Ratlosigkeit signalisiert. Der Rest der Gauloise landet in dem, was einmal der Funken war.

„Wer ist der Tote?", fragt Ibele in die rasch größer gewordene Runde der ihn umringenden Männer. Frauen sind am ganzen Brand- und wohl auch Mordschauplatz bis auf die letzten verschreckt zwischen ihren Verkaufsständen herumhuschenden Marketenderinnen keine mehr zu sehen.

„Es ist der Wilfried Bäcker", „Ein Frühpensionist", „Ein Privatier", „Gelegenheitsarbeiter und fleißiger Pippler", „Vor Jahrzehnten einmal war er jemand!", „Herz- und magenleidend". Ein vielstimmiger Chor ertönt hohl zu Ibeles Linken aus dem Dunkel. Und von der anderen Seite: „Ein möblierter Herr drunten im Oberdorf", „Ein gutmütiger Kerl", „Der tut keinem was". Die Worte torkeln unsicher auf den Inspektor zu. Zumindest was das Trinken angeht, scheinen die Informanten Eingeweihte zu sein.

„Was hat der da heroben verloren?", will Ibele wissen. Bei der Nennung des Namens *Bäcker* hat ihn eine flüchtige Erinnerung gestreift. Fürs Erste bleibt ihm jedoch keine Zeit, länger dabei zu verweilen. So verblasst und erlischt sie und sinkt zurück in die Tiefe, aus der sie emporgekommen ist.

„Er hat uns ab und zu bei leichteren Arbeiten geholfen, für eine Jause und ein paar Gläser Most und Schnaps.“

Ibele winkt einen der Stadtpolizisten zu sich, der sich als Mäser Tone vorstellt. Gemeinsam nehmen sie die Namen und Personalien einer Handvoll Männer auf, die angeben, über den Toten aussagen zu können.

„Jetzt halt doch endlich das Maul und sei wenigstens einmal still, Zumtobel, du lästiger Mensch! Du kommst dann morgen dran!“, fährt Mäser unwirsch einen schwer Betrunkenen an, der ununterbrochen zusammenhangslose Kommentare vor sich hinlallt und sich nach vorne drängt. Allesamt werden die Männer für morgen früh ins Bregenzer Kommando bestellt. „Nüchtern“, wie Ibele mit gespielter Drohgebärde anfügt. „Zumindest nicht völlig besoffen“, fügt Dr. Bertolino so ungefragt wie überflüssig hinzu, als wäre er in seiner Praxis. Ganz geheuer ist der Witz hier und jetzt aber nicht einmal ihm selbst. Der Funkenmeister liegt derweilen im Rotkreuzauto auf einer Bahre. Eine Beruhigungsspritze sollte ihn bald wieder halbwegs auf die Beine bringen. Sein Auftritt ist ihm heute gründlich vermasselt worden. Wie gründlich, das wissen nur ein paar Eingeweihte. Ibele wundert sich sehr über diese menschliche, männliche Funkenhexe, aber er kapituliert nicht vor der Vielzahl der Fragen, die sich hier stellen. Dennoch verlässt er so schnell wie möglich den Ort der in blutigen Ernst übergegangenen, ach so lustigen Hexenverbrennung.

Für die Fahrt nach Hause nimmt er wieder den Weg durch die Hintere Achmühle, noch einmal vorbei am Haus der vor Jahren verstorbenen Tante. Der Achmühler Funken ist mittlerweile fast zur Gänze abgebrannt. Vor der Gastwirtschaft des Max Danner herrscht ein großes Gedränge. Schaulustige erschweren die Durchfahrt. Dichte Menschentrauben kleben an den Getränke- und Imbissbuden. Unsäglicher Lärm dringt zum Glück etwas abgeschwächt durch die geschlossenen Autofenster. Das Haus der Tante liegt bis auf die matt erleuchteten kleinen Stubenfenster im Dunkel. In diesem Haus, das geht Ibele jetzt mit bildhafter und greifbarer Deutlichkeit durch den Kopf, hat zur Zeit von Isidors Sommerfrischen auch so einer gewohnt, wie es der Tote vom Oberdorf gewesen zu sein scheint. Ein Gescheiterter; nach dem Krieg ein gefeierter Fußballtormann beim alten FC Dornbirn, als der noch weit vom heutigen Profibetrieb und noch viel weiter vom Konkurs entfernt war. Irgendwann ist wohl etwas schiefgelaufen und der Ferdl, ein einfacher Fliesenleger, ein Plätteler, ist in seine eigene Welt aus Resignation, Ressentiment und Alkohol abgedriftet. Den kleinen Buben, der Ibele vor 45 Jahren war, hat er dennoch und gerade damit mächtig beeindruckt. Auch durch die unvermutete Nonchalance, mit der er der stolzen, schönen Hilda in für den kleinen Isidor schwer zuordenbaren Auseinandersetzungen Paroli geboten hat; war Ferdl doch trotz seines sozialen Abstiegs in einem subtil delikaten Verhältnis mit der Tante verbunden. So hat er, der einfache Zimmer- und Kostherr, mit stillem, gewaltlosem Widerstand seine Schrullen und anspruchslosen Extravaganzen tapfer gegen den ansonsten energischen, ja unbeugsamen Willen der Witwe durchgesetzt. Etwa wenn er abends in der geräumigen Küche am wachstuchbezogenen Tisch saß, hinter ihm an der Wand das berühmte *Angelusgebet* in einer vergilbten Reproduktion. Da verzehrte er leicht schmatzend die in den Metzgereien ergatterten Innereien, für heutige Begriffe eigentlich schon eher

Schlachtabfälle, und trank seine Flasche Bier dazu. Beides transportierte er übrigens in einer uralten, abgewetzten, braunledernen Aktentasche. Beim Gedanken daran taucht in Ibele wieder die Erinnerung ein Stück weit auf, die ihn vorher bei der Nennung des Namens Bäcker durchweht hat. Aber eben nur ein Stück weit, zu wenig, um ganz an die Oberfläche der Realität zu gelangen. Dann ist sie wieder weg. Hildas Stolz, Hildas Vorwürfe und wohl auch ihre Schönheit prallten an Ferdls unbeugsamer Bedürfnislosigkeit letztlich spurlos ab. Spurlos: bis auf ein kleines, verschmitztes, unendlich sympathisches Lächeln, mit dem er sich den kleinen Isidor zum Verbündeten machte und sich tief in sein kindliches Gemüt einschrieb.

Zu Hause angekommen, stellt Ibele den Wagen in die Garage und betritt das hell erleuchtete Haus. Es ist still, die Gäste sind gegangen. Das Rösle liegt in eine warme Decke gehüllt auf dem Kanapee im Wohnzimmer. Sie liest in einem dicken, in mattgrünes Leinen gebundenen Buch. Es ist Isidors Weihnachtsgeschenk. Adalbert Stifters „Nachsommer“, das Buch vom Rosenhaus, die Geschichte einer späten Liebe mitten in einer wundersam geordneten Welt. Stifters sanfte Erzählung ist auf fruchtbaren Boden gefallen! Jetzt klappt Rosalia das Buch zu und blickt verträumt auf ihren Isidor. Sie kennt ihn. Entweder fängt er von selbst zu reden an über seinen Ausflug und den Funkenunfall – oder er redet morgen darüber. Noch sitzt er sinnierend am Tisch, die Ellbogen aufgestützt und das Kinn in die großen, kräftigen Hände gebettet. Von Zeit zu Zeit fischt er gedankenverloren Kekse aus dem Teller vor ihm, das letzte Aufgebot der Weihnachtsbäckerei. Kekse, die ihn wahrscheinlich noch tiefer ins Nachdenken bringen werden. Zielsicher schnappt er sich bei aller scheinbaren Zerstreutheit die besten. Es sind Kokosbusserl, die einzige Sorte, die sogar Rosalia in weiser Einsicht selbst zu backen sich seit Jahren weigert. Drei Mal darf geraten werden, woher sie kommen. Richtig! Vom Vochazer, dem Nonplusultra aller Konditoren in der Stadt! Ein Traum von einem Kokosbusserl, weich, fest und saftig, und ein einfach himmlischer, perfekter Geschmack, nämlich nach Kokos *und* nach Busserl! „Komm, lass uns schlafen gehen", murmelt Ibele kauend in Richtung Rösle, pickt ein paar Brösel vom Tischtuch und steigt kopfschüttelnd über die hölzerne Treppe in das obere Stockwerk hinauf.

*Die Kälte kann wahrlich brennen / Wie Feuer.*
Heinrich Heine

Der nächste Morgen, ein Montagmorgen, empfängt den Inspektor mit strahlend blauem Himmel, einer Prise beißendem Wind und bizarr mit Raureif überzogenen kahlen Bäumen. Der Frühling hat heuer zwar bereits ein, zwei Mal versuchsweise verfrühten Einzug gehalten, aber aktuell ist ihm wieder gar kein Durchkommen beschieden. Im Gegenteil: Die Wetterfrösche verheißen für diese Woche einen klassischen Wintereinbruch! Den kleinen Thalbachkanal entlang marschiert Ibele grübelnd, unausgeschlafen und verkatert dem Kommando zu. Er hätte doch reden sollen gestern! Im Gang vor seinem Büro warten dösend die fünf bestellten Dornbirner Funkenmänner. In dicke Jacken, abgetragene Mäntel oder schmierige Anoraks gehüllt, ungepflegt und reichlich zerzaust sind die Gestalten. Aus ihren bärtigen, verschatteten Gesichtern sprechen Neugier und Abwehr zugleich. Keiner hat es der Mühe wert gefunden, seine Kopfbedeckung abzunehmen. Viel Schlaf scheinen sie alle miteinander nicht erwischt zu haben. Fräulein Hagen sitzt adrett gekleidet an ihrem Schreibtischchen. Mit einem fragenden Blick auf die fünf vor der Tür wünscht sie Ibele lebhaft und aufmunternd einen guten Morgen. Dieses Fräulein hat seit einigen Monaten einen Weg eingeschlagen, der Ibele ausgesprochen gut gefällt. Nicht dass sie von einem Tag zum andern auf handgestrickte Pullover, Kräutertee und Vollkornsandwichs umgestiegen wäre. Das nun auch wieder nicht, aber im Vergleich zur alten Hagen und ihrem Getue, das poppig und schrill und das heißt nicht viel anderes als: geschmacklos war, bietet sie Ibeles anspruchsvollem Auge nunmehr einen durchaus bekömmlichen Anblick. Etwas ist geschehen mit ihr, etwas die Wahrnehmung mindestens so sehr in Beschlag Nehmendes wie ihr einst so aufdringliches Gehabe. Das Fräulein Hagen ist zur jungen Dame geworden, zur reifen und ausnehmend attraktiven jungen Dame, und das ohne jede überflüssige Anspielung. Was Ibele etwa im Augenblick von ihr zu Gesicht bekommt, kann man nicht anders nennen als erfrischend. So weit geht Ibele nicht, dass er diesen wundersamen Wandel seinen eigenen zaghaften bis ungeduldigen pädagogischen Interventionen zuschreibt.

Der Auslöser für Antoinettes Paradigmenwechsel, so viel hat er erfahren, dürfte ein Erlebnis im letzten Spätsommer gewesen sein. Ein wohl betuchter Stickeronkel hat seine Nichte zu einem Schwarzenberger Schubertiade-Konzert samt einem Diner im *Adler* – oder war es doch der *Hirschen*? – ausgeführt. Das wäre ja an sich schon ein Ereignis, das Türen in neue Welten aufzustoßen vermöchte. Den nicht unbeträchtlichen Rest aber hat der jungen Frau schließlich die Musik, genauer der Bassbariton, gegeben. Auf dem Programm stand Schuberts *Winterreise,* die er hin- und herzzerreißend zum Vortrag brachte. Opfer eines berüchtigten Medikamentenskandals der 1960er-Jahre, ist der Sänger kaum einen Meter groß. So hat er eigentlich bereits mit seinem bloßen, energiegeladenen Erscheinen auf der Bühne und seiner über die Maßen positiven Aura, mit seinem alle Unbill der Welt im Handstreich außer Kraft setzenden Lächeln Antoinettes alte, schnelllebige Welt aus Hip und Hop, Flitter und Flatter zum Einsturz gebracht. Spätestens aber mit den ersten Tönen des Gesangs hat Antoinette Ungeahntes erfahren ...

Antoinette, die sich jetzt auch gerne Toni rufen lässt, trägt heute also eine dunkle Jean ohne jeden Schnickschnack, eine einfache weiße Bluse und darüber eine wirklich wunderschöne, rot in rot gemusterte Strickjacke, ein teures Modell aus einer exklusiven Kollektion. Fräulein Hagens wohltuende Präsenz ruft Ibele wiederum seinen ehemaligen Assistenten Albrecht ins Gedächtnis. Cäsar „Titanic“ Albrecht, wie er neuerdings genannt wird, seit die Jungfernfahrt mit seinem motorisch absurd überdimensionierten *Golf VI R* zwar nicht so viele Opfer gekostet hat wie der Zusammenstoß des berühmten Luxusdampfers mit einem Eisberg, aber immerhin Albrecht ein Bein und eine arme Kuh, die ausgerechnet beim Wiederkäuen ins Gras beißen musste, das Leben. Seither befindet sich Albrecht auf Reha und danach erwartet ihn sein neuer Posten im Innendienst. Tragisch, aber da ist nichts zu machen. Warum, fragt sich Ibele, fällt es den Menschen so schwer, aus den Fehlern und Missgeschicken der anderen zu lernen! Alles delegieren sie an irgendwelche Instanzen und Institutionen oder gleich an Computer und Automaten, nur ihre Erfahrungen müssen sie unbedingt immer alle selber machen! Ist das logisch? fragt sich der Inspektor, oder auch nur vernünftig?

Albrechts Stelle nimmt seit einiger Zeit ein Kollege aus dem Heiligen Land ein, ein Tiroler, der sich vom Innsbrucker Landeskriminalamt nach Bregenz versetzen hat lassen: Inspektor Karl Baldreich. Er ist, was ihn von vornherein schon sympathisch macht, seiner großen Liebe, einer Lehrerin, ins Ländle gefolgt. Das ist nun ein Typ, wie er nicht besser zu Ibele passen könnte. Knochentrockener und schwarzgalliger Humor, unbestechlicher Verstand und ein diskreter Hang zu schöngeistiger Sinnlichkeit treffen in Ibele auf einen Gleichgesinnten. Nach wenigen Minuten kommt der Inspektor aus seinem Büro und bittet das Fräulein Antoinette, pardon: Toni, um einen Kaffee, selbstverständlich aus der Osteria. Aber das braucht Ibele nun nicht mehr extra zu erwähnen. Dann übergibt er seiner Sekretärin eine Liste mit fünf Namen, verbunden mit der Aufforderung, die Herren in umgekehrter alphabetischer Reihenfolge zu ihm zu bringen. Folglich den Zumtobel bitte zuerst. Dies einfach deshalb, weil der schon gestern die größte Klappe gehabt hat, allerdings nebst dem geringsten Durchblick. Mal sehen, was er heute noch zu berichten weiß. Ob die auf der Liste vermerkten Berufe der fünf Herren einen repräsentativen, eventuell leicht antiquierten Querschnitt der Dornbirner Gesellschaft abgeben, ist nicht ganz klar. Einiges spricht dafür: Je einen Sägewerksbesitzer, Gärtnergehilfen, Textilarbeiter, einen Buchhalter und sogar einen Landwirt hat der gründlich danebengegangene Funkenspaß in Ibeles Büro geweht.

Die Gespräche dauern allesamt nicht lang. Die Zünftler haben keine Erklärung für das, was da geschehen ist. Ibele wird das vage Gefühl nicht los, dass, hätten sie denn eine Erklärung, ihnen die Worte fehlen würden, um wirklich sinnstiftend darüber Auskunft zu erteilen. Klar wird nur, und das ist ja schon etwas, dass der Funkenmeister und der Tote doch einiges miteinander zu tun gehabt haben, mehr jedenfalls, als dem Ersteren lieb gewesen sein dürfte. Dass Bäcker einmal bessere Zeiten gesehen hat, scheint ebenfalls allgemein bekannt. Dem geschwätzigen Zumtobel, seines Zeichens Gärtnergehilfe mit einem offensichtlichen Hang zu Hochgeistigem, wenn auch nur in flüssiger Form, entfährt zwar eine Andeutung auf des Funkenmeisters Privatleben, darüber hinaus scheint aber ob des immensen Respekts, den ihm die Funkenmeistergattin einflößt, sogar seine bodenlose Redseligkeit zu versiegen. Kaum mehr als ein paar vage Andeutungen stehen zu Buche, als er das Feld räumt. So viel gerade erfährt Ibele, dass das Häfelesche Anwesen aus der Mitgift seiner Frau stammt, die einer der ältesten Fabrikantendynastien der Stadt angehört. „Ich sage nur: Hämmerle!“, wie Zumtobel ungewohnt kryptisch und knapp formuliert. Leider erklärt das zumindest vorläufig in keiner Weise die makabre und fatale Beschaffenheit der Oberdorfer Funkenhexe.

Nach einer Stunde ist der Spuk vorbei. Die Dornbirner ziehen gemeinsam wieder ab. Ihre Hinterlassenschaft besteht im Wesentlichen aus einem intensiven Mief mit den wenig anregenden Duftnoten von feuchtem Acker, fauligem Keller, schlechter Ernährung und noch schlechterer Verdauung. Von wegen *Süßlarschnitz*, wie Ibele sie mit der alten volkstümlichen Bezeichnung tituliert; dann schon eher *Türggamealer* und *Stumplar*, ergänzt Antoinette als Insiderin. Leider für heute einmal keine *Braschlar*: keine Vielsprecher, nicht einmal Großredner. Recht kleinlaut und mundfaul war man heute. Antoinette Hagen reißt die Fenster auf, atmet tief durch.

Aus dem veralteten Faxgerät schält sich ächzend und schräg ein Blatt Papier, der angeforderte Bericht zur Identität des Toten. Die nüchternen Angaben der Dornbirner Bezirkshauptmannschaft rufen in Ibele erneut und nunmehr, da er nicht mehr locker lässt, deutlich die so lange verschollenen Erinnerungen wach. Mit einem Mal sind sie da. Das, was da auf dem Grund von Ibeles Ich in Bewegung geraten ist, verbindet sich augenblicklich mit dem Geruch des alten Leders von Ibeles Fülleretui. Ach du meine Güte, wie klein ist doch dieses Land! Too small, ist der Inspektor versucht auszurufen! Immer wieder, sagt er sich stattdessen, laufen dir die gleichen Typen mit ihren unglaublichen Schicksalen über den Weg. Wilfried Bäcker, diesen Namen kennt Ibele aus seiner Schulzeit! Es ist offensichtlich niemand anderer als der glamouröse Großschlächter, der Fleischtitan der 1970er-Jahre. Vor bald einmal vierzig Jahren sahen viele in ihm einen lokalen Donald Trump der Lebensmittelbranche. Im schneeweißen Pullover ist er in den trendigsten Diskotheken aufgetreten, brachte einen ersten Hauch von Jet-Set in das verschlafene Land. Bald aber war es still um ihn geworden, als er die aus dem Fast-Nichts der elterlichen Gemischtwarenhandlung aufgebaute Firma, die seinerzeit viel Unruhe in die von kleinen Familienbetrieben dominierte Provinz gebracht hatte, an den wesentlich seriöseren Bruder, einen rotbärtigen Wirtschaftsprofessor, abgegeben hatte. Notgedrungen abgegeben, um dem drohenden Konkurs zu entgehen, wie die in der sogenannten feineren Gesellschaft der Kleinstadt kursierenden Gerüchte verkündeten. Aus Donald Trump wurde recht bald ein rastloser Tramper. Vom Bruder war die Firma wiederum, kurz vor seinem frühen, von schwerer Krankheit verursachten Tod, einer Nichte übertragen worden. Wie sich nur allzu rasch zeigen sollte, eine ihrerseits ausgesprochen lebensfrohe Dame. Binnen kürzester Frist waren Erbin und Firma sang und klanglos verschwunden. Lange hat Ibele nichts mehr von Bäcker gehört. Immer wieder hat er an ihn gedacht. Es ist schon etliche Jahre her, dass er seiner mehrmals in der Bregenzer Bahnhofsgegend ansichtig geworden war. Ein schwarzer Schlapphut und eine ausgebeulte lederne Aktentasche – ja genau: so eine, wie sie auch der Ferdl verwendet hat – gaben für Ibele damals an der leicht hinkenden Gestalt besonders ins Auge stechende Eigenschaften ab. Jetzt ist der Lebemann tot. Ibele versinkt, die Hände in den Hosentaschen vergraben und einen fernen Punkt im Nirgendwo anvisierend, für einige Minuten in tiefes Grübeln. Ein flüchtiges Klopfen an seine Bürotür holt ihn zurück. Es ist das typische, bestens bekannte Pro-forma-Klopfen des Generals. Ibeles Blick sucht mühsam Halt in der schlecht beleuchteten Kanzleiwirklichkeit. Ein Zivilist steht vor ihm. Ein Zivilist in einem zementgrauen Anzug und einem weinrot und weiß karierten Hemd samt passender Krawatte, eh recht fesch! Ein Zivilist mit dem Gesicht des Generals. Träumt Ibele? Die beste Tarnung ist keine Tarnung. Und was man verschweigen will, darüber soll man reden!

„Einen schönen guten Morgen, Ibele", die Stimme ist eindeutig die des Generals, seine übliche Jovialität wirkt in der zivilen Aufmachung noch um eine Spur aufgesetzter.

„Guten Morgen, Herr Pl... Herr General." Beinahe hätte ihn Ibele mit seinem Namen angeredet, was unter normalen Umständen ein ähnliches Sakrileg darstellt, wie wenn du dem Papst mit einem saloppen „Servus, Herr Ratzinger!" die Pfote schüttelst. Der General ist immer noch kein richtiger General, aber, die Pensionierung in Reichweite, zum Brigadier ernannt worden. Dass die aus seinem mit gutem Recht napoleonesk zu nennenden Ehrgeiz entstandene ironische Titulierung als General mittlerweile zur praktisch offiziellen Anrede avanciert ist, fällt ihm nicht mehr auf. Er ist der *General*. Sein Faible für fantastische Uniformen wird fast, aber nur fast, übertroffen von seiner Affinität zur Presse.

„So, Ibele, wie schaut's aus? Was ist da passiert mit der Funkenhex?"

„Die Funkenhex war eben keine Funkenhex, Herr General! Sie war ein ganz normaler Mensch. Wenn auch einer, dessen goldene Zeiten weit hinter ihm liegen. Sie kennen ihn wahrscheinlich, ein früherer Geschäftsmann, ein Adabei der ersten Stunde namens Wilfried Bäcker." Bei der Erwähnung eines *Adabeis* spitzt der General die Ohren, wie Ibeles Katze das tut, sobald das Küchenmesser abgezogen wird.

„Bäcker, Ibele? *Der* Bäcker? Der *Rind-Kalb-Schwein-für-Groß-und-Klein*-Bäcker?"

„Ja, Herr General, *der* Bäcker! Offenbar hat er seit etlichen Jahren in Dornbirn droben gewohnt, alte Bekanntschaften haben sich ein wenig um ihn gekümmert, aber, wie ich heute früh erfahren habe, tatsächlich nur ein wenig. Noch dazu aus eher rätselhaften Motiven heraus, zu denen, wie ich mir vorstellen könnte, reine Menschenliebe nicht unbedingt gezählt hat." Der General setzt sich auf die Kante des Besucherstuhls vor Ibeles Schreibtisch. Er begutachtet lange schweigend seine manikürten Fingernägel. Dann und wann knackt es leise in den Heizkörpern. Gelbes Sonnenlicht überflutet den hellen Parkettboden.

„Und wie kommt er zu seinem Auftritt als Funkenhexe, Ibele?"

„Das wissen wir noch nicht, Herr General. Es scheint, was möglicherweise eine Rolle spielt, eine Verbindung zwischen dem Toten und dem Funkenmeister Häfele zu bestehen. Eine alte Seilschaft oder so etwas vielleicht. Er hat ja einmal bessere Zeiten gehabt, der arme Teufel. Aber die Süoßlar geben nicht wirklich aus, die schiefgelaufene Funkenparty stößt ihnen recht sauer auf. Der Obduktionsbericht lässt noch auf sich warten. Montag, Herr General! Da darf man sich nicht zu viel auf einmal erhoffen. Wenn es nach dem Dornbirner Arzt geht, der gestern vor Ort war, hat eine Riesenzange den Toten erwürgt und ein böser Drache hat ihm bei der Gelegenheit ein paar Finger abgebissen."

„Was ist denn das für ein Witzbold?"

„Ein recht bodenständiger." Ibele versucht, den Mann in Gesichtsausdruck und Stimmgebung nachzuahmen, aber dem General scheint nichts aufzufallen! „Er könnte trotzdem irgendwie Recht haben mit seiner Theorie. Denn wo man meint, er redet bloß, sagt er sogar etwas! Da hat nämlich vorher einer von der Funkengilde erzählt, wie die Hexe zuoberst hinauf auf den Scheiterhaufen gehievt wird, immerhin deutlich über zehn Meter! Ein Lkw aus der Baufirma des Funkenmeisters fährt seinen Mords-, pardon, seinen Hebekran aus, greift sich die wie immer liebevoll präparierte, meist schon seit mehreren Tagen bereitliegende Puppe am Kragen und hängt sie ganz oben an einen eisernen Haken. In unserem Fall wahrscheinlich eben den Bäcker statt der Hexe. Es geht da ziemlich unkompliziert zu bei den Zünftlern, fast hätte ich *nüchtern* gesagt, aber das trifft's dann doch nicht! Ich habe den Baldreich bereits nach Dornbirn geschickt, den Kranfahrer zu interviewen ... Der Funkenmeister ist noch im Krankenstand."

„Mein Gott, das ist ja grauenhaft!" Je näher seine Pensionierung rückt, desto angebrachter findet es der hohe Herr, Emotionen zu zeigen. „Übrigens, Ibele, der Kollege Baldreich, wie hast du's mit dem?"

„Der Inspektor Baldreich, Herr General, ist eine Perle!"

„Gut, dann schaut's, dass ihr was weiterbringt's, ihr zwei! Sonst hört sich ja das schönste Brauchtum auf!"

„Wenn der Herr General die Bemerkung gestatten", das kann sich Ibele jetzt einfach nicht verkneifen, „wenn Herr General gestatten, ist das erstens nicht das schönste Brauchtum, und zweitens wäre es auch egal, wenn es sich aufhört, weil ...“

„Aber, aber, mach er einen Punkt, Ibele! Was heißt da ‚egal wenn es sich aufhört‘? Wie meint er das, Ibele?“, fällt ihm der hohe Herr ins Wort. Wie meint *er* das, Ibele*!* Hat sich der Inspektor verhört? Seit wann kommuniziert man in der dritten Person?

„Wie ich es sage, Herr General: Das Ganze ist heutzutage nur noch eine reine Geschäftemacherei, bitteschön, aber wenn's doch wahr ist! Eine heillose Sauferei und Fresserei und außerdem sexistisch und stupid! Von den Streitereien und Unfällen ganz zu schweigen! Den Winter austreiben! Dass ich nicht lache! Noch dazu mit einer Hexe! Die sollen ihre Schneekanonen abstellen, mit denen sie die Wiesen zupusten, dann wird's von selbst wieder Frühling!“

„Also Ibele, was redet er denn da? Was haben denn die Schneekanonen mit dem Funkensonntag zu tun? Mag er keine Feuerchen? Und außerdem: Weltkulturerbe sind die Funken, Ibele, Weltkulturerbe! Weiß er's nicht?!“ Doch, er weiß es, er hat ungläubig davon gelesen im *Vorarlbergboten* vor wenigen Wochen. Was Ibele hingegen bisher verborgen geblieben ist: Der Herr General hat sich am Samstagabend die jüngste Nestroy-Inszenierung der etwas altväterisch *Landesbühne* genannten Theatertruppe angeschaut. ‚Ein bisschen auf Kultur gemacht‘, wie er das flapsig nennt, als müsste man sich dafür schämen. Dabei hat er in der biedermeierlichen Sprache ein neues Mittelchen gefunden, den kaiserlich-königlichen Kriminaloberhofrat zu spielen, den zu verkörpern ihm die ungerechten Zeitläufte leider nicht mehr erlauben. „Hat er gar ein Problem, Ibele?“

„Ja, Herr General, das hat er! Weltkulturerbe! Dass ich nicht lache! Wahrscheinlich mitsamt dem Schnaps und all dem andern Unfug! Mehr haben wir nicht gebraucht!“, raunt der Inspektor missmutig und zischelt ein grantiges „Lebt wohl, Exzellenz“ in seinen kräftig grau melierten Sechstagebart.

Ibeles Telefon läutet und erspart ihm weiteres Diskutieren, das ob der tief verwurzelten Pseudovolkstümlichkeit des Generals auch wenig aussichtsreich wäre. Inspektor Baldreich berichtet: Der fragliche Lkw-Fahrer ist mit einer Fuhre Bauholz unterwegs ins Große Walsertal, kommt gegen Mittag zurück. Ibele gibt dem Kollegen die Anweisung, zu warten und den Mann so genau wie möglich zum Funkenbau zu befragen, vor allem, was den zeitlichen Ablauf betrifft. Er könne sich inzwischen ein wenig in der Stadt umhören, was so geredet werde. Man kennt ja die Adressen, wo sich auch vormittags die Müßiggänger treffen, um sich gegenseitig ihrer Wichtigkeit zu versichern. So steuert Baldreich zielsicher den Marktplatz an und setzt sich im berühmten Café mit dem originellen Namen *Beinhauser* unauffällig an eines der zentral gelegenen Tischchen. Umringt von den um diese Stunde üblicherweise hier versammelten pensionierten Beamten, Advokaten, Notaren, Geschäftsmännern und ihrem so bunt wie einschlägig gemischten Harem, versteckt sich Baldreich hinter einer Tageszeitung. Thema Nummer eins der stark an Seifenblasen erinnernden Gespräche ist natürlich die Funkengeschichte. Ebenso natürlich kennt jeder jemanden, der jemanden kennt, der von einem weiß, der genau weiß, wie und wer es war. Nur diese Jemande brauchen wiederum jemanden, der weiß. Selber wissen tut keiner etwas.

Mittlerweile ist der General in Richtung Pressebüro abgezogen. Dafür winkt das Fräulein Hagen mit einem Zettelchen in der offenen Tür und legt es auf Ibeles Aufforderung vor ihn hin. In sauberer, gar ein wenig volksschulhafter, ganz leicht nach rechts geneigter Handschrift findet sich darauf in fehlerlosem Deutsch eine Telefongesprächsnotiz. Eine Frau Häfele hat sich angekündigt, sie wird in einer guten Viertelstunde eintreffen, wenn es dem Herrn Inspektor recht ist. Frau Häfele? Vielleicht die Frau Bau- und Funkenmeisterin, geborene Hämmerle? Was sich da möglicherweise anbahnt? Was hat denn die so Pressantes zu berichten?

Die anstehende Wartezeit überbrückt Ibele mit seiner Vormittagsjause, einer Orange. Orangen statt Leberkäse? Was ist los mit dem Inspektor? Ist er zum Vegetarier geworden? Hat er gar seiner Lieblingsmetzgerei, dem Rimmele, abgeschworen? Nein, natürlich nicht, umso weniger, als man dort seit Neuestem auch ein vegetarisches Mittagsmenü anbietet. Das lässt auf einen allgemeinen Bewusstseins- und Gesinnungswandel schließen. Wodurch auch immer der motiviert sein mag! Jetzt aber eine Orange! Standes- und naturgemäß eine Blutorange, eine Moro-Blutorange! Zum einen hält Ibeles Magen mitsamt den zuarbeitenden und ableitenden Organen offensichtlich immer weniger von allzu fettem Zeug. Ibeles Internist schließt sich dieser Abneigung empathisch an. Zum andern ist so eine Orange ein wahres Wunderwerk an Form, Farbe, Geschmack, Saft und wiederum – Fleisch. Der Zauber, der von ihr ausgeht, fängt an, sobald Ibele die Frucht aus dem mit exotischen Motiven bedruckten bunten Seidenpapier wickelt. Das streicht er auf dem leergeräumten Schreibtisch sorgfältig glatt. Als wäre es ein kostbares Original, legt er das Blatt in einer eigenen Schublade auf einen luftigen, leise knisternden Stapel. Mit seinem roten Schweizer Taschenmesser teilt er die Schale regelmäßige Meridiane ziehend in vier Teile, schneidet die obere Kuppe ab und löst die orange bis blutrot leuchtenden Viertel mit der blütenweißen Innenseite konzentriert von der Frucht. Dabei erscheint Ibeles Zungenspitze zwischen den leicht geöffneten Lippen und über seiner Nasenwurzel bildet sich eine Art Mercedesstern, was das Fräulein Hagen durch die weit geöffnete Tür amüsiert beobachtet. Zu guter

Letzt zerlegt Ibele die Orange in einzelne Schnitze, wie man die Spalten hier nennt, und legt sie auf ein kleines Tellerchen in Reichweite vor sich hin. Alsogleich verspeist er sie, nicht ohne vorsichtig jeden einzeln mittig entzwei zu schneiden und das fantastisch strukturierte Fruchtfleisch ausgiebig zu betrachten, bevor er sie sich Hälfte für Hälfte vorsichtig auf die Zunge legt und andächtig zerkaut. Gerade noch, ohne jeweils ein andächtiges „Amen" zu flüstern.

Das Tellerchen ist gesäubert und verräumt, die Hände gewaschen, mit Seife und bis über die Handgelenke hinauf, man ist ja kein Schmutzfink, da hört Ibele auf dem Gang das Getrappel von Absätzen und Sekunden später meldet Antoinette förmlich „Frau Häfele aus Dornbirn", die auch bereits in der Tür erscheint. Ibele schnellt aus seinem Sessel hoch. Er hat mit nichts gerechnet, und damit schon gar nicht. Ist das die Frau dieses aufgescheuchten Möchtegern-Jägers und verstörten Funkenmannes von gestern? Sachen gibt's! Nach einem Moment der Atem- und Wortlosigkeit kurvt Ibele wieselflink um den Schreibtisch herum. Frau Häfele streift sich derweil in aller Ruhe den Lederhandschuh von der Rechten. Ihre warme Hand ist knochentrocken. Der feste Händedruck ist Versprechen und Warnung zugleich. Ibele bittet die Dame, Platz zu nehmen. Während sie sich geschmeidig in den von ihm eilig zurechtgerückten Sessel setzt, öffnet sie den eleganten dunklen Mantel und nimmt mit einer weit ausholenden Bewegung die extravagante Pelzmütze ab. Das alles beobachtet Ibele aus den Augenwinkeln, während er sich hinter dem Schreibtisch in Stellung bringt und sich ernsthaft ermahnt, nicht weiter zu denken als bis zu dem offenbar auf nackter Haut getragenen Seidenjackett der Frau Häfele. Trotzdem knistert's, als wäre die Dame in Moro-Blutorangen-Papier gewickelt! Ibele weiß, dass er im Dienst ist und nicht auf Braut- oder Modenschau, dennoch lässt er sich viel Zeit, bevor er das Gespräch beginnt. Ein eisiger Luftzug aus dem Vorzimmer wirkt ernüchternd und holt Ibele ins Hier-und-Jetzt zurück. Die Toni übertreibt manchmal gerne ein wenig mit der Frischluft, aber jetzt liefert sie damit genau die Abkühlung, die Ibele nottut.

„Grüßgott, Frau ..."

„Häfele, Herr Inspektor, Laura-Elisabeth Häfele. Mein Mann ist der Funkenmeister, Sie haben ihn gestern kennen gelernt." Diese Sätze kommen so kühl wie die Ansage des Stadionsprechers beim Siegestor der Gästemannschaft. Immerhin folgt ihnen die Andeutung eines Lächelns und Ibele darf sich sicher sein, dass es eher ihm als dem soeben erwähnten Gatten gilt. Was den Inspektor aber im Moment nicht wesentlich erleichtert.

„Guten Morgen, Frau Häfele, was bringt Sie zu mir? Ist etwas mit Ihrem Mann? Er war gestern ja ziemlich durcheinander! Wie geht es ihm denn heute?"

„Oh, es geht ihm gut, meinem Mann. Die Sanitäter haben ihn nach Hause gebracht. Sie haben ihm ein feines Spritzchen verpasst und noch ein schönes Schlafpülverchen dagelassen. Er hat dann bald einmal geschlafen wie ein Murmeltier und geschnarcht wie ein Bär. Leider kann er sich nichts erklären von dem, was passiert ist gestern, aber für das Fragen ist die Polizei zuständig, hat er beim Frühstück gemeint. Jetzt sitzt er trotz Krankenstand im Büro. Doch ich komme nicht wegen meinem Mann. Um den werden ja hoffentlich Sie sich kümmern." Für eine Sekunde schließt Frau Häfele die Augen, öffnet sie mit einem Anflug von Lächeln und sucht Ibeles Blick. „Ich möchte über den

Toten mit Ihnen sprechen, Herr Inspektor. Mein Mann braucht davon übrigens nichts zu erfahren!“ Wie sie jetzt *mein Mann* betont hat, geht Ibele durch Mark und Bein, mehr noch das *Mann* als das *mein*!

„Bitte, Gnädige Frau, ich bin ganz Ohr!“ Frau Häfele macht eine kurze Pause, holt einmal tief Luft und spricht dann ohne abzusetzen. Übrigens spricht sie einen unverfälschten Dornbirner Dialekt, was Ibele nach dem Hinweis auf ihre für hiesige Verhältnisse fast schon adlige Herkunft überrascht. Für gewöhnlich sprechen diese Kreise doch eher einen recht affektiert ans Hochdeutsche angelehnten Slang. Frau Häfeles Stimme ist ein runder, warmer Alt. Gleichwohl spürt man, wie jedes einzelne Wort genau an seinem vorgesehenen Platz steht; spürt man, dass das einzige Ziel dieser kleinen Rede darin besteht, in der Welt jene Klarheit zu schaffen, die Frau Häfele für sich schon lange gefunden hat.

„Der Tote, Herr Inspektor, der Wilfried Bäcker, war ein alter Spezi meines Mannes, sie kannten sich seit der Schulzeit. Außerdem war er vor 20 Jahren mein Geliebter.“ Ibele bleiben nur Sekundenbruchteile, um die vollständige Natürlichkeit zu registrieren, mit der dieser Satz Frau Häfele über die dezent rubinrot geschminkten vollen Lippen kommt. „Es war eine kurze Affäre. Leider, wenn ich das so sagen darf. Ich war damals schon eine Weile mit dem Häfele verheiratet, unglücklich verheiratet, um auch das klar zu sagen. Der Häf ..., mein Mann hat dann bald gemerkt, was läuft. Nachdem er sich den Wilfried vorgeknöpft hat, wie er das nannte, war alles von einem Tag auf den andern aus. Ich habe nie erfahren, wie die beiden verblieben sind miteinander. Der Wilfried hat sich mir gegenüber seither verhalten wie ein entfernter Bekannter, wie ein scheues Tier. Wenn Sie mich fragen, hat er vor irgendetwas höllische Angst gehabt. Wovor, weiß ich nicht. Mein Mann hat nie mehr ein Wort über die Sache geredet. Er hat fast überhaupt nicht mehr mit mir geredet. Seit 20 Jahren nicht mehr." Frau Häfele schaut Ibele direkt in die Augen. Ein Blick weit jenseits aller Illusionen, aber auch voller Stolz und aufregender Weiblichkeit! Dass dieser Blick so gar nichts mehr sucht und somit wie von selbst alles findet, geht Ibele erst später auf. Das zutiefst Irritierende von Frau Häfeles zwischen grenzenloser Sanftmut und abgrundtiefer Verbissenheit schwankendem Charakter jedoch fährt ihm unmittelbar ein. Ibele kann nicht anders, als dieser Frau auf Anhieb jedes Wort zu glauben. Die zu einem mächtigen Knoten aufgesteckten tiefschwarzen Haare verleihen ihr im Verbund mit dem eleganten kastanienbraunen Kostüm Ernst und Anmut, Strenge und Sinnlichkeit zugleich. Bevor Ibele dazu kommt, etwas zu sagen oder auch nur konkret zu denken, redet die Frau weiter:

„Niemand außer unserer Haushälterin Zölestine hat je von der Geschichte erfahren. Mein Mann hat den Wilfried und der Wilfried hat den Baumeister fest in der Hand gehabt – und der mich. Nicht dass er gemein oder gar brutal gewesen wäre zu mir. Er ist einfach nur frustriert, was wir ruhig sein Problem sein lassen können. Seit der Aussprache der beiden ist er wie ein Panther im Käfig. Sie wissen schon: viel Kraft und mittendrin ein betäubter Wille. Der Wilfried muss letztlich am längeren Ast gesessen sein. Sonst hätte mein Mann die Sache nie im Leben so mir-nichts-dir-nichts auf sich beruhen lassen. Dafür ist er viel zu eitel und selbstverliebt. Ich gebe Ihnen einen dringenden Rat, Herr Inspektor", für einen Moment hält sie inne; sicher nicht, um zu überlegen. Eher schon wartet sie, bis ihr Zuhörer seine Sinne justiert hat. Dann: „Werfen Sie einen genauen Blick auf Bäckers Testament!“ Frau Häfeles Rat kommt daher wie ein Befehl. Es ist ein Befehl. Sie bricht ihren Monolog jäh ab und lässt Ibele zum ersten Mal, seit sie hier ist, aus den Augen. Gelassen und interessiert mustert sie das unscheinbare, überheizte Büro.

„Bäckers Testament?“ Bei diesem Wort verlagert sich Ibeles Aufmerksamkeit blitzartig von der Frau vor ihm auf einen seit Monaten schwelenden Justiz- und Kriminalskandal. Es geht dabei um manipulierte, gefälschte Testamente. Die Täterschaft ist den zahlreichen Indizien nach unter anderem im Kreis von Gerichtsbeamten und Anwälten zu suchen. Offenbar über viele Jahre hinweg sind von ihnen durch geschickte oder plumpe, auf jeden Fall aber denkbar unverschämte Machenschaften zahlreiche Erbschaften in die falschen Hände gespielt worden. Zumeist natürlich in die eigenen. Eine Geschichte, in die erst etwas mehr Bewegung und Licht kommt, seit die Staatsanwaltschaft aufgewacht ist aus ihrem Dornröschenschlaf. Halbwegs entwirrte Kompetenzen und beseitigte Befangenheiten haben den Weg freigeräumt. Jetzt wird von den Medien und ein paar engagierten Richtern ordentlich Dampf gemacht. Ob’s mehr ist als heiße Luft? Ausgangspunkt der Affäre ist ausgerechnet das Bezirksgericht Dornbirn!

Just in diesen Tagen allerdings ist in Sachen Testamentsfälschungen in Bregenz eine Sache ans reichlich trübe Tageslicht getreten, die über einen kleinen Umweg ein Stück weit in Ibeles persönliche Biografie hineinreicht. Ein ehemaliger Mitschüler aus der Höheren Kaufmännischen Lehranstalt hat ihn auf den medial breit ausgewalzten Fall der Aloysia F. hingewiesen. Ibele hat zwar schon davon gehört und sich grob über den involvierten pensionierten Richter Dr. Brotzeit gewundert. Der, ein dürres Männlein, das mit seinen jüngsten Aussagen den dubiosen Kollegen aus Franz Kafkas *Prozeß* alle Ehre macht, hat sich in das Vertrauen der praktisch blinden und geistig kaum mehr präsenten, steinalten F. eingeschlichen. So ist es ihm gelungen, ihr gesamtes Vermögen, die Rede ist von über einer Million, zu ergattern. Eine Million! Ibele rechnet das unwillkürlich in die alte Schilling-Währung um, was ihm die Ungeheuerlichkeit des Falles so richtig ins Bewusstsein bringt. Aloysia F., hat Ibele nunmehr erfahren, ist niemand anderer als seine alte Stenografie-Lehrerin. Die hatte sich mit Anweisungen wie „Lernen S' einmal einen Anstand!" so engagiert wie wirkungslos um die Sozialisierung der Halbwüchsigen gekümmert. Testamente also tragen in dieser Zeit nicht nur für den Kriminalisten ein enormes Alarmierungspotenzial in sich.

Frau Häfele legt das rechte Bein über das linke und lehnt sich entspannt zurück, während die Knöchel von Ibeles ineinander verschränkten Fingern langsam weiß werden. Die Besucherin mustert die teuren Ringe an ihren auf dem Schoß ruhenden Händen mit einem leichten Heben der Augenbrauen. Mühelos holt sie den Inspektor aus seinen grundsätzlichen Reflexionen zurück in ihre private Erzählung.

„Ja, Herr Inspektor, Bäckers Testament. Ich habe es kurz vor dem Bruch, es ist viele Jahre her, mit eigenen Augen gesehen. Er hat mir in seiner Verliebtheit und Leidenschaft einen großen Industriegrund in Schwarzach vermacht. Bäcker war mir mit Leib und Seele verfallen. Mehr noch: mit Grund und Boden! Ich war seine große und einzige Liebe. In einer letzten, klammheimlichen Aussprache gab er mir hoch und heilig das Versprechen, an diesem Testament nie mehr etwas zu ändern. Komme was wolle!“

„Oha!“, entfährt es Ibele wider seinen Willen und seine Finger lösen sich aus ihrer Starre. „Und Sie, Frau Häfele? Wie standen Sie zu ihm, abgesehen von dieser Erbschaft?“

„Nun“, die Dame zögert einen Wimpernschlag lang und ihr Gesicht nimmt einen noch sanfteren und gleichzeitig bestimmteren Ausdruck an, „er war ein sehr, sehr netter Kerl, ein ungewöhnlich feiner Mann, und schneidig war er, einfach verdammt schneidig, charmant wie kein anderer, und dann sein Geld und seine Autos, der geborene Verführer. Dabei ein seelenguter Mensch und furchtbar unglücklich. Die Mutter ist ihm früh gestorben, davon hat er immer wieder geredet und davon hat er sich, da bin ich überzeugt, nie mehr erholt. Dass ihm die Firma abhandengekommen ist, hat ihm den letzten Halt genommen.“

Frau Häfele schweigt. Sie schaut Ibele direkt in die Augen. Aber der weiß, dass er jetzt nichts zu sagen braucht, nichts zu sagen hat! Frau Häfele erhebt sich tatsächlich ohne weitere Umstände, knüpft den Mantel zu, setzt sich die Mütze auf und zieht den linken Handschuh an, die Rechte streckt sie über den Schreibtisch hinweg Ibele entgegen. Der ist noch nicht ganz fertig. Erst nach und nach realisiert er die Tragweite des soeben Gehörten.

„Frau Häfele, wollen Sie mir mit all dem sagen, Ihr Mann könnte mit Bäckers Tod etwas zu tun haben?“ Ibele kennt die Antwort. Umso gespannter ist er auf Frau Häfeles Reaktion.

„Das weiß ich nicht. Mit dem Wilfried hatte er gewiss etwas zu tun. Sein verpfuschtes Leben geht mit

Sicherheit auch auf die Rechnung meines Mannes. Wie es mit Bäckers Tod ausschaut, müssen schon Sie herausfinden. Mein Mann, das habe ich unlängst erfahren, versuchte trotz allem, den Wilfried immer vor dem schlimmsten Absturz zu bewahren. Seit Längerem hat er ihm sein Zimmer bezahlt und sogar seine Arztrechnungen, seit das mit dem Magenleiden angefangen hat. Ob aus Mitleid oder fiesem Kalkül, bleibt offen. Aber Bäcker war ihm lästig wie nur etwas. Sie haben sich gegenseitig verabscheut und gehasst, da bin ich mir sicher. Obwohl der Wilfried für so etwas gar nicht gebaut ist. Um ihm etwas, so etwas vor allem, anzutun, war der Wilfried meinem Mann vielleicht nicht wichtig genug. Wichtig ist für ihn nur er selbst. Und das Geld." Da ist wieder der eisige Ton in der Stimme, der sich nur in vielen Jahren gegenseitiger Verachtung bei ständiger körperlicher Nähe entwickeln kann.

„Warum denn Geld? Er hat doch reichlich davon?" Da eben täuscht sich Ibele.

„*Ich* habe genug davon. Meiner Mitgift konnte der Baumeister nicht widerstehen, aber verkraftet hat er sie auch nicht. Sein Baugeschäft ist ohne mich ein Fall für den Insolvenzrichter." Dass Frau Häfele das fast ohne jeden Zynismus sagen kann, empfindet Ibele als eine psychologische oder auch nur rhetorische Meisterleistung. Die Frau steigt noch einmal um ein beträchtliches Stück in seinem Ansehen.

„Ich würde gerne morgen Nachmittag Ihren Mann sprechen, und zwar zu Hause. Können Sie das einrichten, Frau Häfele?" Ibeles Frage wird von der Besucherin achselzuckend zur Kenntnis genommen und kopfnickend bejaht, als hätte sie nichts mit ihr zu tun.

„Um welche Zeit werden Sie kommen?"

„So gegen halb vier?"

„Zum Kaffee also, gerne, dann bis morgen. Auf Wiedersehen, Herr Inspektor.“

Eine befremdende Mischung aus Schadenfreude, großbürgerlichem Standesdünkel, Schicksalsergebenheit und weiblichem Pflichtbewusstsein scheint Frau Häfele ihre Worte und Gesten zu diktieren. Selbst in Antoinettes Gesicht, die den herrschaftlichen Abgang durch ihr Vorzimmerchen neugierig beobachtet, schleicht sich ein Ausdruck von Bewunderung und Anerkennung.

## Was das Kino erzählt. Vom Gutenachtkuss

*Viser l'ombre, c'est parfois le moyen de toucher la proie.*
*Willst du die Beute treffen, so ziele auf den Schatten.*
Michel Leiris

Als Ibele vom Mittagessen, Saltimbocca und Kokos-Panna cotta, in der Osteria-Kantine zurückkommt, liegt der Obduktionsbericht aus der Feldkircher Pathologie auf seinem Schreibtisch, wenigstens der vorläufige. Endgültiges ist an einem Montag kaum zu erwarten. Bäcker starb demnach an gebrochenem Genick, genauer: an einem abgequetschten Genick. Die tödliche Verletzung ist allem Anschein nach von einem sehr groben Werkzeug, einer Art Riesenzange verursacht worden. Ganz so, wie schon die Vermutung des seinem Namen alle Ehre machenden Praktikers Dr. Bertolino am Sonntag lautete. Es könnte sich bei dem verwendeten Werkzeug durchaus um einen Lkw-Kran handeln, folgert Ibele. Man wird ja von Kollege Baldreich in Kürze mehr erfahren. Somit kann sich Ibele dem Pressetext widmen, den ihm der General im Vorbeigehen aushändigt, bevor er sich eilig in Richtung Schneiderei davonmacht. Der General, noch immer in Zivil. Dabei steht ihm heute ein offizieller Termin ins Haus. Das neue Hauptquartier der Landesstromgesellschaft wird eingeweiht. Wie Ibele ein Blick aus dem Fenster verrät, wartet im Hof die schwarze Direktionslimousine mit laufendem Motor, um den hohen Ehrengast abzuholen. Der hat noch nicht einmal eine Uniform an! Was sind das nun wieder für Ambitionen?

Der Lokalredakteur des *Vorarlbergboten* fragt telefonisch nach den versprochenen Informationen und neuesten Fotos und kündigt für morgen einen psychologischen Gastkommentar von Dr. Hallmüller an, der sich, wen wundert's, bereits seine Gedanken zur Kriminalisierung des Brauchtums gemacht hat. Ein Expertenkommentar, eine kleine Funkenhexen-Psychoanalyse womöglich, wo es doch eher um die der Funkenzünfte und -zünftler ginge. Ob dieser mediale Auftritt wirklich nötig ist, fragt sich Ibele im Stillen. Obwohl: Nach einem kürzlich via Fernsehinterview erfolgten Bekenntnis zur praktizierten Zivilcourage glaubt Ibele im berühmten Psychiater eventuell doch einen Verbündeten im Kampf gegen Verbrechen und kriminelle Gedankenlosigkeit gefunden zu haben. „Wo kommen wir denn da hin, wenn ...", war die mehr als symbolhaft drei Mal wiederholte, im Ansatz vielleicht in einen Hauch von Überheblichkeit gehüllte Klage des Mediziners gewesen. Oder täuscht sich Ibele hier? Als Abwehr einer bösartig hanebüchenen Verunglimpfung seiner gerichtlichen Gutachtertätigkeit formulierte der Professor sein *Wo kommen wir denn da hin, wenn* ... man die Wahrheit oder das, was man dafür hält, nicht mehr sagen darf! Damit hat Dr. Hallmüller dem Philosophen in Ibele aus der Seele gesprochen. Die Wahrheit zu sagen oder zumindest sie suchen zu dürfen, das ist wohl die Grundlage aller Zivilisation und Gesellschaft, stimmt Ibele zu. Denn wir werden den Geldmenschen, Gaunern und Geschäftemachern das Feld nicht kampflos überlassen!

Kurz entschlossen verabredet sich Ibele telefonisch mit seinem Kollegen Karl am Dornbirner Bahnhof, wo er sich eine knappe Stunde später zu ihm in den Dienstwagen setzt und Baldreich zum Funkenplatz im Oberdorf dirigiert.

„So, Inschpecktrrr! Iatz los ma zua! Da Dozenhäckrrr kimmt!", poltert Baldreich gleich drauflos, augenzwinkernd eine einst überaus populäre Radiosendung paraphrasierend. Sie stammt aus den Vor-Fernseh-Zeiten, als auch regionale Radiosendungen zu geradezu unglaublichen Einschalt- und Bekanntheitsquoten auflaufen konnten. Ein schelmisches Grinsen liegt über Baldreichs Asketengesicht. Da steht einer mit beiden Beinen fest auf dem Boden. Diese Festigkeit verdankt Baldreich hauptsächlich seiner vertikalen Orientierung, wie Ibele das für sich nennt. Denn Baldreich, das hat Ibele in einigen längeren Gesprächen und bei einem Wochenendbesuch in Baldreichs Tiroler Heimat, einer richtigen Bergdoktor-Idylle auf einem sonnigen Plateau hoch über dem Inntal, festgestellt, Baldreich nimmt sich selbst nur gerade so wichtig, dass er sich nie den Blick auf seine Umgebung verbaut. So vermag es seine Wahrnehmung trotz scheinbarer Weltfremdheit immer wieder, ans Hellseherische zu streifen. Den Ruf eines Detailkrämers trägt Baldreich daher völlig zu Unrecht. Seine wahre Domäne sind die großen Gesetze des menschlichen Handelns, um nicht gleich zu sagen: der Seele. Doch er weiß auch, dass ihm gerade das Episodische entscheidendes Anschauungsmaterial liefert. Berührungsängste darfst du halt keine haben!

„Was ist los da oben, Karl, bei den Häfeles?“ Ibele spürt, dass dieser Kollege auf der gleichen Wellenlänge und Höhe mit ihm denkt; noch einer, der sich so leicht nicht täuschen lässt. Wenig Menschliches ist ihm fremd.

„Der Lkw-Chauffeur, der die Hexe auf den Funken gehoben hat, ist ein an sich harmloser, aber komplett überdrehter Bursche. Fragen, die nichts mit seinem Lkw zu tun haben, hört er einfach nicht. Er hat mich sage und schreibe eine Dreiviertelstunde lang zugetextet mit Informationen zu seinem neuen Lastwagen! *Mein Laster*, das klingt bei dem mindestens wie *meine Frau* und *meine Mutter* zusammen. Der kennt sonst nichts in seinem Leben und würde alles für seinen Chef tun, der ihm dieses Zauberding gekauft hat. Mir schwirrt immer noch der Kopf vor lauter *Actros, BlueTec, PowerShift, four-wheel-motion, offroad, Xenon, V8, PS* und was weiß ich noch alles! Sogar hineinsitzen habe ich müssen in das Ungetüm und mir den Sound der acht Zylinder anhören! Bei der Vorführung des Truckerkalenders habe ich mich dann ausgeklinkt! Also: Der Sperger, so heißt der Fahrer, hat gestern Vormittag die Hexe auf den Funken gehievt. Wie ihm der Häfele gesagt hat, ist sie fertig kostümiert und präpariert hinter dem Baucontainer mit den Getränken auf einem Bretterstapel gelegen. Er hat sie mit der Kranschaufel am Kragen gepackt und an den vormontierten Haken ganz oben an der Mittelstange des Funkens aufgehängt. Gut zwölf Meter hoch."

„Und da ist ihm gar nichts aufgefallen, abgesehen vom Lkw-Sonntagsfahrverbot? Der hat nicht gemerkt, dass da ein Mensch an seinem Kran baumelt? Das gibt's doch nicht!"

„Doch, Inspektor, das gibt's. Wenn der Sperger den Motor einschaltet und gar noch den Kran aktiviert, versetzt es ihm sein Hirn in einen ganz bestimmten Modus; da nimmt er dann keinerlei emotionale oder womöglich soziale Phänomene mehr wahr. Er wird zu einem Teil der Maschine, möglichst perfekt, aber ebenso willenlos. Wenn du mit 500 PS herumkurvst, brauchst du kein Hirn mehr und ein Herz schon gar nicht! So muss es auch am Sonntag gewesen sein. Und dem Kran ist es wurscht, ob da ein Mensch oder eine Puppe hängt, der schwingt auch mühelos ein paar Tonnen durch die Gegend."

„Wie lang soll denn der Bäcker schon dort gelegen haben?"

„Der Sperger sagt, er hat ihn, das heißt die Hexe, am Samstag früh bereits dort liegen gesehen, als er mit seinem Actros zusätzliches Holz zum Funken gefahren hat."

„Mit seinem was?"

„Entschuldigung, mit seinem Lkw, der heißt Actros, das Mercedes Spitzenmodell ..."

„Wen hat er nun gesehen: den Bäcker oder die Hexe?"

„So genau wird er nicht geschaut haben. Aber er sagt, es war die Hexe, mit ihren bunten Fetzen, dem spitzen Hut und all dem Zeug. Und rundum das Stroh, mit dem sie ausgestopft war. Genau so, wie sie auch am Sonntag noch dort gelegen ist."

„So, das ist doch seltsam! Wie kommt der Bäcker in dieses Hexenkostüm? Seit wann liegt er dort? Warum liegt der mindestens einen Tag und eine Nacht lang an derselben Stelle und rührt sich nicht? Und wenn er schon tot war am Sonntagmorgen: seit wann? Einen Tag lang? Zwei? Wer weiß davon? Hast du ihn auch gefragt wegen der fehlenden Finger?"

„Ja, richtig: Der Sperger sagt, er hat versucht, die Puppe schön gerade an den Haken zu hängen und dazu mit der Schaufel an den Ärmeln oder eben Händen herumgezupft. Dabei kann leicht so ein Fingerchen dran glauben müssen."

„Dann wissen wir also halbwegs, wie der Bäcker da hinauf gekommen ist. Das Warum allerdings interessiert mich noch mehr! Und hauptsächlich: Wer hat ihm das eingebrockt?"

Für das alte Haus in der Hinteren Achmühle Nr. 14 fällt heute nur ein kurzer, wehmütiger Gedanke ab.

Dafür hat Ibele ein schärferes Auge für die anderen Bauten an der Straße. Villen aus mehreren Jahrzehnten säumen die gut ausgebaute Bergstraße aufs Bödele. Eine monumentale, holz- und steingewordene Architekturgeschichte des privaten Wohnens bekommt er zu Gesicht. Der neueste Schrei, zumindest in den besseren Kreisen, geht nach Beton und Glas, nach kubischen Formen und holzgetäferten Schachteln. Was Ibele im gleißenden Sonnenlicht zu Gesicht bekommt, wirkt kühl und elegant, teuer und ungemütlich. Bei allem aufgesetzten Understatement quillt die Protzerei aus jeder Ritze und jeder Fuge. Das Angebertum feiert fröhliche und vor allem kostspielige Urständ'. Aber was soll's! Geld regiert nicht nur die große schlechte Welt, es gibt auch im kleinen, sauberen Vorarlberg den Ton an.

Am Brandplatz ist es ruhig, ein paar Männer sind damit beschäftigt, das halb verkohlte Zeug auseinanderzureißen und die Verkaufsstände abzubauen. Der Autoverkehr hinein in den Bregenzerwald rollt in auffälliger Dichte. Möchte man hier wohnen, so auf dem Präsentierteller, mit dem Straßenlärm den ganzen Tag? Da ist Ibele sein schattiges Thalbachgässchen doch noch lieber. Was der Inspektor hier heroben noch zu finden hofft, erkundigt sich Baldreich. Inspiration? Ibele klettert ein Stück weit den bergseitigen Hang über der Straße hinauf, eine steile Wiese, auf der sich im Schatten einiger alter Apfel- und Birnbäume der Raureif den ganzen Tag über hält. Die Sonne steht noch ein gutes Stück über dem Säntis. Wie lang ihr Weg schon wieder geworden ist! Ob's wahr ist, dass es noch einmal Winter werden soll? Im leichten Dunst liegt das Rheintal wie eine Märklin-Landschaft ausgebreitet. Autos und Züge, Häuser und sogar der See weit hinten im Westen: Alles schaut aus wie Spielzeug. Und wie im Spiel scheint alles ohne Zweck und Ziel zu geschehen. Aber hinter Bäckers Tod steckt offenbar ein brutaler, ganz und gar nicht spielerischer Zweck. War es wirklich Mord? Was eigentlich sonst soll es gewesen sein! Mit welchem Motiv? Oder war der arme Bäcker zur falschen Zeit am falschen Ort? Sicher, die Nächte sind bitterkalt derzeit, wenn der in seinem Rausch dort einschläft, ist er tot, wenn er aufwacht. Hat vielleicht jemand nachgeholfen? Wem war der arme Tropf im Weg? Wer hat etwas davon, wenn er tot ist? Und das heißt vor allem: Wer hat ihn in das Kostüm gesteckt? Geschah es, um damit Spuren zu beseitigen oder wenigstens eine falsche Fährte zu legen? Da fällt Ibele wieder die Testamentsgeschichte ein. Er kehrt über die Wiese zurück zu Baldreich, sie steigen in den Dienstwagen, der vor einer in den Hang hinein betonierten pompösen Villa neben einem Porsche parkt und hier etwas mickrig wirkt. Sei's drum. Just hinter dem Oberdorfer Schulhaus biegen sie links in die Kirchengasse ein. Hier liegt, eine Viertelstunde Fußmarsch vom Funkenplatz entfernt, Bäckers letzter Wohnsitz. Auf Ibeles wiederholtes Läuten tut sich nichts. Endlich öffnet sich im Haus gegenüber ein Fenster und die Kriminaler erfahren, dass die Frau Ulmer nicht zu Hause sei, „sie spielt Skat im Café Mehringer, wie jeden Montag ..." Dort wird man sie heute nicht stören. Baldreich kann sich gleich morgen früh um Bäckers Hinterlassenschaft kümmern. Für heute ist fast schon Feierabend. Man merkt's am stadtauswärts fließenden Verkehr in Richtung Bregenz: Feierabendverkehr. Nur dass der mit Feier nichts zu tun hat, eher mit Ärger.

Im Kommando herrscht Ruhe. Der General ist außer Haus. Ibele räumt seinen Schreibtisch auf. Die gute

Toni Hagen schickt sich an, zum Bus zu gehen. Schluss mit den Lovern, die im Cabrio vorfahren. Nicht nur weil Winter ist. Antoinette hat zu sich gefunden, nun ist der Bus schnell genug. Und umgezogen ist sie auch: Von der Mama in Lustenau herauf nach Bregenz, in eine schicke kleine Wohnung am Waldrand, da kocht sie sich jetzt allabendlich biologisches Slow Food und Fleisch von einst glücklichen Tieren, schaut sich im nahe gelegenen Theater zeitkritische Stücke an oder liest in den gesammelten Geschichten von Inspektor Maigret. Letzteres übrigens geht tatsächlich auf Ibeles Konto. Der Inspektor versinkt in seinem Sessel, Baldreich legt ihm einige überfällige Akten zur Unterschrift vor und geht zurück in sein Büro, macht noch einmal kehrt und knipst bei Ibele das Licht an. Das hätte der jetzt gar nicht gebraucht. Denn was ihn im Moment beschäftigt, spielt sich sowieso in großer Ferne ab. Dort, wo das Licht der Energiesparlampen nie und nimmer hin- und erst recht nicht herkommt. Ibele verabschiedet sich bald von Baldreich, der mit einem juristischen Fachbuch an seinem Schreibtisch sitzt. Eigentlich tut Ibele das hauptsächlich, um das „Pfiat di Gott, Inspektor!" des Kollegen zu hören. Nicht nur weil es so schön deftig, um nicht zu sagen *speckig* klingt, auch um der sympathischen Wärme willen, die ihm aus den Worten entgegenkommt.

In zielloses Nachdenken versunken schlendert der Inspektor durch die noch belebte Innenstadt heimwärts. Vorbei an der winzigen Buchhandlung, in der er seit Jahrzehnten Stammkunde ist. Gegründet vor über 150 Jahren, wird sie in wenigen Wochen für immer schließen. Mit der Vermietung des Ladens an einen Klamottenhändler ist mehr Geld zu verdienen als mit dem Buchhandel! Und nur das zählt – der schnöde

Mammon! Aus dem Schaufenster leuchten ihm die sorgfältig angeordneten Bände der „Anderen Bibliothek“ entgegen. Exklusive bibliophile Kostbarkeiten, in adretten Dreiergrüppchen zusammengestellt.

Zu Hause ist alles ruhig. War nicht Besuch angesagt für heute? Sollten nicht die Enkelkinder bei den Großeltern übernachten? „Doch, sollten sie“, begrüßt Rösle ihren Gatten mit dem rituellen Kuss und einem außertourlichen neckischen Lächeln, „aber sie haben Läuse mitgebracht aus dem Kindergarten und werden nun von der leicht hysterischen Mutter daheim unter Quarantäne gestellt.“ So kommen Ibeles wieder einmal zu einem echten, klassischen Kino-Montag. Plan B gewissermaßen! Was soll man sich ansehen? Riesig groß ist die Auswahl nicht, auch wenn Ibele gelernt hat, seine Ansprüche nicht gar zu streng nach dem auszurichten, was kinomäßig in den goldenen 1970er-Jahren geboten wurde. Aber nein, der aufgedonnerte Heimatfilm des Rockprofessors vermag Ibele dennoch nicht zu locken. Zu tief misstraut er den Alleskönnern, besonders den selbst ernannten, die mühelos vom Hitparadenstürmer zum Bestsellerautor und schließlich zum Filmemacher mutieren. Da geht unserem Inspektor doch einiges gewaltig wider den Strich. Wenn Ibele ins Kino geht, muss es schon etwas Solides sein, etwas, das mehr Zug ins Leben bringt. Da kommt ihm ein schöner kleiner Musikfilm gerade recht. Auch das Rösle ist begeistert. Spielt der Film doch teilweise in Paris, und genau dorthin wird sie in wenigen Tagen mit ihrer alten Hutterer-Freundin fliegen. Außerdem schmilzt sie schon bei der Erwähnung von Tschaikowskys Violinkonzert, das in dem Streifen eine prominente Rolle spielt, förmlich dahin! Das *Forster-Kino* gibt es natürlich nicht mehr, aber auch das *Metro*, drunten im Vorkloster, verströmt eine gute Portion alte Kino-Seligkeit. Der Film hält dann auch, was er verspricht, kann sich sogar einiges an Pathos erlauben, ohne platt zu werden. Das ist Kino zum Auf- und Durchatmen!

In trauter Stimmung setzen sich Ibeles danach auf ein gepflegtes Glas Wein in den romantischen, von zahllosen Kerzen illuminierten *Seehof*. Sie trinken Philipps *Stadtwein*, wie ihn der Patron launig nennt, und naschen von seinen berühmten Erdnüssen. Im *Seehof*-Glashaus versammelt sich allabendlich eine bestens bestallte Klientel und zelebriert in gekonnt dialektischer Manier die Zugehörigkeit zu den Unzugehörigen. Immerhin hört Ibele hier die ersten halbwegs menschlichen und nicht nur floskelhaften Kommentare zum Dornbirner Funkenunglück. Mit Genugtuung stellt er fest, dass Bäcker hier über seinen Tod hinaus als Mensch gesehen wird, dessen Schicksal mehr als nur oberflächlichen Voyeurismus auf den Plan ruft. Bald kehren Ibeles ins stille Haus zurück und begeben sich zu Bett. Wenn Ibele ehrlich zu sich selbst ist, und das ist er, denn: „Wir lügen woanders, aber nicht vor uns selber", wie eine seiner liebsten Weisheiten lautet, wenn er also ehrlich ist, schläft es sich einfach wunderbar ein an Rösles Seite, so wunderbar wie nirgends sonst! Kaum ist der zarte Hauch von Rösles Gutenachtkuss verweht und bevor der Inspektor es sich recht versieht, fallen ihm auch schon die Augen zu, sodass keine Zeit mehr bleibt, sich zu sagen: „Ich schlafe ein." Dabei würde er doch genau diesen Moment so gerne einmal erwischen! Oh Augenblick!

*Aber der Gerechte ist Gluth und Kohle.*
Friedrich Wilhelm Nietzsche

Nicht weniger magisch als der Moment des Einschlafens ist für Ibele allmorgendlich das Erwachen, dieses nur Sekundenbruchteile währende und dabei so mühelos mit Welten jonglierende Sich-Orientieren in Raum und Zeit. Meist ist es dann der Duft des von Rosalia frisch gebrühten Kaffees, der Ibele punktgenau in den neuen Tag und seine gewohnte Welt platziert. Spätestens aber geschieht das beim zweisamen Frühstück mit seiner Frau, ohne Radio und im Normalfall auch ohne Zeitung, begleitet nur von einigen achtsamen Gesten und wenigen, den kommenden Tag organisierenden Worten.

Bei seinem wie gewohnt überpünktlichen Eintreffen im Kommando liegt auf Ibeles Schreibtisch demonstrativ aufgeschlagen der aktuelle *Vorarlbergbote*. Kaum sitzt der Inspektor, lugt der General um die Ecke wie ein Kobold, zeigt auf die fett betitelte Seite und ruft Ibele mahnend zu: „Les' er das!" Es handelt sich um die gestern angekündigte Stellungnahme des Landesoberpsychiaters zur missglückten Dornbirner Hexenverbrennung. Und was ist das jetzt? Irgendetwas zwischen vermutetem Täterprofil und virtuellem Steckbrief inquisitionärer Hexenjäger quer durch die letzten zehn Jahrhunderte. Ibele wundert sich gehörig: Der Herr Professor scheint den magischen Blick für das Böse gepachtet zu haben. Aber immerhin: Wieder hat er es nicht versäumt, seine Wo-kommen-wir-denn-da-hin-wenn-Polemik einzuflechten. Nicht dass man ihm so ganz Unrecht geben könnte: Wo kommen wir wirklich hin, wenn gar nichts mehr heilig ist? Nicht einmal etwas an und für sich so Unheiliges wie ein alter Volksbrauch!

Karl Baldreich hat sich bereits mit Bäckers Nachlass befasst. Das heißt, er hat mit seiner Zimmerwirtin Frau Ulmer telefoniert. Das ist eine hochbetagte Dame, Zolloberrevisorswitwe in Amt und Würden, die in ihrem gediegenen und geräumigen Haus in der stillen Kirchengasse Zimmer an alleinstehende Herren vermietet. „Nur Herren!“, wie sie betont. Die alleinstehenden Damen haben offenbar kein Anrecht auf die Gnade der Ulmerschen Obhut. Die gute Frau ist ob des gewaltsamen Ablebens ihres längstgedienten Mieters völlig aus dem Häuschen; aber doch nicht so, dass sie nicht ausführlich berichten könnte über Art und Umfang seiner Hinterlassenschaft. Nein, Testament hat sie keines gefunden in Bäckers Sachen, weit und breit nicht. Ob sie denn danach gesucht hat? Ja, gesucht schon, erwidert sie ohne den leisesten Anflug von schlechtem Gewissen. „Und was geht Sie Bäckers Testament eigentlich an?“ Baldreich kann, wenn es darauf ankommt, im Handumdrehen vom Traumschwiegersohn zum abgebrühten Ermittler werden.

„Na ja, es wäre doch ... man weiß ja nicht ... vielleicht hat er ja ...“ „Oh verdammt“, fasst Baldreich die Aussage der Witwe für seinen Vorgesetzten zusammen, „dieses Testamentszeug macht sie alle verrückt!“ Wirklich gefunden hat die Dame dann neben ein paar aus der Mode gekommenen Anzügen und Krawatten, schiefgelaufenen Schuhen und alten Hüten nur eine Schachtel voller Medikamente und eine andere mit Fotos. Die Medikamente wird man sich anschauen müssen, die Fotografien anschauen wollen.

Fräulein Hagen legt Ibele aufmunternd den Obduktionsbericht vor, den endgültigen diesmal. Eine schöne

Portion Koketterie ist der Toni geblieben, augenzwinkernde Koketterie; Koketterie, die es zuerst auf sich selbst abgesehen hat. Die steht ihr dafür ausnehmend gut! Der Obduktionsbericht: Das ist nun doch brauchbareres Material als der kryptisch-populistische *Boten*-Text des Doktor Hallmüller. Bäcker war, steht da zu Ibeles nicht geringem Erstaunen in nüchternem Medizinerdeutsch, bereits längst tot, als der Sperger ihm am Sonntag mit dem Kran an die Gurgel gegangen ist und ihn auf den Funken gehievt hat. Er ist an Unterkühlung und diversen Erfrierungen gestorben. Außerdem war er zum Zeitpunkt des Todes schwer alkoholisiert, ein Wert jenseits der zwei Promille wird supponiert. Zusätzlich zirkulierte eine beträchtliche Dosis starker Schlaf- und Schmerzmittel in seinem Blut. Der Todeszeitpunkt liegt vermutlich schon in der Nacht von Freitag auf Samstag! Der Teufel soll mich holen, denkt sich Ibele, wenn da nicht jemand nachgeholfen hat! Aber wer? Der Baumeister! Warum sollte er?

Wenige Minuten später sitzt Ibele mit Inspektor Baldreich im Auto und fährt durch den wolkigen, froststarren Vormittag Richtung Dornbirn. Irgendwas liegt in der Luft. Sehr lange dauert es sicher nicht mehr und dann kommt der Schnee. Morgen vielleicht. Es hat also nicht so recht funktioniert mit der Austreibung des Winters. Wen wundert's! Im Vorbeifahren holen sie in der Kirchengasse die beiden Schachteln mit den Medikamenten und den Fotos bei der Oberrevisorswitwe ab. Die Gerichtsmedizin interessiert sich für erstere, Ibele für letztere. Wenn da nicht ein paar schöne Bilder der jungen Frau Häfele zu finden sind! Das Abholen jedoch ist leichter und vor allem schneller gesagt als getan, denn die Frau Ulmer würde den beiden Herren nur zu gern ihren persönlichen Nachruf auf den Verblichenen halten. Weil das eher auf eine Lobpreisung ihrer eigenen Qualitäten und Nöte als Hausfrau hinausläuft, macht Ibele denn auch kurzen Prozess und nimmt Reißaus. Bei einem weiteren Zwischenstopp, wenn man denn schon in der Gegend ist, bringt Ibele seinen Taschenfeitel in die Schillerstraße zu den Wohlgenannts, noch immer die erste Adresse für Messerschleiferei und einschlägiges Werkzeug. Auch Blutorangen wollen mit scharfer Klinge geschlitzt werden! Auf dem verwinkelten Bauhof der Firma Häfele ist vorerst kein Mensch zu sehen, nur das Tor des Bürogebäudes steht weit offen. Etwas überrascht oder gar indigniert empfängt der Baumeister die zwei von einer molligen Empfangsdame grantelnd vorgeführten Männer in einem großen und auffallend elegant möblierten Raum.

Ibeles ohne lange Umschweife vorgebrachter Aufforderung, über den Toten zu erzählen, folgt Häfele nach einem kurzen Räuspern und einer Art Gedenkminute bereitwillig. Ibele hört ihm konzentriert zu, das Kinn auf die Hände, die Ellbogen auf die Knie gestützt. In die Ergebnisse des Obduktionsberichts weiht der Inspektor den Funkenmeister vorläufig lieber nicht ein. Was in diesem Zusammenhang noch zu erwähnen wäre, aber selbst Ibele erfährt davon erst in ein paar Stunden: Die Medikamente in Bäckers Blut stammen wirklich aus der in seinem Zimmer gefundenen Schachtel. Trotzdem sind sie durch fremde, durch unbefugte Hände gegangen, bevor sie den Weg in den Kreislauf des Toten gefunden haben, denn auf der Schachtel sind viele Fingerabdrücke, nicht nur die der Frau Ulmer, auch die des Baumeisters!

„Der Wilfried und ich, das war einmal ein tolles Gespann! Das ist gut fünfunddreißig Jahre her. Zuerst sind wir uns in der Schule und dann geschäftlich begegnet. Ich erinnere mich genau, es war 1975: Während in jenem heißen Sommer alle vom *Weißen Hai* geredet haben und in den Schwimmbädern oder an den Baggerlöchern herumgesessen sind, haben wir viele Stunden und halbe Nächte über Grundbuchsauszügen und Plänen verbracht und einiges an feinem Whisky versoffen. Der Wilfried hat drunten im Ried großen Besitz geerbt gehabt." Da kann er schon wieder lachen, der Baumeister, wenn auch etwas schmierig.

„Geerbt von wem?", hakt Ibele nach, denn das Stichwort *erben* lässt er sich nicht entgehen. Abgesehen davon fällt ihm bei der Erwähnung des Weißen Hais eines seiner bis heute stärksten Kinoerlebnisse ein, das aus demselben Jahr stammt: Stanley Kubricks „Barry Lyndon", ein dreistündiges Epos, ein faszinierendes Kaleidoskop menschlicher Leidenschaften. Noch sagt ihm kaum etwas, wie nahe gerade diese fürchterliche Geschichte an Bäckers und Häfeles damalige und jüngere Machenschaften herankommt. Die in eher gelangweiltem Tonfall vorgebrachten Erklärungen des Baumeisters holen den Inspektor schnell zurück in die Gegenwart. Schluss mit barocker Pracht, mit Antonio Vivaldi und Franz Schubert, mit rauschenden Festen und herrlichen Roben.

„Geerbt hat er von ein paar Tanten, Halbschwestern seiner Mutter, um genau zu sein. Das waren geborene Mayer mit früher großen Landwirtschaften. Man erbt in diesen Kreisen zwar nicht nur Böden, wie ein oft gehörtes Bonmot lautet, aber eben auch! In den 1960er- und 70er-Jahren wurden diese Grundstücke von den Kommunen dann nach und nach zu Bauland umgewidmet und Bäcker hat sie zu Wahnsinnspreisen mit heute unvorstellbaren Gewinnen verkauft. Er hat halt auch die richtigen Leute in der Stadtvertretung gekannt!" Häfele lehnt sich zurück, als hätte er seinen Beitrag nun geleistet. In aller Seelenruhe zündet er sich eine lange, dünne Brissago-Zigarre an, so als sei er hier der Kommissar! Nur ein kaum sichtbares Zittern des Streichholzes in seiner Rechten spricht eine andere Sprache.

„Und wie ist es dann weitergegangen mit Ihnen beiden?" Für Ibele wird es erst jetzt interessant.

„Über den Verkauf seiner Böden sind wir ins Geschäft gekommen. Ich habe mir damals einen Namen gemacht mit dem Bau von Einfamilienhäusern und schon bald mit den ersten kleinen Wohnanlagen. Später hat sich dann unser Kontakt auch ins Private hinein verlängert. Frisch verheiratet, wie ich war, mit einer reichen Frau aus einer alten Dornbirner Fabrikantenfamilie, hat mir der Lebensstil des Bäcker mächtig Eindruck gemacht. Und meiner Frau noch mehr, aber das ist ein anderes Kapitel."

„Erzählen Sie doch ein wenig von Ihren Gemeinsamkeiten, Herr Häfele!"

„Wir waren jung und übermütig, Geld hat fast keine Rolle gespielt. Teure Lokale, nobles Essen, damals in Hubers „Zoll" in Bregenz, im „Real" in Liechtenstein oder in der „Kronenhalle" in Zürich, Tennis spielen, ein paar Ausflüge an die Côte d'Azur im Ferrari und solche Scherze. Der Bäcker war ein echter Aufsteiger, sein Viehhandel im großen Stil und die hoch subventionierte Schlachterei haben Geld ohne Ende abgeworfen. Dabei war er extrem fleißig und begabt, hat ein goldenes Händchen gehabt im Umgang mit den Bauern und mit den Beamten. Andererseits völlig unbeholfen in Geld- und eigentlich in allen Angelegenheiten sowie total schüchtern und verunsichert Frauen gegenüber. Schöne Frauen hat er verehrt wie andere die Gottesmutter; auch mei ..." Hier verstummt Häfele, der sich wohl ein wenig verplappert hat vor lauter Ferrari, Kronenhalle und Côte d'Azur. Hektisch saugt er an seiner verlöschenden Zigarre. Obwohl Ibele die Fortsetzung kennt, lässt er nicht locker.

„Bis sie was?"

„Na halt ... bis sie, das heißt eigentlich bis er ... Bis ich ... Verdammt nochmal, bis ich draufgekommen bin, dass die beiden was haben miteinander. Da war dann Schluss mit lustig. Die Geschäfte sind weitergelaufen, das habe ich mir nicht mehr anders leisten können, aber privat war's aus. Der Bäcker hat auch mit seiner Metzgerei Schiffbruch erlitten und ist völlig abgesackt. Eine Großmetzgerei und der Wilfried: Ich weiß ja nicht, was im Grunde weniger zueinander passen könnte! Ganz klar war es zwar nicht, was da alles gelaufen ist mit der Firma und wo Wilfrieds Geld geblieben ist. Er hat sicher einiges auf der Seite gehabt, in der Schweiz vielleicht. Offiziell war er total pleite, ein paar Groschen Arbeitslosengeld und Notstandshilfe; er hat sich auch ganz zurückgezogen von allen und allem. Unter der Hand habe ich ihm immer wieder geholfen mit ein paar Scheinen, wissen Sie. Aber sehen lassen wollte ich mich mit ihm nicht mehr. Eh logisch, oder?"

„Wie erklären Sie sich seinen tödlichen Auftritt als Funkenhexe?", fragt Ibele nun unvermittelt in eine andere Richtung.

„Den erkläre ich mir gar nicht. Er war in der vergangenen Woche immer wieder oben beim Funken. Aber eher nur aus Neugier. Gearbeitet hat er so gut wie nichts. Das ist auch gar nicht mehr gegangen mit seinem Magenleiden, er soll einen Tumor gehabt haben, einen bösartigen, sagt man. Vielleicht hat er sich im

Rausch verkleiden wollen und ist dann in der Nacht erfroren." So einfach soll das sein?

„Wann haben Sie ihn zuletzt lebend gesehen?" Das fragt Baldreich, der Pragmatiker.

„Am frühen Freitagnachmittag war ich kurz oben, als der Aufbau begonnen hat. Da war er dabei, in schlechter Verfassung, wie mir vorgekommen ist, hat auch dauernd über die Kälte gejammert. Wieder einmal war er ziemlich betrunken und aggressiv. Am besten ist es in so einem Fall immer gewesen, sich nicht um ihn zu kümmern. Am Samstag haben wir den ganzen Tag gearbeitet, doch kein Bäcker weit und breit."

„Aber die Funkenhexe?"

„Ja natürlich, die Funkenhexe war da, die muss immer spätestens am Samstag fertig sein. Ich selbst habe sie am Freitag zum Funkenplatz gebracht."

„Wer ist denn zuständig für die Hexe?" Ibele fixiert sein Gegenüber scharf. Häfele wirkt auch gleich nicht mehr gar so groß in seinem protzigen Chefsessel.

„Also die Funkenhexe, das macht seit Jahren der König, unser Hexenkönig, hahaha." Das Lachen des Baumeisters ist hohl und unsicher, es klingt eher nach einem Hilferuf aus weiß Gott welchem Seelenabgrund herauf.

„Was ist das für ein König und wo finden wir den Herrn?", reagiert Ibele kühl. Nach Humor ist ihm jetzt nicht zumute und nach dem des Häfele noch weniger.

„Das ist ein pensionierter Bundesheer-Unteroffizier, Sprengmeister und Waffenexperte. Die Hexe muss ja immer schön explodieren! Ich kann Ihnen gern seine Telefonnummer geben. Wahrscheinlich sitzt er in seiner Hütte ganz hinten im Gütle. Dass er dort einen Handy-Empfang hat, kann ich Ihnen aber nicht versprechen!"

Fürs Erste hat Ibele genug erfahren. Dass ihm das mit dem Hexenmeister nicht früher eingefallen ist! Ist er doch das Um und Auf des Funkens, hütet das geheimste aller geheimen Geheimnisse der Funkenzünfte, um nicht zu sagen ihr Heiligtum. Was den undurchschaubaren Baumeister betrifft, soll das Weitere dann der Nachmittag bringen, wenn Ibele in seinem Haus aufkreuzt. „Denn solche Typen", erklärt er Baldreich auf dem Weg in die Innenstadt seine überraschende Philosophie, „solche Typen musst du in ihrem ureigenen Umfeld erwischen. Das Büro hier ist doch nur Fassade. Da spielt er den großen Baumeister und Zampano. Aber daheim sind sie wehrlos, dort stehen sie mit dem Rücken zur Wand. Du musst die Typen in den eigenen vier Wänden sehen, da kannst du schon aus der Dekoration und Möblierung, ja aus dem Geruch der Behausungen ihren Charakter ablesen wie aus einem offenen Buch. Die einen werden ganz klein und die andern rotzfrech; aber die einen wie die andern verraten alles. Am schnellsten und gründlichsten verraten sie das, was sie dir superschlau zu verheimlichen glauben. Das klingt vielleicht paradox, aber gerade das ist die Wahrheit."

„Lass uns noch den König anrufen vor dem Mittagessen", unterbricht Ibele seinen eigenen Exkurs abrupt. Der Sprengmeister meldet sich tatsächlich. Er sitzt im Gasthof Gütle; ja, der Inspektor kann kommen. Das klingt sehr freundlich, keineswegs so, als ob sich da jemand fürchten würde, wovor auch immer. So ändert Ibele seine Pläne und die Richtung und fährt die paar Kilometer der Dornbirner Ache entlang, an der Karrenseilbahn und am Schwimmbad vorbei, in das auf beiden Seiten dicht bewaldete, schattige Tal hinein bis zu der ehemaligen kleinen Industrieanlage Gütle. Das nach dem

„Herrn König" befragte Schankmädchen im adretten, wohl geheizten und um diese Stunde spärlich besuchten Gasthof setzt ein zuvorkommendes Lächeln auf und weist mit dem Kopf nach einer der hinteren Gaststuben:

„Der Herr König sitzt am Kachelofen." Sie scheint ihm den bevorzugten Platz von Herzen zu gönnen. Der ehemalige Unteroffizier hat noch viel von seiner beruflichen Ausstrahlung an sich. Entschlossenheit und Willenskraft gehen von ihm aus. Höchstens dass das stark pomadisierte und streng zurückgekämmte Haar eine etwas zu große Dosis Verbissenheit signalisiert, aber da will sich Ibele nicht einmal vor sich selbst festlegen. Auf jeden Fall sieht er sich einer kräftigen und gepflegten Erscheinung gegenüber, der ein weit geschnittener dunkelbrauner Cordanzug und ein bunt gemustertes Flanellhemd ein gewisses Flair von Bequemlichkeit, ja Lässigkeit verleihen.

„Gestatten, Chefinspektor Ibele, Inspektor Baldreich, Kripo Bregenz", stellt der Inspektor sich und seinen Kollegen vor und nimmt auch schon mit einem förmlichen „Sie erlauben!" an Königs Tisch Platz. Der grüßt ebenso knapp wie höflich zurück und widmet sich vom polizeilichen Aufgebot unbeeindruckt weiterhin seiner Suppe. Schließlich schaut er die beiden Neuankömmlinge neugierig an.

„Was kann ich für die Herren tun?", fragt er, allem Anschein nach ganz ohne irgendwelche Hintergedanken.

„Wir würden gerne wissen, wie Sie zu Ihrer eigenartigen Funkenhexe gekommen sind?" König nimmt einen Schluck von seinem Fruchtsaft und macht mit der Linken eine überraschend heftige, abwehrende Bewegung.

„Hören Sie mir auf mit der Funkenhexe, Inspektor!" Das kommt resolut, spontan, definitiv. „Mehr als dreißig

Jahre lang habe ich Funkenhexen gebaut. Von A bis Z habe ich sie jedes Jahr selbst zusammengebastelt und zusammengenäht. Alle sind sie tadellos in die Luft gegangen, wenn man mich nur machen hat lassen. Einmal war ich im Spital, da haben sie einen zivilen Stümper geholt und was war? Gar nichts! Voll tote Hose. Was heuer passiert ist? Was weiß ich, keine Ahnung, was der Häfele sich einbildet. Der spinnt einfach!" Er schiebt die leere Suppentasse weit von sich in die Mitte des hölzernen Tisches, wo sie mit der Menage kollidiert. Die besteht, Ibele mag's kaum glauben, aus einem Salz- und einem Pfefferfässchen und einer dunkelbraunen Maggiflasche in ihrer typischen dickbauchigen Form mit dem langen, dünnen Hals und dem gelb-roten Etikett! Eine Maggiflasche! Die klassische Suppenwürze, das „gewisse Tröpfchen Etwas", das einer ganzen Kindheit ihren charakteristischen Mittagsduft und Geschmack verliehen hat. Nicht nur, weil sie in keinem Haushalt und auf keinem Wirtshaustisch gefehlt hat, auch Ibeles Schulweg in der Bregenzer Vorstadt führte jahrelang an der vor Jahren geschlossenen Maggifabrik vorbei, deren Duft für Ibele dort noch immer in der Luft zu hängen scheint!

„Aber, Herr König, wie darf man sich das vorstellen?", fragt Baldreich und reicht die leere Suppentasse charmant lächelnd der Serviertochter. Natürlich ist es eine fesche, eine dralle Serviertochter mit zwei dicken, langen, blonden Zöpfen und einem kecken Lächeln um die himbeerrot bemalten Lippen, ganz zu schweigen vom voluminösen und gänzlich ohne – wie Ibele in vorbehaltloser Zustimmung befindet – unangebrachte Bescheidenheit präsentierten Dekolleté!

„Da komme ich am vergangenen Donnerstag mit der so gut wie fertigen Hexe zum Häfele. Und was ist?

Heimgeschickt hat er mich, der blöde Affe! Er braucht meine Hexe nicht, hat er gesagt. Ich habe noch in seinem Büro alles hingeschmissen, die Hexe und ihre restlichen Kleider und bin fort. Mich sieht der nicht mehr auf seinem verschissenen Funken. Sicher nicht. Das habe ich nicht nötig!" Man glaubt es ihm aufs Wort. Die Kellnerin kommt schwungvoll auf den Tisch zu und stellt die Hauptspeise vor den Exhexenmacher. Eine knusprig braune Bratwurst und eine Riesenportion schmalztriefender Bratkartoffeln, gekrönt von drei Spiegeleiern, deren Dotter von einem wahrlich unglaublich sonnenblumigen Gelb sind. Glücklich, wer solche Hühner um sich hat! Allerdings fehlt der übliche Spinat auf dem Teller. Seine Beliebtheit ist schwuppdiwupp in den Keller gesackt, seitdem es sich in den Küchen und Kinderzimmern herumgesprochen hat, dass der hohen Wissenschaft bei der Berechnung seiner gesundheitsfördernden Wirkung eine Zehnerpotenz verrutscht ist. Ibele läuft trotzdem das Wasser im Mund zusammen.

„Am Donnerstag, sagen Sie; und die Hexe war fix und fertig?"

„Fast fix und fertig, die Raketen und die Böller haben noch gefehlt, das baue ich immer erst am Vorabend ein, es ist zu gefährlich sonst bei all den Vollkoffern, die da durch die Gegend rennen. Aber angezogen und gestylt war sie so gut wie ganz. Es ist nicht so einfach, die richtigen Klamotten zu finden, wenn es eine echte Hexe sein soll und nicht einfach ein Strohbündel. Vom Hut bis zu den Schuhen waren meine immer perfekt! Schluss jetzt!"

„Sie haben die Hexe beim Häfele gelassen und sind gegangen? Sie sind auch nicht zum Funken gekommen?" Soll Ibele das glauben? Dann sitzt der Baumeister ja ganz tief im Schlamassel!

„Ja, der Häfele war immer ein Spinner, ein Angeber, dabei hat er alles von seiner reichen Frau; ich hab's halt gemacht, weil ich's gern tu. Aber jetzt reicht es mir. Zum Funken bin ich natürlich nicht, und ich geh sicher nicht mehr hin! Das Saufen ist eh wichtiger als alles andere! Das interessiert mich nicht!" Kein Wunder, dass Ibele eine gewisse Sympathie für den Mann verspürt. Fast möchte er sich zu ihm setzen und auch so etwas Leckeres verspeisen. Bratkartoffeln sind in der Kindheit zwei, drei Mal in der Woche auf dem Speiseplan gestanden, meist abends. Dazu gab es Kaffee, Kinderkaffee von Linde, der mit den kleinen Plastik-Indianern obenauf in der Packung. Ibeles waren dann, auch wenn es sich heute, gerade einmal eine Generation später, in den Zeiten von Pizzaservice, fast food und Kleinfamilie niemand mehr vorstellen kann, zu siebt um den Tisch herum gesessen, in dessen Mitte wie eh und je die gusseiserne und stets im Handumdrehen geleerte Bratpfanne stand.

„Die Kleider der Hexe, die dann auf dem Funken war, sind das die, die Sie in Häfeles Büro gelassen haben?" Baldreich scheint dasselbe zu denken wie sein Chef. Eine noch unbestimmte, gleichwohl unheilvolle Ahnung steigt in ihnen auf.

„Ich glaube schon, soweit ich das auf den Fotos in der Zeitung erkennen habe können. Zumindest der Hut, Stiefel und Jacke waren sicher von mir."

„Schönen Dank, Herr König. Wir kommen vielleicht noch einmal mit den Bildern von der Leiche. Wo finden wir Sie am besten?"

„Über Mittag immer hier im Gasthaus. Sonst bin ich viel unterwegs, meist irgendwo im Wald. Dort habe ich meine Ruhe!" Trotz der etwas ruppigen Sätze von vorhin, geht von König mehr als alles andere eine heitere

Gelassenheit aus. Darüber aber liegt ein hauchdünner Schleier von Unwillen, Abkehr und verhaltenem Zorn. Die Serviertochter, die soeben nach den Herren schaut, mobilisiert eindeutig die Gelassenheit im Sprengmeister, was Ibele mit Genugtuung zur Kenntnis nimmt.

Es ist jetzt allerhöchste Zeit für das Mittagsmahl der beiden Kriminalisten. Leicht ist es ihnen nicht gefallen, die Bratkartoffeln auszuschlagen und den auskunftsfreudigen Waldmenschen unbehelligt zu lassen. Seine Neugier führt Ibele in eines der jüngsten In-Lokale der Stadt, das sich demgemäß auch Inauer nennt. Des Inspektors Neugier ist nie nur kulinarisch, aber seit dem kometenhaften Aufstieg des Restaurants in den Vorhof des Schlemmerolymps geht sie zu einem guten Teil von seinem Magen aus. Ohne viel Aussicht auf Erfolg hält er nach einem Parkplatz Ausschau. Trotz der überteuerten Parkplatzbewirtschaftung, einer behördlich verordneten und kontrollierten Form der Wegelagerei, ist nichts zu machen. Aber ein brav freigehaltenes Park- oder Halteverbot findet sich immer. Wozu ist man schließlich bei der Polizei! Ohne allzu große Probleme ist ein freier Tisch im trendig designten, nicht ungemütlichen Lokal zu ergattern. Ein schlaksiger junger Kellner arbeitet flink, seine Präsenz ist so unauffällig wie unübersehbar.

Die beiden Männer sitzen über ihrer sehr kreativen Vorspeise, einem leicht manieristisch arrangierten Dreierlei vom Landjäger: Pastete, Spießchen, Gulasch, da lässt sich am Nebentisch ein top gestyltes Damenduo vom Typus Kleinstadt-Möchtegern-Businesswoman nieder. Ob er will oder nicht – aber er will eh – dringen Gesprächsfetzen des aufgeregten Zwiegesprächs an Ibeles Tisch. „... Funkenhex ... Sauerei ... Häfele ... Erbschleicher ...“: Genau das, worauf die Antennen des Inspektors gerichtet sind. Ibele und Baldreich verständigen sich wortlos über ihre für das rituelle „Zum Wohl“ erhobenen Biergläser hinweg und spitzen die Ohren.

Offenbar kocht in der Gerüchteküche bereits ein ganz schön scharfes Süppchen. Schon geht es weiter:

„... nur weil die Hämmerle-Puppe auf ihrem Geld sitzt wie eine Henne auf den Eiern!“, nuschelt die etwas Ältere und um eine entscheidende Nuance brisanter, um nicht zu sagen: verzweifelter Aufgemöbelte der beiden in ihre Prosecco-Bestellung hinein.

„Mein Gott, das weiß doch jeder, wer dort die Hosen anhat. Was muss der Depp aber auch in diesen Klüngel hineinheiraten!“ Mitleid scheint hier keine besonders strapazierte Kategorie zu sein.

„Und du kannst deinen Kopf verwetten, dass da noch eine saubere Schweinerei zum Vorschein kommt, vielleicht eines von diesen gefälschten Testamenten!“ Die Jüngere scheint es besonders genau zu wissen, unterstreicht das oder meint es zu tun, indem sie mit den gespreizten Fingern der Linken ihre Daliah-Lavi-Frisur durcheinanderwirbelt und dabei einen unmissverständlichen *Willst-du-mit-mir-gehn*-Blick in Baldreichs Richtung schickt. Den allerdings lässt der Inspektor an sich abperlen, als wär's Regenwasser auf frisch gewachstem Autoblech. „Der Häfele baut doch seit Jahren für alle möglichen Typen vom Gericht die schönsten Häuser und kommt an jeden Bauplatz! Das pfeifen nicht nur die Spatzen von den Dächern. Ich persönlich glaube ja“, sie senkt die Stimme auf Flüsterton, „also ich bin mir sicher, dass die Gstopfte mit dem Toten ... na du weißt schon. Der Bäcker soll eine klasse Partie gewesen sein, früher einmal. Und jetzt ist es dem Häfele zu blöd geworden und er hat ihn einfach verfeuert, hahaha.“ Ein kehliges Lachen entblößt einen falschen Diamanten im Schneidezahn.

„Ja, genau, vor zwei Wochen erst hat mir die Susi, du kennst sie ja, die neue Flamme vom Tommy, hat mir Geschichten erzählt, das glaubst du nicht. Sie kennt nämlich den Geschäftsführer vom Häfele und der hat etwas mit einer Cousine von der Hämmerle. Im letzten Herbst, schwört die Susi, sagt der Tommy, soll die Hämm ..." Noch bevor die Lauscher mehr von dieser so umständlich angelegten wie simpel gestrickten, aber dafür umso unverblümteren, von stetem Wimperngeklimper, künstlichem Geseufz und Gestöhn und geziertem Gackern begleiteten Gesellschaftsanalyse vernehmen, taucht der Gastgeber des Lokals am Tisch der Damen auf. Schlagartig verlagert sich das Gespräch auf den vergangenen feucht-fröhlichen Abend. Aus ist's mit Häfele und Co. So schnell lassen die beiden Weibchen nicht mehr ab von ihrem Kavalier, ist er doch einer der ganz großen Player in der lokalen Szene-Szene.

Hubsi, der hurtige Kellner, platzt mit der Hauptspeise mitten in Ibeles und Baldreichs verblüffte Sprachlosigkeit. Er serviert mit einem an Hintergründigkeit selbst die berühmte Mona Lisa übertrumpfenden Gesichtsausdruck den Hauptgang des wohlfeilen Mittagsmenüs: ein delikates Braumeisterbeuschel. Nach dem Verzehr der famosen Portion belohnt es die wackeren Esser mit einem politisch vielleicht nicht mehr ganz korrekten breitlippigen Mohrenkonterfei am Tellerboden. Hauptsache lecker. Zur Feier des Tages spendiert Ibele zwei Espressi. Sie werden in nachdenklicher Stimmung getrunken. In den Kriminalistenköpfen herrscht Hochbetrieb. Während Baldreich bald darauf mit dem Auto schnurstracks nach Bregenz zurückkehrt, verschafft sich Ibele beim kurzen Spaziergang ins Oberdorf Bewegung. Der rasch einfallende Nebel, in dem alle Konturen verschwimmen, kommt seiner Stimmung entgegen. Und siehe da: Mit der Bewegung kehrt Ruhe ein in sein Denken. Man ersitzt sich eben seine Erfahrungen und Wahrheiten nicht, man ergeht sie sich!

Es ist gerade einmal kurz vor drei Uhr nachmittags, als Ibele bei Häfeles in der Oberdorfer Villa läutet. Ein wenig zu früh. Das Dienstmädchen mit dem bezaubernden Namen Zölestine öffnet das Haustor. Sie muss Frau Häfele entschuldigen, die noch mit der Schneiderin, pardon: Fashion-Designerin beschäftigt ist. Ibele wird höflich und unter Angebot einer Tasse Tee in ein geräumiges Stübchen gebeten; dort nimmt er auf einem protzigen dunklen Ledersofa Platz, Kolonialstil, nicht einmal unbedingt fehl am Platz in der gut und gern hundertjährigen Villa und ausgesprochen komfortabel. Durch ein breites vierflügeliges Fenster geht sein Blick hinunter auf die Stadt und durch den grauen Nachmittag ein Stück weit hinüber in die von Dunstschleiern weichgezeichneten Schweizer Berge. Aus einem Nebenzimmer dringen gedämpft geschäftige Frauenstimmen herüber. Die wenigen Worte, die Ibele versteht, lassen auf eine Kleiderprobe schließen, offenbar etwas Nöbleres, ein Ballkleid oder so. Es ist viel von Stickerei, Applikationen, Pailletten, Rüschen und Strass, von *Swarovsky* und *Hoferhecht* die Rede. Man scheint nichts auszulassen, was gut und teuer ist. Ibele erhebt sich und geht auf Zehenspitzen ein paar Schritte den Stimmen entgegen. So sehr er auch versucht, um die Ecke nach nebenan zu spähen, es gelingt nicht. Bis die Damen plötzlich wie aus dem Nichts aufgetaucht leibhaftig vor ihm erscheinen, den sie hier nicht vermutet haben, wie an ihren Gesichtern leicht ablesbar ist. Während sie ihn beinahe über den Haufen rennen, reißt der Inspektor die Augen weit auf. Frau Häfele steckt tatsächlich in einem bodenlangen, über und über bestickten und glitzernden, mit wildem Raffinement geschnittenen, seitlich bis beinahe auf Hüfthöhe geschlitzten, schulterfreien, wie hingehauchten kupferroten Abendkleid. Mein lieber Schwan! Die trägt da wohl einen Kleinwagen am verwöhnten Leib. Ibele glaubt sich in eine Haute-Couture-Modenschau versetzt. Neben Frau Häfele stelzt aufrecht die Schneiderin oder eben: Designerin. Ihr zuckersüßes Lächeln gibt Ibele das Gefühl zu schweben. Die Hausfrau fasst sich rasch.

„Oh, Herr Inspektor, Sie sind ein wenig früh. Wir haben noch eine kleine Anprobe absolviert." Ibele hat sich vorab blitzschnell in den erstbesten Fauteuil gerettet und ebenso schnell wieder daraus erhoben, steht jetzt gewissermaßen in parademäßiger Habtacht-Stellung vor den Damen. Die Hausfrau stellt vor:

„Siglindchen, das ist Herr Inspektor Ibele von der Kripo Bregenz. – Und das ist meine liebe Freundin", ein kesses Küsschen auf die in dunklem Orange geschminkten Lippen unterstreicht die Aussage, „meine allerliebste Freundin und Schneiderin Siglind Mohs-Brugger, eine wahre Zauberkünstlerin, wenn es um textile Feuerwerke geht! Sollten Sie Ihrer Frau einmal etwas wirklich Aufregendes schenken wollen, sind Sie hier an der richtigen Adresse!", doziert Frau Häfele schelmisch, während sie ihre so oder so wie angegossen sitzende Robe da und dort zurechtzupft und damit ihre berückendsten Effekte noch mehr in Szene setzt.

„Das glaube ich gern!", erwidert Ibele und bekundet einige Mühe, seine Blicke auf der schlichtweg perfekten Gestalt vor ihm nicht allzu auffällig und unkontrolliert herumrasen zu lassen. Das helle Lachen in dem von brünetten Haaren keck eingerahmten, ebenmäßigen Gesicht mit den blendend weißen Zähnen scheint nicht zuletzt der eigenen Vollkommenheit zu gelten. Ein ansatzweise in Richtung Trachtenlook weisendes, eng anliegendes erdfarbenes Kleidchen, dunkle, bestickte Seidenstrümpfe und Lackstiefelchen mit hohen Absätzen betonen, was zu betonen ist. Es kommt einiges zusammen im vorliegenden Fall. Scharf berechnendes Enthüllen, um nicht Entblößen zu sagen, und diskretes Verbergen der allerüppigsten Reize halten sich in genialer Weise die Waage. Himmelherrgottsakrament, nimmt Ibele schwungvoll Anlauf zu einer Erkenntnis, die sich ihm dann für den Moment doch wieder entzieht, bevor er ihrer habhaft zu werden vermag. Erst mitten in der folgenden Nacht, als er für Sekunden aus einem chaotischen Traumgebilde auffährt, das sich aus heroischer Beethoven-Musik, schwarz gekleideten Spanierinnen und mannshohen hölzernen Weinfässern zusammengesetzt, erinnert er sich an jenes überkandidelte 23-jährige Bürschchen, das im Jahr 1903 an und durch sich selbst zugrunde gegangen ist, das heißt an seinem allzu gelehrten Unvermögen, von sich ab- und zu den Frauen aufzusehen. Menschenskind, raunt sich Ibele jetzt zu, und bringt die Geistesgegenwart auf, es laut auszusprechen: „Vielleicht kann die gnädige Frau ja sogar für mich etwas kreieren!“ Besonders auf das *Kreieren* ist er recht stolz, umso mehr, als es ihm ein glockenhell herausprustendes Lachen und einen fachfrauischen visuellen Ganzkörpercheck, ein Maßnehmen von oben bis unten samt einem mit filmreifem Augenaufschlag kommunizierten „Warum auch nicht!“ einträgt. Wie der Falke im Sturzflug nach seiner Beute krallt Ibele nach dem hingehauchten „Ciao“, das ihm die schöne Schneiderin im Gehen über die Schulter zuwirft. Und lässt es doch bald als unbrauchbar wieder fallen: Kein Platz im Nest! Auch das überbordende Belmondo-Feeling, das für einen Augenblick die Herrschaft über ihn anzutreten im Begriff war, schüttelt Ibele kurzerhand und souverän ab. Nicht nur weil er im Dienst ist.

„Ich bin in fünf Minuten bei Ihnen, Herr Inspektor!“, reißt ihn Frau Häfele aus seiner Reflexion und weg sind die beiden. Ibele sinkt in das Sofa zurück und wundert sich, wie sang- und klanglos mitten am Nachmittag der Nebel die Sonne verschluckt und die riesigen Bäume im Häfeleschen Park sich in monströse, das Zimmer verdunkelnde Schatten verwandeln, denen Zölestine mit dem Anknipsen mehrerer kleiner Stehleuchten unverzüglich den Garaus macht. Danach bittet sie Ibele ins zirbenholzgetäfelte Esszimmer.

Dort wird eine üppige Jause kredenzt: Eingelegte Gurken, hauchdünn aufgeschnittener, mit schneeweißem Fett durchzogener Speck, alter Käse, ein frischer Guglhupf, kochend heißer Milchkaffee und – zu Ibeles erfreutem Erstaunen bietet ihm Zölestine eiskaltes Bier an. Eine kulinarische Achterbahnfahrt ganz nach des Inspektors Geschmack. Zu jedem der drei aufgelegten Gedecke gehört eine gesteifte feinleinene Serviette. Die Erlesenheit der nachmittäglichen Tafel jedenfalls erinnert ihn augenblicklich an den ersten Frankreichurlaub mit seiner Rosalia kurz nach der Hochzeit und die Einkehr bei einem burgundischen Drei-Sterne-Koch. Der hatte seine erlesene Kundschaft in einer großspurig der Speisekarte vorangestellten Präambel ausführlich darauf hingewiesen, welch allergrößten Wert er auf die einwandfreie Beschaffenheit der Materialien legt, die bei der Herstellung seiner Gerichte verarbeitet werden, und dass er, so wie Michelangelo, acht Monate in den Bergen von Carrara verbrachte, um die vollkommensten Marmorblöcke für das Grabmal Julius’ des Zweiten auszuwählen, regelmäßig selbst auf den Markt des kleinen Städtchens gehe, um sich die schönsten Teile Lendenstück, Rinderbraten und Kalbsfuß zu beschaffen. Ibeles Erkundung der weiteren Einrichtung bleibt an einem Wandregal mit altem Porzellan hängen, Teller mit märchenhaften Motiven aus Tausendundeiner Nacht. Zölestines Blick folgt dem des Inspektors und nimmt seine leicht ablesbare Bewunderung mit dem schlichten Stolz entgegen, den ein Künstler empfindet, wenn man mit ihm über sein Oeuvre spricht. An Zölestine wiederum fällt Ibele nach und nach etwas ihrem Namen gänzlich Zuwiderlaufendes auf. Ein fast unmerklicher, ein immanenter und damit im biblischen Sinn unschuldiger Hang zur Grausamkeit, zur Sünde, ist man zu sagen versucht. Eigenartigerweise kommt er offenbar jedoch nur dann zum Vorschein, wenn sie mit der Dame des Hauses zu tun hat. Der Hausherr wirkt in diese Richtung völlig unbeeindruckt, mehr noch: unbedarft, unbeteiligt; oder wie das fünfte Rad am Wagen.

Mein Gott, durchfährt es den Inspektor, als nach wenigen Minuten polternd der Baumeister aus einem Nebenraum eintritt, der passt hierher wie die Faust aufs Auge! Er setzt sich nach einer knappen Begrüßung auf seinen angestammten Platz, der sich, wie Ibele schon nicht mehr ganz so überrascht zur Kenntnis nimmt, nicht an der Stirnseite des Tisches befindet. Dort nämlich lässt sich gleich darauf die Hausherrin nieder, nun in einem unauffälligen malvenfarbenen Kleid, das allerdings durch einen um die bloßen Schultern drapierten hellgrünen Kaschmir-Schal, dessen Preis in etwa Ibeles Monatsgehalt entsprechen dürfte, mächtig aufgepeppt wird. Eine gemütliche Nachmittagsjause hat sich Ibele bisher anders vorgestellt. Das hier erinnert von der Stimmung her in seiner Steifheit an ein Geschäftsessen mit erpresserischen Kunden oder gleich an eine Henkersmahlzeit. Wahrscheinlich würde ob des eisigen Schweigens zwischen den Eheleuten sogar der Kaffee erkalten und das Bier warm werden, ergriffe nicht Ibele endlich das Wort. Aber wie anfangen? Auf in den Kampf! So konfrontiert er den Baumeister mit den Resultaten der gerichtsmedizinischen Untersuchung und mit den Aussagen des abgedankten Hexenmeisters.

„Hören Sie mir auf mit dem König, Inspektor! Der ist doch nur sauer, weil ich seine Hexe nicht genommen habe!"

„Stimmt, aber warum haben Sie sie eigentlich nicht genommen? Sie war doch bisher immer gut genug!"

„Ich hätte, nein, ich habe sie ja eh genommen, wollte dem König nur ein wenig Druck machen. Seit seiner Pensionierung ist der Kerl schlampig geworden und eigenköpfig, sitzt zu viel im Gütle!"

„Also wie war das denn: Er hat Ihnen die Hexe gebracht und Sie haben ihn zum Teufel gejagt? Wie kommt dann der Bäcker in das Hexengewand und auf den Funken?" Mit welcher Atemlosigkeit und kaum verhohlenen Neugier die Fabrikantentochter diesem Dialog folgt, ist für Ibele um vieles spannender als die Reaktion des leicht durchschaubaren Funkenchefs. Gewittrig züngelnd und zugleich wie aus unendlicher Ferne kommend liegen ihre Blicke auf dem Ehegatten, der an diesem überdimensionierten Tisch seltsam unscheinbar bleibt. Er erinnert Ibele stark an den Prinzen von Dänemark. Nein, nicht an den berühmten Dramenhelden, der mit dem Totenschädel in der Hand über Sein oder Nichtsein räsonniert, *to be or not to be* rezitiert Ibele für sich, *ob's edler im Gemüt* ... Nein, er meint den Gemahl der aktuellen dänischen Königin, einen französischen Grafen, der seit seiner Heirat mit der Monarchin wenig mehr als Spott und Hohn seiner hochmütigen Untertanen auf sich zieht und es wohl schon tausendfach bereut hat, nicht auf seinem Familiensitz im Bordelais geblieben zu sein und sich dort dilettierend der Dichtkunst zu widmen!

„Schauen Sie, Inspektor, ich habe die Hexe gleich am nächsten Abend, es war am Freitag, vom Büro aus zum Funkenplatz gefahren und genau auf den Platz gelegt, von dem sie der Sperger am Sonntag weggekrant hat. Der König hätte dann noch das Sprengzeug einbauen sollen."

„Sie haben also keine Ahnung, wie aus der Puppe der Bäcker geworden ist?"

„Nein, natürlich nicht, wie sollte ich!" Ein Seitenblick zu seiner Frau gleicht am ehesten dem Geheul eines geprügelten Hundes. Frau Häfeles stumme Replik fährt durch den Raum wie eine glühende Klinge.

„Wann haben Sie ihn zum letzten Mal lebend gesehen?"

„Moment mal ..."

„Du hast ihn doch am Freitag früh abgeholt und bist zum Funken mit ihm gefahren, oder?" Frau Häfeles Stimme lässt keinen Zweifel daran, dass es sich hier nicht um eine Frage handelt. Er hat ihn abgeholt. Da hat er die Medikamente mitgenommen, denkt sich Ibele augenblicklich.

„Wieso weißt du das?" Die Hände des Baumeisters spannen sich um die gepolsterten Armlehnen. Ibele gönnt sich einen langen Schluck vom Bier, bevor er ein besonders fettes Stück Speck gründlich zerkaut.

„Ist es richtig, was Ihre Frau sagt, Herr Häfele?"

„Ja, natürlich ist es richtig. Ich habe ihn abgeholt zu Hause und zum Funken gebracht. Es hat dort ein paar kleine Arbeiten für ihn gegeben, ein bisschen sägen und aufräumen. Ich bin nach einer halben Stunde wieder fort und war dann den ganzen Tag im Büro. Fragen Sie meine Sekretärin!“ So weit klingt das ja glaubhaft und leicht zu überprüfen. Aber warum liefert der Baumeister gleich ein Alibi für den ganzen Tag?

„Wie ist der Bäcker nach Hause gekommen?“

„Was weiß ich! Er hat gemeint, er wird das schon richten. Ich bin ja nicht sein Manager und Kindermädchen hat er keines mehr gebraucht.“ Häfeles Hände krampfen sich noch immer um die Lehnen, die Knöchel sind aschweiß und in seinen Augen liegt etwas unangenehm Lauerndes.

„Wir werden dem nachgehen und uns morgen bei Ihnen melden, Herr Häfele.“ Ibele lehnt sich demonstrativ entspannt zurück, trinkt sein Bier aus, wischt sich den Mund mit der Serviette gründlich ab und erhebt sich.

„Ich darf mich empfehlen, gnädige Frau, die Pflicht ruft.“ Per Handschlag verabschiedet er sich von seinen Gastgebern und ist froh, der drückenden Atmosphäre in der ehrwürdigen Villa zu entkommen. Nur um den Speck und den Käse, die zurückbleiben, tut es ihm leid, und um die köstlichen Senfgurken. Ganz zu schweigen von der schönen Frau Häfele. Bevor er das tadellos in Schuss gehaltene herrschaftliche Grundstück verlässt, raucht Ibele unter einer riesigen Douglas-Tanne verborgen eine Gauloise. Wenn auch der Gärtner nicht der Mörder war, so kann er vielleicht Aufschluss geben über den Geist und die Dynamik in diesem Haus. Ibele kritzelt eine Notiz in sein schmales, schwarzledern gebundenes Büchlein. Mit der Gauloise kehrt die kurzfristig abhanden gekommene Gelassenheit zurück, diese Haltung, wie sie weltmännische Ganoven in frühen existenzialistischen Filmen vermitteln, wenn sie, obwohl außer Atem und von Zigarettenrauch umweht, die Zügel des Lebens und der Liebe doch sicher in der Hand halten.

Auf dem Weg hinunter in die Stadt holt er sein bestens geschliffenes Taschenmesser bei den Wohlgenannt-Brüdern ab. Was weckt so verlässlich das Kind im Mann wie ein Taschenmesser, eines von den roten mit dem weißen Kreuz! Was gibt uns aber auch so verlässlich das Gefühl der Beständigkeit und der Jugend, als so ein seit der Kindheit vertrauter Gegenstand, dessen Unveränderlichkeit das eigene Altern scheinbar aufzuheben scheint! Kurz danach steht Ibele wieder vor der Tür der leut- und redseligen Zolloberrevisorswitwe. Wann sie ihren Mieter zum letzten Mal gesehen hat?

„Am Freitagmorgen, da ist er vor dem Haus in ein großes Auto gestiegen, das ihn abgeholt hat, ein silbernes." Danach hat sie ihn nicht mehr gesehen. „Aber am Samstag in der Nacht hat es in seinem Zimmer rumort, ein Schubladen-auf und Schubladen-zu, Tür-auf, Tür-zu, dass es mir fast zu blöd geworden wäre, und dann ist er die Stiege hinuntergetrampelt, das hat er sonst nie getan mit seinem bösen Fuß! Hinter dem Haus muss er auch noch herumgegeistert haben, den Spuren nach, als hätte er im aufgestapelten Brennholz etwas gesucht. Also ich weiß nicht!" Leider ist dieses Nichtwissen kein Grund für die gute Frau, ihren Monolog abzubrechen und Ibele lässt die Plappertante kurzerhand stehen. Nur eine Frage erspart er ihr nicht:

„Warum haben Sie uns das nicht schon heute Morgen erzählt?"

„Sie haben mich nicht danach gefragt!" Das ist typisch! Als hätte er sie nach all den anderen Geschichten gefragt, die sie serienweise auftischt! Es war wohl ein Fehler, Bäckers Zimmer nicht spätestens am Montag zu versiegeln und von der Spurensicherung untersuchen zu lassen. Ibele holt es in aller Eile nach, weist die Witwe streng auf das Betretungsverbot hin und noch im Gehen beordert er die Kollegen in die Kirchengasse. Wenn da nicht Häfeles Schuhabdrücke zum Vorschein kommen! Beim großen silbernen Auto jedenfalls dürfte es sich mit hoher Wahrscheinlichkeit um den Range Rover des Herrn Funkenmeisters handeln. Der ist dem, zumindest was Automobile betrifft, eingestandenermaßen zur Anglophilie neigenden Ibele bereits vor der Oberdorfer Villa aufgefallen.

Auf dem Nachhauseweg ist es nun wirklich nicht mehr zu übersehen: Das angekündigte Atlantiktief erreicht mit einem kräftigen Schub polarer Kaltluft, viel Feuchtigkeit und allem dazugehörigen Pipapo das Land. Ein barometrisches Maximum wandert ostwärts, einem über Russland lagernden Minimum zu. Die Kraft des Mondes tut ihre so geheimnisvolle wie unbestreitbare Wirkung. Wild und schwarz zieht schweres Gewölk über den See herauf. Der Schnee ist zum Greifen nah. Ibele schlägt fröstelnd den Kragen hoch und hält dennoch die Nase forsch in den stürmischen Wind. Nach dem Abendkaffee beschäftigt sich Rosalia mit der Vorbereitung der Parisreise und Ibele widmet sich einem seiner Langzeitprojekte: Der Lektüre von Tolstois *Krieg und Frieden* in der wunderschönen neuen zweibändigen Hanser-Ausgabe. Eben nimmt er den zweiten Band in Angriff. Wobei *Angriff* angesichts der Ehrfurcht, mit welcher der Inspektor über den blaugrünen Leineneinband streicht, ein eindeutig zu ungestümer Ausdruck ist.

Als Ibele schließlich das Licht im Wohnzimmer ausmacht und seiner Frau in den oberen Stock nachfolgt, bemerkt er beim letzten Blick aus dem Fenster die dicht fallenden Schneeflocken. Nun nimmt er auch die wundervolle Stille wahr, die sich über die Stadt gelegt hat. Was für ein Zauber geht immer von diesem Schauspiel aus, von der Eleganz und Erhabenheit der tanzenden Flocken!

## Von Erinnerungslücken und Schneelöchern. Allegro non molto f-moll: Staccato gelato

*I hab ja an sich Feuer gern.*
*Wann i a Feuer siech und hör „tatü“, renn i hin.*

Merz | Qualtinger, Der Herr Karl

Ein Anruf im Hause Häfele bringt noch nicht den Namen des Gärtners zutage, aber Zölestine verweist den Inspektor höflich auf die für die Pflege des Häfele- oder eigentlich Hämmerle-Parks zuständige Gärtnerei Binder. Dort erfährt Ibele zu seiner nicht geringen Überraschung, dass ein gewisser Balthasar Zumtobel seit Langem das Anwesen der Familie Häfele betreut. Das wird doch nicht der Funken-Zumtobel sein! Natürlich ist er es. Ob der Mann zu sprechen sei, will Ibele wissen. Er ist eben heute Vormittag im Park der Häfeles mit einigen Winterarbeiten beschäftigt. Der Schneefall der vergangenen Nacht hat die Hausfrau aus Furcht um ihr exotisches Gebüsch nervös werden lassen. Weil der Kunde König ist, hat man gleich einen Mann abgestellt. Ibele sieht keinen Grund, lange zu warten und macht sich zügig, also mit der Eisenbahn, auf den Weg nach Dornbirn. Baldreich lässt er zu Hause, er soll den Papierkram aufarbeiten, wer weiß, wie bald schon eine längere Außendienstphase anbricht!

Die Überraschung im Park der Häfeles ist keine mehr. Der Gärtner Zumtobel ist Ibeles bereits bekannter Funkenzünftler. Unbeeindruckt erwidert er den Gruß des Inspektors im Stile eines alteingesessenen Habitués. Auf die Frage, ob man sich irgendwo ein paar Minuten unterhalten könne, führt er ihn in ein kleines Gartenhaus, in dem in strikter Ordnung lange Reihen spitzer Gerätschaften und blitzender, funkelnder Werkzeuge versorgt sind. Mit einem aufmunternden „Hockend a klä ane!“, dem Zumtobel brummelnd Folge leistet, eröffnet Ibele das Gespräch. Aber zuerst braucht der Gärtner einen Schluck, worauf er sich mit dem Ärmel seines altmodischen Sakkos gründlich den Mund und gleich auch noch ein wenig die tropfende Nase abwischt, umständlich die staubige Flasche wieder in ihr Versteck versenkt, sich zurechtsetzt auf der wackligen Bank und den Inspektor aus munteren Äuglein anschaut.

„Herr Zumtobel, erzählen Sie mir bitte ein wenig über Ihre Arbeit hier heroben.“ Ibele mimt in altbewährter Manier den Ahnungs- und Absichtslosen, als wären sie sich noch nie begegnet. Die Gauloise nicht zu vergessen, die er seinem Gegenüber anbietet und, da sie erwartungsgemäß angenommen wird, zugleich mit der seinen anzündet. Der Gärtner scheint es nicht gewohnt zu sein, Geschenke zu erhalten. Beinahe ehrfürchtig betrachtet er das filterlose Stängelchen von allen Seiten und bringt sogar im Sitzen noch andeutungsweise eine zeremonielle Verneigung in Richtung des Spenders zusammen. Tief zieht er den Rauch in sich ein, was ihm einen Vorwand liefert, sich ausgiebig zu räuspern, bevor er antwortet.

„Ich bin schon fünfzehn Jahre zuständig für diesen Park. Und einfach ist es nicht, wissen Sie. Die Häf..., Entschuldigung, die Frau Häfele lässt alles immer erst im letzten Moment oder noch später machen und selten ist es gut genug. Zum Glück kennt man sie und mein Chef lässt mich ohne viel Dreinreden arbeiten. Es ist halt eine wichtige Kundschaft, aber lustig ist es nicht. Der Baumeister drückt mir manchmal Geld für ein Bier in die Hand, Garten und Park sind ihm ziemlich wurscht. Den interessiert nur das Geschäft.“

„Sie sind ja auch in der Funkenzunft, oder?“

„Ja, der Baumeister hat mich vor Jahren dazugeholt, weil ich mich mit Holz auskenne und über die Gärtnerei so manches organisieren kann.“ Da schwingt etwas wie Stolz mit.

„So kennen Sie auch den Bäcker?“

„Den Wilfried? Sicher. Den kennt jeder in der Stadt.“ Zumtobel inspiziert schweigend eine Weile das glimmende Ende seiner Zigarette und kommt zu dem wenig überraschenden Schluss: „Aber eigentlich kennt ihn keiner. Er ist von Bregenz herauf gekommen vor etlichen Jahren. Irgendwas ist gelaufen zwischen ihm und dem Baumeister, schiefgelaufen, wenn Sie mich fragen.“

„Haben Sie den Bäcker manchmal hier im Haus gesehen?“ Zumtobels Antworten kommen so natürlich daher, dass Ibele überzeugt ist, sich langes Taktieren und Psychologisieren sparen zu können.

„Er hat mir ab und zu geholfen, wenn im Garten besonders viel zu tun war. Ich glaube, die Frau Häfele hat ihn dann gerufen, und er ist auch jedesmal nach der Arbeit für eine Weile im Haus verschwunden. Aber nur wenn der Baumeister nicht daheim war.“ Zumtobel zwinkert dem Inspektor zu. Vielleicht ist ihm auch nur der scharfe Gauloise-Rauch in die Augen gestiegen. Es findet doch jeder seine Hintertürchen, um das trübe Dasein mit ein paar Lebenslügen aufzupeppen, denkt sich Ibele und schüttelt den Kopf in Richtung Zumtobel, wie um ihm zu zeigen, dass es da keinen Grund zur Geheimnistuerei oder zu halbseidenen Andeutungen gebe.

„Ich sag ja nichts“, wehrt der auch schon kleinlaut ab. „Oder doch: Weil nämlich am vergangenen Freitag, ich bin am frühen Nachmittag gekommen, um das letzte Laub zusammenzurechen, da ist der Bäcker erschienen. Es war grad drei Uhr, die Kirchenglocken haben geläutet, darum erinnere ich mich noch so genau. Er hat mich aber nur um einen Schluck Schnaps gefragt, hat mir ein paar Minuten zugeschaut und ist dann ins Haus gegangen. Der war vielleicht sauer! Naja, bei dem Magen! Allerdings: Am Freitag war die Frau Häfele nicht zu Hause, dafür aber der Chef! Chef ist das zwar keiner, aber was soll's. Ich bin eine Stunde später dann gegangen, ohne den Bäcker noch einmal zu sehen." Zwischen Daumen und Zeigefinger ist der allerletzte Rest der Gauloise eingeklemmt und Zumtobel saugt ihn mit einem in dem ausgezehrten Gesicht reichlich skurril wirkenden Kussmäulchen aus. Dass Ibele keinen Kommentar abgibt, macht ihn unruhig, aber er wartet geduldig, bis der Inspektor wortlos aufsteht und ihm die Hand reicht.

„Danke, das war wichtig, *Herr* Zumtobel." Der so Angeredete lächelt verlegen und spitzbübisch in seinen verwilderten Bart hinein.

„Tja, wenn ich ein Herr wäre, Inspektor, tät ich nicht hier sitzen." Sein eigener Status macht ihm offensichtlich auch nicht mehr Arbeit als die Brauchbarkeit seiner Aussagen. Recht so! Für den Kommissar hat sich dieser Ausflug mehr als gelohnt. Bei aller Brisanz der Zumtobelschen Erklärungen aber, das Vertrauen in das Männlein ist nicht größer geworden. Er scheint ein rechter Vifzack zu sein, hinter dessen Tölpelfassade manches Teufelchen sitzt. Ibele sieht da noch einiges an Potenzial. Jetzt jedoch ist es Zeit für das Mittagessen, nicht nur für seines, auch für das des Baumeisters. Ob er wohl auftaucht im häuslichen Zwinger? Ibele geht hinüber zum Haus, hinter einem der Fenster im ersten Stock fällt ein Vorhang zu, ein Schatten verschwindet. Der Range Rover ist nicht zu sehen, die offenstehende

Doppelgarage ist halbleer. Vom ästhetischen Standpunkt aus würde der Jaguar der Frau Häfele mehr als genügen, aber auf den äußeren Schein kommt es jetzt nicht mehr an. Nein, der Herr ist nicht anwesend, informiert Zölestine noch im geräumigen Vorzimmer den Besucher, da erscheint bereits Frau Häfele.

„Ich will versuchen, ihn auf dem Mobiltelefon zu erreichen", versichert sie eifrig. Sie tut es ohne Erfolg. „Sein Telefon ist ausgeschaltet." Ein Anruf in der Firma ergibt, dass der Chef bereits vor gut zwei Stunden weggefahren ist, ohne eine Auskunft über Verbleib oder Rückkehr zu hinterlassen.

„Sie waren am vergangenen Freitagnachmittag außer Haus, gnädige Frau?", fragt Ibele, der sich in den kleinen Salon führen hat lassen, in dem ihm die schneidige Modefrau begegnet ist. Doch die kommt ihm heute nicht mehr in den Sinn und noch weniger in die Sinne. Er ist mit anderem beschäftigt. „Wann sind Sie wieder nach Hause gekommen, und war zu dem Zeitpunkt Ihr Mann anwesend?" Frau Häfele denkt nach, aber nicht lange.

„Ich bin erst spät, so gegen elf, halb zwölf nach Hause gekommen. Meine Freundin Rita hat drüben im Café Stadelmann eine Vernissage gefeiert, da ist es ein bisschen später geworden. Mein Mann war schon im Bett, das heißt in seinem Zimmer, und hat geschnarcht."

„Aufgefallen ist Ihnen nichts Besonderes?"

„Eigentlich nicht. Außer ein paar Strohhalmen, die in der Garage um sein Auto herum gelegen sind." Strohhalme – mehr will und muss Ibele jetzt wirklich nicht hören; obwohl ihm die Bemerkung ein neues grelles Licht auf die Baumeistergattin zu werfen scheint. Weiß sie, was sie da sagt? Weiß sie, was es für ihren Mann bedeutet? So schnell es geht, verlässt Ibele das Häfelesche

Haus. Es geht aber nicht ganz so schnell, wie er gerne möchte, denn Frau Häfele zeigt plötzlich ein sehr lebhaftes Interesse an der Bedeutung dieser Strohhalme. Es sind zwar nicht die sprichwörtlichen, an die sie sich klammern müsste, aber doch solche, die ihr Leben einigermaßen verändern werden. Mit dem Versprechen, Ibele sofort zu verständigen, wenn der mehr abgängige als vermisste Gatte zurückkehrt, wird der Inspektor entlassen. Einen winzigen Augenblick über das Erwartete hinaus dauert ihr Händedruck an, verweilt ihr eindringlicher Blick auf Ibeles Gesicht. Ibele dankt und verlässt das Haus mit einem mehr als unguten Gefühl.

Er bilanziert: Am Samstagmorgen liegt Bäcker in Hexenverkleidung auf dem Funkenplatz; am Freitagnachmittag verschwindet er beim Dreiuhrläuten in des Funkenmeisters Haus. Wenn das Stroh in der Garage kein Hexenstopfstroh ist, dann frisst Ibele den berühmten Hexenbesen! Sein Magen knurrt eh schon bedenklich. Zuerst jedoch muss der Baumeister her! So wird Baldreich aufgescheucht, der Ibele pflichtbewusst vertritt; aktuell gerade in der Osteria. Er wird sich um den Herrn kümmern und hat außerdem die schöne Aufgabe, den General zu informieren. Ibele selbst gönnt sich, wenn er schon in der Gegend ist, ein Mittagessen in Köhlers Eck. Hier kocht man wie bei Muttern. Weil ihm eben doch irgendwie ein Stein vom Herzen gefallen ist mit der Entdeckung von Häfeles Umtrieben, wählt Ibele zur Feier des Tages einen alten Klassiker aus der Wirtshausküche, eines seiner heimlichen Lieblingsgerichte. Er bestellt sich ein Cordon bleu, natürlich vom Schwein, vom Alpschwein, und ebenso natürlich mit Pommes frites statt dem angebotenen Grünzeug, zuvor eine Flädlesuppe. Wenn schon, denn schon! Hinter sich an der Wand bemerkt Ibele eine alte Schwarz-Weiß-

Fotografie, die er von früher zu kennen meint. Woher nur? Bevor er die Bildunterschrift entziffert, fällt es ihm ein. Das Bild zeigt ausgerechnet Hannes Wohlgenannt, Tante Hildas früh verstorbenen Mann, aufgrund seines Berufes als Schweinehändler *Su-Hannes* genannt, nebenbei ein begabter Fotograf und zudem eines der verschwundenen Stadt-Originale! Das Bild zeigt ihn vor einem kleinen Lastwagen, damals wahrscheinlich der letzte Schrei und heute genauso hoffnungslos lächerlich wie Su-Hannes' bis weit über den medizinballgroßen Kugelbauch hinaufgezogene Hochwasserhose. Sein Cordon bleu aber verspeist Ibele mit einer deutlich gesteigerten Ehrfurcht vor Gasthaus und Schwein. Bei den zusätzlich angebotenen frischen Apfelküchlein mit Vanilleeis muss er schließlich passen. Alles was recht ist! Es gibt keinen Grund, sich zu mästen! Ein Espresso geht sich noch aus, dann ist Schluss mit dolce vita. Ab ins Kommando!

Die Suche nach dem Baumeister läuft auf vollen Touren, unterstützt von medialem Sperrfeuer, besonders von der Internetseite des *Vorarlbergboten*. Ausgerechnet heute muss das Wetter so richtig umschlagen! Vorläufig beschränkt sich die Suche hauptsächlich auf Häfeles Auto. Ein *Vob.at*-User liefert schließlich den Hinweis auf den Wagen. Ein *Vob.at*-User, der dem Anschein nach wenig anderes zu tun hat, als in seinem Büro zwischen dem Computerbildschirm und dem Fenster hin und her zu schielen. Von seinem Büro in der Bezirkshauptmannschaft aus meldet er telefonisch, dass das gesuchte Auto direkt vor dem Eingang zum Bezirksgericht geparkt ist, und zwar seit gut fünf Stunden. Das weiß er so genau, weil er um zehn Uhr mit dem Fahrrad zur Metzgerei Fontain gefahren ist, um Leberkäse zu holen, denn der ist allemal einen kleinen

Ausflug wert. Bei der Abfahrt war der auffällige Geländewagen mit Sicherheit noch nicht da und bei der Rückkehr eine Viertelstunde später ebenso gewiss an Ort und Stelle, „tausendprozentig“, wie die mathematisch etwas ausufernde Angabe lautet, quer über zwei Parkplätze und, wie nicht anders zu erwarten, ohne gültigen Parkschein. Das mit dem Leberkäse blendet Ibele spielend aus, noch ist er mit seinem Cordon bleu beschäftigt. Der Rest genügt, um ihn nervös nach Baldreich rufen zu lassen.

„Wenn der so hektisch zum Bezirksgericht fährt und parkt wie eine Wildsau, hat das etwas zu bedeuten. Er weiß, dass wir ihm auf der Spur sind. Wenn du mich fragst, steckt jemand vom Gericht mit ihm unter einer Decke. Aber wer? Wir können ja nicht das ganze Gericht auseinandernehmen, und überhaupt machen die dort alle in einer halben Stunde Dienstschluss. Heilandzack, Karl, da lacht sich einer teuflisch ins Fäustchen!“

„Nicht mehr lange, Inspektor! Dies Händchen wird bald eiskalt sein! Die sind letztlich alle nicht kriminell genug, um so ein Ding wirklich durchzuziehen. Das sind, wenn ich das so sagen darf, Biedermänner, bei denen steckt wie bei uns Tirolern die erzkatholische Angst vor der Hölle tief in den Knochen, tiefer als alles andere, Chef. Das sind doch alles kleine Hosensch..., sicher aber keine Mafiosi, die kaltblütig die eigene Großmutter umlegen, wenn es ihnen ein paar Euro bringt, weißt du!“ Ja, Ibele weiss es nur zu gut, aber noch lieber wüsste er, wen es zu fangen gilt.

„Das können wir nur hoffen, Karl, und eigentlich wollte ich mich gerade darauf eher nicht verlegen! Aber was nützt's!“ Fräulein Hagens fragenden Augenaufschlag vermag Ibele im Augenblick nicht zu deuten, trotzdem macht er irgendwie Mut.

Viel mehr, als den angebrochenen Nachmittag mit ein paar liegengebliebenen Akten in ihrem Büro abzusitzen, bleibt den beiden Männern nicht. Zumal sich die Suche nach Bäckers Testament weiterhin als schwierig erweist. In seinem Zimmer ist es nicht gefunden worden. Zwar lag zwischen einem Stoß zerknitterter Hemden ein Kuvert mit der Aufschrift „Testament", aber es war leer und, so wie es ausschaut, von unbefugter Hand geöffnet. Einen Bericht darüber, wessen Fingerabdrücke sich darauf finden, gibt es sicher nicht vor morgen Abend. Ibele schwört, dass die Spuren von Frau Ulmers knochiger Greisinnenpfote mit dabei sind.

Schließlich wird es Ibele zu dumm und er zückt sein Telefon. Der König kennt doch den Funkenmeister seit Jahrzehnten. Es wäre gelacht, wenn der nicht um seine Gewohnheiten und seinen Umgang wüsste. Der Neorentner sitzt im Gütle, ergibt der Anruf. Sicher, der Herr Inspektor kann gerne kommen. Wenn man etwas im Überfluss hat, dann Zeit! Die Uhr am Bahnhof drüben zeigt 16.12, als Ibele Richtung City-Tunnel in die Bahnhofstraße einbiegt. Ein in der Autobahnauffahrt querstehender ukrainischer Sattelschlepper ist schuld daran, dass weit mehr als eine Stunde bis zur Ankunft im Gütle vergeht. Dafür empfängt ihn König schon vor dem Gasthaus und scheint diesmal wesentlich aufgebrachter als gestern.

„Inspektor, der Häfele ist vor einer halben Stunde da drüben im Wald verschwunden. Jaja, zu Fuß. Aber er war nicht allein, noch einer ist ziemlich grimmig hinter ihm dreingehoppelt. Den zweiten habe ich beim besten Willen nicht erkannt. Gekommen sind sie vom Parkplatz. Ausgeschaut haben sie wie ein Jäger und sein Förster! Der Häfele ist eindeutig der Förster." Unverkennbar der langgediente Unteroffizier, der Beobachter und Melder, stellt Ibele befriedigt fest: Was, wer, wie, wo und wann? Gelernt ist gelernt! Der Jäger und der Förster: *Der Richter und sein Henker*, denkt es in Ibele unwillkürlich und ein dürres, mattes Lächeln huscht um seine Lippen.

„Im Wald“, resümiert Ibele trocken „im Wald verschwunden. Da geht’s doch ins Ebnit hinein, oder? Was, glauben Sie, treibt ihn dorthin?“

„Ins Ebnit eher nichts, da könnte er auch fahren, das wäre einfacher. Aber es gibt da in Richtung Rudach oder Bödele hinauf jede Menge Jagdhütten und um diese Jahreszeit verlassene Ferienhäuser. Die wären ein feines Plätzchen für jemanden, der nicht gesehen werden will. Der Häfele war außerdem Jagdpächter oben am First, er kennt die ganze Gegend in- und auswendig.“

„Haben Sie eine Idee, wer der zweite Mann gewesen sein könnte, wenn es ein Mann war!?“

„Es war sicher ein Mann, Inspektor. Erstens habe ich das gesehen und zweitens hat’s der Häfele mit den Frauen noch nie so wirklich gehabt. Er ist ein gebranntes Kind, wenn ich so sagen darf.“

Was gäbe Ibele dafür, die beiden zu erwischen. Doch die Chancen stehen schlecht. Einen Hubschrauber muss man ihnen jetzt keinen mehr hinterherschicken, die Dämmerung ist weit fortgeschritten, es schneit immer wieder. Und die Typen von der Cobra sind auch nicht scharf darauf, ganze Wälder abzugrasen. Haha, denkt sich Ibele, abzugrasen gibt es bei dem Schnee eh nichts, schon gar keine Wälder. Also einfach nur warten, bis sie wieder auftauchen? Das ist denn auch ein bisschen wenig. Tee trinken, wie König vorschlägt, ist fürs Erste keine schlechte Ergänzung. Aus dem Tee wird Kaffee mit Apfelstrudel und aus dem ersten wird ein zweiter; und eine Gauloise im Herrenzimmer, dem

Raucherrefugium des Gasthofs. Dann aber heißt es handeln. Ibele meldet sich beim General, der über sein Mobiltelefon erreichbar ist und der Geräuschkulisse nach zu schließen auf einem Kreuzfahrtschiff. Es ist aber, wie sich herausstellt, nur die Badewanne in Kombination mit dem etwas laut aufgedrehten jüngsten heimischen Chart-Erfolg. Statt der Füße, wie es in dem Song heißt, tun dem Inspektor eher die Ohren weh. Dafür lässt sich der General leicht dazu bringen, eine Kompanie von Polizeischülern ins Gütle zu beordern, die das Gelände nach den beiden Waldgängern durchkämmen werden. Ibele beschließt, das Eintreffen der Jungkollegen und -kolleginnen im Gasthaus abzuwarten. König leistet ihm bereitwillig Gesellschaft, er lädt Ibele zu einem *Schnapser* ein. Dazu muss man den Inspektor nicht lange überreden. Er mag das Spiel seit seiner Militärzeit und spielt es mit erstaunlichem Überblick. Die Ankunft der Suchmannschaften verzögert sich, ihr Bus steckt in einem schneebedingten Stau fest. So wird ein Abendessen fällig. Ibele ordert eine Portion Bergkäse und, weil's so kalt ist draußen, Würstel mit Senf und Kren. Bevor es jedoch allzu *gmüatle wird im Güatle*, wie die Speisekarte verheißt, fahren draußen schließlich die zwei Busse vor. Längst ist es stockdunkel. König genießt es sichtlich, Informant zu sein und wieder einmal eine Befehlsausgabe zu erleben. Zwei Stunden später kehren die jungen Frauen und Männer durchnässt und durchfroren zurück. Tapfer haben sie durchgehalten. Schön, wie sie ihren Dienst, ihre Aufgabe noch ernst nehmen. Dunkelheit, anhaltender Schneefall und die Gefährlichkeit des Gebietes mit seinen Abgründen und steilen Felsüberhängen aber machen jede weitere Suche bis auf Weiteres aussichtslos. Die Busse fahren ab und Ibele kehrt zurück ins

Kommando. Dort ist alles dunkel, so lässt's auch der Inspektor gut sein für heute. Die letzten Räumkommandos kümmern sich um den Schnee auf den fast schon menschenleeren Straßen und Gehsteigen der Stadt, als Ibele nach Hause spaziert. Ein eigenartiger Zauber liegt über der schlafenden Stadt. Nur aus dem Hirschenwirtshaus, dem goldenen, kommen ein paar dick vermummte Herren heraus, zünden sich lange Zigarren an und verabschieden sich weinselig voneinander. Ibele erkennt den einen oder andern der honorigen Herren, meist Doktoren diverser Fakultäten, und wird unwillkürlich an Bäckers Testament erinnert. Wenn Ibele wüsste, womit sich zur selben Zeit der Funkenmeister und sein Begleiter beschäftigen ... ja, was dann? Er weiß es nicht. So kommt er versonnen zu Hause an, wo ausnahmsweise alles dunkel ist. Er verstaut ordentlich die nassen Schuhe und den schweren Mantel, beendet sein Tagewerk ohne weitere Umschweife und sucht das eheliche Schlafzimmer auf. Leise legt er sich neben sein grummelndes und schnaubendes Rösle, das im Halbschlaf eine Hand nach ihm ausstreckt; und wieder einmal ist er eingeschlafen, bevor er auch nur die Augen richtig geschlossen, geschweige denn etwas davon bemerkt hat.

Zu der Zeit nun, da Ibele in seine ersten Träume hineintrudelt, es geht auf Mitternacht zu, halten sich Häfele und sein Begleiter tatsächlich in einer versteckt tief im Wald liegenden Jagdhütte auf. Sie haben ein ordentliches Feuer im Ofen angemacht und sitzen an einem hölzernen Tisch im Licht einer kleinen Lampe. Käserinden, Wurstreste, Brotkrümel und etliche leere Bierflaschen zeugen von einem frugalen Mahl. Häfeles Gegenüber, ein untersetzter, kahler Mittvierziger mit bedenklich rotem, kugelrundem Kopf, ist tief über ein zu verfassendes Schriftstück gebeugt. Er hält eine schwarze Füllfeder in der Hand und schreibt bald nach Häfeles Diktat, bald nach eigenem Gutdünken Wort für Wort fein säuberlich auf das weiße Papier. Auf dem Tisch steht eine Flasche Rotwein, vor den Männern halbvolle Gläser. Ein altmodischer Wecker tickt auf dem Fenstersims. Lange Pausen des Schweigens schieben sich zwischen die wenigen von Häfele mit verhaltener Wut hingeworfenen Worte. Der Bullige spricht überhaupt nicht mehr, seit er zu schreiben begonnen hat. Haben sich die Männer mit dem ersten Schluck noch zugeprostet, so trinkt jetzt jeder in seinem eigenen Rhythmus, es schenkt auch keiner dem anderen nach. Mit jeder Zeile, die der Text an Länge zunimmt, steigt die Spannung, ja die Feindseligkeit zwischen den beiden spürbar an. Mit gefurchter Stirn und halb offenem Mund malt der Schreiber schließlich eine Unterschrift auf das Papier und schiebt es zu Häfele, dem er die Feder reicht. Häfele setzt ohne Weiteres seinen Namen unter das Schriftstück und gibt es ohne aufzublicken zurück. Hastig leert er sein Glas. Achtlos und grob stellt er es auf den Tisch zurück. Ein paar Minuten malt Häfeles Kompagnon noch auf dem Papier herum, setzt dort einen Beistrich, fügt da ein Wort, eine Zahl ein, bessert aus, flickt, streicht durch. Endlich schraubt er die Füllfeder zu, legt sie in ein Etui und steckt es ein. Er faltet das Blatt Papier sorgfältig und verstaut es in einem gelben Kuvert, das er sogleich zuklebt.

„Das passt jetzt, oder, Bruno?“, fragt ihn Häfele in einem zwischen Drohung und Unterwürfigkeit schwankenden Tonfall.

„Wenn du meinst!“, entgegnet der andere. Das ist weder ein Ja noch ein Nein. Es ist ein Urteil, dessen Vollstreckung nicht mehr lange auf sich warten lassen wird.

„Komm, wir gehen!“ Häfeles Stimme schwankt noch immer zwischen Befehl und Bitte. In seinen Augen flackert neben purer Angst und trostloser Gleichgültigkeit ein in der tiefsten Seele gründendes, unbändiges Entsetzen, vor dem es kein Entkommen, keine Flucht, keine Rettung gibt.

Der mit Bruno Angeredete schenkt sich schon im Stehen stumm sein Glas voll und trinkt es in einem langen Zug aus. Die leere Flasche mit den beiden Gläsern räumt er in einen Verschlag neben dem Eingang. Das gelbe Kuvert wirft er hinter Häfeles Rücken in eine Schublade des Stubenkastens. Es wird eines der Testamente sein, die plötzlich wie aus dem Nichts auftauchen. Wenn noch Zeit bleibt. Er schaut kurz nach dem Feuer und stößt fluchend ein halb verkohltes Scheit in die knisternde, auflodernde Glut. Die verbogenen Zeiger des Weckers gehen auf zwei Uhr zu.

Die beiden Männer schlüpfen wortlos in ihre schweren Mäntel und knüpfen sie bis oben hin zu. Bruno hängt sich den Rucksack um, seinen Hut drückt er tief in die Stirn. Häfele verbirgt sein Gesicht wie ein Mönch in einer an den Mantelkragen geknüpften Kapuze. So treten sie in die windige, stockdunkle, kalte Nacht und das dichte Schneetreiben hinaus. Schweigend gehen sie dem von großen Steinbrocken übersäten Bett der unter einer dünnen Eisdecke glucksenden Dornbirnerach entlang durch den Wald talauswärts, dem Gütle, der Stadt, den Lichtern zu. Der moosige und überdies verschneite Waldboden schluckt jedes Geräusch. Im Gasthof drüben brennt noch Licht. Schwach und warm leuchtet es über die Ach herüber, wo die beiden Männer im Dunkel mühsam durch den Schnee stapfen. Bei einem der letzten Häuser des kleinen Weihers hält der vorausgehende Bruno inne. Es ist ein verwahrloster Bauernhof mit schief hängenden Fensterläden. Längst steht kein Vieh mehr im Stall. Das von mehreren Fernsehantennen zusätzlich verunstaltete, von allerhand Gerümpel und ausrangierten Fahrzeugen umgebene Haus wird von einem ebenso verwahrlosten und ausrangierten Paar alter Leute bewohnt. Der an einer langen Kette angebundene magere Köter kommt aus seiner baufälligen Bretterhütte heraus und bellt zwei, drei Mal. Bruno zieht etwas aus seiner Manteltasche und wirft es ihm zu, worauf sich das Tier knurrend verzieht. Die Männer sind bereits etliche Minuten vom Haus entfernt, da heißt sein Begleiter den Baumeister kurz warten. Der wundert sich ein wenig über den trotzig zurück zum Haus marschierenden Bruno, setzt sich dann auf einen gefällten Baumstamm und stiert geistesabwesend und müde vor sich hin. In nicht allzu großer Entfernung leuchten ihm ein paar Lichter aus der Stadt entgegen. Die Talstation der Bergbahn kann nicht mehr weit sein. Er sehnt sich nach dem warmen Bett in seiner Villa. Im Grunde seiner Seele aber sehnt er sich noch viel weiter zurück, zurück in eine Welt ohne Bilder und ohne Bewusstsein, ohne Fragen und vor allem ohne Antworten.

Bruno erreicht das Haus, in dem alles dunkel ist. Eine matte Hoflampe taucht den Eingang mit der daneben stehenden Hundehütte in ein diffuses, von den tanzenden Schneeflocken reflektiertes Licht. Wie heißt es doch: Jede Flocke eine unerlöste Seele? Irgendwo heult ein Hund, ein Käuzchen schreit. Knurrend kriecht der Köter aus seiner Hütte, fixiert den nächtlichen Besucher aus blutunterlaufenen Augen, bellt heiser, mehr bettelnd als drohend. Wieder wirft ihm Bruno etwas zu, es ist ein aus der Manteltasche gezogenes Stück Wurst, und der Hund beginnt, daran herumzuschnüffeln. Mit ein paar beruhigenden, überraschend freundlichen Worten geht Bruno auf das geduckte Tier zu und nimmt ihm blitzschnell die rostige Kette ab. Verblüfft schaut der dürre Köter auf, schnappt sich die Wurst und verzieht sich schwanzwedelnd hinter das Haus. Ein toller Wachhund!

Häfele sitzt inzwischen frierend und apathisch auf seinem durchnässten Hosenboden. Der Schnee fällt ununterbrochen in großen Flocken. Häfele spürt keine Kälte, er spürt überhaupt nichts. Er hört nicht das Rauschen des Baches direkt neben ihm. Er hört gar nichts. Seit dem Sonntag ist ihm die Welt und ist er sich völlig fremd geworden. Nicht nur hat er keine Ahnung, was für ein Geschäft dieser Bruno jetzt erledigen muss, mitten in der Nacht, noch warum das so lange dauert. Aber irgendwie hat er das Gefühl für die Zeit ebenso verloren wie für sich selbst. Das mit Bäcker hätte so nicht passieren dürfen. Er spürt es mit unbestechlicher Klarheit. Wer nur trägt die Verantwortung für diesen letzten Fehler? Warum ist ihm immer wieder die Kraft versagt geblieben, mit Bäcker zu einem vernünftigen Ende zu kommen? Zu einem Ende, das ihrem strahlenden Anfang halbwegs gerecht geworden wäre! Wie von außen her beobachtet er sich voller Misstrauen und Abscheu. Hinter ihm fängt ein Hund zu bellen an. Sonst rührt sich nichts. Als sich plötzlich etwas Eiskaltes um seine Gurgel legt und ihm den Hals mitsamt der Kapuze zuschnürt, lässt er es beinahe widerstandslos geschehen, als gälte es gar nicht ihm. Nur die Hände mit den verkrampften, frostklammen Fingern fahren in die Höhe, greifen ins Leere.

Nach einer endlosen oder nach gar keiner Zeit erwacht Häfele. Er erwacht davon, auf dem Rücken durch den Schnee geschleift zu werden. Doch kann sein Zustand kaum Erwachen genannt werden. Es ist eine vage Empfindung von Schwere, Kälte und Nacht, die den Funkenmeister die Augen aufschlagen lässt. Kraftlos, wie in Zeitlupe, fuchtelt er mit den Armen, stößt röchelnd krächzende Laute aus, ringt rasselnd nach Atem. Das letzte, was er schließlich mitnimmt von dieser Welt, ist ein wüster Fluch und ein Blick in Brunos wutverzerrtes Gesicht, bevor ein Schatten sich mit rasender Geschwindigkeit und furchtbarer Wucht auf seinen Kopf zu bewegt. „Wie ein Hund“, denkt er sich, und es ist, als sollte nichts als die Scham ihn überleben.

Die ganze Nacht über hat es geschneit, ununterbrochen und ausgiebig. Am Morgen kommt daher die übliche kleinstädtische Geschäftigkeit nur schleppend in Gang. Sogar die Schneepflüge und schaufelnden Hausbesitzer werkeln wie in dicke Watte verpackt. Dabei hat dieser Morgen einiges an heißen Neuigkeiten zu bieten. Davon ahnt der frühstückende Inspektor noch nichts. Das Rösle hantiert ruhig und routiniert; manchmal geht ein Wort zwischen den beiden hin und her oder eine Geste, ein Blick. Endlich steht Ibele auf, küsst seine Frau. Sie nimmt ihn in ihre Arme, flüstert ihm zu: „Du wirst sehen: Sie finden ihn!“ Ibele möchte ihr gerne glauben. Noch auf seinem zum winterlichen Ambiente passenden meditativen Spaziergang ins Kommando hat er keinen Grund, im kommenden Tag ein Übermaß an Dramatik zu vermuten. Vielmehr befindet er sich nach dem langen und tiefen Schlaf der vergangenen Nacht und dem gewohnt beschaulichen Frühstück in bester Stimmung, erfüllt von einem leisen, intensiven, so weltfernen wie weltumfassenden Glück.

Dann aber die Neuigkeiten. Wie erwartet sind in Bäckers Zimmer die Spuren des Baumeisters gefunden worden. Allerdings nicht nur die des Baumeisters. Da war noch ein anderes Paar fremder Schuhe zugegen und am Werk. Ein auffälliges Paar Schuhe: mit einer genagelten, tiefen Profilsohle versehen. Wie die Spuren belegen, sind die beiden kreuz und quer und einigermaßen planlos im Zimmer hin und her gewuselt. Nicht nur im Zimmer: auch rund ums Haus. Frau Ulmer hat keine Gespenster gehört. Genagelte Schuhe: Wer trägt noch so etwas? Den Baumeister hat Ibele bislang stets in pseudo-rustikalem Schuhwerk gesehen.

Sicher nichts Genageltes. Mit wem macht der Häfele gemeinsame Sache? Was für eine Sache? Ist es einer von der Funkenzunft? Da könnte leicht so ein Nagelschuhstapfer dabei sein. Oder einer seiner Bauherren? Sind das nicht lauter feine Pinkel? Oder ein Lieferant, nicht unbedingt von Ziegeln oder Zement, schon eher von Insiderinformationen, zum Beispiel debile und vermögende Erblasser betreffend.

Die zweite Neuigkeit für den Inspektor ist noch nicht ganz so weit, wenn auch im Anrollen. Sie wird nicht nur die Spurenauswertung von Bäckers Kämmerchen mit neuer Brisanz aufladen, sondern auch jenes Katecheten-Sprichwort hell ausleuchten, das uns einreden will, alles Gute komme von oben. Das ist ja möglich, heißt aber noch nicht, dass alles gut ist, was von oben kommt. So wie jetzt, es geht auf halb neun zu, und es nähert sich eine der bunten Kabinen der Karrenseilbahn langsam der Talstation. Die jährliche Revision ist im Gange und der Dienst beginnt wie jeden Tag damit, die Kabine von der oberen Station herunter zu holen, was automatisch bedeutet, dass die über Nacht im Tal stehende nach oben unterwegs ist. Herunter fährt heute neben verschiedenem Material und Werkzeug ein Mitarbeiter des Bergrestaurants. Es ist Friedrich, ein leicht zu erschreckender, ausgesprochen naiver, nicht mehr ganz junger und etwas derber Knabe. Einer von der Sorte, die mit vierzig noch bei der Mama wohnen. Mittlerweile hat der Schneefall beinahe ganz aufgehört, nur einzelne Flocken fallen tänzelnd vom nach wie vor dicht mit grau-schwarzem Gewölk verhangenen Himmel. Es wird nicht lange dauern, bis noch mehr von der weißen Pracht kommt. Ein schrilles Klingeln zerreißt die Stille in der Talstation. Es ist das Alarmsignal aus der talwärts fahrenden Kabine. Fussenegger, der Betriebsleiter der Karrenbahn, wird jäh aus seiner Tagträumerei gerissen. Kaum hat er sein schläfriges „Ja, was ist los?“ in das verstaubte Mikrofon gemurmelt, fliegen ihm die von heftigem Atmen und sphärischem Rauschen skandierten Wort- und Satzfetzen nur so um die Ohren: „Heilige Maria, Fussenegger ... schau dir das an ... ich glaub' es nicht ... Barmherziger Jesus ... ist das grausig ... da hängt einer in der Bahn ...“ Fussenegger stoppt augenblicklich, reflexartig, die Fahrt und schaltet den Überwachungsbildschirm ein, der ihm ein leicht verschwommenes Videobild aus dem Inneren der Kabine zeigt. Tatsächlich, da hängt eine Gestalt von der Kabinendecke. Sie baumelt im Takt der abrupt zum Stillstand gebrachten Kabine leise hin und her. Ein Jäger oder so etwas, der Kleidung nach zu schließen. Was Fussenegger sofort auffällt, ist der Rucksack, den der Gehängte umgeschnallt hat. Wer hängt sich schon samt seinem Rucksack auf? Sachen gibt's! Es geht nicht anders: Die bergwärts fahrende Kabine muss wieder herunter, der arme Friedl samt Kabelrollen, Werkzeugkisten und leeren Bierfässern wieder hinauf. Ein paar Minuten später ruckelt die Bahn in die Talstation. Fussenegger geht hinaus, schiebt die halboffene Kabinentür ganz zur Seite und traut seinen Augen nicht. Wer da, mit Rucksack und steifgefroren, eine Art Hundekette mehrfach um den Hals gewickelt, in der Bahn hängt, ist niemand anderer als der Funkenmeister Häfele. Fusseneggers einstiger Kartenspielfreund, mit dem man sich Sonntag für Sonntag nach dem traditionellen Kirchgang im Gasthof *Zum Verwalter* getroffen und dort Stunden, ja ganze Nachmittage verspielt hat, während daheim Suppe und Braten kalt geworden sind. Was sogar dem schlaftrunkenen Fussenegger auffällt, sind Häfeles geschlossene Augen. Ob es nun seine Geistesgegenwart ist oder doch eher die winterliche Trägheit, die den Fussenegger das Richtige tun lässt, muss offen bleiben; er schließt mit einem hingeseufzten „Gelobt sei Jesus Christus! Das ewige Licht leuchte ihm!“, die Kabinentür. Der fromme Wunsch nach mehr Licht leuchtet ja tatsächlich ein. Aber wofür hier wem auch immer ein Lob ausgesprochen wird, bedürfte einer gründlicheren theologischen Expertise. Dann meldet Jakob Fussenegger seinen tiefgekühlten Fahrgast der Dornbirner Stadtpolizei. Die wiederum holt Ibele für heute definitiv aus seinen Wintermärchenträumen.

Was Ibele auf der Fahrt nach Dornbirn ganz sicher weiß, ist nur, dass ihm dieser Tod nicht gefällt. Er gefällt ihm zum einen per se nicht und zum anderen, weil er ihm über alle thanatologische Skepsis hinaus nicht traut. Vielmehr vermutet er eine allzu irdische, allzu menschliche Schweinerei hinter der Sache. Natürlich hat der Baumeister in den wenigen Tagen, die Ibele mit ihm zu tun hatte, vielfältige Gründe für Zweifel an seiner Person geliefert. Sein Lebenswille, seine Vitalität und sein Elan schienen Ibele aber durchaus intakt gewesen zu sein. Wie viele Fragen waren da noch offen an den Funkenzampano! Wer soll sie jetzt beantworten, da Häfele für immer schweigt? Zumtobel! schießt es unvermittelt durch das Hirn des Inspektors. Der Gärtner Zumtobel! Nicht unbedingt ein Mörder, aber ein Tor. Er hat Bäcker außer dem Baumeister zuletzt lebend gesehen. Zudem verwettet Ibele Hab und Gut, wenn der tatsächlich nach Hause gegangen ist am vergangenen Freitagnachmittag! Der Unglaube des Inspektors, was Häfeles Selbstmord angeht, steigert sich zur Gewissheit, als er dem hängenden Toten gegenübersteht. Mit einer Ehrfurcht, die ihm immer wieder unangenehm ist, öffnen die Anwesenden eine schmale Gasse, um den Inspektor durchzulassen. Auch der Doktor Bertolino ist neben Stadtpolizei, Rettung und Presse – Herrgottsack, wo kommen die schon wieder her?! – zur Stelle. Der Doktor hat eine ungünstige Woche erwischt für seinen Not- und Außendienst, tut dies in der ihm eigenen Mischung aus Humor und Zynismus auch ungeschminkt kund: „Es ist so verdammt kalt hier und der Mann da ist so tot, da gehe ich gleich wieder nach Hause." Das mit dem Nachhausegehen dürfte eine fixe Idee des guten Doktors sein. Tatsächlich, der Mann ist tot, erhängt, gemeuchelt, erfroren oder alles miteinander. Ibele erkundigt sich nach der Frau Baumeister. Sie ist verständigt, müsste gleich hier sein. Jetzt weiß der Inspektor, was ihm nicht gefällt, aber schon kein bisschen gefällt. Es ist die Kette, die mehrere Meter lange, grobe, teilweise angerostete, mit Eiskristallen überzogene Kette. An solchen Ketten hat man früher Hofhunde festgemacht. Ibele weiß, dass sich niemand eine solche Kette freiwillig um den Hals wickelt! Niemand! Sicher erst recht nicht einer wie der Häfele, der für ein bisschen Bequemlichkeit und den schalen Luxus seines Lebens jahrelang einen so hohen Preis zu bezahlen bereit war.

Die Höhe dieses Preises wird Ibele eben wieder vor Augen geführt, da Fussenegger die nunmehrige Witwe Häfele hereinführt. Ob es Zufall ist oder schnelle Reaktion, jedenfalls trägt sie Schwarz. Schwarz, das sie ganz ausgezeichnet kleidet, das darf man doch sagen oder wenigstens denken, nicht wahr? Schwarzer Mantel, schwarzer Hut, schwarze Handschuhe, schwarze Lederstiefel. Ibele begrüßt sie mit einem festen Händedruck und den üblichen, zwischen echtem Mitgefühl und eingeübter Höflichkeit angesiedelten Floskeln. Dann übergibt er die weitere Arbeit an seine Kollegen und geht mit Frau Häfele nach draußen. Er dürfe ihr doch ein paar Fragen stellen, wendet er sich an sie. Ja natürlich, warum auch nicht.

„Wann haben Sie Ihren Mann zuletzt gesehen?"

„Das war gestern nach dem Frühstück, am späten Vormittag, vielleicht zwei Stunden, bevor Sie bei uns waren. Er ist kurz vor zehn Uhr weggefahren und dann nicht mehr aufgetaucht. Ich hätte Sie sonst sofort angerufen. Ich selbst war am Abend bei meiner Schwester zum Essen eingeladen, kleine Damenrunde, Sie verstehen." Stirnrunzelnd versucht Ibele, der nicht weiß, was es da zu verstehen gibt, das Verschwinden des Funkenmeisters in einen sinnvollen Zusammenhang zu bringen. Um etwa 10.00 Uhr fährt der Mann weg, parkt kurz darauf, offenbar in großer Eile, vor dem Bezirksgericht und ist weg, für immer.

„In der Nacht war er also sicher nicht hier?"

„So viel ich sagen kann, nicht. Ich bin kurz vor Mitternacht nach Hause gekommen, da war sein Wagen nicht in der Garage, am Morgen auch nicht, und bei dem Schnee hätte man doch Spuren sehen müssen, wenn er in der Nacht herumgekurvt wäre. Außerdem hätte ich es gehört. Ich habe da ein gut trainiertes Ohr!"

„Haben Sie vielleicht eine Idee, wo oder mit wem er die Nacht verbracht hat?" Laura-Elisabeth Häfele gehört nicht zu den Ehefrauen, die eine solche Frage in Verlegenheit bringt.

„Da gibt es mehrere Möglichkeiten, Inspektor. Nur kann ich Ihnen nicht wirklich weiterhelfen. Der Baumeister ist oft über Nacht ausgeblieben, entweder hat er im Büro geschlafen, er war dort bestens eingerichtet, oder bei irgendwelchen Freunden, wenn er zu betrunken war, um noch zu fahren. Frauen waren kaum im Spiel, da hat er lieber die Finger davon gelassen", fügt die frischgebackene Witwe hinzu und unterstreicht das mit einer Ich-wasche-meine-Hände-in-Unschuld-Geste. Durchaus glaubhaft, findet Ibele.

„Danke Frau Häfele, ich brauche Sie vorerst nicht mehr, werde mich vielleicht am Nachmittag bei Ihnen melden.“ Nicht unfreundlich, aber doch sehr knapp verabschiedet sich die Witwe von Ibele und steigt in ihren Wagen. Es ist der mitternachtsblaue Jaguar, ein XF, wie Ibeles Kennerblick feststellt. Jaja, Geld macht nicht glücklich, man kann es nicht essen und kein Glück kaufen damit, nur schönes, sinnloses Spielzeug.

Bevor die Binsenwahrheiten ihn allzu sehr ablenken, geht Ibele nochmals zurück zur Seilbahnkabine. Der arme Baumeister ist mittlerweile in eine horizontale Lage gebracht worden. Ein Kollege kommt mit einem Mobiltelefon auf Ibele zu. „Das hat vor ein paar Minuten in Häfeles Jackentasche geläutet, Inspektor.“ Genau nach diesem Gerätlein steht Ibele der Sinn. Von ihm verspricht er sich viel. Vor allem eine Antwort auf die Frage, wo und mit wem Häfele seinen letzten Tag und seine letzten Stunden verbracht hat.

Vom Betriebsleiter lässt sich Ibele erklären, wie der Tote in die Bahn gekommen sein könnte. Über die Nacht befindet sich eine Kabine in der Bergstation und die zweite im Tal, wo sonst! Es ist kein großes Kunststück, sich Zutritt zur Kabine zu verschaffen. Nein, versperrt war die Kabine nicht und auch der Zugang ins Haus ist für jemanden, der das will, relativ leicht möglich. Es ist dennoch ein eigenartiger Platz für ein an sich schon heilloses Geschehen. Wer kommt auf so eine Idee! Als hätte es einer der zahllosen Bäume draußen nicht getan!

Im Kopf des Inspektors beginnt sich ein mögliches Szenario abzuzeichnen. Jemand bringt Häfele, genauer: den toten Häfele, sagt sich der Kriminalist, jemand also bringt den toten Häfele in die Seilbahnkabine und täuscht einen Selbstmord vor. Fragt sich nur noch, woran der Funkenmeister wirklich gestorben ist. Dann überlässt man den Toten seinem Schicksal und macht sich davon. Außerhalb des Gebäudes braucht nach Fußspuren nicht gesucht zu werden, dafür hat der Schnee gesorgt; aber im Gebäude und in der Gondel sollte etwas zu finden sein. Was Ibele noch nicht weiß, aber bald wissen und sich nicht darüber wundern wird: Dieselben Spuren, Schuhspuren, wie in Bäckers Zimmer lassen sich sowohl in der Talstation als auch in der Kabine selbst nachweisen. Es sind undeutliche, verwischte Spuren von Häfeles modischem Haferl-Schuhwerk mit der fein gerippten Gummisohle, die er auch jetzt noch trägt, und zusätzlich klar zu erkennende Spuren von einem Paar grober, genagelter Bergschuhe. Wem zum Teufel und Kruzifix gehören die? Noch neugieriger geworden, wirft Ibele einen ersten Blick auf die Anrufliste von Häfeles Telefon. Die als vorletzte gewählte Nummer, gestern um exakt 10.03 Uhr, hat eine Dornbirner Vorwahl, gefolgt von einer sechsstelligen Zahl, 384301. Wem gehört diese Nummer? Ibele zieht sein Handy aus der Tasche und wählt. Verschwommene Nullachtfünfzehn-Tonbandmusik und dann eine männliche Stimme, die Ibele den Puls schlagartig in die Höhe jagt: „Bezirksgericht Dornbirn. Grundbuch. Wir sind bemüht …“

Mehr muss er nicht wissen! Das Grundbuch! Genau dort hat sich, so viel hat die verdeckt ermittelnde Jungrichterin am Dornbirner Bezirksgericht bisher aufgezeigt, genau dort hat sich der Drahtzieher aller Testamentsfälschungen verschanzt. Die von Häfele um 16.46 Uhr als letzte gewählte Nummer ist eine Mobilfunknummer. Ibele drückt die Wiederholungstaste auf Häfeles Apparat und wartet. Die Verbindung wird hergestellt, aber bis auf ein heftiges Keuchen bleibt es still. Ibele versucht es mit einem fragenden „Hallo“, da ihm nur noch heftigeres Keuchen antwortet, legt er auf. Es wird nicht schwer sein, den Besitzer des Apparates und auch seinen Aufenthaltsort auf dieser wohl doch nur zweitbesten aller Welten zu eruieren. Möglich, dass jemand mit großer krimineller Energie am Werk war, wie das jetzt gerne genannt wird. Sein kriminieller Verstand dürfte dem aber weit hinterherhinken; und vielleicht nicht nur der *kriminelle* Verstand ...

Ibele verabschiedet sich nach Bregenz. Das ist auch für den Doktor das Zeichen zum Aufbruch. Wie lange denn der Baumeister bereits tot sei, fragt ihn Ibele im Auseinandergehen. Mindestens fünf, sechs Stunden, noch wahrscheinlicher aber bald nach Mitternacht würde er den Tötungszeitpunkt ansetzen, sagt der Arzt, und weist den Inspektor auf das gestockte Blut hin, das unterhalb der Ohren im dichten Backenbart und wirren Haar des Toten zu rot funkelnden, bizarren Eisgebilden gefroren ist.

Im Büro geht alles sehr schnell. Am schnellsten geht das Erscheinen des Generals. Dass er wieder einmal eine Uniform trägt, beruhigt Ibele geradezu. Sogar mit einem weißen Hemd! Das ist ja schon richtig chic! Nicht so chic findet der hohe Herr seinerseits den Tod des Funkenbauers. Jetzt rennen ihm die Zünftler die Tür ein und fürchten um ihren schönen Brauch.

„Wo kommen wir denn da hin, Ibele, wenn uns die Spitzbuben so ins Handwerk pfuschen?“ Fängt der jetzt auch noch wie der Suchtprimarius mit der Moralkeule an, denkt sich Ibele in heftig aufwallender und rasch verebbender Empörung. Gekonnt vertröstet er den General mit dem Hinweis auf Häfeles Telefon und die darauf gespeicherten Anrufe, einer ganz heißen Spur. Leider darf der General davon bis auf Weiteres nichts der Presse verraten, um die Ermittlungen nicht zu behindern, denn die haben, das sieht selbst der Chef so, oberste Priorität. Das Handy, von dem aus Häfeles Anruf beantwortet wurde, so stellt sich bald heraus, gehört einem gewissen Greber, Rechtspfleger und seines Zeichens Grundbuchverantwortlicher am Bezirksgericht Dornbirn. Genau unser Mann, ist sich Ibele sicher. „Aber Inspektor", bremst Baldreich die aufkommende Euphorie, in der besonders dem General Flügel zu wachsen drohen, „eine Spur ist kein Beweis! Und was hat der Bäcker mit dem zu tun?" Doch Ibele lässt nicht locker. Allzu tief hat sich Frau Häfeles Hinweis auf Bäckers Testament in seine Erinnerung gegraben. Auch wenn es nur Fäden sind, die da zusammenlaufen, schließlich wird doch der Strick daraus, den er diesem Greber drehen wird!

Wie gerufen kommt Ibele nunmehr der Termin, den er bereits vor längerer Zeit für heute Nachmittag in der Feldkircher Staatsanwaltschaft vereinbart hat. Eine sehr enge und gleichwohl geheime Zusammenarbeit von Justiz und Polizei ist in der Testamentsgeschichte unumgänglich. Die Ermittlungen in der leidigen Affäre laufen über Frau Doktor Karina Rossi. Kein leichtes Amt, hat sie doch auf der Seite der Opfer meist mit Teil- oder Vollentmündigten, wenn nicht gleich mit längst Verblichenen zu schaffen, und auf der Seite der Täter wiederum mit durchwegs arrivierten und versierten Kollegen aus den im weiteren Sinn eigenen Reihen, bzw. deren in demenzähnlichen Zuständen vegetierenden Mandanten. So ist der Vorwurf der Befangenheit noch etwas vom Harmlosesten, mit dem sich die tüchtige Beamtin konfrontiert sieht.

Dem General will es gar nicht recht einleuchten, dass er sich nun auch noch mit der Testamentsgeschichte befassen soll. Es nützt nichts. Mittlerweile ist Grebers Telefon geortet worden. Ibele zeigt dem General auf einer schmucken Wandkarte, wo sich der Grundbuchsexperte herumtreibt. Es ist der Klusberg, eine Vorsäßsiedlung oberhalb von Schwarzenberg, vom Bödele aus relativ leicht zu erreichen. Obwohl es da oben sicher einen bis eineinhalb Meter Neuschnee abgeladen hat seit gestern. Ohne Skier geht da nichts mehr. Mühsam schleppt sich der Vormittag dahin. Eine im Bregenzerwald ihre Winterübung absolvierende Gebirgsjägerkompanie wird kurzerhand in die Suche eingebunden. Die Alpinsoldaten des Bundesheeres schwärmen zwar unter der Führung des forschen Jägermeisters, sprich Bataillonskommandanten, sogleich aus, aber viel mehr als den einen oder anderen Fuchs zu erschrecken: *zu erschröcken den Fuchs*, wie der General halblustig formuliert, auf einen der schneidigsten und umtriebigsten Offiziere des Landes anspielend, ist ihnen bislang nicht gelungen. Das nach wie vor schwarz über den See auf die Stadt zu ziehende Gewölk schiebt Ibeles Stimmung bis ins dunkelste Eck seines Büros. Noch dazu macht der General ordentlich Druck. Er will pressetaugliche Neuigkeiten oder lieber gleich den Greber. Zumtobel wird für morgen früh ins Kommando bestellt. An Tagen wie diesen macht es sich überdies doppelt bezahlt, dass der Kantinenpächter kompromisslos auf der Slow-food-Schiene fährt. So kann sich Ibele für eine halbe Stunde der Illusion hingeben, in einem Ristorante irgendwo auf Sardinien zu sitzen.

Für die Fahrt nach Feldkirch nimmt Ibele den Zug. Abfahrt um 13.16 Uhr vom Bregenzer Bahnhof, dessen Tage magere 21 Jahre nach der Erbauung bereits wieder gezählt sind. Ein Schaden ist das vom optischen und praktischen Standpunkt aus keineswegs. Die wirtschaftlichen oder politischen Überlegungen und Ränke hinter der Sache will Ibele weder kennen noch verstehen. Ankunft in Feldkirch um 13.40 Uhr. Da lässt man das Auto gerne stehen. Sogar wenn der Zug einen so skurrilen Namen trägt wie „Österreichischer Städtebund". Man ist ja schon froh, nicht im Eurocity „WIENERIN – das Frauenmagazin", „Hitradio Ö3", „Urlaub auf dem Bauernhof" oder gar „Karriere beim Heer" zu sitzen. Abgesehen von diesen semantischen Geisterbahnfahrten verläuft die kleine Reise störungsfrei und fahrplanmäßig: pünktlich, flott und kundenfreundlich wird Ibele ans Ziel gebracht. Sogar der Espresso im Speisewagen ist tadellos. Ein viertelstündiger Spaziergang durch das alte Studierstädtlein bringt den Inspektor in die Kanzlei der Frau Staatsanwältin.

Obgleich sie von den heutigen Ereignissen und vor allem von Grebers Anteil daran keine Ahnung haben kann, taucht der Name des Dornbirner Grundbuchverantwortlichen in ihrem ausführlichen Exposé der Geschichte der gefälschten Testamente mehrmals an markanten Stellen auf. Der aus Bezau stammende und dort noch immer wohnhafte Greber ist eine der Schlüsselfiguren der Affäre. Das ergibt sich zweifelsfrei nach den Aussagen der bisher festgenommenen Gerichtsmitarbeiter einerseits und andererseits hat er sich durch seine absonderliche Rechtschreibung entlarvt, die vor allem durch äußerst unorthodoxe Beistrichregeln besticht. Er scheint ein generelles Faible für das Komma zu haben und es ein wenig wie Kilometersteine in seine Texte zu streuen. So markieren Beistriche in von ihm bearbeiteten Schriftstücken, Testamenten oder anderen Urkunden nicht so sehr grammatikalische Phänomene als vielmehr sehr persönliche Bewertungen der beschriebenen Inhalte. Dadurch ist jedes Schriftstück von seiner Hand ebenso leicht zu erkennen wie zu fälschen. „Wir können daher davon ausgehen, dass wir es sozusagen mit gefälschten Fälschungen zu tun haben", resümiert Dr. Rossi resigniert. Im Übrigen, eröffnet sie Ibele weiter, hat sie sich zur Zusammenarbeit mit der Kriminalpolizei entschlossen, weil sie, der Aufklärung der Sache so nahe wie noch nie, in den Gerichts- und Anwaltskanzleien der sprichwörtlichen undurchdringlichen Mauer des Schweigens gegenübersteht. Einzig ein Dornbirner Notar, der seit vielen Monaten regelmäßig warnende Hinweise auf verdächtige Fälle und Praktiken in Umlauf bringt, und eine junge Kollegin am Bezirksgericht arbeiten ihr seit Beginn der Ermittlungen verlässlich zu. Der Greber ist so verstockt wie kein anderer. Er lässt sie kaltblütig abblitzen. Einer Vorladung für heute früh ist er unentschuldigt nicht gefolgt. Das ist für Ibele der Moment, die Staatsanwältin über die jüngsten Geschehnisse zu informieren und sie gleichzeitig zu bitten, den Greber ihm zu überlassen.

Auf dem Rückweg zum Bahnhof gönnt sich Ibele einen weiteren Espresso im berühmten Café Canano. Fast wie in einem Wiener Caféhaus soll es hier sein, und der Kaffee fast wie in Italien. Stimmt. Fast. Das soll aber nicht seine Sorge sein, sagt sich Ibele, zum Glück hat er andere. Das macht ihm spätestens Baldreich klar, sobald der Inspektor am Schreibtisch sitzt. Grebers Mobiltelefon ist neuerlich im Bereich des Klusbergs georortet worden. Außerdem liegt eine Abgängigkeitsanzeige seitens seiner Gattin vor, da er gestern nicht vom Dienst nach Hause gekommen ist. Und ja, ergänzt Baldreich, ein Anruf bei der Frau hat ergeben, dass ihr Mann im Winter für die Fahrt ins Büro genagelte Bergschuhe anzieht, offenbar auch gestern, denn in der Garderobe des Bezauer Hauses fehlen sie.

Ibele und Baldreich holen sich bei Untersuchungsrichter Dr. Meyer einen Durchsuchungsbefehl für Grebers Büro und fahren ins Dornbirner Bezirksgericht. Seit ein, zwei Stunden schneit es wieder in dicken Flocken. Vor dem Bezirksgericht schaufelt ein mürrischer Hausmeister Parkplätze frei. Das Fräulein am Empfang kündigt an, die Herren im Grundbuch anmelden zu wollen und verweist auf Ibeles überraschte Frage, ob denn der Herr Rechtspfleger im Hause sei, auf sein auf dem reservierten Parkplatz vor dem Eingang abgestelltes Auto. Die mächtige Schneehaube lässt allerdings auf eine längere Parkdauer schließen. Grebers Sekretär tritt geschäftig auf den Plan. Ein blutarmes, blasses, hohlwangiges Büblein mit der verschrumpelten Gestalt und dem Husten eines Hundertjährigen empfängt die Inspektoren. Unter seiner Mithilfe öffnen Ibele und Baldreich die vielen Schubladen von Grebers verwinkeltem und vollgepfropftem Schreibtisch. Schließlich finden sie, wonach sie suchen: Bäckers Testament. Es liegt auf einem dicken Stapel anderer Dokumente in einer unversperrten Lade. Wie das hierher kommt, fragt Ibele das Bübchen. „Oh“, erklärt der Assessor mit seiner sich ins Falsett überschlagenden Stimme und streicht sich dabei Strähnen fettigen Haares aus der pickligen Stirn, „das hat der Herr Greber am Sonntag hinter Bäckers Haus gefunden, das heißt hinter dem der Vermieterin, hat er gesagt! In einem Stapel Brennholz in der

Kirchengasse hat er es aufgestöbert! Toll, oder? Er hat es mir am Montag zum Kopieren gegeben. Mit Testamenten kennt er sich nämlich aus, der Herr Greber", fügt der Picklige ehrfürchtig hinzu. Keinerlei Zweifel scheinen sein eher flaches Denken zu belasten. Ibele überfliegt das von Hand verfasste Testament. Zuerst fällt ihm das Datum auf: 28. Februar 2011. Der Wisch ist keine drei Wochen alt. Alleinerbin ist eine gewisse Afra Grabher. Frau Häfele findet erwartungsgemäß keine Erwähnung in dem Schreiben. Unverzüglich entschuldigt sich Ibele für ein paar Minuten, winkt Baldreich zu sich und verlässt mit ihm das Büro. Er setzt sich im menschenleeren Gang auf einen der wackligen Holzstühle mit ihren Inventarnummern aus den 1950er-Jahren. Er wählt Laura-Elisabeth Häfeles Telefonnummer. Ihre klare Stimme ist unterlegt von dunkel vibrierendem Motorengeräusch. Sie sei zwar im Auto, könne aber sehr wohl reden, „Freisprechanlage, Herr Inspektor", erklärt sie lachend. Ibele hat nicht gewusst, dass einem auch ein fremdes Lachen im Hals stecken bleiben kann.

„Frau Häfele, ich bin hier im Bezirksgericht Dornbirn. Wir haben das Testament von Herrn Bäcker gefunden. Kennen Sie eine Frau Grabher, Afra Grabher?"

„Afra Grabher?" Jetzt ist es mit dem Lachen vorbei. Die Witwe zischt den Namen ins Telefon, als hätte sie eine Chilischote zwischen den Zähnen.

„Ja, Afra Grabher, geboren 1917, wohnhaft in Dornbirn, Rosenstraße ..."

„Was ist mit der?", schreit Frau Häfele beinahe, „sie ist eine verkalkte Tante meines Mannes."

„Die Frau Grabher ist Bäckers Alleinerbin." Ibele sagt das instinktiv in dem Ton, in dem man mit Selbstmördern auf einem Hochhausdach spricht ... Prompt pfeift das Geräusch quietschender Reifen in sein Ohr.

„Die Afra! Alleinerbin! Das darf nicht wahr sein! Und ich?“ Dann ist es still im Jaguar. Er hat wohl zugebissen.

„Ich würde gerne mit Ihnen sprechen, Frau Häfele“, sagt der Inspektor auf Baldreichs Zeichen hin.

„Dann kommen Sie bitte in einer halben Stunde zu mir.“ Das ist Einladung, Befehl und Verabschiedung gleichzeitig.

Fragen über Fragen. Wer ist die Frau Grabher? Wie kommt sie in das Testament? Was hat der Greber auf dem Klusberg zu suchen, wenn sein Auto auf dem Parkplatz in Dornbirn steht? Wenigstens diese Frage klärt sich alsbald. Das Auto auf dem Parkplatz erweist sich nach Entfernung der Schneeschicht als von irgendjemandem, aber nicht von Greber vergessenes. Das ist einerseits Erleichterung, andererseits: Wo ist Greber wirklich? Also doch auf dem Klusberg? Wozu nur?

Der eh schon trübe, lichtscheue Tag geht endgültig in den Abend über, als die beiden Kriminalisten durch den Schneematsch zur Baumeister-Villa spazieren. Ibele mag die romantische, weltabgewandte Stimmung nicht unterdrücken, die von den gleichmäßig fallenden Schneeflocken und dem warmen, aus den erleuchteten Stuben dringenden Licht ausgeht. Zölestine öffnet das elektronische Gartentor, bei dessen Durchschreiten ein Glöcklein hell bimmelt; dann erwartet sie die Gäste persönlich an der reich verzierten hölzernen Haustür. Ibele grüßt auffallend höflich und verschwindet mit ihr, den verdutzten Baldreich zurücklassend, für ein paar Minuten in einer Art Putzkammer. Durch die angelehnte Tür dringen nur vereinzelte Worte in den Flur: Zumtobel, Freitag, Abend ... Schon ist Ibele wieder zurück, klappt sein schwarzes Notizbuch zu und steckt den Bleistift ein. Die Stimmung im Haus ist auffällig anders geworden seit gestern. Warum wird Ibele das Gefühl nicht los, die Räume seien heute größer und freundlicher? Liegt das an der Erscheinung der Hausfrau, die in einem beinahe bodenlangen, tannengrünen Kleid mit einem breiten, ockergelben Gürtel auf die Herren zusteuert? Sie lässt Ibele keine Zeit für weitere Überlegungen. Kaum sind sie im kleinen Salon, den Ibele bereits kennt, angelangt, legt sie los:

„Die Afra Grabher ist Bäckers Erbin, stimmt das wirklich, Herr Inspektor? Ich glaube es nicht!"

„Ja, es stimmt." Fast hätte Ibele noch *leider* hinzugefügt. „Das Testament ist formal einwandfrei, Datum, Unterschriften, alles da; beglaubigt von Bruno Greber und Ihrem Mann höchstpersönlich." Ein paar Beistriche sind überflüssig in dem Testament, denkt sich Ibele, er behält es für sich. „Greber steht übrigens im dringenden Verdacht, Ihren Mann umgebracht zu haben."

„Meinen Mann *umgebracht*? Hat er sich denn nicht ...? Mein Gott, ich hab's gewusst! Ich hab's immer gesagt!"

„Was haben Sie gewusst und wem haben Sie was gesagt, Frau Häfele?" Ibele kann sich schon denken, was sie gewusst hat.

„Ich habe gewusst, dass mein Mann mit dem Wilfried nicht wirklich fertig war. Dem Wilfried habe ich gesagt, er soll aufpassen, er soll verdammt nochmal aufpassen und sich in Acht nehmen vor dem Baumeister."

„Wer ist nun diese Frau Grabher?"

Die Witwe hebt einen schlanken Arm und zeigt mit ihrer wohlgeformten Hand, es ist die rechte, unberingte, durch das breite Fenster quer durch den Park. Dort steht ein überdimensionierter Pavillon, ein Gartenhäuschen der feudalen Dimension.

„Da drüben wohnt sie. Es ist eine Tante meines Mannes, schon über 90 Jahre alt und geistig völlig abgetreten, seit mehr als zehn Jahren ist sie entmündigt. Der einzige Neffe, Häfele, ist, das heißt war, als Vormund eingesetzt. Sie lebt dort mit einer fast gleich alten Haushälterin. Als wir geheiratet haben, ist sie zu uns, also in dieses Gartenhaus, gezogen. Mein Mann wollte es so. Woraus besteht denn das Erbe, wenn ich fragen darf?“ So zittrig kennt Ibele diese Stimme noch nicht.

„Das Erbe besteht laut Testament aus einem riesigen Baugrund zwischen Dornbirn und Schwarzach, der muss einige Millionen wert sein; außerdem enthält es eine beträchtliche Summe auf alten Sparbüchern.“ Frau Häfele sinkt weit zurück in ihren Fauteuil. Nach wenigen Sekunden geht ein Ruck durch ihren Körper und sie springt auf.

„Habe ich Ihnen nicht am Montag gesagt, sie sollen auf Bäckers Testament aufpassen! Diese Halunken!“

„Können wir denn die Frau Grabher sprechen?“

„Sie können es versuchen, Herr Inspektor, und es wird so oder so aufschlussreich sein für Sie. Aber heute sicher nicht mehr, am ehesten morgen nach dem Mittagsschläfchen. Da hat sie ihre besten Momente.“ Man möchte schon wieder meinen, die ganze Sache ginge Frau Häfele nichts an.

„Übrigens, Herr Inspektor“, ein flüchtiges, schelmisches, auch Baldreich einschließendes Lächeln legt sich um den fein gezeichneten Mund, „der König, Sie wissen schon, der entlassene Hexenmeister, hat mich angerufen. Er hat vorgestern ein Mail meines Mannes erhalten, in dem der ihn stinkfreundlich einlädt, nächstes Jahr wieder den Hexenbau zu übernehmen. Ich soll meinem Mann ausrichten, er könne ihn ... Sie verstehen! Zu spät.“ Frau Häfele findet das komisch.

Für Ibele ist es nicht ganz klar, was daran lustig sein könnte. Dem verblichenen Ehemann endlich und posthum eins auszuwischen vielleicht? Eine allzu simpel anmutende Genugtuung für eine geborene Hämmerle, nicht wahr?

Die Rückfahrt nach Bregenz verläuft recht schweigsam. Ibele ist hin und her gerissen zwischen seinen romantischen Anwandlungen und der Fassungslosigkeit ob der Ahnungen, die er in Bezug auf Greber hat. Baldreich konzentriert sich, um im dichten Verkehr all den ziemlich unkontrolliert über die Schneefahrbahn driftenden Autos auszuweichen. Ibele lässt sich in der Thalbachgasse absetzen, Baldreich wird vorläufig die Stellung im Kommando halten. „Bring mir Grebers Kopf!“, fordert der Inspektor seinen Assistenten zum Abschied auf und es klingt ernster, als Ibele lieb ist.

Sehr viel Zeit bleibt Ibele nicht für sein Abendessen, denn er wird heute noch eine kleine Nachtschicht einlegen müssen. Dafür gibt es eines von Ibeles sentimentalen Lieblingsgerichten, nämlich einen Wurstsalat, einfach und gediegen. Wie immer bei diesem Gericht geht Ibele selbst ans nicht zu unterschätzende Werk. Nichts als feinste Extrawurst (keine Schüblinge!), scharfe rote Zwiebeln, knackige Essiggurken, Salz und Pfeffer, Essig und Öl, und als i-Tüpfchen Paprikasalat aus dem Glas. Die leuchtend roten Streifchen müssen einfach sein. Das aromatische, sauer eingelegte Gemüse ist eine Kindheitsreminiszenz erster Klasse. Was die unwillkürliche Auferstehung längst vergessen geglaubter Welten betrifft, wirkt sie fast so sicher wie das berühmte, mit Lindenblütentee getränkte *Madeleine*-Gebäck des berühmten französischen Zeitsuchers! Dazu verspeist Ibele Vochazers Kümmelpärle und trinkt ausnahmsweise ein Glas Süßmost. Bald schon treibt ihn die Fahndung nach dem weiterhin flüchtigen Greber erneut hinunter ins Kommando. Auf dem Weg durch die verlassenen Straßen der vom Schnee stillgelegten Stadt genehmigt sich Isidor die erste Gauloise an diesem hektischen Tag. Sogar der General ist noch im Dienst. Am liebsten würde er selbst nach dem Flüchtigen suchen, wenn er nur wüsste in welcher Adjustierung. Die Sache mit der alten Frau Grabher will er so wenig glauben wie der Chefinspektor. Was in drei Teufels Namen hat die verwirrte alte Dame in Bäckers Testament zu suchen? Es ist wohl kaum allein ihrem Geisteszustand zuzuschreiben, dass sie nichts davon weiß! Dass sie keine Ahnung hat von dem, was um sie herum vorgeht, ist für Ibele nach Frau Häfeles Hinweisen klar. Trotzdem will er mit ihr reden.

Dann kommt wider Erwarten doch noch eine Meldung herein. In Schwarzenberg hat sich ein Jäger gemeldet. Er ist vor mehr als drei Stunden in der Klusberg-Gegend tatsächlich auf einen Mann getroffen. Der sei zwar offensichtlich nicht auf Wildbret aus, aber gekleidet wie ein Jäger und mit einem Jagdgewehr bewaffnet. Zudem macht er einen reichlich verwirrten Eindruck. Das muss der gesuchte Greber sein! Allerdings: Das Gebiet um den Klusberg ist riesig und unwegsam, bei der aktuellen Schnee- und Wetterlage außerdem kaum begehbar. Die Bundesheerkompanie, die mittlerweile in die Bregenzer Kaserne zurückgekehrt ist, könnte morgen bei Tagesanbruch die Suche wieder unterstützen, dazu noch Alpingendarmerie und ein paar Mann von der Bergrettung. Die kennen das Gelände am besten. Viel verspricht sich Ibele trotzdem nicht von der Herumrennerei. Wenn Baldreichs Theorie, die er vorläufig lieber für sich behält, stimmt, spielt da ein halber oder ein ganzer Tag keine Rolle.

Das Handy hat Greber inzwischen ausgeschaltet. Somit reicht sein krimineller Verstand in dem Fall leider weiter als die polizeilichen Ortungen. Ibeles einziger Trost, der auch für den General noch reichen muss, besteht darin, dass Greber in diesem Wetter nicht weit kommen wird. Baldreich scheint keinen Trost zu brauchen. Er hat seinen Verstand. Und ob einer bei Trost ist oder bei Verstand, ist, wenigstens vom Ergebnis her, kein messbarer Unterschied.

Durch die mittlerweile tief verschneite Stadt spaziert Ibele nach Hause. Was ist passiert gestern und heute in Dornbirn? Wie es ausschaut, haben sich Häfele und Greber gegen Abend getroffen, irgendwo im Gütle. Wer, wenn nicht der Greber, soll es gewesen sein, den der König mit dem Baumeister gesehen hat? Und dann hat der Greber den Baumeister von den Lebenden zu den Toten befördert. Warum auch immer! Wirklich schwer ist es nicht mehr, sich den Grund vorzustellen. Dass der vorgetäuschte Selbstmord jemanden überzeugen könnte, hat Greber sicher selbst nicht geglaubt. Deshalb befindet er sich nun auf der Flucht. Es wird ihm alles miteinander ein bisschen viel geworden sein: das mit den gefälschten Testamenten und den Nachstellungen von Dr. Rossi, die Sache mit den inhaftierten Kollegen und dem Druck der Medien, und jetzt auch noch der tote Baumeister, der sich nicht so einfach um Bäckers Erbe bringen lassen wollte.

Rosalia sitzt lesend im gemütlich warmen Wohnzimmer. Der „Nachsommer“ musste nicht nur dem Winter weichen, sondern noch mehr der Vorbereitung der Parisreise; so ist das Rösle in einen dicken Paris-Führer vertieft und brütet über Museumsbeschreibungen und Restaurantkritiken. Auch wenn in seinem Kopf eher eingeschneite Berghütten kreisen, kann Ibele die

Begeisterung seiner Frau für die in einen ehemaligen Bahnhof hineingebauten Hallen des Musée d'Orsay ebenso teilen wie die für den Louvre und die zahllosen Bistros und kleinen Restaurants. Letztlich ebenfalls, wenn auch mit Vorbehalten, für die todschicken Boutiquen, vielstöckigen Warenhäuser und sonstigen Läden sonder Zahl. Sich auf das anstehende Strohwitwertum einzustellen, hat er noch keine Zeit gefunden, das kann warten bis morgen. Schon mahnt Rosalia zur Nachtruhe; morgen muss sie in aller Herrgottsfrüh aus den Federn.

*Sprich aus, was das Feuer nur zögernd sagt,*
*Äthersonne, Wagnis des Lichts,*
*Und stirb daran, es für alle gesagt zu haben.*
René Char

Für heute begnügt sich Isidor mit einem Kaffee aus der Espressomaschine, denn seine Rosalia ist schon zu nachtschlafener Zeit nach Paris aufgebrochen. Bis Montagabend ist sie fort. Eh nicht schlecht, denkt sich der Strohwitwer, allerdings nur ob des aromatischen Getränks in seiner Tasse. Freut er sich doch gleichzeitig auf das nächste Frühstück mit seinem Rösle und dem frisch gefilterten Kaffee. Es geht natürlich nicht um den Kaffee: Es geht ums Rösle! Er wundert sich ein wenig darüber, wie leicht sich doch manche Gewohnheiten vorübergehend durchbrechen lassen. Zum Beispiel die des vom Rösle gekochten und ans Bett servierten Morgenkaffees. Diese Überlegungen sind aber nicht so dringend, dass sie Ibeles inständige Hoffnung zu übertönen vermöchten, den Schneemann Greber bald in Gewahrsam nehmen zu können. Er hat überhaupt keine Lust, den Kerl noch ein ganzes Wochenende lang durch die Gegend zu jagen. Natürlich gilt die in letzter Zeit viel strapazierte Unschuldsvermutung. Aber einen Verdacht wird man schon haben dürfen, oder? Auch wenn es schwer sein wird, den Spitzbuben gegebenenfalls seiner *gerechten* Strafe zuzuführen: Die Freiheit mag ihm der Inspektor dennoch nicht gönnen. Mit tiefschürfenden Überlegungen zum Charakter der *gerechten* Strafe im Besonderen und der Strafe im Allgemeinen einerseits sowie die den morgendlichen Kaffeeduft einschließenden Annehmlichkeiten des Ehelebens andererseits beschäftigt, erreicht Ibele nach kurzem Gang durch die verschneite Stadt das Kommando.

Nichts Neues von Greber, die Suchtrupps sind eben wieder auf dem Weg ins Klusberggebiet. Es schneit weiter. Seit zwei Nächten, seit über dreißig Stunden ist Bruno Greber allein unterwegs. Lebt er noch? In Bezau ist er nicht. Für Ibele hätte es der Patrouille nicht bedurft, die man der armen Ehefrau ins und vors Haus geschickt hat. Der Greber ist keiner, der am heimischen Herd Zuflucht nimmt. Er hat kein Zuhause. Im Amt ist er noch weniger, obwohl es das Sekretärlein im Grundbuch heftig bejammert. Der Klusberg schließlich ist bei dem Wetter auch kaum mehr als eine Falle, die ein Entkommen nur in eine Richtung halbwegs realistisch erscheinen lässt. Nämlich ins Tal. Natürlich gibt es da oben genug Verstecke: Vorsäß- und Jagdhäuschen oder mit Heu gefüllte Hütten, wie sie zuhauf in den Feldern entlang der Bregenzerach und manchmal auch noch auf den Bergwiesen stehen. Oder, wer weiß, vielleicht hat Greber längst Unterschlupf bei einem Komplizen gefunden?

Bartholomäus Zumtobel ist angesagt. Als entwurzeltes Häufchen Elend sitzt er im Gang vor Ibeles Büro und harrt der Dinge, die auf ihn zukommen. Fräulein Hagen führt ihn zum Inspektor. Diese dritte Begegnung mit dem Kriminaler ist Zumtobel offensichtlich unangenehm. Die rechteckigen Knöpfe seines Mantels widerstehen den Öffnungsversuchen der zittrigen Finger, seinen Hut zerdrückt er beinahe in den groben Händen. Da fühlt sich Bartholomäus zwischen Frau Häfeles exotischen Sträuchern denn doch um einiges wohler.

„Also, Herr Zumtobel", beginnt Ibele nach kurzem Schweigen, während dem er sein Gegenüber fixiert und einen Stapel Papiere säuberlich vor sich neben sein aufgeschlagenes schwarzes Notizbuch gelegt hat, „wie war das am vergangenen Freitag? Wann haben Sie den Bäcker zum letzten Mal gesehen und wann sind Sie weggegangen?“ Zumtobel glaubt sich schon fast aus dem Schneider.

„Wie ich gesagt habe: Beim Dreiuhrläuten ist der Wilfried gekommen und nach einem Schnaps ins Haus gegangen. Ich selbst bin eine Stunde später fort.“ Er schaut prüfend auf den Inspektor.

„Die Zölestine ist da anderer Ansicht. Sie hat den Baumeister noch um 18.00 Uhr mit dir reden hören, und zwar in der Garage.“ Ibele weiß, dass das keine Frage ist, aber er weiß ebenso gut, dass sich Zumtobel der in der Aussage enthaltenen Unterstellung nicht lange entziehen wird können. Schon windet sich der Gärtner wie ein vom Spaten zerteilter Regenwurm.

„Stimmt … ich war … ich bin … ich habe …“

„Komm, red, Zumtobel, das ist keine Deutschprüfung hier! Du machst alles noch schlimmer mit deiner Lügerei!“ Der Lieblingssatz Ibeles ist angebracht, seinem ruhmlos verflossenen Lehroffizier die Ehre erwiesen, jetzt gibt es für Zumtobel keine Schonung mehr. „Heraus mit der Sprache: Wie ist der Bäcker in die Hexenkleider gekommen?“

„Ja, weißt du, Inspektor“, dass Zumtobel jetzt auch auf das kumpelhaftere Du umsteigt, ist für Ibele kein Problem, im Gegenteil. Es signalisiert für ihn Nähe: vor allem die des Sprechenden zu sich selbst. Nähe und damit Wahrheit. „Der Häfele hat mich, als ich grad weggehen wollte, so gegen vier also am Nachmittag, ins Haus gerufen. Ganz freundlich hat er getan. In einem Zimmer ist der Bäcker mit einem Riesenrausch so gut wie bewusstlos auf dem Kanapee gelegen. Er will ihm einen Denkzettel verpassen, hat der Häfele gesagt. Dazu haben wir ihm die Hexenkleider anziehen müssen. Inzwischen habe ich selbst schon einen halben Dullijö bekommen, weil mir der Häfele dauernd Schnaps nachgeschenkt hat! Zum Schluss habe ich ihm noch geholfen, den Wilfried ins Auto zu verfrachten, damit ihn der Häfele nach Hause fährt. Mich hat er heimgeschickt. Da wird's sicher schon sechs oder halb sieben gewesen sein, dunkel auf jeden Fall." Spontan entfährt Ibele ein unschönes Wort. Zumtobel nimmt es ruhig hin, es gilt nicht ihm, das spürt sogar er. Ibele schweigt. Er denkt. Ja, so könnte es gewesen sein. Dann bringt der Baumeister seinen Ex-Nebenbuhler nicht nach Hause, sondern zum Funkenplatz und lässt ihn erfrieren. Was noch nicht die Frage beantwortet, warum er das tut. Späte Rache? Frühere Verhältnisse oder gegenwärtige Gier?

Vor der Fahrt zu Bäckers Erbnehmerin geht sich für den Inspektor ein kurzes Mittagessen beim Rimmele aus. In jener Metzgerei also, die er seit einiger Zeit mit einer ganz neuen Motivation aufsucht, da die rührige Metzgerin begonnen hat, dort mittags neben den üblichen toten Tieren jeweils ein vegetarisches Menü anzubieten. Noch dazu nicht das gewöhnliche Verlegenheitsgeköche aus wässrigem Dosengemüse mit versalzenem Ei, sondern Fleischloses von der echt elaborierten Kategorie. Heute kredenzt Frau Rimmele eine von Ibeles Leibspeisen, eine Einbrenn-Fisolensuppe. Danach ein Kürbisgulasch mit gegrillter Rosmarinpolenta. Der Vegetarismus ist ja für den Inspektor keine Religion und noch nicht einmal eine Philosophie, obwohl er sich, angeregt von tiefschürfenden Feuilleton-Diskussionen, vermehrt Gedanken um seine Ernährungsgewohnheiten macht. Eher ist er eine willkommene Ergänzung seiner primär fleischlichen Gelüste. Nebenbei handelt es sich um einen gewissen Tribut an die Vernunft und das von der Schöpfung ausgehende Recht oder das ihr geltende Gewissen. Es hat einen ganz besonderen Reiz, sich inmitten der wohl sortierten Fleischtheke, in der allerhand Leckerbissen aus selbstverständlich biologischer, artgerechter und regionaler Viehzucht appetitlich angerichtet sind, in lukullisch aufgemotzter Entsagung zu üben.

Es geht bereits auf zwei Uhr nachmittags zu, als sich Ibele – wieder mit dem Zug: in diesem Wetter, in diesem Braus! – auf den Weg nach Dornbirn macht. Vom Dornbirner Bahnhof aus folgt er der Spitze der Stadtpfarrkirche, überquert den fast menschenleeren Marktplatz mit seinen vornehmen Häusern voller Anwaltsbüros und steht nach Durchquerung des verwaisten Häfeleschen Parks alsbald vor Frau Grabhers eigenwilliger Behausung. Als Läuten und Klopfen ungehört verhallen, tritt Ibele in einen dunklen Flur, in dem ihn eine lebensgroße Gips-Büste erschreckt: Was hat der alte Schiller Fritz hier verloren? Dann tastet er sich vorsichtig über eine gewundene, enge Stiege in den ersten Stock des Pavillons hinauf. Von einem schwach erleuchteten Gang mit knarrendem Parkett zweigen nach wenigen Schritten links und rechts Türen ab. Die zur Rechten steht halb offen: Eine alte Frau, es muss Frau Grabher sein, nimmt soeben ihren Nachmittagskaffee ein, allein im dunkel getäfelten Speisezimmer am Acht-Personen-Tisch. Weißes Porzellan und silberne Schüsselchen spiegeln das Licht eines fünfarmigen Kerzenleuchters. Links geht's in die Küche. Auch hier sitzt jemand, die Haushälterin. Das ist ein erstaunlich vitales, weißhaariges Weiblein von gut und gern 80 Jahren. Von ihrer Dienstherrin wird sie unbeirrt „Fräulein Elsa" gerufen, und das seit deutlich mehr als 60 Jahren, seit sie im heißen Frühsommer 1945 inmitten der Wirrnisse des im allgemeinen Chaos versinkenden Kriegsendes in diesen verschlafenen Winkel der Welt verschlagen wurde. Damals ist sie in ihrer ersten, aber alsbald überschatteten Mädchenblüte aus einem niederschlesischen Dorf aufgebrochen, unfreiwillig natürlich, und von einem der zahllosen Flüchtlingsströme nach Vorarlberg geschwemmt worden. Fräulein Elsa sitzt aufrecht, *herrisch* möchte man es nennen, am kleinen Dienstbotentisch in der Küche. Bevor sie ihr rituell dem Mittagessen folgendes Gläschen Brombeerlikör nicht ausgetrunken hat, hört sie weder das Klingeln noch sonst etwas. Ihr Standesbewusstsein steht dem ihrer Dienstgeberin um nichts nach. Obwohl sie aus denkbar entgegengesetzten Himmelsrichtungen kommen, wissen sie beide genau, was sie sich selbst schuldig sind. „Nee“ hält sie dem Inspektor ohne jede unangebrachte Zurückhaltung entgegen, „bei mir brauchen Se nischt zu läuten! Isch höre gar nischt, bevor es dreie jeschlagen hat!“ Dass Frau Elsas Haarschopf von einem gestärkten weißen Spitzenhäubchen gekrönt wird und ein schwarzes wadenlanges, sorgfältig gschneidertes Hauskleid mit fleckenloser Schürze sie trefflich kleidet, wundert Ibele dann schon nicht mehr. Man hält hier auf Formen. Formen und Frauen. Es riecht nach Bohnerwachs und Möbelpolitur, und nichts als das Ticken einer Uhr ist zu hören.

Ibele umgeht so dezent wie möglich das unnahbare Fräulein Elsa und betritt in aller gebotenen Höflichkeit und Zurückhaltung das Speisezimmer. Die Szenerie, auf die er dort trifft, erinnert ihn unwillkürlich an den regelmäßig zu Silvester über die Bildschirme flimmernden Sketch „Dinner for One“. Er ist sich auch schnell der weitgehenden Parallele, um nicht Identität zu sagen, zwischen Frau Grabher und *Miss Sophie* bewusst, die mit ihren imaginären Freunden Geburtstag feiert. Ibele kann es nicht ganz vermeiden, sich in der Rolle des servierenden Butlers James wiederzufinden, der Miss Sophies bereits verstorbene Freunde verkörpert. Nachdem er den Eindruck gewonnen hat, Frau Grabher habe sein Erscheinen nun zur Kenntnis genommen, versucht er es tapfer:

„Guten Tag, Frau Grabher. Entschuldigen Sie bitte die Störung. Ich bin Inspektor Ibele von der Kriminalpolizei in Bregenz. Wenn ich Ihnen ein paar Fragen stellen darf, ist mir sehr geholfen. Es geht um einen Herrn Bäcker und Ihren Neffen, den Baumeister, sowie um Ihr Testament.“

„Ah, Herr Direktor, da sind Sie endlich! Fragen Sie ruhig, Herr Direktor, fragen Sie. Und reichen Sie mir doch bitte den Zucker, ja!"

Ibele geht um den Tisch herum, stellt die silberne Zuckerdose vor die alte Dame, nimmt den Deckel ab und legt ein silbernes Löffelchen zurecht.

„Wir haben ein Testament gefunden, in dem Ihnen ein Herr Bäcker, der leider am Sonntag verstorben ist, ein sehr großes Vermögen vererbt. Kennen Sie den Herrn Bäcker?"

„Den Bäcker? Sie meinen den in der Kirchengasse?" Die alte Dame kennt sich ja doch aus! Ibele glaubt sich wider Frau Häfeles Voraussage auf dem richtigen Weg. Aber:

„Hat denn die Elsa heute frei, Herr Direktor? Wo ist bloß mein Rahm wieder hingekommen?" Noch will Ibele seine aufkeimende Hoffnung nicht fahren lassen.

„Hier ist der Rahm, Frau Grabher, vor Ihnen!" Er rückt ein wiederum silbernes Kännchen noch näher zu der Dame. „Also Sie kennen den Herrn Bäcker aus der Kirchengasse?"

„Ja, natürlich, Direktor. Die allerbesten Semmel hat er gebacken. Nur hat er gleich nach dem Krieg leider zugesperrt. Sie wissen, kein ordentliches Mehl war da, niemand hat ein Geld gehabt, eine furchtbare Zeit war das. Weg war er, der Bäcker. Heute können sie ja alle miteinander nicht mehr backen!" Mit einem geringschätzigen Blick und einer abwertenden Geste zeigt sie auf das wohlgefüllte Brotkörbchen auf dem Tisch.

„Hat Ihnen der Herr Baumeister Häfele nie etwas von Bäckers Testament erzählt? Sie sind eine reiche Frau geworden!" Bei der Erwähnung des Baumeisters winkt die Dame den Inspektor näher zu sich, senkt verschwörerisch die Stimme.

„Nehmen Sie sich in Acht vor meinem Neffen: Er will mich verkuppeln! Jetzt hat er Hausverbot bei mir! Ich lasse mir das nicht gefallen. Mein August selig dreht sich im Grab um. Wo bleibt die Elsa mit meinem Schal?"

„Der Herr Häfele will Sie verkuppeln? Mit wem denn, Frau Grabher?" Hauchdünn ist das Eis, auf dem sich Ibele an die Welt der alten Dame herantastet. Sie schaut ihn lange an, winkt ihn mit dem gekrümmten Zeigefinger noch näher. Ibele steht neben ihrem Sessel, sein Ohr keine zehn Zentimeter von ihrem Gesicht entfernt. Frau Grabhers knochige Hand packt Ibele am Jackett:

„Mit einem Jäger! Er hat ihn ein paar Mal mitgebracht. Ein Flegel, der mit seinem groben Schuhwerk das Parkett ruiniert. Eine Schande ist das! Zur Tür hinaus gejagt habe ich sie. Der August möchte schön schauen, wie es zugeht in seinem Haus." Sie lässt den Inspektor so abrupt los, dass er beinahe vornüber fällt und zeigt auf eine mit Orangen und Kiwis gefüllte Obstschale am anderen Ende des Tisches. „Schälen Sie mir bitte eine Orange, Direktor, und dann", sie sitzt jetzt kerzengerade und stampft mit dem rechten Bein kräftig auf den Boden, „lassen Sie Viktor um halb fünf den Wagen bereitstellen. Wir fahren in die Fabrik hinunter. Überall musst Du selbst sein! Danke Direktor!"

Ibele tut, was von ihm verlangt wird, soweit es die Realität zulässt und sucht sobald wie möglich ohne große Umwege das Weite, stolpert aber zuerst noch beinahe über das Fräulein Elsa, das direkt hinter der Speisezimmertür Stellung bezogen hat. Die Neugier siegt in der Auseinandersetzung mit dem Standesbewusstsein. Er geht mit ihr in die Küche. Ja, erfährt er dort, der Baumeister war in den vergangenen Wochen zwei oder drei Mal mit einem Herrn da, und ja, der hat furchtbar grobes Schuhwerk getragen. Ein Indiz mehr. Was ist ein Indiz?

In Schnee und Nebel durchquert Ibele mit aufgestelltem Mantelkragen und tief in den Taschen vergrabenen Fäusten das wie ausgestorben daliegende Villenviertel und strebt, die kaum belebtere Innenstadt rasch hinter sich lassend, dem Bahnhof zu. Sehr unerquicklich ist das alles. Der Abstecher ins Kommando ist nur kurz, eher eine Formsache. Der General ist auswärts, auf einer festlichen Soirée der Landesregierung, die mit Pomp einen honorigen Beamten in den Ruhestand verabschiedet, einen der letzten Hofräte, dessen Verdienst wahrscheinlich überwiegend darin besteht, kontinuierlich und unauffällig von einer Dienst- und Gehaltsklasse in die nächsthöhere aufgestiegen zu sein, ohne jemals etwas anderes zu strapazieren als seine Ärmelschoner. Kollege Baldreich packt auch schon zusammen. Ihm bleibt eine kurze Verschnaufpause, dann wartet ein langer Journaldienst, ein Nachtdienst. Sollte Greber von sich hören lassen, ist er zur Stelle. Obwohl Ibele nicht mehr daran glaubt, dass von dem Beistrichkünstler je wieder viel zu erfahren sein wird.

Zu Hause kein Rösle. Ibele bereitet sich ein leichtes Nachtmahl. Etwas Käse: vorzüglichen Camembert aus Schwarzenberg und Bachensteiner aus Sibratsgfäll, dazu ein beim Fontain in der Dornbirner Kirchengasse erstandenes Mostbröckle. Das bringt ihm den verewigten Bäcker noch einmal ganz nahe. Beim Fontain nämlich könnte der alte, besser: der ehemalige Feinspitz auch eingekauft haben. Versonnen zerpflückt Ibele ein weiteres Vochazer-Pärle und trinkt sein eisgekühltes Bier. Eine Viertelstunde lang hört er einer Volksmusiksendung zu, in der von einem Vater-Sohn-Duo Bregenzerwälder Volkslieder gesungen werden, zu denen der Moderator mit einer ausnehmend gelungenen schriftdeutschen Textfassung aufwartet. Fast schon etwas, um sich heimisch zu fühlen. Später wechselt er ins Wohnzimmer und spielt auf einem elektronischen Schachbrett ein paar schnelle, erfolglose Partien.

Vom Kirchturm der Stadtpfarrkirche schlägt es halb elf, als Ibele die knarrende Treppe ins Schlafzimmer erklimmt. In der Hand ein schmales Büchlein, eine Einschlaflektüre, etwas, das ihn versöhnen soll mit der Welt, die ja doch *gemacht ist, um in ein gutes Buch zu münden*, wie es in dem kleinen, in dunkelblaues Leder gebundenen Werk heißt. Ein Buch, das ihm erlaubt, in sich selbst zu lesen, das ihn anstiftet dazu und leitet und dann so sanft seine Hand loslässt, dass er, da er es merkt, schon längst seinen eigenen Spuren, seiner eigenen Intuition gefolgt ist. Die nächsten Schläge der Turmuhr mahnen den Schlaf ein. Nachdem Ibele eine Prise der frischen, scharfen, klirrenden Nachtluft ins Zimmer geholt hat, schläft er in einem dichten Gemisch aus Müdigkeit, Erinnerungen, Gedanken und Träumen bald ein.

Ganz anders steht es naturgemäß um Greber. Der sitzt noch in der denkbar ungemütlichen Klusberg-Falle. Stundenlang hat er am Nachmittag frierend, mit Hunger und Schlaf kämpfend, auf einem Hochstand verbracht. Statt prächtiger Hirsche beobachtet er doch nur die immer wieder aus dem Wald hervorkommenden und darin verschwindenden uniformierten Gestalten. Schließlich macht er sich den einzig richtigen Reim auf das Gesehene: Sie suchen *ihn*! Wozu sonst sollten Soldatentrupps mit dem Sturmgewehr im Anschlag, Gendarmen und andere Männer kreuz und quer durch diese gottverlassene Gegend pirschen? Ohne

Worte oder auch nur ein Bewusstsein dafür zu finden, weiß er, dass sein Spiel aus ist. Er weiß nur noch nicht, wie es enden wird. Dass er das Ende aber nicht *denen* überlässt, das wird ihm von Stunde zu Stunde klarer. Er kann sich nicht freuen über den Schneefall, der ihn den Blicken der Jäger entzieht. Denn, diese Ahnung steigt dunkel und unwiderstehlich in ihm auf, der Schnee wird sein Schicksal endgültig besiegeln. Bis in den späten Nachmittag hinein verharrt Greber auf seinem Hochsitz. Dann sieht er die Mannschaften sich sammeln und abziehen. Nach einer weiteren Stunde wagt er sich hinunter und bahnt sich mühsam einen Weg zu einer der verstreut auf den Lichtungen stehenden Hütten. Mit klammen Fingern verschafft er sich gewaltsam Zutritt durch eine nachlässig verschlossene Stalltür. Es ist drinnen noch kälter als draußen und das Licht der einzigen Kerze, die er sich vorerst anzuzünden getraut, wirft allerhand unheimliche Schatten an die grob gezimmerten Wände mit ihrem traditionellen Schmuck: ein von verdorrten Palmzweigen geschmücktes Kruzifiz, eingerahmt von einem Porträt der Heiligen Familie und einem röhrenden Hirsch am Bergsee. Greber verzieht kurz sein Gesicht zu einer hämischen Grimasse, die schnell wieder in den weinerlichen Ausdruck übergeht, der ihm seit Tagen eigen ist. Schließlich ein einfaches Brett mit ein paar schartigen Blaurandtellern, auf denen die Schatten unheimliche Tänze aufführen. Als es endgültig Nacht, tiefe, schwarze, lichtlose Nacht, geworden ist, macht Greber umständlich Feuer im kleinen, schlecht ziehenden Ofen. Bald schläft er auf dem zu kurzen Sofa ein. Die Einsicht, dass jetzt mehr zu Ende geht als nur ein Tag, nimmt er unwillig mit in seinen ruhelosen, von zerfahrenen Alpträumen durchkreuzten Schlaf. Nicht einmal der

Wunsch, jetzt zu Hause zu sein und friedlich zu schlafen wie alle anderen, kann sich in ihm festsetzen. Ist doch gerade dieser irgendwann aus dem Ruder gelaufene Wunsch der Grund dafür, dass er heute Abend hier in der Kälte und Einsamkeit sitzt. Der Wunsch, immer mehr zu haben und zu gelten. Es ist der letzte solche Abend, das weiß Greber; Erleichterung bringt ihm das nicht. Es mag, wie an anderer Stelle mit einigem Recht behauptet worden ist, Stunden geben, deren Bedeutung uns erst im nachhinein bewusst wird, und es dürften dies die besseren sein, die uns geschenkt sind. Greber wiederum erlebt soeben den gnadenlos bedrückenden umgekehrten Fall: Das Bewusstsein der kommenden Zeiten, die leer und verwüstet wie ein vernebelter Rausch über ihn kommen werden, drängt sich in diesen kurzen, von der Kälte grausam zerhackten Abendstunden zusammen. Grebers Zeit ist, wie man so sagt, abgelaufen, sie ist bis zur Unkenntlichkeit verstümmelt; und das heißt nichts anderes als: Er selbst, seine Seele ist es!

*Denn siehe, der Tag kommt, brennend wie der Ofen;*
*und es werden alle Übermütigen*
*und wer nur Ungerechtigkeit übte, zur Stoppel werden.*
Maleachi 4.1

Noch ist es stockdunkel, der Ofen ist kalt, die abends angezündete Kerze seit Stunden erloschen, als Bruno Greber frierend, mit schmerzendem Rücken aus dem Schlaf auffährt. Es ist halb fünf Uhr morgens. Stille und Kälte umgeben ihn. Die Dunkelheit ist ebenso zum Greifen wie die Einsamkeit. Mühsam setzt er sich auf, reibt sich den Schlaf aus den Augen. Beim Licht der Kerze isst er mechanisch ein paar Bissen von seinem kalten, unappetitlich gewordenen Proviant. Aus dem Rucksack holt er einen Bleistiftstummel und einen Schreibblock. Er reißt ein Blatt ab und kritzelt ein paar Zeilen darauf. Nachdem er das Geschriebene durchgelesen hat, wirft er den Bleistift zornig in einen Winkel der Stube und kramt im Rucksack herum. In das blaue Amtskuvert, das er herausfischt, steckt er das zerknitterte Blatt und klebt es zu, stopft es zurück zwischen Brotreste, fettiges Papier, zerknüllte Zeitungen. Hinein in die eiskalten Schuhe, in den da und dort von einer Eiskruste verklebten Mantel. Mit ein paar Schlucken Schnaps versucht er die Kälte zu vertreiben. Es nützt nichts. Alles nützt nichts. Jetzt nützt alles nichts. Nichts mehr. Er packt seinen Rucksack fertig, ja, das blaue Kuvert ist auch da. Es liegt bei all dem Zeug, das jetzt nichts mehr nützt. Greber sitzt am Tisch, bettet den Kopf auf die verschränkten Arme und schließt die Augen. Es ist still, dunkel und still. Totenstill. Kurz muss er eingenickt sein, oder doch länger?

Ein paar Minuten nach sechs Uhr, das ist seine normale Aufstehzeit: gewesen, räsonniert Greber benebelt und ohne wirklich zu wissen, was es bedeutet. Ein paar Minuten nach sechs verlässt er die Hütte. Tief drunten im Dorf brennt Licht in den Ställen, funzeliges, trübes Licht, das es kaum durch das Schneetreiben bis hier herauf schafft. Dort hinunter, zu den Lichtern, zieht es Greber. Doch nicht der Lichter wegen. Wohin genau, weiß er nicht; aber was er will, was er muss, das spürt er. Meterhoch liegt der Schnee. Keine Menschenseele begegnet ihm, nur die Wildspuren häufen sich, je näher er den Wiesen unten im Talgrund kommt. Eine Stunde ist um, der Waldrand erreicht. Die paar Höfe, die hier stehen, sind um diese Jahreszeit unbewohnt. Da wird ihn niemand bemerken. Die Straße, auf der bereits starker Pendlerverkehr eingesetzt hat, ist zu weit entfernt, als dass ihn jemand erkennen könnte. Dazwischen liegen nur Felder, der Fluss und die alte Schmalspurbahn mit ihrer tief verschneiten Trasse, keine dreißig Meter vom Waldrand entfernt. Heute ist Samstag. Die kleine, dampfbetriebene Museumsbahn wird am späteren Vormittag eine Betriebsfahrt unternehmen, zur Räumung der Strecke. Nachmittags steht ein romantischer Ausflug für Bezauer Hotelgäste auf dem Programm. Greber kennt die Gepflogenheiten. Unter einer riesigen Tanne findet er ein Stück halbwegs schneefreien Waldboden. Aus ein paar Ästen macht er sich ein Lager zurecht und wartet. Auch wenn er nicht weiß, wohin es führen wird, er weiß jetzt, was er zu tun hat. Er nimmt den kleinen Klappspaten aus seinem Rucksack, schraubt ihn auf und legt ihn bereit. Von Zeit zu Zeit greift er zu seinem Gewehr, nimmt eines der vorüberfahrenden Autos ins Visier, folgt ihm eine kurze Strecke und legt das Gewehr wieder neben sich. Es ist hell. Es schneit. Greber wartet.

In der Mitte des Vormittags reißt ihn ein bekanntes Geräusch aus dem Halbschlaf. Langsam schiebt es sich näher, von Osten, von Bezau her: die Bahn. Eine kleine Rauchfahne steht aufrecht in der kalten Luft, dann kommt die Lokomotive ins Blickfeld, eine Diesellok mit vorgespanntem Schneepflug, zwei grüne Waggons mit zugezogenen Vorhängen an den kleinen Fenstern. Das Räumkommando. Greber schüttelt sich den Schnee von den Kleidern und greift zur Jagdflinte. Er zielt mit steinerner Miene auf den Führerstand der Lok, durch die beschlagenen Gläser des Zielfernrohrs sieht er schemenhaft den Lokführer und eine Weile folgt der Lauf dem sich mühsam durch den Schnee kämpfenden Züglein. Schließlich lässt Greber mit einem zur Maske erfrierenden Lachen das Gewehr sinken, legt es ins verfaulende Laub. Der Schnee schluckt den Lärm der Lok. Fast lautlos tuckert der Geisterzug nach links aus Grebers Blickfeld. Er wird in spätestens einer Stunde wieder zurück sein, wenn er im nahen Bersbuch umgedreht und sich die Mannschaft im dortigen Gasthaus aufgewärmt hat. Greber hängt sich den Rucksack um und schultert den Spaten. Gut einen Meter hoch liegt der Schnee, an manchen Stellen deutlich mehr. Mit kräftigen, entschlossenen Schritten bringt Greber den kurzen Weg zur Bahntrasse hinter sich. Dort wirft er den Rucksack achtlos auf die Schienen, die vom Pflug notdürftig freigelegt worden sind. Mit regelmäßigen Bewegungen beginnt er den zusammengepressten Schnee neben dem Gleis wegzuschaufeln. Das langsame Ertauben seiner Hände, das Verschwinden praktisch jeden Gefühls hat am allerwenigsten mit der Kälte zu tun. Es kommt nicht von außen, es kommt von innen. Greber nimmt es ebenso wenig zur Kenntnis wie den weiterhin dicht fallenden Schnee. Sein Bewusstsein schmilzt zusammen wie die Schneeflocken auf der schweißüberströmten Stirn. Er schaufelt schneller und schneller, als ginge es um seine Existenz. Aber Bruno Greber schaufelt sein Grab.

## Welch große Freud', 's ist Winter nun geworden.

*... und jeder Mantel, durch Blut geschleift,*
*wird verbrannt und vom Feuer verzehrt.*
Jesaja 9,4

Ibele erwacht früh, aber nicht, wie man glauben könnte, vom Lärm des über die Straße schrammenden Schneepflugs. Es ist halb sieben Uhr morgens, klar und deutlich sind die Glockenschläge von der Pfarrkirche herüber zu vernehmen. Fast noch mehr als das Klingeln des Telefons kann dich nämlich ein ausbleibender Anruf um den Schlaf bringen. Die Stille ist es, die Ibele den Schlaf raubt. Denn etwas in Ibele wartet, wartet auf die Nachricht, die ihm sagt, wo dieser verfluchte Greber steckt. Dieser Greber, wegen dem zumindest ein Unschuldiger sterben musste. Ein Unschuldiger: Das ist in Ibeles Weltbild weit mehr als jemand, der keine Straftat begangen hat oder dem kein Verbrechen nachgewiesen werden kann. Der tiefere Grund für Ibeles unruhigen Schlaf ist nicht Greber, es ist Bäcker; es ist nicht der Schuldige, es ist der Unschuldige. Der Unschuldige, das heißt auch: Die Kreatur, das Geschöpf, der Mensch. Ibele will, dass Bäcker Gerechtigkeit widerfährt. Dafür, und nur dafür, kämpft er. Denn der Tod des Bäcker, sein Ende auf dem Funkenmast oder in einer bitterkalten Winternacht, das spürt der Inspektor, dieses Ende wird ihm nicht gerecht, das hat der Mann nicht verdient. Nicht einmal Häfeles schauriges Ende mag Ibele ungesühnt stehen lassen, bei aller Zwiespältigkeit, ja Verdorbenheit im Charakter des Baumeisters, bei aller Kaltschnäuzigkeit, mit der er sich in seinem Ehesumpf arrangiert hat.

Rösles Betthälfte ist leer. Ach ja: Paris! Unverzüglich steht Ibele auf. Noch bevor er die dicken Vorhänge zurückzieht und ein Fenster öffnet, weiß Isidor, was für ein Wetter ihn erwartet. Die typischen Geräusche und ihr verhaltener Klang sagen es ihm. Es schneit immer noch, tief hängen die Wolken über den Pfänder herunter. Er schlüpft in einen Morgenmantel und folgt dem Kaffeeduft hinunter in die Küche. Dass da dann doch kein Kaffee auf dem Tisch steht, verblüfft ihn. So stark kann eine Gewohnheit sein, dass sie dir Gerüche suggeriert, wo keine sind! Fantastisch!

Der frische Schnee schluckt den Lärm der erwachenden Stadt. Die Stille rückt die Welt noch ein Stück weiter fort. Ibele sitzt nachdenklich am Küchentisch. Schließlich trinkt er den letzten Schluck Kaffee, räumt säuberlich den Tisch ab und stellt die alte Picobello-Ordnung in der Küche her. Dann holt er Schuhe, Mantel und Schirm und macht sich auf den Weg. Das nun menschenleere, röslelose Haus ist so beruhigend wie unheimlich.

Im Kommando herrscht noch kaum Betrieb, eine gute halbe Stunde bleibt Ibele für sich selbst, für seine Gedanken und auch Spintisierereien, für seine Philosophie. Nur Baldreich sitzt an seinem Schreibtisch, einen Stapel leuchtend roter Skripten vor sich, seine Begleiter durch den Nachtdienst. Nein, rein gar nichts Neues gibt es von der Suche nach Greber. Der Schneefall und die Nebelsuppe haben die Bundesheerler zur Untätigkeit verdammt. Sobald es halbwegs hell ist, werden sie wieder ausschwärmen, vom Klusberg aus in alle Richtungen. „Nach dem Wochenende!“, wie Baldreich achselzuckend hinzufügt. Wirklich viel darf man sich von den großteils unerfahrenen Burschen natürlich nicht erwarten. Es ist eben doch etwas anderes, ob man übungshalber Pappkameraden mit harmlosen Platzpatronen eine vor den Latz knallt oder einem offenbar zu allem entschlossenen Gewalttäter hinterherjagt. Und das auf Skiern und in waldigem Gelände! Außerdem verwischt der Neuschnee nach und nach alle Spuren. So ist es kaum möglich, wenigstens eine halbwegs konkrete Richtung für die Suche anzugeben.

„Wenn man nur genauer wüsste, was dieser Greber für ein Typ ist“, denkt Ibele laut in Richtung seines Kollegen Baldreich, „ist er völlig verrückt, das heißt ein Fall für den Hallmüller, oder hat er noch einen Funken Realitätsbezug? Vielleicht sogar ein Gewissen! Wenn er verrückt ist, finden wir ihn nie, höchstens irgendwann im Frühling, wenn's ihn in den Bergen ausapert oder die Ache ihn in den See spült. Im besseren Fall, für uns besser, treibt es ihn ins Tal, zu den Menschen.“

„Der Greber ist doch Gerichtsbeamter, oder? Wenn du mich fragst, Inspektor, ist das nicht unbedingt einer, der dem Wetter und der Einsamkeit in den Bergen lange standhält. Das ist einer, der Menschen um sich braucht, einer, der gesehen werden und sich wichtig machen will. Davon lebt er, vom Gesehenwerden.“

„Was heißt das für uns? Wo finden wir ihn?“ Ibele mag Baldreichs klugen Argumenten gerne folgen und er lässt sich willig von ihm helfen, die richtigen Schlüsse daraus zu ziehen.

„Es ist wahrscheinlich noch zu früh, um ihn an den Schauplätzen seiner Untaten zu suchen. Also nicht im Gütle oder im Karrengebiet und auch nicht in der Stadt. Aber in einer Gegend, die ihm bekannt ist. Nach Hause wird er sich auch nicht trauen. Am ehesten vielleicht dazwischen: Zwischen Bezau und Dornbirn.“

„Auf seinem Arbeitsweg?“

„Ja, Inspektor, auf seinem Arbeitsweg. Dort ist er ungezählte Male gefahren, er kennt jeden Winkel. Dort hat er auf der Fahrt nach Hause oder ins Amt alle möglichen Stimmungen durchgemacht. Dort ist meiner Ansicht nach die wahre Stätte, die Wiege seiner Taten. Und dort werden wir ihn finden. Nicht direkt am Weg natürlich, aber irgendwo in der Nähe!“

Mit den letzten Worten Baldreichs steht wie aus dem Nichts aufgetaucht der General vor Ibele. Der General in Winteradjustierung. Welcher Bekleidungsvorschrift seine mehr als verwegene Pelzmütze mit buschigem Fuchsschwanz entspricht, dürfte fast so schwer herauszufinden sein wie Grebers Aufenthalt, denkt der Inspektor. Die Absicht hinter der Aufmachung des Generals offenbart sich leider ganz geschwind.

„Richtig, meine Herren, wir werden ihn finden! Machen wir uns auf den Weg! Der Wagen wartet!“

Jetzt hilft Ibele nichts mehr. Er muss mit. Baldreichs überzeugender Theorie folgend lotst er den General in Richtung Bregenzerwald, Bezau zu. Dass der Schneefall kein schnelles Vorankommen erlaubt, kommt Ibele mehr als gelegen. Er solle ihm einmal diesen Klusberg zeigen, fordert der General ungeduldig. Am liebsten würde Ibele mit ihm hinaufsteigen durch den metertiefen Schnee, um dem hohen Herrn zu demonstrieren, dass ihre Arbeit nicht darin besteht, Uniformen spazieren zu führen! Vorläufig begnügt er sich damit, ihm die kleine Vorsäßsiedlung aus der Ferne, von der Straße aus, vor Augen zu führen. Dazu fährt er auf den großen Parkplatz vor einer jüngst errichteten Kleiderbügelfabrik. Schnee und Nebel zum Trotz zieht der General einen beeindruckenden Feldstecher aus dem Handschuhfach seines Wagens und nimmt ins Visier, was ins Visier zu nehmen ist. Viel ist es nicht in Anbetracht von Schnee und Gewölk. Ibele konzentriert sich, Baldreichs Theorie folgend, auf den gegenüberliegenden Waldrand. Nichts rührt sich. Schon verflucht er sich dafür, dem Chef so einfach gefolgt zu sein. Umso mehr, als jeden Moment mit dem Auftauchen von Presseleuten zu rechnen ist. Man kann nie wissen beim General. Was nichts anderes heißt als: Man muss immer fürchten. Da wird der Inspektor unsanft aus seinen Überlegungen gerissen.

„Was ist denn da drüben für ein Funken?“, fragt der General, mit dem Fernglas in der ausgestreckten Hand auf einen Punkt unterhalb der Straße zeigend. Ibele, der noch immer leicht allergisch auf das Wort Funken reagiert, wundert sich über den Rauch, der wenige Dutzend Meter von ihrem Beobachtungsposten entfernt aufsteigt. Auf der verschneiten Straße bildet sich rasch eine kleine Kolonne stehender Fahrzeuge, darunter ein großer Schneepflug und ein zufällig des Weges gekommener Rettungswagen. Dabei ist es nach wie vor gespenstisch still. Zwischen der Straße und irgendetwas da unten rennen ein paar Menschen hin und her. Einzelne Rufe hallen von den schroffen Felswänden hinter der Fabrik wider. Die Museumsbahn! fährt es Ibele durch den Kopf. Was da so raucht, kann nur die Museumsbahn sein, die zwischen Bezau und dem gleich nebenan liegenden Bahnhof Bersbuch verkehrt. Da gibt es auch um diese Jahreszeit immer wieder Sonderzüge für besonders romantische Betriebsausflüge oder Feinschmeckerfahrten und Ähnliches, auch Sonderzüge mit Dampflokomotiven. Eine davon steckt wahrscheinlich da unten im Schnee. Es könnte auch eine der alten Dielselloks sein. Kein Grund zur Aufregung. Den General allerdings macht's doch recht zappelig.

„Willst nicht nachschauen gehen, Ibele, was da los ist?“ Dem so Angesprochenen liegt wenig an voyeuristischen Abstechern durch den Schnee. Bis aus Richtung Egg ein Einsatzwagen der Polizei mit Getön und

Blaulicht heranbraust. Jetzt kostet es dafür umso mehr Mühe, unter dem eher fadenscheinigen Vorwand der Kälte und des Schneefalls den Herrn General in sein eigenes Auto zu bugsieren und ihn daran zu hindern, querfeldein an den Ort des Geschehens zu eilen. Ein warnender Hinweis auf seinen Rang führt schließlich zum Erfolg. Ibele selbst bleibt der Weg nicht mehr erspart. Mittlerweile lässt auch der Rettungswagen sein Blaulicht aufleuchten und die beiden Sanitäter spurten wahrlich Hals über Kopf in Richtung Rauchsäule.

In Ibele verdichtet sich eine vage Theorie zu einem bösen Gedanken, zu einem mulmigen Gefühl in der Magengegend. Wenn das nichts mit dem Greber zu tun hat! durchzuckt es ihn. Aber was? Nur weil er beim Schwarzfahren erwischt worden ist, braucht es diesen Auflauf sicher nicht! Schon sieht Ibele am Fuß einer sanften Geländekuppe den Zug. Die kleine Garnitur, eine Lokomotive mit vorgespanntem Schneepflug und zwei Waggons, steht in Richtung Bezau. Rund um den vorderen Zugteil macht sich ein Grüppchen geschäftiger Menschen zu schaffen, man ruft sich Kommandos zu, schaufelt Schnee zur Seite, läuft hin und her. Etwas scheint unter dem Zug begraben zu sein.

Ibele geht auf einen der uniformierten Polizisten zu, der ihn gleich erkennt und sichtlich erleichtert ist über das unvermutete Erscheinen des Kriminalisten.

„Es ist einer überfahren worden von der Bahn, Inspektor!"

Überfahren worden von der Bahn! Überfahren von *der* Bahn! In dieser gottverlassenen Einöde! Bei *dem* Wetter! Wie kann *diese* Bahn überhaupt jemanden überfahren? Die fährt ja schon im Sommer kaum mehr als Schritttempo! „Blumenpflücken während der Fahrt verboten!", hat es früher auf eigens in den Waggons angebrachten Täfelchen geheißen! Und erst recht bei dem Schnee! Auch wenn die Sicht gleich null ist heute, die Geschwindigkeit war sicher auch nicht viel höher! Wie kann da jemand überfahren werden? Jemand, der das nicht will! Ibeles schwant Arges.

„Wo ist denn der Lokführer?", fragt sich Ibele durch die von seinen Kollegen etwas vorsortierte Menschenmenge. Eine ruß- und ölverschmierte, stämmige, dick vermummte Gestalt tritt vor ihn hin.

„Ich bin der Lokomotivführer, Herr Inspektor." Ibele drückt die ihm entgegengestreckte schwarzglänzende Hand und dann setzen sie sich in einen der leeren, weinrot und plüschig dekorierten eiskalten Waggons.

Das folgende Gespräch fördert beinahe Unglaubliches an das trübe Licht dieses Tages. Vor allem, was den Hergang des haarsträubenden Unfalls betrifft. Dass der nach längerer Suche im tiefen Schnee gefundene, zu dem von der Lokomotive arg zerschundenen Körper gehörende Kopf der des gesuchten Greber ist, wie etliche der Umstehenden bestätigen, das ist für Ibele nicht mehr wirklich neu. Was ihn schon eher überrascht, sind die von Grauen und Entsetzen gezeichneten Gesichter dieser Typen, die es doch sonst nicht versäumen, bei jeder Gelegenheit den wilden Hund zu spielen! Bevor der Lokführer seine Erzählung beginnt, schält er umständlich ein kleines Fläschchen aus einer weit innen liegenden Jackentasche und nimmt einen langen Schluck.

„Willst du auch einen Schluck?", wendet er sich an den Inspektor.

„Wollen schon, dürfen nein, danke, Dienst ist Dienst. Aber sag, ist dir der Greber wirklich vor den Zug gesprungen?"

„Gesprungen? Gesprungen kann er nicht sein. Dafür bin ich wirklich zu langsam unterwegs heute. Wir sollen ja die Strecke freiräumen für die Ausflugsfahrt am Nachmittag. Die *Gams* veranstaltet ihre wöchentliche Romantik-Kuschelfahrt für die Verliebten. Er muss sich schon eher in den Schnee eingegraben haben neben dem Gleis, während wir am Bahnhof Bersbuch umgedreht haben. Bei der Hinfahrt ist er mir aufgefallen am Waldrand oben, vielleicht dreißig Meter neben den Schienen, da hat er mit seinem Gewehr herumgefuchtelt. Ich habe ihn für einen übergeschnappten Jäger gehalten. Dann hat er gut eine Dreiviertelstunde Zeit gehabt, bis wir wieder zurückgefahren sind. Man sieht sowieso nicht viel heute und der Schneepflug vor der Lok nimmt noch einmal einen guten Teil der Sicht. Plötzlich hat es einen Rumpler getan, als wäre ein Stück Holz auf dem Gleis gelegen oder ein Eisbrocken. Ich muss ihm mit dem Pflug den Kopf abgerissen haben. So ein Idiot, ein hirnverbrannter! Wer hat denn jetzt etwas davon! Hätt' er sich doch erschossen mit seiner verfluchten Flinte!" Auch wenn seine Gedanken in eine ähnliche Richtung gehen, das so deutlich zu sagen, hätte sich Inspektor Ibele nicht erlaubt.

Inzwischen fährt oben an der Straße ein Leichenwagen vor, beobachtet Ibele durch die beschlagene, halb verschneite Scheibe. Es ist ein dunkelblauer VW-Transporter und kaum als Leichenwagen zu erkennen. Sehr zurückhaltend wird da mit dem Tod umgegangen. Nichts im Vergleich zu den großen Limousinen, meist spezielle Mercedes-Modelle oder amerikanische Schlitten, die Ibele aus seiner Schulzeit kennt, deren dunkle Fenster mit schwarzen Vorhängen drapiert und mit religiösen Motiven, ins Glas eingearbeiteten Palmzweigen oder Kreuzen, verziert waren. Das sind allemal ehrfurchtgebietende, vornehme Karossen gewesen, vor denen noch mancher Erwachsene seinen

Hut gezogen hat, und in denen einst Fahrgast zu sein sogar in den Schulbuben ein gewisses Gefühl der Erhabenheit aufkommen ließ. Nun, die Hüte sind genauso verschwunden wie die Limousinen.

Den General hält nichts mehr und trotzig wie ein beleidigter Kindergärtler stapft er Ibele nach. Allerdings stößt sein energisches Einschreiten bei der Zugmannschaft auf wenig Verständnis. Man braucht hier weder Zaungäste noch Besserwisser.

„Was will denn der Trapper-Joe hier?" „Mach dich nicht so wichtig, sonst zappelst du selbst in der Falle, Alter!" „Nimm dich in Acht, Cowboy!", solche und ähnliche Kommentare machen den General erst einmal sprachlos. Bis einer der Polizisten in ihm nicht ohne Schadenfreude seinen obersten Boss erkennt und ihn zu Ibele in den Waggon begleitet.

Jemand legt einen steifgefrorenen Rucksack vor den Inspektor auf den schmalen Tisch.

„Den haben wir neben dem Gleis im Schnee gefunden." Außer einem Stück Käse, einem Paar in Zeitungspapier gewickelter verrunzelter Würstchen, einem Ranken altes Brot, einer leeren, nach Schnaps riechenden Feldflasche und einem Taschenmesser zieht Ibele ein geschlossenes Kuvert mit der krakeligen Aufschrift „Für wenn, ich tot bin" aus dem Rucksackrest. Da ist sie, die unverkennbar Grebersche Beistrichsetzung! Der Inspektor nimmt das Kuvert an sich, steckt es wortlos ein. Nein, der General muss das jetzt noch nicht sehen, das ist im Kommando früh genug. Von der Presse will Ibele nämlich im Augenblick nichts hören. Genau ihr aber gälte sicher des Generals erster – oder einziger? – Gedanke. Es ist ein blaues Kuvert, wie jenes, in dem Bäckers im Kirchengassen-Holzstoß gefundenes Testament steckte. Wenn ihn sein Instinkt nicht trügt, wird ihm dieses Schreiben eine Menge Arbeit abnehmen und gleichzeitig ebenso viele Fragen aufwerfen, die ihn noch lange über den Fall hinaus beschäftigen sollten.

Einem Teil der Gedanken, die zu diesen Fragen gehören, kann Ibele auf der Fahrt zurück nach Bregenz an der Seite des unablässig plappernden Generals nachgehen. Für den General seinerseits präsentiert sich die ganze Angelegenheit, wie zu erwarten war, aus einer wesentlich anderen Perspektive als für den philosophierenden Inspektor. Der General hat alle psychosoziale Naivität abgelegt, und das meint nicht weniger als: Er hat den Glauben an jedwede Instanz aufgegeben, die nicht auf dem Dienstweg oder in Zeitungsredaktionen erreichbar ist, und hat sich auf eine rein praktische Position, auf einen protokollarisch und medial dokumentierbaren Pragmatismus zurückgezogen. Für ihn reduziert sich die Welt auf das, was amtlich erwiesen der Fall ist. Das Geheimnisvolle, das Mystische, das nur Spürbare, aber nicht zu Benennende oder zu Begreifende dahinter fällt entweder einer gründlichen Verdrängung oder gleich einer zynischen Elimination, sozusagen einer dienstrechtlichen Exekution zum Opfer. Der General ist eine wandelnde Sachverhaltsdarstellung, eine lebende, uniformierte Zeitungsnotiz. Ibele wirft ihm von Zeit zu Zeit einen fassungslosen Seitenblick zu. Offenbar ist der General Seitenblicke gewohnt. Er nimmt sie ungerührt zur Kenntnis.

Im Kommando trifft Ibele auf ein sich angeregt unterhaltendes Paar: Inspektor Baldreich und Toni Hagen erörtern nicht so sehr die kriminalistischen als vielmehr die moralischen, um nicht zu sagen die ästhetischen Dimensionen von Grebers Tod. Ibele hängt den nassen Mantel nah an den Heizkörper und stellt die vom Schnee völlig versauten Schuhe, die er sorgsam mit Zeitungspapier ausstopft, daneben. Dann setzt er sich an seinen Schreibtisch und holt Grebers Brief aus der Sakkotasche. Er öffnet ihn mit seinem Brieföffner, einem Miniaturdegen. Dem feucht gewordenen blauen Kuvert entnimmt er ein nachlässig gefaltetes Blatt Papier mit dem Briefkopf des Bezirksgerichts Dornbirn. Mit zunehmender Beklemmung liest Ibele die in ungelenker und überall verrutschter und verschmierter Schrift verfassten Zeilen. Dass es sich um eine wahre Orgie falsch gesetzter Beistriche handelt, spielt jetzt keine Rolle mehr.

„An alle! Ich mache Schluss mit allem da, es nicht mehr geht. Ich habe die Testamente nicht allein gefälscht. In meinem Schreibtisch ist die Liste. Jetzt will keiner mehr etwas, damit zu tun haben. Den Häfele habe ich umgebracht. Er hat den Bäcker beseitigt. Weil, solange der gelebt hat ist dem sein Testament, nicht zu holen gewesen. Häfele wollte, aber mehr als ausgemacht. Er hat mir gedroht alles auffliegen zu lassen. Jetzt ist Schluss. Ich hätte es mir sparen können. Alles, ein Blödsinn.“

Ibele faltet das mit „Dornbirn, 18. März 2011“ datierte Blatt wieder zusammen und legt es samt dem Kuvert vor sich auf den leeren Schreibtisch. Dass sich Häfele, wenn überhaupt, dann nicht mit einer Kette erhängt hätte, war für den Inspektor klar. Fast so klar wie die Motivation seines Mörders: dieses unselige Gemisch aus Feigheit, Angst, Gier und nackter Aggression, zu dem ein aller Poesie, Kultur und Demut bares Leben, wie es das des Greber gewesen zu sein scheint, allzu rasch verkommt. Die Testamentsaffäre aufzuklären und den tiefen Morast aus Lüge und Streit trockenzulegen, ist Sache der Staatsanwälte und der hohen Gerichtsbarkeit. Mögen sie das Ihre tun, bevor es zu spät ist! Für Ibele ist die Akte Bäcker mit dem geklärten Tod des Funkenmeisters und der schriftlichen Aussage Grebers, die genau mit den Indizien übereinstimmt und allem Anschein nach echt ist, aus polizeilicher Sicht abgeschlossen.

Das Samstagmittagsgeheul der Sirenen begleitet ihn auf dem Weg nach Hause. Es hat aufgehört zu schneien, die Kälte ist geblieben. Vor Ibele liegt ein langes Strohwitwer-Wochenende. Es kommt ihm gerade recht, dass die Meteorologen für die nächsten Tage keine Änderung des grauen Winterwetters in Aussicht stellen. Erst das Rösle wird wieder ein Azoren-Hoch und vielleicht eine erste Ahnung von Frühling aus Frankreich mitbringen. Ebenso willkommen ist Ibele das Bach-Konzert, das ein Großcousin heute Abend mit seinem nach einem berühmten Dirigenten benannten Orchester in der evangelischen Kirche der Stadt zur Aufführung bringen wird. Was ist besser geeignet als Johann Sebastian Bachs Partiten und vor allem seine späten Konzerte, um Ibeles heutigen Verdruss aufzufangen und wundersam weich zu betten! Diese Stimmung, in der sich tiefe Zweifel, ja Abscheu vor den menschlichen Schattenseiten mit einer nicht weniger gründlichen Liebe zu den Menschen verbündet. Was ist besser geeignet als die Bachsche Musik in einer so unprätentiösen wie meisterhaften Interpretation! Denn ohne Musik wäre das Leben erst recht ein Irrtum, wie Ibele längst erfahren hat; und das nicht nur aus klugen Büchern!

*Das Feuer strahlt im Paradies. Es brennt in der Hölle.*
*Es ist Süße und Qual.*
*Es gehört in die Küche und zur Apokalypse.*
Gaston Bachelard

Der Anrufbeantworter bringt Ibele in den Genuss eines begeistert sprudelnden Rosalia-Kurzbulletins aus Paris, wo alles wundervoll, traumhaft, aufregend und manches sündteuer ist. Rösles quirlige Stimme unterstreicht zwar ihre physische Abwesenheit, holt dafür andererseits Isidors unsterbliche Verliebtheit so richtig in sein von der Dramatik der vergangenen Tage geschärftes Denken. Im Küchenherd, einem teuren Retromodell, in dem sowohl mit Holz geheizt als auch mit Gas gekocht werden kann, ist alles vorbereitet für ein schönes Feuerchen. Ibele entzündet es, dann setzt er sich an den großen Esstisch. Dort widmet er sich einer Tasse starkem Kaffee und einem Gläschen Holunderschnaps aus Schwiegervaters Keller, einer alten Reserve für besondere Momente. Das ist praktisch der letzte dienstliche Akt zur Bäcker-Geschichte. Der untergegangene Playboy ist es auch, dem Ibele in absentum ein lautes *Santé* zuprostet. Er meint es ernst. Rhythmisch schwingt das Pendel der Küchenuhr hin und her und begleitet Ibeles Gedanken mit seiner Melodie. Sonst ist nichts zu hören im Haus, bis auf das Knacken und Prasseln des Herdfeuers. Wenn die Feuerbestie erst einmal gezähmt ist, kann man ja einigermaßen auskommen mit ihr. Doch gib Acht allezeit: Bestie bleibt Bestie. Nach einer Weile schlägt Ibele das auf dem Tisch liegende Kochbuch auf: „Die echte französische Küche“. In verschnörkelter Schönschrift entsteht eine langsam länger werdende Einkaufsliste. Der furchtbare Greber hat ihn lange genug schmoren lassen. Jetzt, das heißt morgen, ist ein Burgunderbraten dran mit Schmoren. Dazu eine Soupe à la reine, außerdem wird sich Ibele an einer Tarte tatin versuchen, die Äpfel dazu lagern im Keller. Das Rösle kommt zwar erst übermorgen zurück, aber dafür sind nach überstandener Läuseplage am Sonntag die Kinder und Enkel zu Gast. Frankreich, sein Frankreich, holt sich Isidor heute Abend schon ins Haus: mit einem der ganz alten Belmondo-Streifen!

Als Ibele eine gute Stunde später das Haus verlässt und in den kalten, ganz zart ins Frühlingshelle verweisenden Nachmittag hinaustritt, um drunten in der Stadt seine Einkäufe zu erledigen, holt er den heutigen *Vorarlbergboten* aus dem Briefkasten und lässt ihn in den nächstbesten Altpapiercontainer plumpsen. Jetzt zählt anderes! Auf dem Display seines Mobiltelefons erscheint eine Nachricht. Frau Häfele bittet um Rückruf. Frau Häfele! Bei aller Eindrücklichkeit ihrer Person und Erscheinung, die zu leugnen Ibele der letzte ist: Er hat nicht das Gefühl, dass hier etwas eilen könnte. Dafür muss es am Montag früh genug sein, am Montag, wenn er wieder im Kommando sitzt.

Beim Spaziergang durch die weißen Straßen und im Anblick der samstäglich entspannten Gesichter um ihn herum, vor allem jedoch angesichts des Schicksals der drei zu Tode gekommenen armen Teufel empfindet er nach den aufwühlenden Tagen umso intensiver das Privilegierte seiner eigenen Existenz; zumindest aber die Annehmlichkeit und den Luxus seiner pelzgefütterten Stiefel. Wieder einmal, denkt er sich im Hinblick auf Häfeles und Grebers unrühmliches Ende, dem nicht einmal besonderer Glanz vorhergegangen war, wieder einmal hat es sich nicht gerechnet, das Unrecht. Es gibt eben, sagt sich Ibele, und das hat nichts mit seinem Beruf oder gar mit einer wie auch immer gearteten Klein- und Spießbürgerlichkeit zu tun, es gibt eben kein richtiges Leben im falschen Tun. Denn noch im weichsten Wiesengrund wachsen a) Dornen und b) Unkraut. Heilandderwelt, wie recht er doch hat, der Ibele! Schluss. Aus. Fertig. Amen.

# In Grund und Boden

## Eine Geschichte von Sein und Haben

Diese Geschichte widme ich allen, die mich durch meine Lecher Zeit (1978–1980) begleitet haben; ganz besonders dem Aufklärer und Provisionierer Ambros Strolz. Die Wegzehrung war solide und ausgiebig.

*Wenn Armut die Mutter des Verbrechens ist,*
*dann ist Mangel an Geist sein Vater.*
La Bruyère, Les Caractères

*Ich schreibe für mich allein, für mich allein, wie ich rauche oder schlafe. Es ist eine fast animalische Funktion, so persönlich und intim ist sie.*
Gustave Flaubert an Louise Colet, 16. August 1847

*Sein Zuvielhaben dringt dem Reichen andauernd aus allen Poren.*
Martin Walser, Über Rechtfertigung, eine Versuchung

Maximilian Antonius Petersen ist immer quer über die Skipisten gegangen. Zu Fuß, versteht sich. Nur heute braucht Petersen das nicht, denn es ist noch nicht so weit. Jung ist der Tag; unverbraucht, ausgeruht und frisch lädt er ein. Zur Stunde finden sich die Müßiggänger unter den Urlaubern am Frühstückstisch; die Sportlichen in den Skikellern und Wachsstuben; die andern im Bad, beim Friseur oder in den Armen, pardon: in den Händen der Masseurin. Man überlässt sich einem milden Diktat von Urlaubs-to-do's; man gibt sich scheinbar willenlos einem vagen Getriebenwerden, dem vielzitierten und noch mehr strapazierten dolce far niente, der gehobenen Muße hin. Dr. Petersen jedoch ist keiner, der sich gehen lässt, Ferien hin, Ferien her. Meinetwegen: gehen hat lassen. Kein Mann der großen Worte, aber einer, der weiß, was zu sagen und zu tun oder eben nicht zu sagen und nicht zu tun ist. Je nachdem. Korrektheit ist seine Natur, durch und durch, bis zum sorgfältig gebügelten reinweißen Tüchlein in der linken Hosentasche. Dort, wo er herkommt, wird es gerne, also mit einem bewusst antiquierten Ausdruck, *Büsdook* genannt. So wie hierzulande in gewissen Landstrichen Lederhosen und Dirndlkleider dem selbstverherrlichenden Ausdruck überholter Geisteshaltungen dienen, so greifen Petersen und seinesgleichen auf die Sprache ihrer untergegangenen Ahnen zurück. Da, wo wir uns gerade befinden, ist das *Büsdook* zum profanen Sacktuch geworden oder überhaupt verschwunden und von billigem Einweg-Papierzeug abgelöst. O tempora, o mores. Kein Monogramm auf dem Tüchlein, so weit treibt Petersen den Kult um sich selbst nicht. Gar kein Kult, denn Kultisches liegt ihm, wie alles Neuheidnische, fern. Aber korrekt und vor allem konsequent ist er. Besonders wenn es um seine ureigensten Interessen geht, die er stets tunlichst im Verborgenen zu halten weiß. Seine ureigensten Interessen, so viel sei verraten, sind ökonomischer Natur. Das weiße Hemd trägt er wie eine zweite Haut, die Krawatte ist unvermeidlich und unauffällig, die Hose stets streng gebügelt, gerne mit Bundfalten und diskreten Stulpen. Warum nicht auch jetzt, im Skiurlaub? Noch dazu, wo man ausgesprochen mondän untergebracht ist, in einem Dorf, in einer Destination allererster Kategorie und in einem Haus von höchster Noblesse.

Das *Aldoro* in Lech kommt Petersen so weit entgegen wie irgend möglich. Mangelnde Tradition verbirgt sich geschickt hinter spektakulärer Zeitlosigkeit, pompöser Stil übertüncht fehlende Wurzeln. Antonius Petersen ist Anwalt, das heißt, er waltet überall dort, wo lukrative Agenden, renditereiche Investitionen und bevorzugterweise attraktive Immobilien winken. Nicht umsonst entstammt er einer uralten Hamburger Reeder- und Kaufmannsfamilie. In seinem Denken vereinen sich kühl kalkulierendes Hanseatentum, generationenübergreifender Sinn für bleibende Werte und ein couragiertes, um nicht zu sagen heißblütiges Element, das er seiner brasilianischen Großmutter verdanken dürfte. Dass das Alter der Familie, des Clans, mit dem erworbenen Reichtum direkt korrespondiert, versteht sich von selbst. Die gut und gern hundert hoch qualifizierten Spezialisten und Spezialistinnen in Petersens auf internationales Wirtschaftsrecht, Vermögensmanagement und Treuhändertum spezialisierter Kanzlei ihrerseits bestätigen auf das Eindrücklichste bzw. das Einträglichste das schöne Schriftwort, wonach jenen gegeben wird, die haben.

Die zweite Hälfte dieses berüchtigten Verses (Mt 25,29) birgt außer einer im gegebenen, leider nicht vernunftdominierten Kontext nicht weiter zu verfolgenden logischen Inkonsequenz eine tragische Wahrheit, die für unsere Geschichte, wie sich bald zeigen soll, größte Wichtigkeit erlangen wird, wenn es im heiligen Text lapidar heißt: „Von dem aber, der nicht hat, von dem wird selbst das, was er hat, weggenommen werden."

Prägnanter kann es nicht ausgedrückt werden, was Eugen Schneider im Lauf der vergangenen fünf Jahrzehnte widerfahren ist. Mit der scheinbaren Widersprüchlichkeit des Bibelwortes hat er keine Probleme. Eugen Schneider ist Landwirt, Bauer. In Lech am Arlberg. Schon lange fühlt er nicht nur, er erfährt es am eigenen Leib, dass man einem immer noch etwas wegnehmen kann, auch wenn schon lange nichts mehr da ist. Denn wenn die materiellen Güter längst weg sind, dann holen sie deine Ehre und dein Ansehen, und zuletzt pressen sie die Lebensfreude und den Glauben aus dir heraus. Bauer sein in Lech, da bist du per se ein Relikt, ein Fossil, ein Überbleibsel, ein Anachronismus, ein Wiedergänger fast schon, ein Unwesen. Eugen Schneiders Hof war einst so weit das Auge reichte von saftigen Wiesen und Weiden umgeben. Einst, als noch der Urgroßvater darauf wirtschaftete. Jetzt bleibt den wenigen Kühen auf den verbliebenen Grünflächen kaum Platz, sich umzudrehen, umgeben von bedrohlich nahe gerückten, schneller als einem lieb sein kann aus der Mode geratenen Neubauten: Hotels und

Pensionen, Restaurants, Cafés, Geschäfte. Kein Meter wird verschenkt. Nur hinter dem Haus, dem Wald zu, wo er zuerst sanft und dann steil ansteigt nach Hochlech hinauf, dort bleiben Schneider und seinem Erben noch ein paar Hektar Boden. Noch.

Maximilian Antonius Petersens Korrektheit beruht im Wesentlichen auf einem weiter nicht hinterfragten dynastischen Selbstverständnis. Richtig ist, was Petersens nützt. Wer Petersens nicht nützt, schadet sich. So einfach ist das. Petersens Weltbild folgt dem Drall, der ein einstmals praktisches, kaufmännisch orientiertes Interesse im Lauf der Jahrhunderte zusehends in ein aristokratisch-elitäres Denken hat kippen lassen. Naturgemäß auch in ein Denken, das mit Fug und Recht schlicht ein Rechnen genannt werden darf und nicht zuletzt unter dem viel geschmähten Namen *Kapitalismus,* oder neudeutsch *new economy*, Berühmtheit erlangte. Wie es so ist, folgt auch hier das Menschenbild jenem von der Welt unweigerlich nach. Somit ist, um exakt zu sein: war der Weg geebnet für Petersens über weite Strecken ebenso sorgloses wie letztlich menschenverachtendes Dasein. Im Augenblick, auf dem Sonnenbalkon seiner Suite, hoch über dem Lecher Dorfzentrum, umgeben von glitzernden Skipisten, fröhlichen Millionären und willigem Personal, fühlt er sich folglich ganz in seinem Element. Seine Frau Mathilde ist unterwegs. Wenn er sich an ihren Abschiedsgruß richtig erinnert, dem er kaum seine halbe Aufmerksamkeit geschenkt hat, ist sie in der Obhut ihres Shopping-Coachs ausgeflogen. Der Skianzug von gestern dürfte über Nacht aus der Mode gekommen sein; oder war es nur das Seidencape? Der Shopping-Coach, er nennt sich Cyril, ist von unsäglicher Fröhlichkeit und Glätte und steht im Dienst des großen, siebenstöckig in den Berg hinein gebauten Modehauses unten in der Dorfmitte. In der Frankfurter Allgemeinen Zeitung, von der sich Petersen die Sicht auf das extravagante und zugleich gewöhnliche Treiben gerne versperren lässt, steht nichts von dem, was hier heroben Sache ist. Aber viel anderes, dem der allzeit arg beschäftigte Mann sich nicht verschließt. Das Rumoren, Klappern und Rauschen hinter ihm dringt nicht in sein Bewusstsein. Das Tun und Treiben der Zimmermädchen geht ihn nichts an; die Zimmermädchen selbst noch weniger. Da ist der hanseatisch stolze Charakter denn doch solider als die Triebkraft internationaler Finanzbosse, die schon einmal einen Strauß zu viel ausfechten. Petersens Kahn segelt in weitaus stilleren Wassern. Sie sind so still wie tief, und nur wenn man genau hinhört, zischt und braust es, wie wenn Wasser mit Feuer sich mengt.

Nur manchmal schiebt Petersen den FAZ-Vorhang zur Seite und lässt ein Bild auf sich wirken, das sich ihm zur Linken präsentiert. Er schaut dann auf ein derzeit meterhoch mit Schnee bedecktes, von wenigen Tannen bewachsenes, für hiesige Verhältnisse erfreulich ebenes, noch unbebautes Stück Land zwischen Lechbach und Wald. Es bildet ein bevorzugtes Objekt von Petersens Begierde. Er will diesen Boden haben. Hat er ihn erst einmal, wird er dem milliardenschweren Krösus, in dessen Haus er jetzt sitzt, zeigen, dass Reichtum mehr ist als Geld. Dann wird es ihm nicht mehr passieren, mit einem Typen wie diesem Salvatore Scarlatti aus Neapel mit seiner lächerlichen weißen Weste auch nur die Tiefgarage teilen zu müssen! Kommt doch schon leichte Unordnung in Petersens rigid beherrschte Züge, wenn er nur daran denkt, wie er nach Jahrzehnten als

Stammgast aus dem Alpenhof ausgezogen ist, nachdem es bei aller Grandezza des Hauses nicht mehr klar war, ob man sich in einem Luxushotel oder auf einem balkanischen Rummelplatz befindet. Vielleicht war auch die Grenze des Zumutbaren endgültig überschritten, als man begann, mit einem Höllenkerl namens Raoul Kenner halblegale Kochsessions zu veranstalten, bei denen sich Herr Petersen zu seinem ausgesprochenen Missfallen von aufgeputzter Ländle-Prominenz umringt sah, die sich in den Augen des Hamburger Großbourgeois eben doch etwas anders, etwas weniger unwiderstehlich darstellt als in der kleinräumig-engstirnigen Ländle-Betrachtungsweise. Wo sich ausgemusterte Airline-Beautys mit arg gestutzten Flügeln, im Glanz trendsettender Mode-Labels schattenhaft auftretende Kleiderhändler oder die üblichen abgehalfterten Donald-Trump- und Jay-Gatsby-Verschnitte aus der lokalen Großindustrie tummeln, kann sich Petersen ohne Weiteres heraushalten. Braucht er diesen Umgang, um überteuerte Leckerbissen von zweifelhafter Beschaffenheit löffelchenweise schlucken zu dürfen? Es mag ja sein, dass man für solche Semiseria-Kulinarik von Lustenau, Lochau oder Lauterach *herauf* fährt, aber sicher nicht von Hamburg *herunter*! Zugegeben, als Zwischenlösung ist das Aldoro nicht zu verachten. Typen wie Signor Scarlatti und der schwarze Helikopter auf dem Dach der Garage oder das aufgekratzt-arrogante Getue der Geschäftsführerin machen aber auch hier schnell klar, dass à la longue kein Bleiben ist. Es wäre ja gelacht, wenn einer wie Petersen sich in dem Gebirgsnest nicht sein eigenes Domizil zu beschaffen wüsste!

Wenn da nur nicht dieser sture, verbohrte Bauer wäre, Eugen Schneider, der partout nicht verkaufen will. Das

Reden mit dem Kerl ist völlig sinnlos. Erstens versteht Petersen den Dialekt nicht, in dem es von seltsamen Lauten nur so wimmelt. Zweitens geht von dem Mann ein schwer erträglicher Mief aus, der Petersen nach jeder Begegnung zwingt, gründlich zu duschen, den Anzug zu wechseln oder gar zwei, drei Seiten *Zauberberg* zu sich zu nehmen. Drittens aber ist Schneider nicht zu durchschauen, selbst nicht für einen wie Petersen, dem doch nun wahrlich wenig Menschliches fremd ist, vor allem wo es mit Geld, Besitz und Kalkül zu tun hat. Was der Eingeborene wirklich will, ist Petersen nach mehreren Gesprächen mindestens so unklar wie zu Beginn. Ihm Geld, unverschämt viel Geld anzubieten, hat nicht den geringsten Erfolg gezeitigt. Andererseits geht es ständig nur um Geld. Petersen ist mit seinem Latein am Ende. Die beiden Söhne von Schneider, der im väterlichen Dunstkreis vegetierende Jungbauer und der Skilehrer, ein Schnösel, vor dessen gockelhaften Avancen man mit Müh und Not Frau und erst recht Tochter in Sicherheit gebracht hat, scheinen noch verstockter zu sein als der Alte. Einzig Schneiders Frau, eine *Zugereiste*, punktet mit einer gewissen Zugänglichkeit für Formen, für nordländischen Charme und für Bares.

Allerdings ist Schneider nicht das einzige Obstaculum. Das Sperrigste, was sich Petersens Ambitionen entgegensetzt, ist, um es gleich zu sagen, ein windiger Landsmann. Der hat sich neulich ebenfalls in den mittlerweile offen ausgetragenen Wettstreit um den Boden eingeklinkt. Offen, aber mit verdeckten Karten. Gustav Glück aus Wuppertal, ein Industrieller, der mit Frischhaltetüchlein und altem Frittieröl ein Vermögen gemacht hat. Ein Mann mit der Aura eines erkalteten Wienerwald-Hühnerflügels. Der ist sich natürlich nicht zu blöd für alle möglichen Allianzen. Sei es nun der alte Schneider selbst, der eine oder andere der heillos verschuldeten Hoteliers aus dem Dorf oder auch die oligarchischen Bewohner der Aldoro-Welt: Niemand ist vor Glücks unseligen Verbrüderungen sicher. Er tanzt auf allen Hochzeiten, d.h. auf allen Fünf-Uhr-Tees, in allen Discotheken, trinkt aus allen Becherchen, isst von allen Tellerchen, schläft in allen Bettchen und wirft mit seinem Geld herum, als wären es Schneebälle.

Da sind die lokalen Investoren mit ihrem pennälerhaften Auftreten geradezu harmlos. Ihre vom vernebelten Rheintal aus gesteuerten Bemühungen, Schneider den Boden abzuluchsen, sind im Vergleich zu dem, was Petersen als gang und gäbe oder zur Not noch ehrlich anzusehen gewohnt ist, so harmlos wie eine schnurrende Hauskatze gegen einen hungrigen Löwen im Circus maximus. Noch dazu sind sie mit den kriminalpolizeilichen und staatsanwaltschaftlichen Hausdurchsuchungen in ihren Büros ausreichend beschäftigt. Schneiders Grundstück, auf dem Petersen bereits seine Villa in der Form eines überdimensionierten Schiffschornsteins stehen sieht, eines etwas schiefen Prismas also, das man den Einheimischen im Notfall als eine stilisierte Schneewächte verkaufen wird, dieses Grundstück will er denen erst recht nicht überlassen. Ihr leicht bigottes, zwischen Heimattümelei und Möchtegernfinanzhai angesiedeltes biederes Getue macht ihm auch keine Angst, schon eher könnte es einem langsam auf die Nerven gehen. Der Bauer Schneider selbst mit seinen paar Rindviechern: Wie mühsam es doch immer ist, wenn einer oder eine nicht einsieht, dass seine oder ihre Zeit abgelaufen ist. Gerade er, Dr. Petersen aus Hamburg, als Bewahrer einer jahrhundertealten Familientradition, hat für das Auf und Ab der Zeitläufte, für die Gezeiten des Lebens, für den rechten Augenblick ein feines Gespür entwickelt. Dem Schneider scheint es ebenso vollständig zu fehlen wie, peinlich und peinigend genug, der eigenen Frau, Mathilde Petersen, geborene Kirchler. Denn dass ihre Zeit an seiner Seite höchstens noch aus einer Gnadenfrist besteht, sagt sich Petersen, müsste ihr trotz einer geradezu phänomenalen Fähigkeit zur Verdrängung und kreditkartenbasierten Kompensation unangenehmer Wahrheiten spätestens im Laufe dieses Lech-Aufenthalts klar werden.

*Es gibt schlechthin keine Pflicht, alles zu sagen,*
*was man sagen könnte.*
Hans Blumenberg, Quellen, Ströme, Eisberge

Während Petersen mit zwei, drei ungeduldigen Raschlern das Feuilleton der gestrigen FAZ überblättert, öffnet sich die Terrassentür unhörbar. Doch nicht die zarte Hand des slowenischen Zimmermädchens ist es, die sie lautlos zur Seite schiebt. Vielmehr eine dicht mit blonden Härchen bewachsene, auffallend sorgfältig manikürte Pranke. Antonius Petersen ist in seiner täglichen FAZ-Lektüre im Wirtschaftsteil angekommen. Das Weltpolitische hat die gebührende, wenn auch etwas unkonzentrierte und von allerhand Kopfschütteln unterbrochene Aufmerksamkeit gefunden, die innenpolitischen Ränke schon etwas weniger. Was soll er mit den Informationen zu abgeschriebenen freiherrlichen Dissertationen anfangen? Was können ihm die Abhörmethoden englischer Revolverblätter Neues erzählen? Der mehr als tollpatschige Umgang des Bundespräsidenten mit milliardenschweren Freunden und aufdeckerischen Medien kostet den Herrn im Liegestuhl ein mehr als mitleidiges Lächeln. Und das Feuilleton, wie gesagt, überspringt Petersen quasi mit geschlossenen Augen. Kaum dass die eine oder andere Schlagzeile über Theaterskandale, Bestsellerdumping und Literaturpreisschieberei oder betrunkene und zugekokste Popdiven in sein Bewusstsein dringt. Nur einen kleinen Text des Feuilletonchefs persönlich, der sich euphorisch über eine literarisch-musikalische Veranstaltung äußert, nimmt er wohlwollend zur Kenntnis; und dem ausführlichen Interview mit einem der letzten großen

Dirigenten, einem greisen Italiener, dessen dramatische und ungemein produktive Lebensgeschichte Petersen seit Jahren verfolgt, möchte er sich nach dem Studium der Börsen- und Wirtschaftsnachrichten in Ruhe widmen. Umso mehr, als der Maestro, wie eine dicke Überschrift verkündet, davon spricht, sogar den Schnee hören zu können: Schnee, der auf Schnee fällt – das ist Musik! Das Unhörbare, in Petersens Fall nicht unbedingt der Schnee, schon eher das Aktien-Auf-und-Ab, hörbar zu machen, darin nicht zuletzt besteht immer wieder die Strategie und der Erfolg des verwöhnten Anwalts. Jetzt allerdings überhört und übersieht er das Naheliegendste, wenn auch schwer Hörbare in eklatant leichtfertiger Manier. Das ist im vorliegenden Fall von leider fataler und letztlich letaler Konsequenz.

Man kann dem Herrn Anwalt angesichts seiner so radikalen Gleichgültigkeit der unmittelbaren Umgebung gegenüber einen gewissen Vorwurf nicht ersparen. Es laufen doch einige Fäden bei ihm zusammen und das Netz, das er mit ihrer Hilfe gesponnen hat, ist ohne Weiteres dazu angetan, die darin Gefangenen zu recht heftigen Befreiungsbewegungen zu provozieren. Ein solcher Gefangener setzt eben dazu an, sein Zappeln endlich in spürbare Befreiung umzusetzen. In seiner Rechten, es ist die Pranke, von der die schwere Terrassentür lautlos beiseite geschoben worden ist, funkelt in der hellen Vormittagssonne metallisch etwas Langes, Schmales, spitz Zulaufendes. Fast wie ein Dirigentenstab. Doch nur fast, denn der Fortissimo-Einsatz, zu dem das Instrument nun in die Luft fährt, markiert auch schon das Crescendo-Finale der allzu kurzen Alpen-Sinfonie und gleichzeitig Maximilian Antonius Petersens Ende. Kurz, laut- und wortlos ist dieses Finale, beinahe möchte man es *sauber* nennen, aber das wird ihm denn doch nicht ganz gerecht, wie wir gleich sehen werden. Die Arme mit der aufgeschlagenen FAZ sinken matt auf die breiten Lehnen des protzigen Tropenholzterrassenmöbels, in dem Petersen ruht. All die brandheißen Neuigkeiten, tiefschürfenden Analysen und gewitzten Kommentare, die heute so brisant erscheinen und morgen schon wieder bar jeder Relevanz in Vergessenheit geraten, wachen nunmehr über den ewigen Schlaf des so unvermittelt Dahingegangenen. Denn Petersen ist augenblicklich tot. Die spitze, krumme Waffe erreicht, geführt von muskulöser Hand, mühelos Petersens Herz. Noch ist dem toten Anwalt ein gutes Stündchen wahrer Ruhe gewährt, ehe sein Ableben beträchtliche Verwirrung in der Nachwelt stiften wird.

Den behänden Abgang über die seitliche Terrassenbrüstung, der ihn direkt vor den Aldoro-Skikeller katapultiert, schafft der sportliche junge Mann und Mörder ohne große Anstrengung, vor allem aber, ohne bemerkt zu werden. Nicht ganz zwar; doch der, der ihn wie aus dem Nichts als Raubtierschatten auf sich zuspringen sieht, hat seinerseits keinen Grund, jemanden zu sehen, der gerne ungesehen bleiben möchte. Gregorji Kobolnev hat in den letzten Monaten zu viel gesehen, um noch Energie für irgendwelche Neugier zu verspüren. Außerdem tut jetzt der Morgenkaffee seine Wirkung und sein Weg führt ihn weiter hinein in die Katakomben des Aldoro. Allerdings sind ihm Verstand und Seele in dem heillosen Krieg, in den ihn sein Präsident geschickt hatte, so weit geschärft und geschunden worden, dass er des Vergessens so wenig fähig ist wie des Erinnerns. Am ehesten noch alles zusammen in einer aufwühlenden Mischung! Wie heißt es doch: Die Erinnerung ist eine Fata Morgana in der Wüste des Vergessens. Kobolnev hat gelernt, das eine vom andern zu unterscheiden. Unser junger Sportler greift tief in den pulvrigen Schnee und wischt sich ein paar dunkelrote Blutstropfen von den Händen; dann packt er seine Skier, neuestes Modell, also deutlich länger und schlanker als das Zeug, das sonst herumsteht, schultert sie und stapft hinunter Richtung Skischule. Sein Püppchen wird nicht mehr lange auf sich warten lassen. Mathilde Petersen ist eine so gelehrige wie willige Schülerin. Sie begegnet in Kürze ihrem Lebensretter wider Willen. Natürlich weiß sie davon im Moment so wenig wie von ihrem Witwentum. Ein paar Schwünge gehen sich noch aus, bevor ihr die Augen aufgehen.

*If nothing is self-evident, nothing can be proved.*
C.S. Lewis, The Abolition of Man

Salvatore Scarlattis in Petersens Richtung posauntes „Ciao dottore“ findet wider Erwarten keine Beachtung. Sein „brutto teppista“ samt eindeutiger Geste in Richtung von Dr. Petersens Terrasse zeigt dieselbe enttäuschende Wirkung. Verblüfft bleibt der Mann mit der weißen Weste stehen. Bislang hat sich der deutsche *Avvocato* nie um ein Wortgefecht gedrückt. Scarlattis in ihren dicken Skianzügen etwas teddybärenhaft wirkende Bodyguards, drei sind es heute Vormittag, sind dem Anwalt für seine diskrete Zurückhaltung dankbar. Ihr Müllbaron schießt leider gerne ein wenig über das Ziel. Und wo schon das Ziel, das heißt den deutschen Gast um des reinen Vergnügens willen in seiner Behaglichkeit zu stören, eine deutliche Brüskierung darstellt, ist das ein so unnötiges wie aufwendiges Spiel mit dem Feuer. Die Kollegen aus dem Aldoro, wahre Gorillas in Maßanzügen, haben den neapolitanischen Sicherheitsleuten sehr schnell klar gemacht, welche Sprache hier den Ton angibt. Eine Sprache, die sich nicht so sehr in Worten als eher in kyrillischen Tätowierungen ausdrückt und darüber hinaus in Zahlen; Zahlen, wie sie auf den bündelweise kursierenden Banknoten zu lesen sind. So marschiert Salvatore weiter. Den sportlichen Teil des Tages bringt er gerne so schnell wie möglich hinter sich. Überhaupt lässt er sich nur darauf ein, weil seine Gattin auf diesen zwei Stunden an der frischen Luft besteht. Wir lassen ihn also mit seinen Mannen ruhig ziehen. Er ist für den Rest des Vormittags mit sich selbst mehr als beschäftigt. Macht er doch auf den

Skipisten, im Gegensatz zu Signora Scarlatti, alles andere als eine gute Figur. Abgesehen davon, dass die gute Figur, wiederum ganz im Gegensatz zur Signora, generell nicht das vorherrschende Interesse oder gar eine der wenigen Stärken von Signor Scarlatti ausmachen würde. Vielleicht ganz einfach, weil er sie nicht hat, die gute Figur.

Leider nicht so sehr mit sich selbst beschäftigt wie der neapolitanische Saubermann ist Kajetan, des Bauern Schneider zweitgeborener Sohn. Ihn lenkt Verschiedenstes von sich selbst ab. Zum einen ist das der Vater, dessen Verbitterung und Zorn immer mehr auch das naturgemäß nicht sonderlich harmonisch ausgeprägte kleinbäuerliche Familienleben vergiftet. Zum andern hält ihn Gustav Glück auf Trab, allerdings an äußerst kurzer Leine. Herr Glück erweist seinem schönen Namen, Gott sei's geklagt, nur selektiv die Ehre, nämlich in erster Linie dort, wo es um ihn selbst geht. Ansonsten, das ist auch des jungen Schneiders vager und unbefriedigender Eindruck, spielt der Mann alle möglichen Spiele, die auf nichts anderem als sehr viel Geld und ebenso viel hirnloser Gier aufbauen. Eines davon hat mit seinem Vater und dem verbliebenen Baugrund hinter dem Hof zu tun; ein anderes offenbar mit dem Hamburger Strizzi droben im Aldoro. Genau dem soll Kajetan eine kleine Lektion erteilen, die dem Bauernbub einen schönen Batzen Geld einbringen wird. Viel mehr will er auch gar nicht wissen von den Umtrieben der Herrschaften. Man hätte das Brieflein wahrscheinlich auch auf einem anderen Weg überbringen können, aber Glück hat darauf bestanden, dass er, Kajetan Schneider, ein Einheimischer, dem Anwalt zeigt, wo sein wirklicher Platz ist. Um ein Haar hätte

Schneider das Geld sausen lassen. Mit dem Petersen ist nicht gut Kirschen essen. Das hat sich erst kürzlich gezeigt, als Kajetan sich gerne wiederum als Skilehrer für Frau und Tochter etabliert hätte. Vielleicht muss man Wodka saufen können wie der Bischof Bastl, um an solche Beute heranzukommen und in diesen Kreisen zu bestehen. Jedenfalls hat der widerliche Schönling mehr Glück gehabt!

Wieder einmal ist Kajetan Schneider erstaunt über die Leichtigkeit, mit der sich vor seinem Skilehreroutfit Türen öffnen. Er macht sich zwar nicht viele Gedanken über dieses Phänomen, auch über kein anderes, um ehrlich zu sein. Besteht dieses Sesam-öffne-dich doch in einer Art umgekehrtem Feudalrecht, das in einem bis zur unausgesprochenen Einladung erleichterten Zugang zu den Kammern und Herzen der Skihaserln besteht. Heute kommt Schneider der Zauber der Montur besonders gelegen. Mit einem knappen Kopfnicken in Richtung des unübersichtlichen, von etlichen blasierten, spröden Fräuleins bevölkerten Rezeptionsbüros bringt er schwungvoll die breite Treppe in die obere Etage des Aldoro hinter sich, wo er nach Gustav Glücks präziser Instruktion bald vor dem Eingang der Petersen-Suite steht. Viel Personal ist um diese Stunde nicht am Werk, und wenn doch, so in größter Zurückhaltung. Man hat hier gelernt, sich um nichts zu kümmern als um das Wohl der Damen und Herren Gäste. Mehr als einen kurzen Blick hat Kajetan von den beiden Zimmermädchen daher nicht zu befürchten. Der Blick fällt nicht zuletzt deshalb so kurz aus, weil man ihn kennt, weil man sich kennt in diesem Dorf. Durch die geöffnete Terrassentür sieht Schneider seine Kundschaft im Liegestuhl sitzen, schlafend offenbar.

Er nähert sich leise, doch statt ihn mit eisernem Griff an der Schulter zu packen, wie der Glück sich das vorgestellt hat, wozu Kajetan ohnehin der Mut gefehlt haben würde, wird er plötzlich fast so bleich wie der Herr vor ihm. Was ein friedlich über Börsenkursen schlummernder Urlauber zu sein scheint, entbehrt in Wirklichkeit jeglicher Beziehung zur Welt der Lebenden. Der Luftzug, den Kajetans polterndes Auftreten mit sich bringt, lässt die Zeitung zu Boden schweben, die sie eben noch haltenden Hände baumeln wie dürre Äste. Ein Toter sitzt vor dem nun gar nicht mehr so wild entschlossenen Kurier. In seinem Schrecken macht er sekundenschnell kehrt und verlässt Hals über Kopf das vornehme Haus auf kürzestem Weg, blick- und wortlos vorbei an Personal und Gästen, an Freund und Feind. Das Kuvert mit Herrn Glücks Botschaft liegt zwischen den zerknitterten Seiten der FAZ; Schneider hat nicht mehr den Ehrgeiz und auch keine Lust, es zurückzuholen. Soll sich der Glück selbst die Finger verbrennen. Mord und Totschlag sind keinesfalls Kajetan Schneiders Sache. Nichts wie weg. Eine knappe Viertelstunde später verliert sich auch seine Spur auf den schier endlosen, tief verschneiten und hundertfach verspurten Hängen zwischen Rüfikopf, Mohnenfluh, Zugertobel und Kriegerhorn. Dort mag sie die der Scarlattis ebenso kreuzen wie diejenige von Petersens wahrem Mörder. Was aber heißt schon *wahrer Mörder*?

## True alpine dying. Keine Karriere

*Willst du den Mörder finden, so denk an deine Sünden.*
Wolfgang Amadeus Mozart, Grabmusik KV 42

„Fantastisch, einfach fantastisch", lobt Isidor Ibele und zerkaut gründlich den letzten Bissen eines Schweinsbratens, ein arg dickes Stück knuspriger Kruste, d.h. in regelmäßige Rauten geschnittener, fetttriefender Schwarte. Jetzt ist der Teller leer. Entspannt lehnt sich Ibele zurück, mit kess gespitzten, glänzenden Lippen schickt er seiner Frau, dem Rösle, einen anerkennenden, von Sattheit und Zufriedenheit kündenden Kuss zu, der so postwendend wie dankbar retourniert wird. Rosalia kümmert sich um den Kaffee, während der Inspektor, durch einen eingegipsten linken Arm etwas gehandicapt, den Tisch abräumt. Er gehört zu jenen, die durch eine solche Beeinträchtigung zu noch mehr Aktivität angestachelt werden und erst recht keinen Grund sehen, sich bedienen zu lassen. Beim Sturz vom Fahrrad hat sich Ibele vor wenigen Tagen den Ellbogen gebrochen. Der übliche Leichtsinn, die alltägliche Selbstüberschätzung und eine minimale Unaufmerksamkeit, mehr braucht es nicht; ein halber Salto, eine unsanfte Landung, schon war es geschehen. Es hätte schlimmer kommen können. Nun sitzen Ibeles beim Kaffee; eine große Tasse Milchkaffee fürs Rösle, der rituelle doppelte, gut gezuckerte Espresso für den Inspektor. Heute, dem Braten zu Ehren, gewährt er sich zusätzlich ein großzügig bemessenes Gläschen Nussschnaps aus eigener Produktion. Für zwei Tage hat sich Ibele frei genommen, „bis er sich an die Schmerzen gewöhnt hat", wie er es seinem Chef gegenüber formuliert. Da war der General beruhigt, denn je näher dessen Pensionierung rückt, desto mehr will er seinen wichtigsten Mann in der Nähe haben. Nur jetzt keine Pannen mehr, was nicht viel mehr besagt als: keine schlechte Presse!

Offenbar ist es vorläufig mit der Ruhe vorbei, denn Ibeles Mobiltelefon meldet einen Anruf des Generals. An einem gewöhnlichen Wochentag, ein Dienstag im vorliegenden Fall, um halb zwei Uhr mittags kann das nichts wirklich Erfreuliches bedeuten. Tut es auch nicht, wie sich gleich zeigen wird. Ein Mord am Arlberg, in den allerbesten Kreisen, ein teurer Toter, wenn man so sagen darf. „Soso", nimmt Ibele die Sache vorläufig gelassen. Zu Hause, in seinem privaten Umfeld, kommt er nicht umhin, einen erweiterten, einen anderen als den rein dienstlichen Maßstab anzulegen. Noch mehr als in seinem Büro ist der Inspektor hier in seinem wahren Element, wie man es so treffend auszudrücken pflegt. Das meint nicht zuletzt auch: in seiner Geschichte, die natürlich in erster Linie eine Familiengeschichte ist.

Also los! Kaffee und Nussschnaps werden mit unbeirrbarer Hingabe ausgetrunken, das Rösle mit der gebührenden Innigkeit verabschiedet und – Gips hin, Gips her – der Weg ins Kommando hurtig zurückgelegt. So hurtig es geht, erfolgt auch die Abfahrt hinauf an den Arlberg. Natürlich muss Baldreich mit, nicht nur als Chauffeur. Die Dienste seines Kollegen gehen deutlich darüber hinaus, sind für Inspektor Ibele längst zu einem unverzichtbaren Bestandteil seiner Arbeit geworden. Ähnliches gilt mittlerweile für die Sekretärin Antoinette Hagen. Im Augenblick entwickelt sie in Anbetracht von Ibeles eingegipstem Arm ein unvermutetes Spontanpotenzial an Samariterinnen-Energie, auf das der Inspektor jetzt aber nicht in der gewünschten Ausführlichkeit zurückgreifen kann. Der General lässt sich höchst widerwillig auf seine ortsgebundenen Kommando- und Repräsentationspflichten verweisen. Allzu verlockend ist für den notorischen *Adabei* die Aussicht auf einen kleinen Abstecher zu den Reichen und Schönen. Nur mit Mühe und dem Hinweis auf einen Foto- und Pressetermin anlässlich einer internen Nikolofeier ist er zu vertrösten. Schließlich sitzt Ibele mit Baldreich im zivilen Dienstwagen; dem Reiseziel entsprechend ist es ein Hubraumriese, ein PS-starker Allradler, einer mit dem prestigeträchtigen Stern auf der Kühlerhaube. Das passt dann da oben sicher in die Gegend.

So weit immerhin hat sich Chefinspektor Ibele die Fähigkeit bewahrt, den Augenblick zu nutzen, dass er die gut fünfviertelstündige Fahrt von Bregenz nach Lech praktisch ungetrübt zu genießen vermag. An der Seite des schweigsamen Baldreich ist das keine große Kunst. Obwohl einem feinen Firnis gleich die Ahnung des Grauens, des bestens gepflegten Grauens, das ihn erwartet, Ibeles Denken und Fühlen überzieht. Nur das Mobiltelefon mit den aufgeregten Meldungen und „Wo-bleibt's-es-denn“-Fragen der Lecher Kollegen stört die Beschaulichkeit und Konzentration der beiden Kriminalisten. Ein Funkloch erspart ihnen endlich die weitere Partizipation an der sinnlosen Telefonierei. Versäumen tun sie deswegen nichts.

Nirgends sind die Schatten tiefer, dunkler und länger als dort, wo die Oberfläche in einem besonders gleißenden Licht erstrahlt. Nirgends aber, das sagt Ibele eine Erfahrung, von der noch zu sprechen sein wird, nirgends ist das Licht leuchtender, das Gepränge prächtiger und das Glitzern glamouröser als dort oben, im nobelsten aller nobeln Nobelskiorte. Nirgends sind die Toten toter und die Alten vergessener als in der Gegenwart des aufgeplusterten Lecher Winters. Nichts von alldem, was sich heute dort tut, wussten die Gletscher, als sie vor Jahrmillionen die riesige Mulde ausschürften, in die sich das ehemalige Bauerndorf duckt. Noch vor wenigen Jahrzehnten war es eine bettelarme Siedlung, notdürftig ernährt von einem allzu kurzen, unwirtlichen Sommer. Heute hat der wahnwitzige Reichtum, den die, mit Verlaub, stinkreichen Gäste den Bewohnern bescheren, das Dorf fast vollständig nicht nur von seiner Vergangenheit abgeschnitten, sondern noch viel mehr von dem, was die restliche Welt im Innersten zusammenhält.

Auf der Höhe des Flexenpasses angekommen, empfängt den Inspektor eine märchenhafte Kulisse. Pünktlich zum Saisonbeginn präsentiert sich die Landschaft seit Tagen unter einem wolkenlos blauen Himmel und von einer mehrere Meter dicken Schneedecke sanft modelliert. Noch sind die Häuser von Zürs weit genug entfernt, um nicht die vielfältigen Fratzen des einzigen Wertes gnadenlos ins Bewusstsein zu zerren, der sich all das mit gründlich zermalmender Animalität einverleibt, des Profits nämlich. Sprachlos und wider seinen Willen fasziniert durchquert Ibele zielstrebig die Siedlung, die aus nichts als Hotels, Bars und exklusiven Geschäften besteht, bevölkert von bunt vermummten Gestalten in leuchtenden Skianzügen oder bodenlangen Pelzmänteln.

Ist es denn eine Art, fragt sich Ibele, bei aller Skepsis angesichts des irreal anmutenden Spektakels dennoch pflichtschuldig den Zweck seiner Fahrt in den Vordergrund der Überlegungen rückend, ist es denn eine Art, wohl betuchte Wedelwochen-Gäste mit Heugabelzinken um die Ecke zu bringen? Natürlich nicht. Da hat sich offensichtlich ein sehr altes Element der einst bäuerlichen Lebensweise ein mehr als zweifelhaftes Recht verschafft.

Gleichwohl ist Ibele gespannt, ja ausgesprochen nervös, als Baldreich die letzten Kurven hinein ins Dorf nimmt. Gleich darauf parkt er den Wagen angesichts des Gedränges auf der einzigen den Ort durchquerenden Straße der Einfachheit halber ins erstbeste Halteverbot, direkt neben einen verbeulten grünen Toyotabus mit schwungvoller roter Aufschrift, in dem ein junger Mann sitzt und bei offenem Fenster eine Zigarette pafft. Sein grünes Mäntelchen passt genau zur Farbe des Autos und sein breites Miles-Davis-Grinsen hält neben dem Halteverbot auch dem kritischen Blick Ibeles mühelos stand. Eine Flut von Erinnerungen, Stimmungen, Bildern, Ahnungen, Gedanken und Nostalgie überschwemmt Ibele, nachdem er ausgestiegen ist und seinen Fuß auf Lecher Boden setzt. Es ist 33 Jahre her, seit er hier als blutjunger Polizist seinen ersten Dienstposten angetreten hat. Damals folgte Isidor unbedarft und voller Tatendrang der Empfehlung eines ehemaligen Schulkollegen, der als Einheimischer naturgemäß ein verführerisch geschöntes Bild seiner Heimat gezeichnet hatte. Tatsächlich hätte Ibele kaum etwas Besseres widerfahren können als diese knapp zwei Jahre in den Bergen, zwei Winter voller unvergesslicher Eindrücke und ein langer Sommer. Gerade die schon nach wenigen Monaten voll erfasste Ambivalenz der im Dorf praktisch ungebremst aufeinanderprallenden, denkbar gegensätzlichen Phänomene war für den jungen Ibele eine wirkliche, unbezahlbare Lebensschule. Dabei, so resümiert er jetzt die noch spärlichen Informationen zum heutigen Geschehen, war die einstige Situation im Vergleich zur aktuellen Lage vergleichsweise einfach gestrickt. Es gab die Gäste: Industrielle, Prominente, Adlige, bis hin zu gekrönten Häuptern, Politiker: die Gäste eben, reich und unnahbar, im besten Fall jovial, im schlechtesten Fall grenzenlos abgehoben. Es gab die Einheimischen: im besten Fall ihren uralten, kargen, walserischen, bäuerlichen, handwerklichen Wurzeln halbwegs nahe, im schlechtesten Fall allem Althergebrachten, Sitte und Anstand hoffnungslos entfremdet. Es gab das Lift-, Hotel- und so weiter Personal: im besten Fall – aber lassen wir das. Ein besonderer Draht spannte sich außerdem zwischen dem jungen Inspektor und Franz, dem Pfarrer von Lech. Der hatte als Kaplan bereits Ibeles Eltern getraut und galt als Hausgeistlicher der Familie. Ihm verdankte Ibele wertvolle frankophile Impulse und lehrreiche Exkurse in ausgewählte Kapitel des burgundischen Weinbaus oder der französischen Küche. Stets faszinierte ihn die Gestalt dieses fest in sich ruhenden Geistlichen, der in dem außer Rand und Band geratenen Bergdorf die spirituelle Quadratur des Kreises, den scheinbar unmöglichen Spagat zwischen Amoral und Religion geschafft hatte, der in federleichter Demut und einer an Voltaire geschulten Ironie die aus aller Welt angereisten und die autochthonen, also die einheimischen, die sesshaften Kamele durchs sprichwörtliche Nadelöhr lotste, trieb und lockte, wenn nicht ins Himmelreich, so doch in seine Kirche.

Ibele dreht sich mit weit offenen Augen einmal um die eigene Achse. Des Staunens ist kein Ende. Auch wenn das hier alles andere als ein potemkinsches Dorf ist, Kulisse ist es allemal. Baldreichs ausgestreckter Zeigefinger weist den Toyota-Mann auf das Halteverbot hin und erntet ein müdes Achselzucken sowie ein paar demonstrativ gelassen in die klare Luft geblasene Rauchkringel, untermalt von fetzigem Trompetensound. Dann wendet sich der Inspektor, die Vergangenheit abschüttelnd, der Gegenwart und dem kurzen Fußmarsch zum Aldoro zu. Vom Turm der alten Kirche schlägt es drei Uhr. Schon färben lange Schatten den Schnee im Dorf da und dort dunkelblau, während die Bergspitzen rundum noch in goldenes Licht getaucht sind. Sicht- und hörbar laufen die Vorbereitungen für das Après-Ski-Geschehen. Der Polizeichef des Ortes empfängt den Inspektor in der Lounge des Hotels. Seit fast vier Jahrzehnten tut er Dienst. Er ist im Dorf geboren. Unverfälscht führt er Ibele vor Augen, was aus ihm selbst geworden wäre, wenn er oder vielmehr seine aufs Geratewohl abgegebene Bewerbung für den höheren Polizeidienst damals nicht nach zwei Jahren die Karriere in eine andere Richtung gelenkt hätte. Tobias Walchs wind- und wettergegerbtes Gesicht und seine drahtige, muskulöse Gestalt bringen Ibele doch ein wenig ins Sinnieren. Rein äußerlich scheint der Kollege gegen den in jüngster Zeit immer mehr mit einer gewissen Fülle und Trägheit kämpfenden Ibele zumindest nicht im Hintertreffen zu sein.

„So, Walch“, begrüßt ihn Ibele freundschaftlich, „was macht denn ihr für Geschichten da heroben?“

„Lass gut sein, Ibele“, wehrt der so Angesprochene unerwartet heftig ab. „Wir machen gar keine Geschichten mehr, die machen schon andere! Als hätten wir nicht genug zu tun mit dem normalen Programm. Ausgerechnet heute, wo das Dorf voll ist von hohem Besuch.“ Dem folgen ein paar halblaut genuschelte Silben, die irgendwie russisch klingen oder klingen sollen. Aus dem Augenwinkel bemerkt Ibele eine etwa dreißigjährige hochgewachsene Lady in einem atemberaubend engen rostbraunen Kostüm und aberwitzig hohen Schuhen, mit pechschwarzen, fast hüftlangen Haaren, die sich lebhaft mit einem Burschen unterhält, der das Kaminfeuer in der Halle entfacht. Was an Gesprächsfetzen an Ibeles Ohr dringt, hört sich wiederum slawisch an. Walch bemerkt Ibeles Blick und raunt ihm zu:

„Lidia Andreja Konstantinowna, die Managerin. Finger weg, mein Freund!“ Auch wenn der Inspektor gar nicht vorgehabt hatte, in Bezug auf die Dame handgreiflich zu werden, Walchs Mahnung leuchtet ihm ein und seinem „Komm jetzt mit hinauf, ich zeig’ dir etwas!“ leistet er gerne Folge. Es hat Walch und seine Leute einige Mühe gekostet, den Toten so zu belassen, wie ihn das Zimmermädchen gegen 12:00 Uhr gefunden hat. Nicht nur die schöne Lidia Konstantinowna war alles andere als erpicht darauf, eine Leiche im Haus zu haben, auch Mathilde Petersen mochte sich nur ungern damit abfinden, ihren toten Gemahl länger als unbedingt nötig unter den Lebenden zu belassen. Pietät allein mag nicht das ausschlaggebende Motiv für beider krasse Eile gewesen sein. Aber noch reicht Walchs Autorität aus, um wenigstens seinen dienstlichen Willen und die rudimentärsten Vorschriften durchzusetzen. So stehen Ibele und Baldreich jetzt auf dem teuren Tropenholz der geräumigen Terrasse von Petersens Suite, vor ihnen der Liegestuhl mit dem Toten, ihm zu Füßen als leicht verrutschtes Leichentuch die FAZ. Was zuerst auffällt, ist die Unversehrtheit des Körpers. Nur auf Petersens an und für sich gleichmäßigen, durchaus vornehm zu nennenden Gesichtszügen liegt so etwas wie ein blasierter Ausdruck der Verbitterung, eine Art erstarrter Vorwurf allgemeinster Natur, adressiert an eine Welt, die sich seiner nicht würdig erwies. Eine Dass-das-ausgerechnet-mir-passieren-muss-Miene zieht Petersens Mundwinkel leicht nach unten und selbst das volle, dunkelblonde, sauber gescheitelte Haar und die glattrasierten Wangen verstärken den Eindruck erlittener Schmach und Ungerechtigkeit. Erst ein zweiter und von einer diskreten Geste Walchs geleiteter Blick zerstört jeden Rest von Idylle oder Gemütlichkeit. Zwischen Hals und Schulter des Toten steckt, von einer dünnen Kruste gestockten Blutes überzogen, etwas Schmales. Ein schräg nach abwärts, dem Herz zu, gestoßenes Stück Holz ragt mit seinem unregelmäßig gezackten Rand knapp über dem blütenreinen weißen Hemdkragen kaum einen oder zwei Millimeter aus dem fleischigen Nacken heraus. Die Spurensicherung bemüht sich noch immer um das schöne Appartement, der Gemeindearzt Dr. Rhombach ist schon wieder fort, in seiner kleinen Unfallklinik herrscht zu Saisonbeginn Hochbetrieb. Die Legion der übergewichtigen, untrainierten, saft- und kraftlosen und von Hightech-Material wie Piste überforderten Möchtegern-Skikanonen sorgt verlässlich für die schönsten Knie-, Rücken- und Knöchelverletzungen in großer Zahl. Des einen Leid, des andern – wenn schon nicht Freud, so doch täglich Brot.

Wer den Toten gefunden hat? Das Zimmermädchen Zdenka aus Slowenien, 42 Jahre alt, seit über zwanzig

Jahren im Dorf. Von ihr kommt auch der Hinweis auf Kajetan Schneider, den knackigen Skilehrer, den sie zuletzt und auf wenige Minuten genau zum mutmaßlichen Tatzeitpunkt im Appartement des toten Anwalts gesehen hat. Schneider müsste jetzt gleich einmal im Skischulbüro eintreffen, nachmittags um vier Uhr ist Schluss mit Kurs und Unterricht. Sobald die weiß vermummten Spurensicherer fertig sind mit ihrer Recherche, wird der Reeder seine letzte Reise antreten. Die Haltung, mit der der junge Pfarrer von Lech, von der frisch gebackenen Witwe in Ermangelung eines richtigen, will sagen protestantisch-lutherischen Beistands in unleidlichem Tonfall gerufen, im Hintergrund auf seinen Auftritt wartet, zeugt inmitten der luxuriösen und für Normalsterbliche unbezahlbaren Suite von einer skurrilen Mischung aus machiavellistischem Trotz, unbeirrbarer Berufung und schwer zu interpretierendem Pragmatismus.

Weil die Zeit jetzt keine vorrangige Rolle mehr spielt, und er gerne mehr über die angewandte Mordmethode hören möchte, füllt Ibele die Frist bis zum Dienstende des Skilehrers mit einer Visite in der Rhombachschen Klinik. Es handelt sich zwar eher um ein dem Stil der Gegend angepasstes Chalet, das gut und gern einen herrschaftlichen Ansitz, ein Winterquartier für Begüterte, abgeben könnte, aber die Atmosphäre passt. Sie ist elegant, steril und teuer genug, um dem Klientel Vertrauen einzuflößen. Doktor Rhombach muss den Inspektor warten lassen. Vor Kurzem ist ein Verletzter eingeliefert worden, dessen offenbar schon im unversehrten Zustand hoher Frustrationskoeffizient durch einen dummen Ausrutscher und in dessen Folge beidseitigen Schulterbruch ins Unerträgliche geschnellt ist. Auch wenn die träge Gestalt, ein kesses

Bärtchen am gut gepolsterten Kinn und der arglose Gesichtsausdruck grundsätzlich einen sympathischen Eindruck vermitteln, wird Ibele das Gefühl nicht los, der Mann leide an tiefgreifender Selbstüberschätzung. Hauptleidtragende scheint seine verzagte Ehefrau zu sein, auf die der Jammerer all seinen Schmerz und Ärger über das eigene Ungeschick abzuschieben trachtet. Er spricht übrigens eine Sprache, die der Inspektor nur mit Mühe und Erstaunen identifiziert, weil er hier heroben, im Epizentrum der Mondänität, nicht mit ihr gerechnet hat. Es ist in Wahrheit kein Englisch und kein Französisch, erst recht kein niederländischer und kein irischer, kein sardischer und kein provenzalischer Dialekt, was da in melodiösem Singsang und mit absonderlichen Vokalen durchsetzt an sein Ohr dringt, sondern der letztlich unverwechselbare Slang einer größeren Rheintal-Marktgemeinde, die für ihre vermögenden Textil- und Stickereifabrikanten bekannt ist. Einer von ihnen dürfte hier seinen schmerzensreichen Auftritt absolvieren. „Iie hanno nia dëäwah glitta“, entfährt es dem Blessierten, dermaßen sein noch nie dagewesenes Leid verkündend. Endlich trottet das bedauernswerte Paar von dannen, wobei der Verletzte mit seinen von elastischen Binden dick bandagierten Schultern und einem angesichts seiner Ohnmacht kindischen Trotz noch ein geradezu empörendes Ausmaß an stichelnder Tyrannei über seine arme Frau ausübt. Da hat Frau Petersen mit ihrem verblichenen Gatten wesentlich weniger zu erdulden, denkt sich Ibele in subversiver Auflehnung, während er sich dem Arzt gegenüber sieht, der seinerseits kopfschüttelnd dem Davonhumpelnden hinterher blickt.

Was der Mediziner zu Petersens Ableben zu berichten hat, ist schnell gesagt. Nach dem zu beurteilen, was seine Spontanautopsie ergeben hat, war der Stich so überraschend wie unmittelbar tödlich. Er dürfte auf zwar unüblichem, aber doch geradem Weg das Herz getroffen haben. Wie schon am Tatort vermutet, handelt es sich seiner Einschätzung nach bei der Tatwaffe um einen abgebrochenen hölzernen Heugabelzinken, einen frisch abgebrochenen, wie die helle Bruchstelle zeigt, und zwar – wie von der Spurensicherung mittlerweile bestätigt – den rechten. Solches Zeug hängt man sich ja allenthalben gerne als nostalgischen Wandschmuck in die pseudorustikalen Skihütten und Zirbenstuben, sofern es nicht in den letzten paar Bauernhöfen noch in Verwendung steht, grantelt Doktor Rhombach gestenreich. Gestorben ist Petersen am Vormittag, vermutlich zwischen zehn und elf. „Aber", fügt der Mediziner schmunzelnd hinzu, „ich bin nur ein kleiner Berg- und Gipsdoktor." Jaja, nur wer überlegen ist, kann sich Understatement erlauben, zitiert Ibele für sich ein altes englisches Sprichwort. „Danke und auf Wiedersehen", entgegnet Ibele. „Oder doch lieber nicht", ergänzt der Arzt seinerseits.

Durch das lediglich von der grimmigen Dezemberkälte etwas auf Eis gelegte Après-Ski-Geschehen vor den Hotels kehren Ibele und Baldreich zu ihrem Wagen zurück. Der grüne Toyota-Bus ist weg, begegnet ihnen aber wenige Minuten später auf tollkühner Fahrt durch das Dorfzentrum. Der Slalom zwischen Spaziergängern, Pferdekutschen und Autos scheint der ganz persönliche Lieblingssport des Heißsporns am Lenkrad zu sein. Die Kriminalisten beziehen ihr Quartier in der Post.

Nein, nicht in *der* Post. Man ist ein kleiner Beamter, kein König. Das alte Postamt, unterhalb der Kirche gelegen, beherbergt nicht nur Amtsstuben und Garagen für die Postautos, sondern im oberen Stockwerk des mächtigen Gebäudes einige spartanische Gäste- und Dienstzimmer. Je eine der nüchternen Post-Kemenaten ist für die beiden Herren aus dem Tal, „die Ländler", wie man die Bewohner des Rheintals und seiner Städte hier nennt, hergerichtet worden. Die Zimmer versprühen den kühlen Charme der 1960er-Jahre. Wobei *versprühen* ebenso wenig wörtlich genommen werden darf wie *Charme*. Weder für Ibele noch für Baldreich aber ist die Art der Unterbringung von vorrangigem Interesse. Von Interesse ist lediglich der tote Anwalt und noch mehr ist es die Aufklärung seines auf den ersten Blick so unmotivierten Sterbens inmitten von imposanter Natur und noch imposanterem Wohlstand und opulentem Luxus.

Vor dem Abendessen kehrt Ibele noch einmal zurück ins Aldoro. Das Zimmermädchen Zdenka wartet dort geduldig auf eine Einvernahme, der junge Schneider schon etwas weniger geduldig und die Managerin des Etablissements, Lidia Andreja Konstantinowna, lässt sich bis zum Warten erst gar nicht herab. Sie will zu gegebener Zeit gerufen werden. Ibele möchte mit den ersten beiden nicht auf dem Polizeiposten sprechen, wie es ihm Walch vorgeschlagen hat. Es bringt nichts, sie unnötig widerspenstig zu machen, besonders der Skilehrer soll sich möglichst unbehelligt fühlen. Ihn hofft Ibele in der geradezu einschüchternd feudalen Atmosphäre des Hotels am ehesten aus der Reserve zu locken, was auch immer sein Anteil an Petersens Ende sein mag.

Zdenka Milanov ist seit der Eröffnung vor zwei Jahren im Aldoro. Das Angebot war einfach zu verlockend und überhaupt trauert sie ihrer vorherigen Stellung im Zürser Palasthotel nicht nach. Außerdem kann sie hier endlich gemeinsam mit ihrem Mann in einem Haus arbeiten. Seit sie als junge Frau ins Dorf gekommen ist, hat sich ihre Mentalität nicht verändert. Noch immer liegt ihr persönlicher und auch materieller Lebensmittelpunkt an die 1000 Kilometer südöstlich. Dort wird er bleiben, bis auch sie selbst in einer zwar fernen, aber immerhin absehbaren Zeit dorthin zurückkehrt. Von dem, was heute Vormittag auf der Petersenschen Terrasse vor sich gegangen ist, hat sie wenig bemerkt. Nur an den Schneider Kajetan erinnert sie sich genau, weil der kurz nach zehn Uhr normalerweise schon auf der Piste hätte sein müssen. Sonst war alles wie immer. Während sie die Suite aufräumte, saß der Herr Doktor mit der Zeitung auf der Terrasse. Eines nur ist ihr aufgefallen: In der Zeit, in der sie sich um das Badezimmer gekümmert hat, ist jemand ins Appartement gekommen. Tür auf, Tür zu, ein paar eilige, schwere Schritte, wie mit Skischuhen, durch die Räume, mehr kann sie dazu nicht sagen. Das war sicher eine halbe Stunde bevor der Schneider bei Herrn Petersen war. Ob das überhaupt etwas mit Petersens Tod zu tun hat? Womit sonst? Höchstens einer der Hausdiener hätte es gewesen sein können. Einer, der sich um den Kamin kümmert vielleicht, was leicht zu eruieren ist. Baldreich erledigt es prompt. Nein, das tun die erst am Nachmittag, lautet die kategorische Auskunft; am Vormittag sind sie anderweitig beschäftigt.

Also, resümiert Ibele, einzig sicher ist Kajetan Schneiders Auftritt. Was aber hat der verloren bei dem hanseatischen Großadvokaten? Ein wenig verlassen fühlt sich Ibele, als er dem Skilehrer, einem schneidigen jungen Mann im klassenzimmergroßen, aber behaglichen Zigarrenstüberl des Aldoro gegenübersitzt. Ein Bilderbuchskilehrer, das muss man zugeben. Ein halber Kopf zu klein zwar, aber sonst stimmt alles. Ein Frauenschwarm sicherlich, ausgestattet zudem mit der nötigen Kaltschnäuzigkeit. Kollege Walch wüsste wahrscheinlich besser, wie man mit so einem Bürschchen umgeht. Zum Glück hat Ibele die Zeit gut genutzt und sich einige Informationen zum verblichenen Hamburger verschafft. Außerdem kann er sich in Situationen wie dieser quasi blind auf seine Intuition, seine philosophisch fundierte Menschenkenntnis verlassen. Schließlich versucht es der Inspektor mit einem alten Pädagogen- und Verhörtrick: Er geht – natürlich nur zum Schein – auf Augenhöhe mit dem jungen Mann.

„So, Schneider, ich bin der Ibele von der Kripo Bregenz. Lass mich Klartext reden und probier nicht, hier ein Theater aufzuführen, dann kann's bald weitergehen mit deinem Après-Ski!" Ganz scheint Ibele Schneiders Wellenlänge nicht getroffen zu haben, denn der verharrt trotz Ibeles kumpelhaftem Augenzwinkern schweigend, verzieht keine Miene. Lediglich ein blasiertes Schulterzucken erntet der Inspektor. Dann eben nicht.

„Was hast du heute Vormittag bei Herrn Petersen getan?" Keine Reaktion.

„Komm, red! Wir wissen, dass du da warst, wir wissen wann und wir wissen wie lange!" Letzteres stimmt nicht, aber das ist egal. „Ist's ums Skifahren gegangen?", fragt Ibele scheinbar gutmütig und ahnungslos.

„Ja, ums Skifahren. Er wollte mich für eine Tour buchen, Tiefschneefahren übermorgen." Pech gehabt.

„Der Dr. Petersen ist nicht Ski gefahren, nie, Schneider, das weißt du so gut wie ich. Also lass den Blödsinn. Wer hat dich hergeschickt?"

„Mich, hergeschickt? Niemand." Es klopft an der Tür. Kollege Walch winkt Ibele zu sich und zieht ihn mit hinaus in eine Nische der Eingangshalle, nahe am prasselnden Kaminfeuer.

„Jetzt hör mir einmal zu, Isidor, bevor du das halbe Dorf auf den Kopf stellst! Denn, weißt, grad nur auf der Milchsuppe sind wir auch nicht dahergeschwommen. Sei vorsichtig mit dem Bub da drin, bei dem laufen vielleicht einige Fäden zusammen, ohne dass er es weiß. Erstens ist sein Vater, der alte Schneider-Bauer, eine ganz heiße Adresse im Dorf. Sein Grundstück am Anger ist wild umstritten: Der Petersen war einer von denen, die sich dafür interessieren. Die Gemeinde hat ein Vorkaufsrecht und ein paar von euren schlauen Ländlern haben auch ihre Finger im Spiel. Der Herr Glück aus Wuppertal möchte den Boden ums Verrecken haben. Die Spurensicherung hat in Petersens zerfledderter FAZ einen Brief gefunden, der könnte leicht von ihm stammen." Er reicht Ibele ein durchsichtiges Plastiksäcklein, darin ein weißes, unbeschriebenes Kuvert und ein kurzer, mit Schreibmaschine verfasster Brief, den Ibele mit einem schnellen Blick überfliegt. Wenige, von Beistrich- und Grammatikfehlern strotzende Zeilen, keine Unterschrift. Kein Liebesbrief, so viel steht fest.

„Danke, Tobias, ich bin ja froh, wenn du mich ein bisschen einweihst in eure Geschichten da heroben. Gar so unschuldig, wie er tut, ist der da drin aber sicher nicht. Lass mich nur machen. Wir sehen uns dann zum Abendessen, wenn es dir recht ist!" Leise öffnet Ibele die Tür zu dem behaglichen Kabinettchen, setzt sich unter eines der riesigen Elchgeweihe und wendet sich energisch dem jungen Mann zu.

„Könnte es sein, dass dich der Vater hergeschickt hat, Schneider?" Jetzt, da es um seinen Vater geht, wirkt der Befragte sogleich ein paar Grade zerknirschter. Ein hämischer Zug legt sich um seine vollen Lippen mit dem stutzerhaften Schnauzbärtchen. Zu einer Antwort reicht es noch nicht.

„Du weißt doch, dass der Petersen euren Boden kaufen wollte, oder?“

„Ja, sicher weiß ich das. Aber das geht mich nichts an, das muss der Vater selbst ausschnapsen mit den Herren. Ich habe eh nichts davon, ob er ihn verkauft oder nicht, es kriegt sowieso alles der Jodok!“

„Der Jodok?“

„Mein älterer Bruder, der führt die Landwirtschaft weiter.“ Da lauert wohl ein Motiv für Kajetan Schneider. Ob sich daraus die Energie für einen Mord gewinnen lässt?

„Dann sag doch verdammt nochmal, was du hier in dem Schuppen verloren hast!“ Was jetzt kommt, überrascht Ibele zwar nicht, aber gerechnet hat er ebenso wenig damit. Er ist eben doch zu weit entfernt von den hiesigen Bräuchen und dem Motivgemenge eines Mittzwanzigers.

„Wollen Sie das wirklich wissen?“ Natürlich will Ibele es wissen, muss es wissen wollen. „Ich hätte gern die Tochter vom Petersen gesehen. Die hat letztes Jahr bei mir Unterricht genommen und heuer ist sie mit ihrer Mutter beim Bischof Balthasar eingeteilt. Sie gefällt mir halt, die Kleine.“ Auch ein Motiv. Sicher kein Mordmotiv, ein Mordsmotiv schon eher. Ibele lässt es gut sein.

„Bis die Spuren ausgewertet sind, bleibst du für heute zu Hause. Morgen früh hörst du von uns. Auf Wiedersehen“, verabschiedet Ibele den Gigolo, jede Widerrede im Keim erstickend. Dem bleibt die Sprache weg; verständliche Verblüffung und verdächtige Erleichterung liest der Inspektor von Kajetans Gesicht ab.

Auf die Unterhaltung mit der Managerin verzichtet Ibele vorläufig. Wenn die tatsächlich etwas zu berichten hat, sagt er sich, ist es dafür morgen noch früh genug. Wenn sie denn überhaupt etwas Brauchbares erzählt, dann sicher nicht heute. Die Ausreden und Lügen aber, die sie sich für heute parat gelegt hat, werden morgen nichts mehr wert sein. Wo sie heute nur frech wäre, ist sie morgen dann schon einige Grade zugänglicher. Natürlich wird man sich außerdem um die Witwe Petersen kümmern müssen, auch um den alten Schneider, um den Herrn Glück sowieso. Weil aber alle drei für Ibele nicht zu denjenigen zählen, die am Vormittag selbst Hand angelegt haben auf der Aldoro-Terrasse, verschiebt er die Befragung auf morgen. Dann aber sind sie dran, denn eine gewisse Nähe zur meuchelnden Hand kann man ihnen möglicherweise nicht absprechen. Wie der stolzen Lidia Andreja wird auch der Witwe und den Herren ein wenig Ungewissheit nicht schaden. So eine Nacht, deren Dunkel rein gar nichts verrät von dem Tag, der auf sie folgen soll, macht selbst die abgebrühtesten Typen um ein paar Nuancen mürber. Nicht von ungefähr lässt der wahre Feinspitz seine Ochsen eine Zeitlang abhängen. Die hanseatische Lady scheint sowieso ein etwas eigenartiges Verhältnis zum Ab- und Nachleben ihres Gemahls zu pflegen, und die obwohl äußerlich ungleichen, aber von ihren Interessen her doch wiederum ziemlich ineinander verzahnten Kontrahenten Glück und Schneider sind jedenfalls eine Untersuchung wert.

Somit steht dem Abendessen nichts mehr im Weg. Von Feierabend mag der Inspektor nicht sprechen. Dafür fehlt ihm zu sehr das traute Heim mit dem noch trauteren Rösle. Außerdem gelingt es ihm in der hiesigen

Atmosphäre noch nicht wirklich, sich zu entspannen. Nicht allein die Erinnerungen an seine Dienstzeit vor ein paar Jahrzehnten und die daran sich anschließenden Gedanken über den seitdem zurückgelegten eigenen Weg sorgen für anhaltende Nachdenklichkeit. Vielmehr wühlt das Treiben im eleganten Bergdorf ganz generell die Seele des Inspektors auf. Es ist jetzt gleich sieben. Die Après-Ski-Gesellschaft verzieht sich in die Hotels und Appartements, um sich für das Dinner schön zu machen oder zu wellnessen, bevor dann endgültig Romantik, Sinnlichkeit und dergleichen angesagt sind. Höchstens, dass der seit Kurzem installierte Lecher Zweitwohnungsbeauftragte den nachtaktiven Teil seiner geheimnisvollen Investigationen in Angriff nimmt. Ibele hat im Vorarlbergboten die Stellenanzeige gelesen, mit der die Gemeinde nach einem Kontrolleur für illegale Wohnsitze gesucht hat. Leider war kein aussagekräftiges Profil für den Job angeführt. Es hätte den Inspektor doch recht interessiert, wie man sich eine solche Person vorstellt und was man ihr bieten zu können glaubt, was man sich verspricht von ihrem Einsatz. Man wolle „ein Signal setzen", heißt es aus der Gemeindestube. Was für eine eisenbahnerhafte Ausdrucks- und wohl auch Denkweise, sagt sich Ibele im Gedenken an das jüngste Alterswerk eines Schriftstellers, der auf seine Art auch ein Walser ist, auch wenn er seine Einsichten mehr aus dem Rauschen des Bodensees als aus dem Raunen der Berge schöpft! Jedenfalls sieht Ibele in der ganzen Sache sicher nicht zu Unrecht einen halbwegs verzweifelten Versuch, etwas in den Griff zu bekommen, was schon längst gründlich aus dem Ruder gelaufen ist. Ist doch der Grund seines heutigen Hierseins letztlich nichts als ein weiterer Aspekt einer unseligen Entwicklung vom abgeschiedenen Bergdorf zum: ja, wohin eigentlich? Wenn man wüsste, wohin man will und kann, bräuchte es wahrscheinlich weder ihn noch den Zweitwohnungssheriff. Offenbar aber braucht es aktuell den einen wie den andern.

Die Sonne ist schon lange hinter den Horizont gesunken; der Mond schiebt sich als weiße Sichel in den Himmel, der sich in einer berauschend schönen Skala von Blautönen über die Berge spannt. Ja, schön ist es da heroben, verdammt schön; auch wenn Ibele die Gründe der bettelarmen Walser Bauern, die sich vor mehreren Jahrhunderten im unwirtlichen Kessel sesshaft niedergelassen haben, fast besser versteht als jene der heutigen, aus sämtlichen Erdteilen herbeieilenden Gäste. Was treibt die tatsächlich in dieses Ghetto? Schön ist es auch anderswo, oder? Vielleicht, dass man ihnen hier kompromissloser denn anderswo auf der Welt eine heile Welt, eine auf Höchstglanz polierte Idylle vorsetzt? Oder eben einen Traum von Glück, Sorglosigkeit und Luxus, in den man gänzlich unverbindlich eintauchen und aus dem man wieder völlig gefahrlos aussteigen kann? Doch Vorsicht: Auch hier genügen Kreditkarte und Bankkonto nicht mehr für die Teilnahme am kollektiven Rausch. Antonius Petersen hat mit dem Leben dafür bezahlt, dem Traum allzu handgreiflich ins Handwerk gepfuscht zu haben. Il mondo è mobile ... und das Glück is a Vogerl ...

Das Getöse der Pistenwalzen auf den steilen Schlegelkopfpisten wird halbwegs verschluckt von der Wirkung des tiefblauen Firmaments über den drei Männern, Ibele, Baldreich und Walch, die die Brücke über den leise glucksenden Lechbach überqueren und jenseits des menschenleeren Platzes in der Dorfmitte auf ein großes Haus zusteuern: Kaufhaus, Shopping-Mall, Bergbahntalstation und Restaurant unter einem Dach.

Kaum haben sie Platz genommen in einer halbwegs ruhigen Ecke des Ambrosia-Stüberls, meldet Ibeles in den Untiefen des Schnürlsamthosenhosensacks verborgenes Mobiltelefon diskret einen eingehenden Anruf. Muss das sein, genau jetzt? Umständlich befreit er den Apparat aus den Falten des zerknüllten Taschentuchs, Stofftaschentuchs im Übrigen, in das sich noch zusätzlich das rote Sackmesser verheddert hat. Außerdem ist das Ambrosia-Stüberl kein Stüberl, sondern ein veritables Einkehr-Etablissement größeren Zuschnitts, in dem sich um diese Zeit zahlreich ein buntes Publikum versammelt hat. Unter die letzten, hängengebliebenen Cliquen von Skifahrern, die lärmend, heftig balzend vor aufgetürmten Schnapsglaspyramiden sitzen, wobei sie es schaffen, sich trotz ihrer dicken Skianzüge und Pullover in lasziver Halbnacktheit zu präsentieren, mischen sich die ersten Appartement-Bewohner, die sich in einer Mischung aus aufgesetzter Weltläufigkeit und ursprünglicher Derbheit über ihr Abendessen hermachen. Beherzte Serviertöchter, zumeist stramme Bregenzerwälder Bauernmädchen, kümmern sich sirenenhaft lockend und gleichzeitig mit olympischer Entrücktheit um die Gäste. Der Ortspolizist steht auf vertrautem Fuß mit den jungen Frauen: Maria, Melitta, Laura, Gertrud ruft er je nach Verfügbarkeit und wird, begleitet von flotten Sprüchen in behäbig breitem Dialekt, stets umgehend versorgt. Ja, wer, wenn nicht er?

Das Ballett der Kellnerinnen, deren lukrativer Saisonjob außertourlich eine saftige Portion libidinösen Mehrwerts abwirft, balanciert, sich mit launigen Kommandos den Weg freischaufelnd, dampfende Zwiebelsuppen, riesige Salatteller, blutige Steaks und dergleichen wohlfeiles Futter zwischen dem zeitgeistig-rustikalen

Mobiliar hindurch. Die Nachricht für den Inspektor: In zwei lapidaren Zeilen informiert man ihn aus dem Aldoro über Frau Petersens Wunsch, heute noch mit dem Inspektor zu sprechen. Gegen 21:30 Uhr, nach dem Dinner, wird er erwartet, wenn es dem Herrn beliebt. Es beliebt dem Herrn; aber noch ist es nicht so weit. Erst wird gegessen, gespeist vielmehr. Die Zeremonie der Mahlzeit ist nie genug zu preisen. Das wissen See- wie Skifahrer, Arbeiter wie Müßiggänger. Unterbricht sie schon für die bedauernswerten Menschen ohne Appetit die Ewigkeit, um sie in Zeit zu verwandeln, so tut sie das umso mehr für die mit Hunger und Esslust Gesegneten wie unseren Inspektor. Diese Lehre, die Ibele, von seiner Erfahrung zigfach bestätigt, einem jener Romane verdankt, die wie Schatzinseln sein Dasein garnieren, wird soeben ergänzt durch jene andere, wonach eine Menge immer große Nachsicht mit einem rauschhaft Entrückten hat. Vielleicht weil die Menge in ihm einen der ihren – nur eben in den Idealzustand erhoben – erkennt? Im Augenblick ist es der Toyotabus-Pilot in seinem grünen Mäntelchen, der traumtänzerisch zwischen dem ausgelassenen Urlaubervolk wandelt und auf ein etwas abseits stehendes Tischchen zusteuert. Nur mit den schlaksigen Armen rudert er unwirsch, wenn die beschwipsten Skihaserln allzu ungeniert seine Wege kreuzen. Die Bedienerinnen grüßt er mit dem Ibele bereits vertrauten ironiegeladenen Lächeln. Schließlich lässt er sich auf den freien Sessel in einem Winkel nieder, in dem, versunken in sich selbst und der Welt um ihn herum ein gutes Stück weit abhandengekommen, ein alter Mann sein Abendbrot verzehrt.

Ein alter Mann mit großem, kahlem Kopf, auf der fleischigen Nase sitzt eine in dunkles Horn gefasste Brille altmodischster Fasson mit bullaugendicken Gläsern. Dahinter lugen graue, auf eine kindliche Art ehrliche Augen hervor, die lediglich um den Rand der Iris ein bisschen matt und auch abwesend wirken, als ginge ihn die Welt mit ihren dringenden Geschäften nichts mehr an. Es ist ein Freibeuterblick, eine Freibeutererscheinung. Nach kurzem Zögern erkennt Ibele in ihm den Seniorchef des großen Modehauses wieder. In seiner ersten Dienstzeit im Dorf, damals in den späten 1970er-Jahren ist Ibele ihm öfter begegnet; es war damals just die Zeit, als der Alte an seinen Sohn übergeben und damit eine Epoche kühnsten und rasantesten Wachstums eingeläutet hatte. Aus seiner bescheidenen Schusterwerkstätte ist innerhalb von drei Generationen ein Unternehmen von internationalem Renommee und schier unerschöpflichem Potenzial hervorgegangen. Auf einen fragenden Blick Ibeles hin erklärt ihm der Gendarm Walch mit einem merkbar warmen Unterton in seiner Stimme: Genau, es ist der alte, der mittlerweile uralte Skischuhmacher (sagen Sie nie Schuster zu ihm!). Er hat hier seinen Stammplatz, von dem aus er allabendlich das Geschehen, das Sein und das Werden beobachtet. Neben ihm übrigens, ob Ibele denn seine Bekanntschaft noch nicht gemacht habe, das sei der neue Hausbursch der Sport- und Modezaren. Ein ausgesprochen munteres Bürschlein, auch ein Ländler, einer von der herzerfrischendsten Sorte, unkonventionell bis zur Schmerzgrenze, nicht nur am Steuer seines Toyotas. Er habe ihn eines Tages mit Manteltaschen voller Reisfleisch angetroffen, als ihn die Köchin wegen allzu freimütiger Tischreden der Personaltafel verwiesen habe. Aber solche wie den brauche es hier heroben, da müsse man oft mehr als ein Auge zudrücken. „Und einer, der fast alles mitkriegt, was hinter den noblen Kulissen abgeht", fügt Walch diskret und eindringlich hinzu.

Ibeles Blick verweilt noch ein paar Augenblicke auf dem Alten. So schaut einer aus, sagt er sich, in dem sich die Idee des Todes endgültig und freundschaftlich niedergelassen hat. So endgültig wie sonst nur eine Liebe es tut. Jede Sache, mit der sich diese Menschen noch beschäftigen, sei sie noch so banal oder profan, muss erst durch die Idee des Todes hindurch, wo sie eine Läuterung erfährt, die ihr etwas unerahnt Prächtiges, etwas fast schon Sakrales verleiht, oder vielmehr, es in ihr freilegt. Als sich der Alte bald darauf erhebt und am Arm des Hausburschen den Ausgang ins Visier nimmt, bemerkt Ibele erst, wie schlottrig er geworden ist auf seinen dünnen Beinen, schlottrig wie einer jener alten Erzbischöfe, an denen nichts Festes mehr ist außer ihrem metallenen Kreuz, um die sich aber muntere Seminaristen drängen. Ibele freut sich diebisch über diesen überaus gelungenen Vergleich. In aller Bescheidenheit bedankt er sich still bei sich selbst (und natürlich bei seinem ganz speziellen Haus- und Hoflieferanten) für jene langen weltabgewandten Lektürestunden, die nunmehr sein Leben so oft bereichern und ihm Fenster auf andere unsichtbare Landschaften öffnen. Unwillkürlich regt sich im Inspektor der Wunsch, dem Greis, der sich, gleichsam auf kirchturmhohen Stelzen, nicht nur durch den Raum bewegt, die Hand zu drücken. Noch mehr, da er ja wie ein in die Tiefe der Jahre getauchter Riese gleichzeitig so weit voneinander entfernte Epochen berührt, die er durchwandert hat, trägt er ein ganzes, oder noch besser: mehrere Leben mit sich. Bevor Ibele seinen vagen Entschluss umzusetzen vermag, sieht er sich einer phänomenalen Portion gerösteter Leber samt einem Berg knuspriger Bratkartoffeln gegenüber, die Melitta mit dem schelmischsten Lachen der Welt vor ihm deponiert. Oder ist es Laura mit dem kokettesten

Hüftschwung aller Zeiten? Oder Gertrud mit dem vielversprechendsten „Wohl bekomm's!" der Saison? Oder Maria und ihr Dekolleté, das mehr zu erzählen und zu sagen hat als so mancher Redner? Macht es einen Unterschied? Nicht für den Inspektor. Jetzt wird gegessen. „Noch ein Bier?" Ja sicher, noch ein Bier. Und dass er auf dem Weg zu Frau Petersen am nächstbesten Stern eine Brissago anzünden wird, ist für Ibele jetzt schon fix. Den Gauloises abgeschworen zu haben, noch dazu nicht ganz freiwillig, muss doch nicht bedeuten, sich gar nichts mehr zu gönnen, oder? Himmelfix aber auch!

*Erst der Knecht macht den Herrn zum Herrn.*
Martin Walser, Über Rechtfertigung, eine Versuchung

Ein zehnminütiger Fußmarsch unter den zahllos am schwarzblauen Nachthimmel funkelnden Sternen bringt Ibele hinüber und hinauf ins Aldoro. Die Schlegelkopfhänge werden mit bunten Scheinwerfern angestrahlt, als gälte es, eine neue Farbenlehre zu inaugurieren. Für die Nachtschwärmer ist es noch zu früh, für das Abendessen langsam zu spät. Nur vereinzelt huschen daher Menschen zwischen den hohen Schneewänden hindurch lustvoll erregt von Lichtkegel zu Lichtkegel ihrem Ziel entgegen. Baldreich stapft schweigend neben dem Inspektor her, er wird sich zur rechten Zeit zu Wort melden, darauf kann sich Ibele verlassen. Das Aldoro liegt hell erleuchtet, eine Aura von Wärme und Geborgenheit geht von den dicken, mit hellen Holzschindeln verkleideten Mauern aus, trotz des schwarzen Hubschraubers, der sich gespenstisch auf dem Dach eines Nebengebäudes gegen das Halbdunkel abhebt. Ein knallig livrierter Boy führt die beiden Kriminaler gestenreich in die Gemächer des verflossenen Anwalts. Dort wartet die Witwe Petersen samt ihrer hellhäutigen, barbiehübschen Tochter, beide gekleidet wie zum Galakonzert in der Elbphilharmonie. Nur an der Harmonie mangelt es momentan. „Meine Tochter Ariadne, Herr Kommissar", wird die junge Dame vorgestellt. Wer denkt da nicht an den berühmten Faden, oder gleich und noch passender ans Labyrinth? Wer denkt nicht an mythische Schwerter und blutrünstige Ungeheuer? Na ja, all das ist nicht sehr weit weg von dem, was Ibele durch den Kopf geht beim Anblick der schwarz gewandeten Frauen, deren reichen

Schmuck zu taxieren er gar nicht erst versucht. Da beginnt die forsche Endvierzigerin, also die Mutter, mit einem überraschend aggressiv hingeschneuzten „Hey, Mann ...“ ihre Ansprache. Als wäre Ibeles Erscheinen in der überkandidelten Herberge der Auslöser, wenn nicht gleich der Grund für das Ableben ihres Gatten, und nicht vielmehr lediglich eine Folge davon, sieht sich der Inspektor mit einer betont unfreundlichen Suada konfrontiert. Was denn das für ein verlottertes Land sei hier, in welcher Zeit man denn in diesem Kaff lebe, da könne man ja gleich zu den Wilden auf Urlaub fahren, usw. Dabei klopft sie mit der geballten Faust so wütend auf ein gläsernes Couchtischchen, dass die abgestellten Champagnerschalen klirrend hüpfen und die filigranen Swarovski-Figürchen ordentlich durcheinandergeraten. Die Anspielung auf die *Wilden* ruft in Ibele einen spontanen Unwillen und eine heftige Widerrede hervor, die er jedoch unterdrückt. Er ist schließlich nicht hier, um die Ehre von *le bon sauvage* zu retten, dessen Status bereits in der Aufklärung zu wanken begann, und zurück bis zum guten Rousseau oder gar zum großen Montaigne wird ihm die Frau Doktor weder folgen können noch wollen, befürchtet Ibele zu Recht. Nun hilft ihm ein außergewöhnlich melodisches, künstlich anmutendes Stimmchen aus der Patsche:

„Ich aber, ich sage Ihnen eines, Herr Kommissar“, flötet Ariadne in die Tirade ihrer Mutter hinein und wirft ihr im Gegenzug ein Lächeln zu, das selbst der armen Desdemona angesichts des tobenden Otello Rettung verschafft hätte, „mein Vater hat mit dem aber gar nichts zu tun!“ Womit der – so oder so tote – Vater, der in ihrem herzförmig bordeauxrot geschminkten Mund zum *Vadder* wird, nichts zu tun hat, scheint Allgemeingut zu sein, nur Ibele weiß es nicht, Baldreich genauso wenig, wie sein Stirnrunzeln verrät. „Sie aber sind an allem schuld!" Ein nackter Arm von reinstem Hanseatenweiß, der zu einer Gestalt von unverschämter Knusprigkeit gehört, zeigt hinaus in die schwarze Nacht. Aus Ariadne wird unversehens Medea. Was gibt es hier zu rächen? Die Geste weist hinüber in die Richtung der Skischule, wenn sich Ibele nicht täuscht. Was das Fräulein nur mit seinem *aber* hat? Mit seinem Jesus-Aber, wie es Ibele ohne langes Nachdenken für sich nennt, da es ihn frappant an die Predigten, Gleichnisse und Belehrungen des Gekreuzigten erinnert: „Ich aber sage Euch ..."

„Nun denn, meine Damen, ich bin kein Kommissar, ich bin Inspektor. Wir sind ja nicht im Fernsehen, auch nicht in der Oper übrigens. Wir sind *am* und leider nicht *im* Tatort", wie er sich mit einem raschen Blick auf die bodenlangen Abendkleider nicht verkneifen kann, „und obwohl Ihr Herr Gatte und Vater leider nicht mehr unter uns weilt, ist der Tod doch, wie vielfach nachzulesen wäre, ein Ereignis des Lebens." Woher dem Inspektor der an dieser Stelle einigermaßen verwegene philosophische Einschub zugeflogen kommt, vermag er nicht zu sagen. Er wird allerdings augenblicklich mit anderen Realitäten konfrontiert:

„Mensch, Mann, faseln Sie nicht rum!", fährt ihn Frau Petersen unwirsch an. „Es gibt genug Typen in diesem Haus und überhaupt, die meinem Mann an den Pelz wollten, mit denen können Sie sich unterhalten, statt uns so'n Zeug zu erzählen."

„Pardon, gnädige Frau, und an wen denken Sie genau?" Noch liegt Ibele wenig daran, seine Sicht der Dinge zur Geltung zu bringen, solange der Redequell der Damen derart munter sprudelt. Baldreich sieht offenbar noch weniger Grund sich einzuschalten, was für Eingeweihte ein deutlicher Hinweis auf seine unbestechliche Wachheit ist.

„Da drüben aber, da sollen Sie nachforschen“, meldet sich wieder Ariadne mit heftigem Winken in die sich undurchdringlich in den großen Fensterscheiben spiegelnde Nacht hinaus, Richtung Lechbach und Liftstation, gerade so, als gälte es den Ausweg aus dem Labyrinth zu weisen.

„Wie jetzt, meine Damen, wohin soll ich mich wenden, wenn es nach Ihnen geht?“ Es sind nicht Gram und Schmerz, die ihm solche Worte eingeben, eher schon Spott und Hohn, trotzdem bemüht sich der Inspektor darum, die Gedankengänge der Hanseatinnen aufzunehmen.

„Wie: Wohin? Mann, zum Beispiel an den italienischen Müllsammler, Kommissar! Der hat jetzt erreicht, was er haben wollte. Er war ganz scharf auf unser Appartement. Seit wir da sind, gibt er keine Ruhe. Immer muss er dort sein, wo wir sind. Seine Nervensäge von Ehefrau vergällt uns den Tag vom Frühstück bis zum Abendbrot mit ihren Gigolos. Diese Leute kapieren nie, dass man nicht alles kaufen kann!“

„Oder aber Sie fragen mal in der Skischule nach, wo der junge Schneider bleibt, der kleine Kajetan, und wo der Bischof, der eingebildete Affe. Die haben sich noch auf dem Sessellift darum geprügelt, mit mir herumkurven zu dürfen. Mein Vater mochte sie beide aber nicht leiden.“ Der Ton des Fräuleins geht jetzt mit der Schärfe eines Fleischermessers durch die gute Stube.

„Und Sie, Fräulein Ariadne, wie halten Sie es mit den Herren?“

„Ach! Ich, Herr Kommissar! Ich finde den Schneider arg schnuggelig. Er hat den Bogen echt raus. Nur aber weil ich letztes Jahr ein paar Tage mit ihm gefahren bin, hat der aber kein Anrecht auf mich, nicht wahr, Herr Kommissar?“

Hat er natürlich nicht. Viel jedoch hilft das unseren Kriminalern nicht weiter. Weder der inkriminierte Signor Scarlatti mit der weißen Weste, denn eine solche trägt er als Markenzeichen tatsächlich tagein tagaus, noch die Pisten-Conquistadores von Skilehrern hatten wirklich einen Grund, den Herrn Anwalt zu meucheln, soweit Ibele die schwächelnden Denunziationen der Damen überblickt. Lediglich Schneiders vormittäglicher Auftritt ist erklärungsbedürftig.

„Inspektor, meine Damen, ich bin nur ein kleiner Inspektor.“ Weil eben nur der Überlegene es sich leisten kann, sein Licht unter den Scheffel zu stellen, stapelt Ibele tief. Oder weil er um die entlarvende Wirkung der Eitelkeit weiß.

„Erzählen Sie mir doch ein wenig, meine Damen: Mit wem hat der Herr Doktor zu tun gehabt im Dorf? Wie hat er seine Tage verbracht, wenn er nicht Ski gefahren ist?“ Wieder einmal stellt Ibele keine Frage: Er stellt eine Falle. Wer wohl zuerst hineintappt?

„Mein Gott, Mann, der Antonius hatte doch nichts als seine Kanzlei im Kopp gehabt. Gucken Sie einfach mal in seinen Kleiderkasten: lauter Anzüge, Stadt- und Büroklamotten. Nicht mal die Pullover zieht er an, die ich ihm gekauft habe in der Boutique da ...“ Unwillig fährt jetzt auch die mütterliche Hand mit langgestrecktem Zeigefinger Richtung Dorfmitte und siebenstöckigem Modehaus, wobei nebst einer Armada von Armbändern an mindestens drei Fingern sagenhafte Klunker aufblitzen, als hätten die Rheintöchter Floßhilde, Wellgunde und Woglinde ihre besten Stücke zusammengelegt. Ibele hat sie gesehen, die besagten Pullover, am Nachmittag bei einem Blick in die à la Fifth Avenue gestylten prunkvollen Schaufenster. Die angeschriebenen Preise haben ihn an exorbitante Fahndungsprämien erinnert. „Am liebsten hätte er sich niedergelassen im Dorf. Gerade einmal der Hamburger Hafen war ihm noch lieber als die Berge und all das Zeug da heroben. *Nur kriegst Du hier noch schwerer was zu kaufen als in Nienstedten und Blankenese zusammen*, wie mein Maximilian immer sagt.“ Da verstummt die Dame. Der nunmehr unrichtig gewordene Tempusgebrauch nimmt ihr den Atem. Das nutzt Baldreich aus. Scheinbar mit nichts anderem als seinem halbvollen, goldgeränderten Wasserglas beschäftigt, kommt seine Frage ansatzlos wie Max Schmelings legendäre Rechte.

„Wo waren die Damen heute zwischen zehn und zwölf Uhr vormittags, wenn man bitte fragen darf?“, forscht er mit der Nonchalance des mit allen Wassern gewaschenen Profis. Schwer getroffen wie einst Joe Louis, zuckt die Ältere zusammen und ihr Antlitz färbt sich purpurrot, während das Gesichtchen der Tochter sich mit wächserner Blässe überzieht.

„Mann ...“, faucht die eine.

„Aber ...“, entfährt es der anderen. Wen wundert's? Hält Baldreich das tatsächlich für den geeigneten Weg, das nordische Eis zum Schmelzen zu bringen?

„Was will der Mann von uns, Kommissar? Müssen wir uns vielleicht rechtfertigen? Oder brauchen wir auch noch ein Alibi? Sagen Sie doch etwas, Mann, Kommissar!“ Frau Petersen ist außer sich.

„I have seen something“, kontert Ibele knochentrocken, mehr zu sich selbst sprechend, und fährt im selben Stil fort: „Wissen Sie, gnädige Frau, ich habe mich immer so verhalten, als ob wir alle Mörder wären.“ Das ist denn für die Anwaltswitwe wirklich zu viel. Das Töchterchen versinkt in einen tiefen, grellgelb bezogenen Fauteuil und blättert stieren Blicks in einer dicken, reich bebilderten Zeitschrift.

„Also bitte! Wir sind auf den Schneesack geflogen ..."

„Nein, Mutter, in das Mehltäli ..." Ob die beiden ihr überflüssiges Geld nun im Schneetäli oder doch auf dem Mehlsack verpulvert haben, ist Ibele egal. Die Frage nach dem Alibi gilt in erster Linie der Reserve, aus der die Damen zu locken sind. Es muss mehr zu erfahren sein über die Machenschaften des Herrn Anwalts, oder?

„Ist schon recht, meine Damen, beruhigen Sie sich! Ich habe doch nicht Sie gemeint. Die Mörder sind immer die andern." Selbst den Inspektor erstaunt die Wendung dieses Gesprächs. Auch wenn es nicht als Verhör gedacht war, ist das Hin und Her zwischen wildem Schattenboxen und therapeutischem Zureden eine für Ibele weitgehend neue Variante der kriminalpolizeilichen Informationsbeschaffung. „Könnte es nicht sein, dass Ihren Mann eine alte Geschichte eingeholt hat? Etwas, das mit dem Aufenthalt in Lech nichts zu tun hat? Vielleicht ist Ihnen etwas aufgefallen in den letzten Tagen? Besuche? Telefonate? E-Mails? Post?"

„Nichts, Herr Kom ... Herr Inspektor, nichts! Maximilian war die Ruhe in Person. Ein bisschen *FAZ*, zwischendurch den *Spiegel*, zur Abwechslung den *Stern*, ein Spaziergang dann und wann, viel Nachdenken. *Ich bin ein richtiger kleiner Alpen-Adorno*, hat er gerade gestern gescherzt, wenn Sie wissen, was ich meine. Nur der Italiener, Signor Salvatore, der sich aufspielt wie ein barocker Fürst, der ist ihm auf die Nerven gegangen."

„Der Glück aber auch, Mama! War der nicht zum Mittagessen bei Vater vorgestern?" Mit welcher Motivation das Fräulein in diesem Moment die Bänder und Spängelchen aus ihrer Frisur nimmt und das wallende Blondhaar mit ein paar routiniert aufreizenden Kopfbewegungen um die nackten Schultern verteilt, begleitet von einem Gesichtsausdruck, der vorgibt, von nichts etwas zu wissen, am wenigsten von der Wirkung des eigenen Tuns, so dass man glaubt, wie im Werbefernsehen bei leiser Flötenmusik unter einem Wasserfall zu sitzen, bleibt Ibele ein Rätsel. Überhaupt ist es schwer zu eruieren, welche Mission das Töchterchen übernimmt, generell, nicht nur rund um das Ableben des *Vadders*.

„Meine Güte, der Glück, der wollte ihn öwer de tofel trekken. Das geht mit unserem Vadder nicht", reagiert die Mutter trocken. Oder doch? An den Inspektor gewandt, dessen suchenden Blick sie auf sich spürt, fügt sie hinzu: „Herr Glück hätte meinen Mann gerne in ein kleines Geschäft verwickelt. Was bei dem Herrn nichts anderes bedeuten kann als übers Ohr gehauen oder über den Tisch gezogen zu werden. Da ist er dann bei Antonius an den Falschen geraten!" Wer an den Falschen geraten ist, dürfte zwar noch Gegenstand weiterer Ermittlungen sein, Ibele ist schon froh darüber, endlich handgreiflichen Emotionen zu begegnen.

„Worum hätte es sich dabei gehandelt, Frau Doktor?"

„Ach, um das Grundstück, das mein Mann schon lange im Visier hat, das vom Schneider-Bauern, denke ich." Der Rest ihres Champagners muss jetzt ebenso dran glauben wie Ibele genug gehört hat. Mit der Frage, für wann die Abreise geplant sei und der Bitte, ihm morgen früh möglichst noch für eventuelle Auskünfte zur Verfügung zu stehen, nimmt der Inspektor seinen Hut. Baldreich schließt sich mit einer formvollendeten Verbeugung in Richtung der Damen an.

Zu reden gibt es auf dem kurzen Fußweg zum alten Postamt nicht viel. Ibele und Baldreich nehmen die Abkürzung hinten um die *Krone* herum, an der Skischule vorbei, wo alles dunkel ist. Viel Licht hingegen dringt in fluoreszierenden Wellen durch die übermannshohe, bis auf den Boden reichende Verglasung aus dem riesigen Halbkreis des Kronen-Speisesaals. Hinter den Scheiben sitzen die Gäste wie in einer überdimensionalen Opernloge, wie in einem Aquarium. So mancher, dem das Dabeisein verwehrt ist, hat sich im Schatten stehend die Nase platt gedrückt, um, als wären es exotische Fische, die im Geld schwimmenden Gäste zu beobachten.

Das mehrstöckige, schon bei Tageslicht abweisende Postamtsgebäude liegt still und verlassen. Ein eigenartiger Geruch steht beinahe greifbar im kahlen Stiegenhaus, das nur von ein paar Schwarz-Weiß-Fotografien mit Wintermotiven karg geschmückt wird. Ein säuerlicher Geruch nach feuchtem Papier und eingetrocknetem Klebstoff oder einfach nach hängengebliebener Zeit erinnert Ibele an die Atmosphäre einer stillgelegten Kaserne, einer Schule in den Ferien. Mit einem Händedruck verabschieden sich die Männer für die Nacht in ihre nebeneinander liegenden Zimmer, deren Lichter nur noch für ein paar Minuten hoch oben an der schmucklosen Fassade aufleuchten wie die beiden Augen eines jäh aus dem Schlaf Erwachten, der sich alsbald wieder in seine Träume zurücksinken lässt. Für ein paar Minuten steht der Inspektor am offenen Fenster und sein Blick verliert sich im bestirnten Himmel über ihm, während sich in ihm mühsam nach Worten ringend ein Gesetz zu formulieren versucht. *Wir wandeln in Verlassenheit / und sind im Ewigen verloren,* übersetzt Ibele es für sich. Er legt sich ins schmale Bett und schläft auch schon ein. Von der

Pfarrkirche herüber ertönen vier helle, dann elf dunkle, fast schon heimelige Glockenschläge. Das Dorf liegt in tiefem Schlaf; und wo nicht im Schlaf, dort entzieht sich das Geschehen der Zuständigkeit des Kriminalinspektors. Möchte man glauben.

Gustav Glück ist zufrieden. Der Verdauungsspaziergang, der engagierte nächtliche Ausflug hat seinen Zweck erfüllt. Feinster Wodka zirkuliert in wohltuender, nur ganz leicht überdosierter Quantität im Blut. Auch die Geschäfte mit Frau Konstantinowna und ihrem umtriebigen Advokatus laufen wie geschmiert. Hahaha, *geschmiert*! Leicht lacht es sich für einen wie Glück in derartigem Ambiente. Der Eingeborene, den sich Glück für einige Hilfsdienste geködert hat, fürs Grobe, wie er es im Stillen treffender nennt, spurt brav. Sie sind ausgesprochen einfach in der Handhabung, diese naturnahen Burschen. Ein winziges Verhängnis besteht höchstens darin, dass es dem nach ähnlichem Muster wie sein Knecht gestrickten Glück nicht weiter auffällt, welche Gefahren, Risiken und Nebenwirkungen solcherlei vermeintliche Leichtigkeit des Tuns bereithält. Das könnte, man muss es einmal so unverblümt blumig sagen, eines Tages in unvermutetem Maße Glücks Unglück bedeuten. Denn wo die Skrupel im Umgang mit dem Guten fehlen, mangelt es in der Regel erst recht an Widerstandskraft gegen das Böse. Eine Hallmüllersche Professorenweisheit? Weit gefehlt. Es ist mehr. Wie der Wodka in den durstigen Kehlen brennt, so beschleunigt er das zünselnde Spiel mit dem Feuer. Es bedurfte keiner großen Kunst, den Eingeborenen zu blenden. Halb war er's schon mit seinem Eintritt in die Aldoro-Welt, halb besorgten es die gelegentlich büschelweise vor seinen aus den Höhlen tretenden Augen präsentierten Geldscheine. Mit wehenden Fahnen ist das nach Strich und Faden verwöhnte Büblein ins Lager der großen Versprechungen übergelaufen. Dabei waren seine Motive ursprünglich durchsetzt mit respektablen Sohnesgefühlen, getragen von dem Wunsch, der Mutter endlich einen anständigen Ersatz für das verlorene Paradies zu verschaffen. Nur blieb dieses Ansinnen stets in den Tiefen des Unbewussten hängen, überlagert von Naheliegenderem, Oberflächlicherem, Unpersönlicherem. Konkret, es blieb hängen in den engmaschigen Netzen, die weltliche Reize ausgeworfen hatten: die schönen Aldoro-Frauen, so leicht zu haben wie schwer zu durchschauen, Typen wie Salvatore Scarlatti, dessen öliges Lachen von morgens bis abends die Welt verschlingt, und natürlich das Geld, das hier fließt wie Milch und Honig im Schlaraffenland.

„Ja, gute Nacht mein Freund, ich weiß, du musst morgen früh raus, die Skihaserln warten, geh nur. Für mich noch ein Gläschen, Igor!", wendet sich Gustav Glück jovial an seinen letzten Begleiter. Im Stil eines großen Impresarios geizt Glück nicht mit seiner Gunst und seinen Wünschen. Igor heißt zwar nicht Igor, doch besteht Glück darauf, den Wodka von einem Igor serviert zu bekommen, oder von einer Olga. Steinern ist das Lächeln, mit dem der falsche Igor seine wahre Identität kaschiert. Schließlich lässt Glück den Wodka Wodka und Igor Igor (also sich selbst) sein und bittet um Rechnung und Pelz. Gattin Henriette wartet in der *Morgenröte*. Das ist im Grunde nicht der primäre Grund für Glücks Aufbruch. Henriette wartet so oder so jede Nacht. Sie wartet auch jeden Tag. Doch nicht auf ihn, ihren Ehemann. Sie wartet auf etwas, das nicht mehr kommt. Die Jugend. Für Gustav Glück eine nicht nachvollziehbare Sehnsucht. Jugend kommt nie, nie zurück, das weiß man doch. Entweder sie *ist*, flüchtig genug, oder sie *war* – unwiederbringlich. Mehr gibt es nicht. Wozu auch! Bei allem Unverständnis ob dieser vergeblichen Jagd seiner Frau sieht Glück es nicht als seine Mission an, ihr Steine in den Weg zu legen. Betreibt er doch seinerseits die eigenen Expeditionen mit nicht geringerem Eifer, wenn auch, wie er meint, zu sinnvolleren, realistischeren, vergnüglicheren Zielen. So gestalten sich die Lecher Urlaubswochen Jahr für Jahr zum Jungbrunnen für das ungleiche Gespann. Henriette blüht auf und Gustav sahnt ab. Jedem das Seine. Unbeschwert tritt Glück jetzt hinaus in die Nacht, den Pelz fest um die schmalen Schultern gezogen, die dicke Fellmütze tief in der Stirn, die Ohrenklappen umgelegt. Gustav Glück ist kein Herkules an Gestalt, seine Stärke ist die Wendigkeit, vor allem die des Gemüts. Nach der Wärme und Helligkeit im Aldoro umfangen ihn Dunkelheit und Frost. Beinahe stolpert er über einen vor dem Eingang abgestellten Schlitten, ein praktisches Gefährt, mit dem die schweren Koffer der Gäste und manchmal diese selbst über die verschneiten Wege transportiert werden. Für ein paar Minuten bleibt Glück in den Anblick des klaren, sternenübersäten Nachthimmels versunken. Er weiß, dass nichts in ihm dieser Erhabenheit standhalten kann; erkennt es wortlos daran, dass er letztlich nichts damit anzufangen vermag. Ohne nennenswerte Gegenwehr treiben seine Gedanken an der Unendlichkeit des Firmaments entlang und landen bei nüchternen Zahlen oder geldschweren Geschäften. Deren und der letzten beiden Wodkas berauschende Erregung beschenkt Glück dann doch noch mit einer gewissen Empfindung. Das ist von höherer Warte aus betrachtet natürlich armselig, aber es ist nun einmal Glücks Reich. Die bloßen Hände tief in den Taschen vergraben, macht sich Gustav Glück alles in allem zufrieden auf den kurzen Heimweg. Unsicher trippelt das beschwipste Männlein auf glatten Sohlen die abschüssige Auffahrt hinunter, angestrengt nach den spärlich gestreuten Kieselsteinen Ausschau haltend, die ihm Halt geben sollen. Bis aus dem Heimweg zur Gattin unversehens ein Heimgang ins Ewige wird. Als sich eine Hand mit festem Griff um seinen Oberarm legt, gerät Glück vor Schreck ins Rutschen. Eine zweite Hand packt ihn am Kragen und stellt ihn aufrecht in den festen Schnee. Zu sehen ist nichts. Der ungastliche Begleiter hat sich für sein Erscheinen einen abgelegenen Winkel zwischen den vereinzelt stehenden Häusern ausgesucht. Die Nacht tut das Ihre zur Verschleierung der folgenden Tatsachen. Glück steht wie im Schraubstock. Nässe dringt in seine seidenen Socken.

„Hey, Baby, was soll der Quatsch? Nimm deine Pfoten da weg, aber schnell!“ In Ton und Diktion ist er noch ganz Herr seiner selbst. So wenig wie ein anderer rechnet Glück von vornherein mit dem Unabänderlichen. Noch weniger erkennt er, wer ihn so despektierlich fixiert. Wer will da was von ihm? Einer der Bergler? Hat der tote Petersen sein kaltes Händchen im Spiel?

„Herr Glück ...“, immerhin *Herr*. Doch der Umgang mit Herren ist vielfältig, wie Glück in Kürze erfährt. „Wenn das so ist mit Ihnen, will ich mein Geld gleich.“ Wenn das *wie* ist mit ihm, wird Glück nicht mehr herausfinden. „Ich gehe jetzt mit Ihnen und Sie geben es mir, bevor es im Tresor verschimmelt. Und Sie geben mir gleich das Doppelte, ich bin ja nicht blöd. Sie können den alten Bauern für dumm verkaufen, mich nicht.“ Das ist tatsächlich der Eingeborene, der schon lange im Bett liegen sollte, um morgen früh fit zu sein! Genügt ihm seine Prämie, sein Handgeld, sein Judaslohn nicht? Genügt ihm nicht, woran man ihn großzügig schnuppern lässt?

„Nun mal halblang, junger Freund!“ Obwohl um einen Kopf kleiner, mag Glück die derbe Gestalt vor ihm nicht ernst nehmen. Zu leichtes Spiel hat er bislang mit ihm gehabt. „Du sollst nach Hause gehen und dich ausschlafen. Morgen kannst du mich anrufen, dann regeln wir die Sache mit dem Geld. Lass mich bitte endlich los, ich hole mir kalte Füße.“ Ohne es zu wollen, spricht er die Wahrheit aus.

„Wie viel kriege ich, wenn die Sache mit Petersen unter uns bleibt?“, fragt unbeirrt der Wodkafreund und stellt Glück unsanft zurück auf den Weg.

„Was abgemacht war, keinen Euro mehr.“

„Finden Sie sich witzig? Ich will aber hunderttausend. Das muss Ihnen der Boden wert sein.“ Er könnte auch sagen: *Ich will eine Million,* denn schon geht es nicht mehr um den Betrag allein.

„Schau, Baby, so viel habe ich gar nicht, und wenn ich es hätte ... Verschwinde und lass mich in Ruhe!“

Der Krug geht zum Brunnen, bis er bricht. Wann das ist, bestimmt allein der Krug. Oder doch der Brunnen? Glück dreht sich um, kümmert sich demonstrativ nicht mehr um den Grobian. Vorsichtig setzt er Fuß vor Fuß, Unverständliches vor sich hin murmelnd.

„So leck mich doch am Arsch, du blöder Hund“, ertönt es umso deutlicher von hinten, ein stählerner Arm legt sich um Gustav Glücks dünnen Hals und drückt zu. Zwei Beinchen zappeln in der Luft. Gleich berstendem Glas zersplittern Glücks Gedanken in sinnlose Fragmente. Die Linke umklammert vergeblich die Hand des Peinigers, die Rechte sucht zögerlich den Weg zum Portemonnaie. Sie sinkt erschlaffend nieder, als zwischen den Schulterblättern ein stechender Schmerz einfährt, der Glücks Existenz für einen allerletzten Sekundenbruchteil zu einem einzigen, tief innen liegenden Punkt verschmelzen lässt, zu einem letzten Echo des Lebens. Ebenso schnell bringt der Schmerz die Gedanken mitsamt der dazugehörenden Existenz zum Erlöschen. Der Mörder von Maximilian Antonius Petersen hat soeben eine Pflicht erfüllt, die in keinem Kodex der Welt festgeschrieben ist. Eine Pflicht, die sich selbst Lohn genug sein muss und es doch nicht sein kann. Eine Pflicht schließlich, deren Träger sich abgeschnitten weiß von aller irdischen Verbindung. Im Bewusstsein seiner definitiven Einsamkeit lädt er den Toten auf den hastig herbeigeholten Schlitten. Auf der Aldoro-Terrasse schnappt er sich eine Decke, die noch vor wenigen Stunden la bella Signora Scarlatti während ihrer Siesta gewärmt hat. Er wirft sie über seinen Fahrgast. So wirklich gut scheint dem Schlittenmann Glücks Ende nicht zu bekommen, denn der Plan zu dessen gänzlicher Beseitigung, der unwiderstehlich in seinem Gehirn auftaucht, ist reichlich pervers, noch dazu extrem aufwendig. Was einer tun muss, muss er tun. Wenn das Wollen zum Müssen wird, ist die Freiheit dahin. Mit der Freiheit aber schwindet alles andere, was den Menschen ausmacht. Übrig bleibt ein hybrides Ungeheuer, ein Automat, ein Selbstläufer. Dieses Wesen kann ruhig ausschauen wie einer von uns. Doch das Sein ist ihm ein anderes geworden, es ist ihm entglitten ins rabenschwarze Nichts.

Mit infernalischem Krawall, der in der Weite der Berghänge ungehört verhallt, arbeitet sich die Pistenwalze nach oben. Der Fahrer wählt konsequent die Direttissima und hält sturheil ohne die geringste Abweichung auf sein Ziel zu. Es liegt auf 2039 Meter Meereshöhe. Die verlassenen Skipisten am Rüfikopf schimmern im silbernen Licht des Mondes. In kurzen Intervallen tastet sich der grelle Scheinwerferkegel ruckend und zuckend wie eine Laterna magica über die Buckel, Kanten und Schrofen der immer bizarrer werdenden Landschaft. Meist sind sie ausgeschaltet, denn diese Fahrt scheint in keinem Dienstplan auf. Die Nacht ist klirrend kalt und sternenklar. Mitternacht ist nicht mehr weit. Eigentlich sollte das schwere Gefährt schon lange in der Garage neben der Liftstation stehen. Tut es aber nicht. Auch wenn es dem Pistenwalzenfahrer im Moment nicht direkt um die Frage geht, welche Rolle das Projekt Menschheit in der Evolution des Lebens auf diesem Planeten spielt, so ganz anders sind die Probleme auch wieder nicht, um die sich sein Denken dreht, während er mit starker, froststarrer Hand und klammen Fingern den Steuerknüppel festhält. Nur dass er es statt mit der ganzen Menschheit mit einem einzelnen Exemplar der Gattung zu tun hat, einem toten Exemplar obendrein. Die Entwicklung allen Lebens reduziert sich für ihn und seinen schweigsamen Mitfahrer auf dessen vorläufige Entsorgung. Sonst ist alles gleich.

Langsam zittert sich das Ziel des nächtlichen Ausflugs ins Licht der Scheinwerfer. Das Ziel ist ein Eisenmann, genauer: einer von den 100 Eisenmännern, die als Teil eines horizonterweiternden Kunstwerks seit geraumer Zeit die Bregenzerwälder und Arlberger

Höhen bevölkern. Die Installation würdigt, wenn es nach dem Willen und der Ambition ihres Herstellers geht, die tiefe Verbundenheit zwischen dem sozialen und dem geologischen Raum, zwischen Landschaft und Erinnerung. Wobei die Würdigung des sozialen Aspekts in dem, was sich nun abspielt, eine Facette annimmt, die sogar dem englischen Humor des Eisenmännerschöpfers zu schwarz sein dürfte. Mit einem Aufheulen des Motors bleibt die Maschine unmittelbar neben einem der Eisenmänner stehen. Der Fahrer verharrt für einen kurzen Moment auf seinem Sitz, justiert Mütze, Anorak und Handschuhe, dann steigt er ohne weiteres Zögern aus. Er packt die hinter dem Führerhaus angebrachte, fest verschnürte Gestalt, deren glücklichste Zeiten somit hinter ihr liegen, und stellt sie in den festgepressten Schnee. Es ist kein Eisenmann, wenn, dann wäre es höchstens ein Eisenmännlein. Als stünde eine Bergtour bevor, drapiert sich der Nachtschwärmer ein Seil um die Schultern und ehe man sich's versieht, ist aus der rostigen Skulptur ein Paar geworden. Eng umschlungen steht es in der Winternacht. Ein etwas ungleiches Paar. Mit dem Seil wird die Leiche an ihrem geduldigen Partner festgezurrt, was einfach zu bewerkstelligen ist, da sie schon beinahe so steif ist wie ihr Gegenüber. So tot übrigens auch.

Nach getaner Arbeit fährt der geheimnisvolle Chauffeur die Pistenraupe zurück zur Bergstation. Dort versucht er alle Spuren zu verwischen, die eigenen wenigstens. Besser wäre es, er ließe es bleiben. Kein Erfolg wird ihm beschieden sein. Dem Unreinen wird alles unrein. Denn nur das Wasser der Quelle ist lauter. Wer aus ihr schöpft, der trübt sie. Es ist deutlich nach Mitternacht, der Mond steht voll am klaren Himmel, die Schneefelder strahlen einen milchigen Glanz aus.

Der totengräbernde Nachtschwärmer schnallt sich seine Skier an, und so wie er vorher die Direttissima nach oben gewählt hat, so sucht er sie jetzt nach unten, dem Dorf zu. Das ist eine Route, die selbst aus der Gilde der Skilehrer-Elite nicht viele freiwillig riskieren, erst recht nicht in der Nacht. Der, der sich jetzt durch die schmalen Rinnen und über meterhohe Felsvorsprünge hinunterstürzt, scheint weder Tod noch Teufel zu fürchten. Er weiß nur eines, es gibt kein Zurück mehr. Nicht in dieser fast senkrecht abfallenden Wand und noch weniger in dem, was mit seinem Auftritt im Aldoro vor zwei Tagen angefangen und soeben ein makabres Ende genommen hat. Dass es in jeder Hinsicht so steil bergab mit ihm gehen könnte wie auf dieser Abfahrt, daran denkt er nicht. Ob er es erahnt, ist eine andere Frage. Gerade fängt die Abfahrt an, ihm Spaß zu machen, da ist sie zu Ende. Er findet sich oberhalb der ersten Häuser des Dorfes wieder. Mit einem Mal todmüde, wirft er sich in das Heu, das in einem hölzernen Stadel gelagert ist. Aus seinem Rucksack holt er eine Flasche. Es ist Whisky, keiner von der billigen Sorte. Eine Viertelstunde später ist die Flasche halbleer. Unser Skikünstler schläft tief und fest in den strahlend schönen, von strengem Frost ummantelten Morgen hinein.

In wenigen Stunden wird die Sonne über die ehrfurchtgebietende Ostwand steigen, dann ist es Mittwochmorgen und das bunte Völklein der Skifahrer wird wieder so unbeschwert und frohgemut wie eh und je seinem Tagewerk nachgehen. Ein Tagewerk, das Ibele von seiner Zeit als junger Gendarm her gut kennt. Hat er damals doch jede freie Minute auf den Pisten zugebracht. Heute sagt ihm der Betrieb nichts mehr. Ohne einen einzigen Gedanken an Rückenprotektoren oder

Helm, an Modediktat oder Carvertechnik ist er vor dreißig Jahren über die Buckelpisten gehüpft. Ausgeleierte, lange, olivgrüne Militärunterhosen unter der dunkelblauen Jethose, der von der Mutter gestrickte Norwegerpullover und eine Zipfelmütze auf dem Kopf hatten keine andere Aufgabe, als vor der Kälte zu schützen. Zwei Meter zehn lange Kästle-Bretter an den Füßen waren zuständig für das Feeling. Ibeles ganzer Stolz waren die Skischuhe gewesen. Allein diese Schuhe hätten ihm, wäre es darauf noch angekommen, schon die Sicherheit gegeben, es zu können, jemand zu sein, der weiß, was er tut; diese Schuhe mit dem etwas altmodischen, verschnörkelten Schriftzug an der Seite, Maßschuhe aus der Werkstatt des Schuhmacher-Methusalems.

Skifahren gelernt hat Ibele lange vorher, als Kind an den Hängen des Bregenzerwaldes, nein, an einem einzigen Hang oberhalb des Wochenendhäuschens der Familie. Wahre Trippelorgien hat er mit seinen Geschwistern in den Wintermonaten dort stundenlang vollführt. Nach dem Motto „Früh übt sich" hat er unter der Anleitung seines Vaters, Lehrer mit Leib und Seele, mit Prinzipien und genauen Vorstellungen von richtig und falsch, exzessiv Stemmbögen geübt und später, im nahegelegenen Skigebiet, von der nicht enden wollenden Auffahrt im Einersessellift halb erfroren, Parallelschwünge. Sein Vater war ein echter Kruckenhauser- und Hoppichler-Adept, beste alte Schule also. Als kleiner Karl Schranz zog Ibele seine Spuren oder als Jean-Claude Killy, der seinerseits leicht einer der Väter von Ibeles Frankophilie sein könnte. Dafür wedelt Ibele noch heute, wenn schon, denn schon, mit unvergleichlich altväterischer Eleganz und entsprechender Verachtung an den Carvern und Telemarkern vorbei, von den Snowboardern ganz zu schweigen. Allein schon deren Outfit, „Häääß“, wie es Ibele hartnäckig nennt, lässt ihn verächtlich den Blick abwenden. Mitleid ist das Mildeste, was ihr Gerutsche in ihm erweckt.

Die beliebten, mehr oder weniger originellen touristisch-dilettantischen Fotoshootings an der Seite der Eisenmänner-Skulpturen allerdings dürften wenigstens an dieser einen Stelle entfallen. Keine halbwitzigen Handykamerabilder mit bemützten, rucksackbehängten, behandschuhten oder sonstwie ein- und ausgekleideten Eisenmännern. Denn was die ersten Frühsportler zu Gesicht bekommen werden, spricht nicht so sehr ihren Körper, ihre ästhetische Wahrnehmung oder ihre soziale Einbildungskraft an als vielmehr ihre Nerven, hauptsächlich die des Magens. Was sie zu Gesicht bekommen, sind zwei einander zugewandte nackte Gestalten, die eine so starr wie die andere. Während auf dem Rücken des Kunstwerks bis auf zwei runde Nippel nichts auffällt, zieht sich über den seines menschlichen Kollegen eine dünne rote Spur. Sie beginnt unter dem Hals und endet im nicht unschön proportionierten, von Raureif überzogenen Hinterteil der Leiche. Aus dem Nacken ragt wenige Zentimeter ein dünner hölzerner Stab. In der Morgensonne glitzern die Eiskristalle, mit denen er überzogen ist. Das gefrorene Blut funkelt wie Rubine. Es ist trotzdem nicht alles Kunst, was in den Bergen herumsteht.

Niemand ist anwesender als ein Abwesender. Niemand ist tätiger als ein Müßiger. Niemand ist lebendiger als ein Toter. Kein Aber. Ibele erfährt es, sobald er aus dem Schlaf erwacht, nein, auffährt. Dabei herrscht ringsum tiefe Stille. Ein Traum weckt den Inspektor auf: Laut knallend fahren Champagnerkorken auf ihn zu, die aus einer Stalinorgel abgefeuert werden, und das imaginierte Finale der Fidelio-Ouvertüre tut neben dem drückenden Gipsverband ein Übriges, um Ibeles Nachtruhe furios zu beenden. Obwohl er, einer alten Weisheit folgend, den Geständnissen der Menschen mehr Bedeutung schenkt als ihren Träumen, pflegt er einen sorgsamen Umgang mit seinen nächtlichen Erkenntnissen. Denn das sind die Träume für ihn. Warum Fidelio? Warum Champagnerkorken und warum Stalinorgeln? Fidelio ist die Geschichte von der ehelichen Liebe. Das führt den Inspektor ebenso zur Witwe Petersen wie die Champagnerkorken. Immerhin. Was die Stalinorgel betrifft, steht Ibele vor einem Rätsel. Am ehesten denkt er an die Orgel drüben in der alten Pfarrkirche und an seinen Großcousin, den Bach-Spezialisten, oder an das Orgelbüchlein des großen Johann Sebastian. Darin finden sich nicht allein wundervolle Melodien zum Advent, die die Spatzen nur deshalb nicht von den Dächern pfeifen, weil der Dezember einfach nicht ihr Monat ist. Das Orgelbüchlein ist erfahrungsgemäß ein unerschöpfliches Reservoir seelischer Erbauung und kriminalistischer Dogmatik. Jetzt aber heraus aus den Federn. Die eh keine sind. Kaltes Wasser ins Gesicht, die Zähne geputzt, ein wenig Deo da und dort und hinein in die Klamotten. Ibeles zurückhaltendes Klopfen an Baldreichs Zimmertür wird mit dem unverzüglichen Erscheinen des Kollegen und einem herzhaften „Guten Morgen, Isidor" beantwortet. Zum Frühstück haben sich die Ländler mit dem Ortspolizisten im *Café Gotthard* verabredet.

Bis auf ein paar Kinder, die mit wichtigtuerischem Gehabe und denselben unzweckmäßigen, aber trendigen Rucksäcken wie alle Kinder des Landes ausgestattet der Schule zueilen, ist der Weg hinauf ins Café noch menschenleer. Drinnen umfängt Ibele augenblicklich wieder das ortstypische Amalgam, in dem von allem, was das Herz und die Sinne, die Eitelkeit und der Müßiggang, die Bequemlichkeit und Lüsternheit begehren, ein bisschen oder eben ein bisschen zu viel zu finden ist. Alles hier ist wie eine Einladung zu einer Reise, die man nie gebucht hat. *Luxe, calme et volupté,* oder so. Vom immensen Frühstücks-Buffet mehr als fasziniert, übersieht Ibele den bereits an einem abgelegenen Tischchen der gemütlichen Gaststube wartenden Walch. Dies hier droht neben aller möglicherweise lauernden dienstlichen Unbill zu einem massiven Angriff auf Ibeles Cholesterinwerte auszuarten, denn seine Abwehrkraft angesichts der Pfannen voller goldgelber Rühreier und knuspriger Speckscheiben ist sehr gering bis überhaupt nicht vorhanden. Sie reicht gerade zu einem halbherzigen *Schluss jetzt* nach dem zweiten Teller. Oder war es der dritte? Halbherzig, weil noch ein weichgekochtes Ei und noch eines als Zugabe dran glauben müssen.

„Grüß dich, Ibele, guten Morgen, es scheint euch ja zu schmecken!" Tobias Walch tritt nachsichtig lächelnd an Ibeles Tisch. Hastig schlürft Isidor den Dotter von seinem elfenbeinernen Löffelchen und besinnt sich der ursprünglichen Ursache seines Hierseins. Noch einmal wird er abgelenkt durch das leibhaftige Erscheinen eines blutjungen Lehrlings. In ein blütenweißes, eng anliegendes Unterhemd und eine karierte Bäckerhose gewandet, von Mehlstaub bedeckt und mittelgroß von Wuchs, besticht er durch einen überaus kräftigen, muskulösen Oberkörper und ein schönes, ebenmäßiges, scharfkantig geschnittenes Gesicht. Es ist, bis auf die ungleich volleren, reich gewellten Haare, dem des jungen Charles Aznavour verblüffend ähnlich. Einem siegreichen Preisboxer gleich ein souveränes, gewinnendes Lächeln auf den schön geschwungenen Lippen, die hohe Stirn schweißglänzend, kippt er, der für Ibele das Ministrantenamt in einer hohen Messe versieht, ein Brett knuspriger, duftender, goldgelber Semmeln in die geflochtenen, mit bunten Tüchern ausgelegten Verkaufskörbe.

„Guten Morgen, Tobias, und vielen Dank, das war wirklich ein guter Tipp“, eine weit ausladende Armbewegung verweist auf mehrere Meter reich gedeckter Tische, „gibt es etwas Neues bei euch?“

„Nicht wirklich“, antwortet Walch mit einer Miene, die das folgende *aber* bereits vorwegnimmt, „aber eine interessante Vermisstenmeldung haben wir.“ Weder Ibele noch Baldreich haben es eilig, die von ihnen erwartete Frage nach der Identität des Abgängigen zu stellen. Ibele ist mit einem Bissen Buttersemmel beschäftigt, zu dem sich ein Schluck schwarzen Kaffees gesellt. Das ist bekanntlich des Inspektors Frühstücks-Olymp. Baldreich löffelt ein Birchermüsli. Sein Blick folgt dem bestens bekannten grünen Toyotabus, der in dringender Mission und unerhörter Geschwindigkeit dorfauswärts donnert, Zürs zu. Schließlich lädt Ibeles fragendes Heben der Augenbrauen Walch zur Erklärung ein.

„Der Gustav Glück ist gestern nicht nach Hause, also in sein Hotel, die *Morgenröte*, zurückgekehrt. Frau

Glück ist zwar einiges gewohnt, aber das offensichtlich nicht. Sie stellt seit Stunden das halbe Dorf auf den Kopf." Zu etwas anderem, als ihn seine Augenbrauen noch ein wenig höher ziehen zu lassen, reicht diese Neuigkeit beim Inspektor nicht. Walch macht trotzdem weiter, reicht dem Kollegen stumm das Brotkörbchen mit der letzten Semmel, Handsemmel. „Und irgendjemand ist heute Nacht vom Göpfspitz abgefahren, du weißt, eine der wildesten Routen, die es überhaupt gibt in der Gegend, nur Wahnsinnige tun sich das an. Es gibt keine zehn Männer im Dorf, die sich da heruntertrauen, noch dazu in der Nacht. Nein, wir haben keine Ahnung, wer es war, aber eigentlich ist es auch egal. Die Typen fahren ja auch am Tag überall herum, wo sie nur wollen, warum jetzt nicht auch noch in der Nacht?" Als wäre damit alles gesagt, verstummt der Polizist. Ibele braucht noch eine Portion von der oder im ortsüblichen Sprachgebrauch: *dem* köstlichen Butter und ein Kännchen Kaffee wäre auch nicht schlecht. Um beides kümmert sich fast von selbst der charmante Frühstückskellner mit dem unverkennbar oststeirischen Slang.

„Hat das irgendetwas mit unserem aufgegabelten Hanseaten zu tun?", erkundigt sich Ibele zerstreut. Dass der verschollene Herr Glück in den Aussagen der Petersen-Damen einiges an Fett abbekommen hat, beunruhigt den Inspektor doch ein wenig.

„Leicht möglich. Der Glück ist dem Petersen allem Anschein nach mit dem Schneider-Boden in die Quere gekommen. Zuerst wollten sie gemeinsame Sache machen, doch das hat nicht geklappt. Der alte Bauer ist keiner, der sich über den Tisch ziehen lässt, von zweien erst recht nicht, wenn du weißt, wovon ich spreche." Natürlich weiß Ibele es zumindest ansatzweise, aber es dauert nicht lange, und Walch hat ihm die schlichten

Zusammenhänge gründlich erklärt. Ein kurzer Anruf bei Frau Petersen und wieder ist Ibele klar, was zu tun ist.

„Komm, Karl, wir schauen uns nochmals die Petersen-Grazien an." Baldreichs zwischen zwei gehäuften Löffelchen Birchermüsli geschnaubtes „Wenn d' moanscht, Inspektor" wird von einem nicht unmotivierten Lächeln untermalt. Der Dorfpolizist wird sich in der Zwischenzeit um seinen Akut-Patienten, oder eher um die Patientin, kümmern und vielleicht auch um den Toyotabus-Piloten, der bereits wieder mit halsbrecherischem Schlingern, eine Schneestaubfahne hinter sich herziehend, dorfabwärts in Richtung Sportgeschäftpalast donnert. Am Steuer ein dauergrinsender Martin Sevolo, einen selbstgedrehten Glimmstängel Lucky-Luke-like zwischen den Lippen. Oder wandelt da noch einer auf Belmondos Spuren? Ibele kann sich eines Anflugs von Sympathie für den Witzbold nicht erwehren, als er ihn auf dem Weg ins Aldoro drunten am Eingang des Geschäfts stehen sieht, umringt von einer Schar grün-rot gewandeter Verkäuferinnen.

Vor dem Aldoro fährt soeben ein schneeweißer Maybach mit Hamburger Kennzeichen vor. Ein schwarz livrierter blonder, hochgewachsener Jüngling entsteigt ihm und sieht sich augenblicklich einem ebenfalls blonden Kerl gegenüber, allerdings von erheblich vierschrötigerer Gestalt. Es ist Gregorji, einer der Aldoro-Hausdiener. Auch er kommt aus der Tschetschenien-Schule, ist daher nicht so leicht zu erschüttern oder zu beeindrucken, auch von einem Maybach nicht. Die beiden Damen sind beim Packen, erfährt Ibele an der Rezeption. Zu ergründen, warum die wie für einen Mailänder oder New Yorker Laufsteg ausstaffierten Püppchen dort eine fast unerträglich indignierte Miene aufsetzen müssen, um ihm diesen simplen Tatbestand mitzuteilen, verschiebt der Inspektor auf viel später. Natürlich packen die Damen nicht selbst. Drei, vier kess uniformierte, gouvernantenartige Wesen schleppen Kleider und Anzüge hin und her und füllen Koffer um Koffer, deren sich dann ein herkulischer Träger annimmt, der mit Sylvester angeredet wird und dessen Gesichtsausdruck etwa so viel aussagt wie die Koffer, die er von dannen schleppt.

Was die Kriminalisten von den beiden Damen wissen wollen, geben diese ohne große Umschweife preis. Nicht umsonst hat Fräulein Ariadne gestern Nacht ihre Andeutungen Richtung Skischule gemacht. Balthasar Bischof, der vaterlose Beau, und Kajetan Schneider, der Bauernbub, liefern sich seit mindestens zwei Wintern ein heftiges Duell um die schöne junge Hanseatin, deren Kühle hier in Eis und Schnee nicht wirklich ins Gewicht fällt. Man munkelt auch von Handgreiflichkeiten zwischen den beiden. Obwohl er heuer wider Erwarten zum Zug gekommen ist, dem Vernehmen nach auf und abseits der Piste, hat sich Balthasar auf die Seite von Herrn Glück geschlagen, mutmaßt Frau Petersen kryptisch. Glück gilt fast schon offiziell als Kontrahent des verblichenen Anwalts. Dass der Krieg nicht nur gegen die, sondern auch unter den Zweitwohnungsaspiranten etliche Gräben aufgerissen hat, ist kein Geheimnis. Wenigstens die Witwe ist geneigt, in Gustav Glück den Urheber aller Misslichkeiten zu sehen. „Mann, wenn ich Ihnen sage, Kommissar ...“ leitet sie erwartungsgemäß ihre Tirade ein. Da kann ein letztes schüchternes „Mudder, ich aber ...“ von Seiten der Tochter naturgemäß wenig ausrichten. Es scheint zu spät dafür zu sein, die kunstvoll ausgelegten Fäden wieder einzuholen. Mindestens zwei Hechte haben sich darin verfangen. Verfangen nicht nur im Labyrinth der mehreren Hundert Pisten- und Freeride-Kilometer, verfangen auch im Labyrinth von Gründen und Böden, eitlem Begehren und maßlosen Ansprüchen.

Während er in der Lounge auf Gregorji wartet, beobachtet Ibele die Abfahrt der Petersen-Damen. Trotz der Schneeketten auf den Weißwandreifen des Maybach gleitet der Wagen geräuschlos davon. Lidia Andreja Konstantinownas nussknackerhaftes Winken bleibt unerwidert und sie lässt es bald mit einem unschönen Zug um die vollen Lippen bleiben. Auch ihr „Kommen Sie gut nach Hause" bleibt unbedankt. Wobei gerade dieser fromme Wunsch im Kriminalisten Ibele unschöne Assoziationen weckt. Ist doch der Weg nach Hause für viele Zeitgenossen bei Weitem ungefährlicher und harmonischer als alles, was sie dann im leichtfertig bis verlogen so genannten *trauten Heim* erwartet. Vom goldenen Käfig bis zur vermüllten Messie-Bleibe und vom alltäglichen Psychoterror bis hin zu Mord und Totschlag ist mit allem zu rechnen. So lehren es die Vermischten Meldungen der Zeitungen und die Protokolle der Polizei. Von diesen Überlegungen des Inspektors ist es nicht mehr weit bis zum Bild des weißbemäntelten und mit *Chefarzt* beschrifteten Psychiaters Dr. Hallmüller, der gewiss das Seine dazu zu sagen hätte, denkt sich Ibele mit gemischten Gefühlen.

Ganz anderer Natur dürften in diesem Moment die Reflexionen der Lidia Andreja Konstantinowna sein. Mit ein paar entschlossenen Bewegungen streicht sie ihr heute narzissengelbes Seidenkostümchen glatt, besonders dort, wo überdeutliche Rundungen der Glätterei ein natürliches Ende setzen; *Silikon-Mountains* zuckt es durch Ibeles Hirn. Zackig bellt Konstantinowna ein paar Kommandos Richtung Portier, bevor sie auf die Tagesbar zusteuert. Sicher nicht des anzufachenden Kaminfeuers wegen.

„Chto ty znaesh o repp Petersen“, versucht sich Ibele auf Russisch, als Gregorji vor ihm steht, sich vor ihm aufbaut. Nicht dass Ibele des Russischen mächtig wäre, aber er weiß, was heimatliche Klänge in so einem Burschen bewirken können. Was Gregorji von Herrn Petersen weiß? Nichts natürlich. Er ist nicht hier, um etwas zu wissen oder auch nur zu erfahren. Wenn überhaupt, ginge es am ehesten ums Vergessen. Doch es ist noch einfacher: Er ist einfach nur hier, um zu tun, was man von ihm verlangt. Man, das ist in erster Linie Lidia Andreja Konstantinowna; die Gäste sollen zwar ebenfalls das *Gefühl* haben, er stehe ihnen zu Diensten, damit aber hat sich's. Von Herrn Petersen weiß Gregorji nichts. Dafür weiß er, wer gestern Vormittag von seinem Balkon gehüpft ist. Nein, den Namen kennt er nicht; ein Skilehrer war es. Er ist über den Balkon gesprungen, fast direkt in seine Ski und weg war er, ab Richtung Skischule, es war ja höchste Zeit.

Da rennt ein kleiner Hotelpage herbei und bittet die Herren Polizisten dringend zu Frau Konstantinowna ins leere Appartement der Petersens. Im Moment hat die Schöne dort andere Wogen zu glätten als die ihres Kostüms. Hinter ihr steht niemand anderer als der Toyota-Fahrer im dünnen grünen Mäntelchen. Als er sich demonstrativ langsam Richtung Ausgang bemüht, hinterlässt er eine unschöne Pfütze Schmelzwasser auf dem teuren Parkett. Hinter sich her schleift er mindestens zehn an Kleiderbügeln hängende Skianzüge. Zeternd weist Lidia Andreja ihm die Tür, was Martin Sevolo mit ein paar gepfiffenen Takten aus *You're Under Arrest* von Miles Davis quittiert.

„Unbezahlte Ware, Herr Inspektor! S' sind wirklich feine Herrschaften, oder?“, wendet er sich an Ibele und zwinkert seinem Kollegen Gregorji komplizenhaft zu. Seine Beute landet ohne weitere Umstände im hohen Bogen im Toyota. Auf dem Beifahrersitz kauert recht blass, schmähstad und einsilbig Cyril, der fassungslose Shopping-Coach. So hat er sich das Geschäft zu Handen von und den Zeitvertreib mit Mathilde Petersen nicht vorgestellt. Kurz darauf parkt Sevolo auf schneeglatter Straße den mit dem Gleichgewicht ringenden Bus mit einer satten 180°-Drehung gegen die ursprüngliche Fahrtrichtung vor das Sporthaus – wozu hat man eine Handbremse! –, direkt vor das schnittige goldfarbene 6-er-BMW-Coupé seines Chefs. Das Manöver bringt ihm eine ziemliche Anschnauze des dummerweise eben aus seinem Wagen steigenden schmerbäuchigen Herrn ein. Viel mehr als ein von Grinsen begleitetes Achselzucken und ein schludriges „Jaja“ erntet der dafür nicht. Sevolo ist allem Anschein nach immun gegen jedwede soziale Ab- oder Einstufung, gegen Kritik und Spielverderberei sowieso.

Frau Lidia Konstantinowna bittet Ibele mit leicht zittriger Stimme zum Tresor, zu einem der beiden Petersen-Tresore. Es ist der im dunklen Täfer der Wohnzimmerwand verborgene. Er hat ungefähr die Größe einer 12-er Kiste Château Pétrus. Frau Konstantinownas Ausdruck schwankt zwischen Bewunderung und Ratlosigkeit, Stolz und Verzweiflung, als sie mit wenigen routinierten Handgriffen für Ibele die schwere Tür öffnet. Das schwach beleuchtete Kästchen ist von unten bis oben voll mit gebündelten 100-Euro-Noten. Hier lagert ein Betrag, der auch die exorbitanteste Aldoro-Rechnung bei Weitem übersteigen muss.

„Mon dieu, commissaire, hat der Mann hier eine Bank betrieben? Was soll ich nur machen mit dem Geld?“ *Mon dieu*, der Zarenhof lässt grüßen! Dass *sie* mit dem Geld gar nichts machen wird, kommuniziert Ibele der Direktorin mit dem rechten Zeigefinger, mehr braucht er dazu nicht. Er wird sofort verstanden, wie ihm das zweimalige erschrockene Auf-und-Ab-Hüpfen von Konstantinownas ausgeprägtem Adamsapfel anzeigt. Sie hat offenbar einiges zu schlucken, schaut auch sichtlich nervös zu ihren beiden Begleitern im Hintergrund. Das sind Typen, die keine Tätowierung brauchen: Sie haben ihre Narben!

„Donnez-moi, also geben Sie mir bitte den Schlüssel, die Spurensicherung wird sich darum kümmern“, lautet Ibeles Anweisung; die Tresortür lässt er kurzerhand ins Schloss fallen. Konstantinowna japst wie ein auf die Pfote getretenes Hündchen, selbst die Narbigen haben Mühe, wieder Ordnung in ihre entsetzten Gesichtszüge zu bringen.

„Wer hat Zugang gehabt zu diesem Tresor?“ erkundigt sich Ibele.

„Den Schlüssel hat der Herr Doktor Petersen bei der Anreise am Samstag bei mir geholt. Seine Frau hat von diesem Tresor wahrscheinlich nichts gewusst. Schmuck und Dokumente liegen bei Petersens immer im Schlafzimmertresor oder bei mir im Büro. Es gibt für alles genaue Listen, die kann ich Ihnen gerne zeigen.“ Die Listen braucht Ibele nicht zu sehen, er kann sie sich vorstellen. Oder er kann sich vorstellen, dass er sie sich nicht vorstellen kann. Macht nichts; es ist alles eins. Es ist alles wahr und nichts ist wahr. So war es immer schon. Andere Aufgaben warten an diesem strahlend sonnigen, klirrend kalten Tag. Es ist Mittwoch, der 12. Dezember.

Während Ibele an Baldreichs Seite Richtung *Morgenröte* marschiert, um der weiteren Auflösung von Frau Glück Einhalt zu gebieten, läuft der Skibetrieb an. Bunt ausstaffierte Gestalten stapfen aus allen Richtungen kommend wild entschlossen Richtung Schlegel*kopf*- und Rüfi*kopf*bahn. Seltsam, was die mit ihren Köpfen haben, ist doch die Kopflastigkeit ansonsten nicht das vorherrschende Problem hierorts. Das schwere klobige Schuhwerk verleiht dem Gang und der Erscheinung der Schneearena-Gladiatoren einen recht knieweichen Charakter. Dazu tragen sie für die meist schmächtigen Schultern viel zu schwere Brettln, in Wahrheit kostspielige Hightech-Geräte, nicht wenig bei. In Körperform geschwungene Stöcke sorgen notdürftig für Bodenhaftung. Ob sie da und dort die Krücken ersetzen?

In der *Morgenröte* angekommen, werden die Herren in ein extrem gemütliches Stübchen gebeten. Die freundliche Dame an der Rezeption trägt ein schnörkelloses Dirndlkleid, das in Farbgebung und Schnitt perfekt sitzt. Wie alles hier perfekt sitzt und passt und sich eins lückenlos ins andere fügt! Vor diesem Hintergrund gerät Frau Glücks Auftritt noch um eine unfreiwillige Spur absurder. Zwar lässt der Zustand ihrer Garderobe nichts ahnen von der seelischen Befindlichkeit der Frau. Im textilen Bereich ist alles etepetete, wenn auch nicht mehr richtig modern. Für die Frisur gar scheint bestenfalls eine alternde Schlagersängerin Patin gestanden zu haben. Man möchte gerne einen Blick hinter die Kulissen werfen oder ihr „Un jour tu reviendras" zuflüstern, was dann ganz ähnlich klingen würde wie eine berühmte Mundharmonikamelodie, eine mit Galgenhumor sozusagen! Frau Glück ist sicher mindestens zehn Jahre älter als sie scheint und wirkt somit an die zwanzig Jahre älter als sie gerne wäre. Doch sind Seriosität, Reife und ein gewisser Brigitte-Bardot-Effekt wohl das letzte Feld, auf dem sie halbwegs erfolgversprechend gegen die omnipräsente jüngere Konkurrenz bestehen zu können hofft.

Warum ihm all das ausgerechnet jetzt durch den Kopf geht, bleibt Ibele verborgen. Gut, dass er gelernt hat, Fragen nur dann zu stellen, wenn das Feld für sie bestellt ist. Mehr, als dass ihr Gatte nach dem Abendessen gegen 22:30 Uhr zu seinem üblichen Verdauungsspaziergang aufgebrochen und ganz gegen seine Gewohnheit gar nicht mehr zurückgekehrt ist, hat Frau Glück nicht zu berichten. Die unvermeidlich delikaten Fragen, die sich allzu offensichtlich aufdrängen, mag Ibele nicht stellen. Das soll der Walch erledigen. Es besteht kein Grund, sich in diesem Haus unbeliebt zu machen. Allerdings wird sich in Bezug auf die Gustav Glückschen Gewohnheiten dann eine kleine, aber umso aufschlussreichere Korrektur ergeben, was den von der Gattin annoncierten Zeitpunkt der Rückkehr des Spaziergängers in die ehelichen Gemächer betrifft.

Auf dem Weg ins Gemeindeamt biegen die Kriminalisten auf die Hauptstraße ein. Da kommt ihnen mit maximaler Geschwindigkeit ein blaues Puch-Moped entgegen. Der Fahrer, in Postler-Uniform, die Mütze schräg auf dem Kopf, verscheucht mit einer Hand die Passanten, die sich ganz von selbst freiwillig an die Schneewände drücken. Am leeren Gepäckträger des Gefährtes ist eine gut 20 Meter lange rote Schnur befestigt. Es ist, erfährt Ibele mittags von Walch, eine der berühmten Leerfahrten des Brief- und Postboten. „Heute wegen Lawinengefahr keine Postzustellung!“, wird er im ein paar Kilometer entfernten Weiler Zug verkünden. Im vollen Ernst. Und wieder zurück ins Dorf rasen. Ganz so absurd ist diese Fahrt in ihrer nur scheinbar verqueren Dialektik allerdings nicht. Vielmehr entspricht sie einer typisch menschlichen Schläue, Bauernschläue: Mit dem, was man tut, setzt man sich über das hinweg, was zu tun wäre. „Wie voll Vorwand das alles ist, was wir hier leisten", zitiert Ibele elegisch.

Im Gemeindeamt werden die Herren über die Abwesenheit des Bürgermeisters aufgeklärt. Er ist ausgerechnet dieser Tage nicht im Dorf, erst Ende Woche wieder im Dienst. Mit dem Obmann der Trachtenkapelle ist er nach Sylt gefahren, um in der Partnergemeinde Kampen ein gigantisches Rennboot abzuholen, das als besondere Attraktion die Lecher Skipisten zieren wird, nachdem man im vergangenen Sommer mit einer Pistenraupe die gepflegten Sylter Sandstrände ein wenig aufgewühlt und ein reetgedecktes Bus-Wartehäuschen mitgebracht hat. Jaja, Pistenraupe, Blasmusik und Steuergelder, was man nicht alles in den Sand setzen kann! Die Geschmäcker sind verschieden. Der Gemeindesekretär gibt dafür bereitwillig Auskunft über Petersen, Glück und Co. Viel braucht er nicht zu erzählen, weil es nicht viel zu erzählen gibt. Schneiders Boden ist der Stein des Anstoßes. Aber es bräuchte die Herren Petersen, Glück und Co. gar nicht, um die Sache kompliziert zu machen. Neben dem Vorkaufsrecht der Gemeinde, das man sich für viel Geld gesichert hat, gibt es innerhalb des Dorfes Unmut und Unfrieden mehr als genug rund um diese Grundstücksgeschichten. Die einen wollen kaufen oder auch verkaufen, dürfen aber nicht; die anderen dürfen, wollen aber nicht. Nicht einmal über den Umgang mit familieneigenen Böden ist man sich einig. Und neidisch ist man sogar noch auf das Zahnweh der andern, schließt der Sekretär, resignierend eines seiner Lieblings-Bonmots zum Besten gebend.

Ibele und Baldreich stehen vor dem Gemeindeamt in der Sonne und schielen hinüber zur Dorfmetzgerei, wo der bekanntlich beste Leberkäse in den Bergen zu haben ist, und das von einem Schlachter, der auch als Sommelier fungiert. Eine doppelte Versuchung. Da bremst sich ein schwerer Geländewagen unmittelbar vor ihnen ein und Tobias Walch springt heraus. Ohne Einleitung und atemlos verlautbart er die Nachricht von Glücks Pech, also seinem Ende: Er ist gefunden worden von einem Skitourengeher; auf exakt 2039 Meter Höhe, als Double eines Gormley-Mannes, tot natürlich, nackt und tot, in seinem Rücken steckt ein Heugabelzinken. Es ist der mittlere. Fehlt noch der linke. Ja Kruzitürkn nochmal!

So führt der nächste Weg gleich zurück zu Frau Glück in die *Morgenröte*. Ein Häufchen Elend wartet im Lesesalon. Es wird herauszufinden sein, worauf dieses Elend tatsächlich basiert. Nach den üblichen Floskeln bleibt es Ibele nicht erspart, in der Wirklichkeit der Dame herumzustochern. So fühlt sich ein Zahnarzt angesichts eines vereiterten Wurzelproblems, denkt sich der Inspektor und wird dabei schmerzlich an eine Druckstelle seines Gipsverbandes erinnert. Man wird das in Bälde richten lassen müssen.

„Liebe Frau Glück, erzählen Sie uns bitte nochmals den gestrigen Abend.“ Nichts ist so wichtig, wie irgendeine Art von Beziehung aufzubauen, weiß Ibele. Im vorliegenden Fall setzt er auf Emotion, auf Empathie und Sympathie. Sie sind das Naheliegendste.

„Mein Gott, Herr Inspektor, wie ich gesagt habe, gestern nach dem Dinner ist der Gusti weggegangen, zum Spaziergang. Das hat er fast jeden Tag getan. Er hat sich im Sommer die Galle herausoperieren lassen, da waren Steine drin, jetzt braucht er eben mehr Bewegung nach dem Essen und ein Verdauungsschlücklein, hat er immer gesagt. Aber dass er nicht mehr zurückkommt ..." Kurzatmiges Schluchzen unterbricht Frau Glücks bemüht medizinische Erläuterung.

„Wie lange ist er denn meist weggeblieben? Und wissen Sie, wo er herumspaziert ist?"

„Ja, der Gusti, meist war er spätestens um Mitternacht wieder da. Er ist gern unterwegs noch eingekehrt bei irgendwelchen Leuten, hat etwas getrunken, nicht viel, glaube ich, ein Gallengläschen, hat er immer gesagt."

„Was hat er denn gern getrunken?", mischt sich Baldreich ein. Was den wieder interessiert!

„Also nach dem Essen am liebsten Wodka, richtigen russischen Wodka." Baldreich schaut vielsagend zu Ibele und flüstert ihm etwas zu, das nach Konstantinowna klingen mag. In diese Richtung hat der Inspektor ebenfalls assoziiert, nicht nur des Wodkas wegen, aber auch.

„Wissen Sie, von wem er Nachrichten erhalten oder mit wem er telefoniert hat?"

„Nein, Herr Inspektor, davon weiß ich nichts. Mein Mann kannte viele Menschen im Ort und er redet ja mit allen. Dann war da noch sein Geschäft, das er überallhin mitgenommen hat, weil mit dem war er wirklich verheiratet." Als trüge Ibele Schuld daran, wendet sich die Witwe von ihm ab, versinkt in ihrem tiefen Fauteuil.

„Was sagt Ihnen das Hotel Aldoro, Frau Glück?"

„Aldoro ... Aldoro, das ist dieses Dings-Hotel, nicht wahr? Ja, da waren zwei oder drei Anrufe für meinen Mann und ich glaube, er war ein Mal zum Mittagessen dort eingeladen."

„Könnte es sein, dass ihn sein Abendspaziergang gestern dorthin geführt hat?“

„Ach, ich weiß es nicht. Sein kann das schon. Der Gusti hat mir nie gesagt, was er vorhat. Ich bin meist gleich nach dem Essen zu Bett gegangen und habe schon geschlafen, wenn er zurückgekommen ist. Ich bin kein Nachtmensch, wissen Sie.“

Ob man sich im Zimmer umschauen dürfe, fragt Ibele der Form halber und erhebt sich, ohne die Antwort Frau Glücks abzuwarten. Diese besteht eh nur in einem besonders gründlichen Schniefer. Im Zimmer, eigentlich in den Zimmern der Glücks, trifft Ibele vorab auf ein ziemliches Durcheinander; als hätte jemand in großer Eile nach etwas gesucht.

„Wer war denn in diesen Räumen seit heute Morgen?“, wendet sich der Inspektor an die smarte Dame, das ihn mit den Schlüsseln begleitet.

„Niemand, Herr Inspektor. Außer der Frau Glück natürlich, die ist aber seit dem Frühstück nicht mehr ins Zimmer gegangen.“

„Wirklich niemand? Drunten in der Halle und an der Rezeption ist Ihnen auch niemand aufgefallen? Denken Sie scharf nach, Fräulein Anna!“, mahnt Ibele nach einem Blick auf das Namensschildchen an der reich bestickten Bluse.

„Aufgefallen nicht wirklich, nur ein Bote war da, wie öfter in der letzten Woche. Es ist einer vom Aldoro, ich glaube er heißt Dimitri oder so. Er hat für den Herrn Glück Sachen geholt oder abgegeben, Briefe, Pakete, auch Disketten.

„Können Sie bitte den Zimmertresor öffnen?“, erkundigt sich Ibele ahnungsvoll. Seinem Wunsch wird unverzüglich entsprochen, dabei hat er doch nur höflich gefragt. Das Kästchen ist nicht sehr groß, hat etwa die Ausmaße eines Schuhkartons. Dafür ist es prall gefüllt: mit Euroscheinen. Da es lauter Zwei- und Fünfhundert-Euro-Scheine sind, dürfte die Summe nach Ibeles Hochrechnung weit im siebenstelligen Bereich liegen. Zuletzt fördert Baldreich, der sich als Handlanger betätigt, einige verschnürte CDs und USB-Sticks zutage. *Steuer-FR*, ist auf einem Paketlein zu lesen, *Konten-FR* auf einem anderen. „Soso", lautet der abschließende Kommentar des Inspektors, und „Danke, Fräulein." Dem Mägdlein ist ob des Geldes erst einmal Hören, Sehen und sogar das Reden vergangen. Ibele lässt das Zimmer bis zur Ankunft der Spurensicherer verschließen. CDs und Sticks nimmt er in einer der herumliegenden Plastiktüten gleich mit; es ist eine dunkelgrüne mit roter Aufschrift. Gibt es andere auch in diesem Dorf?

Bis man die arme Frau Glück zur weiteren Befragung an den Dorfpolizisten übergeben kann, lassen sich die Kriminalisten von der Servicedame gerne eine der hauseigenen Kaffeespezialitäten servieren. Sandra tut das mit dem gewinnendsten Lächeln und jener wahren Kompetenz, die ganz hinter einer scheinbar selbstverständlichen Natürlichkeit verschwindet. Die größte Kunst ist die, die man nicht sieht.

Von der nunmehr wahrhaft glücklosen Witwe geht es direkt weiter zu ihrem Gatten, in das kurzfristig zur Totenkammer umfunktionierte Sprechzimmer des schon bekannten Gemeindearztes. Wie heißt es: Man trifft sich immer zwei Mal im Leben. Das Leben auf der Dorfstraße gibt rein gar keinen Hinweis auf den dramatischen Grund von Ibeles Hiersein. Alles nimmt seinen wenn nicht vorgesehenen, so doch gewohnten Gang. Der Schnee glitzert, das Thermometer steht tief, das Barometer hoch, der Rubel rollt. Vor dem Sport- und Modetempel parkiert der grüne Toyotabus; da wird sein Pilot nicht weit sein. Richtig; er kommt aus dem Geschäft, ein Paar Skier nachlässig über der Schulter. Die Gelegenheit lässt sich Ibele, von Baldreich auf das Bürschlein aufmerksam gemacht, nicht entgehen.

„Wir würden uns gerne gelegentlich ein paar Minuten mit Ihnen unterhalten, junger Mann“, spricht er ihn nach entsprechendem Blickkontakt an.

„Echt oder? Das wollen viele, wissen Sie, Herr Inspektor! Aber wir werden es richten. Worum geht es denn?“ Martin Sevolos Ton ist von ungebrochener Natürlichkeit, nicht direkt respektlos, doch von maximaler Ironie allem, auch sich selbst gegenüber, getragen.

„Über das Hotel Aldoro möchte ich mit Ihnen reden. Sie scheinen sich ja gut auszukennen mit der Mannschaft und den Gästen.“

„Wenn Sie meinen! Ich muss jetzt nach Zürs und dann gibt es Mittagessen. Wenn Sie um eins Zeit haben? Sie finden mich oben im Personalhaus, drunten im Keller, Stiege hinunter und geradeaus, immer dem Sound nach!“

„Gut, um eins. Und fahren Sie vorsichtig!“

„Eh klar!“ Der meint das ernst! Ibele ruft seinen Kollegen Walch an und bittet ihn um Begleitung zu diesem Termin. Nicht dass er sich fürchten oder dem Kerl nicht gewachsen fühlen würde; aber Walch kennt eben die Sitten da heroben und Ibele gefällt seine Einstellung zu Sevolos Anarchismus.

Im Wartezimmer des Gemeindearztes sitzen einige Marode und Verletzte. Auch der mit den gebrochenen Schultern ist wieder da, aufopfernd begleitet von seiner ergebenen Ehefrau. Durch eine dicke, schwarzgeränderte Brille mustert er die beiden Kriminaler aus zu schmalen Schlitzen verengten Äuglein. Trotz seiner Hilflosigkeit behauptet er stur und listig wie Sam Hawkins seinen Platz und würde wohl gerne auf sein vermeintliches Recht des zuerst Dagewesenen pochen, als Ibele mit Baldreich schnurstracks an ihm vorbeimarschiert. Es ist der vorbildhaft geduldigen Squaw an seiner Seite zu verdanken, dass er keine unbedachten Schritte unternimmt. Noch hat er seinen Skalp zu verlieren. Möge ihm Einsicht beschieden sein, denkt sich Ibele und steht auch schon vor dem toten Glück. Der Gemeindearzt hält sich im Hintergrund, während der angereiste Pathologe aus Feldkirch die Leiche untersucht. Die Mordwaffe ist bereits extrahiert. Außer dem Einstich im Rücken hat Herr Glück bis auf unbedeutende Abschürfungen keine Schäden davongetragen. Erfroren ist er nicht, aber gut vorgekühlt. Mithin kann man davon ausgehen, dass kein großer Kampf stattgefunden hat. In welchem Zustand sich der Mann zum Zeitpunkt seines Ablebens befand, will Ibele wissen. Natürlich interessiert es ihn fast noch mehr, wo und wann genau dieses Ableben über die Bühne ging; doch das wird er hier nicht erfahren. Zumindest nicht jetzt, denn die am Körper befindlichen Spuren werden erst im Labor ausgewertet, das dauert sicher bis morgen. Was jetzt bereits feststeht, ist die recht deutliche Alkoholisierung zum Zeitpunkt des Todes. Herr Glück hat seiner Verdauung allzu tüchtig unter die Arme gegriffen.

Da heißt es warten und – nein, nicht Tee trinken, denn da es auf Mittag zugeht, denkt man ans Essen. Ibele und Baldreich lenken ihre Schritte wieder in Richtung Ambrosia-Stube. Für ein Skifahrerparadies sind verdammt viele Autofahrer unterwegs, sagt sich Ibele in

Anbetracht der Autokolonne, die sich durch das Dorfzentrum schiebt. Oder handelt es sich um eine Porsche-Modellschau? Einen ambulanten, extravaganten Automobilsalon im Schnee? Wohin sind denn all diese Autofahrer unterwegs, fragt sich der Inspektor nochmals. Autofahrer? Unterwegs? *Autofahrer unterwegs*! Ausgerechnet jetzt stimmen auch noch die Glocken der alten, urkundlich erstmals gegen Ende des vierzehnten Jahrhunderts erwähnten Pfarrkirche St. Nikolaus ihr Mittagsgeläut an. Und mit einem Schlag, mit einer Fanfare ist sie da, Ibeles Erinnerung an Frau Isopp und Herrn Niesner! Autofahrer unterwegs! Eine Signalmelodie knallt mit scharf herausgepusteten Posaunentönen in seine Ohren. Er pfeift sie unverzüglich, wahrlich *automatisch*, beschwingt vor sich hin, worauf Baldreich in singendem, leicht manieriertem Radiosprecherton mit „Sie hörten das Mittagsläuten aus Lech am Arlberg" kontert. Jaja, sagenhafte 42 Jahre Infiltration lassen sich nicht ohne Weiteres abtun. Schau mal, Karl, die vielen Autos, sollte man da nicht den Walter Prskawetz in seinem ÖAMTC-Studio anrufen? Und dann, weißt du noch, vielleicht steht da einer in der Kolonne, den sie zu Hause schon lange suchen, weil es der Schwiegermutter gerade gar nicht gut geht? „Herr Anton Lenz, derzeit in einem silbergrauen Mercedes mit Bludenzer Kennzeichen unterwegs im Raum Bings oder Innerbraz, wird dringend gebeten, zu Hause anzurufen, ...", imitiert Ibele in einem übertrieben larmoyanten Ton. „Komm, lass uns einen Martini trinken", beschließt er augenzwinkernd das Thema und schwingt sich trotz seines eingegipsten Arms in bester Kunstturnermanier keck über eine langgestreckte Panamera-Kühlerhaube, die er nicht nur wegen ihrer Vorwitzigkeit mit einem abschätzigen Blick mustert.

Den Viertürerporsche findet Ibele in etwa so originell wie einen Traktor mit Frontspoiler.

Das Ambrosia-Stüberl ist fast leer. Das schöne Wetter sorgt für beschauliche Ruhe während des Essens. Ein Zwiebelrostbraten samt grünen Bohnen und Bratkartoffeln, gekrönt von einem Kaiserschmarren mit Zwetschkenröster für den Chef bzw. ein mit Pommes und Gemüse garnierter Ambrosia-Grillteller plus Eispalatschinken für Baldreich ergeben ein kräftigendes Mittagsmahl. Auch wenn es nicht zum Fest geworden ist, versorgt es Ibele und seinen Adjutanten mit einem ausreichenden Kalorienvorrat für den langen Nachmittag. Sie werden es brauchen. Die beruhigende Wirkung des gut gefüllten Magens lockert das Denken der beiden etwas auf. Es entwirrt die da und dort dicht versponnenen Fäden. Vor lauter Petersen und Aldoro, Glück und Konstantinowna sind die beiden Schneider etwas aus dem Blickfeld geraten; und auch der Kontrahent des jungen Schneider um die Gunst des Fräulein Petersen. Wie heißt er gleich? Ja, der Bischof Balthasar. Eigenartiger Name, nicht? Wollte man vielleicht einen Heiligen aus dem Knaben machen? So etwas geht leicht ins Auge. Gut, dass Walch gleich für einen abschließenden Kaffee zu ihnen stoßen wird. Während er seine Spezialbestellung erwartet, einen mit Zimtlikör aufgepeppten, stark gesüßten Espresso, wird der Insider umgehend gebeten zu berichten, was es mit dem Bischof auf sich hat. Der Bischof? Wie sie denn auf den kommen, wundert sich Walch ein wenig. Je mehr er aber ins Erzählen kommt, umso gespannter hören ihm Baldreich und Ibele zu.

Balthasar Bischof ist in dem 1600-Seelen-Dorf, wo jeder jeden zu kennen glaubt und jede über jede etwas sagen zu können meint, eine zugleich markante und eine unbekannte Gestalt. Er ist ein klassisches Muttersöhnchen. Wenn das der Primar Hallmüller erfährt! Muttersöhnchengeschichten sind heikel, das weiß Ibele. Sie sind wie Glücksspiele: Nichts ist sicher und alles ist möglich. Mütter und ihre Buben! Da kannst du leicht einen Fünftausend-Seiten-Roman drüber schreiben! Bischofs Mutter ist vor einem Vierteljahrhundert als blutjunges Mädchen aus dem Kärntner Lavanttal gekommen. Noch heute mag sie nicht auf das Kopftuch verzichten, mit dem sie, die immerhin die Handelsschule in Wolfsberg absolviert hatte, damals, in einem verregneten Herbst, im Nobelort aufgetaucht war, nachdem sie sich unter unsäglichen Schmerzen von ihrer geliebten Heimat losgerissen hatte. Ein steter Hauch von blühenden Zitronen und Sommer wehte durch das Land, in dem sogar Wein und auch Spargel angebaut wurde. Dennoch war für eine wie sie, eine mit Ambitionen und dem nötigen Grips, weit und breit keine Stelle in Aussicht. Schon im Frühling nach ihrer Ankunft in der Bergeinöde trug die Lavanttalerin Balthasar, die Frucht ihrer Entwurzelung und Einsamkeit, ihrer Sehnsucht und des unstillbaren Heimwehs nach dem verlorenen Paradies unter dem Herzen.

Die unbestimmte, flüchtige Herkunft von Bischofs Vater wäre noch das geringste Problem gewesen, schwerer wog da schon dessen ebenso unbestimmter und baldiger Abgang, der die junge Mutter mit dem Buben allein zurückließ. Viel später erst, da war der kleine Balthasar, das Einzelkind, bereits zum alleinigen Welt-Ersatz der Mutter herangewachsen, hatte ein verschrobener, gutmütiger Junggeselle aus dem Dorf die in die Jahre gekommene Christine zur Frau genommen. Für Balthasar erlangte der Stiefvater nie irgendeine Bedeutung. Sie verblieben füreinander immer im Status von misslichen Zufallsbekanntschaften, von Fremden fast. Gleichwohl war der alte Jehli dem Buben mehr als zugetan. Die Liebe zu seiner Frau war leicht groß genug auch für ihren Sohn. Was hingegen für Balthasar allein zählte und zählt, war und ist das Skifahren, sind die Berge im Winter und im Sommer. Ein abweisender Eigenbrötler ist aus ihm geworden, der, wie bei seinesgleichen üblich, wenn er einmal irgendwo und bei irgendwem Anschluss gefunden hat, nicht mehr so schnell loslässt. Unberechenbar verteilt er seine Anhänglichkeit. Der oder noch mehr die, auf die sie fällt, entgeht ihr nicht.

Es ist Zeit für das Rendezvous mit dem Toyotamann. Hinter dem Hotel Post stapfen die drei Polizisten die steile Straße hinauf zum Personalhaus des Modetempels. Der grüne Toyotabus steht als Wegweiser mitten auf der Straße. Das leicht in die Jahre gekommene Gebäude, das nichtsdestoweniger einen gewissen architektonischen Reiz ausstrahlt, empfängt die Besucher mit einem bunten Gemisch von Gerüchen und Geräuschen. Musik und Stimmen, Zigarettenrauch und synthetischer Spraydosen-Tannenduft schaffen eine eigenwillige Atmosphäre von Häuslichkeit mit einem im besten Fall romantischen Anklang an Kasernenflair. Die Besucher steigen eine Treppe aus falschem Marmor hinunter in den Keller, gehen ein paar Schritte ins Halbdunkel hinein und stehen vor einer halboffenen Tür. Jazzige Trompetenklänge empfangen sie. Auf Ibeles Klopfen antwortet ein forsches „Herein." Dem leisten die drei Herren Folge, doch nicht weit, denn der Raum, in den sie kommen, ist von bescheidenen Ausmaßen. Hier würde kein pingeliger Finanzbeamter unzulässigen, fadenscheinig ans Personal verschwendeten Luxus, keine Spur von unreiner Steuermoral finden, so viel ist sicher. Der Gesuchte liegt auf der oberen Etage eines Stockbetts. Er raucht eine selbstgedrehte Zigarette mit ziemlich argem Kraut. Seine Schnürstiefel stehen auf dem Boden, das grüne Mäntelchen hat er anbehalten. Durch das gekippte, knapp auf Straßenhöhe gelegene und vergitterte Fenster dringt kalte Luft ins Zimmerchen.

„Guten Tag, die Herren", grüßt Sevolo salopp, „nehmen Sie Platz. Das ist aber auch alles, was Sie hier nehmen können! Hahaha, Karl Valentin lässt grüßen, hahaha!" Es geht nichts über einen gesunden Humor. Selbst das Platznehmen ist nicht so einfach in dem Verlies. Der freundliche Zimmernachbar, seines Zeichens Hilfsbuchhalter im Sport- und Modehaus, unterbricht seine Mittagsruhe, will heißen seine Mittagslektüre, und offeriert zuvorkommend einen wackligen Stuhl; endlich hat man sich arrangiert. Bevor er ins Gespräch einsteigt, lässt Ibele einen Blick durch die Unterkunft schweifen. Er bleibt an einem an die Wand geklebten Plakat hängen. Nein, keine dilettantisch posierende Skilehrerin, kein Pin-up-Girl, keine Playboy-Schönheit räkelt sich, sondern ein großformatiger Affe prangt da, ein Gorilla, der dem Betrachter eine geballte Faust und ein auffallend Sevolo-likes Grinsen entgegenreckt. Ein quer durch das Bild gehender Riss ist mit Tixoband überklebt. Ob da ihre erzieherische Ader mit einer resoluten Besucherin durchgegangen ist? Von diesem Sevolo geht eine Lässigkeit aus, eine Gelassenheit, um es philosophischer zu sagen, eine Ruhe und ins Zynische verweisende Abgeklärtheit, die Ibele Lust auf eine Brissago machen. Er widersteht und wendet sich an den auf dem Bett Liegenden.

„Erzählen Sie uns bitte über Ihre Erfahrungen im Hotel Aldoro." Prompt kommt die Antwort, in einem breiten Rheintal-Dialekt.

„Die haben alle einen ... da droben!" Die begleitende Handbewegung ist eindeutig. Sie spricht von Geld und einem durch ein Zu viel davon nicht ungern ausgelösten Geistes- oder Seelenzustand. „Ich kenne alle Hotels im Dorf, alle, wissen Sie, aber das Aldoro ist speziell. Dort spielt überhaupt nichts mehr eine Rolle, was unsereiner bisher für wichtig oder gültig gehalten hat. Gute Nacht, gelehrtes Europa, kann ich da nur sagen! Wissen Sie, auch in andern Schuppen sitzen Typen mit irre viel Geld. Aber die im Aldoro wissen gar nicht mehr, wie viel Geld sie haben oder dass sie überhaupt Geld haben. Der Petersen war noch halbwegs am Boden. Doch der Italiener zum Beispiel, der Müllmann mit der weißen Weste, der ist völlig drüber. Gegen den ist Gustav Gans direkt ein Sparefroh. Mir ist das ja egal. Ich fahre hinauf, bringe ihnen die Zeitungen, die sie eh nie lesen, und die Skischuhe, die sie nie anziehen, oder ihren Weibern die teuren Fetzen, die den Braten meist auch nicht mehr fett machen, wenn er es nicht eh schon ist, hahaha, und bin schon wieder weg!" Humor hat er auch noch, halt seinen eigenen, aber immerhin.

„Und das Personal, haben Sie mit dem auch zu tun?", hakt Baldreich, praktisch und nüchtern wie immer, nach.

„Lieber nicht! Das sind entweder menschgewordene Kalaschnikows oder echte Sirenen! Ich habe einmal eines der Rezeptions-Girls, eine halbe Wildkatze, mitfahren lassen ins Dorf herunter, weil sie es eilig gehabt hat, und am gleichen Abend noch hat mir einer der Kalaschnikows aufgelauert. Er wollte mir ein Verhältnis zu seiner Kollegin anhängen und Schutzgeld kassieren. Da habe ich einmal so richtig beschleunigt und gleich einen neuen Streckenrekord nach Langen hinunter aufgestellt." Bei dieser Bemerkung verzieht Walch das Gesicht zu einer drohenden Grimasse und sein langer Zeigefinger fährt oberlehrerhaft dicht vor Sevolos Gesicht hin und her. Der nimmt auch das locker und fährt fort.

„Wenn Sie wissen wollen, warum der Petersen gestorben ist, dann sage ich Ihnen: Ich habe keine Ahnung. Manche sind eben tot, bevor du draufgekommen bist, warum sie leben. Mir tut es leid um den Mann. Er hat alles, und wäre es die FAZ gewesen, mit einem Hunderter bezahlt und wollte nie ein Retourgeld haben. Natürlich fragst du dich, wie so einer tickt, aber wenn du nicht draufkommst, ist es dir auch egal, oder?"

„Und die Chefin, die Konstantinowna?" Sevolo nimmt einen letzten Zug aus seiner sicher nicht letzten Zigarette und schaut zuerst von einem zum andern der Besucher, dann auf die Uhr an seinem Handgelenk. Aus dem Nebenkämmerchen hört man das prustende Zähneputzen des Hilfsbuchhalters, seine Siesta ist zu Ende, gleich wird er freundlich lächelnd und bassstimmig grüßend erscheinen und in seinem tannengrünen Lodenmantel samt passendem Jägerhut zwischen allen Stühlen hindurch lavierend seinen Weg nach oben suchen.

„Die Konstantinowna? Hände weg, Herr Inspektor!" Das kommt klipp und klar und es kommt Ibele bekannt vor. Walch nickt zustimmend. „Oder aber Sie fahren ihr einmal nach ins Fürstenreich hinüber, das wäre sicher interessant. Nur schnell müssen Sie sein, denn meist sitzt sie beim sinnreichen DDr. Kiscot im De Tomaso Pantera!"

„Was fällt Ihnen zum toten Herrn Glück ein?"

„Das war ein anderes Kaliber. Du hast immer gespürt, immer, dass er etwas vorhat. Nur was, davon hat er nichts verraten. Immer freundlich, ölig, schmierig eher. Als er angereist ist heuer, am vergangenen Samstag, war er im Geschäft unten. Da hat er mich halb verschwörerisch gefragt, ob ich Kurierfahrten für ihn machen kann. Wenn er mir ein Auto gibt, kein Problem, habe ich geantwortet, dann war Sendepause. Ein hinterfotziger Wichtigtuer, wenn Sie mich fragen." Spricht, blickt auf die Uhr und beendet die Audienz. Man wartet im Geschäft auf seine Dienste. Walch, Baldreich und Ibele erheben sich wie auf ein geheimes Kommando, Sevolo hüpft von seinem Juche herab und gemeinsam kehren die vier zurück ins blendend helle Mittagslicht. Blinzelnd wie nach Kinovorstellungen am Nachmittag stehen sie vor der sagenhaften Bergkulisse. Sevolos Anerbieten, mit ins Dorf zu fahren, lehnen sie mangels Sitzgelegenheit im Toyota-Bus erleichtert dankend ab. Oder sollen sie sich auf die kreuz und quer liegenden Leihskier setzen?

Das viele Bargeld in den Tresoren der Mordopfer und die wie auch immer motivierten Fürstenreich-Eskapaden der Konstantinowna sprechen eine verdächtige, aber noch allzu verschlüsselte Sprache. Wer ist DDr. Kiscot? Das beständige Zwicken des Gipses an Ibeles heftig schmerzendem Handgelenk verlangt nach einer ärztlichen Begutachtung. Überhaupt könnte ein wenig Abstand zum Geschehen nicht schaden. So entschließt sich Ibele zu einem kurzen Abstecher nach Hause. Frau Konstantinowna weiß er ebenso versorgt wie Frau Glück und die Petersen-Damen. Jede auf ihre Art. Baldreich hält die Stellung, unterstützt von Walch und seinen Mannen. Zuerst aber bringt er seinen Chef zum Bahnhof. Während der Kollege das Auto aus der Tiefgarage holt, verweilt Ibele vor den Schaufenstern des siebenstöckigen Modehauses. Er umrundet in einer meditativ inspirierten Langsamkeit das Erdgeschoß; tief versunken in den Anblick der Kaschmirpullover und Seidenschals, der Van-Laack-Blusen und Bottega-Veneta-Anzüge, der Blumarin-Abendkleider und – naturellement – Prada-Schuhe. Als er am letzten Fenster angelangt ist, das schon beinahe im Berg verschwindet, überrascht er eine junge Frau – oder sie ihn, wer möchte das so genau sagen? –, die sich dort an den famosen Exponaten zu schaffen macht, die Fransen einer Decke ordnet, umständlich ein eisbärengroßes Pelzplaid drapiert und Preisschildchen arrangiert. Sie ist spindeldürr, trägt ihre Haare sorgfältig, aber arg asymmetrisch geschnitten, hüpft wie ein Gnom im Fenster hin und her. Dann macht sie Ibele ein Zeichen, das wohl bedeuten will, er solle auf sie warten. Er hat sowieso nicht vorgehabt, davonzulaufen, aber jetzt ist er erst recht gespannt, was und wer auf ihn zukommen mag. Da saust das Weibchen auch schon ums Eck. Sie ist bestimmt keine fünfundzwanzig Jahre alt und obwohl insgesamt von durchaus ansprechendem Äußeren, könnte sie auf jeder Laien- oder Kasperlbühne die Hexe abgeben. Somit ist sie genau am richtigen Platz. Sie stellt sich neben den Inspektor und raunt ihm von unten her verschwörerisch zu: „Schauen Sie ruhig, mein Herr: lauter ausgezeichnete Ware, ganz ausgezeichnete Ware. Schauen Sie nur!" Und weg ist sie. Was war das jetzt wieder? Zum Glück erspart ein kurzer Huper des inzwischen vorgefahrenen Baldreich dem Inspektor weiteres Grübeln. Aber dass dieses Haus eher für die Fragen als für die Antworten zuständig ist, dessen ist sich Ibele immer sicherer. Bei all der gekonnt inszenierten und unbezahlbaren Eleganz kommt er letztlich nicht umhin, einen kritischen Blick über die eigene, in den blitzblanken Scheiben gespiegelte Erscheinung gleiten zu lassen. Ehrlich: So wirklich zufrieden mit sich selbst ist er erst ganz unten, bei den Schuhen. Ibele ist zwar nur ein einfacher Fußgänger, aber irgendwie doch auch ein Reitersmann, solid, in rahmengenähtes französisches Rindsleder gebettet. Chacun à son goût!

Auf die Minute genau um 17:10 Uhr fährt der *RailJet* mit dem grotesken Namen „powered by Neue Mittelschule" in den Bahnhof Langen ein. Das verheißt nichts Gutes, hoffentlich verläuft die Fahrt ohne weitere Entgleisung, denkt sich Ibele, und vor allem: in die richtige Richtung! Der bordeauxrote Koloss wirbelt eine mächtige Schneefahne auf, bevor er beinahe geräuschlos zum Stehen kommt. Ibele findet bald ein leeres Abteil. Während er es sich gemütlich macht, wird er von einer etwas osterhasenhaften Stimme im Zug begrüßt. Fast versäumt er den Moment, in dem der Zug eine Minute später wieder anfährt, pünktlich wie es sich gehört. Beinahe verpasst er jenen magischen Moment, in dem die schier grenzenlose Kraft der Lokomotive mit einem winzigen Ruck ihre viele Tonnen schwere Last in Bewegung setzt. Dann geht es stetig durch das enge, tief verschneite Klostertal abwärts, an steilen Hängen entlang, über Schluchten hinweg, durch Tunnels, um weite Kurven, an verträumten Bahnhöfen vorbei. Noch liegt das letzte Sonnenlicht auf den Bergeshöhen, während auf der Nordseite dunkle Schatten sich auf die Felder und Hänge legen. Zwischen zwei Schutzgalerien erhascht Ibele einen sekundenkurzen Blick in eine Bahnwärterhütte. Im warmen Schein einer kleinen Lampe sitzt ein Mann an einem hölzernen Tischchen. So winzig der Ausschnitt aus diesem fremden Leben ist, den Ibele mitnimmt, er genügt, um im Inspektor eine lange und uralte Erzählung aufzuwecken. Die Erzählung vom geglückten Leben. *Mit Freuden möchte ich irgendwo auf diesem Erdenkreis ein Streckenausbesserer sein*, zitiert Ibele, natürlich nicht sich selbst, sondern einen andern berühmten Waldbewohner. Zum Glück liegt eine gute Stunde Bahnfahrt vor dem Inspektor. Das Rösle ist natürlich informiert über seine abendliche Heimkehr. So kann Isidor sicher sein, heute noch eine seiner Leibspeisen serviert zu bekommen und einen Abend zu verbringen, wie ihn nur eine lange, geglückte Gemeinsamkeit zu schaffen vermag.

Der etwas müde, aber gleichwohl aufmerksame Zugbegleiter präsentiert einige Tageszeitungen. Instinktiv greift Ibele zum *Vorarlbergboten*, lässt die nationalen Groß- und Kleinformate beiseite; er hat jetzt keine Lust auf die ewig gleichen Berichte von großkoalitionärem Hickhack und anderen Fisimatenten. Ibele steht noch zu sehr im Bann der Ereignisse der vergangenen vierundzwanzig Stunden. Sie veranlassen, überreden ihn sogar dazu, sich dem Bericht des *Vorarlbergboten* auszusetzen. Sicher nicht freiwillig, aber Dienst ist Dienst. Zwar hat sich der Landespsychiater noch nicht zu Wort gemeldet, doch der lesbar ratlose Lokalreporter lechzt bereits unüberhörbar nach dem Evangelium der Hallmüllerschen Analyse. Im Klatsch- und Gesellschaftsteil stößt Ibele zudem auf einen Bericht von der jüngsten Weinverkostung in der Lecher *Krone*. Deshalb also der Aufmarsch von so viel Prominenz und Vornehmheit, mit dem Kollege Walch seine liebe Not gehabt hat gestern. Auserwählte, also in erster Linie finanzstarke Feinspitze haben sich der Verkostung exquisiter Weine und dem seltenen Genuss garantiert nicht einheimischer Bison-Spezialitäten hingegeben. Zwölf Jahrgänge Bordeaux aus dem weltberühmten Weingut „Château Pichon Longueville Comtesse de Lalande“ und ein sechsgängiges Festmenü standen auf dem Programm. Illustre Gäste posieren einfältig auf den unvermeidlichen, dümmlichen Adabei-Fotos. Der weinkundige Kommerzialrat Pirandello darf nicht fehlen, wie Hausherr Pfefferkorn, ehemalige Skigrößen und ein Alt-Landeshauptmann, der mit dem ewigen dunkelblauen Zweireiher. Schließlich erscheint auf einem der Bildchen zu Ibeles nicht geringem Erstaunen auch noch Frau Lidia Andreja Konstantinowna im allerkleinsten Schwarzen an der Seite von Herrn DDr. Samuel Kiscot, Anwalt aus dem benachbarten Fürstenreich. Ibele ist irritiert. Nicht so sehr, weil die schöne Frau den tragischen Tod ihres Gastes so schnell überwunden hat, das war schon sein persönlicher Eindruck am Morgen gewesen, und er nimmt es ihr nicht einmal unbedingt übel. Aber was ihn entschieden verstört, ist das gelackte, geschniegelte Bürschlein an ihrer Seite. Fürstenreich, Mord im Doppelpack und haufenweise Geld in den Tresoren der Mordopfer, das ist ein bisschen viel auf einmal! In Ibele taucht unvermittelt ein Verdacht auf, der sich gewaschen hat: Vielleicht so, wie das Geld, das Petersen und Glück womöglich zum Verhängnis geworden ist. Denn um Liebeshändel dürfte es denen im Gegensatz zum Schneider-Gockel nicht gegangen sein!

Dermaßen inspiriert erreicht Ibele die Endstation, den Bregenzer Bahnhof. Mühsam zwängt er seinen eingegipsten Arm in den Mantel, faltet den *Boten* zusammen und klemmt ihn sich unter den Arm. Den Fußmarsch nach Hause absolviert Ibele gemächlich, versonnen. Die kleine Stadt wirkt trotz der protzigen Weihnachtsbeleuchtung noch verschlafener, noch provinzieller als sonst. Seine Ehefrau empfängt den Inspektor unter der Tür, nimmt ihm Mantel und Zeitung ab, küsst ihn wortlos. Was an und für sich eh klar ist, denn wie küsst man anders als wortlos? Küssen und reden gleichzeitig, wird man einwenden, geht nicht. Das stimmt natürlich. Dennoch steht das Wesen des hier vorliegenden souveränen Verzichts auf Worte in denkbar schroffem Gegensatz zu einer oft vorschnell mit ihm gleichgesetzten Sprachlosigkeit. Rösles Kuss ist beredt, er spricht für sich selbst, oder noch genauer: für die Küssende. Sie küsst ihren Mann, ohne vorher überflüssige Fragen zu stellen. Rösle ist die Antwort. Das ist es, was Ibele mit Genugtuung feststellt; dies mit einem Gefühl, das an Verliebtheit einerseits erinnert und sie andererseits neu entstehen lässt. Überhaupt: Was liegt da für ein Duft in der Luft? Ibele kann es kaum, will es aber gerne glauben: Das riecht hier überzeugend nach Provence und Normandie, das heißt nach Kräutern und Äpfeln. Um das kulinarische Geheimnis zu lüften, eilt er in die Küche. Es handelt sich um Veau aux fines herbes und Tarte aux pommes. Kalbsschlegel im Kräutermantel, „nach Art der Pfarrersköchin", mit einem Hauch von Curry veredelt, und Apfelkuchen, eine Karamellorgie. Du meine Güte, Rösle!

Es ist spät geworden, als Ibeles zu Bett gehen, denn nach dem von einem leckeren roten Tropfen, keinem „Château Pichon Longueville Comtesse de Lalande" natürlich, sondern einem tadellosen Eigenimport aus dem Hérault: Montlobre La Chapelle 2010 begleiteten Essen ist der Inspektor zu einer kleinen Thalbach-Oberstadt-Runde samt Brissago aufgebrochen. Beim Flanieren im strengen Frost der sternklaren Nacht ordnen sich Ibeles Gedanken. Am Fuß des steilen Stadtsteigs findet sich Ibele vor einem hell erleuchteten kleinen Schaufenster wieder. Es präsentiert ihm den tieferen Zweck seines Spaziergangs. Wenig überraschend handelt es sich um die adventlichen Kekskreationen des Bäckermeisters Vochazer. Tellerweise liegen sie da, immer exakt zu dreien angeordnet: Vanillekipferln, Zimtsterne, Linzeraugen, Rumkugeln, kleine, bunt verzierte Lebkuchen und vor allem: die unvermeidlichen, die einzig wahren Kokosbusserln. Nach der Rückkehr, von der nahen Pfarrkirche schlägt es halb elf, will Isidor wenigstens eine seiner geliebten Cello-Suiten hören und neben Rösle auf der breiten Ofenbank liegend ein paar Seiten in seinem Lieblingsbuch lesen, *recherchieren* nennt er es treffend. Dann ist er gewappnet für die Nacht, für den Schlaf, für die Träume, für den Morgen.

*Aber wenigstens hielt sie den Mund.*
Judith Schalansky, Der Hals der Giraffe

Als könnte es gar nicht anders sein, bringt ein sonniger, bitterkalter Morgen auch heute die Lecher Winterlandschaft zum Glitzern und Funkeln. Nur langsam und lange nachdem die Sonne über dem Rüfikopf aufgegangen ist, löst sich das Leben in den Hotels und Pensionen aus der Froststarre, aus den Fängen der Nacht. Allein die vielen dienstbaren Geister in den Küchen und auf den Korridoren sind am Werk. Dazu noch ein paar andere, deren Aktivität mit Tagesanbruch zu Ende gehen muss. Transsylvanien ist überall, und die im Dunkel sieht man nicht. Nicht zu vergessen jene, die Tag und Nacht tätig sind, mit der einzigen Einschränkung, dass ihr nächtliches Tun so ganz verschieden ist von dem, was sie bei Lichte treiben. Sie entziehen sich konsequent der Forderung, die der berühmte Walser vom Bodensee einst aufgestellt hat: Tagsüber nicht so zu tun, als würde man nachts nicht tun, was man nachts tut! Lidia Andreja Konstantinowna gehört zu dieser tag- und nachtaktiven Spezies. Lange, sehr lange hat sie gestern mit Herrn Kiscot, mit Sammy, wie sie ihn im intimeren Umgang nennt, in ihrem privaten Kämmerchen beraten, gerechnet, geplant, zwischendurch telefoniert, und zu später, zu sehr später Stunde Champagner und Kaviar servieren lassen. Danach, es ging dem Morgen entgegen, ist die Atmosphäre entspannter geworden. Bis auf ein unterdrücktes Gackern, ein der Lust abgerungenes oder geschuldetes Glucksen war nichts mehr zu hören. Als Frau Konstantinowna Punkt sieben Uhr im Office erscheint, ist sie aus dem Ei gepellt wie jeden Tag. Kein Fältchen wirft ihr heute orangerot flammendes Kostüm. Sie hat nicht vor, ihr feines Haus bald zu verlassen, darauf weisen die farblich passenden hochhackigen Schuhe hin. Dennoch strahlt ihr Gesicht einen Elan aus, der weit mehr umfasst als das Aldoro, und ihre Kommandos kommen heute noch eine Spur militärischer und herrischer daher als sonst. Herr Kiscot ist beim Verblassen der Sterne abgereist; ganz so, als ertrüge er das Licht nicht. Außerdem hat er noch andere Windmühlen zu bekämpfen als die hiesigen. Wenn es nicht eine Dulcinea ist, zu der ihn sein röhrender De Tomaso Pantera wie auf Flügeln tragen soll.

Inspektor Ibele seinerseits erwacht vom Duft des Kaffees, den das Rösle in der Küche aufbrüht. Isidors erster Weg nach dem Frühstück und dem Abschied von seiner Frau führt ihn die wenigen Hundert Meter hinauf ins große Krankenhaus. Trotz der frühen Stunde platzt die Ambulanz aus allen Nähten. Humpelnde, notdürftig Verbundene, solche mit schmerzverzerrten Gesichtern: Martern aller Arten gilt es zu kurieren. Der Gesichtsausdruck der Wartenden prägt sich tief in Ibeles Wahrnehmung ein. Hier zu sitzen, sich der Allmacht des Apparats und der Ärzte ausgeliefert zu wissen, reduziert Junge und Alte alsogleich auf einen quasi kreatürlichen Status. Ein Ausdruck von demütiger Ergebenheit und stummem Leid liegt auf den Gesichtern. Obwohl jeder und jede mit einem ganz besonderen Wehwehchen, einer je eigenen, einmaligen Geschichte daherkommt, macht schon eine einzige Geste sie alle gleich: Es ist jene, mit der sie, nachdem eine von Geisterhand geöffnete Schiebetür ihnen Zugang gewährt hat, dem hinter einer hohen Brüstung thronenden unnahbaren Wesen ihre elektronische Versicherungskarte abgegeben haben. Wenn der Computer dich nicht erfassen kann, bist du niemand, und erst recht nicht krank! Nur Ibele ist ein wenig gleicher; er darf direkt ins Gipszimmer durchmarschieren; der General hat gemeint, dafür sorgen zu müssen. *So soll es mir recht sein*, sagt sich Ibele. Er sorgt für keine lange Verzögerung in der Reihe der Leidenden. Keine Viertelstunde dauert das Anlegen eines neuen Gipsverbandes, der diesmal und für die nächsten zwei Wochen weder drücken noch reiben soll. Dass ihm der General einen Wagen geschickt hat, der ihn vom Spital direkt ins Kommando bringt, ist Ibele weniger sympathisch. Zu sehr schätzt er die kleinen Fußmärsche durch die halbwegs munter gewordene Stadt.

Bevor er sich lange darüber ärgern kann, sitzt er bereits an seinem Schreibtisch, vor dem von der dienstfertigen Antoinette aufgeschlagenen *Vorarlbergboten*. Neben der Berichterstattung über den zweiten Lecher Toten, endlich inklusive begutachtendem Kommentar von Seiten des psychiatrischen Chefanalysten, erfährt Ibele noch ganz andere Neuigkeiten. Den Hallmüller-Text schneidet Ibele mit seinem filigranen, superscharfen Messerchen – der bestens bekannten Messerschmiede Wohlgenannt in der Dornbirner Schillerstraße sei Dank! – sorgfältig aus und steckt ihn ein. Er wird sich das im Zug zu Gemüte führen, als geistigen Gabelbissen quasi. Was aber liest er staunend über das alte Postamt, in dem er gestern mit Baldreich Quartier bezogen hat? „Millionen für Lecher Dorfentwicklung", titelt der Bote großspurig, und fährt fort: „Vier Jahre lang wurde das Ganze von langer Hand vorbereitet." Wenn das nur gut geht! Was ist dieser Ibele doch für ein Schwarzseher! Eine Berufskrankheit? Oder handelt es sich um jenen Pessimismus als Stadium der Reife, dem nur gewachsen ist, wer mit beiden Beinen fest im Leben steht? Bald sollen Abrissbirne und Spitzhacke ans Werk gehen, um anstelle des ausgedienten Postamtes Platz zu schaffen für ein neues dörfliches Empfangs- und Dienstleistungszentrum samt Tiefgarage und so weiter. Zu gern wüsste der Inspektor, was sich tatsächlich hinter der angekündigten „Public-Private-Partnership" verbirgt. Klingen tut das alles sehr plausibel: Das Gemeindeleben soll gestärkt und dem dörflichen Charakter Rechnung getragen werden. Schön und gut; in Kooperation mit einem sich so charismatisch wie unabkömmlich gebärdenden Ländle-Unternehmer – ein solides schwarzes Brillengestell steht für Seriosität, der lockere Hemdkragen für Offenheit, das teure Sakko für Liquidität – wird man jedenfalls eine schöne Stange Geld in die Hand nehmen; noch dazu per einstimmigem Gemeinderatsbeschluss. Es geht ja doch. Wenn man nur wüsste worum! Mit vereinten Kräften gegen den Ausverkauf der Heimat vielleicht! Man will ja nicht zum Totengräber des Qualitätstourismus werden, verkündet der Ortschef. Die dem Artikel beigefügte Karte samt Grafik nimmt Ibele ebenfalls an sich, denn auch das Objekt der Petersen-Glück-&-Co-Begierde, der Schneider-Grund, ist darauf gut auszumachen. Dass die zur Information der Leserschaft eingeblendeten Ortsangaben Zürs und Warth vom *Boten*-Grafiker vertauscht worden sind und daher für mehr Verwirrung als Klarheit sorgen, darf man wahrscheinlich nicht so genau nehmen, ist doch die exakte Orientierung bekanntlich nicht unbedingt eine der *Boten*-Stärken.

Viel Zeit für weitere Lektüre bleibt dem Inspektor nicht; erstens rückt die Abfahrtszeit seines Zuges näher, es wird der ÖBB-Intercity nach Wien Westbahnhof um 10.11 Uhr sein. Doch, es muss gesagt werden: Auch dieser Zug trägt einen Namen. Ob man es glaubt oder nicht, er heißt „Österreich liest". Langsam interessiert sich

Ibele wirklich dafür, wem diese Bezeichnungen einfallen. Eiliges Getrappel auf dem Gang kündigt jetzt eine ganz andere Herausforderung für Ibeles Intellekt an. Es ist der Schritt des Generals. Schon schwingt er sich zur Tür herein und bringt sich knapp vor Ibeles Schreibtisch zum Stehen. Zur Erleichterung des Inspektors trägt er eine extrem elegante Uniform-Variante, hat also offenbar nicht vor, ihn in den klammen Arlberger Winter zu begleiten. Wenn das nur kein voreiliger Schluss ist!

„Ibele, Ibele, du machst mir Sorgen! Man rennt mir die Tür ein von allen Seiten!“ Erstens weiß Ibele nicht, warum *er* dem hohen Herrn Sorgen machen sollte und zweitens, wie man eine Tür von allen Seiten einrennt, genügt doch meist eine einzige. „Wie schaut es denn aus da oben?“

„Ausschauen tut es gut, Herr General, aber zugehen tut es fürchterlich!“

„Ja, aber wirklich. Du musst halt den Herrschaften ein bisschen am Lack kratzen, Ibele! Aber nicht zu viel! Der Oberkurator vom Kunsthaus hat schon angerufen und lässt fragen, ob wir jetzt dann die Eisenmänner auch noch verhaften.“ Das wäre noch schöner, sagt sich der Inspektor, wenn wir die schließlich entsorgen dürften, dafür gibt es doch einen eigenen Verein. Oder ist der fürs Stehenlassen? Weiß denn noch jemand, was er will? Und ob man gar ein Alibi brauche für die Eisenmänner, habe sich der Kunstmann erkundigt. Ein Alibi brauchen sie sicher; nur nicht für den Mord an Glück. Sie brauchen es für sich selbst; auch wenn ihnen als in Eisen gegossenen und in Beton verankerten Zeitgenossen ein gewisser Unschuldsbonus zukommt. Wieder aber, das betont Ibele für sich und dezidiert, nur und höchstens in Bezug auf den Glück-Todesfall. Generell sind sie so erklärungsbedürftig wie alle und alles.

„Willst du noch Leute mit hinauf nehmen?“ Bei dieser Frage reckt mit unmissverständlicher Mimik und Gebärde Antoinette Hagen ihren seit Neuestem dunkelblonden Bubikopf à la Jean Seberg in Ibeles Blickfeld. Da könnte einer leicht außer Atem geraten! Seit sie letztes Jahr in Marienbad weilte, reitet die gute Toni überhaupt wieder einmal auf einer neuen Welle. Unwillkürlich zieht Ibele eine der untersten Schreibtischschubladen auf. Da liegt sie noch, die letzte Schachtel Gauloise! *Ist's nicht eine schöne Welt*?, singt es in Ibele. Antoinette deutet zuerst auf Ibeles eingegipsten Arm und dann auf sich selbst. Sie täte gerne Krankenschwester spielen, hätte auch zweifellos das Zeug dazu; doch Ibele braucht das derzeit nicht. Derzeit, denn im Allgemeinen ist er jemand, der seine Krankheiten oder die da und dort auftretenden Gebrechen – man ist nicht mehr 25! – gewissenhaft pflegt und ernst nimmt; wie auch diejenigen, die sich darum kümmern.

„Nein, Chef, vorerst machen wir es allein. Eher schicke ich bald ein paar Gestalten herunter, zur zeitweiligen Verwahrung.“

„Wie du meinst, Ibele. Am Freitag komme ich eh hinauf zu euch. Es gibt bei der Minni in Hochlech eine Vernissage; tolle Winterbilder. Da meinst du direkt, der Schneesturm pfeift dir um die Ohren. Große Kunst! Es werden auch alle da sein, die etwas verstehen davon. Ein Gedränge ist das immer! Hoffentlich geht nichts zu Bruch!“ Mehr muss Ibele nicht hören. Die Frage nach dem, was bei der Veranstaltung verstanden werden soll, verkneift er sich. Überdies rechnet er damit, am Freitag vielleicht schon wieder ins Tal zurückkehren zu können. Es ist nicht seine Ungeduld, die ihn auf diesen Gedanken bringt. Aber dem Petersen- und Glück-Mörder traut er nicht viel Gelassenheit zu. Ja:

*dem* Mörder, denn Ibele zweifelt nicht, es mit nur einem Totschläger zu tun zu haben. Für ebenso gewiss hält er es allerdings, hinter diesem einen – dem *armen Schwein*, wie er ihn für sich qualifiziert – ein dicht gesponnenes Netz von Hintermännern oder -frauen zu finden. Wer auch immer: Einer oder eine hat es enorm eilig. Das spricht für einen engen Zusammenhang mit dem vielen Geld, das die beiden Toten in den Tresoren hinterlassen haben. Sorgen macht dem Inspektor für den Moment hauptsächlich der noch fehlende Gabelzinken. Indem er das abschließend dem General erklärt, springt sein auch den einen oder anderen Magennerv streifendes Denken vom Gabelzinken flugs zum Gabelbissen. Ibele verabschiedet sich kurzerhand in die Kantine, pardon Osteria, wo er sich mit Proviant für die Zugfahrt eindeckt. Der rührige Pächter macht in diesen Wochen auf Seafood und hat sich zu diesem Zweck und aus diesem Anlass in ausgesprochen noblen Fischgründen umgetan. Bald stapft der Inspektor mit einer nicht zu knappen Portion Heringsbissen in Rote-Rüben-Aspik mit Wasabi-Mayonnaise sowie Thunfisch mit deutschem Kaviar und Eismeerkrabben in Gemüsemayo und Aspik von dannen, das heißt Richtung Bahnhof. Aber Halt: Er hat sich zu früh gefreut! Vor der Portiersloge steht eine mit schwerem Pelzwerk behangene Gestalt, ein grinsender Kobold, und begrüßt den Inspektor:

„So, auf geht's, Amigo: In Schnee und Eis wartet der Preis!" Der General! Nein, rumort es in Ibele, den will ich jetzt nicht dabeihaben! Nicht jetzt das vorpensionäre Gebrabbel und Gemauschel, die lächerlich-angeberischen Visionen vom Golfspielen und Piemont-Fahren, vom unablässigen Dabei-gsi-si, das des Generals Bild vom Paradies zu dominieren scheint! Doch schon erkundigt sich der Hochdekorierte nach dem Verbleib des Dienstwagens, des großen natürlich, des Four-wheel-drivlers, wie er ihn nennt.

„Ich bin mit der Bahn unterwegs, Chef", kommt es kühl, aber schaden- und hoffnungsfroh von Ibele.

„Was: *mit der Bahn,* spinnt er gar ein wenig, der Ibele? Wer fährt mit der Bahn auf den Arlberg?"

„Ich, Chef, und jeder der mitwill!" Jetzt heißt es geschickt sein, kalmieren, nicht provozieren. „Den Benz hat der Baldreich oben. Er kann Sie ja am Freitag abholen kommen." Was zwar auch ein Blödsinn wäre, aber im Moment ist Ibele jedes Mittel recht. Der General mustert sich selbst ausgiebig von oben bis unten und kommt zu dem Schluss, dass er vorläufig, Pelz hin, Pelz her, im Tal mindestens so gut aufgehoben ist wie in den Bergen. Der Inspektor mag ihm darin nicht widersprechen.

Die kleine Reise beginnt pünktlich. Was für andere vielleicht lediglich auf eisernen Schienen sich ins Endlose dehnende Langeweile bedeutet, ist für Ibele ein stets willkommener Quell der Sammlung und der Beschaulichkeit: eine Zugfahrt. Bregenz und sein Bahnhof verschwinden schnell aus dem mit zunehmender Fahrt sich weitenden Gedankenkreis Ibeles. Isidor genießt die Fahrt durch das vormittägliche Land, die verschlafenen Bahnhöfe aus der Monarchie und ihre fantasie- und geschmacklosen Nachfolgebauten; er labt sich an der einladenden Aussicht nach Süden, auf die verschneiten Schweizer Berge, hinter denen Sonne, Meer und Zitronenblüte locken. Kurz hinter Dornbirn rauscht der Eurocity mit hoher Geschwindigkeit durch eine lokale Haltestelle. Auf einem Bänklein sitzend wartet dort ein ernster, dick vermummter Herr mit schwarzer Aktentasche und Zipfelmütze auf seinen Regionalzug. Oder ist er einfach ein Mann, der den Zügen nachschaut? Wie ein anderer vielleicht den jungen Mädchen, den schönen, unerreichbaren Frauen, den Passantinnen, die im Vorübergehen den Traum von Liebe und Glück mit sich davontragen? Einer, der den Zügen nachschaut, in denen er gerne sitzen würde, oder in denen eben nicht sitzen zu müssen er sich glücklich schätzt? Auf wessen Seite ist der Vorteil, fragt sich der Inspektor: auf der des Ruhenden? Oder ist er in der Bewegung zu finden? Dem Menschen angemessener scheint es für den Philosophen Ibele im Moment zu sein, den ewig ziehenden, unaufhaltbaren Strom an sich vorüberziehen zu lassen. Wenn es einmal gelingt, das Gefühl zu überwinden, irgendetwas Wichtiges zu versäumen, ist die Ruhe beinahe ungetrübt, und die dann gewonnenen Erkenntnisse werden ihrerseits von bleibendem Wert sein.

Unter solchen Reflexionen stürmt Ibele dem Arlberg zu, während Dörfer und Städtchen, Zeiten und Räume hinter ihm sich verflüchtigen. Es lässt sich also auch in der Bewegung ganz gemächlich ruhen und vor allem schmausen. Bedächtig kauend verzehrt Ibele seine Jause. Es wird ihm warm, er entledigt sich seiner Jacke. Ein leises Knistern erinnert ihn an Professor Hallmüllers Analyse. Herbei damit! Als braver Fachmann des Bösen hat der zur Lecher Mordgeschichte und den Motiven ihres möglichen Urhebers Schlüssiges zu sagen. Persönlichkeitsstruktur und Charakteranlage des Bösewichts münden nach einem wissenschaftlichen Vorspiel und langwierigen Abschweifungen zur sattsam bekannten Hallmüllerschen Gutachtertätigkeit in eine verblüffend einfache Schlussfolgerung: „Der Täter wird erst aufhören zu morden, wenn er gefasst ist“, heißt es resümierend. Es folgt ein mehr aus- als ergiebiger Exkurs in Verbrechenstheorie, kaum mehr als eine populistische, eine volksnahe Variante des berühmten *Das Böse ist immer und überall.* Und dann: „Die Bösen sind nicht nur die anderen. Das Böse existiert auch in uns, vielleicht in einem verschatteten Anteil unserer Psyche oder in der Tiefe des Unbewussten, vielleicht in einer Gestalt, die wir selbst gar nicht kennen und, wenn es das Schicksal gut mit uns meint, nie in vollem Umfang kennenlernen." Das ist es: Das *Schicksal* muss es gut mit uns meinen, dann kann nichts schiefgehen. Ibele seinerseits ist schon froh, wenn der Lokführer alle Signale beachtet und vielleicht ein bisschen Tempo zulegt, denn der Inspektor brennt darauf, seine vielfältigen Überlegungen zum Leben und Sterben in der Lecher Bergluft zu verifizieren. Dass es darum geht, den Mörder so schnell wie möglich zu finden, darin ist sich der Inspektor mit dem Psychiater einig, ob der Täter nun weiter morden möchte oder nicht. Es reicht so oder so. Auf des Professors abschließendes, durch geschicktes Einbringen eigener Erfahrung mit berüchtigten Mordbuben listig und unheilverkündend hinzugefügtes Orakel: „... es sei denn, er begeht Selbstmord", will sich Ibele nicht verlassen. Hallmüllers Lehre klingt in des Inspektors Ohren ohnehin verdächtig nach einer Phantomgeschichte, aber bitte. Nur mit dem Charme des Psychopathen sollte der landauf, landab als Redner gern gesehene Professor nicht mehr hausieren gehen. Da hört sich dann der Spaß auf!

Für die letzten Minuten der Zugfahrt verschreibt sich Ibele Gedankenfreiheit. Er schickt sein Denken und Räsonieren möglichst weit weg von Hallmüller und Gabelbissen; wohl wissend, dass er gerade so genau dorthin gelangt, wo das heimliche, das wahre Epizentrum seiner

Reflexionen liegt. So zückt Ibele sein schwarzledernes Notizbuch und notiert mit spitzem Bleistift: *In der Mitte des Tornados herrscht Ruhe. Die Kleinigkeiten machen den großen Unterschied. Der Schmerz beim Ausreißen eines Nasenhaares ist nichts im Vergleich mit fast allem und alles im Vergleich mit nichts. Das Herz der Finsternis ist ein tanzender Stern.* Das und Ähnliches geht Ibele beim Aussteigen durch den Kopf. Die Tür des Zuges öffnet sich auf Knopfdruck. Mit der unverbrauchten, eisigen Luft empfangen den Inspektor wiederum Berge und Schnee, umfangen ihn die majestätische Landschaft und das niedere Verbrechen, Erhabenheit und Schuld.

Am Langener Bahnhof, es ist exakt 11:29 Uhr, entsorgt Ibele die Reste seines lukullischen Frühstücks und steigt in den bereitstehenden Postbus, der, im Gegensatz zu den sich rasch füllenden Taxis, ziemlich schwach besetzt ist. Kaum ist man aus dem unmittelbar nach dem Bahnhof zu durchfahrenden langen Tunnel heraus, geht die Fahrt durch eine verzauberte Welt Stuben zu und dann in engen Kehren und durch noch engere Lawinengalerien hinauf zum Flexenpass oberhalb von Zürs. Auf dem Pass schweift der Blick in weitem Bogen über die von zahllosen Spuren gezeichneten Tiefschneehänge. Auf Teufel komm raus wird jede halbwegs mögliche Abfahrt durch das Gelände riskiert. Ein gefährliches Spiel auch das; doch anders gefährlich als jenes, mit dem es Ibele zu tun hat. Bei den Tiefschneeabenteurern handelt es sich stets um Einzelne und ihr für nichts als sich selbst stehendes Tun. Was sich andererseits um Petersen und Glück herum abspielt aber geht an die Substanz des Menschlichen.

Von der Pfarrkirche schlägt es Mittag, als Ibele vor dem Postamt aus dem Bus steigt. Rasch verstaut er die kleine Reisetasche in seinem dem Untergang geweihten Quartier. Seit er weiß, dass das Gebäude abgerissen wird, sieht er es mit anderen Augen. Für einen Moment ist Ibele sogar versucht, heimlich die eine oder andere der phänomenalen Kruckenhauser-Fotografien im Stiegenhaus von der Wand zu nehmen. An Baldreichs Tür hängt ein Zettelchen: „Bitte klopfen!" Zu Recht geht der Inspektor davon aus, die Aufforderung könnte ihm gelten. Was ihm der Kollege berichtet, ist nicht zu verachten. Die Spurensicherer haben den Inhalt der Tresore mitgenommen. Es hat sich eine eindeutige Verbindung von Glück ins Aldoro ergeben. Der Wodkafreund ist von dort mit Informationen bedient worden, über deren Inhalt allerdings noch keine Erkenntnisse vorliegen. Das Material ist im Augenblick unterwegs von Feldkirch nach Bregenz. Noch interessanter: Baldreich hat mit dem alten Schneider geredet, hat ihn gestern Abend in seinem Haus besucht.

„Ich bin mir vorgekommen wie ganz drin im hintersten Ötztal! Dort leben auch noch ein paar solche Originale. Die lassen die Zeit und die Welt vergehen, leben und denken, als hätte sich nichts geändert seit Jahrhunderten. Der Schneider hat beide gekannt, den Glück und den Petersen. Keiner ist ihm mehr als einen halben Satz wert gewesen. Verkaufen tut er seine Böden nicht, hat er gesagt, und wenn der Schah von Persien kommt. ‚Nur dem Andreas Hofer hätt' ich ihn geben!' So etwas meint der ernst! Vom Umgang seines Filius mit der Petersen-Tochter hat der Bauer zwar Wind bekommen, aber es ist ihm natürlich so wurst wie nur was. Als Mörder kommt er schon deshalb nicht in Frage, weil er sein Haus im Winter nur für die Frühmesse am Sonntag verlässt. So auch die letzten Tage. Seine Frau hat es bei allem was ihr heilig ist bestätigt."

„Was ist mit dem älteren Sohn, dem Erben?"

„Der ist wie sein Vater, doch steckt er eher mit seiner Mutter unter einer Decke. Die wiederum würde gerne den ganzen Krempel verkaufen. Man erzählt, dass der Glück das nur allzu gut gewusst hat und in diese Richtung nicht untätig geblieben ist. Damit ist jetzt zwar Schluss, aber wer hat etwas davon?"

„Glücks Mörder – vielleicht", kontert Ibele trocken.

Außerdem hat Baldreich von Walch einiges über die traurige Gestalt des Herrn Kiscot erfahren.

„Um einen mit allen Wassern und Wässerchen gewaschenen Spitzbuben – früher hätte man Lump gesagt – dürfte es sich bei dem handeln. Ein aalglattes Unschuldslamm; außerdem könntest ihn jederzeit im Modehaus drunten als Schaufensterpuppe aufstellen, so wie der daherkommt. Vom Scheitel bis zur Sohle der geborene Finanzminister!" Baldreich übergibt Ibele einen dünnen Aktenordner. Der Inspektor kann sich beim Anblick der beigelegten Fotografien ein grimmiges Lächeln nicht verkneifen. So schön kann jemand doch gar nicht sein wollen, der nicht all sein Tun auf Lug und Trug aufgebaut hat! Diese Typen hat Ibele gefressen! Apropos, ob man nicht etwas essen gehen solle und dabei den Rest bereden, schlägt der Inspektor vor. Als Zeichen des Einverständnisses klappt Baldreich sein Notebook zu, nicht ohne den Chef mit vielsagendem Stirnrunzeln auf die eben geöffnete Kiscot-Homepage zu verweisen. Darauf sticht eine leuchtend grüne, hälftig auseinandergeschnittene Limette, bekanntlich ein saures Früchtchen und Zutat betörender Cocktails, ins Auge.

Die beiden Skilehrer, die sich so rührend um Ariadne Petersen gekümmert haben, sollte man gelegentlich interviewen, lautet das Fazit nach einem diesmal mehr italienischen als österreichischen Essen; für zwischendurch gerade recht. Gesagt, getan. Von Walch kommt der Hinweis auf die Skischule, wo die Wedler nachmittags gegen halb vier verlässlich zu treffen sind. Telefonisch meldet Ibele dort sein Erscheinen an und bittet, die Herren Schneider junior und Bischof zu informieren. Worum es sich handle, fragt die Sekretärin im Skischulbüro vorlaut. Des Inspektors eher undiplomatische Antwort „Um die Suche nach einem Mörder" sorgt nach einem piepsend gestammelten „Oh mein Gott!" für ein rasches Ende der Unterhaltung.

Es ist dann deutlich vor der vereinbarten Zeit, als Ibele und Baldreich im Skischulbüro eintreffen; absichtlich noch vor dem allgemeinen Feierabend. Sie treffen auf die besagte, angesichts der angekündigten Absichten der Besucher anhaltend erschreckte junge Frau. Neben ihm sitzt ein Opfer der noch jungen Skisaison, ein für hiesige Verhältnisse bedenklich blasser Jüngling, der, sein eingegipstes Bein hochlagernd, anstatt über die Pisten zu schweben an einem Schreibtischchen vor dem Computer sitzt. Kaum dass er Augen und Ohren für Sekunden vom Schauspiel zu lösen vermag, das sich ihm draußen bietet: Schnee, blauer Himmel, buntes Gewurle lachender, fröhlicher Menschen um das kleine Häuschen herum, von allen Seiten herandröhnende Musik aus den Schneebars.

Nicht einmal der Wandschmuck bietet brauchbare Ablenkung. Dabei besteht dieser, fein säuberlich gerahmt und in Reih und Glied ausgerichtet, aus dem, was Traum und Wirklichkeit schlafloser Nächte von Seinesgleichen bevölkert, halbnackt sich räkelnden Kolleginnen nämlich, abgelichtet auf dem unsäglichen Skilehrerinnenkalender! Nicht erst hier gerät die alte Weisheit vom *gesunden Geist in einem gesunden Körper* ordentlich ins Wanken! Für Ibeles Wahrnehmung sind die dümmlichen Bildchen ein hirnrissiges Unding, eine Geschmacksverirrung erster Ordnung. Denn sie wollen, aber sie können nicht. Und das ist mühsam. Besser wäre es, zu können, ohne gleich und dauernd wollen zu müssen. Es ist eine rechte Manie mit diesen Kalendern, und dass Jungbauern und Jungwinzerinnen auch keine glücklichere oder wirklich fototaugliche Figur machen, sobald sie vom protzigen Traktor heruntersteigen oder die Weinbergspritze aus der Hand legen, genauso wenig wie Feuerwehrler und Fußballerinnen, macht die Sache um nichts ersprießlicher. All die Machwerke haben bestenfalls die Erotik eines Schraubenschlüssels oder den Charme einer Dampfwalze. Ist das nicht schlicht nur widerlich? Am peinlichsten aber ist es, dass es den Beteiligten nicht peinlich ist und sie den Schund Jahr für Jahr mit viel Pomp inszenieren und präsentieren!

Kajetan Schneider poltert zuerst ins Büro. Angetan mit der blau-schwarzen Skischuluniform, die Augen hinter einer verwegenen Sonnenbrille verborgen, strotzend vor Selbstbewusstsein. Trotzdem: Sein Bauernblut kann er in Gestalt und Ausdruck nicht verbergen. „Was gibt's denn Wichtiges?“, erkundigt er sich bei der Sekretärin. Die verweist ihn per Kopfbewegung auf die hölzerne Eckbank, auf der die Kriminalisten Platz genommen haben. Auch nach dem Abnehmen der Sonnenbrille verbessert sich Schneiders Durchblick nicht wesentlich. „Was wollen die hier?“, fragt er seine Kollegin. Mehr als ein Achselzucken schafft die wieder nicht. Das Eintreffen des Balthasar Bischof macht für Schneider den Aufenthalt im engen Büro um nichts sympathischer, das sieht man ihm an. Bischof, fast einen Kopf größer und obwohl er im gleichen Dress steckt wie sein Kollege, ist ein um etliche Grade attraktiverer Anblick, man muss es zugeben. Ein Mannsbild aus dem Bilderbuch. Das will etwas heißen in diesen Kreisen. Wortlos mustern sich die zwei wie Boxer bei der Abwaage vor dem Wettkampf. Nein, die brauchen keinen Grund mehr, um aufeinander loszugehen, das liegt überdeutlich in der Luft. Eher wundert sich Ibele, dass sie in irgendetwas einen Grund finden, es nicht zu tun. Ist es seine Gegenwart? Er nickt Schneider nicht unfreundlich zu und stellt sich Bischof vor. Der nimmt fast übergangslos einen leicht kuhäugigen Gesichtsausdruck an, als er hört, wen er vor sich hat. Dieses Glotzen prägt sich Ibele tief ein. Balthasar Bischofs Physiognomie spricht Bände. Ob da der verschwundene Vater durchschlägt, fragt sich der Inspektor.

„Machen wir es kurz, meine Herren, ich will hier nicht den Hausfrieden stören, können wir uns irgendwo eine Viertelstunde ruhig unterhalten?"

„Im Büro des Chefs, der kommt erst am Abend zurück", kommt die Sekretärin ihren Kollegen zuvor. Die sind noch damit beschäftigt, sich mit bösen, zornfunkelnden Blicken zu mustern. Sie sind gemeinsame Auftritte gewohnt, als Konkurrenten eben. Konkurrenten nur im Streit um eine hamburgische Dame?

Der Gang ins Chefbüro ist kurz, dennoch hat er inmitten all der geschäftig durch die Gänge eilenden Skilehrer etwas von einem Spießrutenlauf, auch wenn, was Ibeles besondere Aufmerksamkeit erregt, kaum gesprochen wird. Höchstens der eine oder andere Standardkommentar, gedankenlose Floskeln und wenig geistreiche Sätze wie „Superschnee am Muggengrat, hast es g'sehen?", „Treib's nicht zu wild heute Abend!", „Ein Glump, der neue Rossignol, findest nit?" oder ähnlich Tiefschürfendes. Im Chefbüro nehmen die vier Männer

Platz an einem urigen Besprechungstisch. Die Plätze sind verteilt, der Ring ist frei, inmitten von Urkunden und Pokalen sowie erstaunlich langen Reihen von Aktenordnern. Die Bürokratie hat auch hier Einzug gehalten. Einsam eine holzgerahmte Fotografie aus den Anfängen der Tourismuszeit: exakt in der Bildmitte die Kirche, im Vordergrund gezählte fünf Skiläufer, ein Einersessellift quer über das Bild, das Omeshorn unverrückbar im Hintergrund. Lang ist's her.

„Sie sind also mit dem Fräulein Petersen gefahren diese Tage?“, wendet sich Ibele an Bischof. Der nickt zustimmend.

„Und du?“, lautet die absichtlich lapidare Frage an Schneider.

„Ich nicht.“ Punkt. Aus.

„Aber du wärst gern?“

„Weiß nicht. Mir egal.“ Das nennt man einsilbig, oder?

„Ich habe gehört, dass es zwischen euch beiden immer wieder funkt, sogar auf der Piste“, nun muss der Ringrichter Ibele für Schwung sorgen, „worum geht es denn dabei?“ Schneider ist eine Spur zu schnell, mit Reden zumindest:

„Sicher nicht um die ...“ Und Stille.

„Sicher nicht um die Petersen? Worum dann? Vielleicht um das Geld des Anwalts? Oder um den Boden deines Vaters?“ Auch wenn sie sich äußerlich ruhig gegenübersitzen, die beiden Burschen umklammern sich wie zwei Boas. Bischof löst sich ein wenig.

„So ein Blödsinn, Inspektor. Der Typ da ist einfach eifersüchtig. Ein bisschen zu klein halt.“

„Und du bist ein Volltrottel. Hast zu viel Wodka in der Rübe, glaube ich!“ Hoppla, es geht zur Sache. Schnell trennt Ibele die Fighter, schickt Bischof samt

Baldreich vor die Tür und wendet sich Schneider zu, der wahrscheinlich schon wieder bereut, wozu er sich soeben hat hinreißen lassen.

„Was meinst du mit dem Wodka?“

„Nichts. Er trinkt halt gern einen, das weiß jeder.“

„Wo trinkt er ihn denn am liebsten?“

„Was, wo?“

„He, stell dich nicht dümmer als nötig, Schneider, sonst schick ich dich nach Bregenz! Holt sich der Bischof den Wodka vielleicht im Aldoro?“ Die Art, wie Schneider dem Inspektor jetzt in die Augen starrt, macht jede Antwort überflüssig. Die Lunte brennt.

„Mensch, Inspektor, sagen Sie dem Bischof ja nichts über mich, sonst bin ich tot! „

„Dann sag du mir etwas über ihn. Was treibt er in dem Schuppen?“

„Ich weiß es nicht. Schon letztes Jahr, da bin ich doch mit den Petersen-Frauen gefahren und war öfter bei ihnen, Sie wissen eh, Skier holen, Aperitif trinken usw. Meistens war der Bischof auch im Haus, aber nicht wegen der Weiber. Die interessieren den nicht. Oder nur wenn sie Kohle haben.“

„So wie die Konstantinowna?“ Wieder starrt Schneider seinem Gegenüber ungläubig ins Gesicht, wie ein Boxer nach einem schweren Treffer. Wie einer, dem man ganz fest weh tun muss, damit er endlich kapiert, was läuft.

„Ja“, haucht er und rutscht beinahe über die Kante seines Sessels.

„Dann sag mir nur noch, was du am Dienstag beim alten Petersen gesucht hast!“

„Der Glück hat mich hinaufgeschickt mit einem Brief. Er hat gesagt, es geht nur um den Boden vom Vater und es ist für alle besser, wenn man sich einigt.“

„Wie du dann beim Petersen warst, ist der schon tot gewesen?“

„Mausetot, Herr Inspektor, das können Sie mir glauben. Ich habe den Brief fallen lassen und bin Hals über Kopf fort. Mit Mord und so habe ich nichts zu tun.“

„Der Bischof vielleicht?“ Man muss das Eisen schmieden, solange es heiß ist.

„Das glaube ich nicht. Er ist nur scharf aufs Geld, muss allen beweisen, dass er es zu etwas bringt, der Waisenknabe!“

„Gut, Schneider, wir lassen es fürs Erste. Morgen früh treffen wir uns wieder hier.“

„Danke, Inspektor, darf ich hier hinaus?“ Schneider zeigt auf eine zweite Tür, der ersten gegenüber. Sein Bedürfnis, mit Bischof zusammenzutreffen, ist geringer denn je.

„Also, raus mit dir. Übrigens, Schneider“, der wähnt sich schon außer Gefahr, ist auf dem Sprung, passt nicht auf, „bei euch daheim gibt es sicher Heugabeln?“

„Heugabeln? Natürlich gibt es Heugabeln.“

„Auch alte, hölzerne?“

„Irgendwo liegt gewiss solches Zeug herum. Der Vater schmeißt nichts weg. Brauchen Sie eine?“

„Ja, aber eine ganz bestimmte. Geh jetzt!“

Eine Minute bleibt Ibele allein, dann holt er Baldreich und den so gar nicht heiligen Bischof zurück; nimmt aber Baldreich gleich zur Seite, flüstert ein paar Sätze mit ihm und verabschiedet den Kollegen. Der nimmt die Wodkafährte auf. Oder sucht er nach einer beschädigten Heugabel? Bischof sitzt und lauert. Unter dem Anorak trägt er einen blütenweißen Pullunder. Eine schöne Brosche prangt mitten auf der Brust. Ein Skiklub-Ehrenzeichen oder so etwas, ein von Lorbeerblättern umkränztes, winziges Paar goldener Skier. Die wohlgeformten Finger der kräftigen Hände spielen in nervöser Unruhe damit.

„Möchtest du etwas trinken? Einen ordentlichen Wodka vielleicht?“ Wumm-zack-peng: Das sitzt! Bischof glotzt schon wieder.

„Ja ... Nein ... ja ... aber ... ich ...“

„Ja, ich weiß, du magst nur den Wodka vom Aldoro, stimmt's?“

„Warum vom Aldoro? Hat der Schneider ...? Der Sauhund, den hol ich mir!“

„Das würde ich nicht tun, Bischof. Du holst dir nur kalte Füße. Sag mir lieber, wo du am Dienstagvormittag warst und am Dienstag in der Nacht!“ Da muss Bischof nachdenken; ohnehin nicht seine Stärke.

„Am Dienstag bin ich Ski gefahren den ganzen Tag mit der Frau vom Glück. Da bist du froh, wenn's Abend wird, das sag ich dir! Und in der Nacht? In der Nacht? Ja, in der Nacht ... Wann in der Nacht?“

„Wir sind nicht so genau, Bischof, in der Nacht eben. Wir nennen es Nacht, wenn es dunkel ist, du doch auch, oder?“

„Sicher. Am Dienstag bin ich mit der Glück gefahren bis am Nachmittag. Dann war ich zu Hause zum Abendessen, die Mutter kann es bezeugen. Und danach ... bin ich ... war ich ... habe ich ...“

„Bischof, heraus mit der Sprache! Das ist keine Deutschprüfung hier. Es ist besser, wenn du redest. Über das Aldoro zum Beispiel oder die schöne Frau Konstantinowna.“ Hätte Ibele ihm plötzlich eine Pistole vor die Nase gehalten, Bischofs Schreck wäre nicht größer gewesen. Rasch hat er sich erholt. Gelernt ist gelernt.

„Mit der Konstantinowna kann ich nicht dienen. Mit der habe ich nichts zu tun, außer dass sie die Chefin ist. Weil ich ein paar Brocken Russisch und Italienisch kann, von der Mama gelernt, hat sie mich vier oder fünf Mal zum Skifahren geholt. Ich kenne auch ein paar von den Bodyguards, das sind klasse Kerle, und saufen können die, dass ..." Alles hat er noch nicht gelernt, der Bischof! Den Mund halten etwa.

„Sagt dir der Name Kiscot etwas? Und erzähl mir keinen Schmäh!"

„Kiscot? Der aus dem Fürstenreich? Der mit dem De Tomaso? Wer kennt ihn nicht?"

„Na, was hast du mit dem zu tun? Der Wodka wird es nicht sein, oder!"

„Ohne den Kiscot geht gar nichts, nicht nur bei der Konstantinowna, wenn du verstehst. Die beiden Toten, Petersen und Glück, habe ich noch vor wenigen Tagen mit ihm gesehen am Kaminfeuer. Es wird um den Boden vom Schneider gegangen sein oder sonst ein Geschäft, was weiß ich. Der Kiscot kommt und geht alle paar Tage mit Koffern voll Geld."

„Das dich natürlich überhaupt nicht interessiert, oder?"

„Genau, ich bin ja Skilehrer und nicht Vermögensberater, hahaha!" Sehr lustig findet Ibele das nicht. Trotzdem schickt er mit einer müden Handbewegung Bischof aus dem Zimmer.

„Du kannst gehen, Bischof, ich brauche dich wahrscheinlich morgen früh noch kurz, dann sollte alles klar sein." Was da alles klar sein wird, ist für Bischof offenbar unklar. Er verlässt den Raum im Rückwärtsgang, macht zwei, drei Mal den Mund auf, wie um etwas zu sagen, verschluckt es lieber, und mit einem schnellen Schritt bringt er die Schwelle und vor allem den Inspektor hinter sich. Inspektor Ibele hat Bischofs weiteren Weg deutlich genug vor Augen, um ihn für ein paar Stunden gehen zu lassen, wohin gehen zu müssen er für richtig hält.

Längst ist der Après-Ski-Betrieb an allen Ecken und Enden des Dorfes in vollem Gang. Kalt und blau fallen die Schatten lang und länger über das Dorf, weit und weiter ziehen sich die goldenen Sonnenstrahlen über die scharf in den Abendhimmel gezeichneten Bergspitzen zurück. Während die einen glauben, ohne den Rambazamba nicht leben zu können, nehmen andere null Notiz von dem aufgeblasenen Treiben. Es existiert für sie einfach nicht. Einer von ihnen ist Eugen Schneider, der Bauer. Er hat sein frühes Abendbrot eingenommen, allein in der engen Küche; Milchkaffee und Riebel, wie jeden Tag. Seine Frau hat es ihm serviert, hingestellt eher, und sich wieder in die Stube, an den Ofen, zurückgezogen. Sie isst später mit den Buben; der Altbauer wird nach der Stallarbeit sein wiederum einsames Nachtessen zu sich nehmen. Im Herd knistert ein Feuer aus trockenen, harzigen Tannenscheiten. Schneider senior trinkt seinen Milchkaffee aus, kratzt die letzten Körnchen Riebel und Zucker in der Schüssel zusammen, dann steht er, sich schwer auf die dicke Tischplatte stützend, auf und geht aus der Küche. Für immer.

Im niedrigen, von ein paar kotverspritzten nackten Glühbirnen in trübes Halbdunkel getauchten Stall stehen acht Kühe. Fünf Sauen grunzen ihrer Fütterung entgegen; sie wissen, dass sie zuerst dran sind. Schneider nimmt einen schmutzstarrenden verwaschenen Overall vom Haken, windet sich mühsam hinein. Um die Hüfte ist er zwei Nummern zu eng, an den Schultern spannt es bedenklich. Dann tauscht Schneider noch die Holzschuhe gegen schwarze Gummistiefel.

Ein paar Kübel voller Schweinefutter kippt er in den Trog. Streng genommen ist es verboten, das Verfüttern der Küchenabfälle aus den Hotels. Wen kümmert's? Die Wirte sind froh und was da in den blauen Tonnen schwimmt, ist mit Sicherheit gesünder als sämtliches EU-konformes Kraftfutter. Dem nach und nach verebbenden Quietschen und zunehmenden Schmatzen der Tiere nach zu schließen bescheren ihnen die Reste aus den Gourmetküchen und Haubenrestaurants eine richtig schweinische Feinkost. Schneider freut der Appetit seiner Tiere, er trennt sich ungern vom Anblick der zufriedenen Viecher; seufzend greift er sich die dreizackige, eiserne Mistgabel und schleudert sie durch eine Luke in der Decke nach oben. Überraschend leicht hievt er sich, gleich einem Heustockposeidon, mit kraftvollen Klimmzügen in das geräumige Tenn hinauf. Hier ist der Bauer ganz in seinem Element. Vergessen ist in solchen Momenten das leidige Getue und Gehabe wegen dem Boden drüben am Waldrand. Vom Gemeindevorstand angefangen bis zu den deutschen Geldsäcken gehen sie ihm alle mächtig auf die Nerven. Der Bub, der ältere natürlich, wird den Boden bekommen, mitsamt dem Hof, dem Vieh und dem Wald droben auf Bürstegg. Gefragt wird da niemand, basta, so war es immer schon. Hat sich denn jemand dafür interessiert, ob er Bauer sein will? Der Jüngere soll schauen, wo er bleibt, hat eh nichts im Kopf als die Skifahrerei, die Piefkeweiber, Holländerhasen und Schwedentussis.

Ein wunderbarer Duft von kräuterreichem Bergheu verbreitet sich, als Schneider ein paar Gabeln voll mit wuchtigen Stößen lockert und in den Stall hinunter wirft. Dort hat sich soeben leise die hölzerne Tür geöffnet. Kurz nur und nur, um eine groß gewachsene, kräftige Gestalt einzulassen. Schon ist sie wieder zu.

Die Kühe drehen sich kaum um zum unbekannten Gast, der sich erst an das spärliche Licht gewöhnen muss. Da trifft ihn von oben eine Ladung Heu, er springt zur Seite, unterdrückt einen Fluch. Wenigstens weiß er jetzt, wo der Bauer sich umtreibt. Unter seinem Anorak zieht er etwas Spitzes, Dünnes, leicht Gebogenes hervor. Die Kuh direkt neben ihm lässt einen Pflatter fallen und noch einen und verkündet ihr Werk mit einem lang gezogenen Muhen, in das die anderen Tiere einstimmen. Droben scharren die eisernen Gabelzinken über den Betonboden. Der ungebetene Gast drückt sich eng an die Wand, duckt sich. Schneider macht sauber, gleich wird er durch die Luke in das aufgehäufte Heu springen. Plumps, da ist er schon. Locker geht er in die Knie, federt elastisch nach, der allerjüngste ist er nicht mehr, aber zäh, drahtig, kein Weichling. Die harte Arbeit hat nur Muskeln und Sehnen übrig gelassen, und wache, misstrauische Sinne.

Mit beiden Händen den Gabelstiel umklammernd, richtet er sich auf, lehnt sich für einen Augenblick an die Wand, bevor er damit beginnt, das Heu in die Futterkrippen der Kühe zu verteilen. Für ein paar Sekunden vernebelt ihm der aufgewirbelte Heustaub die Sicht, er wischt sich mit einer Hand über die Augen, reibt sie unbeholfen mit seinen schrundigen Fingern und blinzelt. Verdammt! Was will denn *der* in seinem Stall? Schneider setzt zu einer unwirschen Begrüßung an. Obwohl im Grunde alles gesagt ist zwischen ihnen. Hat er ihm nicht klar gemacht, dass es nichts zu holen gibt für einen wie ihn? Glaubt er es immer noch nicht? Die Gabel in seinen Händen kommt Schneider gerade recht. Sie soll ihm weiteres Argumentieren ersparen. Zu spät. Etwas fährt dem Altbauern heiß und scharf und höllisch brennend in den Brustkorb. Im selben Augenblick zuckt ein greller Blitz durch den düsteren Raum. Ein verfrühtes Feuerwerk? Der Bauer reißt die Augen weit auf. Es bleibt ihm keine Zeit mehr, zu glauben oder nicht zu glauben, was er da sieht, zu verstehen oder nicht zu verstehen, was ihm widerfährt. Mit beiden Händen greift er sich an die Brust, aus der ein feines Rinnsal hellen Blutes sich den Weg durch dichtes graues Haar und ein weißes Unterhemd bahnt. Die Finger krampfen sich im Todeskampf um ein glattes, fingerdickes Stück Holz mit unregelmäßig gezacktem Ende. In ein paar keuchenden Atemzügen haucht der Bauer und Bodenbesitzer sein Leben aus. Langsam rutscht er der Wand entlang zu Boden. Mitten im aufgetürmten Heu liegt sein ausgemergelter Körper. Das Vieh steht still, nicht einmal die Schweine grunzen. Was ist in sie gefahren?

Der Mörder huscht zur Stalltür hinaus, wie er hereingekommen ist. Kaum ist er mit ein paar schnellen Schritten im Freien, stolpert er über einen Skistock und schlägt zwischen Stall und Misthaufen der Länge nach in den von Jauchelachen übersäten Schnee. Er richtet sich auf und starrt, nein, glotzt fassungslos in ein dem seinen ganz nahes, wutverzerrtes Gesicht. Zwei Fäuste packen ihn mit unbarmherzig würgendem Griff am Kragen seines blauen Anoraks, schnüren ihm die Luft ab:

„Das wirst du mir bezahlen, du Dreckschwein, ich habe alles gesehen. Du bist um Punkt Mitternacht am Schlegelkopf oben oder du sitzt im Häfen, bevor der Hahn kräht!“ Die Fäuste lassen ihn abrupt los, der Mörder sinkt zurück in den schmutzigen Schnee. Ein kleiner Schatten verschwindet um die Ecke im Dunkel der Nacht.

Eine Stunde nach Schneiders abruptem Ableben ruft das anhaltende Muhen der Kühe seine Frau und den älteren Sohn in den Stall. Kurz darauf steht Ibele neben Walch und dem Gemeindearzt am Mordschauplatz. Das ist jetzt der dritte Tote. Ein Mikadospiel eigener Art hat sein blutiges Ende gefunden. Was für Ibele augenblicklich zur Gewissheit wird, bestätigt sich bald darauf im Protokoll der Spurensicherer: Die drei Mordwerkzeuge, die drei abgebrochenen Zinken gehören zu ein- und derselben Heugabel. Ein altmodisches Instrument, wie es selbst in der hiesigen Gegend längst nur mehr zu Dekorationszwecken verwendet wird und als solches Hoteleingänge, Gaststuben, Diskotheken, Geschäfte oder ähnliche pseudoauthentische Einrichtungen ziert oder in Bauernhöfen herumliegt. Nicht mehr als fünf Minuten verbringt Ibele im Stall. Es ist auch, aber bei Weitem nicht zuerst das unruhige Vieh, das ihn vertreibt. Er hat gesehen, was zu sehen ist. Gesehen und gefunden. Denn wie die sprichwörtliche Nadel im Heuhaufen funkelt ein winziger Gegenstand im grellen Licht der Taschenlampen und Scheinwerfer. Behände bückt sich Ibele und nimmt ihn an sich, steckt ihn in die Hosentasche zu Sacktuch und Messer. So schnell können Dinge ihren Zweck ändern. So schnell kann die scheinbar unverrückbare Ordnung der Dinge durcheinander geraten!

*Weniger Inhalt, mehr Form! Ach, wie erleichtert wäre die Welt, wenn sie des Inhalts verlustig ginge.*
Bruno Schulz, Die Zimtläden

Mit dem Tod des Eugen Schneider jedenfalls eröffnet sich für die Kriminalistik ein weites Feld. Zwar gibt es für den Inspektor einen unmittelbar Verdächtigen. Aber Schneiders Ableben bedient, wenn der Ausdruck erlaubt ist, diverse Motiv- und Interessenlagen. Obwohl zu bedenken ist, dass mindestens zwei potenzielle Nutznießer dem jüngst Verblichenen auf dem Weg allen Fleisches bereits auf eigenartig voreilige, auf unvernünftige Weise möchte man sagen, vorangegangen sind. Als ob Vernunft ein Kriterium sein könnte, nach dem hier zu messen wäre! Schon eher ist ein verrücktes Ausscheidungsrennen im Gange. Eines, wie es Ibele von seinen jugendlichen Wettkämpfen und kleinen Triumphen auf der alten, längst abgerissenen Bregenzer Radrennbahn oder im Zürcher Oerlikon-Velodrom kennt! Wenn ja, ist es höchste Zeit für einen Zwischenspurt. Wenn nicht gleich für eine schnelle Überrundung der sich gegenseitig belauernden Gegner.

Dieser Effort besteht fürs Erste darin, alle verfügbaren Arlberger Gendarmen und andere Rettungskräfte zu mobilisieren. Diese Nacht soll für den Mörder so ungemütlich wie möglich gemacht werden. Ibele revidiert seinen Zeitplan. Die beiden Skilehrer müssen sofort her, nicht erst morgen früh, ihre Galgenfrist ist um! Der eine gilt als dringend tatverdächtig, der andere ist zumindest Informant. Um die Suche kümmern sich die Bergretter und Alpinwächter. An Vatermord will Ibele nicht glauben, aber dass das Böse im jungen

Schneider eine allzu leichte Beute gefunden hat, das schon. Der Bürgermeister hat sich bis in ein, zwei Stunden angesagt. Der Bootstransport musste nun doch der Aktualität, das Spiel der Pflicht weichen. Die bemüht freundliche, aber mit den Vorgängen eindeutig überforderte Sekretärin serviert den im Mannschaftsraum der Skischule versammelten Männern Kaffee. Ein doppelter Espresso mit zwei Stück Zucker muss Ibele genügen als Abendstärkung. Den Vergleich mit dem gestrigen häuslichen Mahl verdrängt Isidor gründlich. Vor der Tür klopft es, als wäre der Nikolaus im Anmarsch. Herein aber kommt Walch, in der Hand einen Besenstiel. Nein, keinen Besenstiel. Es ist eine Heugabel, nur ohne Zinken. Frische Bruchstellen zeugen von ihrer kürzlichen brachialen Entfernung. Gefunden hat Walch den Stecken in einer Rumpelkammer drunten im Skischulkeller, inmitten ausrangierter Skier und alter Slalomstangen. Es wird jetzt ganz, ganz eng für einen gewissen Herrn. Noch enger mit Sicherheit, wenn die Fingerabdrücke auf dem seinem originalen Zweck so bösartig entfremdeten Gerät ausgewertet sind, morgen früh.

Ob er das kenne, fragt Ibele den herbeigeeilten Skischulchef, und kramt einen goldenen Anstecker aus dem Hosensack. Ja, natürlich kennt er das. Stolz zeigt er auf den eigenen Pullover, da prangt dasselbe Schmuckstück.

„Das ist unsere Ehrennadel. Wie kommen Sie dazu, Herr Inspektor?“

„Verliehen, für besondere Verdienste im Kampf gegen Skidiebe und Schneekanonen“, scherzt Ibele, indem er sich die Nadel vor die Brust hält. Niemand goutiert seinen Humor. „Spaß beiseite, sie lag neben dem toten Schneider im Heu und der Teufel soll mich holen, wenn ich sie nicht heute Nachmittag an Bischofs Pullunder habe stecken sehen. Ist das möglich?“

„Das kann schon sein“, gibt der Skischulchef Auskunft, „er hat die Nadel vor zwei Jahren erhalten, vom vorigen Bundeskanzler persönlich, auch wenn es nicht ganz klar ist, wofür. Wahrscheinlich für ein paar Stemmbögen mit den EU-Granden oder dafür, dass er ihnen die Schnapsgläser ausgetrunken hat. Aber es gibt ungefähr zehn andere, die damit herumkurven, meist altgediente Herrschaften. Normalerweise bekommt man es zum silbernen Dienstjubiläum, 25 Jahre.“

„Dann besorgen Sie mir bitte gleich eine Liste der Ausgezeichneten samt Adresse und Telefonnummer. Tobias, du wirst dich um die Herren kümmern.“

„Es sind auch etliche Damen dabei!“, wendet der Boss schüchtern ein.

„Schau mal an. Umso besser“, gibt Ibele unverhohlen ironisch zurück.

„Warum besser?“, will Walch wissen.

„Weil wir dann weniger Arbeit haben!“ Nur rein zufällig streift Ibeles Blick, an dem im Moment auch einige andere hängen, bei diesen Worten die Kalenderfotos an den Wänden. Es ist der Skilehrerinnenkalender. Was da herunterlacht, ist zwar in gewisser Weise auch mörderisch. Aber Petersen, Glück und der alte Schneider: Das ist Männersache! Leider.

Männersache! Kaum ein passenderes Stichwort ist denkbar für den Auftritt des Bürgermeisters. Atemlos betritt er den Raum, leicht vornübergebeugt, die Reihe der Anwesenden kurz taxierend und gleich per Handschlag begrüßend. Routine oder Empathie? Wenn Empathie zur Routine werden kann, ist es das. Ibele kennt den Mann von seiner ersten Lecher Zeit flüchtig, sie sind ungefähr gleich alt. Mehr als unangenehm ist dem Vorsteher die ganze Geschichte. Sie trifft ihn persönlich in seiner Bürgermeisterehre, das sieht man ihm an. Nichts Gespieltes mischt sich in seine von Sachkenntnis und feinem Gespür kündenden Fragen. Er kennt seine Pappenheimer in- und auswendig. Sein energisches Nein zu jeder Information an die Presse bringt ihn Ibele noch näher. Ohne langes Herumreden um den heißen Brei, ohne billiges Lamentieren, ohne feiges Zurückweichen vor dem Unvermeidlichen agiert der Gemeindechef dennoch mit viel urwüchsiger, walserischer Geradlinigkeit. Einer, der mit Königen und Präsidenten ebenso auf Augenhöhe redet wie mit seinen Dörflern, der auf den großen Boulevards dieser Welt genauso daheim ist wie in den Kellergassen kleiner Winzerdörfer. *Respekt,* sagt sich Ibele. Wunder kann jetzt natürlich nicht einmal so einer wirken. Doch allein die bürgermeisterliche Erscheinung und noch mehr seine Reaktion auf den Namen Balthasar Bischof machen Ibele Mut. Eine dunkle Cordhose, ein extrem korrektes, englisch anmutendes Sakko mit ledernen Knöpfen, etwas altmodisch geschlossen, stilsicher das Hemd und die Krawatte; von Entschlossenheit und Hoffnung zugleich erzählen die schmalen Lippen, die sauber ausrasierten markanten Backenknochen, die gefurchte Stirn, die hellen, klaren Augen hinter der rundlichen, schwarz gefassten Brille. Diesem Mann nimmt man wirklich alles ab, den Mann von Welt wie den Weinhauer, den Wunsch nach Glanz und Gloria genauso wie den nach menschlicher Wärme. Heute Nacht wird es eher auf Letzteres ankommen.

Der Inspektor will nicht untätig herumsitzen. Er übergibt Walch das Kommando über die Suchmannschaften und macht sich mit Baldreich schnurstracks auf den Weg die paar hundert Meter hinauf ins Hotel Aldoro.

So unauffällig es ihnen ihr Status erlaubt, setzen sie sich in die Eingangshalle, lassen sich den von smarter Hand unaufgefordert servierten Drink gefallen. Trotzdem fährt Baldreich wie nebenbei mit einem Finger an der Tischunterkante entlang. Es muss ja nicht, kann trotzdem ohne Weiteres sein, dass sich zu den allgegenwärtigen Kameras in jedem Winkel noch ein verstecktes Mikrofon gesellt. Wortlos beobachten sie, was sich tut. Von den Gästen ist kaum etwas zu bemerken. Das geschäftige Hin und Her des Personals jedoch ist für Ibele wie das Verweben feiner Fäden zu einem Stoff, auf dem schließlich die Antwort auf viele Fragen zu lesen sein wird. Die Viertelstunden vergehen und mehr und mehr entziehen sich die Ermittler der Aufmerksamkeit des Personals. Man ist hier mit anderem beschäftigt als mit zwei kleinen Polizeibeamten! Aus verborgenen Lautsprechern tröpfeln Ballettmusik-Evergreens. Unhörbar öffnet sich eine verborgene Tür in der getäfelten Wand. Frau Konstantinowna tritt in die Lounge und durchquert sie, ohne nach links und rechts zu schauen. Ihr dunkelblaues Kostüm erinnert an eine Art Kapitänsuniform. Im Schlepptau der *Generalin*, zu der sie für Ibele in dieser Aufmachung mutiert, befindet sich ein rotbärtiger Hüne. Der wiederum späht umso interessierter in alle Richtungen. Mit Ibele und Baldreich kann er wenig anfangen. Generalin und Hüne verschwinden im Direktionsbüro, durch dessen breite Glasfront Ibele die Dame wild gestikulierend auf den Rotbärtigen einreden sieht. Wie ein flügelschlagender, aufgescheuchter, schwarzer Schwan kommt sie ihm vor. Als der Mann eifrig nickend und seine Rechte wie zum Schwur aufs Herz gelegt das Büro verlässt, schlägt Ibeles Stunde. Er bittet Baldreich, in der Skischule auf ihn zu warten, erhebt sich, trinkt im Stehen den Wodka aus und steuert direkt auf die

Höhle der Löwin zu. Sein Klopfen wird mit einem lauten, unverständlichen Kommando beantwortet. Ibele deutet es in seinem Sinn, öffnet die schwere Tür und schließt sie lautlos hinter sich. Dann steht er in einem großen, quadratischen, schwach beleuchteten Raum einem mächtigen Schreibtisch gegenüber. Lidia Andreja sitzt in einem ledernen Fauteuil, die langen Beine übereinandergeschlagen – wie sonst? – die Hände mit den rot lackierten Nägeln trommeln eine Spur zu nervös auf der glattpolierten Tischplatte. Von der Generalin geht eine Anziehung wie von einem exotischen Wesen aus. Du kannst dich nicht sattsehen daran, möchtest ihm aber nie in freier Wildbahn begegnen. Ibele setzt sich auf Konstantinownas wortlose Aufforderung hin in einen Clubsessel von gigantischen Ausmaßen.

„Herr Inspektor, was ist los mit Ihnen? Ist Ihnen langweilig? Sie sitzen schon fast eine Stunde da draußen!" Man wird also doch gesehen! Diskretion ist nichts weiter als die Kunst des Tuns-als-ob, wie Diplomatie die Kunst der Lüge ist. *Die achte Todsünde* hat es einer von Ibeles geistigen Nährvätern, der sich selbst mit einem Geistes-Kannibalen vergleicht, genannt.

„Vielleicht wollte ich Ihren berühmten Wodka probieren, gnädige Frau." Für Witze ist die Dame noch unempfänglicher als für Komplimente. Ihr steht der Sinn nach anderem. Ibele ebenso. „Wir haben den dritten Toten in drei Tagen. Einer hat bei Ihnen gewohnt, der Zweite hat hier weiß der Teufel was gesucht und der Dritte ... ist wohl so etwas wie ein Bauernopfer, Sie verstehen?"

„Bauernopfer? Ich verstehe nicht. Was soll das sein?"

„Spielen Sie denn nicht Schach, Frau Konstantinowna? Dann wissen Sie vielleicht besser, was ein Kuhhandel ist?"

„Hören Sie, Herr Inspektor, ich bin seit zwanzig Jahren Hotelmanagerin, immer nur erstklassige Häuser, fünf Sterne und de luxe. Was soll ich mit Kuhhandel?“

„Mit Kuhhandel sollen Sie gar nichts. Es wäre schon viel geholfen, wenn Sie auf Ihren Wodka besser aufpassen. Der bringt Ihnen allerhand eigenartige Kostgänger ins Haus, den Balthasar Bischof etwa, oder Herrn Glück.“ Pause. Entspannt lehnt sich Ibele zurück, legt die Fingerspitzen aufeinander, schließt die Augen, wartet. Lange dauert es nicht. Ein leiser Trommelwirbel begleitet Konstantinownas Antwort. Hart wie ein Nussknacker traktieren die Fingernägel das Glas der Tischplatte.

„Was wollen Sie, Inspektor? Herr Glück war ein Feinschmecker und Geschäftsmann, wie Herr Petersen. So jemand hat immer etwas zu tun, ist nie einfach im Urlaub. Wir freuen uns, wenn diese Herren unsere Angebote nutzen; gerne haben wir ihnen geholfen, Netzwerke sind wichtig, Sie wissen.“ Angebote? Netzwerke? Was verbirgt sich hinter den abgedroschenen Worthülsen?

„Wie haben Sie den Herren denn geholfen, Frau Konstantinowna? Und wen meinen Sie mit *wir*?“

„Na, wir im Aldoro. Die Herren haben sich bei uns sicher gefühlt und gut aufgehoben. Schauen Sie sich doch um: Ist das nicht gemütlich hier? Herr Glück und Doktor Petersen hätten sich gerne etwas Eigenes gekauft im Dorf, das ist doch erlaubt. Bei uns haben sie sich getroffen mit möglichen Partnern. Eigentümer, Immobilienleute, Notare, Netzwerk eben.“ So wenig überzeugend das klingt für den Inspektor, es bestätigt seinen Verdacht. Seltsam, wie unberührt von der Wahrheit Frauen sind, zitiert Ibele für sich. Entweder die Worte kommen aus dem Herzen der Finsternis oder sie führen dorthin.

„Manchmal sind sie leider auch tödlich, die Netzwerke, nicht wahr? Und der Bischof, hat er eine Funktion in Ihrem Haus?“

„Der Balthasar? Ach, er verdient sich ein schönes Zubrot bei uns. Er ist unser Freizeit-Designer, wissen Sie.“ Shopping-Coach, Freizeit-Designer, Ski-Butler, Old-World-Lifestyle-Trainer: Nichts wird ausgelassen, was Gäste lockt. Die Managerin bemerkt Ibeles skeptisches Naserümpfen. „Ja, so nennen wir das: Freizeit-Designer. Natürlich nicht für unsereinen. Wir haben Arbeit genug. Unsere Gäste hingegen schätzen solche Dienste sehr. Wir bieten eben mehr als Skifahren. Maßgeschneiderte Urlaubstage, das ist die Devise. Balthasar kennt das ganze Dorf und auch viele Gäste. Die Leute mögen ihn, er ist ein fescher Kerl, oder? Und so unkompliziert.“ Fesch, als ob es darauf ankäme! Vielleicht ist er auch ein bisschen zu unkompliziert, der Herr Freizeit-Designer, er übertreibt womöglich da und dort ein wenig mit dem Maßschneidern, denkt sich Ibele.

„Eine letzte Frage für heute, Frau Konstantinowna: Hat Ihr Freizeit-Designer mit den beiden toten Herren etwas zu tun gehabt?“

„Mit den Herren? Dann schon eher mit den Damen. Mit den Petersen-Frauen ist er Ski gefahren seit dieser Saison. Mit dem Herrn Glück habe ich ihn nur einmal gesehen, das war, lassen Sie mich nachrechnen! Richtig, vorgestern.“ Das Läuten seines Mobiltelefons hält den Inspektor davon ab, die penetrante Harmlosigkeit der schönen Frau auf eine härtere Probe zu stellen. Der Tausendsassa von Hausbursch meldet sich! Martin Sevolo ist noch etwas eingefallen. In der vergangenen Woche hat er Skischuhe für die Petersen-Damen ins Hotel geliefert und dabei ungewollt eine lautstarke Auseinandersetzung zwischen dem Anwalt und einem Skilehrer mitverfolgt. Es ging um Petersens Frau. Von Lawinen war die Rede und von viel Geld, sogar von Ehre. Wer der Skilehrer gewesen sein könnte? Keine Ahnung, gibt sich der Toyota-Pilot zurückhaltend, auf Stimmen versteht er sich nicht wirklich, außer es handelt sich um die von Miles Davis, fügt er lachend hinzu, eine Selbstgedrehte im Mundwinkel, wie Ibele schwören könnte. Er dankt dem Informanten und verabschiedet sich aus dem Aldoro. Eine Brissago in der kalten Nachtluft bringt ihm einen weitaus größeren Erkenntnisschub als jede Unterhaltung mit Lidia Andreja. Bedächtig lenkt Ibele seine Schritte hinüber zum Skischulbüro, wo hinter hell erleuchteten Fenstern noch immer der Krisenstab unter Leitung von Ortspolizeichef Walch tagt. Der General hat angerufen, rapportiert Baldreich, er kommt morgen früh herauf. Sein Ansinnen, ihn mit dem Benz abzuholen, hat der Inspektor abgewimmelt. Das wäre ja noch schöner! Die Generalität kann ihm bald gestohlen bleiben, grantelt Ibele, die echte wie die falsche.

Die Uhr im Skischulbüro zeigt kurz nach zehn Uhr nachts. Die Suchaktion wird vorläufig eingestellt. Mit geröteten Nasen kommen die Männer truppweise aus der sibirisch kalten Nacht zurück. Auf bis zu 15 oder gar 20 Grad Minus werden die Temperaturen fallen in den nächsten Stunden. Knusprige, reichlich mit Schinken und Käse belegte Sandwichs und heißer Tee stehen bereit, finden regen Zuspruch. Bis auf eine kleine Bereitschaftseinheit werden alle nach Hause geschickt. Wieder einmal ist Warten angesagt. Warten, ohne recht zu wissen worauf. Am ehesten auf einen Fehler. Warten, ob etwas und hoffen, dass nichts passiert.

## Voluptatis avidus

*Mit einemmal umnachtete sich sein Verstand.*

Charles Baudelaire, Die Blumen des Bösen

Einer, der sehr wohl weiß, worauf er wartet, kauert unweit der Bergstation der Schlegelkopfbahn am Fuß einer mächtigen Tanne unter verschneiten Ästen. Es friert ihn elendiglich. Von Zeit zu Zeit steht er auf, schlägt mit den Armen um sich und bewegt seine Skier an Ort und Stelle vor und zurück, um sich notdürftig aufzuwärmen. Dem dienen auch die regelmäßigen Schlucke aus einer großen Flasche, die er neben sich in den tiefen Schnee gesteckt hat. Darin ein absolut rein gebranntes Wässerchen, flüssiges Brot. Eine ungastliche Stunde und ein ungastlicher Ort. Obwohl er nicht freiwillig dem unfreundlichen Ruf hierher gefolgt ist, steht sein Entschluss fest, den Spieß umzudrehen und seinem Kollegen zu zeigen, wo Bartle den Most holt. *Den Spieß umzudrehen*, und zwar im wörtlichen Sinn! Zu verlieren gibt es nichts und alles. Was es nicht gibt, ist ein Zurück. Im Halbschlaf, der ihn immer wieder übermannt, und im Nebel, den der Alkohol über sie ausbreitet, schweifen die Gedanken des Wartenden durch die vergangenen Tage. Der Himmel spannt sich dunkel, von Sternen übersät über ihm. Vom hell erleuchteten Dorf herauf verhallen schwach drei Glockenschläge. Dann ist es wieder still, unendlich still. Ein unguter Geruch geht vom Kauernden aus, ein Geruch nach Jauche und Mist, der sich in den Fasern seines Anoraks eingenistet hat und an seinen Händen klebt. Jetzt löst sich drüben an der Bergstation eine Gestalt aus dem Schatten, gleitet ein paar Meter talwärts, bleibt stehen und ruft mit verhaltener Stimme in die Nacht hinein.

„Wo bist, Bischof, du feiger Hund?“ Der so Angesprochene nimmt einen letzten Schluck aus der Flasche, leert sie und wirft sie im hohen Bogen in Richtung des Rufers. Der fährt erschrocken herum, als wäre es ihm lieber gewesen, sein frecher Ruf bliebe ungehört. Dafür ist es zu spät.

„Da bin ich, du Hosenscheißer“, schreit Bischof, während er sich den Rucksack umschnallt, seine Stecken packt und langsam auf die Piste, ins Mondlicht hinaus fährt. Noch weiß er nicht wirklich, mit wem er es zu tun hat. Besonders groß ist der Kerl nicht und allzu zögerlich rutscht er nun, ebenfalls auf Skiern, auf ihn zu. Wer kann es sein? Ein Einheimischer auf jeden Fall.

„Komm schon, Bischof, du kannst gleich noch einen abstechen, wenn du dich traust!“ Kennt Balthasar Bischof dieses Männlein? Wenige kraftvolle Schlittschuhschritte bringen ihn an seine Seite. Er kennt diese traurige Figur.

„Du bist das, Kajetan? Was ist denn in dich gefahren? Bist du verrückt geworden?“

„Ich nicht, aber du, wie mir scheint. Ein schöner Heuer bist du. Hat man dazu Heugabeln? Ich weiß alles, Bischof. Du hast den Petersen abgestochen, dann den Glück und heute Abend meinen Vater. Du bist wahnsinnig. Dein Pech: Jetzt wirst du das Geld vom Glück mir geben müssen. Morgen früh will ich eine halbe Million, sonst bist du geliefert. Ich hab’ dich fotografiert in Vaters Stall. Morgen früh um neun, eine halbe Million in bar. Hast du verstanden?“ Bischof hat. Nur die halbe Million hat er nicht. Hätte er sie, Schneider würde nichts davon sehen. Stattdessen steht Bischof ihm gegenüber, in der Rechten hält er plötzlich seinen linken Ski, scharfkantig wie ein Rasiermesser, ein Schwert der etwas anderen Art.

„Dich lasse ich auch noch über die Klinge springen, Bürschlein! Da hast du deine Million!“ Unversehens saust der Ski mit brutaler Wucht auf Schneiders Kopf zu. Reflexartig wehrt der ihn mit einem Stock halbwegs ab. Stoff reißt. Haut platzt. Blut spritzt. Schneider wirft seine Stöcke weg, fährt aus der Bindung und nimmt den grausigen Kampf auf. Ward so je gefochten? Auf einem Ski umeinander herum rutschend, prügeln die beiden mit dem andern aufeinander ein. Das ist kein Spiel mehr. Skifahren können sie ja. Eine wüste Fleischwunde klafft auf Bischofs Oberschenkel. Schneiders Gesicht ist blutverschmiert, der Anorak zerfetzt. Eine Bodenwelle, von den Pistenwalzen vergessen, hebelt ihn aus. Hart geht er zu Boden. Benommen liegt er auf dem Rücken. Schon ist der zu allem entschlossene Bischof an seiner Seite, greift sich die im Schnee liegende Wodkaflasche und zieht sie Schneider über den Schädel, dass es nur so klirrt und knirscht. Das sollte genügen. Der braucht keine Million mehr. Nicht einmal eine halbe.

Bischof richtet sich auf, blickt zum Reglosen hinab und stößt einen wilden Fluch aus. Zwölf Glockenschläge aus dem Dorf sind die unheimliche Antwort. Gleich darauf fahren Raketen zischend und pfeifend in den Nachthimmel. Prachtvolle Feuerwerkskörper, hoch aufschießende bunte Girlanden beleuchten für Sekunden das dramatische Schlussbild in einem tödlichen Ballett. Ein Geburtstagsgruß für einen Sterbenden? Bischof steigt in seinen Ski und nimmt den direkten Weg hinunter ins Tal. Die Wunde am Schenkel brennt höllisch. Ein Vorgeschmack. Schwindenden Sinnes fährt er direkt auf das Skischulbüro zu und landet praktisch in Ibeles Armen, den das Geknalle des Feuerwerks vor das Haus gelockt hat.

„Ja, was kommt denn da für ein Nachtschwärmer? Machst du Überstunden, Bischof?“ Keine Antwort, nur ein unterdrücktes Stöhnen.

„Was zum Teufel ist denn los mit deinem Bein?“ Ein bisschen viel Fragen auf einmal für den armen Kerl.

„Ach nichts“, kommt zwischen zusammengepressten Zähnen hervor, „ein bisschen gestürzt bin ich in der verdammten Dunkelheit. Ich habe noch üben wollen für den Stunt morgen, der Sprung über den Heuschober, weißt, da hat es mich zerlegt, alles nicht schlimm. Gute Nacht, Inspektor.“ Bischofs Wunsch, den Inspektor stehen zu lassen, ist das eine. Die Ausführung das andere. Anstatt mit kräftigen Armschüben das Weite zu gewinnen, purzelt er wie ein abgeknallter Hase Hals über Kopf zu Ibeles Füßen in den Schnee. Augenblicklich ist der Ohnmächtige umringt von Kollegen und Polizisten. Eine rasch größer werdende Blutlache färbt den Schnee schwarz. Schluss mit reden, handeln ist angesagt. Das Bein wird an Ort und Stelle abgebunden, die Wunde behelfsmäßig versorgt. Dann tragen ihn vier Männer auf einer Bahre in das Skischulgebäude. Eine Viertelstunde später liegt Bischof auf dem Operationstisch des Gemeindearztes und wieder eine halbe Stunde darauf döst er in einem Krankenzimmer der kleinen Ortsklinik in einen Schlaf hinein, um den ihn niemand beneidet. An seiner Seite wacht ein mürrischer Polizist.

Im Mannschaftsraum der Skilehrer herrscht Betroffenheit. Ein guter Geist bringt eine neue Runde Sandwichs, eine große Thermosflasche heißen Kaffees und auch ein paar Dosen gekühltes Bier machen die Runde. Geredet wird wenig. Was soll man sagen? Entweder hat man es eh schon gewusst, oder man glaubt es immer noch nicht. „Ich hab's dir g'sagt, lang schon g'sagt", murmelt einer der Älteren unentwegt vor sich hin, bis er von einem unwirschen „Halt endlich die Klappe, Strolz, du Jammerer!" zum Schweigen gebracht wird. Einfach so heimgehen mag jetzt keiner. Was es mit dem Stunt auf sich hat, für den der Bischof trainiert haben will, fragt Ibele. Niemand weiß etwas von einem Stunt. „Heilandzack, was aber ist dann passiert da droben", fragt Ibele in die Runde. Walch deutet dem Inspektor, sitzen zu bleiben.

„Komm, Baldreich, wir gehen nachschauen."

„Nachschauen? Gehen?" Baldreich ist müde.

„Wir fahren mit dem Skidoo den Hang ab. Da ist doch was faul!" Noch während sich die Polizisten anziehen und das von einem Helfer vor das Haus gebrachte Gefährt besteigen, taucht im hüpfenden Scheinwerferlicht eine Gestalt auf, die ihnen das Herz stocken lässt. Ein Zombie auf Skiern, auf einem Ski vielmehr. Blutüberströmt kommt er in Schlangenlinien näher, mehr auf allen Vieren, soweit das möglich ist. Röchelnd bricht er ein paar Meter von den Männern entfernt zusammen.

„Herrgott, das ist der junge Schneider, der Kajetan! Ein Arzt her, aber schnell! Hol ein paar Decken, Baldreich, und Leute! Der verblutet uns ja!" Wieder steht, wie aus dem Nichts aufgetaucht, ein Ring von Helfern um einen Halbtoten. Eiserner Disziplin und wahrer Könnerschaft ist es zu verdanken, dass Schneider noch lebend in der Arztstube ankommt. Herr Doktor Rhombach versteht die Welt nicht mehr. Man ist doch eine Unfallklinik und kein Mafiaspital! Schneiders Wunden, das stellt sich rasch heraus, sind nicht lebensbedrohend, wenn auch mancher Schnitt bis auf den Knochen geht; auch die Platzwunden am Kopf verlangen höchstens nach Nadel und Faden. Doch der Blutverlust ist bedenklich. Noch bedenklicher als das, was sich Ibele nach und nach zusammenreimt. Solange er nicht nach dem Warum und nur nach dem Wie und Was fragt, kommt langsam Klarheit in die Geschehnisse seit Dienstagmorgen.

„Kommt er durch?“, fragt er den konzentriert arbeitenden Arzt.

„So Gott will“, lautet die überraschende Antwort. „Und ich will!“, der noch überraschendere Zusatz des Medizinmannes. „Im Ernst, die Chancen stehen gut. Wir werden ihn stabilisieren und dann so schnell wie möglich nach Bludenz ins Krankenhaus bringen.“

„Kann ich vorher mit ihm reden?“ Versucht haben muss es der Inspektor.

„Sicher, nur hören tut er Sie nicht. Wenn Sie Glück haben, geht es nachher, morgen!“ Was soll das wieder heißen? „Morgen Nachmittag allerfrühestens.“ Schon werfen die rotierenden blauen Lichter des bereitgestellten Rettungswagens ihren unheimlichen Schein in den kleinen Operationssaal. Zwei Sanitäter mit einer fahrbaren Trage stehen parat. Es schlägt ein Uhr, als sie sich mit dem sauber verbundenen, über Infusionen versorgten Verletzten verabschieden. Die Geisterstunde ist um. Bischof liegt ruhig in seinem Bett. Er schläft *mehr* als nur einen Rausch aus, mehr als nur *einen* Rausch.

*Die Untergehenden liebe ich mit meiner ganzen Liebe: Denn sie gehen hinüber.*
Friedrich Wilhelm Nietzsche, Zarathustra

In einem eigenartig schwebenden Zustand findet sich Ibele schließlich in seiner Kammer in der Post wieder. Längst ist leise klickend die Datumsanzeige auf den 14.12. gesprungen. Nicht leicht ist zu sagen, was der Inspektor in diesen Momenten, in der finstersten, arktisch temperierten Nacht fühlt. *Erleichterung* ist das falsche Wort, oder ein himmelschreiend ungenügendes. Wie jedes Mal, wenn er eines Mörders habhaft geworden ist, kämpfen zwei Seelen einen ungleichen Kampf in Ibeles Brust. Der Sieg der Gerechtigkeit ist das eine. Das Gewicht der Schuld ist das andere. Schwer, unsagbar schwer war soeben der Gang zu Bischofs Mutter. Mit Walch zusammen ist Ibele ans äußerste Ortsende Richtung Warth hinaus gefahren. Dass noch Licht gebrannt hat in der bescheidenen Pension, die sie mit Balthasars Stiefvater führt, war das erste schlechte Zeichen; dass sie zu nachtschlafender Stunde gewartet hat auf ihren Buben, auf ihr alles, dem sie nichts mehr zu sein vermochte. Wortlos hat ihnen die Frau die Tür geöffnet und ist ihnen vorausgegangen in die kleine, blitzblanke, kärglich möblierte Küche, durch die ein feiner Kaffeeduft wehte. Verzweifelt hat sie ihren Mann geweckt, der dann verschlafen und hilflos neben ihr gesessen ist, sie schweigend in die Arme genommen hat. Weinend hat sie sich alles angehört.

Warum war dieser Gang um so vieles schwerer als der zur alten Frau Schneider, obwohl die am selben Abend ihren Mann verloren hat? Es ist die Schuld. Die Schuld, die nicht die ihre ist, die gerade deshalb die arme Bischöfin, sie, die Unschuldigste von allen, so selbstverständlich auf sich nimmt. Daran wird auch der Zuspruch des Pfarrers, den Walch telefonisch aus dem Schlaf geholt hat, vorab wenig ändern. Mit Bischofs Verbrechen, auch mit seiner bevorstehenden Verurteilung, könnte Ibele umgehen, nicht nur von Berufs wegen. Angesichts der Gebrochenheit seiner Mutter ist der Inspektor hilflos. Diese unsühnbare Schuld reduziert die Frau auf den nackten Kern ihrer Existenz.

Wir leben, wie wir träumen: allein. Das ist Ibeles Fazit, nachdem er Walch nach Hause geschickt hat und zu Fuß die Viertelstunde in sein Quartier zurücklegt. Wohin wendet sich einer, wenn er weg muss von sich? Mit der grimmigen Kälte zieht auch die Stille wieder in Ibele ein, die vom Getrampel der vorangegangenen Hektik und Aufregung vertrieben worden ist. Ausgestorben liegt das Dorf in seinem dunklen Kessel. Vom Kirchturm kommen vier helle und zwei dunkle Schläge. Die Geschichte um Petersens, Schneiders und Glücks Tod ist zu Ende, dessen ist er sich sicher, aber sie ist nicht abgeschlossen. Es wartet eine Menge Arbeit. Bevor Bischof nicht geredet: gestanden hat, und bevor der junge Schneider nicht vernommen werden kann, bevor schließlich die Spurenauswertung nicht vorliegt, ist vieles noch offen. Ibele holt sich einen Schwall von der eiskalten Luft ins Zimmer, bevor er sich ins Bett legt. Eine Weile liegt er auf dem Rücken, den eingegipsten Arm schwer auf dem Bauch. Die Gedanken strömen langsam und zäh wie erkaltende Lava. Eine Zeitlang hat er noch das Gefühl, einer Welt greifbarer Tatsachen anzugehören; aber das Gefühl soll nicht lange anhalten, bald geht es unter in einem grenzenlosen Fließen, in einem Nil an Bildern, einem Fluss ohne Ufer.

Ein paar Stunden noch, und es wird ein neuer Tag über den Rüfikopf heraufziehen. Tagelang wird dann in diesem Lech, vor dem sich Ibele über Jahre hinweg gedrückt hatte, weil er es sich sturmgepeitscht, im Schnee begraben und in Nebeln verloren vorstellte, das schöne Wetter so unbeirrt strahlend gewesen sein, dass der Inspektor, wenn er morgens die Vorhänge zur Seite zog, immer mit Sicherheit davon ausgehen konnte, denselben von der Sonne beschienenen, kleinen gelben, auf einem Turmvorsprung der Pfarrkirche liegenden Mauerfleck von stets gleichbleibender Farbgebung wiederzufinden. Strahlend und unschuldig wird der Tag kommen, ein Tag, der von nichts weiß als von sich selbst. Was aber spielt es für eine Rolle, was einer weiß oder angeblich nicht weiß? Wissen wir denn mehr von uns selbst als der Stein, der zu Tal rollt, als die Sonne, die uns wärmt? Mit dem anbrechenden Tag wird Ibele aufstehen und zum Frühstück durch das noch ruhende Dorf marschieren. Darauf freut er sich; auf das andere nicht.

*Aber das Ende ist unerhört.*
Joseph Conrad, Das Herz der Finsternis

Ein Geräusch von draußen muss den Inspektor aus dem ohnehin fragilen Schlaf geweckt haben. Es ist noch stockdunkel im Zimmer. Deutlich hämmert das Klopfen an der Tür, auch nebenan bei Baldreich. Fordernd und unabweisbar erklingt eine tiefe Stimme:

„Ibele, wach auf!" Die unversperrte Tür geht auf, Walch steht im Zimmer, reibt fröstelnd die Hände aneinander, sieht sich um, macht Licht. Ibele ist augenblicklich hellwach, nimmt die Uhr vom Nachtkästchen, es ist zehn Minuten nach sechs.

„Was ist los, Tobias?"

„Wach auf, Isidor. Der Bischof ist tot." Hätte es geheißen *der Papst* ... wäre es im Vergleich halb so dramatisch. Im Handumdrehen ist Isidor so wach wie Bischof tot!

„Der Bischof ist tot? Ja Kruzifix, warum denn das?"

„Dem war nicht zu helfen, Isidor. Er scheint es wohl so gewollt zu haben."

„Was heißt das, Tobias, was hat er gewollt?"

„Sterben wahrscheinlich. Ich hätte es auch wollen an seiner Stelle!" Schon steht Ibele am Fenster, reißt es weit auf, die hereinströmende Luft schneidet wie ein Messer in den Lungen. Da drüben, keine zweihundert Meter Luftlinie entfernt, steht das Haus des Doktors. Ein rotes Kreuz auf weißem Grund leuchtet elektrisch in die Morgendämmerung hinein.

„Aber der liegt doch dort drüben beim Doktor! Was ist passiert? Red schon, Walch!" Alarmmäßig zerrt der Inspektor seine sorgfältig Bügelfalte auf Bügelfalte aufgehängte Hose von der Stuhllehne und schlüpft hinein.

„Wenn du das Fenster wieder zumachst, gern. Es ist draußen kalt genug! Also um fünf Uhr früh hätte die Ablöse in seinem Zimmer stattfinden sollen. Da war Bischofs Bett leer und unser Mann lag gefesselt und geknebelt am Boden, schlafend übrigens. Der Anton Adler ist ein Urgestein, einer meiner besten, das kannst mir glauben, Inspektor. Er ist zur Stunde immer noch nicht wach. Das verstehe ich am allerwenigsten. Der Toni hat nie geschlafen im Dienst, noch gar nie, in bald vierzig Jahren nicht. Beim Sankt Gallenkirchner Unglück im 1974er Jahr hat er drei volle Tage nicht geschlafen ...“

„Mensch Tobias, quassel nicht herum! Was ist mit dem Bischof?“ Wenn schon geredet sein muss, dann klar und ohne Gefasel, da kennt Ibele kein Pardon.

„Den Bischof hat unser Rex, ein Lawinenhund, im Lechbach gefunden. Unter der Brücke hinaus Richtung Stubenbach ist er gelegen, erfroren. Er ist mit seiner dünnen Pyjamahose und nacktem Oberkörper unterwegs gewesen, dem Elternhaus zu, bei minus zwanzig Grad! Zur Sicherheit hat er sich ins eiskalte Wasser gelegt.“ Soso, zur Sicherheit. Und wenn es ein Unfall war? Wenn Bischof mit letzter Kraft, die dann eben doch nicht mehr genug war, den einzigen Ort angesteuert hat, der ihm noch Geborgenheit versprochen hat, das Haus der Mutter? Hinter Walch steht Baldreich fertig angezogen in der Tür, zwei Minuten später stapfen die drei Männer den kurzen Anstieg hinauf zum Tatort, wenn man das Haus des Gemeindearztes so nennen will. In einem Nebenraum liegt der Tote. Soeben trifft seine Mutter mit dem Stiefvater ein. Das ist für Ibele eine härtere Prüfung als der Anblick des Sohnes. Der Arzt kümmert sich mit einer Helferin um den bewusstlosen Polizisten. Bewusstlos, nicht schlafend. Die Erklärung für Adlers Schlaf ist bereits gefunden, wie der Arzt berichtet:

„Auf irgendeinem Weg muss er so ziemlich alle Schmerz- und Beruhigungstabletten abgekriegt haben, die für den Bischof vorgesehen waren. Es schaut recht wüst aus in dem Zimmer, der Bischof hat auch hier auf seine Art aufgeräumt."

„Wie schnell wirkt das Zeug? Und wie lange hält es an?", will der Inspektor wissen.

„Die Beruhigungstabletten wirken sehr schnell. Wenn du eine nimmst, bist du in fünfzehn bis höchstens zwanzig Minuten weg. Unser Mann hat bis zu drei erwischt, wenigstens fehlen die in Bischofs Arzneidose."

„Wie lange ist der da schon in einer besseren Welt?", fragt Baldreich mit einem Handzeichen in Richtung Nebenzimmer.

„Seit zwei Stunden, vielleicht seit drei, also gegen vier, halb fünf ist der Tod eingetreten", gibt der Arzt Auskunft. „Annabell hat um halb drei zum letzten Mal nach ihm geschaut. Das stimmt doch, oder Annabell?" Vier Augenpaare richten sich auf eine trotz der frühen Stunde muntere, frische Sanitäterin.

„Ja, um halb drei. Alles war in Ordnung mit dem Mann, der Blutdruck bestens, nur der Puls etwas hoch, an die 90, glaube ich. Ich habe die leere Infusion abgehängt und den Verband am Bein überprüft. Der Patient war wach. Er wollte einen Kaffee trinken und hat mich nach Schmerz- und Schlafmitteln gefragt. Weil er sie nicht gleich nehmen wollte, habe ich sie ihm mit einem Glas Wasser auf das Nachtkästchen gelegt." Knapp und präzis; Annabell weiß, was gefragt ist.

„Und der Kaffee?" Baldreich will es genau wissen.

„Weil der Polizist auch gerne einen gehabt hätte, habe ich halt beiden einen gebracht."

„Dann sind Sie schlafen gegangen?“

„Nicht wirklich schlafen, ich habe Nachtdienst gehabt, bin also in der Teeküche gewesen, auf Abruf, wie üblich.“ Seine Bestätigung vorwegnehmend blickt sie zu ihrem Chef hinüber. Die drei polizeilichen Augenpaare wandern zum Arzt, der nickt zustimmend.

„Wenn unser Wächter, sagen wir, spätestens um vier seine Medikation bekommen hat, wann wird er wieder erwachen? Er wird doch erwachen, oder Doktor?“, fragt Ibele.

„Sicher wird er erwachen. Er ist schon nahe dran. Wir haben ihn bestens unter Kontrolle. Herz und Kreislauf sind tiptop. Spätestens in einer Stunde können Sie reden mit ihm.“ Für Ibele kommt es auf dieses Gespräch nicht mehr wirklich an. Es ist Formsache. Ein noch vages Bild ruft ein Ekelgefühl im Inspektor hervor. Als Pesthauch schwachsinniger Habgier durchdringt es alle Bilder der vergangenen Tage, wie der Geruch, der von einer Leiche ausgeht. Sofern sie nicht tiefgefroren ist.

„Gehört hat sie nichts, die Annabell?“ Etwas scheint den im Kern sensiblen Baldreich, den Bergmenschen, an der so überaus korrekten Erscheinung der jungen Frau nicht loszulassen.

„Nichts, Herr Kommissar, es war mucksmäuschenstill im Haus.“ Oder ist ihr Kämmerchen nur zu weit vom Krankenzimmer entfernt? Es kommt auch darauf nicht mehr an. Ob der Polizist gegen seinen Durst ein paar Schluck Wasser aus dem Glas getrunken hat? Ob dann Bischof die Gunst der Stunde und Adlers anästhetischen Schlaf nur auszunutzen brauchte, um ihn zu fesseln und, seinerseits mit dem ausreichenden Rest des Wodkas und des Tablettencocktails in den Adern, sein eigenes verfahrenes Schicksal auf eine vergleichsweise sanfte Weise selbst in die Hand zu nehmen, bzw. mehr noch aus der Hand zu geben, an der nun wahrlich Blut genug klebt? Sollen sich die Kollegen von der Gerichtsmedizin darum kümmern. Egal, was sie mit ihren ausgeklügelten Methoden und Analysen zutage fördern: Ihre Erklärungen hinken immer meilenweit hinter den menschlichen Gründen und allzu menschlichen Abgründen her, die sich hinter den Fakten verbergen.

„Sie verständigen uns, sobald der Adler seine Schwingen ausbreitet, nicht wahr, Herr Doktor?“, verabschiedet sich Ibele launig vom Arzt und schlägt den Weg Richtung Gotthard-Café ein.

„Übrigens: Hat der Bischof noch mitbekommen, dass der Schneider da nebenan verarztet wird?“ Noch einmal findet Baldreich einen Grund, sich an die kompetente Pflegerin zu wenden.

„Ja, das hat er“, meldet sich die Befragte, zufrieden mit der ihr zuteil werdenden Aufmerksamkeit, „und er hat furchtbar wüst geschimpft auf ihn.“ Darüber wundert sich niemand. Des jungen Schneiders außerplanmäßiges Überleben hat Bischofs Schicksal besiegelt. Sein Tod hätte es nicht minder getan.

Die Vorzeichen, unter denen gefrühstückt werden soll, haben sich nun doch grundlegend verändert. Aus Ibeles Perspektive haben sie sich ins Klarere, ins Umgänglichere gedreht. Nach dem ersten Schluck vom schwarzen Kaffee und dem ersten Bissen von der Buttersemmel schaut der Inspektor auf die Uhr: halb acht. Hinter der Büffetmeile taucht kurz Aznavours mehlbestäubtes Gesicht auf, auf Ibeles hochgestreckten Daumen mit einem listigen Augenzwinkern antwortend. Die Spitze des Omeshorns leuchtet auf wie ein überdimensionaler Diamant, das Kriegerhorn verglüht als brennender Spiegel. Die noch menschenleeren Skipisten liegen als bläuliches Tuch ausgebreitet.

Leichentuch. Ibele zückt sein Mobiltelefon. Der erste Anruf gilt Antoinette Hagen. Sie möge den General zur Pressekonferenz um zwei Uhr mittags heraufschicken. Keine Minute früher! Irgendein Trick wird ihr schon einfallen, der ihn bis dahin im Kommando festhält. Und sei's eine Uniformanprobe. Der zweite Anruf gilt dem Rösle. Von Walch ist die Idee gekommen, den heutigen Abend, nach getaner Arbeit sozusagen, gemeinsam mit den Frauen und einigen Freunden zu verbringen und im Zuger Pfarrhüsle eine Feuerzangenbowle zu zelebrieren. Wie damals, als der junge Inspektor seinen Abschied gefeiert hat von der ersten und alles in allem bis heute geliebten Dienststelle. Keine ungefährliche Sache übrigens, so eine Feuerzangenbowle. Leicht kann der Funke überspringen vom flackernden, flambierten Zuckerhut auf die Lockenpracht einer Schönen, die sich so leichtfertig dem Gebräu entgegenreckt wie einst Narziss seiner Quelle. Und eine Laura, eine Maria oder gar eine Gertrud, die mit stolzer Lockenpracht angereist ist, verlässt die Party mit einem improvisierten Bürstenschnitt. Ganz abgesehen von den sentimentalen Implikationen einer derartigen Veranstaltung. Da taucht einiges auf in Ibeles Erinnerung, was nicht unbedingt Schule machen sollte.

Im Verbund mit etlichen Gesprächen und spontan vorgenommenen Planungen zieht sich das Frühstück bis gegen neun Uhr. Als die Männer das gastliche Haus verlassen, treten sie in einen strahlenden Tag hinaus. Wie vermutet, er weiß von nichts, der Tag, und er teilt diese Unbefangenheit mit den meisten jener, die ihn zwar nicht beleben, aber zumindest bevölkern. Es ist die heute wie gestern so bunt gewandete Schar der Skisportler, über die wir uns nicht weiter auslassen möchten.

Hochbetrieb kündigt sich an in den Skigeschäften und auf den Hängen. Keine Spur von den Welten, die heute Nacht untergegangen sind. Der grüne Toyota bahnt sich vorschriftswidrig hupend einen Weg durch die Beladenen und Stapfenden. Sein Fahrer hat sich zur Feier des Tages ein schwarzes Barett aufgesetzt. Samt Zigarette im Mundwinkel noch mehr zu einer Belmondo-Karikatur geratend, winkt er dem Polizisten-Trio zu, nicht ohne einen akustischen Gruß hinterherzuschicken, in dem Ibele beinahe den Anfang der berühmten Torero-Arie zu erkennen glaubt: „Auf in den Kampf ...“

## Zuletzt befreit mich doch der Tod

*Welche der beiden Arten von Ruhe sollen wir aufopfern (...) – die Ruhe des Kopfes oder die des Herzens?*

Marcel Proust, Der gewendete Tag, Entwürfe

Später am Vormittag, der Ankunft des Generals und der Pressekonferenz zuvorkommend, nimmt Ibele Bischofs Zimmer unter die Lupe. Noch ist der Tote nicht nach Hause zurückgekehrt. Erst muss die Autopsie durchgeführt werden. Sie wird einige Fragen beantworten, aber niemanden mehr lebendig machen. Sie wird manches beweisen, aber nichts erklären. Ein Stübchen hinter der Küche erwartet den toten Sohn. Die Mutter ist damit beschäftigt, es zu schmücken, Unnötiges, also das Meiste, zu verräumen, Kerzen aufzustellen, sogar ein mit Trauerflor versehenes Foto ist bereits zur Hand. Verweint empfängt sie Ibele, wortlos führt sie ihn zum Zimmer ihres Sohnes. Von Luxus à la Aldoro ist dort keine Spur. Ein Bett, ein Tisch, ein Stuhl, ein Kasten, jahrzehntealte Möbel, reif für das nahegelegene Heimatmuseum, ein blanker Dielenboden, kahle Wände. Was für ein himmelschreiender Kontrast zur Welt des Überflusses, in die Balthasar zu seinem Verderben von einem ungnädigen Schicksal gestoßen worden ist! Im Kasten stößt Ibele auf Glücks zusammengeknüllten Pelzmantel, darin die mit großen Euro- und Frankenscheinen vollgestopfte Geldtasche; ein Vielfaches seines Monatssalärs blättert Ibele auf den Tisch. In der Tischschublade liegt ein Mobiltelefon: Es war, wie eine kurze Überprüfung ergibt, tatsächlich die Quelle des Blitzes, der den Mord am alten Bauern erleuchtet hat. Eine nicht ganz scharfe, aber eindeutige Aufnahme von Schneiders Mörder samt Tatwaffe und

Opfer! Dem Impuls, das Foto zu löschen, widersteht Ibele ungern. Aber präventiv steckt er das Gerät ein. Weiter hinten in der Schublade die Zeitungsberichte über den Petersen-Mord und Hallmüllers Kommentar. Mit einem Leuchtstift hat Bischof den letzten Satz markiert: „Es sei denn, er begeht Selbstmord." Ibele liest ihn nicht ohne Beklemmung. Also doch? Zu Ibeles Überraschung liegen unter ein paar vergilbten Ausgaben illustrierter Sportmagazine etliche Bogen von Petersens Briefpapier. Auf einem von ihnen eine Blankounterschrift des Anwalts. Briefpapier mit Wappen und Siegel: ein weißer Anker auf rotem Grund. Ist es jener, den in Lech auswerfen zu wollen Petersen das Leben gekostet hat?

Die Sachlage ist eindeutig. Was per SMS von Feldkirch aus der Pathologie heraufgemeldet wird, trägt wesentlich dazu bei. Bischofs DNA- und Fußspuren, seine Fingerabdrücke finden sich an allen drei Tatorten, auch an den blutigen Wodkaflaschenscherben auf der Schlegelkopfpiste, an den Gabelzinken sowieso. Herr Rhombach ruft an: Der Adler ist wach. Man braucht ihn nicht zu befragen, er plappert ganz von selbst. So wirr sein Gerede ist, es bekräftigt die Vermutung: Er muss aus Bischofs Medikamentenglas getrunken haben. Kurz nach drei Uhr nachts, glaubt er sich zu erinnern, am Ende der stündlichen Radionachrichten. Von seiner Fesselung hat er folglich nichts mitbekommen, von Bischofs Verschwinden noch weniger. Wie soll man herausfinden, was danach geschehen ist? Bischofs Spur verliert sich hinter dem Arzthaus, abgesehen von den Blutstropfen, die der tapfere Rex gefunden hat auf dem Weg dorfauswärts, querfeldein zuerst, dann auf den letzten hundert Metern bis zur Lechbrücke. So richtig klar im Kopf, *bei sich*, wie die Hiesigen gerne sagen, dürfte Bischof da nicht mehr gewesen sein. Auch wenn die Medikamente und der Alkohol nur den geringsten Teil zu seiner Benebelung beigetragen haben.

Auf dem Rückweg ins Dorf macht Ibele im Gemeindeamt Halt. Zum ersten Mal fallen ihm die Übertragungswagen ausländischer Radio- und Fernsehsender auf. Vor dem Gemeindeamt steht eine Reihe von ihnen, droben beim Arzthaus weitere. Dann ist also die Kolonne der Aasfresser hier gelandet auf ihrem sensationslüsternen Zug entlang der Unglücks- und Katastrophenrouten. Unter ihnen jene, die keine Ahnung haben, wo sie sich wirklich befinden, die allein wissen, wo ihr Publikum sitzt, das sie, nichts als dem Profit verpflichtet, mit dem Elend und der Not der Welt füttern. Sie sind wie die Fischer, die ihre Opfer, nachdem sie ihnen die Flossen abgeschnitten haben, verstümmelt und einem qualvollen Tod geweiht, ins Meer zurückwerfen. Flossen, die verfettete Fresser noch fetter werden lassen.

Natürlich ist der Bürgermeister zu sprechen. Mehr als Ibele gedacht hätte, ist der Mann gezeichnet von den Ereignissen der vergangenen Nacht. Es setzt ihm arg zu, in welches Licht seine Gemeinde geraten ist, nicht nur weil Glück Stammgast in seinem Haus war, oder weil Herr Petersen sich persönlich und finanzstark um Dorfbelange gekümmert hat. Nicht weil er Bürgermeister ist, machen ihm die Dinge zu schaffen. Nein, er ist Bürgermeister, weil er tief im Dorf verwurzelt und es ein Teil von ihm ist. Als wären nicht Jahrhunderte vergangen, seit die Ahnen sich hier niedergelassen haben, ist ihr Gründer- und Pioniergeist, ihr Abenteuersinn, ihr Fleiß und Ehrgeiz auf ihn übergegangen. Ohne eine überflüssige Geste, ohne ein unnötig dahingesagtes Wort zeigt der Bürgermeister Ibele den für die Pressekonferenz vorbereiteten Sitzungssaal.

Aus dem Bludenzer Krankenhaus meldet sich via Telefon der Primar höchstpersönlich. Schneider ist über den Berg und ansprechbar. Wenn der Inspektor will, ist ein fünfminütiges Gespräch möglich. Viel mehr braucht es nicht, um die vorab wesentlichen Informationen zu erhalten. Sofern auf Kajetans Aussagen Verlass ist, war Bischof der Mörder von Schneiders Vater; er war außerdem als Mittelsmann mit Glück und Petersen in Kontakt wegen des Grundstücks. Zudem munkelt man, sagt der Patient, von einer undurchsichtigen Geschichte mit Petersens Frau. So ist Bischof heuer immer wieder auf Abfahrten mit ihr angetroffen worden, auf denen sie als Anfängerin nichts verloren gehabt hat. Dafür hat man ihm seine Ehrennadel sicher nicht angesteckt. Schließlich und zu schlechter Letzt ist Bischof, das bestätigt Schneider mit versagender und dennoch um ein Quäntchen zu effektvoller Intonation, der *Schlächter vom Schlegelkopf*. Nur gut, dass diese Formulierung nicht dem General und der Presse zu Ohren gekommen ist. Ibele wird es tunlichst vermeiden, in derartigen Tönen zu reden. Er legt keinen Wert darauf, Klischees und Vorurteile zu verstärken. Er schielt auf keine Quote. Ibele schaut auf den Menschen.

Die vom Bürgermeister freundschaftlich ausgesprochene Einladung zum Mittagessen nimmt Ibele gerne an. Sie gilt ihm als Privatmann, nicht dem Inspektor, von dem man sich was auch immer erhofft, eine gute Nachrede oder gnädig gewährte Milde, Beschönigung gar oder Vertuschung besonders unangenehmer und tourismusfeindlicher Details. Es ist, was es ist. Das Leben wird weitergehen, so oder so. Noch haben es die Menschen hier heroben nicht ganz verlernt, dem Unausweichlichen standzuhalten. Wenigstens nicht alle.

Schlingernd und rutschend bremst sich ein Auto vor den beiden Männern ein. Nein, es ist nicht der grüne Toyota. Vielmehr ein Ibele nur zu gut bekanntes Gefährt: der Dienstwagen des Generals. Die Beifahrertür fliegt auf, der hohe Herr springt heraus, auf den Bürgermeister zu, als gälte es, den ältesten, besten, seit Jahren vermissten Freund zu begrüßen. Man kennt sich eben. Ibele steht daneben, beobachtet, denkt. Die Selbstverständlichkeit, mit der sich der General der Einladung zum Mittagessen anschließt, macht den Inspektor noch immer staunen. Dem Bürgermeister ist nichts anzumerken. Eine gute Stunde bleibt noch. Obwohl der General sichtbar anderes im Sinn hat, erspart ihm der Inspektor nichts. Der Mann ist tatsächlich in Zivil aufgetaucht. Die abendliche Hochlecher Vernissage bei der tollen Minni hat ihm die Adjustierung diktiert. Langsam, aber sicher seiner Pensionierung zuschreitend, verschieben sich die Wertigkeiten selbst des eingefleischtesten Uniformträgers. So ganz entkommt er der Uniformierung natürlich nicht, hat nur gewechselt von der kriegerischen zur zivil-zeitgeistigen. Der Location angepasst, ist es heute nicht das pseudo-intellektuelle, halb-existentialistische Schwarz in Schwarz aus feinem Tuch, sondern ein trachtiges Outfit: ein stylischer Walk-Janker mit Hirschhornknöpfen und eine Krachlederne mit eingestecktem Taschenfeitel! Vor allem: ein wahnsinnig lässig um den Hals drapierter Schal aus irgendwelchen sündteuren Mohair-Kaschmir-Seidenfäden in garantiert glücklich machendem Design. Weil's halt dazu gehört.

Seiner untauglichen Bekleidung zum Trotz schleppt Ibele den Vorgesetzten quer durchs Dorf, zur Schlegelkopftalstation, zur Skischule, zum Arzthaus. Den Rüfikopf schenkt er ihm, nicht jedoch den Gang zur Lechbrücke, die er ihm als Bischofs *Richtstätte* vorstellt.

Sie entlockt selbst dem hartgesottenen, altgedienten Polizeimann ein ehrfurchtsvolles: „Maria und Josef, muss das sein? Das ist doch eiskalt in dem Wasser. Ist es nicht furchtbar mit den Menschen, Ibele?“ „Nicht nur“, entgegnet der Inspektor kryptisch, um das ihm auf der Zunge liegende *nicht mit allen* für sich zu behalten.

Das Mittagessen bei Bürgermeisters, also in der *Morgenröte*, ist, bedingt durch die Anwesenheit des unbekümmert plappernden Generals, für Ibele nur ein halber Genuss. Wobei schon auf den in der rustikalen Halle eingenommenen Aperitif, ein Glas vom hauseigenen Grünen Veltliner, ein Schatten fällt. Es ist der von Henriette Glück. In vornehmes Schwarz gehüllt, wandelt sie traumverloren durch das Haus. Sag mir, welcher Meister sie in solcher Schnelligkeit in Trauerkleidung vom Allernobelsten gesteckt hat! Vom Scheitel, den ein kleines Hütchen mit Schleier ziert, bis zu den schwarzledernen Sohlen des Sergio-Rossi-Schuhwerks gibt es nichts zu tadeln. Oder alles. Je nachdem. Wieder wartet sie. Diesmal ausschließlich auf ihren Gemahl, um mit seinen sterblichen Überresten die triste Heimreise anzutreten. Bei Tisch bringt der General das Gespräch auf alles Mögliche. Den vereinten Kräften von Baldreich und Ibele gelingt es ab und zu, den wirklichen Zweck ihres und seines hiesigen Aufenthalts einzuflechten. Je mehr der General jedoch der süffigen Cuvée zuspricht, desto weiter verliert er sich in sein hanebüchenes Gerede. Bis ihn Ibele spätestens beim Mokka in die Realität zurückholt, und das heißt in die vom Bürgermeister dezidiert unterstützte Forderung, sich vor der versammelten Presse auf seine Funktion zu besinnen. Die aber besteht vorrangig darin, sein Amt und die Behörde zu repräsentieren. Anders gesagt: Die Begrüßung zu übernehmen und dann die Klappe zu halten!

Von gelegentlichen dezenten Remplern des neben ihm sitzenden Ibele gesteuert, erfüllt er diese Aufgabe manierlich. Der Bürgermeister bemüht sich redlich, die dorfinternen Fakten rund um das Gerangel um Schneiders Grund und Boden so ausführlich wie nötig und so knapp wie möglich zu präsentieren. Dem Dorfpolizisten Walch obliegt die Schilderung der verschiedenen Sachverhalte. Auch er ist keiner, der Gefahr laufen würde, sich in Details zu verlieren oder jene Seite der Ereignisse hervorzukehren, die lediglich oberflächliche mediale Interessen bedient. Der Versuch, ja der frech formulierte Wunsch der geifernden Meute, aus Bischof ein blutrünstiges Monster zu machen, scheitert schließlich vollends an Ibeles nüchterner Schilderung des Ablaufs der Ermittlungen, an seiner mit größter Ruhe vorgetragenen Erzählung dessen, was er in den vergangenen Tagen erlebt hat, besonders an seinem Bericht über Bischofs Ende. Die unglückliche Mutter erwähnt er mit keiner Silbe. Sie hat etwas Besseres verdient, als ihren Schmerz in Zeitungs- und Fernsehberichten breitgetreten zu sehen. Arg genug, dass unmittelbar nach dem Ende der Pressekonferenz die ersten Übertragungswagen bereits auf dem Weg zur Kirche sind, wo am späten Nachmittag eine Messe für die Toten dieser Woche stattfindet. Ist denn kein Kraut gewachsen gegen die gragölenden Massen? Gegen die blanke Neugier? Gegen eine Neugier, die, je weniger die Gaffer bereit sind, sich auf das Geschehen wirklich einzulassen, desto drastischer und schamloser ausfällt! Ob es sich um einen Unfall handelt oder um ein Verbrechen, um eine öffentliche oder eine private Angelegenheit, ist ganz egal. Das Unglück der einen ist, wo nicht das Glück, so doch die Ablenkung, die Zerstreuung der andern; ist das, womit man am wirkungsvollsten die eigene Misere umgeht.

*(...) daß es keinen einzigen Augenblick gab,*
*der nicht die Möglichkeit des richtigen,*
*des rettenden Lebens in sich trug.*
Wolfgang Matz, Gewalt des Gewordenen. Zu Adalbert Stifter

Als er mit Baldreich ins Bludenzer Krankenhaus aufbricht, ist Ibele froh, für ein paar Stunden die befreiende Wirkung des weiten Horizonts im Tal zu verspüren. Der Besuch, viel mehr ist es nicht, beim jungen Schneider gerät kurz. Erstens ist der Kerl in einem bemitleidenswerten Zustand, psychisch und physisch lädiert. Zweitens ist, was er zu sagen hat, Kajetans Natur entsprechend, von zwiespältigem Charakter. Wie bei der ersten Befragung im Aldoro am Tag von Petersens Tod gibt der ausgebootete Jungbauer nicht viel her. Auf eine ganz und gar unfruchtbare Weise vermischen sich in seinem Denken persönliche Ressentiments, gegen Bischof als Nebenbuhler, gegen den Vater und den älteren Bruder, mit sentimental grundierten Ansprüchen an die Realität. Fatal vermischen sich in seiner Person ein kleinliches Gemüt und große Wünsche. Schlecht ist er gewappnet gegen eine Welt, die sich weigert, ihn zu ihrem Mittelpunkt zu machen.

Es kostet den Inspektor eine gehörige Portion Überwindung, von Bludenz wieder hinaufzufahren in den Schnee, in die Kälte und in diese Welt aus Schall und Rauch, in der sich einer wie der General so leicht und einer wie Ibele so schwer zurechtfindet. Was ihm die Sache wesentlich erleichtert, ist das Wissen um seine am Langener Bahnhof wartende Gemahlin. Mit ihr gewinnt der Inspektor wieder an Boden. An Rösles Seite gewinnt Ibele an Standfestigkeit, die es ihm erlaubt, die vergangenen Geschehnisse freier zu überdenken als noch vorhin in Kajetans dumpfer Gegenwart.

Bischof wird einige Geheimnisse mit ins Grab nehmen, sagt sich Ibele. Vor allem jenes, warum der alte Schneider sterben musste. So simpel gestrickt und einsichtig das Verhängnis von Glück und Petersen dem Inspektor erscheint, als so vielschichtig könnte sich jenes des Bauern und Bodenbesitzers erweisen. Besonders aber an Bischofs Tod, diesem endgültigen Aus-der-Hand-Geben des eigenen Lebens, bleibt Ibele hängen. Von *freiwillig* mag er nichts hören. Eigentlich mag er überhaupt nichts dazu hören, von niemandem. Ibele vermutet in diesem Tod einen überwiegenden Teil Resignation. Nicht nur ein Eingeständnis von Schuld, auch eine durchaus selbstbestimmte Distanzierung. Wer weiß, ob nicht der Widerwille gegen eine Welt, in der Gestalten wie Konstantinowna und Kiscot, in der Lug und Trug das Sagen haben, Balthasar Bischof zum Schweigen gebracht hat? Konstantinowna und Kiscot: Mag sich auch ihr Beitrag zu Bischofs traurigem Werk der Gerichtsbarkeit entziehen, könnten doch die Ereignisse dieser Woche der Anfang ihres Endes werden. Sollen sich diese Malefiz-Spitzbuben nur sicher fühlen! Wenn Gottes Mühlen oder die der Justiz zu mahlen beginnen, so langsam sie sich auch drehen, nützt der schnellste Sportwagen nichts mehr. Ibele wird Wasser auf die Mühlräder zu gießen wissen. Gleich am Montag!

Bei der Ankunft in Lech empfängt Isidor das Geläut der Kirchenglocken, die die Trauernden und Gläubigen zur Andacht und zum Gedenken rufen. Im voll besetzten Halbrund der neuen Lecher Kirche zucken vereinzelt die Blitzlichter der Fotografen und einige Kameras sind in Aufstellung gebracht worden. Doch mit fortschreitender Dauer der Feier und mit dem Entschwinden der letzten Sonnenstrahlen rückt ein sich aller Weltlichkeit entziehender Aspekt der jüngsten Ereignisse mehr und mehr in den Vordergrund. Die zuerst suchenden, wie unsicher tastenden und bald darauf kraftvollen, beinahe jubilierenden Melodien der Orgel rücken die vier im Altarraum aufgerichteten schlichten Holzkreuze nach und nach in ein neues Licht. Der junge Pfarrherr der Gemeinde findet wundersame Worte für das, was in Ibeles Sprache einfach *Mord* und im Jargon der Zeitungen *Verbrechen, Totschlag* oder *Blutbad* genannt wird. Eine Weile dauert es, dann erkennt Ibele den Unterschied deutlich. Wo Kriminalistik und Medien in mehr oder weniger plausiblen Erklärungen und entsprechend vorschnellen Urteilen steckenbleiben, bietet der Geistliche still und leise, unauffällig und umfassend etwas gänzlich anderes, etwas zutiefst Heilendes an – Trost.

Ibele ist bei Gott kein Frömmler. Dennoch tut es ihm gut, jenseits des Alltags und der Arbeit eine umfassendere Dimension zu erahnen. Es tut ihm gut, zu erfahren, dass Leben und Sterben, dass Mord und Totschlag, ja selbst ein Ende wie das von Petersen, Glück, Schneider und Bischof nicht allein in die Zuständigkeit von Behörden und Medien, Gerichten und Gefängnissen, Totengräbern und Psychiatern fallen; dass sich nicht nur zerstreute Zeitungsleser flüchtig dafür interessieren; dass es um mehr geht. Weil wir eben nicht nur aus dem Raum, in dem unser Dasein sich abspielt, jederzeit vertrieben werden können. Der brutale Tod der vier Männer hat es rigoros vor Augen geführt. Niemals werden wir die Umstände ausreichend kennen oder verstehen, die zu einer solchen Vertreibung führen. Denn es ist nicht der Raum, der uns in der Welt endgültig Fuß zu fassen erlaubt. Erst eine andere Dimension ermöglicht es praktisch ins Endlose, nämlich in die Ewigkeit hinein zu wachsen: Ohne Rücksicht auf Materie, frei von falschen Gewichten und schwerelos bewegen wir uns definitiv nur in der Zeit. Menschenskind, Ibele, du sagst es. Spät, aber nicht zu spät, denn, wie eine alte Eisenbahnerweisheit verkündet: Die letzten Waggons sind hinten.